明·蘭陵笑笑生 著

五南圖書出版公司 印行

目錄

上冊

下冊

第五十一回　打貓兒金蓮品玉　鬥葉子敬濟輸金

詩曰：

羞看鸞鏡惜朱顏，手托香腮懶去眠。
瘦損纖腰寬翠帶，淚流粉面落金鈿。
薄倖惱人愁切切，芳心撩亂恨綿綿。
何時借得東風便，刮得檀郎到枕邊。

話說潘金蓮見西門慶拿了淫器包兒，與李瓶兒歇了，足惱了一夜沒睡，懷恨在心。到第二日，打聽西門慶往衙門裡去了，老早走到後邊對月娘說：「李瓶兒背地好不說姐姐哩！說姐姐會那等虔婆勢，喬作衙，別人生日，又要來管。『你漢子吃醉了進我屋裡來，我又不曾在前邊，平白對著人羞我，望著我丟臉兒。教我惱了，走到前邊，把他爹趕到後邊來。落後他怎的也不在後邊，還到我房裡來了？我兩個黑夜說了一夜梯己話兒，只有心腸五臟沒曾倒與我罷了。』」這月娘聽了，如何不惱！因向大妗子、孟玉樓說：「你們昨日都在跟前看著，我又沒曾說他什麼。小廝交燈籠進來，我只問了一聲：『你爹怎的不進來？』小廝倒說：『往六娘屋裡去了。』我便說：『你二娘這裡等著，恁沒槽道，卻不進來！』論起來也不傷他，怎的說我虔婆勢，喬作衙？我還把他當好人看成，原來知人知面不知心，哪裡看人去？乾淨是個綿裡針、肉裡刺的貨，還不知背地在漢子跟前架什麼舌兒哩！怪道他昨日決烈的就往前走了。傻姐姐，哪怕漢子成日在你屋裡不出門，不想我這心動一動兒。一個漢子丟與你們，隨你們去，守寡的不過。想著一娶來之時，賊強人和我門裡門外不相逢，哪等怎的過來？」大妗子在旁勸道：「姑娘罷麼，看孩兒的分上罷！自古宰相肚裡好行船。當家人是個惡水缸兒，好的也放在心裡，歹的也放在心裡。」月娘道：「不拘幾時，我也要對這兩句話。等我問他，我怎麼虔婆勢，喬作衙？」金蓮慌得沒口子說道：「姐姐寬恕他罷。常言大人不責小人過，哪個小人沒罪過？他在背地調唆漢子，俺們這幾個誰沒吃他排說過？我和他緊隔著壁兒，要與他一般見識起來，倒了不成！行動只倚著孩兒降人，他還說的好話兒哩！說他的孩兒到明日長大了，有恩報恩，有仇報仇，俺們都是餓死的數兒——你還不知道哩！」吳大妗子道：「我的奶奶，哪裡有此話說？」月娘一聲兒也沒言語。

常言：路見不平，也有向燈向火。不想西門大姐平日與李瓶兒最好，常沒針線鞋面，李瓶兒不拘好綾羅緞帛就與他，好汗巾手帕兩三方背地與大姐，銀錢不消說。當日聽了此話，如何不告訴他。李瓶兒正在屋裡與孩子做端午戴的絨線符牌，及各色紗小粽子並解毒艾虎兒。只見大姐走來，李瓶兒讓他坐，又教迎春：「拿茶與你大姑娘吃。」大姐道：「頭裡請你吃茶，你怎的不來？」李瓶兒道：「打發他爹出門，我趕早涼與孩子做這戴的碎生活兒來。」大姐道：「有樁事兒，我也不是舌頭，敢來告你說：你沒曾惱著五娘？他對著俺娘，如此這般說了你一篇是非——說你說俺娘虔婆勢，喬作衙。如今俺娘要和你對話哩！你別要說我對你說，教他怪我。你須預備些話兒打發他。」

這李瓶兒不聽便罷，聽了此言，手中拿著那針兒通拿不起來，兩隻胳膊都軟了，半日說不出話來，對著大姐掉眼淚，說道：「大姑娘，我哪裡有一字兒？昨晚我在後邊，聽見小廝說他爹往我這邊來了，我就來到前邊，催他往後邊去了。再誰說一句話兒來？你娘偌覷我一場，莫不我偌不識好歹，敢說這個話？設使我就說，對著誰說來？也有個下落。」大姐道：「他聽見俺娘說不拘幾時要對這話，他也就慌了。要是我，你兩個當面鑼對面鼓的對不是！」李瓶兒道：「我對得過他那嘴頭子？只憑天罷了。他左右晝夜算計的只是俺娘兒兩個，到明日終究吃他算計了一個去，才是了當。」說畢哭了。大姐坐著勸了一回，只見小玉來請六娘、大姑娘吃飯。李瓶兒丟下針指，同大姐到後邊，也不曾吃飯，回來房中，倒在床上就睡著了。

西門慶衙門中來家，見他睡，問迎春。迎春道：「俺娘一日飯也還沒吃哩。」慌得西門慶向前問道：「你怎的不吃飯？你對我說。」又見他哭得眼紅紅的，只顧問：「你心裡怎麼的？對我說。」李瓶兒連忙起來，揉了揉眼說道：「我害眼疼，不怎的。今日心裡懶待吃飯。」並不提出一字兒來。正是：

滿懷心腹事，盡在不言中。

有詩為證：

莫道佳人總是痴，惺惺伶俐沒便宜。
只因會盡人間事，惹得閒愁滿肚皮。

大姐在後邊對月娘說：「才五娘說的話，我問六娘來。他好不賭身發咒，望著我哭，說娘這般看顧他，他肯說此話！」吳大妗子道：「我就不信。李大姐好個人兒，他怎肯說這等話！」月娘道：「想必兩個有些小節不足，哄不動漢子，走來後邊，沒的拿我墊舌根。我這裡還多著個影兒哩！」大妗子道：「大姑娘，今後你也別要虧了人。不是我背地說，潘五姐一百個不及他。為人心地兒又好，來了咱家恁二三年，要一些歪樣兒也沒有。」

正說著，只見琴童兒背進個藍布大包袱來。月娘問是什麼，琴童道：「是三萬鹽引。韓夥計和崔本才從關上掛了號來，爹說打發飯與他二人吃，如今兌銀子打包。後日二十，是個好日子，起身，打發他三個往揚州去。」吳大妗子道：「只怕姐夫進來。我和二位師父往他二娘房裡坐去罷。」剛說未畢，只見西門慶掀簾子進來，慌得吳妗子和薛姑子、王姑子往李嬌兒房裡走不迭。早被西門慶看見，問月娘：「哪個是薛姑子？賊胖禿淫婦，來我這裡做什麼？」月娘道：「你好恁枉口拔舌，不當家化化的，罵他怎的？你怎的知道他姓薛？」

西門慶道：「你還不知他弄的乾坤兒哩！他把陳參政的小姐吊在地藏菴兒裡和一個小夥偷姦，他知情，受了三兩銀子。事發，拿到衙門裡，被我褪衣打了二十板，教他嫁漢子還俗。他怎的還不還俗？好不好，拿來衙門裡再與他幾拶子。」月娘道：「你有要沒緊，恁毀僧謗佛的。他一個佛家弟子，想必善根還在，他平白還什麼俗？你還不知他好不有道行！」西門慶道：「你問他有道行一夜接幾個漢子？」月娘道：「你就休汗邪！又討我那沒好口的罵你。」因問：「幾時打發他三個起身？」西門慶道：「我剛才使來保會喬親家去了，他那裡出五百兩，我這裡出五百兩。二十是個好日子，打發他們起身去罷了。」月娘道：「線舖子卻教誰開？」西門慶道：「且教賁四替他開著罷。」說畢，月娘開箱子拿銀子，一面兌了出來，交付與三人，在捲棚內看著打包。每人又兌五兩銀子，教他家中收拾衣裝行李。

只見應伯爵走到捲棚裡，看見便問：「哥，打包做什麼？」西門慶因把二十日打發來保等往揚州支鹽去一節告訴一遍。伯爵舉手道：「哥，恭喜！此去回來必得大利。」西門慶一面讓坐，喚茶來吃。因問：「李三、黃四銀子幾時關？」應伯爵道：「也只在這個月裡就關出來了。他昨日對我說，如今東平府又派下二萬香來了，還要問你挪五百兩銀子，接濟他這一時之急。如今關出這批銀子，一分也不動，都擡過這邊來。」西門慶道：「倒是你看見，我打發揚州去還沒銀子，問喬親家借了五百兩在裡頭，哪討銀子來？」伯爵道：「他再三央及我對你說，一客不煩二主，你不接濟他這一步兒，教他又問哪裡借去？」西門慶道：「門外街東徐四舖少我銀子，我那裡挪五百兩銀子與他罷。」伯爵道：「可知好哩。」

正說著，只見平安兒拿進帖兒來，說：「夏老爹家差了夏壽，說請爹明日坐坐。」西門慶看了柬帖，道：「曉得了。」伯爵道：「我有樁事兒來報與哥：你知道李桂兒的勾當麼？他沒來？」西門慶道：「他從正月去了，再幾時來？我並不知道什麼勾當。」伯爵因說道：「王招宣府裡第三的，原來是東京六黃太尉姪女兒女婿。從正月往東京拜年，老公公賞了一千兩銀子，與他兩口

兒過節。你還不知六黃太尉這姪女兒生得怎麼標緻，上畫兒只畫半邊兒，也沒恁俊俏相的。你只守著你家裡的罷了，每日被老孫、祝麻子、小張閒三四個摽著在院裡撞，把二條巷齊家那小丫頭子齊香兒梳籠了，又在李桂兒家走。把他娘子兒的頭面都拿出來當了。氣得他娘子兒家裡上吊。不想前日老公公生日，他娘子兒到東京只一說，老公公惱了，將這幾個人的名字送與朱太尉，朱太尉批行東平府，著落本縣拿人。昨日把老孫、祝麻子與小張閒都從李桂兒家拿的去了。李桂兒便躲在隔壁朱毛頭家過了一夜。今日說來央及你來了。」西門慶道：「我說正月裡都摽著他走，這裡誰人家這銀子，那裡誰人家銀子。那祝麻子還對著我搗生鬼。」說畢，伯爵道：「我去罷。等住回只怕李桂兒來，你管他不管他，他又說我來串作你。」西門慶道：「我還和你說，李三，你且別要許他，等我門外討了銀子來，再和你說話。」伯爵道：「我曉得。」剛走出大門首，只見李桂姐轎子在門首，又早下轎進去了。伯爵去了。

西門慶正吩咐陳敬濟，教他往門外徐四家催銀子去，只見琴童兒走來道：「大娘後邊請，李桂姨來了。」西門慶走到後邊，只見李桂姐身穿茶色衣裳，也不搽臉，用白挑線汗巾子搭著頭，雲鬢不整，花容淹淡，與西門慶磕著頭哭起來，說道：「爹可怎麼樣兒的，恁造化低的營生，正是關著門兒家裡坐，禍從天上來。一個王三官兒，俺們又不認得他。平白的祝麻子、孫寡嘴領了來俺家討茶吃。俺姐姐又不在家，依著我說別要招惹他，那些兒不是，俺這媽越發老得韶刀了。就是來宅裡與俺姑娘做生日的這一日，你上轎來了就是了，見祝麻子打旋磨兒跟著，重新又回去，對我說：『姐姐，你不出去待他鍾茶兒，卻不難為囂了人？』他便往爹這裡來了。教我把門插了不出來，誰想從外邊撞了一夥人來，把他三個不由分說都拿的去了。王三官兒便奪門走了，我便走在隔壁人家躲了。家裡有個人牙兒！才使來保兒來這裡接的他家去。到家把媽諕得魂都沒了，只要尋死。今日縣裡皂隸，又拿著票喝囉了一清早起去了。如今坐名兒只要我往東京回話去。爹，你老人家不可憐見救救兒，卻怎麼樣兒的？娘也替我說說兒。」西門慶笑道：「你起來。」因問票上還有誰的名字。桂姐道：「還有齊香兒的名字。他梳籠了齊香兒，在他家使錢，他便該當。

俺家若見了他一個錢兒，就把眼睛珠子吊了，若是沾他沾身子兒，一個毛孔兒裡生一個天疱瘡。」

月娘對西門慶道：「也罷，省得他恁說誓剌剌的，你替他說說罷。」西門慶道：「如今齊香兒拿了不曾？」桂姐道：「齊香兒他在王皇親宅裡躲著哩。」西門慶道：「既是恁的，你且在我這裡住兩日，我就差人往縣裡替你說去。」就叫書童兒：「你快寫個帖兒，往縣裡見你李老爹，就說桂姐常在我這裡答應，看怎的免提他罷。」書童應諾，穿青絹衣服去了。不一時，拿了李知縣回帖兒來。書童道：「李老爹說：『多上覆你老爹，別的事無不領命，這個卻是東京上司行下來批文，委本縣拿人，縣裡只拘得人到。既是你老爹分上，我這裡且寬限他兩日。要免提，還往東京上司說去。』」西門慶聽了，只顧沈吟，說道：「如今來保一兩日起身，東京沒人去。」月娘道：「也罷，你打發他兩個先去，存下來保，替桂姐往東京說了這勾當，教他隨後邊趕了去罷。你看謊得他那腔兒。」那桂姐連忙與月娘、西門慶磕頭。

西門慶隨使人叫將來保來，吩咐：「二十日你且不去罷。教他兩個先去。你明日且往東京替桂姐說說這勾當來。見你翟爹，如此這般，好歹差人往衛裡說說。」桂姐連忙就與來保下禮。慌得來保頂頭相還，說道：「桂姨，我就去。」西門慶一面教書童兒寫就一封書，致謝翟管家前日曾巡按之事甚是費心，又封了二十兩折節禮銀子，連書交與來保。桂姐便歡喜了，拿出五兩銀子來與來保做盤纏，說道：「回來俺媽還重謝保哥。」西門慶不肯，還了桂姐，教月娘另拿五兩銀子與來保盤纏。桂姐道：「也沒這個道理，我央及爹這裡說人情，又教爹出盤纏。」西門慶道：「你笑話我沒這五兩銀子盤纏了，要你的銀子！」那桂姐方才收了，向來保拜了又拜，說道：「累保哥，好歹明早起身罷，只怕遲了。」來保道：「我明日早五更就走道兒了。」

於是領了書信，又走到獅子街韓道國家。王六兒正在屋裡縫小衣兒哩，打窗眼看見是來保，忙道：「你有甚說話，請房裡坐。他不在家，往裁縫那裡討衣裳去了，便來也。」便教錦兒：「還不往對過徐裁家叫你爹去！你說保大爺在這裡。」來保道：「我來說聲，我明日還去不成，又有椿業障鑽出來，當家的留下，教我往東京替院裡李桂姐說人情去哩。他剛才在爹跟前，再三磕頭禮拜央及我。明早就起身了。且教韓夥計和崔大官兒先去，我回來就趕了來。」因問：「嫂子，你做的是什麼？」王六兒道：「是他的小衣裳兒。」來保道：「你教他少帶衣裳。到那去處是出紗羅緞絹的窩兒裡，愁沒衣裳穿！」

正說著，韓道國來了。兩個唱了喏，因把前事說了一遍，因說：「我到明日，揚州哪裡尋你們？」韓道國道：「老爹吩咐，教俺們碼頭上投經紀王伯儒店裡下。說過世老爹曾和他父親相交，他店內房屋寬廣，下的客商多，放財物不擔心。你只往那裡尋俺們就是了。」來保又說：「嫂子，我明日東京去，你沒甚鞋腳東西捎進府裡，與你大姐去？」王六兒道道：「沒什麼，只有他爹替他打的兩對簪兒，並他兩雙鞋，起動保叔捎捎進去與他。」於是將手帕包袱停當，遞與來保。一面教春香看菜兒篩酒。婦人連忙丟下生活就放桌兒。來保道：「嫂子，你休費心，我不坐。我到家還要收拾搭褳，明日早起身。」王六兒笑嘻嘻道：「耶嚛，你怎的上門怪人家！夥計家，自恁與你餞行，也該吃鍾兒。」因說韓道國：「你好老實！桌兒不穩，你也撒撒兒，讓保叔坐。只像沒事的人兒一般。」於是拿上菜兒來，斟酒遞與來保，王六兒也陪在旁邊，三人坐定吃酒。

來保吃了幾鍾，說道：「我家去罷。晚了，只怕家裡關門早。」韓道國問道：「你頭口雇下了不曾？」來保道：「明日早雇罷了。鋪子裡鑰匙並帳簿都交與賁四罷了，省得你又上宿去。家裡歇息歇息，好走路兒。」韓道國道：「夥計說的是，我明日就交與他。」王六兒又斟了一甌子，說道：「保叔，你只吃這一鍾，我也不敢留你了。」來保道：「嫂子，你既要我吃，再篩熱著些。」那王六兒連忙歸到壺裡，教錦兒炮熱了，傾在盞內，雙手遞與來保，說道：「沒甚好菜兒與保叔下酒。」來保道：「嫂子好說，家無常禮。」拿起酒來與婦人對飲，一吸同乾，方才作辭起身。王六兒便把女兒鞋腳遞與他，說道：「累保叔，好歹到府裡問聲孩子好不好，我放心些。」兩口兒齊送出門來。

不說來保到家收拾行李，第二日起身東京去了。單表這吳大舅前來對西門慶說：「有東平府行下文書來，派俺本衛兩所掌印千戶管工修理社倉，題准旨意，限六月工完，陞一級。違限，聽巡按御史查參。姐夫有銀子借得幾兩，工上使用。待關出工價來，一一奉還。」西門慶道：「大舅用多少，只顧拿去。」吳大舅道：「姐夫下顧，與二十兩罷。」一面同進後邊，見月娘說了話，教月娘拿二十兩出來，交與大舅，又吃了茶。因後邊有堂客，就出來了。月娘教西門慶留大舅大廳上吃酒。正飲酒中間，只見陳敬濟走來，與吳大舅作了揖，就回說：「門外徐四家銀子，稟上爹，還要再讓兩日兒。」西門慶道：「胡說！我這裡等銀子使，照舊還去罵那狗弟子孩兒。」敬濟應諾。吳大舅就讓他打橫坐下，陪著吃酒不提。

且說後邊大妗子、楊姑娘、李嬌兒、孟玉樓、潘金蓮、李瓶兒、大姐，都伴桂姐在月娘房裡吃酒。先是郁大姐數了一回「張生遊寶塔」，放下琵琶。孟玉樓在旁斟酒遞菜兒與他吃，說道：「賊瞎轉磨的唱了這一日，又說我不疼你。」潘金蓮又大筯子夾塊肉放在他鼻子上，戲弄他玩耍。桂姐因叫玉簫姐：「你遞過郁大姐琵琶來，等我唱個曲兒與姑奶奶和大妗子聽。」月娘道：「桂姐，你心裡熱剌剌的，不唱罷。」桂姐道：「不妨事。見爹娘替我說人情去了，我這回不焦了。」孟玉樓笑道：「李桂姐倒還是院中人家娃娃，做臉兒快。頭裡一來時，把眉頭忔惱著，焦得茶兒也吃不下去。這回說也有，笑也有。」當下桂姐輕舒玉指，頓撥冰絃，唱了一回。

正唱著，只見琴童兒收進傢伙來。月娘便問道：「你大舅去了？」琴童兒道：「大舅去了。」吳大妗子道：「只怕姐夫進來，我們活變活變兒。」琴童道：「爹往五娘房裡去了。」這潘金蓮聽見，就坐不住，趔趄著腳兒只要走，又不好走得。月娘也不等他動身就說道：「他往你屋裡去了，你去罷。省得你欠肚兒親家是的。」那潘金蓮嚷：「可可兒的——」起來，口兒裡硬著，那腳步兒且是去得快。

來到房裡，西門慶已是吃了胡僧藥，教春梅脫了衣裳，在床上帳子裡坐著哩。金蓮看見笑道：「我的兒！今日好呀，不等你娘來就上床了。俺們在後邊吃酒，被李桂姐唱著，灌了我幾鍾好的。獨自一個兒，黑影子裡，一步高一步低，不知怎的走來了。」教春梅：「你有茶倒甌子我吃。」那春梅真個點了茶來。金蓮吃了，努了個嘴與春梅，那春梅就知其意。那邊屋裡早已替他熱下水，婦人抖些檀香、白礬在裡面，洗了牝。就燈下摘了頭，只撇著一根金簪子，拿過鏡子來，重新把嘴唇抹了脂胭，口中噙著香茶，走過這邊來。春梅床頭上取過睡鞋來與他換了，帶上房門出去。這婦人便將燈檯挪近旁邊桌上放著，一手放下半邊紗帳子來，褪去紅褲，露出玉體。

西門慶坐在枕頭上，那話帶著兩個托子，一霎弄得大大的與他瞧。婦人燈下看見，諕了一跳──一手搯不過來，紫巍巍，沈甸甸──便昵瞅了西門慶一眼，說道：「我猜你沒別的話，一定吃了那和尚藥，弄聳得恁般大，一味要來奈何老娘。好酒好肉，王里長吃得去。你在誰人跟前試了新，這回剩了些殘軍敗將，才來我這屋裡來了。俺們是雌剩髩鬏合的？你還說不偏心哩！嗔道那一日我不在屋裡，三不知把那行貨包子偷得往他屋裡去了。原來晚夕和他幹這個營生，他還對著人撇清搗鬼哩。你這行貨子，乾淨是個沒挽回的三寸貨。想起來，一百年不理你才好。」西門慶笑道：「小淫婦兒，你過來。你若有本事，把他咂過了，我輸一兩銀子與你。」婦人道：「汗邪了你了。你吃了什麼行貨子，我禁得過他！」於是把身子斜軃在衽席之上，雙手執定那話，用朱唇吞裹。說道：「好大行貨子，把人的口也撐得生疼的。」說畢，出入鳴咂；或舌尖挑弄蛙口，舐其龜弦；或用口噙著，往來哺捽；或在粉臉上擂晃，百般搏弄，那話越發堅硬搊掘起來。

西門慶垂首窺見婦人香肌掩映於紗帳之內，纖手捧定毛都魯那話，往口裡吞放，燈下一往一來。不想旁邊蹲著一個白獅子貓兒，看見動彈，不知當做甚物件兒，撲向前，用爪兒來撾。這西門慶在上，又將手中拿的灑金老鴉扇兒，只顧引逗他耍子。被婦人奪過扇子來，把貓盡力打了一扇靶子，打出帳子外去了。昵向西門慶道：「怪發訕的冤家！緊著這扎扎的不得人意，又引逗他恁上頭上臉的，一時間撾了人臉怎樣的？好不好我就不幹這營生了。」西門慶道：「怪小淫婦兒，會張致死了！」婦人道：「你怎不教李瓶兒替你咂來？我這屋裡盡著教你掇弄。不知吃了什麼行貨子，咂了這一日，益發咂得沒些事兒！」

西門慶於是向汗巾上小銀盒兒裡，用挑牙挑了些粉紅膏子藥兒，抹在馬口內，仰臥於上，教婦人騎在身上。婦人道：「等我攡著，你往裡放。」龜頭昂大，濡研半晌，僅沒龜稜。婦人在上，將身左右揸擦，似有不勝隱忍之態。因叫道：「親達達，裡邊緊澀住了，好不難揸。」一面用手摸之，窺見麈柄已被牝戶吞進半截，撐得兩邊皆滿。婦人用唾津塗抹牝戶兩邊，已而稍寬滑落，頗作往來，一舉一坐，漸沒至根。婦人因向西門慶說：「你每常使得顫聲嬌，在裡頭只是一味熱癢不可當，怎知和尚這藥，使進去，從子宮冷森森直掣到心上，這一回把渾身上下都酥麻了。我曉得今日死在你手裡了。好難揸忍也！」西門慶笑道：「五兒，我有個笑話兒說與你聽——是應二哥說的：一個人死了，閻王就拿驢皮披在身上，教他變驢。落後判官查簿籍，還有他十三年陽壽，又放回來了。他老婆看見渾身都變過來了，只有陽物還是驢的，未變過來，那人道：『我往陰間換去。』他老婆慌了，說道：『我的哥哥，你這一去，只怕不放你回來怎了？等我慢慢兒的揸罷。』」婦人聽了，笑將扇把子打了一下子，說道：「怪不得應花子的老婆揸慣了驢的行貨。砕說嘴的賊，我不看世界，這一下打得你……」

兩個足纏了一個更次，西門慶精還不過。他在下面合著眼，由著婦人蹲踞在上極力抽提，提得龜頭刮答刮答怪響。提夠良久，又掉過身子去，朝向西門慶。西門慶雙手舉其股，沒稜露腦而提之，往來甚急。西門慶雖身接目視，而猶如無物。良久，婦人情急，轉過身子來，兩手摟定西門慶脖項，合伏在身上，舒舌頭在他口裡，那話直抵牝中，只顧揉搓，沒口子叫：「親達達，罷了，五兒合死了！」須臾，一陣昏迷，舌尖冰冷。泄訖一度，西門慶覺牝中一股熱氣直透丹田，心中翕翕然，美快不可言也。已而，淫津溢出，婦人以帕抹之。兩個相摟相抱，交頭疊股，嗚咂其舌，那話通不拽出來。睡得沒半個時辰，婦人淫情未定，爬上身去，兩個又幹起來。婦人一連丟了兩遭身子，亦覺稍倦。西門慶只是佯佯不采，暗想胡僧之藥神通。看看窗外雞鳴，東方漸白，婦人道：「我的心肝，你不過卻怎樣的？到晚夕你再來，等我好歹替你咂過了罷。」西門慶道：「就咂也不得過。管情只一樁事兒就過了。」婦人道：「告我說是哪一樁兒？」西門慶道：「法不傳六耳，等我晚夕來對你說。」

早晨起來梳洗，春梅打發穿上衣裳。韓道國、崔本又早外邊伺候。西門慶出來燒了紙，打發起身。交付二人兩封書：「一封到揚州馬頭上，投王伯儒店裡下；這一封就往揚州城內抓尋苗青，問他的事情下落，快來回報我。如銀子不夠，我後邊再教來保捎去。」崔本道：「還有蔡老爹書沒有？」西門慶道：「你蔡老爹書還不曾寫，教來保後邊捎了去罷。」二人拜辭，上頭口去了，不在話下。

西門慶冠帶了，就往衙門中來與夏提刑相會，道及昨承見招之意。夏提刑道：「今日奉屈長官一敘，再無他客。」發放已畢，各分散來家。只見一個穿青衣皂隸，騎著快馬，夾著毡包，走得滿面汗流。到大門首，問平安：「此是提刑西門老爹家？」平安道：「你是哪裡來的？」那人即便下馬作揖，說：「我是督催皇木的安老爹差來，送禮與老爹。俺老爹與管磚廠黃老爹，如今都往東平府胡老爹那裡吃酒，順便先來拜老爹，看老爹在家不在。」平安道：「有帖兒沒有？」那人向氈包內取出，連禮物都遞與平安。平安拿進去與西門慶看，見禮帖上寫著浙紬二端，湖綿四斤，香帶一束，古鏡一圓。吩咐：「包五錢銀子，拿回帖打發來人，就說在家拱候老爹。」那人急急去了。

西門慶一面預備酒菜，等至日中，二位官員喝道而至，乘轎張蓋甚盛。先令人投拜帖，一個是「侍生安忱拜」，一個是「侍生黃葆光拜」。都是青雲白鷴補子，烏紗皂履，下轎揖讓而入。西門慶出大門迎接，至廳上敘禮，各道契闊之情，分賓主坐下：黃主事居左，安主事居右，西門慶主位相陪。先是黃主事舉手道：「久仰賢名芳譽，學生遲拜。」西門慶道：「不敢！辱承老先生先施枉駕，當容踵叩。敢問尊號？」安主事道：「黃年兄號泰宇，取『履泰定而發天光』之意。」黃主事道：「敢問尊號？」西門慶道：「學生賤號四泉，——因小莊有四眼井之說。」安主事道：「昨日會見蔡年兄，說他與宋松原都在尊府打攪。」西門慶道：「因承雲峯尊命，又是敝邑公祖，敢不奉迎！小价在京已知鳳翁榮選，未得躬賀。」又問：「幾時起身府上來？」安主事道：「自去歲尊府別後，到家續了親，過了年，正月就來京了。選在工部，備員主事。欽差督運皇木，前往荊州，道經此處，敢不奉謁！」西門慶又說：「盛儀感謝不盡。」

說畢，因請寬衣，令左右安放桌席。黃主事就要起身，安主事道：「實告：我與黃年兄，如今還往東平胡太府那裡赴席，因打尊府過，敢不奉謁。容日再來取擾。」西門慶道：「就是往胡公處，去路尚遠，縱二公不餓，其如從者何？學生不敢具酌，只備一飯在此，以犒從者。」於是先打發轎上攢盤，廳上安放桌席。珍羞異品，極時之盛，就是湯飯點心、海鮮美味，一齊上來。西門慶將小金鍾，每人只奉了三杯，連桌兒擡下去，管待親隨家人吏典。少傾，兩位官人拜辭起身，安主事因向西門慶道：「生輩明日有一小東，奉屈賢公到我這黃年兄同僚劉老太監莊上一敘，未審肯命駕否？」西門慶道：「既蒙寵招，敢不趨命！」說畢，送出大門，上轎而去。

只見夏提刑差人來邀。西門慶說道：「我就去。」一面吩咐備馬，走到後邊換了冠帶衣服，出來上馬。玳安、琴童跟隨，排軍喝道，逕往夏提刑家來。到廳上敘禮，說道：「適有工部督催皇木安主政和磚廠黃主政來拜，留坐了半日，方才去了。不然，也來得早。」說畢，讓至大廳，上面設放兩張桌席，讓西門慶居左，其次就是西賓倪秀才。座間因敘話問道：「老先生尊號？」倪秀才道：「學生賤名倪鵬，字時遠，號桂巖，見在府庠備數，在我這東主夏老先生門下，設館教習賢郎大先生舉業。友道之間，實有多愧。」說話間，兩個小優兒上來磕頭，彈唱飲酒不提。

且說潘金蓮從打發西門慶出來，直睡到晌午才爬起來。甫能起來，又懶待梳頭。恐怕後邊人說他，月娘請他吃飯也不吃，只推不好。大後晌才出房門，來到後邊。月娘因西門慶不在，要聽薛姑子講說佛法，演頌金剛科儀，在明間內安放一張經桌兒，焚下香。薛姑子與王姑子兩個對坐，妙趣、妙鳳兩個徒弟立在兩邊，接念佛號。大妗子、楊姑娘、吳月娘、李嬌兒、孟玉樓、潘金蓮、李瓶兒、孫雪娥和李桂姐眾人，一個不少，都在跟前圍著他坐的，聽他演誦。先是薛姑子道：

蓋聞電光易滅，石火難消。落花無返樹之期，逝水絕歸源之路。畫堂綉閣，命盡有若長空；極品高官，祿絕猶如作夢。黃金白玉，空為禍患之資；紅粉輕衣，總是塵勞之費。妻孥無百載之歡，黑暗有千重之苦。一朝枕上，命掩黃泉。青史揚虛假之名，黃土埋不堅之骨。田園百頃，其中被兒女爭奪；綾錦千箱，死後無寸絲之分。青春未半，而白髮來侵；賀者才聞，而弔者隨至。苦，苦，苦！氣化清風塵歸土。點點輪迴喚不回，改頭換面無遍數。

南無盡虛空遍法界，過去未來佛法僧三寶。

無上甚深微妙法，百千萬劫難遭遇。

我今見聞得受持，願解如來真實義。

王姑子道：「當時釋迦牟尼佛，乃諸佛之祖，釋教之主，如何出家？願聽演說。」薛姑子便唱〈五供養〉：

釋迦佛，梵王子，捨了江山雪山去，割肉餵鷹鵲巢頂。只修得九龍吐水混金身，才成南無大乘大覺釋迦尊。

王姑子又道：「釋迦佛既聽演說，當日觀音菩薩如何修行，才有莊嚴百化化身，有大道力？願聽其說——」

薛姑子正待又唱，只見平安兒慌慌張張走來說道：「巡按宋爺差了兩個快手、一個門子送禮來。」月娘慌了，說道：「你爹往夏家吃酒去了，誰人打發他？」正說著，只見玳安兒回馬來家，放進氈包來，說道：「不打緊，等我拿帖兒對爹說去。教姐夫且請那門子進來，管待他些酒飯兒著。」這玳安交下氈包，拿著帖子，騎馬雲飛般走到夏提刑家，如此這般，說巡按宋老爺送禮來。

西門慶看了帖子，上寫著「鮮豬一口，金酒二尊，公紙四刀，小書一部」，下書「侍生宋喬年拜」。連忙吩咐：「到家教書童快拿我的官銜雙摺手本回去，門子答賞他三兩銀子、兩方手帕，擡盒的每人與他五錢。」玳安來家，到處尋書童兒，哪裡得來？急得只牛回磨轉。陳敬濟又不在，教傅夥計陪著人吃酒，玳安旋打後邊討了手帕、銀子出來，又沒人封，自家在櫃上彌封停當，教傅夥計寫了，大小三包。因向平安兒道：「你就不知往哪去了？」平安道：「頭裡姐夫在家時，他還在家來。落後姐夫往門外討銀子去了，他也不見了。」玳安道：「別要提，一定秫秫小廝在外邊胡行亂走的，養老婆去了。」

正在急唓之間，只見陳敬濟與書童兩個，疊騎著騾子才來，被玳安罵了幾句，教他寫了官銜手本，打發送禮人去了。玳安道：「賊秫秫小廝，仰揸著掙了合蓬著去。爹不在，家裡不看，跟著人養老婆兒去了。爹又沒使你和姐夫門外討銀子，你平白跟了去做什麼？看我對爹說不說！」書童道：「你說不是，我怕你？你不說就是我的兒。」玳安道：「賊狗攮的秫秫小廝，你賭幾個真個？」走向前，一個潑腳撇翻倒，兩個就骨碌成一塊了。那玳安得手，吐了他一口唾沫才罷了。說道：「我接爹去，等我來家和淫婦算帳。」騎馬一直去了。

月娘在後邊，打發兩個姑子吃了些茶食，又聽他唱佛曲兒，宣念偈子。那潘金蓮不住在旁先拉玉樓不動，又扯李瓶兒，又怕月娘說。月娘便道：「李大姐，他叫你，你和他去不是。省得急得他在這裡恁有刮劃沒是處的。」那李瓶兒方才同他出來。被月娘瞅了一眼，說道：「拔了蘿蔔地皮寬，教他去了，省得他在這裡跑兔子一般，原不是聽佛法的人。」

這潘金蓮拉著李瓶兒走出儀門，因說道：「大姐姐好幹這營生，你家又不死人，平白教姑子家中宣起卷來了。都在那裡圍著他怎的？咱們出來走走，就看看大姐在屋裡做什麼哩。」於是一直走出大廳來。只見廂房內點著燈，大姐和敬濟正在裡面絮聒，說不見了銀子。被金蓮向窗櫺上打了一下，說道：「後面不去聽佛曲兒，兩口子且在房裡拌的什麼嘴兒？」陳敬濟出來看見二人，說道：「早是我沒曾罵出來，原是五娘、六娘來了。請進來坐。」金蓮道：「你好膽子，罵不是！」進來見大姐正在燈下納鞋，說道：「這咱晚，熱剌剌的，還納鞋？」因問：「你兩口子嚷的是些什麼？」陳敬濟道：「你問他。爹使我門外討銀子去，他與了我三錢銀子，就教我替他捎銷金汗巾子來。不想到那裡，袖子裡摸銀子沒了，不曾捎得來。來家他說我哪裡養老婆，和我嚷罵了這一日，急得我賭身發咒。不想丫頭掃地，地下拾起來。他把銀子收了不與，還教我明日買汗巾子來。你二位老人家說，卻是誰的不是？」

那大姐便罵道：「賊囚根子，別要說嘴。你不養老婆，平白帶了書童兒去做什麼？剛才教玳安什麼不罵出來！想必兩個打夥兒養老婆去來。去到這咱晚才來，你討的銀子在哪裡？」金蓮問道：「有了銀子不曾？」大姐道：「剛才丫頭掃地，拾起來，我拿著哩。」金蓮道：「不打緊。我與你些銀子，明日也替我帶兩方銷金汗巾子來。」李瓶兒便問：「姐夫，門外有，也捎幾方兒與我。」敬濟道：「門外手帕巷有名王家，專一發賣各色改樣銷金點翠手帕汗巾兒，隨你要多少也有。你老人家要什麼顏色，銷甚花樣，早說與我，明日都替你一齊帶的來了。」李瓶兒道：「我要一方老黃銷金點翠穿花鳳的。」敬濟道：「六娘，老金黃銷上金不顯。」李瓶兒道：「你別要管我。我還要一方銀紅綾銷江牙海水嵌八寶兒的，又是一方閃色芝蔴花銷金的。」敬濟便道：「五娘，你老人家要甚花樣？」金蓮道：「我沒銀子，只要兩方兒夠了。要一方玉色綾瑣子地兒銷金的。」敬濟道：「你又不是老人家，白剌剌的，要他做什麼？」金蓮道：「你管他怎的？戴不得，等我往後有孝戴。」敬濟道：「那一方要甚顏色？」金蓮道：「那一方，我要嬌滴滴紫葡萄顏色四川綾汗巾兒。上銷金間點翠，十樣錦，同心結，方勝地兒——一個方勝兒裡面一對兒喜相逢，兩邊闌子兒，都是纓絡珍珠碎八寶兒。」

敬濟聽了，說道：「耶嚛，耶嚛！再沒了？賣瓜子兒打開箱子打嚏噴——瑣碎一大堆。」金蓮道：「怪短命，有錢買了稱心貨，隨各人心裡所好，你管他怎的！」李瓶兒便向荷包裡拿出一塊銀子兒，遞與敬濟，說：「連你五娘的都在裡頭了。」金蓮搖著頭兒說道：「等我與他罷。」李瓶兒道：「都一答教姐夫捎了來，哪又起個窖兒！」敬濟道：「就是連五娘的，這銀子還多著哩。」一面取等子稱稱，一兩九錢。李瓶兒道：「剩下的就與大姑娘捎兩方來。」大姐連忙道了萬福。金蓮道：「你六娘替大姐買了汗巾兒，把那三錢銀子拿出來，你兩口兒鬥葉兒，賭了東道罷。少，便教你六娘貼些兒出來，明日等你爹不在，買燒鴨子、白酒咱們吃。」敬濟道：「既是五娘說，拿出來。」大姐遞與金蓮，金蓮交付與李瓶兒收著。拿出紙牌來，燈下大姐與敬濟鬥。金蓮又在旁替大姐指點，登時贏了敬濟三場。忽聽前邊打門，西門慶來家，金蓮與李瓶兒才回房去了。

敬濟出來迎接西門慶回了話，說徐四家銀子，後日先送二百五十兩來，餘者出月交還。西門慶罵了幾句，酒帶半酣，也不到後邊，逕往金蓮房裡來。正是：

自有內事迎郎意，何怕明朝花不開。

第五十二回　應伯爵山洞戲春嬌　潘金蓮花園調愛婿

詩曰：

春樓曉日珠簾映，紅粉春妝寶鏡催。
已厭交歡憐舊枕，相將遊戲遶池臺。
坐時衣帶縈纖草，行處裙裾掃落梅。
更道明朝不當作，相期共鬥管絃來。

話說那日西門慶在夏提刑家吃酒，見宋巡按送禮，他心中十分歡喜。夏提刑亦敬重不同往日，攔門勸酒，吃至三更天氣才放回家。潘金蓮又早向燈下除去冠兒，設放衾枕，薰香澡牝等候。西門慶進門，接著，見他酒帶半酣，連忙替他脫衣裳。春梅點茶吃了，打發上床歇息。見婦人脫得光赤條身子，坐在床沿，低垂著頭，將那白生生腿兒橫抱膝上纏腳，換了雙大紅平底睡鞋兒。西門慶一見，淫心輒起，麈柄挺然而興。因問婦人要淫器包兒，婦人忙向褥子底下摸出來遞與他。西門慶把兩個托子都帶上，一手摟過婦人在懷裡，因說：「你達今日要和你幹個『後庭花兒』，你肯不肯？」那婦人瞅了一眼，說道：「好個沒廉恥冤家，你成日和書童兒小廝幹得不值了，又纏起我來了，你和那奴才幹去不是！」西門慶笑道：「怪小油嘴，罷麼！你若依了我，又稀罕小廝做什麼？你不知你達心裡好的是這椿兒，管情放到裡頭去就過了！」

婦人被他再三纏不不過，說道：「奴只怕捱不得你這大行貨。你把頭子上圈去了，我和你耍一遭試試。」西門慶真個除去硫磺圈，根下只束著銀托子，令婦人馬爬在床上，屁股高蹶，將唾津塗抹在龜頭上，往來濡研頂入。龜頭昂健，半晌僅沒其稜。婦人在下蹙眉隱忍，口中咬汗巾子難捱，叫道：「達達慢著些。這個比不得前頭，撐得裡頭熱炙火燎的疼起來。」這西門慶叫道：「好心肝，你叫著達達，不妨事。到明日買一套好顏色妝花紗衣服與你穿。」婦人道：「那衣服倒也有在，我昨日見李桂姐穿的那玉色線掐羊皮挑的金油鵝黃銀條紗裙子，倒好看，說是裡邊買的。他們都有，只我沒這裙子。倒不知多少銀子，你倒買一條我穿罷了。」西門慶道：「不打緊，我到明日替你買。」一壁說著，在上頗作抽拽，只顧沒稜露腦，淺抽深送不已。婦人回首流眸叫道：「好達達，這裡緊著人疼得要不得，如何只顧這般動作起來了？我央及你，好歹快些丟了罷！」

這西門慶不聽，且扶其股，翫其出入之勢。一面口中呼道：「潘五兒，小淫婦兒，你好生浪浪的叫著達達，哄出你達達屄兒出來罷。」那婦人真個在下星眼朦朧，鶯聲款掉，柳腰款擺，香肌半就，口中艷聲柔語，百般難述。良久，西門慶覺精來，兩手扳其股，極力而攮之，扣股之聲響之不絕。那婦人在下邊呻吟成一塊，不能禁止。臨過之時，西門慶把婦人屁股只一扳，麈柄盡沒至根，直抵於深異處，其美不可當。於是怡然感之，一泄如注。婦人承受其精，二體偎貼。良久拽出麈柄，但見猩紅染莖，蛙口流涎，婦人以帕抹之，方才就寢。一宿晚景提過。

次日，西門慶早晨到衙門中回來，有安主事、黃主事那裡差人來下請書，二十二日在磚廠劉太監莊上設席，請早去。西門慶打發來人去了，從上房吃了粥，正出廳來，只見篦頭的小周兒爬倒地下磕頭。西門慶道：「你來得正好，我正要篦篦頭哩。」於是走到翡翠軒小捲棚內，坐在一張涼椅兒上，除了巾幘，打開頭髮。小周兒鋪下梳篦傢伙，與他篦頭櫛髮。觀其泥垢，辨其風雪，跪下討賞錢，說：「老爹今歲必有大遷轉，髮上氣色甚旺。」西門慶大喜。篦了頭，又教他取耳，掐捏身上。他有滾身上一弄兒傢伙，到處與西門慶滾捏過，又行導引之法，把西門慶弄得渾身通泰。賞了他五錢銀子，教他吃了飯，伺候著哥兒剃頭。西門慶就在書房內，倒在大理石床上就睡著了。

那日楊姑娘起身，王姑子與薛姑子要家去。吳月娘將他原來的盒子都裝了些蒸酥茶食，打發起身。兩個姑子，每人又是五錢銀子，兩個小姑子，與了他兩匹小布兒，管待出門。薛姑子又囑咐月娘：「到了壬子日把那藥吃了，管情就有喜事。」月娘道：「薛爺，你這一去，八月裡到我生日，好來走走，我這裡盼你哩。」薛姑子合掌問訊道：「打攪。菩薩這裡，我到那日一定來。」於是作辭。月娘眾人都送到大門首。

月娘與大妗子回後邊去了。只有玉樓、金蓮、瓶兒、西門大姐、李桂姐抱著官哥兒，來到花園裡遊玩。李瓶兒道：「桂姐，你遞過來，等我抱罷。」桂姐道：「六娘，不妨事，我心裡要抱抱哥子。」玉樓道：「桂姐，你還沒到你爹新收拾書房裡瞧瞧哩。」到花園內，金蓮見紫薇花開得爛熳，摘了兩朵與桂姐戴。於是順著松牆兒到翡翠軒，見裡面擺設的床帳屏几、書畫琴棋，極其瀟灑。床上綃帳銀鈎，冰簟珊枕。西門慶倒在床上，睡思正濃。旁邊流金小篆，焚著一縷龍涎。綠窗半掩，窗外芭蕉低映。潘金蓮且在桌上掀弄他的香盒兒，玉樓和李瓶兒都坐在椅兒上，西門慶忽翻過身來，看見眾婦人都在屋裡，便道：「你們來做什麼？」金蓮道：「桂姐要看看你的書房，俺們引他來瞧瞧。」那西門慶見他抱著官哥兒，又引逗了一回。

忽見畫童來說：「應二爹來了。」眾婦人都亂走不迭，往李瓶兒那邊去了。應伯爵走到松牆邊，看見桂姐抱著官哥兒，便道：「好呀！李桂姐在這裡。」故意問道：「你幾時來？」那桂姐走了，說道：「罷麼，怪花子！又不關你事，問怎的？」伯爵道：「好小淫婦兒，不關我事也罷，你且與我個嘴著。」於是摟過來就要親嘴。被桂姐用手只一推，罵道：「賊不得人意怪攮刀子，若不是怕諕了哥子，我這一扇把子打得你……」西門慶走出來看見，說道：「怪狗才，看諕了孩兒！」因教書童：「你抱哥兒送與你六娘去。」那書童連忙接過來。奶子如意兒正在松牆拐角邊等候，接的去了。伯爵和桂姐兩個站著說話，問：「你的事怎樣了？」桂姐道：「多虧爹這裡可憐見，差保哥替我往東京說去了。」伯爵道：「好，好，也罷了。如此你放心些。」說畢，桂姐就往後邊去了。伯爵道：「怪小淫婦兒，你過來，我還和你說話。」桂姐道：「我走走就來。」於是也往李瓶兒這邊來了。

伯爵與西門慶才唱喏坐的。西門慶道：「昨日我在夏龍溪家吃酒，大巡宋道長那裡差人送禮，送了一口鮮豬。我恐怕放不得，今早旋叫廚子來卸開，用椒料連豬頭燒了。你休去，如今請謝子純來，咱們打雙陸，同享了罷。」一面使琴童兒：「快請你謝爹去。你說應二爹在這裡。」琴童兒應諾去了。伯爵因問：「徐家銀子討來了不曾？」西門慶道：「賊沒行止的狗骨禿，明日才先與二百五十兩。你教他兩個後日來，少的，我家裡湊與他罷。」伯爵道：「這等又好了。怕不得他今日也買些鮮物兒來孝順你。」西門慶道：「倒不消教他費心。」

說了一回，西門慶問道：「老孫、祝麻子兩個都起身去了不曾？」伯爵道：「自從李桂兒家拿出來，在縣裡監了一夜，第二日，三個一條鐵索，都解上東京去了。到那裡，沒個清潔來家的！你只說成日圖飲酒吃肉，好容易吃得果子兒！似這等苦兒，也是他受。路上這等大熱天，著鐵索扛著，又沒盤纏，有什麼要緊。」西門慶笑道：「怪狗才，充軍擺戰的不過！誰教他成日跟著王家小廝只胡撞來！他尋的苦兒他受。」伯爵道：「哥說得有理。蒼蠅不鑽沒縫的雞蛋，他怎的不尋我和謝子純？清的只是清，渾的只是渾。」

正說著，謝希大到了。唱畢喏坐下，只顧搧扇子。西門慶問道：「你怎的走恁一臉汗？」希大道：「哥別提起。今日平白惹了一肚子氣。大清早晨，老孫媽媽子走到我那裡，說我弄了他去。恁不合理的老淫婦！你家漢子成日摽著人在院裡大酒大肉吃，大把撾了銀子錢家去，你過陰去來？誰不知道！你討保頭錢，分與那個一分兒使也怎的？教我扛了兩句走出來。不想哥這裡呼喚。」伯爵道：「我剛才和哥不說，新酒放在兩下裡，清自清，渾自渾。當初咱們怎麼說來？我說跟著王家小廝，到明日有一失。今日如何？撞到這網裡，怨悵不得人！」西門慶道：「王家那小廝，有甚大氣概？腦子還未變全，養老婆！還不夠俺們那咱撒下的，羞死鬼罷了！」伯爵道：「他曾見過什麼大頭面，且比哥那咱的勾當，提起來把他諕殺罷了。」說畢，小廝拿茶上來吃了。

西門慶道：「你兩個打雙陸。後邊做著水麵，等我教小廝拿來咱們吃。」不一時，琴童來放桌兒。畫童兒用方盒拿上四個小菜兒，又是三碟兒蒜汁、一大碗豬肉滷，一張銀湯匙、三雙牙筯。

擺放停當，三人坐下，然後拿上三碗麵來，各人自取澆滷，傾上蒜醋。那應伯爵與謝希大拿起筯來，只三扒兩嚥就是一碗。兩人登時狠了七碗。西門慶兩碗還吃不了，說道：「我的兒，你兩個吃這些！」伯爵道：「哥，今日這麵是哪位姐兒下的？又好吃又爽口。」謝希大道：「本等滷打得停當，我只是剛才吃了飯了，不然我還禁一碗。」兩個吃得熱上來，把衣服脫了。見琴童兒收傢伙，便道：「大官兒，到後邊取些水來，俺們漱漱口。」謝希大道：「溫茶兒又好，熱的燙的死蒜臭。」

少頃，畫童兒拿茶至。三人吃了茶，出來外邊松牆外各花臺邊走了一遭。只見黃四家送了四盒子禮來。平安兒掇進來與西門慶瞧：一盒鮮烏菱、一盒鮮荸薺、四尾冰湃的大鰣魚、一盒枇杷果。伯爵看見說道：「好東西兒！他不知哪裡剜的送來，我且嚐個兒著。」一手撾了好幾個，遞了兩個與謝希大，說道：「還有活到老死，還不知此是什麼東西兒哩。」西門慶道：「怪狗才，還沒供養佛，就先撾了吃？」伯爵道：「什麼沒供佛，我且入口無贓著。」西門慶吩咐：「交到後邊收了。問你三娘討三錢銀子賞他。」伯爵問：「是李錦送來，是黃寧兒？」平安道：「是黃寧兒。」伯爵道：「今日造化了這狗骨禿了，又賞他三錢銀子。」這裡西門慶看著他兩個打雙陸不提。

且說月娘和桂姐、李嬌兒、孟玉樓、潘金蓮、李瓶兒、大姐，都在後邊吃了飯，在穿廊下坐的。只見小周兒在影壁前探頭舒腦的，李瓶兒道：「小周兒，你來得好。且進來與小大官兒剃剃頭，他頭髮都長長了。」小周兒連忙向前都磕了頭，說：「剛才老爹吩咐，教小的進來與哥兒剃頭。」月娘道：「六姐，你拿曆頭看看，好日子，歹日子，就與孩子剃頭？」金蓮便教小玉取了曆頭來，揭開看了一回，說道：「今日是四月廿一日，是個庚戌日，金定婁金狗當值，宜祭祀、官帶、出行、裁衣、沐浴、剃頭、修造、動土，宜用午時。──好日期。」月娘道：「既是好日子，教丫頭熱水，你替孩兒洗頭，教小周兒慢慢哄著他剃。」

小玉在旁替他用汗巾兒接著頭髮，才剃得幾刀，這官哥兒呱的怪哭起來。那小周連忙趕著他哭只顧剃，不想把孩子哭得那口氣憋下去，不做聲了，臉便脹的紅了。李瓶兒諕慌手腳，連忙說：「不剃罷，不剃罷！」那小周兒諕得收不迭傢伙，往外沒腳的跑。月娘道：「我說這孩子有些不長俊，護頭。自家替他剪剪罷。平白教進來剃，剃得好麼！」天假其便，那孩子憋了半日氣，才放出聲來。李瓶兒方才放心，只顧拍哄他，說道：「好小周兒，恁大膽！平白進來把哥哥頭來剃了去了。剃得恁半落不合的，欺負我的哥哥。還不拿回來，等我打與哥哥出氣。」於是抱到月娘跟前。

月娘道：「不長俊的小花子兒，剃頭耍了你了，這等哭？剩下這些，到明日做剪毛賊。」引逗了一回，李瓶兒交與奶子。月娘吩咐：「且休與他奶吃，等他睡一回兒與他吃。」奶子抱的前邊去了。只見來安兒進來取小周兒的傢伙，說諕得小周兒臉焦黃的。月娘問道：「他吃了飯不曾？」來安道：「他吃了飯。爹賞他五錢銀子。」月娘教來安：「你拿一甌子酒出去與他。諕著人家，好容易討這幾個錢！」小玉連忙篩了一盞，拿了一碟臘肉，教來安與他吃了去了。

吳月娘因教金蓮：「你看看曆頭，幾時是壬子日？」金蓮看了，說道：「二十三日是壬子日，交芒種五月節。」便道：「姐姐，你問他怎的？」月娘道：「我不怎的，問一聲兒。」李桂姐接過曆頭來看了，說道：「這二十四日，苦惱！是俺娘的生日！我不得在家。」月娘道：「前月初十日是你姐姐生日，過了。這二十四日，可可兒又是你媽的生日了。原來你院中人家一日害兩樣病，做三個生日：日裡害思錢病，黑夜思漢子的病。早晨是媽媽的生日，晌午是姐姐生日，晚夕是自家生日。——怎的都擠在一塊兒？趁著姐夫有錢，攛掇著都生日了罷！」桂姐只是笑，不做聲。只見西門慶使了畫童兒來請，桂姐方向月娘房中妝點勻了臉，往花園中來。

捲棚內，又早放下八仙桌兒，桌上擺設兩大盤燒豬肉並許多餚饌。眾人吃了一回，桂姐在旁拿鍾兒遞酒，伯爵道：「你爹聽著說，不是我索落你，人情兒已是停當了。你爹又替你縣中說了，不尋你了。虧了誰？還虧了我再三央及你爹，他才肯了。平白他肯替你說人情去？隨你心愛的什麼曲兒，你唱個兒我下酒，也是拿勤勞准折。」桂姐笑罵道：「怪碜花子，你虼蟆包網兒——好大面皮！爹他肯信你說話？」伯爵道：「你這賊小淫婦兒！你經還沒念，就先打和尚。要吃飯，休惡了火頭！你敢笑和尚沒丈母，我就單丁擺布不起你這小淫婦兒？你休笑譁，我半邊俏還動得。」被桂姐把手中扇把子，盡力向他身上打了兩下。西門慶笑罵道：「你這狗才，到明日論個男盜女娼，還虧了原問處。」

笑了一回，桂姐慢慢才拿起琵琶，橫擔膝上，啓朱唇，露皓齒，唱道：

【黃鶯兒】誰想有這一種。減香肌，憔瘦損。鏡鸞塵鎖無心整。脂粉倦勻，花枝又懶簪。空教黛眉蹙破春山恨。

伯爵道：「你兩個當初好來，如今就為他耽些驚怕兒，也不該抱怨了。」桂姐道：「汗邪了你，怎的胡說！」——

最難禁，樵樓上畫角，吹徹了斷腸聲。

伯爵道：「腸子倒沒斷，這一回來提你的斷了線，你兩個休提了。」被桂姐盡力打了一下，罵道：「賊攮刀的，今日汗邪了你，只鬼混人的。」——

【集賢賓】幽窗靜悄月又明，恨獨倚幃屏。驀聽得孤鴻只在樓外鳴，把萬愁又還提醒。更長漏永，早不覺燈昏香燼眠未成。他哪裡睡得安穩！

伯爵道：「傻小淫婦兒，他怎的睡不安穩？又沒拿了他去。落得在家裡睡覺兒哩。你便在人家躲著，逐日懷著羊皮兒，直等東京人來，一塊石頭方落地。」桂姐被他說急了，便道：「爹，你看應花子，不知怎的，只發訕纏我。」伯爵道：「你這回才認得爹了？」桂姐不理他，彈著琵琶又唱：

【雙聲疊韻】思量起，思量起，怎不上心？無人處，無人處，淚珠兒暗傾。

伯爵道：「一個人慣溺尿。一日，他娘死了，守孝打舖在靈前睡。晚了，不想又溺下了。人進來看見褥子濕，問怎的來，那人沒得回答，只說：『你不知，我夜間眼淚打肚裡流出來了。』——就和你一般，為他聲說不得，只好背地哭罷了。」桂姐道：「沒羞的孩兒，你看見來？汗邪了你哩！」——

我怨他，我怨他，說他不盡，誰知道這裡先走滾。自恨我當初不合他認真。

伯爵道：「傻小淫婦兒，如今年程，三歲小孩兒也哄不動，何況風月中子弟。你和他認真？你且住了，等我唱個南曲兒你聽：『風月事，我說與你聽：如今年程，論不得假真。個個人古怪精靈，個個人久慣牢成，倒將計活埋把瞎缸暗頂。老虔婆只要圖財，小淫婦兒少不得拽著脖子往前掙。苦似投河，愁如覓井。幾時得把業罐子填完，就變驢變馬也不幹這營生。』」當下把桂姐說得哭起來了。被西門慶向伯爵頭上打了一扇子，笑罵道：「你這攮斷腸子的狗才！生生兒吃你把人就嘔殺了。」因叫桂姐：「你唱，不要理他。」謝希大道：「應二哥，你好沒趣！今日左來右去只欺負我這乾女兒。你再言語，口上生個大疔瘡。」那桂姐半日拿起琵琶，又唱：

【簇御林】人都道他志誠。

伯爵才待言語，被希大把口按了，說道：「桂姐你唱，休理他！」桂姐又唱道：

卻原來廝勾引。眼睜睜心口不相應。

希大放了手，伯爵又說：「相應倒好了。心口裡不相應，如今虎口裡倒相應。不多，也只三兩炷兒。」桂姐道：「白眉赤眼，你看見來？」伯爵道：「我沒看見，在樂星堂兒裡不是？」連西門慶眾人都笑起來了。桂姐又唱：

山盟海誓，說假道真，險些兒不為他錯害了相思病。負人心，看伊家做作，如何教我有前程？

伯爵道：「前程也不敢指望他，到明日，少不了他個招宣襲了罷。」桂姐又唱：

【琥珀貓兒墜】日疏日遠，何日再相逢？枉了奴痴心寧耐等。想巫山雲雨夢難成。薄情，猛拚今生和你鳳拆鸞零。

【尾聲】冤家下得忒薄倖，割捨得將人孤另。那世裡的恩情翻成做話餅。

唱畢，謝希大道：「罷，罷。教畫童兒接過琵琶去，等我酬勞桂姐一杯酒兒，消消氣罷。」伯爵道：「等我哺菜兒。我本領兒不濟事，拿勤勞準折罷了。」桂姐道：「花子過去，誰理你！你大拳打了人，這回拿手來摩挲。」當下，希大一連遞了桂姐三杯酒，拉伯爵道：「咱們還有那兩盤雙陸，打了罷。」於是二人又打雙陸。西門慶遞了個眼色與桂姐，就往外走。伯爵道：「哥，你往後邊去，捎些香茶兒出來。頭裡吃了些蒜，這回子倒反惡泛泛起來了。」西門慶道：「我哪裡得香茶來！」伯爵道：「哥你還哄我哩，杭州劉學官送了你好少兒，你獨吃也不好。」西門慶笑的後邊去了。桂姐也走出來，在太湖石畔推掐花兒戴，也不見了。伯爵與希大一連打了三盤雙陸，等西門慶白不見出來。問畫童兒：「你爹在後邊做什麼哩？」畫童兒道：「爹在後邊，就出來了。」伯爵道：「就出來，有些古怪！」因教謝希大：「你這裡坐著，等我尋他尋去。」那謝希大且和書童兒兩個下象棋。

原來，西門慶只走到李瓶兒房裡，吃了藥就出來了。在木香棚下看見李桂姐，就拉到藏春塢雪洞兒裡，把門兒掩著，坐在矮床兒上，把桂姐摟在懷中，腿上坐的，一逕露出那話來與他瞧，把桂姐諕了一跳。便問：「怎的就這般大？」西門慶悉把吃胡僧藥告訴了一遍。先教他低垂粉頸，款啓猩唇，品咂了一回。然後，輕輕攙起他兩隻小小金蓮來，跨在兩邊肐膊上，抱到一張椅兒上，兩個就幹起來。

不想應伯爵到各亭兒上尋了一遭，尋不著，打滴翠岩小洞兒裡穿過去，到了木香棚，抹過葡萄架，到松竹深處，藏春塢邊，隱隱聽見有人笑聲，又不知在何處。這伯爵慢慢躡足潛踪，掀開簾兒，見兩扇洞門兒虛掩，在外面只顧聽覷。聽見桂姐顫著聲兒，將身子只顧迎播著西門慶，叫：「達達，快些了事罷，只怕有人來。」被伯爵猛然大叫一聲，推開門進來，看見西門慶把桂姐扛著腿子正幹得好。說道：「快取水來，潑潑兩個摟心的，摟到一搭裡了！」李桂姐道：「怪攮刀子，猛的進來，諕了我一跳！」伯爵道：「快些兒了事？好容易！也得值那些數兒是的。怕有人來看見，我就來了。且過來，等我抽個頭兒著。」西門慶便道：「怪狗才，快出去罷了，休鬼混！我只怕小廝來看見。」那應伯爵道：「小淫婦兒，你央及我央及兒。不然我就吆喝起來，連後邊嫂子們都嚷得知道。你既認做乾女兒了，好意教你躲住兩日兒，你又偷漢子。教你了不成！」桂姐道：「去罷，應怪花子！」伯爵道：「我去罷？我且親個嘴著。」於是按著桂姐親了一個嘴，才走出來。

西門慶道：「怪狗才，還不帶上門哩。」伯爵一面走來把門帶上，說道：「我兒，兩個盡著搗，盡著搗，搗吊底也不關我事。」才走到那個松樹兒底下，又回來說道：「你頭裡許我的香茶在

哪裡？」西門慶道：「怪狗才，等住回我與你就是了，又來纏人！」那伯爵方才一直笑的去了。桂姐道：「好個不得人意的攮刀子！」這西門慶和那桂姐兩個，在雪洞內足幹夠一個時辰，吃了一枚紅棗兒，才得了事，雨散雲收。有詩為證：

海棠枝上鶯梭急，綠竹蔭中燕語頻。
閑來付與丹青手，一段春嬌畫不成。

少頃，二人整衣出來。桂姐向他袖子內掏出好些香茶來袖了。西門慶使得滿身香汗，氣喘吁吁，走來馬纓花下溺尿。李桂姐腰裡摸出鏡子來，在月窗上擱著，整雲理鬢，往後邊去了。西門慶走到李瓶兒房裡，洗洗手出來。伯爵問他要香茶，西門慶道：「怪花子，你害了痞？如何只鬼混人！」每人掐了一撮與他。伯爵道：「只與我這兩個兒！由他，由他！等我問李家小淫婦兒要。」正說著，只見李銘走來磕頭。伯爵道：「李日新在哪裡來？你沒曾打聽得他們的事怎麼樣兒了？」李銘道：「俺桂姐虧了爹這裡。這兩日，縣裡也沒人來催，只等京中示下哩。」伯爵道：「齊家那小老婆子出來了？」李銘道：「齊香兒還在王皇親宅內躲著哩。桂姐在爹這裡好，誰人敢來尋？」伯爵道：「要不然也費手，虧我和你謝爹再三央勸你爹：『你不替他處處兒，教他哪裡尋頭腦去！』」李銘道：「爹這裡不管，就了不成。俺三嬸老人家，風風勢勢的，幹出什麼事！」伯爵道：「我記得這幾時是他生日，俺們會了你爹，與他做做生日。」李銘道：「爹們不消了。到明日事情畢了，三嬸和桂姐，愁不請爹們坐坐？」伯爵道：「到其間，俺們補生日就是了。」因教他近前：「你且替我吃了這鍾酒著。我吃了這一日，吃不得了。」

那李銘接過銀把鍾來，跪著一飲而盡。謝希大教琴童又斟了一鍾與他。伯爵道：「你敢沒吃飯？」桌上還剩了一盤點心，謝希大又拿兩盤燒豬頭肉和鴨子遞與他。李銘雙手接的，下邊吃去了。伯爵用筯子又撥了半段鰣魚與他，說道：「我見你今年還沒食這個哩，且嚐新著。」西門慶道：「怪狗才，都拿與他吃罷了，又留下做什麼？」伯爵道：「等住回吃得酒闌，上來餓了，我不會吃飯兒？你們哪裡曉得，江南此魚一年只過一遭兒，吃到牙縫裡剔出來都是香的。好容易！公道說，就是朝廷還沒吃哩！不是哥這裡，誰家有？」

正說著，只見畫童兒拿出四碟鮮物兒來：一碟烏菱、一碟荸薺、一碟雪藕、一碟枇杷。西門慶還沒曾放到口裡，被應伯爵連碟子都撾過去，倒的袖了。謝希大道：「你也留兩個兒我吃。」也將手撾一碟子烏菱來。只落下藕在桌子上。西門慶掐了一塊放在口內，別的與了李銘吃了。吩咐畫童後邊再取兩個枇杷來賞李銘。李銘接的袖了，才上來拿箏彈唱。唱了一回，伯爵又出題目，教他唱了一套〈花藥欄〉。三個直吃到掌燈時候，還等後邊拿出綠豆白米水飯來吃了，才起身。伯爵道：「哥，我曉得明日安主事請你，不得閒。李四、黃三那事，我後日會他來罷。」西門慶點頭兒，二人也不等送，就去了。西門慶教書童看收傢伙，就歸後邊孟玉樓房中歇去了。一宿無話。

到次日早起，也沒往衙門中去，吃了粥，冠帶騎馬，書童、玳安兩個跟隨，出城南三十里，逕往劉太監莊上來赴席，不在話下。

潘金蓮趕西門慶不在家，與李瓶兒計較，將陳敬濟輸的那三錢銀子，又教李瓶兒添出七錢來，教來興兒買了一隻燒鴨、兩隻雞、一錢銀子下飯、一罈金華酒、一瓶白酒、一錢銀子裹餡涼糕，教來興兒媳婦整理端正。金蓮對著月娘說：「大姐那日鬥牌，贏了陳姐夫三錢銀子，李大姐又添了些，今治了東道兒，請姐姐在花園裡吃。」吳月娘就同孟玉樓、李嬌兒、孫雪娥、大姐、桂姐眾人，先在捲棚內吃了一回，然後拿酒菜兒，在山子上臥雲亭下棋，投壺，吃酒耍子。月娘想起問道：「今日主人怎倒不來坐坐？」大姐道：「爹又使他往門外徐家催銀子去了，也好待來也。」

不一時，陳敬濟來到，向月娘眾人作了揖，就拉過大姐一處坐下。向月娘說：「徐家銀子討了來了，共五封二百五十兩，送到房裡，玉簫收了。」於是傳杯換盞，酒過數巡，各添春色。月娘與李嬌兒、桂姐三個下棋，玉樓眾人都起身向各處觀花玩草耍子。惟金蓮獨自手搖著白團紗扇兒，往山子後芭蕉深處納涼。因見牆角草地下一朵野紫花兒可愛，便走去要摘。不想敬濟有心，一眼睃見，便悄悄跟來，在背後說道：「五娘，你老人家尋什麼？這草地上滑齏齏的，只怕跌了你，教兒子心疼。」那金蓮扭回粉頸，斜睨秋波，帶笑帶罵道：「好個賊短命的油嘴，跌了我，可是你就心疼哩？誰要你管！你又跟了我來做什麼，也不怕人看著。」因問：「你買的汗巾兒怎了？」敬濟笑嘻嘻向袖於中取出，遞與他，說道：「六娘的都在這裡了。」又道：「汗巾兒買了來，你把甚來謝我？」於是把臉子挨的他身邊，被金蓮舉手只一推。

不想李瓶兒抱著官哥兒，並奶子如意兒跟著，從松牆那邊走來。見金蓮手拿白團扇一動，不知是推敬濟，只認做撲蝴蝶，忙叫道：「五媽媽，撲得蝴蝶兒，把官哥兒一個耍子。」慌得敬濟趕眼不見，兩三步就鑽進山子裡邊去了。金蓮恐怕李瓶兒瞧見，故意問道：「陳姐夫與了汗巾不曾？」李瓶兒道：「他還沒有與我哩。」金蓮道：「他剛才袖著，對著大姐姐不好與咱的，悄悄遞與我了。」於是兩個坐在芭蕉叢下花臺石上，打開分了。兩個坐了一回，李瓶兒說道：「這答兒裡倒且是陰涼。」因使如意兒：「你去教迎春屋裡取孩子的小枕頭並涼席兒來，就帶了骨牌來，我和五娘在這裡抹回骨牌兒。你就在屋裡看罷。」如意兒去了。

不一時，迎春取了枕席並骨牌來。李瓶兒鋪下席，把官哥兒放在小枕頭兒上躺著，教他玩耍，他便和金蓮抹牌。抹了一回，教迎春往屋裡拿一壺好茶來。不想孟玉樓在臥雲亭上看見，點手兒叫李瓶兒說：「大姐姐叫你說句話兒。」李瓶兒撇下孩子，教金蓮看著：「我就來。」那金蓮記掛敬濟在洞兒裡，哪裡又去顧那孩子，趕空兒兩三步走入洞門首，叫敬濟，說：「沒人，你出來罷。」敬濟便叫婦人進去瞧蘑菇：「裡面長出這些大頭蘑菇來了。」哄得婦人入到洞裡，就搊疊腿跪著，要和婦人雲雨。兩個正接著親嘴。也是天假其便，李瓶兒走到亭子上，月娘說：「孟三姐和桂姐投壺輸了，你來替他投兩壺兒。」李瓶兒道：「底下沒人看孩子哩。」玉樓道：「左右有六姐在那裡，怕怎的。」月娘道：「孟三姐，你去替他看看罷。」李瓶兒道：「三娘累你，一發抱了他來罷。」教小玉：「你去就抱他的席和小枕頭兒來。」

那小玉和玉樓走到芭蕉叢下，孩子便躺在席上，蹬手蹬腳的怪哭，並不知金蓮在哪裡。只見旁邊一個大黑貓，見人來，一溜煙跑了。玉樓道：「他五娘哪裡去了？耶嚛，耶嚛！把孩子丟在這裡，吃貓諕了他了。」那金蓮連忙從雪洞兒裡鑽出來，說道：「我在這裡淨了淨手，誰往哪去來！哪裡有貓諕了他？白眉赤眼的！」那玉樓也更不往洞裡看，只顧抱了官哥兒，拍哄著他往臥雲亭兒上去了。小玉拿著枕席跟的去了。金蓮恐怕他學舌，隨屁股也跟了來。

月娘問：「孩子怎的哭？」玉樓道：「我去時，不知是哪裡一個大黑貓蹲在孩子頭跟前。」月娘說：「乾淨諕著孩兒。」李瓶兒道，「他五娘看著他哩。」玉樓道：「六姐往洞兒裡淨手去來。」金蓮走上來說：「三姐，你怎的恁白眉赤眼兒的？哪裡討個貓來！他想必餓了，要奶吃哭，就賴起人來。」李瓶兒見迎春拿上茶來，就使他叫奶子來餵哥兒奶。

陳敬濟見無人，從洞兒鑽出來，順著松牆兒轉過捲棚，一直往外去了。正是：

兩手劈開生死路。一身跳出是非門。

月娘見孩子不吃奶，只是哭，吩咐李瓶兒：「你抱他到屋裡，好好打發他睡罷。」於是也不吃酒，眾人都散了。原來陳敬濟也不曾與潘金蓮得手，事情不巧，歸到前邊廂房中，有些咄咄不樂。正是：

無可奈何花落去，似曾相識燕歸來。

第五十三回　潘金蓮驚散幽歡　吳月娘拜求子息

詞曰：

小院閒階玉砌，牆隈半簇蘭芽。一庭萱草石榴花，多子宜男愛插。　休使風吹雨打，老天好為藏遮。莫教變作杜鵑花，粉褪紅銷香罷。

——右調〈應天長〉

話說陳敬濟與金蓮不曾得手，悵怏不提。單表西門慶赴黃、安二主事之席，乘著馬，跟隨著書童、玳安四五人，來到劉太監莊上。早有承局報知，黃、安二主事忙整衣冠，出來迎接。那劉太監是地主，也同來相迎。西門慶下了馬，劉太監一手挽了西門慶，笑道：「咱三個等候得好半日了，老丈卻才到來。」西門慶答道：「蒙兩位老先生見招，本該早來，實為家下有些小事，反勞老公公久待，望乞恕罪。」三個大打恭，進儀門來。讓到廳上，西門慶先與黃主事作揖，次與安主事、劉太監都作了揖，四人分賓主而坐。第一位讓西門慶坐了，第二就該劉太監坐。劉太監再四不肯，道：「咱忝是房主，還該兩位老先生，是遠客。」安主事道：「定是老先兒。」西門慶道：「若是序齒，還該劉公公。」劉太監推卻不過，向黃、安兩主事道：「斗膽占了。」便坐了第二位。黃、安二主事坐了主席。一班小優兒上來磕了頭，左右獻過茶，當值的就遞上酒來。黃、安二主事起身安席坐下。

小優兒拿檀板、琵琶、絃索、簫管上來，合定腔調，細細唱了一套〈宜春令〉「青陽候煙雨淋」。唱畢，劉太監舉杯勸眾官飲酒。安主事道：「這一套曲兒，做得清麗無比，定是一個絕代才子。況唱得聲音嘹亮，響遏行雲，卻不是個雙絕了麼！」西門慶道：「那個也不當奇，今日有黃、安二位做了賢主，劉公公做了地主，這才是難得哩！」黃主事笑道：「也不為奇。劉公公是出入紫禁，日覲龍顏，可不是貴臣？西門老丈，堆金積玉，彷佛陶朱，可不是富人？富貴雙美，這才是奇哩！」四個人哈哈大笑。當值的斟上酒來，又飲了一回。小優兒又拿碧玉洞簫，吹得悠悠嚥嚥，和著板眼，唱一套〈沽美酒〉「桃花溪，楊柳腰」的時曲。唱畢，眾客又贊了一番，歡樂飲酒不提。

且說陳敬濟因與金蓮不曾得手，耐不住滿身慾火。見西門慶吃酒到晚還未來家，依舊閃入捲棚後面，探頭探腦張看。原來金蓮被敬濟鬼混了一場，也十分難熬，正在無人處手托香腮，沈吟思想。不料敬濟三不知走來，黑影子裡看見了，恨不得一碗水嚥將下去。就大著膽，悄悄走到背後，將金蓮雙手抱住，便親了個嘴，說道：「我前世的娘！起先吃孟三兒那冤兒打開了，幾乎把我急殺了。」金蓮不提防，吃了一嚇。回頭看見是敬濟，心中又驚又喜，便罵道：「賊短命，閃了我一閃，快放手，有人來撞見怎了！」敬濟哪裡肯放，便用手去解他褲帶。

金蓮猶半推半就，早被敬濟一扯扯斷了。金蓮故意失驚道：「怪賊囚，好大膽！就這等容易易要奈何小丈母！」敬濟再三央求道：「我那前世的親娘，要敬濟的心肝煮湯吃，我也肯割出來。沒奈何，只要今番成就成就！」敬濟口裡說著，腰下那話已是硬幫幫的露出來，朝著金蓮單裙只顧亂插。金蓮桃頰紅潮，情動久了。初還假做不肯，及被敬濟纍垂敖曹觸著，就禁不得把手去摸。敬濟便趁勢一手掀開金蓮裙子，盡力往內一插，不覺沒頭露腦。原來金蓮被纏了一回，臊水濕漉漉的，因此不費力送進了。兩個緊傍在紅欄杆上，任意抽送，敬濟還嫌不得到根，教金蓮倒在地下：「待我奉承你一個不亦樂乎！」金蓮恐散了頭髮，又怕人來，推道：「今番且將就些，後次再得相聚，憑你便了。」一個「達達」連聲，一個「親親」不住，廝併了半個時辰。只聽得隔牆外簌簌的響，又有人說話，兩個一哄而散。

敬濟雲情未已，金蓮雨意方濃。卻是書童、玳安拿著冠帶拜匣，都醉醺醺的嚷進門來。月娘聽見，知道是西門慶來家，忙差小玉出來看。書童、玳安道：「爹隨後就到了。我兩人怕晚了，先來了。」不多時，西門慶下馬進門，已醉了，直奔到月娘房裡來。摟住月娘就待上床。月娘因要他明日進房，應二十三壬子日服藥行事，便不留他，道：「今日我身子不好，你往別房裡去罷。」西門慶笑道：「我知道你嫌我醉了，不留我。也罷，別要惹你嫌。我去了，明晚來罷。」月娘笑道：「我真有些不好，月經還未淨。誰嫌你？明晚來罷。」西門慶就往潘金蓮房裡去了。金蓮正與敬濟不盡興回房，眠在炕上，一見西門慶進來，忙起來笑迎道：「今日吃酒，這咱時才來家。」西門慶也不答應，一手摟將過來，連親了幾個嘴，一手就下邊一摸，摸著他牝戶，道：「怪小淫婦兒，你想著誰來？兀那話濕答答的。」金蓮自覺心虛，也不做聲。只笑推開了西門慶，向後邊澡牝去了。當晚與西門慶雲情雨意，不消說得。

且表吳月娘次日起身，正是二十三壬子日，梳洗畢，就教小玉擺著香桌，上邊放著寶爐，燒起名香，又放上《白衣觀音經》一卷。月娘向西皈依禮拜，拈香畢，將經展開，念一遍，拜一拜，念了二十四遍，拜了二十四拜，圓滿。然後箱內取出丸藥放在桌上，又拜了四拜，禱告道：「我吳氏上靠皇天，下賴薛師父、王師父這藥，仰祈保佑，早生子嗣。」告畢，小玉燙得熱酒，傾在盞內。月娘接過酒盞，一手取藥調勻，西向跪倒，先將丸藥嚥下，又取末藥也服了，喉嚨內微覺有些腥氣。月娘閉著氣一口呷下，又拜了四拜。當日不出房，只在房裡坐的。

西門慶在潘金蓮房中起身，就教書童寫謝宴帖，往黃、安二主事家謝宴。書童去了，就是應伯爵來到。西門慶出來，應伯爵作了揖，說道：「哥昨在劉太監家吃酒，幾時來家？」西門慶道：「承兩公十分相愛，灌了好幾杯酒，歸路又遠，更餘來家。已是醉了，這咱才起身。」玳安捧出早飯，西門慶正和伯爵同吃，又報黃主事、安主事來拜。西門慶整衣冠，教收過傢伙出迎。應伯爵忙迴避了。黃、安二主事一齊下轎。進門廝見畢，三人坐下，一面捧出茶來吃了。黃、安二主事道：「夜來有褻。」西門慶道：「多感厚情，正要叩謝兩位老先生，如何反勞臺駕先施！」安主事道：「昨晚老先生還未盡興，為何就別了？」西門慶道：「晚生已大醉了。臨起身，又被劉公公灌上十數杯葡萄酒，在馬上就要嘔，耐得到家，睡到今日還有些不醒哩。」笑了一番，又吃過三杯茶，說些閒話，作別去了。應伯爵也推事故家去。西門慶回進後邊吃了飯，就坐轎答拜黃、安二主事去。又寫兩個紅禮帖，吩咐玳安備辦兩副下程，趕到他家面送。當日無話。西門慶來家，吳月娘打點床帳，等候進房。西門慶進了房，月娘就教小玉整設餚饌，盪酒上來，兩人促膝而坐。西門慶道：「我昨夜有了杯酒，你便不肯留我，又假推什麼身子不好，這咱搗鬼！」月娘道，「這不是搗鬼，果然有些不好。難道夫妻之間恁的疑心？」西門慶吃了十數杯酒，又吃了些鮮魚鴨臘，便不吃了，月娘教收過了。小玉薰得被窩香噴噴的，兩個洗澡已畢，脫衣上床。枕上紬繆，被中繾綣，言不可盡。這也是吳月娘該有喜事，恰遇月經轉，兩下似水如魚，便得了子了。正是：

花有並頭蓮並蒂，帶宜同挽結同心。

次日，西門慶起身梳洗，月娘備有羊羔美酒、雞子腰子補腎之物，與他吃了，打發進衙門去。西門慶衙門散了回來，就進李瓶兒房看哥兒。李瓶兒抱著孩子向西門慶道：「前日我有些心願未曾了。這兩日身子有些不好，坐淨桶時，常有些血水淋得慌。早晚要酬酬心願，你又忙碌碌的，不得個閒空。」西門慶道：「你既要了願時，我教玳安去接王姑子來，與他商量，做些好事就是了。」便教玳安，吩咐接王姑子。玳安應諾去了。

書童又報：「常二叔和應二爹來到。」西門慶便出迎廝見。應伯爵道：「前日謝子純在這裡吃酒，我說的黃四、李三的那事，哥應付了他罷。」西門慶道：「我哪裡有銀子？」應伯爵道：「哥前日已是許下了，如何又變了卦？哥不要瞞我，等地財主，說個無銀出來？隨分湊些與他罷。」西門慶不答應他，只顧猷了臉看常峙節。常峙節道：「連日不曾來，哥，小哥兒長養麼？」西門慶道：「生受注念，卻才你李家嫂子要酬心願，只得去請王姑子來家做些好事。」應伯爵道：「但凡人家富貴，專待子孫掌管。養得來時，須要十分保護。譬如種五穀的，初長時也得時時灌溉，才望個秋收。小哥兒萬金之軀，是個掌中珠，又比別的不同。小兒郎三歲有關，六歲有厄，九歲有煞，又有出痧出痘等症。哥，不是我口直，論起哥兒，自然該與他做些好事，廣種福因。若是嫂子有甚願心，正宜及早了當，管情教哥兒無災無害好養。」

說話間，只見玳安來回話道：「王姑子不在菴裡，到王尚書府中去了。小的又到王尚書府中找尋他，半日才得出來。與他說了，便來了。」西門慶聽罷，依舊和伯爵、常峙節說話兒，一處坐的，書童拿些茶來吃了。伯爵因開言道：「小弟蒙哥哥厚愛，一向因寒家房子窄隘，不敢簡褻，多有疏失。今日稟明了哥，若明後日得空，望哥同常二哥出門外花園裡玩耍一日，少盡兒弟孝順之心。」常峙節從旁贊道：「應二哥一片獻芹之心，哥自然鑒納，絕沒有見卻的理。」西門慶道：「若論明日，倒沒事，只不該生受。」伯爵道：「小弟在宅裡，筷子也不知吃了多少下去，今日一杯水酒當得什麼！」西門慶道：「既如此，我便不往別處去了。」伯爵道：「只是還有一件——小優兒，小弟便叫了。但郊外去，必須得兩個唱的去，方有興趣。」西門慶道：「這不打緊，我叫人去叫了吳銀兒與韓金釧兒就是了。」伯爵道：「如此可知好哩。只是又要哥費心不當。」西門慶一面就教琴童，吩咐去叫吳銀兒、韓金釧兒，明日早往門外花園內唱。琴童應諾去了。

不多時，王姑子來到廳上，見西門慶道個問訊：「動問施主，今日見召，不知有何吩咐？老身因王尚書府中有些小事去了，不得便來，方才得脫身。」西門慶道：「因前日養官哥許下些願心，一向忙碌碌，未曾完得。託賴皇天保護，日漸長大。我第一來要酬報佛恩，第二來要消災延壽，因此請師父來商議。」王姑子道：「小哥兒萬金之軀，全憑佛力保護。老爹不知道，我們佛經上說，人中生有夜叉羅剎，常喜噉人，令人無子，傷胎奪命，皆是諸惡鬼所為。如今小哥兒要做好事，定是看經念佛，其餘都不是路了。」西門慶便問做甚功德好，王姑子道：「先拜卷《藥師經》，待回向後，再印造兩部《陀羅經》，極有功德。」西門慶問道：「不知幾時起經？」王姑子道：「明日倒是好日，就我菴中完願罷。」西門慶點著頭道：「依你，依你。」

王姑子說畢，就往後邊，見吳月娘和六房姐妹都在李瓶兒房裡。王姑子各打了問訊。月娘便道：「今日央你做好事保護官哥，你幾時起經頭？」王姑子道：「來日黃道吉日，就我菴裡起經。」小玉拿茶來吃了。李瓶兒因對王姑子道：「師父，我還有句話，一發央及你。」王姑子道：「你老人家有甚話，但說不妨。」李瓶兒道：「自從有了孩子，身子便有些不好。明日疏意裡邊，帶通一句何如？行得去，我另謝你。」王姑子道：「這也何難。且待寫疏的時節，一發寫上就是了。」正是：

禍因惡積非無種，福自天來定有根。

第五十四回　應伯爵隔花戲金釧　任醫官垂帳診瓶兒

詞曰：

美酒斗十千，更對花前。芳樽肯放手中閒？起舞酬花花不語，似解人憐。　不醉莫言還，請看枝間。已飄零一片減嬋娟。花落明年猶自好，可惜朱顏。

——右調〈浪淘沙〉

卻說王姑子和李瓶兒、吳月娘，商量來日起經頭停當，月娘便拿了些應用物件送王姑子去，又教陳敬濟來吩咐道：「明日你李家丈母拜經保佑官哥，你早去禮拜禮拜。」敬濟推道：「爹明日要去門外花園吃酒，留我店裡照管，著別人去罷。」原來敬濟聽見應伯爵請下了西門慶，便想要乘機和潘金蓮弄鬆，因此推故。月娘見說照顧生意，便不違拗他，放他出去了，便著書童禮拜。調撥已定，單待明日起經。

且說西門慶和應伯爵、常峙節談笑多時，只見琴童來回話道：「唱的叫了。吳銀兒有病去不得，韓金釧兒答應了，明日早去。」西門慶道：「吳銀兒既病，再去叫董嬌兒罷。」常峙節道：「郊外飲酒，有一個盡夠了，不消又去叫。」說畢，各各別去，不在話下。

次日黎明，西門慶起身梳洗畢，月娘安排早飯吃了，便乘轎往觀音菴起經。書童、玳安跟隨而行。王姑子出大門迎接，西門慶進菴來，北面皈依參拜。但見：

金仙建化，啓第一之真乘；玉偈演音，集三千之妙利。寶花座上，裝成莊嚴世界；惠日光中，現出歡喜慈悲。香煙繚遶，直透九霄；仙鶴盤旋，飛來秪樹。訪問緣由，果然稀罕；但思福果，哪惜金錢！正是：辦個至誠心，何處皇天難感；願將大佛事，保祈殤子彭籛。

王姑子宣讀疏頭，西門慶聽了，平身更衣。王姑子捧出茶來，又拿些點心餅饊之物擺在桌上。西門慶不吃，單呷了口清茶，便上轎回來，留書童禮拜。正是：

願心酬畢喜匆匆，感謝靈神保佑功。
更願皈依蓮座下，卻教關煞永亨通。

回來，紅日才半竿，應伯爵早同常峙節來請。西門慶笑道：「哪裡有請吃早飯的？我今日雖無事故，也索下午才好去。」應伯爵道：「原來哥不知，出城二十里，有個內相花園，極是華麗，且又幽深，兩三日也遊玩不到哩。因此要早去，盡這一日工夫，可不是好？」常峙節道：「今日哥既沒甚事故，應哥早邀，便索去休。」西門慶道：「既如此，常二哥和應二哥先行，我乘轎便到了。」應伯爵道：「專待哥來。」說罷，兩人出門，教頭口前去，又轉到院內，立等了韓金釧兒坐轎子同去。應伯爵先一日已著火家來園內，殺雞宰鵝，安排筵席，又叫下兩個優童隨著去了。

西門慶見二人去了多時，便乘轎出門，迤邐漸近。舉頭一看，但見：

千樹濃蔭，一灣流水。粉牆藏不謝之花，華屋掩長春之景。武陵桃放，漁人何處識迷津？庾嶺梅開，詞客此中尋好句。端的是天上蓬萊，人間閬苑。

西門慶讚嘆不已道：「好景致！」下轎步入園來。應伯爵和常峙節出來迎接，園亭內坐的。先是韓金釧兒磕了頭，才是兩個歌童磕頭。吃了茶，伯爵就要遞上酒來，西門慶道：「且住，你們先陪我去瞧瞧景致來。」一面立起身來，攙著韓金釧手兒同走。伯爵便引著慢慢的步出迴廊，循朱欄轉過垂楊邊一曲荼蘼架，踅過太湖石、松鳳亭，來到奇字亭。亭後是遶屋梅花三十樹，中間探梅閣。閣上名人題詠極多，西門慶備細看了。又過牡丹臺，臺上數十種奇異牡丹。又過北是竹園，園左有聽竹館、鳳來亭，匾額都是名公手跡；右是金魚池，池上樂水亭，憑朱欄俯看金魚，卻像錦被也似一片浮在水面。西門慶正看得有趣，伯爵催促，又登一個大樓，上寫「聽月樓」。樓上也有名人題詩對聯，也是刊板砂綠嵌的。下了樓，往東一座大山，山中八仙洞，深幽廣闊。洞中有石棋盤，壁上鐵笛銅簫，似仙家一般。出了洞，登山頂一望，滿園都是見的。

西門慶走了半日，常峙節道：「恐怕哥勞倦了，且到園亭上坐坐，再走不遲。」西門慶道：「十分走不過一分，卻又走不得了。多虧了那些擡轎的，一日趕百來里多路。」大家笑了，讓到園亭裡，西門慶坐了上位，常峙節坐東，應伯爵坐西，韓金釧兒在西門慶側邊陪坐。大家送過酒來，西門慶道：「今日多有相擾，怎的生受！」伯爵道：「一杯水酒，哥說哪裡話！」三人吃夠數杯，兩個歌童上來。西門慶看那歌童生得——

粉塊捏成白面，胭脂點就朱唇。綠鬖鬖披幾寸青絲，香馥馥著滿身羅綺。秋波一轉，憑他鐵石心腸。檀板輕敲，遮莫金聲玉振。

兩個歌童上來，拿著鼓板，合唱了一套時曲〈字字錦〉「群芳綻錦鮮」。唱得嬌喉婉轉，端的是遶梁之聲，西門慶稱讚不已。常峙節道：「怪他是男子，若是婦女，便無價了。」西門慶道：

正是：

但得傾城與傾國，不論南方與北方。

「若是婦女，咱也早教他坐了，絕不要他站著唱。」伯爵道：「哥本是在行人，說的話也在行。」眾人都笑起來。三人又吃了數杯，伯爵送上令盆，斟一大鍾酒，要西門慶行令。西門慶道：「這便不消了。」伯爵定要行令，西門慶道：「我要一個風花雪月，第一是我，第二是常二哥，第三是主人，第四是釧姐。但說得出來，只吃這一杯。若說不出，罰一杯，還要講十個笑話。講得好便休；不好，從頭再講。如今先是我了。」拿起令鍾，一飲而盡，就道：「雲淡風輕近午天。──如今該常二哥了。」常峙節接過酒來吃了，便道：「傍花隨柳過前川。──如今該主人家了。」

應伯爵吃了酒，猷登登講不出來。西門慶道：「應二哥請受罰。」伯爵道：「且待我思量。」又遲了一回，被西門慶催逼得緊，便道：「泄漏春光有幾分。」西門慶大笑道：「好個說別字的，論起來，講不出該一杯，說別字又該一杯，共兩杯。」伯爵笑道：「我不信，有兩個『雪』字，便受罰了兩杯？」眾人都笑了，催他講笑話。伯爵說道：「一秀才上京，泊船在揚子江。到晚，教艄公：『泊別處罷，這裡有賊。』艄公道：『怎的便見得有賊？』秀才道：『兀那碑上寫的不是江心賊？』艄公笑道：『莫不是江心賦，怎便識差了？』秀才道：『賦便賦，有些賊形。』」

西門慶笑道：「難道秀才也識別字？」常峙節道：「應二哥該罰十大杯。」伯爵失驚道：「卻怎的便罰十杯？」常峙節道：「你且自家去想。」原來西門慶是山東第一個財主，卻被伯爵說了「賊形」，可不罵他了！西門慶先沒理會，倒被常峙節這句話提醒了。伯爵自覺失言，取酒罰了兩杯，便求方便。西門慶笑道：「你若不該，一杯也不強你；若該罰時，卻饒你不得。」伯爵滿面不安，又吃了數杯，瞅著常峙節道：「多嘴！」西門慶道：「再說來！」伯爵道：「如今不敢說了。」西門慶道：「胡亂取笑，顧不得許多，且說來看。」伯爵才安心，又說：「孔夫子西狩得麟，不能夠見，在家裡日夜啼哭。弟子恐怕哭壞了，尋個牯牛，滿身掛了銅錢哄他。那孔子一見便識破，道：『這分明是有錢的牛，卻怎的做得麟！』」說罷，慌忙掩著口跪下道：「小人該死了，實是無心。」西門慶笑著道：「怪狗才，還不起來。」

金釧兒在旁笑道：「應花子成年說嘴麻犯人，今日一般也說錯了。大爹，別要理他！」說得

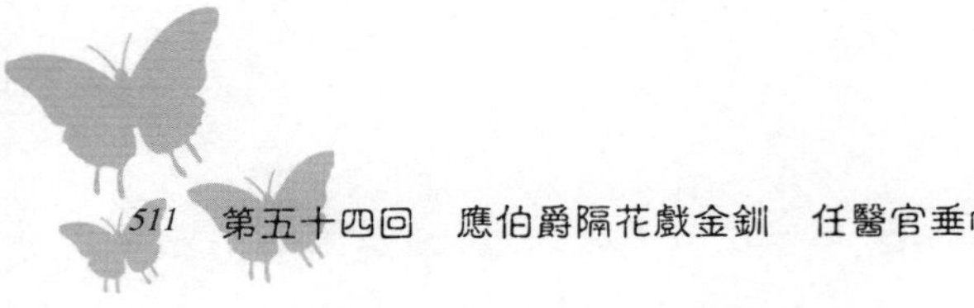

伯爵急了，走起來把金釧兒頭上打了一下，說道：「緊自常二那天殺的韶刀，還禁得你這小淫婦兒來插嘴插舌！」不想這一下打重了，把金釧疼得要不得，又不敢哭，肐膍著臉，待要使性兒。西門慶笑罵道：「你這狗才，可成個人？嘲戲了我，反又打人，該得何罪？」伯爵一面笑著，摟了金釧說道：「我的兒，誰養得你恁嬌？輕輕盪得一盪兒就待哭，虧你捱那驢大的行貨子來！」金釧兒揉著頭，瞅了他一眼，罵道：「怪花子，你見來？沒得扯淡！敢是你家媽媽子倒挨驢的行貨來。」伯爵笑說道：「我怎不見？只大爹他是有名的潘驢鄧小閒，不少一件，你怎的賴得過？」又道：「哥，我還有個笑話兒，一發奉承了列位罷：一個小娘，因那話寬了，有人教導他：『你把生礬一塊，塞在裡邊，敢就緊了。』那小娘真個依了他。不想那礬澀得疼了，不好過，肐膍著立在門前。一個走過的人看見了，說道：『這小淫婦兒，倒像妝霸王哩！』這小娘正沒好氣，聽見了，便罵道：『怪囚根子，俺樊噲妝不過，誰這裡妝霸王哩！』」說畢，一座大笑，連金釧兒也噗嗤的笑了。

少頃，伯爵飲過酒，便送酒與西門慶完令。西門慶道：「該釧姐了。」金釧兒不肯。常峙節道：「自然還是哥。」西門慶取酒飲了，道：「月殿雲梯拜洞仙。」令完，西門慶便起身更衣散步。伯爵一面教擺上添換來，轉眼卻不見了韓金釧兒。伯爵四下看時，只見他走到山子那邊薔薇架兒底下，正打沙窩兒溺尿。伯爵看見了，連忙折了一枝花枝兒，輕輕走去，蹲在他後面，伸手去挑弄他的花心。韓金釧兒吃了一驚，尿也不曾溺完就立起身來，連褲腰都濕了。不防常峙節從背後又影來，猛力把伯爵一推，撲得向前倒了一跤，險些兒不曾濺了一臉子的尿。伯爵爬起來，笑罵著趕了打，西門慶立在那邊松陰下看了，笑得要不得。連韓金釧兒也笑得打跌道：「應花子，可見天理近哩！」於是重新入席飲酒。

西門慶道：「你這狗才，剛才把俺們都嘲了，如今也要你說個自己的本色。」伯爵連說：「有有有，一財主撒屁，幫閒道：『不臭。』財主慌得道：『屁不臭，不好了，快請醫人！』幫閒道：『待我聞聞滋味看。』假意兒把鼻一嗅，口一咂，道：『回味略有些臭，還不妨。』」說得眾人都笑了。常峙節道：「你自得罪哥哥，怎的把我的本色也說出來？」眾人又笑了一場。伯爵又要常峙節與西門慶猜枚飲酒。韓金釧兒又彈唱著奉酒。眾人歡笑，不在話下。

且說陳敬濟探聽西門慶出門，便百般打扮得俊俏，一心要和潘金蓮弄鬼，又不敢造次，只在雪洞裡張看，還想婦人到後園來。等了半日不見來，耐心不過，就一直逕奔到金蓮房裡來，喜得沒有人看見。走到房門首，忽聽得金蓮嬌聲低唱了一句道：「莫不你才得些兒便將人忘記。」已知婦人動情，便接口道：「我哪敢忘記了你！」搶進來，緊緊抱住道：「親親，昨日丈母教我去觀音菴禮拜，我一心放你不下，推事故不去。今日爹去吃酒了，我絕早就在雪洞裡張望。望得眼穿，並不見我親親的俊影兒。因此，拚著死踅得進來。」金蓮道：「砼說嘴的，你且禁聲。牆有風，壁有耳，這裡說話不當穩便。」說未畢，窗縫裡隱隱望見小玉手拿一幅白絹，漸漸走近屋裡來，又忽地轉去了。金蓮忖道：「這怪小丫頭，要進房卻又跑轉去，定是忘記甚東西。」知道他要再來，慌教陳敬濟：「你索去休，這事不濟了。」敬濟沒奈何，一溜煙出去了。果然，小玉因月娘教金蓮描畫副裙拖送人，沒曾拿得花樣，因此又跑轉去。這也是金蓮造化，不該出醜。待得小玉拿了花樣進門，敬濟已跑去久了。金蓮接著絹兒，尚兀是手顫哩。

話分兩頭。再表西門慶和應伯爵、常峙節，三人吃得酩酊，方才起身。伯爵再四留不住，忙跪著告道：「莫不哥還怪我那句話麼？可知道留不住哩。」西門慶笑道：「怪狗才，誰記著你話來！」伯爵便取個大甌兒，滿滿斟了一甌遞上來，西門慶接過吃了。常峙節又把些細果供上來，西門慶也吃了，便謝伯爵起身。與了金釧兒一兩銀子，教玳安又賞了歌童三錢銀子，吩咐：「我有酒，也著人叫你。」說畢，上轎便行，兩個小廝跟隨。伯爵叫火家收過傢伙，打發了歌童，騎頭口同金釧兒轎子進城來，不提。

西門慶到家，已是黃昏時分，就進李瓶兒房裡歇了。次日，李瓶兒和西門慶說：「自從養了孩子，身上只是不淨。早晨看鏡子，兀那臉皮通黃了，飲食也不想，走動卻似閃肭了腿的一般。倘或有些山高水低，丟了孩子教誰看管？」西門慶見他掉下淚來，便道：「我去請任醫官來，看你脈息，吃些丸藥，管就好了。」便教書童寫個帖兒，去請任醫官來。書童依命去了。

西門慶自來廳上，只見應伯爵早來謝勞。西門慶謝了相擾，兩人一處坐的說話。不多時，書童通報任醫官到，西門慶慌忙出迎，和應伯爵廝見，三人依次而坐。書童遞上茶來吃了，任醫官便動問：「府上是哪一位貴恙？」西門慶道：「就是第六個小妾，身子有些不好，勞老先生仔細一看。」任醫官道：「莫不就是前日得哥兒的麼？」西門慶道：「正是。不知怎麼生起病來。」教丫頭把帳兒輕輕揭開一縫，先放出李瓶兒的右手來，用帕兒包著，擱在書上。

任醫官道：「且待學生進去看看。」說畢，西門慶陪任醫官進到李瓶兒屋裡，就床前坐下。任醫官道：「且待脈息定著。」定了一回，然後把三個指頭按在脈上，自家低著頭，細玩脈息，多時才放下。李瓶兒在帳縫裡慢慢的縮了進去。不一時，又把帕兒包著左手，捧將出來，擱在書上，任醫官也如此看了。看完了，便向西門慶道：「老夫人兩手脈都看了，卻斗膽要瞧瞧氣色。」西門道：「通家朋友，但看何妨。」就教揭起帳兒。任醫官一看，只見：

臉上桃花紅綻色，眉尖柳葉翠含顰。

那任醫官略看了兩眼，便對西門慶說：「夫人尊顏，學生已是望見了。大約沒有甚事，還要問個病源，才是個望、聞、問、切。」西門慶就喚奶子。只見如意兒打扮得花花俏俏走過來，向任醫官道個萬福，把李瓶兒那口燥唇乾、睡炕不穩的病症，細細說了一遍。

那任醫官即便起身，打個恭兒道：「老先生，若是這等，學生保得沒事。大凡以下人家，他形神粗鹵，氣血強旺，可以隨分下藥，就差了些，也不打緊的。如宅上這樣大家，夫人這樣柔弱的形軀，怎容得一毫兒差池！正是藥差指下，延禍四肢。以此望、聞、問、切，一件兒少不得的。前日，王吏部的夫人也有些病症，看來卻與夫人相似。學生診了脈，問了病源，看了氣色，心下就明白得緊。到家查了古方，參以己見，把那熱者涼之，虛者補之，停停當當，不消三四劑藥兒，登時好了。那吏部公也感小弟得緊，不論尺頭銀兩，加禮送來。那夫人又有梯己謝意，吏部公又送學生一個匾兒，鼓樂喧天，送到家下。匾上寫著『儒醫神術』四個大字。近日，也有幾個朋友來看，說道寫的是什麼顏體，一個個飛得起的。況學生幼年曾讀幾行書，因為家事消乏，就去學那岐黃之術。真正那『儒醫』兩字，一發道得著哩！」西門慶道：「既然不妨，極是好了。不滿老先生說，家中雖有幾房，只是這個房下，極與學生契合。學生偌大年紀，近日得了小兒，全靠他扶養，怎生差池得！全仗老先生神術，與學生用心兒調治他速好，學生恩有重報。縱是咱們武職比不得那吏部公，須索也不敢怠慢。」任醫官道：「老先生這樣相處，小弟一分也不敢望謝。就是那藥本，也不敢領。」

西門慶聽罷，笑將起來道：「學生也不是吃白藥的。近日有個笑話兒講得好：有一人說道：『人家貓兒若是犯了癩的病，把烏藥買來，餵他吃了就好了。』旁邊有一人問：『若是狗兒有病，還吃什麼藥？』那人應聲道：『吃白藥，吃白藥。』可知道白藥是狗吃的哩！」那任醫官拍手大笑道：「竟不知那寫白方兒的是什麼？」又大笑一回。任醫官道：「老先生既然這等說，學生也只求一個匾兒罷。謝儀斷然不敢，不敢。」又笑了一回，起身，大家打恭到廳上去了。正是：

神方得自蓬萊監，脈訣傳從少室君。
凡為採芝騎白鶴，時緣度世訪豪門。

第五十五回　西門慶兩番慶壽旦　苗員外一諾送歌童

詞曰：

師表方眷遇，魚水君臣，須信從來少。寶運當千，佳辰餘五，嵩岳誕生元老。帝遣阜安宗社，人仰雍容廊廟。願歲歲共祝眉壽，壽比山高。

——右調〈喜遷鶯後〉

卻說任醫官看了脈息，依舊到廳上坐下。西門慶便開言道：「不知這病症端的何如？」任醫官道：「夫人這病，原是產後不慎調理，因此得來。目下惡露不淨，面帶黃色，飲食也沒些要緊，走動便覺煩勞。依學生愚見，還該謹慎保重。如今夫人兩手脈息虛而不實，按之散大。這病症都只為火炎肝腑，土虛木旺，虛血妄行。若今番不治，後邊一發了不得。」說畢，西門慶道：「如今該用甚藥才好？」任醫官道：「只用些清火止血的藥——黃柏、知母為君，其餘再加減些，吃下看住，就好了。」西門慶聽了，就教書童封了一兩銀子，送任醫官做藥本，任醫官作謝去了。不一時，送將藥來，李瓶兒屋裡煎服，不在話下。

且說西門慶送了任醫官去，回來與應伯爵說話。伯爵因說：「今日早晨，李三、黃四走來，說他這宗香銀子急得緊，再三央我來求哥。好歹哥看我面，接濟他這一步兒罷。」西門慶道：「既是這般急，我也只得依你了。你教他明日來兌了去罷。」一面讓伯爵到小捲棚內，留他吃飯。伯爵因問：「李桂兒還在這裡住著哩？東京去的也該來了。」西門慶道：「正是，我緊等著還要打發他往揚州去，敢怕也只在早晚到也。」說畢，吃了飯，伯爵別去。到次日，西門慶衙門中回來，伯爵早已同李智、黃四坐在廳上等。見西門慶回來，都慌忙過來見了。西門慶進去換了衣服，就問月娘取出徐家討的二百五十兩銀子，又添兌了二百五十兩，教陳敬濟拿了，同到廳上，兌與李三、黃四。因說道：「我沒銀子，因應二哥再三來說，只得湊與你！——我卻是就要的。」李三道：「蒙老爹接濟，怎敢遲延！如今關出這批銀子，一分也不敢動，就都送了來。」於是兌收明白，千恩萬謝去了。伯爵也就要去，被西門慶留下。

正坐的說話，只見平安兒進來報說：「來保東京回來了。」伯爵道：「我昨日就說也該來了。」不一時，來保進到廳上，與西門慶磕了頭。西門慶便問：「你見翟爹麼？李桂姐事情怎樣了？」來保道：「小的親見翟爹。翟爹見了爹的書，隨即教長班拿帖兒與朱太尉去說，小的也跟了去。朱太尉親吩咐說：『既是太師府中分上，就該都放了。因是六黃太尉送的，難以回他，如乃未到者，俱免提；已拿到的，且監些時。他內官性兒，有頭沒尾。等他性兒坦些，也都從輕處就是了。』」伯爵道：「這等說，連齊香兒也免提了？——造化了這小淫婦兒了！」來保道：「就是祝爹他每，也只好打幾下罷了。罪，料是沒了。」一面取出翟管家書遞上。

西門慶看了說道：「老孫與祝麻子，做夢也不曉得是我這裡人情。」伯爵道：「哥，你也只當積陰騭罷了。」來保又說：「翟爹見小的去，好不歡喜，問爹明日可與老爺去上壽？小的不好回說不去，只得答應：『敢要來也。』翟爹說：『來走走也好，我也要與你爹會一會哩。』」西門慶道：「我倒也不曾打點自去。既是這等說，只得要去走遭了。」因吩咐來保：「你辛苦了，且到後面吃些酒飯，歇息歇息。遲一兩日，還要趕到揚州去哩。」來保應諾去了。西門慶就要進去與李桂姐說知，向伯爵道：「你坐著，我就來。」伯爵也要去尋李三、黃四，乘機說道：「我且去著，再來罷。」一面別去。

西門慶來到月娘房裡，李桂姐已知道信了，忙走來與西門慶、月娘磕頭謝道：「難得爹娘費心，救了我這一場大禍。拿什麼補報爹娘！」月娘道：「你既在咱家恁一場，有些事兒，不與你處處，卻為著什麼來？」桂姐道：「俺便賴爹娘可憐救了，只造化齊香兒那小淫婦兒，他甚相干？連他都饒了。他家賺錢賺鈔，帶累俺們受驚怕，俺們倒還只當替他說了個大人情，不該饒他才好！」西門慶笑道：「真造化了這小淫婦兒了。」說了一回，桂姐便要辭了家去，道：「我家媽還不知道這信哩，我家去說聲，免得他記掛，再同媽來與爹娘磕頭罷。」西門慶道：「也罷，我不留你，你且家去說聲著。」月娘道：「桂姐，你吃了飯去。」桂姐道：「娘，我不吃飯了。」一面又拜辭西門慶與月娘眾人。臨去，西門慶說道：「事便完了，你今後，這王三官兒也少要招攬他了。」桂姐道：「爹說的是什麼話，還招攬他哩！再要招攬他，就把身子爛化了。就是前日，也不是我招攬他。」月娘道：「不招攬他就是了，又平白說誓怎的？」一面叫轎子，打發桂姐去了。西門慶因告月娘說要上東京之事。月娘道：「既要去，須要早打點，省得臨時促忙促急。」西門慶道：「蟒袍錦綉、金花寶貝，上壽禮物，俱已完備，倒只是我的行李不曾整備。」月娘道：「行李不打緊。」西門慶說畢，就到前邊看李瓶兒去了。到次日，坐在捲棚內，叫了陳敬濟來，看著寫了蔡御史的書，交與來保，又與了他盤纏，教他明日起早趕往揚州去，不提。

條忽過了數日，看看與蔡太師壽誕將近，只得擇了吉日，吩咐琴童、玳安、書童、畫童四個小廝跟隨，各各收拾行李。月娘同玉樓、金蓮眾人，將各色禮物並冠帶衣服應用之物，共裝了二十餘擔。頭一日晚夕，妻妾眾人擺設酒餚和西門慶送行。吃完酒，就進月娘房裡宿歇。次日，把二十擔行李先打發出門，又發了一張通行馬牌，仰經過驛遞起夫馬迎送。各各停當，然後進李瓶兒房裡來。看了官哥兒，與李瓶兒說道：「你好好調理。要藥，教人去問任醫官討。我不久便來家看你。」那李瓶兒擱著淚道：「路上小心保重。」直送出廳來，和月娘、玉樓、金蓮打夥兒送了出大門。西門慶乘了涼轎，四個小廝騎了頭口，望東京進發。迤邐行來，免不得朝登紫陌，夜宿郵亭，一路看了些山明水秀，相遇的無非都是各路文武官員進京慶賀壽誕，生辰擔不計其數。約行了十來日，早到東京。進了萬壽城門，那時天色將晚，趕到龍德街牌樓底下，就投翟家屋裡去住歇。

那翟管家聞知西門慶到了，忙出來迎接，各敘寒暄。吃了茶，西門慶教玳安將行李一一交盤進翟家來。翟謙交府幹收了，就擺酒和西門慶洗塵。不一時，只見剔犀官桌上，擺上珍羞美味來，只好沒有龍肝鳳髓罷了，其餘般般俱有，便是蔡太師自家受用，也不過如此。當值的拿上酒來，翟謙先滴了天，然後與西門慶把盞。西門慶也回敬了。兩人坐下，糖果按酒之物，流水也似遞將上來。酒過兩巡，西門慶便對翟謙道：「學生此來，單為與老太師慶壽，聊備些微禮孝順太師，想不見卻。只是學生久有一片仰高之心，欲求親家預先稟過：但得能拜在太師門下做個乾生子，便也不枉了人生一世。不知可以啓口麼？」翟謙道：「這個有何難哉！我們主人雖是朝廷大臣，卻也極好奉承。今日見了這般盛禮，不但拜做乾子，定然允從，自然還要陞遷官爵。」西門慶聽說，不勝之喜。飲夠多時，西門慶便推不吃酒了。翟管家道：「再請一杯，怎的不吃了？」西門慶道：「明日有正經事，不敢多飲。」再四相勸，只又吃了一杯。

翟管家賞了隨從人酒食，就請西門慶到後邊書房裡安歇。排下暖床綃帳，銀鉤錦被，香噴噴的。一班小廝伏侍西門慶脫衣上床獨宿——西門慶一生不慣，那一晚好難捱過。巴到天明，正待起身，那翟家門戶重重掩著。直捱到巳牌時分，才有個人把鑰匙一路開將出來。隨後才是小廝拿手巾香湯進書房來。西門慶梳洗完畢，只見翟管家出來和西門慶廝見，坐下。當值的就托出一個朱紅盒子來，裡邊有三十來樣美味，一把銀壺斟上酒來吃早飯。翟謙道：「請用過早飯，學生先進府去和主翁說知，然後親家搬禮物進來。」西門慶道：「多勞費心！」酒過數杯，就拿早飯來吃了，收過傢伙。翟管家道：「且權坐一回，學生進府去便來。」

翟謙去不多時，就忙來家，向西門慶說：「老爺正在書房梳洗，外邊滿朝文武官員都伺候拜壽，未得廝見哩。學生已對老爺說過了，如今先進去拜賀罷，省得住回人雜。學生先去奉候，親家就來罷了。」說畢去了。西門慶不勝歡喜。便教跟隨人拉同翟家幾個伴當，先把那二十扛金銀緞匹擡到太師府前，一行人應聲去了。西門慶即冠帶，乘了轎來。只見亂哄哄，挨肩擦背，都是大小官員來上壽的。西門慶遠遠望見一個官員，也乘著轎進龍德坊來。西門慶仔細一看，卻認得是故人揚州苗員外。不想那苗員外也望見西門慶，兩個同下轎作揖，敘說寒溫。原來這苗員外也是個財主，他身上也現做著散官之職，向來結交在蔡太師門下，那時也來上壽，恰遇了故人。當

下，兩個忙匆匆路次話了幾句，問了寓處，分手而別。

西門慶來到太師府前，但見：

堂開綠野，閣起凌煙。門前寬綽堪旋馬，閥閱嵬峨好豎旗。錦綉叢中，風送到畫眉聲巧；金銀堆裡，日映出琪樹花香。左右活屏風，一個個夷光紅拂；滿堂死寶玩，一件件周鼎商彝。室掛明珠十二，黑夜裡何用燈油？門迎珠履三千，白日間盡皆名士。九州四海，大小官員，都來慶賀；六部尚書，三邊總督，無不低頭。

正是：

除卻萬年天子貴，只有當朝宰相尊。

西門慶恭身進了大門，翟管家接著，只見中門關著不開，官員都打從角門而入。西門慶便問：「為何今日大事，卻不開中門？」翟管家道：「中門曾經官家行幸，因此人不敢走。」西門慶和翟謙進了幾重門，門上都是武官把守，一些兒也不混亂。見了翟謙，一個個都欠身問管家：「從何處來？」翟管家答道：「舍親打山東來拜壽老爺的。」說罷，又走過幾座門，轉幾個彎，無非是畫棟雕梁，金張甲第。隱隱聽見鼓樂之聲，如在天上一般。西門慶又問道：「這裡民居隔絕，哪裡來的鼓樂喧嚷？」翟管家道：「這是老爺叫的女樂，一班二十四人，都曉得天魔舞、霓裳舞、觀音舞。但凡老爺早膳、中飯、夜宴，都是奏的。如今想是早膳了。」西門慶聽言未了，又鼻子裡覺得異香馥馥，樂聲一發近了。翟管家道：「這裡與老爺書房相近了，腳步兒放鬆些。」轉個迴廊，只見一座大廳，如寶殿仙宮。廳前仙鶴、孔雀種種珍禽，又有那瓊花、曇花、佛桑花，四時不謝，開得閃閃爍爍，應接不暇。西門慶還未敢闖進，教翟管家先進去了，然後挨挨排排走到堂前。只見堂上虎皮交椅上坐一個大猩紅蟒衣的，是太師了。屏風後列有二三十個美女，一個個都是宮樣妝束，執巾執扇，捧擁著他。翟管家也站在一邊。西門慶朝上拜了四拜，蔡太師也起身，就狨單上回了個禮。——這是初相見了。落後，翟管家走近蔡太師耳邊，暗暗說了幾句話下來，西門慶理會得是那話了，又朝上拜四拜，蔡太師便不答禮。——這四拜是認乾爺，因此受了。西門慶開言便以父子稱呼道：「孩兒沒恁孝順爺爺，今日華誕，特備得幾件菲儀，聊表千里鵝毛之意。願老爺壽比南山。」蔡太師道：「這怎的生受！」便請坐下。

當值的拿了把椅子上來，西門慶朝上作了個揖道：「告坐了。」就西邊坐的吃茶。翟管家慌跑出門來，教擡禮物的都進來。須臾，二十扛禮物擺列在階下。揭開了涼箱蓋，呈上一個禮目：大紅蟒袍一套、官綠龍袍一套、漢錦二十匹、蜀錦二十匹、火浣布二十匹、西洋布二十匹，其餘花素尺頭共四十匹、獅蠻玉帶一圍、金鑲奇南香帶一圍、玉杯犀杯各十對、赤金攢花爵杯八隻、明珠十顆，又另外黃金二百兩，送上蔡太師做贄見禮。蔡太師看了禮目，又瞧見擡上二十來擔，心下十分歡喜，說了聲「多謝！」便教翟管家收進庫房去了。一面吩咐擺酒款待。西門慶因見他忙匆匆，就起身辭蔡太師。太師道：「既如此，下午早早來罷。」西門慶又作個揖，起身出來。蔡太師送了幾步，便不送了。西門慶依舊和翟管家同出府來。翟管家府內有事，也作別進去。

西門慶逕回到翟家來，脫下冠帶，已整下午飯，吃了一頓。回到書房，打了個盹，恰好蔡太師差舍人邀請赴席，西門慶謝了些扇金，著先去了。即便重整冠帶，又教玳安封下許多賞封，做一拜匣盛了，跟隨著四個小廝，復乘轎望太師府來。蔡太師那日滿朝文武官員來慶賀的，各各請酒。自次日為始，分做三停：第一日是皇親內相，第二日是尚書顯要、衙門官員，第三日是內外大小等職。只有西門慶，一來遠客，二來送了許多禮物，蔡太師倒十分歡喜，因此就是正日獨獨請他一個。見西門慶到了，忙走出軒下相迎。西門慶再四謙遜，讓爺爺先行，自家屈著背，輕輕跨入檻內，蔡太師道：「遠勞駕從，又損隆儀。今日略坐，少表微忱。」西門慶道：「孩兒戴天履地，全賴爺爺洪福，些小敬意，何足掛懷！」兩個喁喁笑語，真似父子一般。

二十四個美女，一齊奏樂，府幹當值的斟上酒來。蔡太師要與西門慶把盞，西門慶力辭不敢，只領得一盞，立飲而盡，隨即坐了桌席。西門慶教書童取過一隻黃金桃杯，斟上一杯滿滿，走到蔡太師席前，雙膝跪下道：「願爺爺千歲！」蔡太師滿面歡喜道：「孩兒起來。」接過便飲個完。西門慶才起身，依舊坐下。那時相府華筵，珍奇萬狀，都不必說。西門慶直飲到黃昏時候，拿賞封賞了諸執役人，才作謝告別道：「爺爺貴冗，孩兒就此叩謝，後日不敢再來求見了。」出了府門，仍到翟家安歇。

次日，要拜苗員外，著玳安跟尋了一日，卻在皇城後李太監房中住下。玳安拿著帖子通報了，苗員外來出迎道：「學生正想個知心朋友講講，恰好來得湊巧。」就留西門慶筵燕。西門慶推卻不過，只得便住了。當下山餚海錯不記其數。又有兩個歌童，生得眉清目秀，頓開喉音，唱幾套曲兒。西門慶指著玳安、琴童向苗員外說道：「這班蠢材，只會吃酒飯，怎的比得那兩個！」苗員外笑道：「只怕伏侍不得老先生，若愛時，就送上也何難！」西門慶謙謝，不敢奪人之好。飲到更深，別了苗員外，依舊來翟家歇。那幾日內相府管事的，各各請酒，留連了八九日。西門慶歸心如箭，便教玳安收拾行李。翟管家苦死留住，只得又吃了一夕酒，重敘姻親，極其眷戀。次日早起辭別，望山東而行。一路水宿風餐，不在話下。

且說月娘家中，自從西門慶往東京慶壽，姐妹們望眼巴巴，各自在屋裡做些針指，通不出來閒耍。只有潘金蓮打扮得如花似玉，喬模喬樣，在丫鬟夥裡，或是猜枚，或是抹牌，說也有，笑也有，狂得通沒些成色。嘻嘻哈哈，也不顧人看見，只想著與陳敬濟勾搭。每日只在花園雪洞內踅來踅去，指望一時湊巧。敬濟也一心想著婦人，不時進來尋撞，撞見無人便調戲，親嘴咂舌做一處，只恨人多眼多，不能盡情歡會。正是：

雖然未入巫山夢，卻得時逢洛水神。

一日，吳月娘、孟玉樓、李瓶兒同一處坐的，只見玳安慌慌跑進門來，見月娘眾人磕了頭，報道：「爹回來了。」月娘便問：「如今在哪裡？」玳安道：「小的一路騎頭口，拿著馬牌先行，因此先到家。爹這時節，也差不上二十里遠近了。」月娘道：「你曾吃飯沒有？」玳安道：「從早上吃來，卻不曾吃中飯。」月娘便吩咐整飯伺候，一面就和六房姐妹同夥兒到廳上迎接。正是：

詩人老去鶯鶯在，公子歸時燕燕忙。

妻妾每在廳上等候多時，西門慶方到門前下轎了，眾妻妾一齊相迎進去。西門慶先和月娘廝見畢，然後孟玉樓、李瓶兒、潘金蓮依次見了，各敘寒溫。落後，書童、琴童、畫童也來磕了頭，自去廚下吃飯。西門慶把路上辛苦並到翟家住下、感蔡太師厚情請酒並與內相日日吃酒事情，備細說了一遍。因問李瓶兒：「孩子這幾時好麼？你身子吃的任醫官藥，有些應驗麼？我雖則往東京，一心只吊不下家裡。」李瓶兒道：「孩子也沒甚事，我身子吃藥後，略覺好些。」月娘一面收好行李及蔡太師送的下程，一面做飯與西門慶吃。到晚又設酒和西門慶接風。西門慶晚夕就在月娘房裡歇了。兩個是久旱逢甘雨，他鄉遇故知。歡愛之情，俱不必說。

次日，陳敬濟和大姐也來見了，說了些店裡的帳目。應伯爵和常峙節打聽得來家，都來探望。西門慶出來相見畢，兩個一齊說：「哥一路辛苦。」西門慶便把東京富麗的事情及太師管待情分，備細說了一遍。兩人只顧稱羨不已。當日，西門慶留二人吃了一日酒。常峙節臨起身向西門慶道：「小弟有一事相求，不知哥可照顧麼？」說著，只是低了臉，半含半吐。西門慶道：「但說不妨。」常峙節道：「實為住的房子不方便，待要尋間房子安身，卻沒有銀子。因此要求哥周濟些兒，日後少不得加些利錢送還哥。」西門慶道：「相處中說甚利錢！只我如今忙忙的，哪討銀子？且待韓夥計貨船來家，自有個處。」說罷，常峙節、應伯爵作謝去了，不在話下。

且說苗員外自與西門慶相會，在酒席上把兩個歌童許下。不想西門慶歸心如箭，不曾別得他，

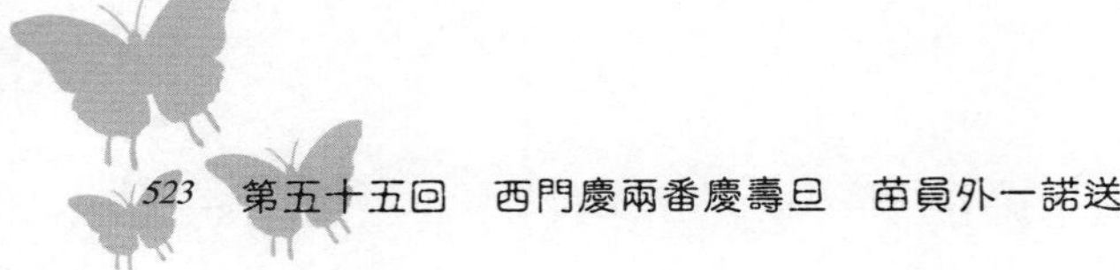

竟自歸來。苗員外還道西門慶在京，差伴當來翟家問，才曉得西門慶家去了。苗員外自想道：「君子一言，快馬一鞭。我既許了他，怎麼失信！」於是叫過兩個歌童吩咐道：「我前日請山東西門大官人，曾把你兩個許下他。我如今就要送你到他家去，你們早收拾行李。」那兩個歌童一齊跪告道：「小的們伏侍得員外多年，員外不知費盡多少心力，教得俺們這些南曲，卻不留下自家歡樂，怎的倒送與別人？」說罷，撲簌簌掉下淚來。那員外也覺慘然不樂，說道：「你也說得是，咱何苦定要送人？只是：『人而無信，不知其可也。』——那孔聖人說的話怎麼違得！如今也由不得你了，待咱修書一封，差人送你去，教他好生看覷你就是了。」兩個歌童違拗不過，只得應諾起來。苗員外就教那門管先生寫著一封書信，寫那相送歌童之意。又寫個禮單兒，把些尺頭書帕封了，差家人苗實齎書，護送兩個歌童往西門慶家來。兩個歌童灑淚辭謝了員外，翻身上馬，迤邐同望山東大道而來。有日到了清河縣，三人下馬訪問，一直逕到縣牌坊西門慶家府裡投下。

卻說西門慶自從東京到家，每日忙不迭，送禮的，請酒的，日日三朋四友，以此竟不曾到衙門裡去。那日稍閒無事，才到衙門裡升堂畫卯，把那些解到的人犯，同夏提刑一一審問一番。審問了半日，公事畢，方乘了一乘涼轎，幾個牢子喝道，簇擁來家。只見那苗實與兩個歌童已是候得久了，就跟著西門慶的轎子，隨到前廳，跪下稟說：「小的是揚州苗員外有書拜候老爹。」隨將書並禮物呈上。西門慶連忙說道：「請起來。」一面打開副啓，細細看了。見是送他歌童，心下喜之不勝，說道：「我與你員外意外相逢，不想就蒙你員外情投意合。酒後一言，就果然相贈，又不憚千里送來。你員外真可謂千金一諾矣。難得，難得！」兩個歌童重新走過，又磕了四個頭，說道：「員外著小的們伏侍老爹，萬求老爹青目！」西門慶道：「你起來，我自然重用。」一面教擺酒飯，管待苗實並兩個歌童；一面整辦厚禮——綾羅細軟，修書答謝員外；一面就教兩個歌童，在於書房伺候。不想韓道國老婆王六兒，因見西門慶事忙，要時常通個信兒，沒人往來，算計將他兄弟王經——才十五六歲，也生得清秀——送來伏侍西門慶，也是這日進門。西門慶一例收下，也教在書房中伺候。

西門慶正在廳上分撥，忽伯爵走來。西門慶與他說知苗員外送歌童之事，就教玳安裡面討出酒菜兒來，留他坐，就教兩個歌童來唱南曲。那兩個歌童走近席前，並足而立，手執檀板，唱了一套〈新水令〉「小園昨夜放江梅」，果然是響遏行雲，調成白雪。伯爵聽了，歡喜得打跌，贊說道：「哥的大福，偏有這些妙人兒送將來。也難為這苗員外好情。」西門慶道：「我少不得尋重禮答他。」一面又與這歌童起了兩個名：一個叫春鴻，一個叫春燕。又教他唱了幾個小詞兒，二人吃一回酒，伯爵方才別去。正是：

風花弄影新鶯囀，俱是筵前歌舞人。

第五十六回　西門慶捐金助朋友　常峙節得鈔傲妻兒

詩曰：

清河豪士天下奇，意氣相投山可移。
濟人不惜千金諾，狂飲寧辭百夜期。
雕盤綺食會眾客，吳歌趙舞香風吹。
堂中亦有三千士，他日酬恩知是誰？

話說西門慶留下兩個歌童，隨即打發苗家人回書禮物，又賞了些銀錢。苗實領書，磕頭謝了出門。後來不多些時，春燕死了，只春鴻一人，正是：

千金散盡教歌舞，留與他人樂少年。

卻說常峙節自那日求了西門慶的事情，還不得到手，房主又日夜催逼。恰遇西門慶從東京回家，今日也接風，明日也接風，一連過了十來日，只不得個會面。常言道：見面情難盡。一個不見，卻告訴誰？每日央了應伯爵，只走到大官人門首問聲，說不在，就空回了。回家又被渾家埋怨道：「你也是男子漢大丈夫，房子沒間住，吃這般懊惱氣。你平日只認得西門大官人，今日求些周濟，也做了瓶落水。」說得常峙節有口無言，獃瞪瞪不敢作聲。到了明日，早起身尋了應伯爵，來到一個酒店內，便請伯爵吃三杯。伯爵道：「這卻不當生受。」常峙節拉了坐下，量酒打上酒來，擺下一盤薰肉、一盤鮮魚。酒過兩巡，常峙節道：「小弟向求哥和西門大官人說的事情，這幾日通不能會面，房子又催逼得緊，昨晚被房下聒絮了一夜，耐不得。五更抽身，專求哥趁著大官人還沒出門時，慢慢的候他。不知哥意下如何？」應伯爵道：「受人之託，必當忠人之事。我今日好歹要大官人助你些就是了。」兩個又吃過幾杯，應伯爵便推早酒不吃了。常峙節又勸一杯，算還酒錢，一同出門，逕奔西門慶家裡來。

那時，正是新秋時候，金風薦爽。西門慶連醉了幾日，覺精神減了幾分。正遇周內相請酒，便推事故不去，自在花園藏春塢，和吳月娘、孟玉樓、潘金蓮、李瓶兒五個尋花問柳玩耍，好不快活。常峙節和應伯爵來到廳上，問知大官人在屋裡，滿心歡喜。坐著等了好半日，卻不見出來。只見門外書童和畫童兩個擡著一隻箱子，都是綾絹衣服，氣吁吁走進門來，亂嚷道：「等了這半日，還只得一半。」就廳上歇下。應伯爵便問：「你爹在哪裡？」書童道：「爹在園裡玩耍哩。」伯爵道：「勞你說聲。」兩個依舊擡著進去了。

不一時，書童出來道：「爹請應二爹、常二叔少待，便來也。」兩人又等了一回，西門慶才走出來。二人作了揖，便請坐的。伯爵道：「連日哥吃酒忙，不得些空，今日卻怎的在家裡？」西門慶道：「自從那日別後，整日被人家請去飲酒，醉得了不得，通沒些精神。今日又有人請酒，我只推有事不去。」伯爵道：「方才那一箱衣服，是哪裡擡來的？」西門慶道：「目下交了秋，大家都要添些秋衣。方才一箱，是你大嫂子的。還做不完，才夠一半哩。」常峙節伸著舌道：「六房嫂子，就六箱了，好不費事！小戶人家，一匹布也難得。哥果是財主哩。」西門慶和應伯爵都笑起來。

伯爵道：「這兩日，杭州貨船怎的還不見到？不知買賣貨物何如。這幾日，不知李三、黃四的銀子，曾在府裡頭開了些送來與哥麼？」西門慶道：「貨船不知在哪裡耽擱著，書也沒捎封寄來，好生放不下。李三、黃四的，又說在出月才關。」應伯爵挨到身邊坐下，乘間便說：「常二哥那一日在哥席上求的事情，一向哥又沒得空，不曾說得。常二哥被房主催逼慌了，每日被嫂子埋怨，二哥只麻作一團，沒個理會。如今又是秋涼了，身上皮襖兒又當在典舖裡。哥若有好心，常言道：救人須救急時無，省得他嫂子日夜在屋裡絮絮叨叨。況且尋的房子住著，也是哥的體面。因此，常二哥央小弟特地來求哥，早些周濟他罷。」西門慶道：「我曾許下他來，因為東京去，費的銀子多了，本待等韓夥計到家，和他理會。如今又恁的要緊？」伯爵道：「不是常二哥要緊，當不得他嫂子聒絮，只得求哥早些便好。」

西門慶躊躇了半晌道：「既這等，也不難。且問你，要多少房子才夠住？」伯爵道：「他兩口兒，也得一間門面、一間客坐、一間床房、一間廚灶——四間房子，是少不得的。論著價銀，也得三四個多銀子。哥只早晚湊些，教他成就了這樁事罷。」西門慶道：「今日先把幾兩碎銀與他拿去，買件衣服，辦些傢伙，盤攪過來，待尋下房子，我自兌銀與你成交，可好麼？」兩個一齊謝道：「難得哥好心！」西門慶便教書童：「去對你大娘說，皮匣內一包碎銀取了出來。」書童應諾。

不一時，取了一包銀子出來，遞與西門慶。西門慶對常峙節道：「這一包碎銀子，是那日東京太師府賞封剩下的十二兩，你拿去好雜用。」打開與常峙節看，都是三五錢一塊的零碎紋銀。常峙節接過放在衣袖裡，就作揖謝了。西門慶道：「我這幾日不是要遲你的，你又沒曾尋得。只等你尋下，待我有銀，一起兌去便了。」常峙節又稱謝不迭。三個依舊坐下，伯爵便道：「多少古人輕財好施，到後來子孫高大門閭，把祖宗基業一發增得多了。慳吝的，積下許多金寶，後來子孫不好，連祖宗墳土也不保。可知天道好還哩！」西門慶道：「兀那東西，是好動不喜靜的，怎肯埋沒在一處！也是天生應人用的，一個人堆積，就有一個人缺少了。因此積下財寶，極有罪的。」

正說著，只見書童托出飯來。三人吃了，常峙節作謝起身，袖著銀子歡喜走到家來。剛剛進門，只見渾家鬧吵吵嚷將出來，罵道：「梧桐葉落——滿身光棍的行貨子！出去一日，把老婆餓在家裡，尚兀自千歡萬喜到家來，可不害羞哩！房子沒得住，受別人許多酸嘔氣，只教老婆耳朵裡受用。」那常二只是不開口，任老婆罵得完了，輕輕把袖裡銀子摸將出來，放在桌兒上，打開瞧著道：「孔方兄，孔方兄！我瞧你光閃閃、響噹噹無價之寶，滿身通麻了，恨沒口水嚥你下去。你早些來時，不受這淫婦幾場氣了。」

那婦人明明看見包裡十二三兩銀子一堆，喜得搶近前來，就想要在老公手裡奪去。常二道：「你生世要罵漢子，見了銀子，就來親近哩！我明日把銀子買些衣服穿，自去別處過活，再不和你鬼混了。」那婦人陪著笑臉道：「我的哥！端的此是哪裡來的這些銀子？」常二也不做聲。婦人又問道：「我的哥，難道你便怨了我？我也只是要你成家。今番有了銀子，和你商量停當，買房子安身卻不好？倒恁的喬張致！我做老婆的，不曾有失花兒，憑你怨我，也是枉了。」常二也不開口。那婦人只顧饒舌，又見常二不瞅不睬，自家也有幾分慚愧，禁不得掉下淚來。常二看了，嘆口氣道：「婦人家，不耕不織，把老公恁的發作！」那婦人一發掉下淚來。兩個人都閉著口，又沒個人勸解，悶悶的坐著。

常二尋思道：「婦人家也是難做。受了辛苦，埋怨人，也怪他不得。我今日有了銀子不睬他，人就道我薄情。便大官人知道，也須斷我不是。」就對那婦人笑道：「我自耍你，誰怪你來！只你時常聒噪，我只得忍著出門去了，卻誰怨你來？我明白和你說：這銀子，原是早上耐你不得，特地請了應二哥在酒店裡吃了三杯，一同往大官人宅裡等候。恰好大官人正在家，沒曾去吃酒，虧了應二哥許多婉轉，才得這些銀子到手。還許我尋下房子，兌銀與我成交哩！這十二兩，是先教我盤攪過日子的。」那婦人道：「原來正是大官人與你的，如今不要花費開了，尋件衣服過冬，省得耐冷。」常二道：「我正要和你商量，十二兩紋銀，買幾件衣服，辦幾件傢伙在家裡。等有了新房子，搬進去也好看些。只是感不盡大官人恁好情，後日搬了房子，也索請他坐坐是。」婦人道：「且到那時再作理會。」正是：

惟有感恩並積恨，萬年千載不生塵。

常二與婦人說了一回，婦人道：「你吃飯來沒有？」常二道：「也是大官人屋裡吃來的。你沒曾吃飯，就拿銀子買了米來。」婦人道：「仔細拴著銀子，我等你就來。」常二取栲栳望街上買了米，栲栳上又放著一大塊羊肉，拿進門來。婦人迎門接住道：「這塊羊肉，又買他做甚？」常二笑道：「剛才說了許多辛苦，不爭這一些羊肉，就牛也該宰幾個請你。」婦人笑指著常二罵道：「狠心的賊！今日便懷恨在心，看你怎的奈何了我！」常二道：「只怕有一日，叫我一萬聲：『親哥，饒我小淫婦罷！』我也只不饒你哩。試試手段看！」那婦人聽說，笑的往井邊打水去了。

當下婦人做了飯，切了一碗羊肉，擺在桌兒上，便叫：「哥，吃飯。」常二道：「我才吃的飯，不要吃了。你餓得慌，自吃些罷。」那婦人便一個自吃了。收了傢伙，打發常二去買衣服。常二袖著銀子，一直奔到大街上來。看了幾家，都不中意。只買了一件青杭絹女襖、一條綠紬裙子、一件月白雲紬衫兒、一件紅綾襖子、一件白紬裙兒，共五件。自家也對身買了一件鵝黃綾襖子、一件丁香色紬直身，又買幾件布草衣服。共用去六兩五錢銀子。打做一包，背到家中，教婦人打開看看。婦人看了，便問：「多少銀子買的？」常二道：「六兩五錢銀子。」婦人道：「雖沒便宜，卻值這些銀子。」一面收拾箱籠放好，明日去買傢伙。當日婦人歡天喜地過了一日，埋怨的話都掉在東洋大海裡去了，不在話下。

再表應伯爵和西門慶兩個，自打發常峙節出門，依舊在廳上坐的。西門慶因說起：「我雖是個武職，恁的一個門面，京城內外也交結許多官員，近日又拜在太師門下，那些通問的書柬，流水也似往來，我又不得細工夫料理。我一心要尋個先生在屋裡，教他替寫寫，省些力氣也好，只沒個有才學的人。你看有時，便對我說。」伯爵道：「哥，你若要別樣卻有，要這個倒難。第一要才學，第二就要人品了。又要好相處，沒些說是說非，翻唇弄舌，這就好了。若是平平才學，又做慣搗鬼的，怎用得他！小弟只有一個朋友，他現是本州秀才，應舉過幾次，只不得中。他胸中才學，果然班馬之上，就是人品，也孔孟之流。他和小弟，通家兄弟，極有情分。曾記他十年前，應舉兩道策，那一科試官極口讚好。不想又有一個賽過他的，便不中了。後來連走了幾科，禁不得髮白鬢斑。如今雖是飄零書劍，家裡也還有一百畝田、三四帶房子住著。」

西門慶道：「他家幾口兒也夠用了，卻怎的肯來人家坐館？」應伯爵道：「當先有的田房，都被那些大戶人家買去了，如今只剩得雙手皮哩。」西門慶道：「原來是賣過的田，算什麼數！」伯爵道：「這果是算不得數了。只他一個渾家，年紀只好二十左右，生得十分美貌，又有兩個孩子，才三四歲。」西門慶道：「他家有了美貌渾家，哪肯出來？」伯爵道：「喜的是兩年前，渾家專要偷漢，跟了個人，走上東京去了，兩個孩子又出痘死了，如今只存他一口，定然肯出來。」西門慶笑道：「恁的說得他好，都是鬼混。你且說他姓什麼？」伯爵道：「姓水，他才學果然無比，哥若用他時，管情書柬詩詞，一件件增上哥的光輝。人看了時，都道西門大官人恁的才學哩！」西門慶道：「你都是吊謊，我卻不信。你記得他些書柬兒，念來我聽，看好時，我就請他來家，撥間房子住下。只一口兒，也好看承的。」伯爵道：「曾記得他捎書來，要我替他尋個主兒。這一封書，略記得幾句，念與哥聽：

【黃鶯兒】書寄應哥前，別來思，不待言。滿門兒託賴都康健。舍字在邊，傍立著官，有時一定求方便。羨如椽，往來言疏，落筆起雲煙。」

西門慶聽畢，便大笑將起來，道：「他既要你替他尋個好主子，卻怎的不捎書來，倒寫一隻曲兒來？又做得不好。可知道他才學荒疏，人品散蕩哩。」伯爵道：「這倒不要作準他。只為他與我是三世之交，自小同上學堂。先生曾道：『應家學生子和水學生子一般的聰明伶俐，後來已定長進。』落後做文字，一樣同做，再沒些妒忌，極好兄弟。故此不拘形跡，便隨意寫個曲兒。況且那支曲兒，也倒做得有趣。」西門慶道：「別的罷了，只第五句是什麼說話？」伯爵道：「哥不知道，這正是拆白道字，尤人所難。『舍』字在邊，傍立著『官』字，不是個『館』字？——若有館時，千萬要舉薦。因此說：『有時定要求方便。』哥，你看他詞裡，有一個字兒是閒話麼？

只這幾句，穩穩把心窩裡事都寫在紙上，可不好哩！」

西門慶被伯爵說得他恁的好處，倒沒得說了。只得對伯爵道：「倒不知他人品如何？」伯爵道：「他人品比才學又高。前年，他在一個李侍郎府裡坐館，那李家有幾十個丫頭，一個個都是美貌俊俏的。又有幾個伏侍的小廝，也一個個都標緻龍陽的。那水秀才連住了四五年，再不起一些邪念。後來不想被幾個壞事的丫頭、小廝，見他似聖人一般，反去日夜括他。那水秀才又極好慈悲的人，便口軟勾搭上了。因此，被主人逐出門來，哄動街坊，人人都說他無行。其實，水秀才原是坐懷不亂的。若哥請他來家，憑你許多丫頭、小廝，同眠同宿，你看水秀才亂麼？再不亂的。」西門慶笑罵道：「你這狗才，單管說謊吊皮鬼混人。前月敝同僚夏龍溪請的先生倪桂岩，曾說他有個姓溫的秀才。且待他來時再處。」正是：

將軍不好武，稚子總能文。

第五十七回　開緣簿千金喜捨　戲雕欄一笑回嗔

詩曰：

野寺根石壁，諸龕遍崔巍。
前佛不復辨，百身一莓苔。
惟有古殿存，世尊亦塵埃。
如聞龍象泣，足令信者哀。
公為領兵徒，咄嗟檀施開。
吾知多羅樹，卻倚蓮花臺。
諸天必歡喜，鬼物無嫌猜。

話說那山東東平府地方，向來有個永福禪寺，起建自梁武帝普通二年，開山是那萬回老祖。怎麼叫做萬回老祖？因那老祖做孩子的時節，才七八歲，有個哥兒從軍邊上，音信不通，不知生死。他老娘思想大的孩兒，時常在家啼哭。忽一日，孩子問母親，說道：「娘，這等清平世界，咱家也盡捱得過，為何時時掉下淚來？娘，你說與咱，咱也好分憂的。」老娘就說：「小孩子，你哪裡知道。自從你老頭兒去世，你大哥兒到邊上去做了長官，四五年，信兒也沒一個。不知他生死存亡，教我老人家怎生吊得下！」說著，又哭起來。那孩子說：「早是這等，有何難哉！娘，如今哥在哪裡？咱做弟郎的，早晚間走去抓尋哥兒，討個信來，回覆你老人家，卻不是好？」

那婆婆一頭哭，一頭笑起來，說道：「怪獃子，你哥若是一百二百里程途，便可去得，直在那遼東地面，去此一萬餘里，就是好漢子，也走四五個月才到哩，你孩兒家怎麼去得？」那孩子

就說：「嗄，若是果在遼東，也終不在個天上，我去尋哥兒就回也。」只見他把靸鞋兒繫好了，把直裰兒整一整，望著婆兒拜個揖，一溜煙去了。那婆婆叫之不應，追之不及，越添愁悶。也有鄰舍街坊、婆兒婦女前來解勸，說道：「孩兒小，怎去得遠？早晚間自回也。」因此，婆婆收著兩眶眼淚，悶悶坐的。

看看紅日西沈，那婆婆探頭探腦向外張望，只見遠遠黑魆魆影兒裡，有一個小的兒來也。那婆婆就說：「靠天靠地，靠日月三光。若得俺小的兒子來了，也不枉了俺修齋吃素的念頭。」只見那萬回老祖忽的跪到跟前說：「娘，你還未睡哩？咱已到遼東抓尋哥兒，討得平安家信來也。」婆婆笑道：「孩兒，你不去的正好，免教我老人家掛心。只是不要吊謊哄著老娘。哪有一萬里路程朝暮往還的？」孩兒道：「娘，你不信麼？」一直卸下衣包，取出平安家信，果然是他哥兒手筆。又取出一件汗衫，帶回漿洗，也是婆婆親手縫的，毫釐不差。因此哄動了街坊，叫做「萬回」。日後捨俗出家，就叫做「萬回長老」。果然道德高妙，神通廣大。曾在後趙皇帝石虎跟前，吞下兩升鐵針，又在梁武皇殿下，在頭頂上取出舍利三顆。因此敕建永福禪寺，做萬回老祖的香火院，正不知費了多少錢糧。正是：

神僧出世神通大，聖主尊隆聖澤深。

不想歲月如梭，時移事改。那萬回老祖歸天圓寂，就有些得皮得肉的上人們，一個個多化去了。只有幾個憊賴和尚，養老婆，吃燒酒，甚事兒不弄出來！不消幾日兒，把袈裟也當了，鍾兒、磬兒都典了，殿上椽兒、磚兒、瓦兒換酒吃了。弄得那雨淋風刮，佛像兒倒的，荒荒涼涼，將一片鐘鼓道場，忽變作荒煙衰草。三四十年，哪一個肯扶衰起廢！不想有個道長老，原是西印度國出身，因慕中國清華，打從流沙河、星宿海走了八九個年頭，才到中華區處。迤邐來到山東，就卓錫在這個破寺裡，面壁九年，不言不語，真個是：

佛法原無文字障，工夫向好定中尋。

忽一日發個念頭，說道：「呀，這寺院坍塌得不成模樣了，這些蠢狗才攮的禿驢，只會吃酒噇飯，把這古佛道場弄得赤白白地，豈不可惜！到今日，咱不做主，哪個做主？咱不出頭，哪個出頭？況山東有個西門大官人，居錦衣之職，他家私巨萬，富比王侯，前日餞送蔡御史，曾在咱這裡擺設酒席。他見寺宇傾頹，就有個鼎建重新的意思。若得他為主作倡，管情早晚間把咱好事成就也。咱須去走一遭。」當時喚起法子徒孫，打起鐘鼓，舉集大眾，上堂宣揚此意。那長老怎生打扮？但見：

身上禪衣猩血染，雙環掛耳是黃金。
手中錫杖光如鏡，百八明珠耀日明。
開覺明路現金繩，提起凡夫夢亦醒。
龐眉紺髮銅鈴眼，道是西天老聖僧。

長老宣揚已畢，就教行者拿過文房四寶，寫了一篇疏文。好長老，真個是古佛菩薩現身。於是辭了大眾，著上禪鞋，戴上個斗笠子，一壁廂直奔到西門慶家裡來。

且說西門慶辭別了應伯爵，走到吳月娘房內，把應伯爵薦水秀才的事體說了一番，就說道：「咱前日東京去，多得眾親朋與咱把盞，如今少不得也要整酒回答他。今日倒空閒，就把這事兒完了罷。」當下就叫了玳安，吩咐買辦嗄飯之類。又吩咐小廝，分頭去請各位。一面拉著月娘，走到李瓶兒房裡來看官哥。李瓶兒笑嘻嘻的接住了，就教奶子抱出官哥兒來。只見眉目稀疏，就如粉塊妝成，笑欣欣，直攛到月娘懷裡來。月娘把手接著，抱起道：「我的兒，恁的乖覺，長大來，定是聰明伶俐的。」又向那孩子說：「兒，長大起來，恁的奉養老娘哩！」李瓶兒就說：「娘

說哪裡話。假饒兒子長成，討得一官半職，也先向上頭封贈起，那鳳冠霞帔，穩穩兒先到娘哩。」西門慶接口便說：「兒，你長大來還掙個文官。不要學你家老子做個西班出身，——雖有興頭，卻沒十分尊重。」

正說著，不想潘金蓮在外邊聽見，不覺怒從心上起，就罵道：「沒廉恥、弄虛脾的臭娼根，偏你會養兒子！也不曾經過三個黃梅、四個夏至，又不曾長成十五六歲，出痘過關，上學堂讀書，還是個水泡，與閻羅王合養在這裡的，怎見得就做官，就封贈那老夫人？怪賊囚根子，沒廉恥的貨，怎的就見得要做文官，不要像你！」正在嘮嘮叨叨，喃喃吶吶，一頭罵，一頭著惱的時節，只見玳安走將進來，叫聲「五娘」，說道：「爹在哪裡？」潘金蓮便罵：「怪尖嘴的賊囚根子，哪個曉得你什麼爹在哪裡！怎的到我這屋裡來？他自有五花官誥的太奶奶老封婆，八珍五鼎奉養他的在那裡，哪裡問著我討！」那玳安就曉得不是路了，望六娘房裡就走。走到房門前，打個咳嗽，朝著西門慶道：「應二爹在廳上。」西門慶道：「應二爹，才送得他去，又做甚？」玳安道：「爹出去便知。」

西門慶只得撇了月娘、李瓶兒，走到外邊。見伯爵，正要問話，只見那募緣的道長老已到西門慶門首了。高聲叫：「阿彌陀佛！這是西門老爹門首麼？哪個掌事的管家與吾傳報一聲，說道：扶桂子，保蘭孫，求福有福，求壽有壽。——東京募緣的長老求見。」原來，西門慶平日原是一個撒漫使錢的漢子，又是新得官哥，心下十分歡喜，也要幹些好事，保佑孩兒。小廝們通曉得，並不作難，一壁廂進報西門慶。西門慶就說：「且叫他進來看。」不一時，請那長老進到花廳裡面，打了個問訊，說道：「貧僧出身西印度國，行腳到東京汴梁，卓錫在永福禪寺，面壁九年，頗傳心印。只為那宇殿傾頹，琳宮倒塌，貧僧想起來，為佛弟子，自應為佛出力，因此上貧僧發了這個念頭。前日老檀越餞行各位老爹時，悲憐本寺廢壞，也有個良心美腹，要和本寺做主。那時，諸佛菩薩已作證盟。貧僧記得佛經上說得好：如有世間善男子、善女人以金錢喜捨莊嚴佛像者，主得桂子蘭孫，端嚴美貌，日後早登科甲，蔭子封妻之報。故此特叩高門，不拘五百一千，要求老檀那開疏發心，成就善果。」就把錦帕展開，取出那募緣疏簿，雙手遞上。

不想那一席話兒，早已把西門慶的心兒打動了，不覺得歡天喜地接了疏簿，就教小廝看茶。揭開疏簿，只見寫道：

伏以白馬駝經開象教，竺騰衍法啓宗門。大地眾僧，無不皈依佛祖；三千世界，盡皆蘭若莊嚴。看此瓦礫傾頹，成甚名山勝境？若不慈悲喜捨，何稱佛子仁人？今有永福禪寺，古佛道場，焚修福地。啓建自梁武皇帝，開山是萬回祖師。規制恢弘，彷彿那給孤園黃金鋪地；雕鏤精製，依稀似祇洹舍白玉為階。高閣摩空，旃檀氣直接九霄雲表；層基亙地，大雄殿可容千眾禪僧。兩翼嵬峩，盡是琳宮紺宇；廊房潔淨，果然精勝洞天。那時鐘鼓宣揚，盡道是寰中佛國；只這緇流濟楚，卻也像塵界人天。哪知歲久年深，一瞬時移事換。莽和尚縱酒撒潑，毀壞清規；獃道人懶惰貪眠，不行打掃。漸成寂寞，斷絕門徒；以致淒涼，罕稀瞻仰。兼以鳥鼠穿蝕，哪堪風雨飄搖。棟宇摧頹，一而二，二而三，支撐靡計；牆垣坍塌，日復日，年復年，振起無人。朱紅櫺槅，拾來煨酒煨茶；合抱棟梁，拿去換鹽換米。風吹羅漢金消盡，雨打彌陀化作塵。吁嗟乎！金碧焜炫，一旦為灌莽荊榛。雖然有成有敗，終須否極泰來。幸而有道長老之虔誠，不忍見梵王宮之廢敗。發大弘願，遍叩檀那。伏願咸起慈悲，盡興惻隱。梁柱椽楹，不拘大小，喜捨到高題姓字；銀錢布幣，豈論豐羸，投櫃入疏簿標名。仰仗著佛祖威靈，福祿壽永永百年千載；倚靠他伽藍明鏡，父子孫個個厚祿高官。瓜瓞綿綿，森挺三槐五桂；門庭奕奕，輝煌金阜錢山。凡所營求，吉祥如意。疏文到日，各破慳心。謹疏。

西門慶看畢，恭恭敬敬放在桌兒上面，對長老說：「實不相瞞，在下雖不成個人家，也有幾萬產業，忝居武職。不想偌大年紀，未曾生下兒子，有意做些善果。去年第六房賤內生下孩子，咱萬事已是足了。偶因餞送俺友，得到上方，因見廟宇傾頹，實有個捨財助建的念頭。蒙老師下顧，哪敢推辭！」拿著兔毫妙筆，正在躊躇之際，應伯爵就說：「哥，你既有這片好心為姪兒發願，何不一力獨成，也是小可的事體。」西門慶拿著筆笑道：「力薄，力薄！」伯爵又道：「極少也助一千。」西門慶又笑道：「力薄，力薄！」

那長老就開口說道：「老檀越在上，不是貧僧多口，我們佛家的行徑，只要隨緣喜捨，終不強人所難，但憑老爹發心便是。此外親友，更求檀越吹噓吹噓。」西門慶說道：「還是老師體量。少也不成，就寫上五百兩。」擱了兔毫筆，那長老打個問訊謝了。西門慶又說：「我這裡內官太監、府縣倉巡，一個個都與我相好的，我明日就拿疏簿去要他們寫。寫得來，就不拘三百二百、一百五十，管情與老師成就這件好事。」當日留了長老素齋，相送出門。正是：

慈悲作善豪家事，保福消災父母心。

西門慶送了長老，轉到廳上，與應伯爵坐的，道：「我正要差人請你，你來得正好。我前日往西京，多謝眾親友們與咱把盞，今日安排小酒與眾人回答，要二哥在此相陪，不想遇著這個長老，鬼混了一會兒。」伯爵便說道：「好個長老，想是果然有德行的。他說話中間，連咱也心動起來，做了施主。」西門慶說道：「你又幾時做施主來？疏簿又是幾時寫的？」應伯爵笑道：「哥，你不知道，佛經上第一重的是心施，第二法施，第三才是財施。難道我從旁攛掇的，不當個心施？」西門慶笑道：「二哥，只怕你有口無心哩！」兩人拍手大笑，應伯爵就說：「小弟在此等待客來，哥有正事，自與嫂子商議去。」

只見西門慶別了伯爵，轉到內院裡頭，只見那潘金蓮嘮嘮叨叨，沒瞅沒睬，不覺得睡魔纏擾，打了幾個噴涕，走到房中，倒在象牙床上睡去了。李瓶兒又為孩子啼哭，自與奶子、丫鬟在房中坐的，看官哥。只有吳月娘與孫雪娥兩個看著整辦嗄飯。西門慶走到面前坐的，就把道長老募緣與自己開疏的事，備細說了一番；又把應伯爵耍笑打覷的話也說了一番。歡天喜地，大家嘻笑了一會。那吳月娘畢竟是個正經的人，不慌不忙說下幾句話兒，倒是西門慶頂門上針。正是：

妻賢每至雞鳴警，款語常聞藥石言。

月娘說道：「哥，你天大的造化，生下孩兒。你又發起善念。廣結良緣，豈不是俺一家兒的福分！只是那善念頭怕他不多，那惡念頭怕他不盡。哥，你日後那沒來由沒正經養婆娘、沒搭煞貪財好色的事體少幹幾樁兒，卻不攢下些陰功，與那小孩子也好！」西門慶笑道：「你的醋話兒又來了。卻不道天地尚有陰陽，男女自然配合。今生偷情的、苟合的，都是前生分定，姻緣簿上註名，今生了還，難道是生剌剌胡攙亂扯歪廝纏做的？咱聞那佛祖西天，也只不過要黃金舖地，陰司十殿，也要些楮鏹營求。咱只消盡這家私廣為善事，就使強姦了姮娥，和姦了織女，拐了許飛瓊，盜了西王母的女兒，也不減我潑天的富貴。」月娘笑道：「狗吃熱屎，原道是個香甜的；生血弔在牙兒內，怎生改得！」

正在笑間，只見王姑子同了薛姑子，提了一個盒兒，直闖進來，朝月娘打問訊，又向西門慶拜了拜，說：「老爹，你倒在家裡。」月娘一面讓坐。看官聽說，原來這薛姑子不是從幼出家的，少年間曾嫁丈夫，在廣成寺前賣蒸餅兒生理。不料生意淺薄，與寺裡的和尚、行童調嘴弄舌，眉來眼去，刮上了四五六個。常有些饅頭齋供拿來進奉他，又有那應付錢與他買花，開地獄的布，送與他做裹腳。他丈夫哪裡曉得！以後，丈夫得病死了，他因佛門情熟，就做了個姑子。專一在士夫人家往來，包攬經懺。又有那些不長進、要偷漢子的婦人，教他牽引。聞得西門慶家裡豪富，侍妾多人，思想拐些用度，因此頻頻往來。有一支歌兒道得好：

尼姑生來頭皮光，拖子和尚夜夜忙。

三個光頭好像師父師兄並師弟，只是鐃鈸原何在裡床？

薛姑子坐下，就把小盒兒揭開，說道：「咱們沒有什麼孝順，拿得施主人家幾個供佛的果子兒，權當獻新。」月娘道：「要來逕自來便了，何苦要你費心！」只見潘金蓮睡覺，聽得外邊有人說話，又認是前番光景，便走向前來聽看。見李瓶兒在房中弄孩子，因曉得王姑子在此，也要與他商議保佑官哥。因一同走到月娘房中。大家道個萬福，各各坐的。西門慶因見李瓶兒來，又把那道長老募緣與自家開疏捨財，替官哥求福的事情，又說一番。不想惱了潘金蓮，抽身逕走，喃喃噥噥，逕自去了。

那薛姑子聽了，就站將起來，合掌叫聲：「佛阿！老爹你這等樣好心作福，怕不得壽年千歲，五男二女，七子團圓。只是我還有一件說與你老人家——這個因果費不甚多，更自獲福無量。咦，老檀越，你若幹了這件功德，就把那老瞿曇雪山修道，迦葉尊散髮舖地，二祖師投崖飼虎，給孤老滿地黃金，也比不得你功德哩！」西門慶笑道：「姑姑且坐下，細說什麼功果，我便依你。」薛姑子就說：「我們佛祖留下一件《陀羅經》，專一勸人生西方淨土。因為那肉眼凡夫不生尊信，故此佛祖演說此經，勸你專心念佛，逕往西方，永永不落輪迴。那佛祖說得好，如有人持誦此經，或將此經印刷抄寫，轉勸一人至千萬人持誦，獲福無量。況且此經裡面又有《護諸童子經》兒，凡有人家生育男女，必要從此發心，方得易長易養，災去福來。如今這副經板現在，只沒人印刷施行。老爹只消破些工料印上幾千卷，裝釘完成，普施十方。那個功德真是大得緊！」西門慶道：「這也不難，只不知這一卷經要多少紙札，多少裝釘，多少印刷，有個細數才好動彈。」薛姑子又道：「老爹，你哪裡去細細算他，只消先付九兩銀子，教經坊裡印造幾千萬卷，裝釘完滿，以後一攪果算還他就是了。」

正說得熱鬧，只見陳敬濟要與西門慶說話，尋到捲棚底下，剛剛湊巧遇著了潘金蓮憑欄獨惱。猛擡頭兒見了敬濟，就是貓兒見了魚鮮飯一般，不覺把一天愁悶都改做春風和氣。兩個見沒有人來，就執手相偎，剝嘴咂舌頭。兩個肉麻玩了一回，又恐怕西門慶出來撞見，連算帳的事情也不提了。一雙眼又像老鼠兒防貓，左顧右盼，要做事又沒個方便，只得一溜煙出去了。

且說西門慶聽了薛姑子的話頭，不覺又動了一片善心，就教玳安拿拜匣，取出一封銀子，準準三十兩，便交付薛姑子與王姑子：「即便同去經坊裡，與我印下五千卷經，待完了，我就算帳找他。」正話間，只見書童忙忙來報道：「請的各位客人都到了。」少不得是吳大舅、花大舅、謝希大、常峙節這一班。西門慶忙整衣出外迎接升堂。就教小廝擺下桌兒，請眾人一行兒分班列次，各敘長幼坐的。不一時，大魚大肉、時新果品，一齊兒捧將出來。只見酒逢知己，形跡都忘。猜枚的、打鼓的、催花的，三拳兩謊的，歌的歌，唱的唱，玩不盡少年場光景，說不了醉鄉裡日月。正是：

秋月春花隨處有，賞心樂事此時同。

第五十八回　潘金蓮打狗傷人　孟玉樓周貧磨鏡

詞曰：

愁旋釋，還似織；淚暗拭，又偷滴。嗔怒著丫頭，強開懷，也只是恨懷千疊。拚則而今已拚了，忘只怎生便忘得！又還倚欄杆，試重聽消息。

——右調〈帝臺春後〉

話說當日西門慶陪親朋飲酒，吃得酩酊大醉，走入後邊孫雪娥房裡來。雪娥正顧灶上，看收拾傢伙，聽見西門慶往房裡去，慌得兩步做一步走。先是郁大姐在他炕上坐的，一面攛掇他往月娘房裡和玉簫、小玉一處睡去了。原來孫雪娥也住著一明兩暗三間房——一間床房，一間炕房。西門慶也有一年多沒進他房中來。聽見今日進來，連忙向前替西門慶接衣服，安頓中間椅子上坐的。一面揩抹涼席，收拾舖床，薰香澡牝，走來遞茶與西門慶吃了，攙扶上床，脫靴解帶，打發安歇。一宿無話。

到次日廿八，乃西門慶正生日。剛燒畢紙，只見韓道國後生胡秀到了門首，下頭口。左右稟知西門慶，就叫胡秀到廳上，磕頭見了。問他貨船在哪裡，胡秀遞上書帳，說道：「韓大叔在杭州置了一萬兩銀子緞絹貨物，現今直抵臨清鈔關，缺少稅鈔銀兩，未曾裝載進城。」西門慶看了書帳，心內大喜，吩咐棋童看飯與胡秀吃了，教他往喬親家爹那裡見見去。就進來對吳月娘說：「韓夥計貨船到了臨清，使後生胡秀送書帳上來，如今少不得把對門房子打掃，卸到那裡，尋夥計收拾，開舖子發賣。」月娘聽了，就說：「你上緊尋著，也不早了。」西門慶道：「如今等應二哥來，我就對他說。」不一時，應伯爵來了。西門慶陪著他在廳上坐，就對他說：「韓夥計杭州貨船到了，缺少個夥計發賣。」伯爵就說：「哥，恭喜！今日華誕的日子，貨船到，絕增十倍之利，喜上加喜。哥若尋賣手，不打緊，我有一相識，卻是父交子往的朋友，原是緞子行賣手，連年運拙，閒在家中，今年才四十多歲，眼力看銀水是不消說，寫算皆精，又會做買賣。此人姓甘，名潤，字出身，現在石橋兒巷住，倒是自己房兒。」西門慶道：「若好，你明日教他見我。」

正說著，只見李銘、吳惠、鄭奉三個先來磕頭。不一時，雜耍樂工都到了。廂房中打發吃飯。只見答應的節級拿票來回話說：「小的叫唱的，只有鄭愛月兒不到。他家鴇子說，收拾了才待來，被王皇親家人攔往宅裡唱去了。小的只叫了齊香兒、董嬌兒、洪四兒三個，收拾了便來也。」西門慶聽見他不來，便道：「胡說！怎的不來？」便叫過鄭奉問：「怎的你妹子我這裡叫他不來？果係是被王皇親家攔了去？」那鄭奉跪下便道：「小的另住，不知道。」西門慶道：「他說往王皇親家唱就罷了？敢量我拿不得來！」便教玳安兒近前吩咐：「你多帶兩個排軍，就拿我個侍生帖兒，到王皇親家宅內見你王二老爹，就說我這裡請幾位客吃酒，鄭愛月兒答應下兩三日了，好歹放了他來。倘若推辭，連那鴇子都與我鎖了，墩在門房兒裡。這等可惡！」一面教鄭奉：「你也跟了去。」

那鄭奉又不敢不去，走出外邊來，央及玳安兒說道：「安哥，你進去，我在外邊等著罷。一定是王二老爹府裡叫，怕不還沒去哩。有累安哥，若是沒動身，看怎的將就叫他好好的來罷。」玳安道：「若果然往王家去了，等我拿帖兒討去；若是在家藏著，你進去對他媽說，教他快收拾一搭兒來，俺就替他回護兩句言語兒，爹就罷了。你們不知道他性格，他從夏老爹宅裡定下，你不來，他可知惱了哩。」這鄭奉一面先往家中說去，玳安同兩個排軍、一名節級也隨後走來。

且說西門慶打發玳安去了，因向伯爵道：「這個小淫婦兒，這等可惡！在別人家唱，我這裡叫他不來。」伯爵道：「小行貨子，他曉得什麼？他還不知你的手段哩！」西門慶道：「我倒見他酒席上說話兒伶俐，叫他來唱兩日試他，倒這等可惡！」伯爵道：「哥今日揀這四個粉頭，都是出類拔萃的尖兒了。」李銘道：「二爹，你還沒見愛月兒哩！」伯爵道：「我同你爹在他家吃酒，他還小哩，這幾年倒沒曾見，不知出落得怎樣的了。」李銘道：「這小粉頭子，雖故好個身段兒，光是一味妝飾，唱曲也會，怎生趕得上桂姐一半兒？爹這裡是哪裡？叫著敢不來！就是來了，虧了你？還是不知輕重。」正說著，只見胡秀來回話道：「小的到喬爹那邊見了來了，伺候老爹示下。」西門慶教陳敬濟：「後邊討五十兩銀子，令書童寫一封書，使了印色，差一名節級，明日早起身，一同下去，與你鈔關上錢老爹，教他過稅之時青目一二。」須臾，陳敬濟取了一封銀子來交與胡秀，胡秀領了文書並稅帖，次日早同起身，不在話下。

忽聽喝的道子響，平安來報：「劉公公與薛公公來了。」西門慶忙冠帶迎接至大廳，見畢禮數，請至捲棚內，寬去上蓋蟒衣，上面設兩張交椅坐下。應伯爵在下，與西門慶關席陪坐。薛內相便問：「此位是何人？」西門慶道：「去年老太監會過來，乃是學生故友應二哥。」薛內相道：「卻是那快耍笑的應先兒麼？」應伯爵欠身道：「老公公還記得，就是在下。」須臾，拿茶上來吃了。只見平安走來稟道：「府裡周爺差人拿帖兒來說，今日還有一席，來遲些，教老爹這裡先坐，不須等罷。」西門慶看了帖兒，便說：「我知道了。」薛內相因問：「西門大人，今日誰來遲？」西門慶道：「周南軒那邊還有一席，使人來說休要等他，只怕來遲些。」薛內相道：「既來說，咱虛著他席面就是。」

正說話間，王經拿了兩個帖兒進來：「兩位秀才來了。」西門慶見帖兒上，一個是倪鵬，一個是溫必古，就知倪秀才舉薦了同窗朋友來了，連忙出來迎接。見都穿著衣巾進來，且不看倪秀才，只見那溫必古，年紀不上四旬，生得端莊質樸，落腮鬍，儀容謙仰，舉止溫恭。未知行藏如何，先觀動靜若是。有幾句單道他好：

雖抱不羈之才，慣遊非禮之地。功名蹭蹬，豪傑之志已灰；家業凋零，浩然之氣先喪。把文章道學，一併送還了孔夫子；將致君澤民的事業及榮身顯親的心念，都撇在東洋大海。和光混俗，惟其利欲是前；隨方逐圓，不以廉恥為重。峨其冠，博其帶，而眼底旁若無人；闊其論，高其談，而胸中實無一物。三年叫案，而小考尚難，豈望月桂之高攀；廣坐啣杯，遁世無悶，且作岩穴之隱相。

西門慶讓至廳上敘禮，每人遞書帕二事與西門慶祝壽。交拜畢，分賓主而坐。西門慶道：「久仰溫老先生大才，敢問尊號？」溫秀才道：「學生賤字日新，號葵軒。」西門慶道：「葵軒老先生。」又問：「貴庠？何經？」溫秀才道：「學生不才，府學備數。初學《易經》。一向久仰大名，未敢進拜。昨因我這敝同窗倪桂岩道及老先生盛德，敢來登堂恭謁。」西門慶道：「承老先生先施，學生容日奉拜。只因學生一個武官，粗俗不知文理，往來書柬無人代筆。前者因在敝同僚府上會遇桂岩老先生，甚是稱道老先生大才盛德。正欲趨拜請教，不意老先生下降，兼承厚貺，感激不盡。」溫秀才道：「學生匪才薄德，謬承過譽。」茶罷，西門慶讓至捲棚內，有薛、劉二老太監在座。薛內相道：「請二位老先生寬衣進來。」西門慶一面請寬了青衣，請進裡面，各遜讓再四，方才一邊一位，垂首坐下。

正敘談間，吳大舅、范千戶到了，敘禮坐定。不一時，玳安與同答應的和鄭奉都來回話道：「四個唱的都叫來了。」西門慶問：「可是王皇親那裡？」玳安道：「是王皇親宅內叫，還沒起身，小的要拿他鴇子墩鎖，他慌了，才上轎，都一搭兒來了。」西門慶即出到廳臺基上站立。只見四個唱的一齊進來，向西門慶磕下頭去。那鄭愛月兒穿著紫紗衫兒，白紗挑線裙子。腰肢嬝娜，猶如楊柳輕盈；花貌娉婷，好似芙蓉艷麗。正是：

萬種風流無處買，千金良夜實難消。

西門慶便向鄭愛月兒道：「我叫你，如何不來？這等可惡！敢量我拿不得你來！」那鄭愛月兒磕了頭起來，一聲兒也不言語，笑著同眾人一直往後邊去了。到後邊，與月娘眾人都磕了頭。

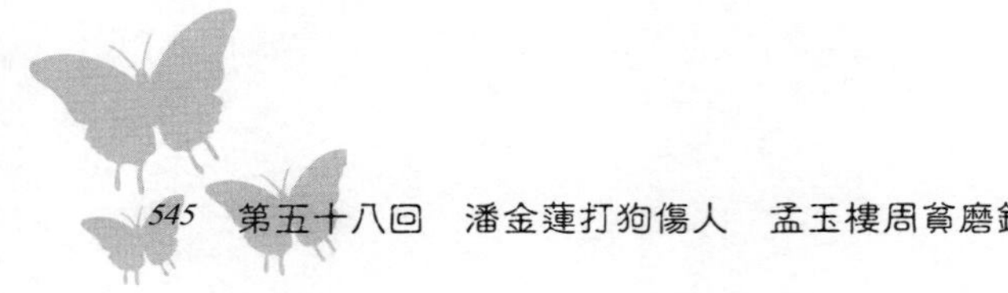

看見李桂姐、吳銀兒都在跟前，各道了萬福，說道：「你二位來得早。」李桂姐道：「我們兩日沒家去了。」因說：「你四個怎的這咱才來？」董嬌兒道：「都是月姐帶累的俺們來遲了。收拾下，只顧等著他，白不起身。」鄭愛月兒用扇兒遮著臉，只是笑，不做聲。

月娘便問：「這位大姐是誰家的？」董嬌兒道：「娘不知道，他是鄭愛香兒的妹子鄭愛月兒。才成人，還不上半年光景。」月娘道：「可倒好個身段兒。」說畢，看茶吃了，一面放桌兒，擺茶與眾人吃。潘金蓮且揭起他裙子，撮弄他的腳看，說道：「你們這裡邊的樣子，只是恁直尖了，不像俺外邊的樣子趫。俺外邊尖底停勻，你裡邊的後跟子大。」月娘向大妗子道：「偏他恁好勝，問他怎的！」一回又取下他頭上金魚撇杖兒來瞧，因問：「你這樣兒是哪裡打的？」鄭愛月兒道：「是俺裡邊銀匠打的。」須臾，擺下茶，月娘便叫：「桂姐、銀姐，你陪他四個吃茶。」

不一時，六個唱的做一處同吃了茶。李桂姐、吳銀兒便向董嬌兒四個說：「你們來花園裡走走。」董嬌兒道：「等我們到後邊走走就來。」李桂姐和吳銀兒就跟著潘金蓮、孟玉樓，出儀門往花園中來。因有人在大捲棚內，就不曾過那邊去。只在這邊看了回花草，就往李瓶兒房裡看官哥兒。官兒心中又有些不自在，睡夢中驚哭，吃不下奶去。李瓶兒在屋裡守著不出來。看見李桂姐、吳銀兒和孟王樓、潘金蓮進來，連忙讓坐。桂姐問道：「哥兒睡哩？」李瓶兒道：「他哭了這一日，才睡下了。」玉樓道：「大娘說，請劉婆子來看他看，你怎的不使小廝請去？」李瓶兒道：「今日他爹好日子，明日請他去罷。」

正說話中間，只見四個唱的和西門大姐、小玉走來。大姐道：「原來你們都在這裡，卻教俺花園內尋你。」玉樓道：「花園內有人，咱們不好去的，瞧了瞧兒就來了。」李桂姐問洪四兒：「你們四個在後邊做什麼，這半日才來？」洪四兒道：「俺們在後邊四娘房裡吃茶來。」潘金蓮聽了，望著玉樓、李瓶兒笑，問洪四兒：「誰對你說是四娘來？」董嬌兒道：「他留俺們在房裡吃茶，他們問來：『還不曾與你老人家磕頭，不知娘是幾娘？』他便說：『我是你四娘哩。』」金蓮道：「沒廉恥的小婦奴才，別人稱你便好，誰家自己稱是四娘來。這一家大小，誰與你、誰數你、誰叫你是四娘？漢子在屋裡睡了一夜兒，得了些顏色兒，就開起染房來了。若不是大娘房裡有他大妗子，他二娘房裡有桂姐，你房裡有楊姑奶奶，李大姐有銀姐在這裡，我那屋裡有他潘姥姥，且輪不到往你那屋裡去哩！」玉樓道：「你還沒曾見哩——今日早晨起來，打發他爹往前邊去了，在院子裡呼張喚李的，便那等花俏起來！」

金蓮道：「常言道：奴才不可逞，小孩兒不宜哄。」又問小玉：「我聽見你爹對你奶奶說，要替他尋丫頭。說你爹昨日在他屋裡，見他只顧收拾不了，因問他。那小淫婦就趁勢兒對你爹說：『我終日不得個閒收拾屋裡，只好晚夕來這屋裡睡罷了。』你爹說：『不打緊，到明日對你娘說，尋一個丫頭與你使便了。』——真個有此話？」小玉道：「我不曉得，敢是玉簫聽見來？」金蓮向桂姐道：「你爹不是俺各房裡有人，等閒不往他後邊去。莫不俺們背地說他，本等他嘴頭子不達時務，慣傷犯人，俺們急切不和他說話。」正說著，綉春拿了茶上來。正吃間，忽聽前邊鼓樂響動，荊都監眾人都到齊了，遞酒上座，玳安兒來叫四個唱的，就往前邊去了。

那日，喬大戶沒來。先是雜耍百戲，吹打彈唱。隊舞才罷，做了個笑樂院本。割切上來，獻頭一道湯飯。只見任醫官到了，冠帶著進來。西門慶迎接至廳上敘禮。任醫官令左右，氈包內取出一方壽帕、二星白金來，與西門慶拜壽。說道：「昨日韓明川說，才知老先生華誕。恕學生來遲！」西門慶道：「豈敢動勞車駕，又兼謝盛儀。外日多謝妙藥。」彼此拜畢，任醫官還要把盞，西門慶辭道：「不消了。」一面脫了大衣，與眾人見過，就安在左首第四席，與吳大舅相近而坐。獻上湯飯並手下攢盒，任醫官謝了，令僕從領下去。四個唱的彈著樂器，在旁唱了一套壽詞。西門慶令上席分頭遞酒。下邊樂工呈上揭帖，劉、薛二內相揀了韓湘子度陳半街《昇仙會》雜劇。

才唱得一折，只見喝道之聲漸近。平安進來稟道：「守備府周爺來了。」西門慶慌忙迎接。未曾相見，就先請寬盛服。周守備道：「我來要與四泉把一盞。」薛內相說道：「周大人不消把盞，只見禮兒罷。」於是二人交拜畢，才與眾人作揖，左首第三席安下鍾筯。下邊就是湯飯割切上來，又是馬上人兩盤點心、兩盤熟肉、兩瓶酒。周守備謝了，令左右領下去，然後坐下。一面觥籌交錯，歌舞吹彈，花攢錦簇飲酒。正是：

舞低楊柳樓頭月，歌罷桃花扇底風。

吃至日暮，先是任醫官隔門去得早。西門慶送出來，任醫官因問：「老夫人貴恙覺好了？」西門慶道：「拙室服了良劑，已覺好些。這兩日不知怎的，又有些不自在。明日還望老先生過來看看。」說畢，任醫官作辭上馬而去。落後又是倪秀才、溫秀才起身。西門慶再三款留不住，送出大門，說道：「容日奉拜請教。寒家就在對門收拾一所書院，與老先生居住。連寶眷都搬來，一處方便。學生每月奉上束脩，以備菽水之需。」溫秀才道：「多承厚愛，感激不盡。」倪秀才道：「此是老先生崇尚斯文之雅意矣。」打發二秀才去了。

西門慶陪客飲酒，吃至更闌方散。四個唱的都歸在月娘房內，唱與月娘、大妗子、楊姑娘眾人聽。西門慶還在前邊留下吳大舅、應伯爵，復坐飲酒。看著打發樂工酒飯吃了，先去了。其餘席上傢伙都收了，又吩咐重新後邊拿果碟兒上來，教李銘、吳惠、鄭奉上來彈唱，拿大杯賞酒與他吃。應伯爵道：「哥今日華誕設席，列位都是喜歡。」李銘道：「今日薛爺和劉爺也費了許多賞賜，落後見桂姐、銀姐又出來，每人又遞了一包與他。只是薛爺比劉爺年小，快玩些。」不一時，畫童兒拿上果碟兒來，應伯爵看見酥油蚫螺，就先揀了一個放在口內，如甘露灑心，入口而化，說道：「倒好吃。」西門慶道：「我的兒，你倒會吃！此是你六娘親手揀的。」伯爵笑道：「也是我女兒孝順之心。」說道：「老舅，你也請個兒。」於是揀了一個，放在吳大舅口內。又教李銘、吳惠、鄭奉近前，每人揀了一個賞他。

正飲酒間，伯爵向玳安道：「你去後邊，叫那四個小淫婦出來。我便罷了，也教他唱個兒與老舅聽，再遲一回兒，便好去。今日連遞酒，他只唱了兩套，休要便宜了他。」那玳安不動身，說道：「小的叫了他了，在後邊唱與妗子和娘們聽哩，便來也。」伯爵道：「賊小油嘴，你幾時去來？還哄我。」因叫王經：「你去。」那王經又不動。伯爵道：「我使著你們都不去，等我自去罷。」正說著，只聞一陣香風過，覺有笑聲，四個粉頭都用汗巾兒搭著頭出來。伯爵看見道：「我的兒，誰養得你恁乖！搭上頭兒，心裡要去的情，好自在性兒。不唱個曲兒與俺們聽，就指望去？好容易！連轎子錢就是四錢銀子，買紅梭兒米買一石七八斗，夠你家鴇子和你一家大小吃一個月。」董嬌兒道：「哥兒，恁便宜衣飯兒，你也入了籍罷了。」洪四兒道：「這咱晚，七八有二更，放了俺們去罷了。」齊香兒道：「俺們明日還要起早，往門外送殯去哩。」伯爵道：「誰家？」齊香兒道：「是房簷底下開門的那家子。」伯爵道：「莫不又是王三官兒家？前日被他連累你那場事，多虧你大爹這裡人情，替李桂兒說，連你也饒了。這一遭，雀兒不在那窠兒罷了。」

齊香兒笑罵道：「怪老油嘴，汗邪了你，恁胡說。」伯爵道：「你笑話我老？我半邊俏！把你這四個小淫婦兒還不夠擺布哩。」洪四兒笑道：「哥兒，我看你行頭不怎麼好，光一味好撇。」伯爵道：「我那兒，到跟前看手段還錢。」又道：「鄭家那賊小淫婦兒，吃了糖五老座子兒，白不言語，有些出神的模樣，敢記掛著那孤老兒在家裡？」董嬌兒道：「他剛才聽見你說，在這裡有些怯床。」伯爵道：「怯床不怯床，拿樂器來，每人唱一套，你們去罷，我也不留你了。」西門慶道：「也罷，你們兩個遞酒，兩個唱一套與他聽罷。」齊香兒道：「等我和月姐唱。」當下，鄭月兒琵琶，齊香兒彈箏，坐在交床上，歌美韻，放嬌聲，唱了一套〈越調・鬥鵪鶉〉「夜去明來」。董嬌兒遞吳大舅酒，洪四兒遞應伯爵酒，在席上交杯換盞，倚翠偎紅。正是：

舞回明月墜秦樓，歌遏行雲迷楚館。

當下，酒進數巡，歌吟兩套，打發四個唱的去了。西門慶還留吳大舅坐，又叫春鴻上來唱了一套南曲，才吩咐棋童備馬，拿燈籠送大舅。大舅道：「姐夫不消備馬，我同應二哥一路走罷。」西門慶道：「既如此，教棋童打燈籠送到家。」吳大舅與伯爵起身作別。西門慶送至大門首，因

子卸貨。」伯爵道：「哥不消吩咐，我知道。」一面作辭，與吳大舅同行，棋童打著燈籠。吳大舅便問：「剛才姐夫說收拾哪裡房子？」伯爵道：「韓夥計貨船到，他新開個緞子鋪，收拾對門房子，教我替他尋個夥計。」大舅道：「幾時開張？咱們親朋少不得作賀作賀。」須臾，出大街，到了伯爵小衚衕口上，吳大舅要棋童：「打燈籠送你應二爹到家。」伯爵不肯，說道：「棋童，你送大舅，我不消燈籠，進巷內就是了。」一面作辭，分路回家。棋童便送大舅去了。

西門慶打發李銘等唱錢去了，回後邊月娘房中歇了一夜。到次日，果然伯爵領了甘出身，穿青衣走來拜見，講說買賣之事。西門慶教將崔本來會喬大戶，那邊收拾房子，開張舉事。喬大戶對崔本說：「將來凡一應大小事，隨你親家爹這邊只顧處，不消計較。」當下就和甘夥計批了合同。就立伯爵作保，得利十分為率：西門慶五分，喬大戶三分，其餘韓道國、甘出身與崔本三分均分。一面修蓋土庫，裝畫牌面，待貨車到日，堆卸開張。後邊又獨自收拾一所書院，請將溫秀才來做西賓，專修書柬，回答往來士夫。每月三兩束脩，四時禮物不缺，又撥了畫童兒小廝伏侍他。西門慶家中宴客，常請過來陪侍飲酒，俱不必細說。

不覺過了西門慶生辰。第二日早晨，就請了任醫官來看李瓶兒，又在對門看著收拾。楊姑娘先家去了，李桂姐、吳銀兒還沒家去。吳月娘買了三錢銀子螃蟹，午間煮了，請大妗子、李桂姐、吳銀兒眾人圍著吃了一回。只見月娘請的劉婆子來看官哥兒，吃了茶，李瓶兒就陪他往前邊房裡去了。劉婆子說：「哥兒驚了，要住了奶。」又留下幾服藥。月娘與了他三錢銀子，打發去了。孟玉樓、潘金蓮和李桂姐、吳銀兒、大姐都在花架底下，放小桌兒，鋪氈條，同抹骨牌賭酒玩耍。孫雪娥吃眾人贏了七八鍾酒，不敢久坐，就去了。眾人就拿李瓶兒頂缺。金蓮又教吳銀兒、桂姐唱了一套。當日眾姐妹飲酒至晚，月娘裝了盒子，相送李桂姐、吳銀兒家去了。

潘金蓮吃得大醉歸房，因見西門慶夜間在李瓶兒房裡歇了一夜，早晨又請任醫官來看他，惱在心裡。知道他孩子不好，進門不想天假其便——黑影中躧了一腳狗屎，到房中教春梅點燈來看，一雙大紅緞子鞋，滿幫子都沾污了。登時柳眉剔豎，星眼圓睜，教春梅打著燈把角門關了，拿大棍把那狗沒高低只顧打，打得怪叫起來。李瓶兒使過迎春來說：「俺娘說，哥兒才吃了老劉的藥，睡著了，教五娘這邊休打狗罷。」

潘金蓮坐著，半日不言語。一面把那狗打了一回，開了門放出去，又尋起秋菊的不是來。看著那鞋，左也惱，右也惱，因把秋菊喚至跟前說：「這咱晚，這狗也該打發去了，只顧還放在這屋裡做什麼？是你這奴才的野漢子？你不發他出去，教他恁遍地撒屎，把我恁雙新鞋兒——連今日才三四日兒——躧了恁一鞋幫子屎。知道我來，你也該點個燈兒出來，你如何恁推聾裝啞裝憨兒的？」春梅道：「我頭裡就對他說，你趁娘不來，早餵他些飯，關到後邊院子裡去罷。他佯耳睜的不理我，還拿眼兒瞅著我。」婦人道：「可又來，賊膽大萬殺的奴才，我知道你在這屋裡成了把頭，把這打來不作準。」因教他到跟前：「瞧，躧得我這鞋上的齷齪！」哄得他低頭瞧，提著鞋拽巴，兜臉就是幾鞋底子。打得秋菊嘴唇都破了，只顧搵著抹血，忙走開一邊。

婦人罵道：「好賊奴才，你走了！」教春梅：「與我採過來跪著，取馬鞭子來，把他身上衣服與我扯去。好好教我打三十馬鞭子便罷，但扭一扭兒，我亂打了不算。」春梅於是扯了他衣裳，婦人教春梅把他手扯住，雨點般鞭子打下來，打得這丫頭殺豬也似叫。那邊官哥才合上眼兒，又驚醒了。又使了綉春來說：「俺娘上覆五娘，饒了秋菊罷，只怕諕醒了哥哥。」那潘姥姥正歪在裡間炕上，聽見打得秋菊叫，一骨碌子爬起來，在旁邊勸解。見金蓮不依，落後又見李瓶兒使過綉春來說，又走向前奪他女兒手中鞭子，說道：「姐姐少打他兩下兒罷，惹得他那邊姐姐說，只怕諕了哥哥。為驢扭棍不打緊，倒沒得傷了紫荊樹。」

金蓮緊自心裡惱，又聽見他娘說了這一句，越發心中攛上把火一般。須臾，紫脹了面皮，把手只一推，險些兒不把潘姥姥推了一跤。便道：「怪老貨，你與我過一邊坐著去！不干你事，來勸什麼？什麼紫荊樹、驢扭棍，單管外合裡應。」潘姥姥道：「賊作死的短壽命，我怎的外合裡應？我來你家討冷飯吃，教你恁頓摔我？」金蓮道：「你明日夾著那老毴走，怕他家拿長鍋煮吃了我！」潘姥姥聽見女兒這等擦他，走到裡邊屋裡嗚嗚咽咽哭去了，隨著婦人打秋菊。打夠二三十馬鞭子，然後又蓋了十欄杆，打得皮開肉綻，才放出來。又把他臉和腮頰都用尖指甲掐得稀爛。李瓶兒在那邊，只是雙手握著孩子耳朵，腮邊墮淚，敢怒而不敢言。

西門慶在對門房子裡，與伯爵、崔本、甘夥計吃了一日酒散了，逕往玉樓房中歇息。到次日，周守備家請吃補生日酒，不在家。李瓶兒見官哥兒吃了劉婆子藥不見動靜，夜間又著驚諕，一雙眼只是往上吊吊的。因那日薛姑子、王姑子家去，走來對月娘說：「我向房中拿出他壓被的一對銀獅子來，要教薛姑子印造《佛頂心陀羅經》，趕八月十五日岳廟裡去捨。」那薛姑子就要拿著走，被孟玉樓在旁說道：「師父你且住，大娘，你還使小廝叫將賁四來，替他兌兌多少分兩，就同他往經鋪裡講定個數兒來，每一部經多少銀子，到幾時有，才好。你教薛師父去，他獨自一個怎弄得來？」月娘道：「你也說得是。」一面使來安兒叫了賁四來，向月娘眾人作了揖，把那一對銀獅子上天平兌了，重四十一兩五錢。月娘吩咐，同薛師父往經鋪印造經數去了。

潘金蓮隨即叫孟玉樓：「咱送送兩位師父去，就前邊看看大姐，他在屋裡做鞋哩。」兩個攜著手兒往前邊來。賁四同薛姑子、王姑子去了。金蓮與玉樓走出大廳東廂房門首，見大姐正在簷下納鞋，金蓮拿起來看，卻是沙綠潞紬鞋面。玉樓道：「大姐，你不要這紅鎖線子，爽利著藍頭線兒，好不老作些！你明日還要大紅提跟子？」大姐道：「我有一雙是大紅提跟子的。這個，我心裡要藍提跟子，所以使大紅線鎖口。」金蓮瞧了一回，三個都在廳臺基上坐的。玉樓問大姐：「你女婿在屋裡不在？」大姐道：「他不知哪裡吃了兩鍾酒，在屋裡睡哩。」

孟玉樓便向金蓮道：「剛才若不是我在旁邊說著，李大姐恁蛤帳行貨，就要把銀子交姑子拿了印經去。經也印不成，沒腳蟹行貨子藏在那大人家，你哪裡尋他去？早是我說，叫將賁四來，同他去了。」金蓮道：「恁有錢的姐姐，不賺他些兒是傻子，只像牛身上拔一根毛兒。你孩兒若沒命，休說捨經，隨你把萬里江山捨了也成不得。如今這屋裡，只許人放火，不許俺們點燈！——大姐聽著，也不是別人。偏染的白兒不上色，偏他會那等輕狂使勢，大清早晨，刁蹬著漢子請太醫看。他亂他的，俺們又不管。每常在人前會那等撇清兒說話：『我心裡不耐煩，他爹要便進我屋裡推看孩子，雌著和我睡，誰耐煩！教我就攛掇往別人屋裡去了。俺們自恁好罷了，背地還嚼說俺們。』那大姐姐偏聽他一面詞兒。不是俺們爭這個事，怎麼昨日漢子不進你屋裡去，你使丫頭在角門子首叫進屋裡？推看孩子，你便吃藥，一逕把漢子作成和吳銀兒睡了一夜，一逕顯你那乖覺，教漢子喜歡你，那大姐姐就沒的話說了。昨日晚夕，人進屋裡躧了一腳狗屎，打丫頭趕狗，也嗔起來，使丫頭過來說，諕了他孩子了。俺娘那老貨，又不知道，走來勸什麼的驢扭棍傷了紫荊樹。我惱他那等輕聲浪氣，教我墩了他兩句，他今日使性子家去了。──去了罷！教我說，他家有你這樣窮親戚也不多，沒你也不少。」玉樓笑道：「你這個沒訓教的子孫，你一個親娘母兒，你這等說他！」金蓮道：「不是這等說。──惱人的腸子，單管黃貓黑尾，外合裡應，只替人說話！吃人家碗半，被人家使喚。得不得人家一個甜頭兒，千也說好，萬也說好！──想著迎頭兒養了這個孩子，把漢子調唆得生根也似的，把他便扶得正正兒的，把人恨不得躧到泥裡頭還躧。今日恁的天也有眼，你的孩兒也生出病來了。」

正說著，只見賁四往經鋪裡交回銀子，來回月娘話，看見玉樓、金蓮和大姐都在廳臺基上坐的，只顧在儀門外立著，不敢進來。來安走來說道：「娘每閃閃兒，賁四來了。」金蓮道：「怪囚根子，你叫他進去，不是才乍見他來？」來安兒說了，賁四低著頭，一直後邊見月娘、李瓶兒，說道：「銀子四十一兩五錢，眼同兩個師父交付與翟經兒家收了。講定印造綾殼《陀羅》五百部，每部五分；絹殼經一千部，每部三分。共該五十五兩銀子。除收過四十一兩五錢，還找與他十三兩五錢。準在十四日早擡經來。」李瓶兒連忙向房裡取出一個銀香毬來，教賁四上天平兌了，十五兩。李瓶兒道：「你拿了去，除找與他，別的你收著，換下些錢，到十五日廟上捨經，與你們做盤纏就是了，省得又來問我要。」

賁四於是拿了香毬出來，李瓶兒道：「四哥，多累你。」賁四躬著身說道：「小人不敢。」走到前邊，金蓮、玉樓又叫住問他：「銀子交付與經鋪了？」賁四道：「已交付明白。共一千五百部經，共該五十五兩銀子，除收過四十一兩五錢，剛才六娘又與了這件銀香毬。」玉樓、金蓮瞧了瞧，沒言語，賁四便回家去了。玉樓向金蓮說道：「李大姐像這等都枉費了錢。他若是你的兒女，就是榔頭也樁不死；他若不是你兒女，莫說捨經造像，隨你怎的也留不住他。信著姑子，什麼繭兒幹不出來！」

兩個說了一回，都立起來。金蓮道：「咱們往前邊大門首走走去。」因問大姐：「你去不去？」大姐道：「我不去。」潘金蓮便拉著玉樓手兒，兩個同來到大門裡首站立。因問平安兒：「對門房子都收拾了？」平安道：「這咱哩？昨日爹看著就都打掃乾淨了。後邊樓上堆貨，昨日教陰陽來破土，樓底下還要裝廂房三間，土庫閣緞子，門面打開，一溜三間，都教漆匠裝新油漆，在出月開張。」玉樓又問：「那寫書的溫秀才，家小搬過來了不曾？」平安道，「從昨日就過來了。今早爹吩咐，把後邊那一張涼床拆了與他，又搬了兩張桌子、四張椅子與他坐。」金蓮道：「你沒見他老婆怎的模樣兒？」平安道：「黑影子坐著轎子來，誰看見他來！」

正說著，只見遠遠一個老頭兒，斯琅琅搖著驚閨葉過來。潘金蓮便道：「磨鏡子的過來了。」教平安兒：「你叫住他，與俺們磨磨鏡子。我的鏡子這兩日都使得昏了，吩咐你這囚根子，看著過來再不叫！俺們出來站了多大回，怎的就有磨鏡子的過來了？」那平安一面叫住磨鏡老兒，放下擔兒，金蓮便問玉樓道：「你要磨，都教小廝帶出來，一搭兒裡磨了罷。」於是使來安兒：「你去我屋裡，問你春梅姐討我的照臉大鏡子、兩面小鏡子兒，就把那大四方穿衣鏡也帶出來，教他好生磨磨。」玉樓吩咐來安：「你到我屋裡，教蘭香也把我的鏡子拿出來。」

那來安兒去不多時，兩隻手提著大小八面鏡子，懷裡又抱著四方穿衣鏡出來。金蓮道：「臭小囚兒，你拿不了，做兩遭兒拿，如何恁拿出來？一時叮噹了我這鏡子怎了？」玉樓道：「我沒見你這面大鏡子，是哪裡的？」金蓮道：「是人家當的，我愛他且是亮，安在屋裡，早晚照照。」因問：「我的鏡子只三面？」玉樓道：「我大小只兩面。」金蓮道：「這兩面是誰的？」來安道：「這兩面是春梅姐的，捎出來也教磨磨。」金蓮道：「賊小肉兒，他放著他的鏡子不使，成日只摑著我的鏡子照，弄得傜昏昏的。」共大小八面鏡子，交付與磨鏡老叟，教他磨。當下絆在坐架上，使了水銀，哪消頓飯之間，都淨磨得耀眼爭光。婦人拿在手內，對照花容，猶如一汪秋水相似。有詩為證：

蓮萼菱花共照臨，風吹影動碧沈沈。
一池秋水芙蓉現，好似姮娥傍月陰。

婦人看了，就付與來安兒收進去。玉樓便令平安，問鋪子裡傳夥計櫃上要五十文錢與磨鏡的。那老子一手接了錢，只顧立著不去。玉樓教平安問那老子：「你怎的不去？敢嫌錢少？」那老子不覺眼中撲簌簌流下淚來，哭了。平安道：「俺當家的奶奶問你怎的煩惱。」老子道：「不瞞哥哥說，老漢今年痴長六十一歲，在前丟下個兒子，二十二歲尚未娶妻，專一浪遊，不幹生理。老漢日逐出來掙錢養活他。他又不守本分，常與街上搗子耍錢。昨日惹了禍，同拴到守備府中，當土賊打回二十大棍。歸來把媽媽的裙襖都去當了。媽媽便氣了一場病，打了寒，睡在炕上半個月。老漢說他兩句，他便走出來不往家去，教老漢逐日抓尋他，不著個下落。待要賭氣不尋他，老漢傜大年紀，只生他一個兒子，往後無人送老；有他在家，見他不成人，又要惹氣。似這等，乃老漢的業障。有這等負屈啣冤，各處告訴，所以淚出痛腸。」

玉樓教平安兒：「你問他，你這後娶婆兒今年多大年紀了？」老子道：「他今年五十五歲了，男女花兒沒有，如今打了寒才好些，只是沒將養的，心中想塊臘肉兒吃。老漢在街上傜問了兩三日，白討不出塊臘肉兒來。甚可嗟嘆人的了。」玉樓道：「不打緊處，我屋裡抽屜內有塊臘肉兒哩。」即令來安兒：「你去對蘭香說，還有兩個餅錠，教他拿與你來。」金蓮叫那老頭子，問：「你家媽媽兒吃小米兒粥不吃？」老漢子道：「怎的不吃！哪裡有？可知好哩。」金蓮也叫過來安兒來：「你對春梅說，把昨日你姥姥捎來的新小米兒量二升，就拿兩根醬瓜兒出來，與他媽媽兒吃。」那來安去不多時，拿出半腿臘肉、兩個餅錠、二升小米、兩個醬瓜兒，叫道：「老頭子過來，造化了你！你家媽媽子不是害病想吃，只怕害孩子坐月子，想定心湯吃。」那老子連忙雙手接了，安放在擔內，望著玉樓、金蓮唱了個喏，揚長挑著擔兒，搖著驚閨葉去了。

平安道：「二位娘不該與他這許多東西，被這老油嘴設智誆得去了。他媽媽子是個媒人，昨日打這街上走過去不是，幾時在家不好來？」金蓮道：「賊囚，你早不說做什麼來？」平安道：「罷了，也是他造化。可可二位娘出來看見叫住他，照顧了他這些東西去了。」正是：

閒來無事倚門楣，恰見驚閨一老來。
不獨纖微能濟物，無緣滴水也難為。

第五十九回　西門慶露陽驚愛月　李瓶兒睹物哭官哥

詩曰：

楓葉初丹槲葉黃，河陽愁鬢恰新霜。
鬼門徒憶空回首，泉路憑誰說斷腸？
路杳雲迷愁漠漠，珠沈玉殞事茫茫。
惟有淚珠能結雨，盡傾東海恨無疆。

話說孟玉樓和潘金蓮，在門首打發磨鏡叟去了。忽見從東一人，帶著大帽眼紗，騎著騾子，走得甚急，逕到門首下來，慌得兩個婦人往後走不迭。落後揭開眼紗，卻是韓夥計來家了。平安忙問道：「貨車到了不曾？」韓道國道：「貨車進城了，稟問老爹卸在哪裡？」平安道：「爹不在家，往周爺府裡吃酒去了，教卸在對門樓上哩。你老人家請進裡邊去。」不一時，陳敬濟出來，陪韓道國入後邊見了月娘，出來廳上，拂去塵土，把行李褡褳教王經送到家去。月娘一面打發出飯來與他吃了。不一時，貨車才到。敬濟拿鑰匙開了那邊樓上門，就有卸車的小腳子領籌搬運，一箱箱都堆卸在樓上。十大車緞貨，直卸到掌燈時分。崔本也來幫扶。完畢，查數鎖門，貼上封皮，打發小腳錢出門。早有玳安往守備府報西門慶去了。

西門慶聽見家中卸貨，吃了幾杯酒，約掌燈以後就來家。韓夥計等著見了，在廳上坐的，悉把前後往回事說了一遍。西門慶因問：「錢老爹書下了，也見些分上不曾？」韓道國道：「全是錢老爹這封書，十車貨少使了許多稅錢。小人把緞箱，兩箱併一箱，三停只報了兩停，都當茶葉、馬牙、香櫃上稅過來了。通共十大車貨，只納了三十兩五錢鈔銀子。老爹接了報單，也沒差巡攔下來查點，就把車喝過來了。」西門慶聽言，滿心歡喜，因說：「到明日，少不得重重買一分禮謝他。」於是吩咐陳敬濟陪韓夥計、崔大哥坐，後邊拿菜出來，留吃了一回酒，方才各散回家。

王六兒聽見韓道國來了，吩咐丫頭春香、錦兒，伺候下好茶好飯。等得晚上，韓道國到家，拜了家堂，脫了衣裳，淨了面目，夫妻二人各訴離情一遍。韓道國悉把買賣得意一節告訴老婆，老婆又見褡褳內沈沈重重許多銀兩，因問他，梯己又帶了一二百兩貨物酒米，卸在門外店裡，慢慢發賣了銀子來家。老婆滿心歡喜道：「我聽見王經說，又尋了個甘夥計做賣手，咱們和崔大哥與他同分利錢使，這個又好了。到出月開舖了。」韓道國道：「這裡使著了人做賣手，南邊還少個人立莊置貨，老爹一定還裁派我去。」老婆道：「你看貨才料，自古能者多勞。你不會做買賣，那老爹託你麼！常言：不將辛苦意，難得世間財。你外邊走上三年，你若懶得去，等我對老爹說了，教姓甘的和保官兒打外，你便在家賣貨就是了。」韓道國道：「外邊走熟了，也罷了。」老婆道：「可又來，你先生迷了路，在家也是閒！」說畢，擺上酒來，夫婦二人飲了幾杯闊別之酒，收拾就寢。是夜歡娛無度，不必細說。次日卻是八月初一日，韓道國早到房子內，同崔本、甘夥計看著收拾裝修土庫，不在話下。

卻說西門慶見貨物卸了，家中無事，忽然心中想起要往鄭愛月兒家去。暗暗使玳安兒送了三兩銀子、一套紗衣服與他。鄭家鴇子聽見西門老爹來請他家姐兒，如天上落下來的一般，連忙收下禮物，沒口子向玳安道：「你多頂上老爹，就說他姐兒兩個都在家裡伺候老爹，請老爹早些兒下降。」玳安走來家中書房內，回了西門慶話。西門慶約午後時分，吩咐玳安收拾著涼轎，頭上戴著披巾，身上穿青緯羅暗補子直身，粉底皂靴，先走在房子看了一回裝修土庫，然後起身，坐上涼轎，放下斑竹簾來，琴童、玳安跟隨，留王經在家，只叫春鴻背著直袋，逕往院中鄭愛月兒家。正是：

天仙機上整香羅，入手先拖雪一窩。

不獨桃源能問渡，卻來月窟伴嫦娥。

卻說鄭愛香兒打扮得粉面油頭，見西門慶到，笑吟吟在半門裡首迎接進去。到於明間客位，道了萬福。西門慶坐下，就吩咐小廝琴童：「把轎回了家去，晚夕騎馬來接。」琴童跟轎家去，只留玳安和春鴻兩個伺候。少頃，鴇子出來拜見，說道：「外日姐兒在宅內多有打攪，老爹來這裡，自恁走走罷了，如何又賜將禮來？又多謝與姐兒的衣服。」西門慶道：「我那日叫他，怎的不去？——只認王皇親家了！」鴇子道：「俺們如今還怪董嬌兒和李桂兒。不知是老爹生日叫唱，他每都有了禮，只俺們姐兒沒有。若早知時，絕不答應王皇親家唱，先往老爹宅裡去了。落後，老爹那裡又差了人來，慌得老身背著王家人，連忙攛掇姐兒打後門上轎去了。」西門慶道：「先日我在他夏老爹家酒席上，就定下他了。他若那日不去，我不消說得就惱了。怎的他那日不言不語，不做喜歡，端的是怎麼說？」鴇子道：「小行貨子家，自從梳弄了，哪裡好生出去供唱去！到老爹宅內，見人多，不知諕得怎樣的。他從小是恁不出語，嬌養慣了。你看，甚時候才起來！老身該催促了幾遍，說老爹今日來，你早些起來收拾了罷。他不依，還睡到這咱晚。」

不一時，丫鬟拿茶上來，鄭愛香兒向前遞了茶吃了。鴇子道：「請老爹到後邊坐罷。」鄭愛香兒就讓西門慶進入鄭愛月兒的房外明間內坐下，西門慶看見上面楷書「愛月軒」三字。坐了半日，忽聽簾櫳響處，鄭愛月兒出來，不戴䯼髻，頭上挽著一窩絲杭州攢，梳得黑鬖鬖、光油油的烏雲，雲鬢堆鴉，猶若輕煙密霧。上著白藕絲對衿仙裳，下穿紫綃翠紋裙，腳下露紅鴛鳳嘴鞋，前搖寶玉玲瓏，越顯那芙蓉粉面。正是：

若非道子觀音畫，定然延壽美人圖。

愛月兒走到下面，望上不端不正與西門慶道了萬福，就用灑金扇兒掩著粉臉坐在旁邊。西門慶注目停視，比初見時節越發齊整，不覺心搖目蕩，不能禁止。不一時，丫鬟又拿一道茶來。這粉頭輕搖羅袖，微露春纖，取一鍾，雙手遞與西門慶，然後與愛香各取一鍾相陪。吃畢，收下盞托去，請寬衣服房裡坐。西門慶教玳安上來，把上蓋青紗衣寬了，搭在椅子上。進入粉頭房中，但見瑤窗綉幕，錦褥華裀，異香襲人，極其清雅，真所謂神仙洞府，人跡不可到者也。彼此攀話調笑之際，只見丫鬟進來安放桌兒，擺下許多精製菜蔬。先請吃荷花細餅，鄭愛月兒親手揀攢肉絲，捲就，安放小泥金碟兒內，遞與西門慶吃。須臾，吃了餅，收了傢伙去，就鋪茜紅氈條，取出牙牌三十二扇，與西門慶抹牌。抹了一回，收過去，擺上酒來。但見盤堆異果，酒泛金波，十分齊整。姐妹二人遞了酒，在旁箏排雁柱，款跨絞綃——愛香兒彈箏，愛月兒琵琶，唱了一套「兜得上心來」。端的詞出佳人口，有裂石遶梁之聲。唱畢，促席而坐，拿骰盆兒與西門慶搶紅猜枚。

飲夠多時，鄭愛香兒推更衣出去了，獨有愛月兒陪著西門慶吃酒。先是西門慶向袖中取出白綾汗巾兒，上頭束著個金穿心盒兒。鄭愛月兒只道是香茶，便要打開，西門慶道：「不是香茶，是我逐日吃的補藥。我的香茶不放在這裡面，只用紙包著。」於是袖中取出一包香茶桂花餅兒遞與他。那愛月兒不信，還伸手往他袖子裡掏，又掏出個紫縐紗汗巾兒，上拴著一副揀金挑牙兒，拿在手中觀看，甚是可愛。說道：「我見桂姐和吳銀姐都拿著這樣汗巾兒，原來是你與他的。」西門慶道：「是我揚州船上帶來的。不是我與他，誰與他的？你若愛，與了你罷。到明日，再送一副與你姐姐。」

說畢，西門慶就著鍾兒裡酒，把穿心盒兒內藥吃了一服，把粉頭摟在懷中，兩個一遞一口兒飲酒咂舌，無所不至。西門慶又舒手摸弄他香乳，緊緊就就賽麻圓滑膩。一面扯開衫兒觀看，白馥馥猶如瑩玉一般。揣摩良久，淫心輒起，腰間那話突然而興。解開褲帶，令他纖手籠揝。粉頭見其粗大，諕得吐舌害怕，雙手摟定西門慶脖項說道：「我的親親，你今日初會，將就我，只放半截兒罷！若都放進去，我就死了。你敢吃藥養得這等大，不然，如何天生恁怪刺刺兒的——紅赤赤，紫漒漒，好砢碜人子！」西門慶笑道：「我的兒！你下去替我品品。」愛月兒道：「慌怎的，往後日子多如樹葉兒。今日初會，人生面不熟，再來等我替你品。」

說畢，西門慶欲與他交歡，愛月兒道：「你不吃酒了？」西門慶道：「我不吃了，咱睡罷。」愛月兒便教丫鬟把酒桌擡過一邊，與西門慶脫靴，他便往後邊更衣澡牝去了。西門慶脫靴時，還賞了丫頭一塊銀子，打發先上床睡，炷了香，放在薰籠內。良久，婦人進房，問西門慶：「你吃茶不吃？」西門慶道：「我不吃。」一面掩上房門，放下綾綃來，將絹兒安放在褥下，解衣上床。兩個枕上鴛鴦，被中鸂鶒。西門慶見粉頭肌膚纖細，牝淨無毛，猶如白麵蒸餅一般，柔嫩可愛。抱了抱腰肢，未盈一掬。誠為軟玉溫香，千金難買。於是把他兩隻白生生銀條般嫩腿兒夾在兩邊腰眼間，那話上使了托子，向花心裡頂入。龜頭昂大，濡攪半晌，方才沒稜。那愛月兒把眉頭皺在一處，兩手攀擱在枕上，隱忍難挨。朦朧著星眼，低聲說道：「今日你饒了鄭月兒罷！」西門慶聽了，愈覺銷魂，肆行抽送，不勝歡娛。正是：得多少——

春點桃花紅綻蕊，風欺楊柳綠翻腰。

西門慶與鄭月兒留戀至三更方才回家。到次日，吳月娘打發他往衙門中去了，和玉樓、金蓮、李嬌兒都在上房坐的。只見玳安進來上房取尺頭匣兒，往夏提刑送生日禮去。月娘因問玳安：「你爹昨日坐轎往誰家吃酒，吃到那咱晚才回家？想必又在韓道國家，望他那老婆去來。原來賊囚根子成日只瞞著我，背地替他幹這等繭兒！」玳安道：「不是。他漢子來家，爹怎好去得！」月娘道：「不是那裡，卻是誰家？」那玳安又不說，只是笑。取了緞匣，送禮去了。

潘金蓮道：「大姐姐，你問這賊囚根子，他怎肯實說？我聽見說蠻小廝昨日也跟了去來，只叫蠻小廝來問就是了。」一面把春鴻叫到跟前。金蓮問：「你昨日跟了你爹轎子去，在誰家吃酒來？你實說便罷，不實說，如今你大娘就要打你。」那春鴻跪下便道：「娘休打小的，待小的說就是了。小的和玳安、琴童哥三個，跟俺爹從一座大門樓進去，轉了幾條街巷，到個人家，只半

截門兒，都用鋸齒兒鑲了。門裡立著個娘娘，打扮得花花黎黎的。」

金蓮聽見笑了，說道：「因根子，一個院裡半門子也不認得？趕著粉頭叫娘娘起來。」又問道：「那個娘娘怎麼模樣？你認得他不認得？」春鴻道：「我不認得他，也像娘們頭上戴著這個假殼。進入裡面，一個白頭的阿婆出來，望俺爹拜了一拜。落後請到後邊，又是一位年小娘娘出來？不戴假殼，生得瓜子面，搽得嘴唇紅紅的，陪著俺爹吃酒。」金蓮道：「你們都在哪裡坐來？」春鴻道：「我和玳安、琴童哥便在阿婆房裡，陪著俺們吃酒並肉兜子來。」把月娘、玉樓笑得了不得。因問道：「你認得他不認得？」春鴻道：「那一個好似在咱家唱的。」玉樓笑道：「就是李桂姐了。」月娘道：「原來摸到他家去來。」李嬌兒道：「俺家沒半門子。」金蓮道：「只怕你家新安了半門子是的。」問了一回。西門慶來家，就往夏提刑家拜壽去了。

卻說潘金蓮房中養的一隻白獅子貓兒，渾身純白，只額兒上帶龜背一道黑，名喚雪裡送炭，又名雪獅子。又善會口啣汗巾子，拾扇兒。西門慶不在房中，婦人晚夕常抱他在被窩裡睡，又不撒尿屎在衣服上，呼之即至，揮之即去，婦人常喚他是雪賊。每日不吃牛肝乾魚，只吃生肉，調養得十分肥壯，毛內可藏一雞蛋。甚是愛惜他，終日在房裡用紅絹裹肉，令貓撲而撾食。這日也是合當有事，官哥兒心中不自在，連日吃劉婆子藥，略覺好些。李瓶兒與他穿上紅緞衫兒，安頓在外間炕上玩耍，迎春守著，奶子便在旁吃飯。不料這雪獅子正蹲在護炕上，看見官哥兒在炕上，穿著紅衫兒一動動的玩耍，只當平日哄餵他肉食一般，猛然望下一跳，將官哥兒身上皆抓破了。只聽那官哥兒「呱」的一聲，倒噎了一口氣，就不言語了，手腳俱風搐起來。慌得奶子丟下飯碗，摟抱在懷，只顧唾噦與他收驚。那貓還來趕著他要撾，被迎春打出外邊去了。如意兒實承望孩子搐過一陣好了，誰想只顧常連，一陣不了一陣搐起來。忙使迎春後邊請李瓶兒去，說：「哥兒不好了，風搐著哩，娘快去！」那李瓶兒不聽便罷，聽了，正是：

驚損六葉連肝肺，諕壞三毛七孔心。

連月娘慌得兩步做一步，逕撲到房中。見孩子搐得兩隻眼直往上吊，通不見黑眼睛珠兒，口中白沫流出，咿咿猶如小雞叫，手足皆動。一見心中猶如刀割相侵，連忙摟抱起來，臉搵著他嘴兒，大哭道：「我的哥哥，我出去好好兒，怎麼就搐起來？」迎春與奶子，悉把被五娘房裡貓所諕一節說了。那李瓶兒越發哭起來，說道：「我的哥哥，你緊不可公婆意，今日你只當脫不了打這條路兒去了！」

月娘聽了，一聲兒沒言語，一面叫將金蓮來，問他說：「是你屋裡的貓諕了孩子？」金蓮問：「是誰說的？」月娘指著：「是奶子和迎春說來。」金蓮道：「你看這老婆子這等張嘴！俺貓在屋裡好好兒的臥著不是。你們怎的把孩子諕了，沒得賴人起來。爪兒只揀軟處捏，俺們這屋裡是好纏的！」月娘道：「他的貓怎得來這屋裡？」迎春道：「每常也來這邊屋裡走跳。」金蓮接過來道：「早時你說，每常怎的不撾他？可可今日兒就撾起來？你這丫頭也跟著他恁張眉瞪眼兒，六說白道的。將就些兒罷了，怎的要把弓兒扯滿了？可可兒俺們自恁沒時運來。」於是使性子抽身往房裡去了。看官聽說：潘金蓮見李瓶兒有了官哥兒，西門慶百依百隨，要一奉十，故行此陰謀之事，馴養此貓，必欲諕死其子，使李瓶兒寵衰，教西門慶復親於己，就如昔日屠岸賈養神獒害趙盾丞相一般。正是：

花枝葉底猶藏刺，人心怎保不懷毒。

月娘眾人見孩子只顧搐起來，一面熬薑湯灌他，一面使來安兒快叫劉婆去。不一時，劉婆子來到，看了脈息，只顧跌腳，說道：「此遭驚諕重了，難得過了。快熬燈心薄荷金銀湯。」取出一丸金箔丸來，向鍾兒內研化。牙關緊閉，月娘連忙拔下金簪兒來，撬開口，灌下去。劉婆道：「過得來便罷。如過不來，告過主家奶奶，必須要灸幾醮才好。」月娘道：「誰敢擔？必須等他爹來問了不敢。灸了，惹他來家吆喝。」李瓶兒道：「大娘救他命罷！若等來家，只恐遲了。若

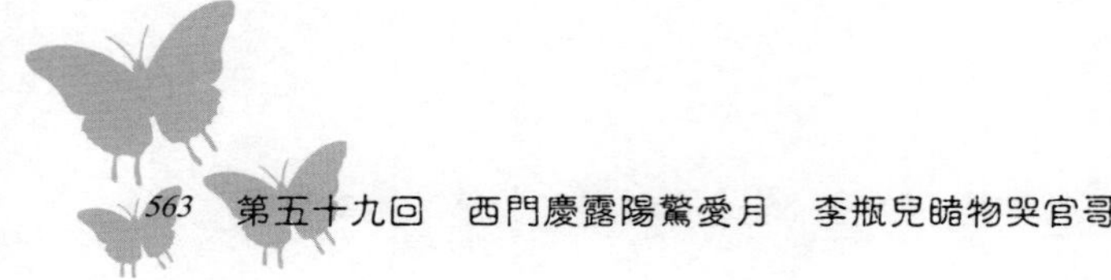

是他爹罵，等我承當就是了。」月娘道：「孩兒是你的孩兒，隨你灸，我不敢主張。」當下，劉婆子把官哥兒眉攢、脖根、兩手關尺並心口，共灸了五醮，放他睡下。那孩子昏昏沈沈，直睡到日暮時分西門慶來家還不醒。那劉婆見西門慶來家，月娘與了他五錢銀子，一溜煙從夾道內出去了。

西門慶歸到上房，月娘把孩子風搐不好對西門慶說了，西門慶連忙走到前邊來看視，見李瓶兒哭得眼紅紅的，問：「孩兒怎的風搐起來？」李瓶兒滿眼落淚，只是不言語。問丫頭、奶子，都不敢說。西門慶又見官哥手上皮兒去了，灸得滿身火艾，心中焦躁，又走到後邊問月娘。月娘隱瞞不住，只得把金蓮房中貓驚諕之事說了：「劉婆子剛才看，說是急驚風，若不針灸，難過得來。若等你來，只恐怕遲了。他娘母子自主張，教他灸了孩兒身上五醮，才放下他睡了。這半日還未醒。」西門慶不聽便罷，聽了此言，三尸暴跳，五臟氣沖，怒從心上起，惡向膽邊生，直走到潘金蓮房中，不由分說，尋著雪獅子，提著腳走向穿廊，望石臺基輪起來只一摔，只聽響亮一聲，腦漿迸萬朵桃花，滿口牙零噙碎玉。正是：

不在陽間擒鼠耗，卻歸陰府作狸仙。

潘金蓮見他拿出貓去摔死了，坐在炕上風紋也不動。待西門慶出了門，口裡喃喃吶吶罵道：「賊作死的強盜，把人拖出去殺了才是好漢！一個貓兒礙著你吃屎？亡神也似走得來摔死了。他到陰司裡，明日還問你要命，你慌怎的？賊不逢好死變心的強盜！」西門慶走到李瓶兒房裡，因說奶子、迎春：「我教你好看著孩兒，怎的教貓諕了他，把他手也搊了！又信劉婆子那老淫婦，平白把孩子灸得恁樣的。若好便罷，不好，把這老淫婦拿到衙門裡，與他兩拶！」李瓶兒道：「你看孩兒緊自不得命，你又是恁樣的。孝順是醫家，他也巴不得要好哩！」李瓶兒只指望孩兒好來，不料被艾火把風氣反於內，變為慢風，內裡抽搐得腸肚兒皆動，尿屎皆出，大便屙出五花顏色，眼目忽睁忽閉，終朝只是昏沈不省，奶也不吃了。李瓶兒慌了，到處求神問卜打卦，皆有凶無吉。月娘瞞著西門慶又請劉婆子來家跳神，又請小兒科太醫來看。都用接鼻散試之：若吹在鼻孔內打鼻涕，還看得；若無鼻涕出來，則看陰騭守他罷了。於是吹下去，茫然無知，並無一個噴涕出來。越發晝夜守著哭涕不止，連飲食都減了。

看看到八月十五日將近，月娘因他不好，連自家生日都回了不做，親戚內眷，就送禮來也不請。家中只有吳大妗子、楊姑娘並大師父來相伴。那薛姑子和王姑子兩個，在印經處爭分錢不平，又使性兒，彼此互相揭調。十四日，賁四同薛姑子催討，將經卷挑將來，一千五百卷都完了。李瓶兒又與了一吊錢買紙馬香燭。十五日同陳敬濟早往岳廟裡進香紙，把經看著都散施盡了，走來回李瓶兒話。喬大戶家，一日一遍使孔嫂兒來看，又舉薦了一個看小兒的鮑太醫來看，說道：「這個變成天弔客忤，治不得了！」白與了他五錢銀子，打發去了。灌下藥去也不受，還吐出了。只是把眼合著，口中咬得牙格支支響。李瓶兒通衣不解帶，晝夜抱在懷中，眼淚不乾的只是哭。西門慶也不往哪裡去，每日衙門中來家，就進來看孩兒。

那時正值八月下旬天氣，李瓶兒守著官哥兒睡在床上，桌上點著銀燈，丫鬟養娘都睡熟了。覷著滿窗月色，更漏沈沈，果然愁腸萬結，離思千端。正是：

人逢喜事精神爽，悶來愁腸瞌睡多。

但見：

銀河耿耿，玉漏迢迢。穿窗皓月耿寒光，透戶涼風吹夜氣。樵樓禁鼓，一更未盡一更敲；別院寒砧，千搗將殘千搗起。畫簷前叮噹鐵馬，敲碎思婦情懷；銀臺上閃爍燈光，偏照佳人長嘆。一心只想孩兒好，誰料愁來睡夢多。

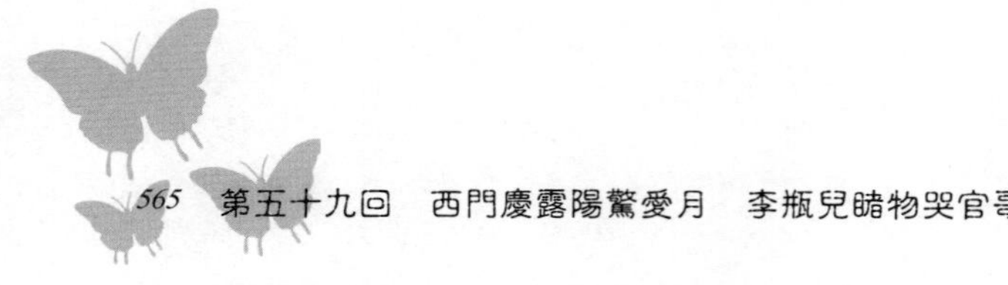

當下，李瓶兒臥在床上，似睡不睡，夢見花子虛從前門外來，身穿白衣，恰似活時一般。見了李瓶兒，厲聲罵道：「潑賊淫婦，你如何抵盜我財物與西門慶？如今我告你去也。」被李瓶兒一手扯住他衣袖，央及道：「好哥哥，你饒恕我則個！」花子虛一頓，撒手驚覺，卻是南柯一夢。醒來，手裡扯著卻是官哥兒的衣衫袖子。連噦了幾口道：「怪哉！怪哉！」聽一聽更鼓，正打三更三點。李瓶兒諕得渾身冷汗，毛髮皆豎。

到次日，西門慶進房來，就把夢中之事告訴一遍。西門慶道：「知道他死到哪裡去了！此是你夢想舊境。只把心來放正著，休要理他。如今我使小廝拿轎子接了吳銀兒來，與你做個伴兒。再把老馮叫來伏侍兩日。」玳安打院裡接了吳銀兒來。哪消到日西時分，那官哥兒在奶子懷裡只搐氣兒了。慌得奶子叫李瓶兒：「娘，你來看哥哥，這黑眼睛珠兒只往上翻，口裡氣兒只有出來的，沒有進去的。」這李瓶兒走來抱到懷中，一面哭起來，教丫頭：「快請你爹去！你說孩子待斷氣也。」可可常峙節又走來說話，告訴房子兒尋下了，門面兩間，二層，大小四間，只要三十五兩銀子。

西門慶聽見後邊官哥兒重了，就打發常峙節起身，說：「我不送你罷，改日我使人拿銀子和你看去。」急急走到李瓶兒房中。月娘眾人都在房裡瞧著，那孩子在他娘懷裡一口口搐氣兒。西門慶不忍看他，走到明間椅子上坐著，只長吁短嘆。哪消半盞茶時，官哥兒嗚呼哀哉，斷氣身亡。時八月廿三日申時也，只活了一年零兩個月。闔家大小放聲號哭。那李瓶兒撾耳撓腮，一頭撞在地下，哭得昏過去。半日方才甦醒，摟著他大放聲哭叫道：「我的沒救星兒，心疼殺我了！寧可我同你一搭兒裡死了罷，我也不久活在世上了。我的抛閃殺人的心肝，撇得我好苦也！」那奶子如意兒和迎春在旁，哭得言不得，動不得。西門慶即令小廝收拾前廳西廂房乾淨，放下兩條寬凳，要把孩子連枕席被褥擡出去那裡挺放。那李瓶兒躺在孩兒身上，兩手摟抱著，哪裡肯放！口口聲聲直叫：「沒救星的冤家！嬌嬌的兒！生揭了我的心肝去了！撇得我枉費辛苦，乾生受一場，再不得見你了，我的心肝！……」

月娘眾人哭了一回，在旁勸他不住。西門慶走來，見他把臉抓破了，滾得寶髻鬅鬆，烏雲散亂，便道：「你看蠻的！他既然不是你我的兒女，乾養活他一場，他短命死了，哭兩聲丟開罷了，如何只顧哭了去！又哭不活他，你的身子也要緊。如今擡出去，好教小廝請陰陽來看。——這是什麼時候？」月娘道：「這個也有申時前後。」玉樓道：「我頭裡怎麼說來？他管情還等他這個時候才去。——原是申時生，還是申時死。日子又相同，都是二十三日，只是月分差些。圓圓的一年零兩個月。」李瓶兒見小廝們伺候兩旁要擡他，又哭了，說道：「慌擡他出去怎麼的？大媽媽，你伸手摸摸，他身上還熱哩！」叫了一聲：「我的兒嚛！你教我怎生割捨得你去？坑得我好苦也！……」一頭又撞倒在地下，哭了一回。眾小廝才把官哥兒擡出，停在西廂房內。

月娘向西門慶計較：「還對親家那裡並他師父廟裡說聲去。」西門慶道：「他師父廟裡，明早去罷。」一面使玳安往喬大戶家說了，一面使人請了徐陰陽來批書。又拿出十兩銀子與賁四，教他快擡了一副平頭杉板，令匠人隨即攢造了一具小棺槨兒，就要入殮。喬宅那裡一聞來報，喬大戶娘子隨即坐轎子來，進門就哭。月娘眾人又陪著大哭了一場，告訴前事一遍。

不一時，陰陽徐先生來到，看了，說道：「哥兒還是正申時永逝。」月娘吩咐出來，教與他看看黑書。徐先生將陰陽祕書瞧了一回，說道：「哥兒生於政和丙申六月廿三日申時，卒於政和丁酉八月廿三日申時。月令丁酉，日干壬子，犯天地重喪，本家要忌：忌哭聲。親人不忌。入殮之時，蛇、龍、鼠、兔四生人，避之則吉。又黑書上云：壬子日死者，上應寶瓶宮，下臨齊地。他前生曾在兗州蔡家作男子，曾倚力奪人財物，吃酒落魄，不敬天地六親，橫事牽連，遭氣寒之疾，久臥床席，穢污而亡。今生為小兒，亦患風癇之疾。十日前被六畜驚去魂魄，又犯土司太歲，先亡攝去魂魄，托生往鄭州王家為男子，後作千戶，壽六十八歲而終。」

須臾，徐先生看了黑書，請問老爹，明日出去或埋或化，西門慶道：「明日如何出得！擱三日，念了經，到五日出去，墳上埋了罷。」徐先生道：「二十七日丙辰，閤家本命都不犯，宜正午時掩土。」批畢書，一面就收拾入殮，已有三更天氣。李瓶兒哭著往房中，尋出他幾件小道衣、

道髻、鞋襪之類，替他安放在棺槨內，釘了長命釘，闔家大小又哭了一場，打發陰陽去了。

次日，西門慶亂著，也沒往衙門中去。夏提刑打聽得知，早晨衙門散時，就來弔問。又差人對吳道官廟裡說知，到三日，請報恩寺八眾僧人在家誦經。吳道官廟裡並喬大戶家，俱備折桌三牲來祭奠。吳大舅、沈姨夫、門外韓姨夫、花大舅都有三牲祭桌來燒紙。應伯爵、謝希大、溫秀才、常峙節、韓道國、甘出身、賁第傳、李智、黃四都鬥了分資，晚夕來與西門慶伴宿。打發僧人去了，叫了一起提偶的，先在哥兒靈前祭畢，然後，西門慶在大廳上放桌席管待眾人。那日院中李桂姐、吳銀兒並鄭月兒三家，都有人情來上紙。

李瓶兒思想官哥兒，每日黃懨懨，連茶飯兒都懶待吃，提起來只是哭涕，把喉音都哭啞了。西門慶怕他思想孩兒，尋了拙智，白日裡吩咐奶子、丫鬟和吳銀兒相伴他，不離左右。晚夕，西門慶一連在他房中歇了三夜，枕上百般解勸。薛姑子夜間又替他念《楞嚴經》、《解冤咒》，勸他：「休要哭了。他不是你的兒女，都是宿世冤家債主。《陀羅經》上不說得好：昔日有一婦人，生產孩兒三遍，俱不過兩歲而亡，婦人悲啼不已。抱兒江邊，不忍拋棄。感得觀世音菩薩化作一僧，謂此婦人曰：『不用啼哭，此非你兒，是你生前冤家。三度托生，皆欲殺汝。你若不信，我教你看。』將手一指，其兒遂化作一夜叉之形，向水中而立，報言：『汝曾殺我來，我特來報冤。今因汝常持《佛頂心陀羅經》，善神日夜擁護，所以殺汝個得。我已蒙觀世音菩薩受度了，從今永不與汝為冤。』道畢，遂沈水中不見。不該我貧僧說，你這兒子，必是宿世冤家，托來你蔭下，化目化財，要惱害你身。為你捨了此《佛頂心陀羅經》一千五百卷，有此功行，他害你不得，故此離身。到明日再生下來，才是你兒女。」李瓶兒聽了，終是愛緣不斷。但提起來，輒流涕不止。

須臾過了五日，到廿七日早晨，雇了八名青衣白帽小童，大紅銷金棺與旛幢、雪蓋、玉梅、雪柳圍隨，前首大紅銘旌，題著「西門塚男之柩」。吳道官廟裡，又差了十二眾青衣小道童兒來，遶棺轉咒〈生神玉章〉，動清樂送殯。眾親朋陪西門慶穿素服走至大街東口，將及門上，才上頭口。西門慶恐怕李瓶兒到墳上悲痛，不教他去。只是吳月娘、李嬌兒、孟玉樓、潘金蓮、大姐，家裡五頂轎子，陪喬親家母、大妗子和李桂兒、鄭月兒、吳舜臣媳婦鄭三姐往墳頭去，留下孫雪娥、吳銀兒並兩個姑子在家與李瓶兒做伴兒。

李瓶兒見不放他去，見棺材起身，送出到大門首，趕著棺材大放聲，一口一聲只叫：「不來家虧心的兒嘹！」叫得連聲氣破了。不防一頭撞在門底下，把粉額磕傷，金釵墜地，慌得吳銀兒與孫雪娥向前攙扶起來，勸歸後邊去了。到了房中，見炕上空落落的，只有他耍的那壽星博浪鼓兒還掛在床頭上，想將起來，拍了桌子，又哭個不了。吳銀兒在旁，拉著他手勸說道：「娘少哭了，哥哥已是抛閃你去了，哪裡再哭得活！你須自解自嘆，休要只顧煩惱。」雪娥道：「你又年少青春，愁到明日養不出來也怎的？這裡牆有縫，壁有眼，俺們不好說的。他使心用心，反累己身。他將你孩子害了，教他一還一報，問他要命。不知你我被他活埋了幾遭了！只要漢子常守著他便好，到人屋裡睡一夜兒，他就氣生氣死。早是前者，你們都知道，漢子等閒不到我後邊，才到了一遭兒，你看他就背地裡唧喳成一塊，對著他姐兒們說我長道我短。俺們也不言語，每日洗眼兒看著他。這個淫婦，到明日還不知怎麼死哩！」李瓶兒道：「罷了，我也惹了一身病在這裡，不知在今日明日死，和他也爭執不得了，隨他罷！」

正說著，只見奶子如意兒向前跪下，哭道：「小媳婦有句話，不敢對娘說——今日哥兒死了，乃是小媳婦沒造化。只怕往後爹與大娘打發小媳婦出去，小媳婦男子漢又沒了，哪裡投奔？」李瓶兒見他這般說，又心中傷痛起來，便道：「怪老婆，孩子便沒了，我還沒死哩！總然我到明日死了，你恁在我手下一場，我也不教你出門。往後你大娘生下哥兒小姐來，教你接了奶，就是一般了。你慌亂的是什麼？」那如意兒方才不言語了。李瓶兒良久又悲慟哭起來，雪娥與吳銀兒兩個又解勸說道：「你肚中吃了些什麼，只顧哭了去！」一面教綉春後邊拿了飯來，擺在桌上，陪他吃。那李瓶兒怎生嚥下去！只吃了半甌兒，就丟下不吃了。

西門慶在墳上，教徐先生畫了穴，把官哥兒就埋在先頭陳氏娘懷中，抱孫葬了。那日喬大戶並眾親戚都有祭祀，就在新蓋捲棚管待飲酒一日。來家，李瓶兒與月娘、喬大戶娘子、大妗子磕著頭又哭了。向喬大戶娘子說道：「親家，誰似奴養的孩兒不氣長，短命死了。既死了，累你家姐姐做了望門寡，勞而無功，親家休要笑話。」喬大戶娘子說道：「親家怎的這般說話？孩兒每各人壽數，誰人保得後來的事！常言：先親後不改。親家每又不老，往後愁沒子孫？須要慢慢來。親家也少要煩惱了。」說畢，作辭回家去了。

西門慶在前廳教徐先生灑掃，各門上都貼辟非黃符。死者煞高三丈，向東北方而去，遇日遊神沖回不出，斬之則吉，親人不忌。西門慶拿出一匹大布、二兩銀子謝了徐先生，管待出門。晚夕入李瓶兒房中陪他睡。夜間百般言語溫存。見官哥兒的戲耍物件都還在跟前，恐怕這瓶兒看見思想煩惱，都令迎春拿到後邊去了。正是：

思想嬌兒晝夜啼，寸心如割命懸絲。
世間萬般哀苦事，除非死別共生離。

第六十回　李瓶兒病纏死孽　西門慶官作生涯

詞曰：

倦睡懨懨生怕起，如痴如醉如慵，半垂半捲舊簾櫳。眼穿芳草綠，淚襯落花紅。追憶當年魂夢斷，為雲為雨為風。淒淒樓上數歸鴻。悲淚三兩陣，哀緒萬千重。

——右調〈臨江仙〉

話說潘金蓮見孩子沒了，每日抖擻精神，百般稱快，指著丫頭罵道：「賊淫婦！我只說你日頭常晌午，卻怎的今日也有錯了的時節？你斑鳩跌了彈——也嘴谷谷了。春凳折了靠背兒——沒得倚了。王婆子賣了磨——推不得了。老鴇子死了粉頭——沒指望了。卻怎的也和我一般！」李瓶兒這邊屋裡分明聽見，不敢聲言，背地裡只是掉淚。著了這暗氣暗惱，又加之煩惱憂戚，漸漸心神恍亂，夢魂顛倒，每日茶飯都減少了。自從葬了官哥兒第二日，吳銀兒就家去了。老馮領了個十三歲的丫頭來，五兩銀子賣與孫雪娥房中使喚，改名翠兒，不在話下。

這李瓶兒一者思念孩兒，二者著了重氣，把舊病又發起來，照舊下邊經水淋漓不止。西門慶請任醫官來看，討將藥來吃下去，如水澆石一般，越吃越旺。哪消半月之間，漸漸容顏頓減，肌膚消瘦，而精采豐標無復昔時之態矣。正是：

肌骨大都無一把，如何禁架許多愁！

一日，九月初旬，天氣淒涼，金風漸漸。李瓶兒夜間獨宿房中，銀床枕冷，紗窗月浸，不覺

思想孩兒，欷歔長嘆，恍恍然恰似有人彈得窗櫺響。李瓶兒呼喚丫鬟，都睡熟了不答，乃自下床來，倒靸弓鞋，翻披綉襖，開了房門。出戶視之，彷彿見花子虛抱著官哥兒叫他，新尋了房兒，同去居住。李瓶兒還捨不得西門慶，不肯去，雙手就抱那孩兒，被花子虛只一推，跌倒在地。撒手驚覺，卻是南柯一夢。嚇了一身冷汗，嗚嗚咽咽，只哭到天明。正是：

有情豈不等，著相自家迷。

有詩為證：

纖纖新月照銀屏，人在幽閨欲斷魂。
益悔風流多不足，須知恩愛是愁根。

那時，來保南京貨船又到了，使了後生王顯上來取車稅銀兩。西門慶這裡寫書，差榮海拿一百兩銀子，又具羊酒金緞禮物謝主事：「就說此貨過稅，還望青目一二。」家中收拾舖面完備，又擇九月初四日開張，就是那日卸貨，連行李共裝二十大車。那日，親朋遞果盒掛紅者約有三十多人，夏提刑也差人送禮花紅來。喬大戶叫了十二名吹打的樂工、雜耍撮弄。西門慶這裡，李銘、吳惠、鄭春三個小優兒彈唱。甘夥計與韓夥計都在櫃上發賣，一個看銀子，一個講說價錢，崔本專管收生活。西門慶穿大紅，冠帶著，燒罷紙，各親友遞果盒把盞畢，後邊廳上安放十五張桌席，五果五菜、三湯五割，重新遞酒上坐，鼓樂喧天。在坐者有喬大戶、吳大舅、吳二舅、花大舅、沈姨夫、韓姨夫、吳道官、倪秀才、溫葵軒、應伯爵、謝希大、常峙節，還有李智、黃四、傅自新等眾夥計主管並街坊鄰舍，都坐滿了席面。三個小優兒在席前唱了一套〈南呂・紅衲襖〉「混元初生太極」。須臾，酒過五巡，食割三道，下邊樂工吹打彈唱，雜耍百戲過去，席上觥籌交錯。

應伯爵、謝希大飛起大鍾來，杯來盞去。

飲至日落時分，把眾人打發散了，西門慶只留下吳大舅、沈姨夫、韓姨夫、溫葵軒、應伯爵、謝希大，重新擺上桌席留後坐。那日新開張，夥計攢帳，就賣了五百餘兩銀子。西門慶滿心歡喜，晚夕收了舖面，把甘夥計、韓夥計、傅夥計、崔本、賁四連陳敬濟都邀來，到席上飲酒。吹打良久，把吹打樂工也打發去了，只留下三個小優兒在席前唱。

應伯爵吃得已醉上來，走出前邊解手，叫過李銘問道：「那個紮包髻兒清俊的小優兒，是誰家的？」李銘道：「二爹原來不知道？」因說道：「他是鄭奉的兄弟鄭春。前日爹在他家吃酒，請了他姐姐愛月兒了。」伯爵道：「真個？怪道前日上紙送殯都有他。」於是歸到酒席上，向西門慶道：「哥，你又恭喜，又擡了小舅子了。」西門慶笑道：「怪狗才，休要胡說。」一面叫過王經來：「斟與你應二爹一大杯酒。」伯爵向吳大舅說道：「老舅，你怎麼說？這鍾罰得我沒名。」西門慶道：「我罰你這狗才一個出位妄言。」

伯爵低頭想了想兒，呵呵笑了，道：「不打緊處，等我吃，我吃死不了人。」又道：「我從來吃不得啞酒，你叫鄭春上來唱個兒我聽，我才罷了。」當下，三個小優一齊上來彈唱。伯爵令李銘、吳惠下去：「不要你兩個。我只要鄭春單彈著箏兒，只唱個小小曲兒我下酒罷。」謝希大叫道：「鄭春你過來，依著你應二爹唱個罷。」西門慶道：「和花子講過：有一個曲兒吃一鍾酒。」教玳安取了兩個大銀鍾放在應二面前。那鄭春款按銀箏，低低唱〈清江引〉道：

一個姐兒十六七，見一對蝴蝶戲。香肩靠粉牆，春筍彈珠淚。喚梅香趕他去別處飛。

鄭春唱了請酒，伯爵才飲訖，玳安又連忙斟上。鄭春又唱：

轉過雕欄正見他，斜倚定荼蘼架；佯羞整鳳釵，不說昨宵話，笑吟吟掐將花片兒打。

伯爵吃過，連忙推與謝希大，說道：「罷，我是成不得，成不得！這兩大鍾把我就打發了。」謝希大道：「傻花子，你吃不得推與我來，我是你家有毬的蠻子？」伯爵道：「傻花子，我明日就做了堂上官兒，少不得是你替。」西門慶道：「你這狗才，到明日只好做個韶武。」伯爵笑道：「傻孩兒，我做了韶武，把堂上讓與你就是了。」西門慶笑令玳安兒：「拿磕瓜來打這賊花子！」謝希大悄悄向他頭上打了一個響瓜兒，說道：「你這花子，溫老先生在這裡，你口裡只恁胡說。」伯爵道：「溫老先兒他斯文人，不管這閒事。」溫秀才道：「二公與我這東君老先生，原來這等厚。酒席中間，誠然不如此也不樂。悅在心，樂主發散在外，自不覺手之舞之，足之蹈之如此。」

沈姨夫向西門慶說：「姨夫，不是這等。請大舅上席，還行個令兒——或擲骰，或猜枚，或看牌，不拘詩詞歌賦、頂真續麻、急口令，說不過來吃酒。這個庶幾均勻，彼此不亂。」西門慶道：「姨夫說得是。」先斟了一杯，與吳大舅起令。吳大舅拿起骰盆兒來說道：「列位，我行一令：順著數去，遇點要個花名，花名下要頂真，不拘詩詞歌賦說一句。說不來，罰一大杯。我就是一起——

「一擲一點紅，紅梅花對白梅花。」

吳大舅擲了個二，多一杯。飲過酒，該沈姨夫接擲。沈姨夫說道：

「二擲並頭蓮，蓮漪戲彩鴛。」

沈姨夫也擲了個二，飲過兩杯，就過盆與韓姨夫行令。韓姨夫說道：

「三擲三春李，李下不整冠。」

韓姨夫擲完，吃了酒，送與溫秀才。秀才道：「我學生奉令了——

四擲狀元紅，紅紫不以為褻服。」

溫秀才只遞了一杯酒，吃過，該應伯爵行令。伯爵道：「我在下一個字也不識，不會頂真，只說個急口令兒罷：

一個急急腳腳的老小，左手拿著一個黃豆巴斗，右手拿著一條綿花叉口，望前只管跑走。一個黃白花狗，咬著那綿花叉口，那急急腳腳的老小，放下那左手提的那黃豆巴斗，走向前去打那黃白花狗。不知手鬥過那狗，狗鬥過那手。」

西門慶笑罵道：「你這賊謅斷腸子的天殺的，誰家一個手去鬥狗來？一口不被那狗咬了？」伯爵道：「誰教他不拿個棍兒來！我如今抄花子不見了拐棒兒——受狗的氣了。」謝希大道：「大官人，你看花子自家倒了架，說他是花子。」西門慶道：「該罰他一鍾，不成個令。謝子純，你行罷！」謝希大道：「我也說一個，比他更妙：

牆上一片破瓦，牆下一匹騾馬。落下破瓦，打著騾馬。不知是那破瓦打傷騾馬，不知是那騾馬踏碎了破瓦。」

伯爵道：「你笑話我的令不好，你這破瓦倒好？你家娘子兒劉大姐就是個騾馬，我就是個破瓦。——俺兩個破磨對瘸驢。」謝希大道：「你家那杜蠻婆老淫婦，撒把黑豆只好餵豬哄狗，也不要他。」兩個人鬥了回嘴，每人斟了一鍾，該韓夥計擲。韓道國道：「老爹在上，小人怎敢占先？」西門慶道：「順著來，不要遜了。」於是韓道國說道：

「五擲臘梅花，花裡遇神仙。」

擲畢，該西門慶擲，西門慶道：「我要擲個六：

六擲滿天星，星辰冷落碧潭水。」

果然擲出個六來。應伯爵看見，說道：「哥今年上冬，管情加官進祿，主有慶事。」於是斟了一大杯酒與西門慶。一面李銘等三個上來彈唱，玩耍至更闌方散。西門慶打發小優兒出門，看收了傢伙，派定韓道國、甘夥計、崔本、來保四人輪流上宿，吩咐仔細門戶，就過那邊去了。一宿晚景不提。

次日，應伯爵領了李智、黃四來交銀子，說：「此遭只關了一千四百五六十兩銀子，不夠還人，只挪了三百五十兩銀子與老爹。等下遭關出來再找完，不敢遲了。」伯爵在旁又替他說了兩句美言。西門慶教陳敬濟來，把銀子兌收明白，打發去了。銀子還擺在桌上，西門慶因問伯爵道：「常二哥說他房子尋下了，前後四間，只要三十五兩銀子。他來對我說，正值小兒病重，我心裡亂，就打發他去了。不知他對你說來不曾？」伯爵道：「他對我說來，我說，你去的不是了，他乃郎不好，他自亂亂的，有什麼心緒和你說話？你且休回那房主兒，等我見哥，替你提就是了。」西門慶道：「也罷，你吃了飯，拿一封五十兩銀子，今日是個好日子，替他把房子成了來罷。剩下的，教常二哥門面開個小鋪兒，月間賺幾錢銀子兒，就夠他兩口兒盤攪了。」伯爵道：「此是哥下顧他了。」

不一時，放桌兒擺上飯來，西門慶陪他吃了飯，道：「我不留你。你拿了這銀子去，替他幹幹這勾當去罷。」伯爵道：「你這裡還教個大官和我去。」西門慶道：「沒得扯淡，你袖了去就是了。」伯爵道：「不是這等說，今日我還有小事。實和哥說，家表弟杜三哥生日，早晨我送了些禮兒去，他使小廝來請我後晌坐坐。我不得來回你話，教個大官兒跟了去，成了房子，好教他來回你話的。」西門慶道：「若是恁說，教王經跟你去罷。」一面教王經跟伯爵來到了常家。

常峙節正在家，見伯爵至，讓進裡面坐。伯爵拿出銀子來與常峙節看，說：「大官人如此如此，教我同你今日成房子去，我又不得閒，杜三哥請我吃酒。我如今了畢你的事，我方才得去。」常峙節連忙教渾家快看茶來，說道：「哥的盛情，誰肯！」一面吃茶畢，叫了房中人來，同到新市街，兌與賣主銀子，寫立房契。伯爵吩咐與王經，歸家回西門慶話。剩的銀子，教與常峙節收了。他便與常峙節作別，往杜家吃酒去了。西門慶看了文契，還使王經送與常二收了，不在話下。正是：

求人須求大丈夫，濟人須濟急時無。
一切萬般皆下品，誰知恩德是良圖。

第六十一回　西門慶乘醉燒陰戶　李瓶兒帶病宴重陽

詞曰：

蛩聲泣露驚秋枕，淚濕鴛鴦錦。獨臥玉肌涼，殘更與恨長。陰風翻翠幌，雨澀燈花暗。畢竟不成眠，鴉啼金井寒。

——右調〈菩薩蠻〉

話說一日，韓道國舖中回家，睡到半夜，他老婆王六兒與他商議道：「你我被他照顧，掙了恁些錢，也該擺席酒兒請他來坐坐。況他又丟了孩兒，只當與他釋悶，他能吃多少！彼此好看。就是後生小郎看著，到明日南邊去，也知財主和你我親厚，比別人不同。」韓道國道：「我心裡也是這等說。明日初五日是月忌，不好。到初六日，安排酒席，叫兩個唱的，具個柬帖，等我親自到宅內，請老爹散悶坐坐。我晚夕便往舖子裡睡去。」王六兒道：「平白又叫什麼唱的？只怕他酒後要來這屋裡坐坐，不方便。隔壁樂三嫂家，常走的一個女兒申二姐，年紀小小的，且會唱，他又是瞽目的，請將他來唱唱罷。要打發他過去還容易。」韓道國道：「你說得是。」一宿晚景提過。

到次日，韓道國走到舖子裡，央及溫秀才寫了個請柬兒，親見西門慶，聲喏畢，說道：「明日，小人家裡治了一杯水酒，無事請老爹貴步下臨，散悶坐一日。」因把請柬遞上去。西門慶看了，說道：「你如何又費此心。我明日倒沒事，衙門中回家就去。」韓道國作辭出門。到次早，拿銀子教後生胡秀買嗄飯菜蔬，一面教廚子整理，又拿轎子接了申二姐來，王六兒同丫鬟伺候下好茶好水，單等西門慶來到。等到午後，只見琴童兒先送了一罈葡萄酒來，然後西門慶坐著涼轎，玳安、王經跟隨，到門首下轎，頭戴忠靖冠，身穿青水緯羅直身，粉頭皂靴。韓道國迎接入內，見畢禮數，說道：「又多謝老爹賜將酒來。」正面獨獨安放一張交椅，西門慶坐下。

不一時，王六兒打扮出來，與西門慶磕了四個頭，回後邊看茶去了。須臾，王經拿出茶來，韓道國先取一盞，舉得高高的奉與西門慶，然後自取一盞，旁邊相陪。吃畢，王經接了茶盞下去，韓道國便開言說道：「小人承老爹莫大之恩，一向在外，家中小媳婦承老爹看顧，王經又蒙擡舉，叫在宅中答應，感恩不淺。前日哥兒沒了，雖然小人在那裡，媳婦兒因感了些風寒，不曾往宅裡弔問的，恐怕老爹惱。今日，一者請老爹解解悶，二者就恕俺兩口兒罪。」西門慶道：「無事又教你兩口兒費心。」

說著，只見王六兒也在旁邊坐下。因向韓道國道：「你和老爹說了不？」道國道：「我還不曾說哩。」西門慶問道：「是什麼？」王六兒道：「他今日要內邊請兩位姐兒來伏侍老爹，我恐怕不方便，故不去請。隔壁樂家常走的一個女兒，叫做申二姐，諸般大小時樣曲兒，連數落都會唱。我前日在宅裡，見那一位郁大姐唱得也中中的，還不如這申二姐唱得好。教我今日請了他來，唱與爹聽。未知你老人家心下何如？若好，到明日叫了宅裡去，唱與他娘們聽。」西門慶道：「既是有女兒，一發好了。你請出來我看看。」

不一時，韓道國叫玳安上來：「替老爹寬去衣服。」一面安放桌席，胡秀拿果菜案酒上來。王六兒把酒打開，燙熱了，在旁執壺，道國把盞，與西門慶安席坐下，然後才叫出申二姐來。西門慶睜眼觀看，見他高髻雲鬟，插著幾枝稀稀花翠，淡淡釵梳，綠襖紅裙，顯一對金蓮趫趫；桃腮粉臉，描兩道細細春山。望上與西門慶磕了四個頭。西門慶便道：「請起。你今青春多少？」申二姐道：「小的二十一歲了。」又問：「你記得多少唱？」申二姐道：「大小也記百十套曲子。」西門慶令韓道國旁邊安下個坐兒與他坐。申二姐向前行畢禮，方才坐下。先拿箏來唱了一套〈秋香亭〉，然後吃了湯飯，添換上來，又唱了一套〈半萬賊兵〉。落後酒闌上來，西門慶吩咐：「把箏拿過去，取琵琶與他，等他唱小詞兒我聽罷。」

那申二姐一逕要施逞他能彈會唱。一面輕搖羅袖，款跨鮫綃，頓開喉音，把絃兒放得低低的，彈了個〈四不應．山坡羊〉。唱完了，韓道國教渾家滿斟一盞，遞與西門慶。王六兒因說：「申二姐，你還有好〈鎖南枝〉，唱兩個與老爹聽。」那申二姐就改了調兒，唱〈鎖南枝〉道：

初相會，可意人，年少青春，不上二旬。黑鬖鬖兩朵烏雲，紅馥馥一點朱唇，臉賽天桃如嫩筍。若生在畫閣蘭堂，端的也有個夫人分。可惜在章臺，出落做下品。但能夠改嫁從良，勝強似棄舊迎新。

初相會，可意嬌，月貌花容，風塵中最少。瘦腰肢一拈堪描，俏心腸百事難學，恨只恨和他相逢不早。常則怨席上樽前，淺斟低唱相偎抱。一覷一個真，一看一個飽。雖然是半霎歡娛，權且將悶解愁消。

西門慶聽了這兩個〈鎖南枝〉，正打著他初請了鄭月兒那一節事來，心中甚喜。王六兒滿滿的又斟上一盞，笑嘻嘻說道：「爹，你慢慢兒的飲，申二姐這個才是零頭兒，他還記得好些小令兒哩。到明日閒了，拿轎子接了，唱與他娘們聽，管情比郁大姐唱得高。」西門慶因說：「申二姐，我重陽那日，使人來接你，去不去？」申二姐道：「老爹說哪裡話，但呼喚，怎敢違阻！」西門慶聽見他說話伶俐，心中大喜。

不一時，交杯換盞之間，王六兒恐席間說話不方便，教他唱了幾套，悄悄向韓道國說：「教小廝招弟兒，送過樂三嫂家歇去罷。」臨去拜辭，西門慶向袖中掏出一包兒三錢銀子，賞他買絃。申二姐連忙磕頭謝了。西門慶約下：「我初八日使人請你去。」王六兒道：「爹只使王經來對我說，等我這裡教小廝請他去。」說畢，申二姐往隔壁去了。韓道國與老婆說知，也就往鋪子裡睡去了。只落下老婆在席上，陪西門慶擲骰飲酒。吃了一回，兩個看看吃得涎將上來，西門慶推起身更衣，就走入婦人房裡，兩個頂門玩耍。王經便把燈燭拿出來，在前半間和玳安、琴童兒做一處飲酒。

那後生胡秀，在廚下偷吃了幾碗酒，打發廚子去了，走在王六兒隔壁供養佛祖先堂內，地下鋪著一領席，就睡著了。睡了一覺起來，忽聽見婦人房裡聲喚，又見板壁縫裡透過燈亮來，只道西門慶去了，韓道國在房中宿歇。暗暗用頭上簪子刺破板縫中糊的紙，往那邊張看。見那邊房中亮騰騰點著燈燭，不想西門慶和老婆在屋裡正幹得好。伶伶俐俐看見，把老婆兩隻腿，卻是用腳帶吊在床頭上，西門慶上身只著一件綾襖兒，下身赤露，就在床沿上一來一往，一動一靜，搧打得連聲響亮，老婆口裡百般言語都叫將出來。

良久，只聽老婆說：「我的親達！你要燒淫婦，隨你心裡揀著哪塊只顧燒，淫婦不敢攔你。左右淫婦的身子屬了你，顧得哪些兒了！」西門慶道：「只怕你家裡的嗔是的。」老婆道：「那忘八七個頭八個膽，他敢嗔！他靠著哪裡過日子哩？」西門慶道：「你既一心在我身上，等這遭打發他和來保起身，一發留他長遠在南邊，做個買手置貨罷。」老婆道：「等走過兩遭兒，卻教他去。省得閒著在家做什麼？他說倒在外邊走慣了，一心只要外邊去。你若下顧他，可知好哩！等他回來，我房裡替他尋下一個，我也不要他，一心撲在你身上，隨你把我安插在哪裡就是了。我若說一句假，把淫婦不值錢身子就爛化了！」西門慶道：「我兒，你快休賭誓！」兩個一動一靜，都被胡秀聽了個不亦樂乎。

韓道國先在家中不見胡秀，只說往鋪子裡睡去了。走到緞子鋪裡，問王顯、榮海，說他沒來。韓道國一面又走回家，叫開門，前後尋胡秀，哪裡得來，只見王經陪玳安、琴童三個在前邊吃酒。胡秀聽見他的語音來家，連忙倒在席上，又推睡了。不一時，韓道國點燈尋到佛堂地下，看見他鼻口內打鼾睡，用腳踢醒，罵道：「賊野狗死囚，還不起來！我只說先往鋪子裡睡去，你原來在這裡挺得好覺兒。還不起來跟我去！」那胡秀起來，推揉了揉眼，楞楞睜睜跟道國往鋪子裡去了。

西門慶弄老婆，直弄夠有一個時辰，方才了事。燒了王六兒心口裡並毯蓋子上、尾亭骨兒上

共三處香。老婆起來穿了衣服，教丫鬟打發舀水淨了手，重篩暖酒，再上佳餚，情話攀盤。又吃了幾鍾，方才起身上馬，玳安、王經、琴童三個跟著。到家中已有二更天氣，走到李瓶兒房中。李瓶兒睡在床上，見他吃得酣酣兒的進來，說道：「你今日在誰家吃酒來？」西門慶道：「韓道國家請我。見我丟了孩子，與我釋悶。他叫了個女先生申二姐來，年紀小小，好不會唱！又不說郁大姐。等到明日重陽，使小廝拿轎子接他來家，唱兩日你們聽，就與你解解悶。你緊心裡不好，休要只顧思想他了。」說著，就要叫迎春來脫衣裳，和李瓶兒睡。

李瓶兒道：「你沒得說！我下邊不住的長流，丫頭替我煎著藥哩。你往別人屋裡睡去罷。你看著我成日好模樣兒罷了，只有一口游氣兒在這裡，又來纏我起來。」西門慶道：「我的心肝！我心裡捨不得你。只要和你睡，如之奈何？」李瓶兒瞟了他一眼，笑了笑兒：「誰信你那虛嘴掠舌的。我到明日死了，你也捨不得我罷！」又道：「一發等我好好兒，你再進來和我睡也不遲。」西門慶坐了一回，說道：「罷，罷。你不留我，等我往潘六兒那邊睡去罷。」李瓶兒道：「原來你去，省得屈著你那心腸兒。他那裡正等得你火裡火發，你不去，卻忙惚兒來我這屋裡纏。」西門慶道：「你恁說，我又不去了。」李瓶兒微笑道：「我哄你哩，你去罷。」於是打發西門慶過去了。李瓶兒起來，坐在床上，迎春伺候他吃藥。拿起那藥來，止不住撲簌簌香腮邊滾下淚來，長吁了一口氣，方才吃了那盞藥。正是：

心中無限傷心事，付與黃鸝叫幾聲。

不說李瓶兒吃藥睡了，單表西門慶到於潘金蓮房裡。金蓮才叫春梅罩了燈上床睡下。忽見西門慶推開門進來便道：「我兒，又早睡了？」金蓮道：「稀奇！哪陣風兒刮你到我這屋裡來！」因問：「你今日往誰家吃酒去來？」西門慶道：「韓夥計打南邊來，見我沒了孩子，一者與我釋悶，二者照顧他外邊走了這遭，請我坐坐。」金蓮道：「他便在外邊，你在家又照顧他老婆了。」

西門慶道：「夥計家，哪裡有這道理？」婦人道：「夥計家，有這個道理！齊腰拴著根線兒，只怕合過界兒去了。你還搗鬼哄俺們哩，俺們知道得不耐煩了！你生日，賊淫婦他沒在這裡？你悄悄把李瓶兒壽字簪子，黃貓黑尾偷與他，卻教他戴了來施展。大娘、孟三兒，這一家子哪個沒看見？吃我問了一句，他把臉兒都紅了，他沒告訴你？今日又摸到那裡去，賊沒廉恥的貨，一個大摔瓜長淫婦，喬眉喬樣，描得那水鬢長長的，搽得那嘴唇鮮紅的——倒像人家那血毯。什麼好老婆，一個大紫腔色黑淫婦，我不知你喜歡他哪些兒！嗔道把忘八舅子也招惹將來，一早一晚教他好往回傳話兒。」

西門慶堅執不認，笑道：「怪小奴才兒，單管只胡說，哪裡有此勾當？今日他男子漢陪我坐，他又沒出來。」婦人道：「你拿這個話兒來哄我？誰不知他漢子是個明忘八，又放羊，又拾柴，一逕把老婆丟與你，圖你家買賣做，要賺你的錢使。你這傻行貨子，只好四十里聽銃響罷了！」西門慶脫了衣裳，坐在床沿上，婦人探出手來，把褲子扯開，摸見那話軟叮噹的，托子還帶在上面，說道：「可又來，你臘鴨子煮到鍋裡——身子兒爛了，嘴頭兒還硬。現放著不語先生在這裡，強盜和那淫婦怎麼弄聳，聳到這咱晚才來家？弄得恁個樣兒，嘴頭兒還強哩！你賭個誓，我教春梅舀一甌子涼水，你只吃了，我就算你好膽子。論起來，鹽也是這般鹹，醋也是這般酸，禿子包網巾——饒這一抿子兒也罷了。若是信著你意兒，把天下老婆都要遍了罷。賊沒羞的貨，一個大眼裡火行貨子！你早是個漢子，若是個老婆，就養遍街，合遍巷。」幾句說得西門慶睜睜的，只是笑。

上得床來，教春梅篩熱了燒酒，把金穿心盒兒內藥拈了一粒，放在口裡嚥下去，仰臥在枕上，令婦人：「我兒，你下去替你達品，品起來是你造化。」那婦人一逕做喬張致，便道：「好乾淨兒！你在那淫婦窟窿子裡鑽了來，教我替你咂，可不髒殺了我！」西門慶道：「怪小淫婦兒，單管胡說白道的，哪裡有此勾當？」婦人道：「哪裡有此勾當？你指著肉身子賭個誓麼！」亂了一回，教西門慶下去使水，西門慶不肯下去，婦人旋向袖子裡掏出個汗巾來，將那話抹展了一回，

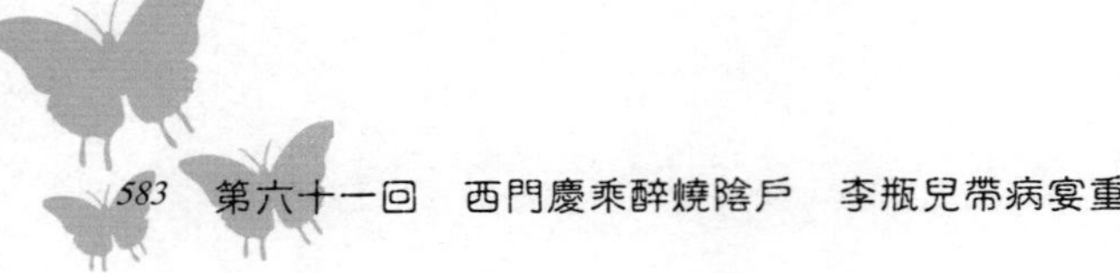

方才用朱唇裹沒。嗚咂半晌，咂弄得那話奢稜跳腦，暴怒起來，乃騎在婦人身上，縱麈柄自後插入牝中，兩手兜其股，蹲踞而擺之，肆行搧打，連聲響亮。燈光之下，窺玩其出入之勢，婦人倒伏在枕畔，舉股迎湊者久之。西門慶興猶不愜，將婦人仰臥朝上，那話上使了粉紅藥兒，頂入去，執其雙足，又舉腰沒稜露腦掀騰者將二三百度。婦人禁受不得，瞑目顫聲，沒口子叫：「達達，你這遭兒只當將就我，不使上他也罷了。」西門慶口中呼叫道：「小淫婦兒，你怕我不怕？再敢無禮不敢？」婦人道：「我的達達，罷麼，你將就我些兒，我再不敢了！達達慢慢提，看提散了我的頭髮。」兩個顛鸞倒鳳，足狂了半夜，方才體倦而寢。

話休饒舌，又早到重陽令節。西門慶對吳月娘說：「韓夥計前日請我，一個唱的申二姐，生的人材又好，又會唱。我使小廝接他來，留他兩日，教他唱與你們聽。」又吩咐廚下收拾餚饌果酒，在花園大捲棚聚景堂內，安放大八仙桌，閤家宅眷，慶賞重陽。

不一時，王經轎子接得申二姐到了。入到後邊，與月娘眾人磕了頭。月娘見他年小，生得好模樣兒。問他套數，也會不多，諸般小曲兒倒記得有好些。一面打發他吃了茶食，先教在後邊唱了兩套，然後花園擺下酒席。那日，西門慶不曾往衙門中去，在家看著栽了菊花。請了月娘、李嬌兒、孟玉樓、潘金蓮、李瓶兒、孫雪娥並大姐，都在席上坐的。春梅、玉簫、迎春、蘭香在旁斟酒伏侍。申二姐先拿琵琶在旁彈唱。那李瓶兒在房中，因身上不方便，請了半日才來。恰似風兒刮倒的一般，強打著精神陪西門慶坐，眾人讓他酒兒也不大吃。西門慶和月娘見他面帶憂容，眉頭不展，說道：「李大姐，你把心放開，教申二姐彈唱曲兒你聽。」玉樓道：「你說與他，教他唱什麼曲兒，他好唱。」李瓶兒只顧不說。

正飲酒中間，忽見王經走來說道：「應二爹、常二叔來了。」西門慶道：「請你應二爹、常二叔在小捲棚內坐，我就來。」王經道：「常二叔教人拿了兩個盒子在外頭。」西門慶向月娘道：「此是他成了房子，買禮來謝我的意思。」月娘道：「少不得安排些什麼管待他，怎好空了他去！你陪他坐去，我這裡吩咐看菜兒。」西門慶臨出來，又教申二姐：「你唱個好曲兒，與你六娘聽。」一直往前邊去了。

金蓮道：「也沒見這李大姐，隨你心裡說個什麼曲兒，教申二姐唱就是了，辜負他爹的心！為你叫將他來，你又不言語。」催逼得李瓶兒急了，半日才說出來：「你唱個『紫陌紅塵』罷。」那申二姐道：「這個不打緊，我有。」於是取過箏來，頓開喉音，細細唱了一套。唱畢，吳月娘道：「李大姐，好甜酒兒，你吃上一鍾兒。」李瓶兒又不敢違阻，拿起鍾兒來嚥了一口兒，又放下了。坐不多時，下邊一陣熱熱的來，又往屋裡去了，不提。

且說西門慶到於小捲棚翡翠軒，只見應伯爵與常峙節在松牆下正看菊花。原來松牆兩邊，擺放二十盆，都是七尺高，各樣有名的菊花，也有大紅袍、狀元紅、紫袍金帶、白粉西、黃粉西、滿天星、醉楊妃、玉牡丹、鵝毛菊、鴛鴦花之類。西門慶出來，二人向前作揖。常峙節即喚跟來人，把盒兒掇進來。西門慶一見便問：「又是什麼？」伯爵道：「常二哥蒙哥厚情，成了房子，無可酬答，教他娘子製造了這螃蟹並兩隻爐燒鴨兒，邀我來和哥坐坐。」西門慶道：「常二哥，你又費這個心做什麼？你令正病才好些，你又禁害他！」伯爵道：「我也是恁說。他說道別的東西兒來，恐怕哥不稀罕。」西門慶令左右打開盒兒觀看：四十個大螃蟹，都是剔剝淨了的，裡邊釀著肉，外用椒料薑蒜米兒團粉裹就，香油煠，醬油醋造過，香噴噴，酥脆好食。又是兩大隻院中爐燒熟鴨。西門慶看了，即令春鴻、王經掇進去，吩咐拿五十文錢賞拿盒人，因向常峙節謝了。

琴童在旁掀簾，請入翡翠軒坐。伯爵只顧誇獎不盡好菊花，問：「哥是哪裡尋的？」西門慶道：「是管磚廠劉太監送的。這二十盆，就連盆都送與我了。」伯爵道：「花倒不打緊，這盆正是官窰雙箍鄧漿盆，都是用絹羅打，用腳跐過泥，才燒造這個物兒，與蘇州鄧漿磚一個樣兒做法。如今哪裡尋去！」誇了一回。西門慶換茶來吃了，因問：「常二哥幾時搬過去？」伯爵道：「從兒了銀子三日就搬過去了。昨見好日子，買了些雜貨兒，門首把鋪兒也開了。就是常二嫂兒弟，替他在鋪裡看銀子兒。」西門慶道：「俺們幾時買些禮兒，休要人多了，再邀謝子純你三四位，我家裡整理菜兒擡了去——休費煩常二哥一些東西——叫兩個妓者，咱們替他暖暖房，耍一日。」

常峙節道：「小弟有心也要請哥坐坐，算計來不敢請。地方兒窄狹，只怕褻瀆了哥。」西門慶道：「沒得扯淡，哪裡又費你的事起來。如今使小廝請將謝子純來，和他說說。」即令琴童兒：「快請你謝爹去！」

伯爵因問：「哥，你那日叫哪兩個去？」西門慶笑道：「叫將鄭月兒和洪四兒去罷。」伯爵道：「哥，你是個人，你請他就不對我說聲，我怎的也知道了？比李桂兒風月如何？」西門慶道：「通色絲子女不可言！」伯爵道：「他怎的前日你生日時，那等不言語，扭扭的，也是個肉佞賊小淫婦兒。」西門慶道：「等我到幾時再去著，也攜帶你走走。你月娘會打得好雙陸，你和他打兩貼雙陸。」伯爵道：「等我去混那小淫婦兒，休要放了他！」西門慶道：「你這歪狗才，不要惡識他便好。」

正說著，謝希大到了，聲諾畢，坐下。西門慶道：「常二哥如此這般，新有了華居，瞞著俺們，已搬過去了。咱每人隨意出些分資，休要費煩他絲毫。我這裡整治停當，教小廝擡到他府上，我還叫兩個妓者，咱要一日何如？」謝希大道：「哥吩咐每人出多少分資，俺們都送到哥這裡來就是了。還有哪幾位？」西門慶道：「再沒人，只這三四個兒，每人二星銀子就夠了。」伯爵道：「十分人多了，他那裡沒地方兒。」

正說著，只見琴童來說：「吳大舅來了。」西門慶道：「請你大舅這裡來坐。」不一時，吳大舅進入軒內，先與三人作了揖，然後與西門慶敘禮坐下。小廝拿茶上來，同吃了茶，吳大舅起身說道：「請姐夫到後邊說句話兒。」西門慶連忙讓大舅到後邊月娘房裡。月娘還在捲棚內與眾姐妹吃酒聽唱，聽見說：「大舅來了，爹陪著在後邊說話哩。」一面走到上房，見大舅道了萬福，教小玉遞上茶來。大舅向袖中取出十兩銀子遞與月娘，說道：「昨日府裡才領了三錠銀子，姐夫且收了這十兩，餘者待後次再送來。」西門慶道：「大舅，你怎的這般計較？且使著，慌怎的！」大舅道：「我恐怕遲了姐夫的。」西門慶因問：「倉廒修理得也將完了？」大舅道：「還得一個月終完。」西門慶道：「工完之時，一定撫按有些獎勵。」大舅道：「今年考選軍政在邇，還望姐夫扶持，大巡上替我說說。」西門慶道：「大舅之事，都在於我。」

說畢話，月娘道：「請大舅前邊同坐罷。」大舅道：「我去罷，只怕他三位來有什麼話說。」西門慶道：「沒什麼話。常二哥新近問我借了幾兩銀子，買下了兩間房子，已搬過去了，今日買了些禮兒來謝我，節間留他每坐坐。大舅來得正好。」於是讓至前邊坐了。月娘連忙教廚下打發菜兒上去。琴童與王經先安放八仙桌席端正，西門慶旋教開庫房，拿出一罈夏提刑家送的菊花酒來。打開碧靛清，噴鼻香，未曾篩，先攙一瓶涼水，以去其蓼辣之性，然後貯於布甑內，篩出來醇厚好吃，又不說葡萄酒。教王經用小金鍾兒斟一杯兒，先與吳大舅嘗了，然後，伯爵等每人都嘗訖，極口稱羨不已。須臾，大盤大碗擺將上來，眾人吃了一頓。然後才拿上釀螃蟹並兩盤燒鴨子來，伯爵讓大舅吃。連謝希大也不知是什麼做的，這般有味，酥脆好吃。西門慶道：「此是常二哥家送我的。」大舅道：「我空痴長了五十二歲，並不知螃蟹這般造作，委的好吃！」伯爵又問道：「後邊嫂子都嘗了嘗兒不曾？」西門慶道：「房下們都有了。」伯爵道：「也難為我這常嫂子，真好手段兒！」常峙節笑道：「賤累還恐整理得不堪口，教列位哥笑話。」

吃畢螃蟹，左右上來斟酒，西門慶令春鴻和書童兩個，在旁一遞一個歌唱南曲。應伯爵忽聽大捲棚內彈箏歌唱之聲，便問道：「哥，今日李桂姐在這裡？不然，如何這等音樂之聲？」西門慶道：「你再聽，看是不是？」伯爵道：「李桂姐不是，就是吳銀兒。」西門慶道：「你這花子單管只瞎謅。倒是個女先生。」伯爵道：「不是郁大姐？」西門慶道：「不是他，這個是申二姐。年小哩，好個人材，又會唱。」伯爵道：「真個這等好？哥怎的不牽出來俺們瞧瞧？就唱個兒俺們聽。」西門慶道：「今日你眾娘們大節間，教他來賞重陽玩耍，偏你這狗才耳朵尖，聽得見！」伯爵道：「我便是千里眼，順風耳，隨他四十里有蜜蜂兒叫，我也聽見了。」謝希大道：「你這花子，兩耳朵似竹籤兒也似，愁聽不見！」

兩個又玩笑了一回，伯爵道：「哥，你好歹教他出來，俺們見見兒，俺們不打緊，教他只當唱個與老舅聽也罷了。休要就古執了。」西門慶吃他逼迫不過，一面使王經領申二姐出來唱與大舅聽。不一時，申二姐來，望上磕了頭起來，旁邊安放交床兒與他坐下。伯爵問申二姐：「青春多少？」申二姐回道：「屬牛的，二十一歲了。」又問：「會多少小唱？」申二姐道：「琵琶箏上套數小唱，也會百十來套。」伯爵道：「你會許多唱也夠了。」西門慶道：「申二姐，你拿琵琶唱小詞兒罷，省得勞動了你。說你會唱『四夢八空』，你唱與大舅聽。」吩咐王經、書童兒，席間斟上酒。那申二姐款跨鮫綃，微開檀口，慢慢唱著，眾人飲酒不提。

且說李瓶兒歸到房中，坐淨桶，下邊似尿的一般，只顧流將起來，登時流得眼黑了。起來穿裙子，忽然一陣旋暈，向前一頭撞倒在地。饒是迎春在旁攙扶著，還把額角上磕傷了皮。和奶子攙到炕上，半日不省人事。慌了迎春，忙使綉春：「快對大娘說去！」綉春走到席上，報與月娘眾人。月娘撇了酒席，與眾姐妹慌忙走來看視。見迎春、奶子兩個攙扶著他坐在炕上，不省人事。便問：「他好好的進屋裡，端的怎麼來就不好了？」迎春揭開淨桶與月娘瞧，把月娘諕了一跳。說道：「他剛才只怕吃了酒，助趕得他血旺了，流了這些。」玉樓、金蓮都說：「他幾曾大吃酒來！」一面煎燈心薑湯灌他。半晌甦醒過來，才說出話兒來。月娘問：「李大姐，你怎的來？」李瓶兒道：「我不怎的。坐下桶子起來穿裙子，只見眼兒前黑黑的一塊子，就不覺天旋地轉起來，由不得身子就倒了。」月娘便要使來安兒：「請你爹進來──對他說，教他請任醫官來看你。」李瓶兒又嗔教請去：「休要大驚小怪，打攪了他吃酒。」月娘吩咐迎春：「打舖教你娘睡罷！」月娘於是也就吃不成酒了，吩咐收拾了傢伙，都歸後邊去了。

西門慶陪侍吳大舅眾人，至晚歸到後邊月娘房中。月娘告訴李瓶兒跌倒之事，西門慶慌走到前邊來看視。見李瓶兒睡在炕上，面色蠟查黃了，扯著西門慶衣袖哭泣。西門慶問其所以，李瓶兒道：「我到屋裡坐楿子，不知怎的，下邊只顧似尿也一般流將起來，不覺眼前一塊黑黑的。起來穿裙子，天旋地轉，就跌倒了。」西門慶見他額上磕傷一道油皮，說道，「丫頭都在哪裡，不來看你，怎的跌傷了面貌？」李瓶兒道：「還虧大丫頭都在跟前，和奶子攙扶著我，不然，還不知跌得怎樣的。」西門慶道：「我明早請任醫官來看你。」當夜就在李瓶兒對面床上睡了一夜。

次日早晨，往衙門裡去，旋使琴童請任醫官去了。直到晌午才來。西門慶先在大廳上陪吃了茶，使小廝說進去。李瓶兒房裡收拾乾淨，薰下香，然後請任醫官進房中。診畢脈，走出外邊廳上，對西門慶說：「老夫人脈息，比前番甚加沈重，七情傷肝，肺火太旺，以致木旺土虛，血熱妄行，猶如山崩而不能節制。若所下的血紫者，猶可以調理；若鮮紅者，乃新血也。學生撮過藥來，若稍止，則可有望；不然，難為矣！」西門慶道：「望乞老先生留神加減，學生必當重謝！」任醫官道：「是何言語！你我厚交，又是朋友情分，學生無不盡心。」西門慶待畢茶，送出門，隨即具一匹杭絹、二兩白金，使琴童兒討將藥來，名曰「歸脾湯」，乘熱吃下去，其血越流之不止。西門慶越發慌了，又請大街口胡太醫來瞧。胡太醫說是氣沖血管，熱入血室，亦取將藥來。吃下去，如石沈大海一般。

月娘見前邊亂著請太醫，只留申二姐住了一夜，與了他五錢銀子、一件雲絹比甲兒並花翠，裝了個盒子，就打發他坐轎子去了。花子由自從那日開張吃了酒去，聽見李瓶兒不好，使了花大嫂，買了兩盒禮來看他。見他瘦得黃懨懨兒，不比往時，兩個在屋裡大哭了一回。月娘後邊擺茶請他吃了。韓道國說：「東門外住的一個看婦人科的趙太醫，指下明白，極看得好。前歲，小媳婦月經不通，是他看來。老爹請他來看看六娘，管情就好哩。」西門慶聽了，就使琴童和王經兩個疊騎著頭口，往門外請趙太醫去了。

西門慶請了應伯爵來，和他商議道：「第六個房下，甚是不好的重，如之奈何？」伯爵失驚道：「這個嫂子貴恙說好些，怎的又不好起來？」西門慶道：「自從小兒沒了，著了憂戚，把病又發了。昨日重陽，我接了申二姐，與他散悶玩耍，他又沒好生吃酒，誰知走到屋中就暈起來，一跤跌倒，把臉都磕破了。請任醫官來看，說脈息比前沈重。吃了藥，倒越發血盛了。」伯爵道：「你請胡太醫來看，怎的說？」西門慶道：「胡大醫說，是氣沖了血管，吃了他的，也不見動靜。今日韓夥計說，門外一個趙太醫，名喚趙龍崗，專科看婦女，我使小廝請去了。把我焦愁得了不得。生生為這孩子不好，白日黑夜思慮起這病來了。婦女人家，又不知個回轉，勸著他，又不依你，教我無法可處。」

正說著，平安來報：「喬親家爹來了。」西門慶一面讓進廳上，同伯爵敘禮坐下。喬大戶道：「聞得六親家母有些不安，特來候問。」西門慶道：「便是。一向因小兒沒了，著了憂戚，身上原有些不調，又發起來了。蒙親家掛念。」喬大戶道：「也曾請人來看不曾？」西門慶道：「常吃任後溪的藥，昨日又請大街胡先生來看，吃藥越發轉盛。今日又請門外專看婦人科趙龍崗去了。」喬大戶道：「咱縣門前住的何老人，大小方脈俱精。他兒子何岐軒，見今上了個冠帶醫士。親家何不請他來看看親家母？」西門慶道：「既是好，等趙龍崗來，來過再請他來看看。」喬大戶道：「親家，依我愚見，不如先請了何老人來，再等趙龍崗來，教他兩個細講一講，就論出病原來了。然後下藥，無有不效之理。」西門慶道：「親家說得是。」一面使玳安拿拜帖兒和喬通去請。

哪消半晌，何老人到來，與西門慶、喬大戶等作了揖，讓於上面坐下。西門慶舉手道：「數年不見你老人家，不覺越發蒼髯皓首。」喬大戶又問：「令郎先生肄業盛行？」何老人道：「他逐日縣中迎送，也不得閒，倒是老拙常出來看病。」伯爵道：「你老人家高壽了，還這等健朗。」何老人道：「老拙今年痴長八十一歲。」敘畢話，看茶上來吃了，小廝說進去。須臾，請至房中，就床看李瓶兒脈息，旋攙扶起來，坐在炕上，形容瘦得十分狼狽了。但見他——

面如金紙，體似銀條。看看減褪丰標，漸漸消磨精采。隱隱耳虛聞磬響，昏昏眼暗覺螢飛。六脈細沈，一靈縹緲，喪門弔客已臨身，扁鵲盧醫難下手！

何老人看了脈息，出到廳上，向西門慶、喬大戶說道：「這位娘子，乃是精沖了血管起，然後著了氣惱。氣與血相搏，則血如崩。不知當初起病之由是也不是？」西門慶道：「是便是，卻如何治療？」

正論間，忽報：「琴童和王經請了趙先生來了。」何老人便問：「是何人？」西門慶道：「也是夥計舉來一醫者，你老人家只推不知，待他看了脈息，你老人家和他講一講，好下藥。」不一時，趙大醫從外而入，西門慶與他敘禮畢，然後與眾人相見。何、喬二老居中，讓他在左，伯爵在右，西門慶主位相陪。吃了茶，趙太醫便問：「列位尊長貴姓？」喬大戶道：「俺二人一姓何，一姓喬。」伯爵道：「在下姓應。老先想就是趙龍崗先生了。」趙太醫答道：「龍崗是賤號。在下以醫為業，家祖見為太醫院院判，家父見充汝府良醫，祖傳三輩，習學醫術。每日攻習王叔和、東垣勿聽子《藥性賦》、《黃帝素問》、《難經》、《活人書》、《丹溪纂要》、《丹溪心法》、《潔古老脈訣》、《加減十三方》、《千金奇效良方》、《壽域神方》、《海上方》，無書不讀。藥用胸中活法，脈明指下玄機。六氣四時，辨陰陽之標格；七表八裡，定關格之沈浮。風虛寒熱之症候，一覽無餘；弦洪芤石之脈理，莫不通曉。小人拙口鈍吻，不能細陳。」何老人聽了，道：「敢問看病當以何者為先？」趙太醫道：「古人云，望聞問切，神聖功巧。學生先問病，後看脈，還要觀其氣色。就如子平兼五星一般，才看得準，庶乎不差。」何老人道：「既是如此，請先生進去看看。」西門慶即令琴童：「後邊說去，又請了趙先生來了。」

不一時，西門慶陪他進入李瓶兒房中。那李瓶兒方才睡下安逸一回，又攙扶起來，靠著枕褥坐著。這趙太醫先診其左手，次診右手，便教：「老夫人擡起頭來，看看氣色。」那李瓶兒真個把頭兒揚起來。趙太醫教西門慶：「老爹，你問聲老夫人，我是誰？」西門慶便教李瓶兒：「你看這位是誰？」那李瓶兒擡頭看了一眼，便低聲說道：「他敢是太醫？」趙先生道：「老爹，不妨事，還認得人哩。」西門慶道：「趙先生，你用心看，我重謝你。」一面看視了半日，說道：「老夫人此病，休怪我說，據看其面色，又診其脈息，非傷寒，只為雜症，不是產後，定然胎前。」西門慶道：「不是此疾。先生你再仔細診一診。」趙先生又沈吟了半晌道：「如此面色這等黃，多管是脾虛泄瀉，再不然定是經水不調。」西門慶道：「實說與先生，房下如此這般，下邊月水淋漓不止，所以身上都瘦弱了。有甚急方妙藥，我重重謝你。」趙先生道：「如何？我就說是經水不調。不打緊處，小人有藥。」

西門慶一面同他來到前廳，喬大戶、何老人問他什麼病源，趙先生道：「依小人講，只是經水淋漓。」何老人道：「當用何藥治之？」趙先生道：「我有一妙方，用著這幾味藥材，吃下去管情就好。聽我說：

甘草甘遂與硇砂，
黎蘆巴荳與芫花，
薑汁調著生半夏，
用烏頭杏仁天麻。
這幾味兒齊加，
蔥蜜和丸只一撾，
清晨用燒酒送下。」

何老人聽了，便道：「這等藥恐怕太狠毒，吃不得。」趙先生道：「自古毒藥苦口利於病。怎麼吃不得？」西門慶見他滿口胡說，因是韓夥計舉保來，不好嚚他，稱二錢銀子，也不送，就打發他去了。因向喬大戶說：「此人原來不知什麼。」何老人道：「老拙適才不敢說，此人東門外有名的趙搗鬼，專一在街上賣杖搖鈴，哄過往之人，他哪裡曉得甚脈息病源！」因說：「老夫人此疾，老拙到家撮兩帖藥來，遇緣，若服畢經水少減，胸口稍開，就好用藥。只怕下邊不止，就難為矣。」說畢，起身。

西門慶封白金一兩，使玳安拿盒兒討將藥來，晚夕與李瓶兒吃了，並不見分毫動靜。吳月娘道：「你也省可與他藥吃。他飲食先阻住了，肚腹中有什麼兒，只是拿藥淘碌他。前者，那吳神仙算他三九上有血光之災，今年卻不整二十七歲了。你還使人尋這吳神仙去，教替他打算算那祿馬數上如何。只怕犯著什麼星辰，替他禳保禳保。」西門慶聽了，旋差人拿帖兒往周守備府裡問去。那裡回說：「吳神仙雲遊之人，來去不定。但來，只在城南土地廟下。今歲從四月裡，往武當山去了。要打數算命，真武廟外有個黃先生打的好數，一數只要三錢銀子，不上人家門。」

西門慶隨即使陳敬濟拿三錢銀子，逕到北邊真武廟門首黃先生家。門上貼著：「抄算先天易數，每命卦金三錢。」陳敬濟向前作揖，奉上卦金，說道：「有一命煩先生推算。」寫與他八字：女命，年二十七歲，正月十五日午時。這黃先生把算子一打，就說：「這個命，辛未年庚寅月辛卯日甲午時，理取印綬之格，借四歲行運。四歲己未，十四歲戊午，二十四歲丁巳，三十四歲丙辰。今年流年丁酉，比肩用事，歲傷日干，計都星照命，又犯喪門五鬼，災殺作炒。夫計都者，陰晦之星也。其象猶如亂絲而無頭，變異無常。大運逢之，多主暗昧之事，引惹疾病，主正、二、三、七、九月病災有損，小口凶殃，小人所算，口舌是非，主失財物。或是陰人大為不利。」抄畢數，敬濟拿來家。西門慶正和應伯爵、溫秀才坐的，見抄了數來，拿到後邊，解說與月娘聽。見命中多凶少吉，不覺——

眉間搭上三黃鎖，腹內包藏一肚愁。

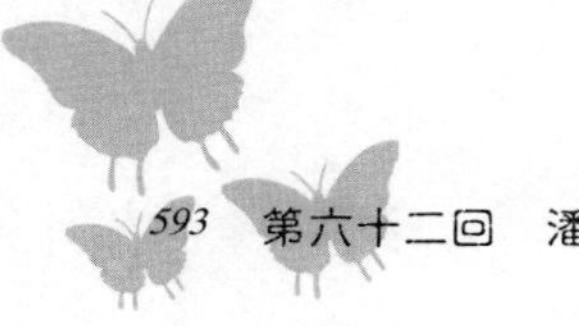

第六十二回 潘道士法遣黃巾士 西門慶大哭李瓶兒

詩曰：

玉釵重合兩無緣，魚在深潭鶴在天。
得意紫鸞休舞鏡，傳言青鳥罷啣牋。
金盆已覆難收水，玉軫長籠不續弦。
若向蘼蕪山下過，遙將紅淚灑窮泉。

話說西門慶見李瓶兒服藥無效，求神問卜發課，皆有凶無吉，無法可處。初時，李瓶兒還扎掙著梳頭洗臉，下炕來坐淨桶，次後漸漸飲食減少，形容消瘦，哪消幾時，把個花朵般人兒，瘦弱得黃葉相似，也不起炕了，只在床褥上鋪墊草紙。恐怕人嫌穢惡，教丫頭只燒著香。西門慶見他肐膊兒瘦得銀條相似，只守著在房內哭泣，衙門中隔日去走一走。李瓶兒道：「我的哥，你還往衙門中去，只怕誤了你公事。我不妨事，只吃下邊流得虧，若得止住了，再把口裡放開，吃些飲食兒，就好了。你男子漢，常絆在我房中做什麼！」西門慶哭道：「我的姐姐，我見你不好，心中捨不得你。」李瓶兒道：「好傻子，只不死，死將來你攔得住哪些！」又道：「我有句話要對你說：我不知怎的，但沒人在房裡，心中只害怕，恰似影影綽綽有人在跟前一般。夜裡要便夢見他，拿刀弄杖，和我廝嚷，孩子也在他懷裡。我去奪，反被他推我一跤，說他又買了房子，來纏了好幾遍，只叫我去。只不好對你說。」西門慶聽了說道：「人死如燈滅，這幾年知道他往哪裡去了！此是你病得久，神虛氣弱了，哪裡有什麼邪魔魍魎、家親外祟！我如今往吳道官廟裡，討兩道符來，貼在房門上，看有邪祟沒有！」

說畢，走到前邊，即差玳安騎頭口往玉皇廟討符去。走到路上，迎見應伯爵和謝希大，忙下頭口。伯爵因問：「你往哪裡去？你爹在家裡？」玳安道：「爹在家裡，小的往玉皇廟討符去。」伯爵與謝希大到西門慶家，因說道：「謝子純聽見嫂子不好，諕了一跳，敬來問安。」西門慶道：「這兩日身上瘦得通不像模樣了，丟得我上不上，下不下，卻怎生樣的？」伯爵道：「哥，你使玳安往廟裡做什麼去？」西門慶悉把李瓶兒害怕之事告訴一遍：「只恐有邪祟，教小廝討兩道符來鎮壓鎮壓。」謝希大道：「哥，此是嫂子神氣虛弱，哪裡有什麼邪祟！」伯爵道：「哥若遣邪也不難，門外五岳觀潘道士，他受的是天心五雷法，極遣得好邪，有名喚著潘捉鬼，常將符水救人。哥，你差人請他來，看看嫂子房裡有甚邪祟，他就知道。你就教他治病，他也治得。」西門慶道：「等討了吳道官符來看，在哪裡住？沒奈何，你就領小廝騎了頭口，請了他來。」伯爵道：「不打緊，等我去。天可憐見嫂子好了，我就頭著地也走。」說了一回話，伯爵和希大起身去了。

玳安兒討了符來，貼在房中。晚間李瓶兒還害怕，對西門慶說：「死了的，他剛才和兩個人來拿我，見你進來，躲出去了。」西門慶道：「你休信邪，不妨事。昨日應二哥說，此是你虛極了。他說門外五岳觀有個潘道士，好符水治病，又遣得好邪，我明日早教應伯爵去請他來看你，有甚邪祟，教他遣遣。」李瓶兒道：「我的哥哥，你請他早早來，那廝他剛才發恨而去，明日還來拿我哩！你快些使人請去。」西門慶道：「你若害怕，我使小廝拿轎子接了吳銀兒，和你做兩日伴兒。」李瓶兒搖頭兒說：「你不要叫他，只怕誤了他家裡勾當。」西門慶道：「教老馮來伏侍你兩日兒如何？」李瓶兒點頭兒。這西門慶一面使來安，往那邊房子裡叫馮媽媽，又不在，鎖了門出去了。對一丈青說下：「等他來，好歹教他快來宅內，六娘叫他哩。」西門慶一面又差下玳安：「明日早起，你和應二爹往門外五岳觀請潘道士去。」俱不在話下。

次日，只見王姑子跨著一盒兒粳米、二十塊大乳餅、一小盒兒十香瓜茄來看。李瓶兒見他來，連忙教迎春攙扶起來坐的。王姑子道了問訊，李瓶兒請他坐下，道：「王師父，你自印經時去了，影邊兒通不見你。我恁不好，你就不來看我看兒？」王姑子道：「我的奶奶，我通不知你不好，昨日大娘使了大官兒到菴裡，我才曉得。又說印經哩，你不知道，我和薛姑子老淫婦合了一場好氣。與你老人家印了一場經，只替他趕了網兒。背地裡和印經的打了五兩銀子夾帳，我通沒見一個錢兒。你老人家作福，這老淫婦到明日墮阿鼻地獄！為他氣得我不好了，把大娘的壽日都誤了，沒曾來。」李瓶兒道：「他各人作業，隨他罷，你休與他爭執了。」王姑子道：「誰和他爭執什麼。」李瓶兒道：「大娘好不惱你哩，說你把他受生經都誤了。」王姑子道：「我的菩薩，我雖不好，敢誤了他的經？——在家整誦了一個月，昨日圓滿了，今日才來。先到後邊見了他，把我這些屈氣告訴了他一遍。我說，不知他六娘不好，沒什麼，這盒粳米和些十香爪、幾塊乳餅，與你老人家吃粥兒。大娘才教小玉姐領我來看你老人家。」小玉打開盒兒，李瓶兒看了說道：「多謝你費心。」王姑子道：「迎春姐，你把這乳餅就蒸兩塊兒來，我親看你娘吃些粥兒。」迎春一面收下去了。李瓶兒吩咐迎春：「擺茶來與王師父吃。」王姑子道：「我剛才後邊大娘屋裡吃了茶，煎些粥來，我看著你吃些。」

不一時，迎春安放桌兒，擺了四樣茶食，打發王姑子吃了，然後拿上李瓶兒粥來，一碟十香甜醬瓜茄、一碟蒸的黃霜霜乳餅、兩盞粳米粥，一雙小牙筷。迎春拿著，奶子如意兒在旁拿著甌兒，餵了半日，只呷了兩三口粥兒，咬了一些乳餅兒，就搖頭兒不吃了，教：「拿過去罷。」王姑子道：「人以水食為命，恁煎得好粥兒，你再吃些兒不是？」李瓶兒道：「也得我吃得下去是！」迎春便把吃茶的桌兒掇過去。

王姑子揭開被，看李瓶兒身上，肌體都瘦得沒了，諕了一跳，說道：「我的奶奶，我去時你好些了，如何又不好了，就瘦得恁樣的了？」如意兒道：「可知好了哩！娘原是氣惱上起的病，爹請了太醫來看，每日服藥，已是好到七八分了。只因八月內，哥兒著了驚諕不好，娘晝夜憂戚，那樣勞碌，連睡也不得睡，實指望哥兒好了，不想沒了。成日哭泣，又著了那暗氣，暗惱在心裡，就是鐵石人也禁不得，怎的不把病又發了！是人家有些氣惱兒，對人前分解分解也還好，娘又不出語，著緊問還不說哩。」

王姑子道：「哪討氣來？你大娘又敬他，左右是五六位娘，端的誰氣著他？」奶子道：「王爺，你不知道——」因使綉春外邊瞧瞧，看關著門不曾：「——俺娘都因為著了那邊五娘一口氣！——他那邊貓撾了哥兒手，生生的諕出風來。爹來家，那等問著，娘只是不說。落後大娘說了，才把那貓來摔殺了。他還不承認，拿我們煞氣。八月裡，哥兒死了，他每日那邊指桑樹罵槐樹，百般稱快。俺娘這屋裡分明聽見，有個不惱的！左右背地裡氣，只是出眼淚。因此這樣暗氣暗惱，才致了這一場病。——天知道罷了！娘可是好性兒，好也在心裡，歹也在心裡，姐妹之間，自來沒有個面紅面赤。有件稱心的衣裳，不等得別人有了，他還不穿出來。這一家子，哪個不叨貼娘些兒？可是說的，饒叨貼了娘的，還背地不道是。」王姑子道：「怎的不道是？」如意兒道：「像五娘那邊潘姥姥，來一遭，遇著爹在那邊歇，就過來這屋裡和娘做伴兒。臨去，娘與他鞋面、衣服、銀子，什麼不與他？五娘還不道是。」

李瓶兒聽見，便嗔如意兒：「你這老婆，平白只顧說他怎的？我已是死去的人了，隨他罷了。天不言而自高，地不言而自厚。」王姑子道：「我的佛爺，誰如你老人家這等好心！天也有眼，望下看著哩。你老人家往後來還有好處。」李瓶兒道：「王師父，還有什麼好處！一個孩兒也存不住，去了。我如今又不得命，身底下弄這等疾，就是做鬼，走一步也不得個伶俐。我心裡還要與王師父些銀子兒，望你到明日我死了，你替我在家請幾位師父，多誦些《血盆經》，懺懺我這罪業。」王姑子道：「我的菩薩，你老人家忒多慮了。你好心人，龍天自然加護。」正說著，只見琴童兒進來對迎春說：「爹吩咐把房內收拾收拾，花大舅便進來看娘，在前邊坐著哩。」王姑子便起身說道：「我且往後邊去走走。」李瓶兒道：「王師父，你休要去了，與我做兩日伴兒，我還和你說話哩。」王姑子道：「我的奶奶，我不去。」

不一時，西門慶陪花大舅進來看問，見李瓶兒睡在炕上不言語，花子由道：「我不知道，昨日聽見這邊大官兒去說，才曉得。明日你嫂子來看你。」那李瓶兒只說了一聲：「多有起動。」就把面朝裡去了。花子由坐了一回，起身到前邊，向西門慶說道：「俺過世老公公在廣南鎮守，帶的那三七藥，曾吃了不曾？不拘婦女甚崩漏之疾，用酒調五分末兒，吃下去即止。大姐他手裡曾收下此藥，何不服之？」西門慶道：「這藥也吃過了。昨日本縣胡大尹來拜，我因說起此疾，他也說了個方兒：棕炭與白雞冠花煎酒服之。只止了一日，到第二日，流得比常更多了。」花子由道：「這個就難為了。姐夫，你早替他看下副板兒，預備他罷。明日教他嫂子來看他。」說畢，起身去了。

奶子與迎春正與李瓶兒墊草紙在身底下，只見馮媽媽來到，向前道了萬福。如意兒道：「馮媽媽貴人，怎的不來看看娘？昨日爹使來安兒叫你去，說你鎖著門，往哪裡去來？」馮婆子道：「說不得我這苦。成日往廟裡修法，早晨出去了，是也值到黑，不是也值到黑來家，偏有那些張和尚、李和尚、王和尚。」如意兒道：「你老人家怎的有這些和尚？早時沒王師父在這裡？」那李瓶兒聽了，微笑了一笑兒，說道：「這媽媽子，單管只撒風。」如意兒道：「馮媽媽，叫著你還不來！娘這幾日，粥兒也不吃，只是心內不耐煩，你剛才來到，就引得娘笑了一笑兒。你老人家伏侍娘兩日，管情娘這病就好了。」馮媽媽道：「我是你娘退災的博士！」又笑了一回。因向被窩裡摸了摸他身上，說道：「我的娘，你好些兒也罷了！」又問：「坐槗子還下得來？」迎春道：「下得來倒好！前兩遭，娘還扎掙，俺們攙扶著下來。這兩日通只在炕上鋪墊草紙，一日兩三遍。」

正說著，只見西門慶進來，看見馮媽媽，說道：「老馮，你也常來這邊走走，怎的去了就不來？」婆子道：「我的爺，我怎不來？這兩日醃菜的時候，掙兩個錢兒，醃些菜在屋裡，遇著人家領來的業障，好與他吃。不然，我哪討閒錢買菜來與他吃？」西門慶道：「你不對我說，昨日俺莊子上起菜，撥兩三畦與你也夠了。」婆子道：「又敢纏你老人家！」說畢，過那邊屋裡去了。

西門慶便坐在炕沿上，迎春在旁薰爇芸香。西門慶便問：「你今日心裡覺怎樣？」又問迎春：「你娘早晨吃些粥兒不曾？」迎春道：「吃得倒好！王師父送了乳餅，蒸來，娘只咬了一些兒，呷了不上兩口粥湯，就丟下了。」西門慶道：「應二哥剛才和小廝門外請那潘道士，又不在了。

明日我教來保再請去。」李瓶兒道：「你上緊著人請去，那廝，但合上眼，只在我跟前纏。」西門慶道：「此是你神弱了，只把心放正著，休要疑影他。請他來替你把這邪祟遣遣，再服他些藥，管情你就好了。」李瓶兒道：「我的哥哥，奴已是得了這個拙病，哪裡好什麼！奴指望在你身邊團圓幾年，也是做夫妻一場，誰知到今二十七歲，先把冤家死了，奴又沒造化，這般不得命，抛閃了你去。若得再和你相逢，只除非在鬼門關上罷了。」說著，一把拉著西門慶手，兩眼落淚，哽哽嚥嚥，再哭不出聲來。

那西門慶又悲慟不勝，哭道：「我的姐姐，你有甚話，只顧說。」兩個正在屋裡哭，忽見琴童兒進來，說：「答應的稟爹，明日十五，衙門裡拜牌，畫公座，大發放，爹去不去？班頭好伺候。」西門慶道：「我明日不得去，拿帖兒回了夏老爹，自己拜了牌罷。」琴童應諾去了。李瓶兒道：「我的哥哥，你依我還往衙門去，休要誤了公事。我知道幾時死，還早哩！」西門慶道：「我在家守你兩日兒，其心安忍！你把心來放開，不要只管多慮了。剛才花大舅和我說，教我早與你看下副壽木，沖你沖，管情你就好了。」李瓶兒點頭兒，便道：「也罷，你休要信著人使那憨錢，將就使十來兩銀子，買副熟料材兒，把我埋在先頭大娘墳旁，只休把我燒化了，就是夫妻之情。早晚我就搶些漿水，也方便些。你偌多人口，往後還要過日子哩！」西門慶不聽便罷，聽了如刀剜肝膽、劍剉身心相似。哭道：「我的姐姐，你說的是哪裡話！我西門慶就窮死了，也不肯虧負了你！」

正說著，只見月娘親自拿著一小盒兒鮮蘋果進來，說道：「李大姐，他大妗子那裡送蘋果兒來你吃。」因令迎春：「你洗淨了，拿刀兒切塊來你娘吃。」李瓶兒道：「又多謝他大妗子掛心。」不一時，迎春旋去皮兒，切了，用甌兒盛貯，拈了一塊，與他放在口內，只嚼了些味兒，還吐出來了。月娘恐怕勞碌他，安頓他面朝裡就睡了。

西門慶與月娘都出外邊商議。月娘道：「李大姐，我看他有些沉重，你須早早與他看一副材板兒，省得到臨時馬捉老鼠，又亂不出好板來。」西門慶道：「今日花大哥也是這般說。適才我

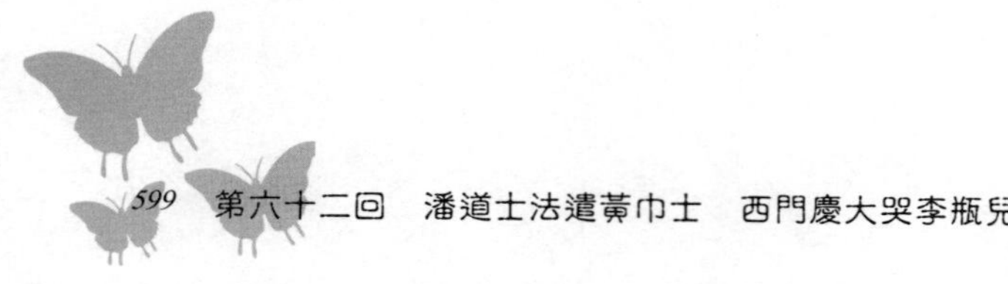

略與他提了提兒，他吩咐：『休要使多了錢，將就擡副熟板兒罷。你偌多人口，往後還要過日子。』倒把我傷心了這一會。我說一發等請潘道士來看了，看板去罷。」月娘道：「你看沒分曉，一個人形也脫了，關口都鎖住，勺水也不進，還指望好！咱一壁打鼓，一壁磨旗。幸得他好了，把棺材就捨與人，也不值什麼！」西門慶道：「既是恁說……」就出到廳上，叫將賁四來，問他：「誰家有好材板，你和姐夫兩個拿銀子看一副來。」賁四道：「大街上陳千戶家，新到了幾副好板。」西門慶道：「既有好板，」即令陳敬濟：「你後邊問你娘要五錠大銀子來，你兩個看去。」

那陳敬濟忙進去取了五錠元寶出來，同賁四去了。直到後晌才來回話，說：「到陳千戶家看了幾副板，都中等，又價錢不合。回來路上，撞見喬親家爹，說尚舉人家有一副好板——原是尚舉人父親在四川成都府做推官時，帶來預備他老夫人的兩副桃花洞，他使了一副，只剩下這一副——牆磕、底蓋、堵頭俱全，共大小五塊，定要三百七十兩銀子。喬親家爹同俺們過去看了，板是無比的好板。喬親家與做舉人的講了半日，只退了五十兩銀子。不是明年上京會試用這幾兩銀子，他也還捨不得賣哩。」西門慶道：「既是你喬親家爹主張，兌三百二十兩擡了來罷，休要只顧搖鈴打鼓的。」陳敬濟道：「他那裡收了咱二百五十兩，還找與他七十兩銀子就是了。」一面問月娘又要出七十兩銀子，二人去了。

比及黃昏時分，只見幾個閒漢，用大紅氈條裹著，擡板進門，放在前廳天井內。打開，西門慶觀看，果然好板。隨即教匠人來鋸開，裡面噴香。每塊五寸厚，二尺五寸寬，七尺五寸長。看了滿心歡喜。又旋尋了伯爵到來看，因說：「這板也看得過了。」伯爵喝采不已，說道：「原說是姻緣板，大抵一物必有一主。嫂子嫁哥一場，今日情受這副材板夠了。」吩咐匠人：「你用心只要做得好，我老爹賞你五兩銀子。」匠人道：「小人知道。」一面在前廳七手八腳，連夜攢造。伯爵囑來保：「明日早五更去請潘道士，他若來，就同他一搭兒來，不可遲滯。」說畢，陪西門慶在前廳看著做材，到一更時分才家去。西門慶道：「明日早些來，只怕潘道士來得早。」伯爵道：「我知道。」作辭出門去了。

卻說老馮與王姑子，晚夕都在李瓶兒屋裡相伴。只見西門慶前邊散了，進來看視，要在屋裡睡。李瓶兒不肯，說道：「沒得這屋裡齷齷齪齪的，他們都在這裡，不方便，你往別處睡去罷。」西門慶又見王姑子都在這裡，遂過那邊金蓮房裡去了。

李瓶兒教迎春把角門關了，上了栓，教迎春點著燈，打開箱子，取出幾件衣服、銀首飾來，放在旁邊。先教過王姑子來，與了他五兩一錠銀子、一匹紬子：「等我死後，你好歹請幾位師父，與我誦《血盆經懺》。」王姑子道：「我的奶奶，你忒多慮了。天可憐見，你只怕好了。」李瓶兒道：「你只收著，不要對大娘說我與你銀子，只說我與了你這匹紬子做經錢。」王姑子道：「我知道。」於是把銀子和紬子收了。又喚過馮媽媽來，向枕頭邊也拿過四兩銀子、一件白綾襖、黃綾裙、一根銀掠兒，遞與他，說道：「老馮，你是個舊人，我從小兒，你跟我到如今。我如今死了去，也沒什麼，這一套衣服並這件首飾兒，與你做一念兒。這銀子你收著，到明日做個棺材本兒。你放心，那邊房子，等我對你爹說，你只顧住著，只當替他看房兒，他莫不就攆你不成！」馮媽媽一手接了銀子和衣服，倒身下拜，哭著說道：「老身沒造化了。有你老人家在一日，與老身做一日主兒。你老人家若有些好歹，哪裡歸著？」

李瓶兒又叫過奶子如意兒，與了他一襲紫紬子襖兒、藍紬裙、一件舊綾披襖兒、兩根金頭簪子、一件銀滿冠兒，說道：「也是你奶哥兒一場。哥兒死了，我原說的，教你休撅上奶去，實指望我在一日，占用你一日，不想我又死去了。我還對你爹和你大娘說，到明日我死了，你大娘生了哥兒，就教接你的奶兒罷。這些衣服，與你做一念兒，你休要抱怨。」那奶子跪在地下，磕著頭哭道：「小媳婦實指望伏侍娘到頭，娘自來沒曾大氣兒呵著小媳婦。還是小媳婦沒造化，哥兒死了，娘又病得這般不得命。好歹對大娘說，小媳婦男子漢又沒了，死活只在爹娘這裡答應了，出去投奔哪裡？」說畢，接了衣服首飾，磕了頭起來，立在旁邊，只顧揩眼淚。

李瓶兒一面叫過迎春、綉春來跪下，囑咐道：「你兩個，也是你從小兒在我手裡答應一場，我今死去，也顧不得你們了。你們衣服都是有的，不消與你了。我每人與你這兩對金裹頭簪兒、兩支金花兒做一念兒。大丫頭迎春，已是他爹收用過的，出不去了，我教與你大娘房裡拘管。這小丫頭綉春，我教你大娘尋家兒人家，你出身去罷。省得觀眉說眼，在這屋裡教人罵沒主子的奴才。我死了，就見出樣兒來了。你伏侍別人，還像在我手裡那等撒嬌撒痴，好也罷，歹也罷了，誰人容得你？」那綉春跪在地下哭道：「我娘，我就死也不出這個門。」李瓶兒道：「你看傻丫頭，我死了，你在這屋裡伏侍誰？」綉春道：「我守著娘的靈。」李瓶兒道：「就是我的靈，供養不久，也有個燒的日子，你少不得也還出去。」綉春道：「我和迎春都答應大娘。」李瓶兒道：「這個也罷了。」這綉春還不知什麼，那迎春聽見李瓶兒囑咐他，接了首飾，一面哭得言語都說不出來。正是：

流淚眼觀流淚眼，斷腸人送斷腸人。

當夜，李瓶兒都把各人囑咐了。到天明，西門慶走進房來。李瓶兒問：「買了我的棺材來了沒有？」西門慶道：「昨日就擡了板來，在前邊做哩！——且沖你沖，你若好了，情願捨與人罷。」李瓶兒因問：「是多少銀子買的？休要使那枉錢。」西門慶道：「沒多，只百十兩來銀子。」李瓶兒道：「也還多了。預備下，與我放著。」西門慶說了回出來，前邊看著做材去了。吳月娘和李嬌兒先進房來，看見他十分沈重，便問道：「李大姐，你心裡卻怎樣的？」李瓶兒搯著月娘手哭道：「大娘，我好不成了。」月娘亦哭道：「李大姐，你有什麼話兒，二娘也在這裡，你和俺兩個說。」李瓶兒道：「奴有甚話兒——奴與娘做姐妹這幾年，又沒曾虧了我，實承望和娘相守到白頭，不想我的命苦，先把個冤家沒了，如今不幸，我又得了這個拙病死去了。我死之後，房裡這兩個丫頭無人收拘。那大丫頭已是他爹收用過的，教他往娘房裡伏侍娘。小丫頭，娘若要使喚，留下；不然，尋個單夫獨妻，與小人家做媳婦兒去罷，省得教人罵沒主子的奴才。也是他伏侍奴一場，奴就死，口眼也閉。奶子如意兒，再三不肯出去，大娘也看奴分上，也是他奶孩兒一場，明日娘生下哥兒，就教接他奶兒罷。」

月娘說道：「李大姐，你放寬心，都在俺兩個身上。說凶得吉，若有些山高水低，迎春教他伏侍我，綉春教他伏侍二娘罷。如今二娘房裡丫頭不老實做活，早晚要打發出去，教綉春伏侍他罷。奶子如意兒，既是你說他沒投奔，咱家哪裡占用不下他來？就是我有孩子沒孩子，到明日配上個小厮，與他做房家人媳婦也罷了。」李嬌兒在旁便道：「李大姐，你休只要顧慮，一切事都在俺兩個身上。綉春到明日過了你的事，我收拾房內伏侍我，等我擡舉他就是了。」李瓶兒一面教奶子和兩個丫頭過來，與二人磕頭。那月娘由不得眼淚出。

不一時，孟玉樓、潘金蓮、孫雪娥都進來看他，李瓶兒都留了幾句姐妹仁義之言。落後待得李嬌兒、玉樓、金蓮眾人都出去了，獨月娘在屋裡守著他，李瓶兒悄悄向月娘哭泣道：「娘到明日好生看養著，與他爹做個根蒂兒，休要似奴粗心，吃人暗算了。」月娘道：「姐姐，我知道。」看官聽說：只這一句話，就感觸月娘的心來。後次西門慶死了，金蓮就在家中住不牢者，就是想著李瓶兒臨終這句話。正是：

惟有感恩並積恨，千年萬載不生塵。

正說話間，只見琴童吩咐房中收拾焚下香，五岳觀請了潘法官來了。月娘一面看著，教丫頭收拾房中乾淨，伺候淨茶淨水，焚下百合真香。月娘與眾婦女都藏在那邊床屋裡聽觀。不一時，只見西門慶領了那潘道士進來。怎生形相？但見：

頭戴雲霞五岳冠，身穿皂布短褐袍，腰繫雜色彩絲絛，背插橫紋古銅劍。兩隻腳穿雙耳麻鞋，手執五明降鬼扇。八字眉，兩個杏子眼；四方口，一道落腮鬍。威儀凜凜，相貌堂堂。若非霞外雲遊客，定是蓬萊玉府人。

潘道士進入角門，剛轉過影壁，將走到李瓶兒房穿廊臺基下，那道士往後退訖兩步，似有呵叱之狀，爾語數四，方才左右揭簾進入房中，向病榻而至。運雙睛，拿力以慧通神目一視，仗劍手內，掐指步罡，念念有詞，早知其意。走出明間，朝外設下香案。西門慶焚了香，這潘道士焚符，喝道：「值日神將，不來等甚？」噀了一口法水去，忽階下捲起一陣狂風，彷彿似有神將現於面前一般。潘道士便道：「西門氏門中，有李氏陰人不安，投告於我案下。汝即與我拘當坊土地、本家六神查考，有何邪祟，即與我擒來，毋得遲滯！」

良久，只見潘道士瞑目變神，端坐於位上，據案擊令牌，恰似問事之狀，良久乃止。出來，西門慶讓至前邊捲棚內，問其所以，潘道士便說：「此位娘子，惜乎為宿世冤愆訴於陰曹，非邪祟也，不可擒之。」西門慶道：「法官可解禳得麼？」潘道士道：「冤家債主，須得本人，雖陰官亦不能強。」因見西門慶禮貌虔切，便問：「娘子年命若干？」西門慶道：「屬羊的，二十七歲。」潘道士道：「也罷，等我與他祭祭本命星壇，看他命燈如何。」西門慶問：「幾時祭？用何香紙祭物？」潘道士道：「就是今晚三更正子時，用白灰界畫，建立燈壇，以黃絹圍之，鎮以生辰壇斗，祭以五穀棗湯，不用酒脯，只用本命燈二十七盞，上浮以華蓋之儀，餘無他物，官人可齋戒青衣，壇內俯伏行禮，貧道祭之，雞犬皆關去，不可入來打攪。」西門慶聽了，忙吩咐一一備辦停當。就不敢進去，只在書房中沐浴齋戒，換了淨衣。留應伯爵也不家去了，陪潘道士吃齋饌。

到三更天氣，建立燈壇完備，潘道士高坐在上。下面就是燈壇，按青龍、白虎、朱雀、玄武，上建三臺華蓋；周列十二宮辰，下首才是本命燈，共合二十七盞。先宣念了投詞。西門慶穿青衣俯伏階下，左右盡皆屏去，不許一人在左右。燈燭熒煌，一齊點將起來。那潘道士在法座上披下髮來，仗劍，口中念念有詞。望天罡，取真炁，布步玦，躡瑤壇。正是：

三信焚香三界合，一聲令下一聲雷。

但見晴天月明星燦，忽然地黑天昏，起一陣怪風。正是：

非干虎嘯，豈是龍吟？彷彿入戶穿簾，定是催花落葉。推雲出岫，送雨歸川。雁迷失伴作哀鳴，鷗鷺驚群尋樹杪。姮娥急把蟾宮閉，列子空中叫救人。

大風所過三次，忽一陣冷氣來，把李瓶兒二十七盞本命燈盡皆刮滅。潘道士明明在法座上見一個白衣人領著兩個青衣人，從外進來，手裡持著一紙文書，呈在法案下。潘道士觀看，卻是地府勾批，上面有三顆印信，諕得慌忙下法座來，向前喚起西門慶來，如此這般，說道：「官人請起來罷！娘子已是獲罪於天，無所禱也！本命燈已滅，豈可復救乎？只在旦夕之間而已。」那西門慶聽了，低首無語，滿眼落淚，哀告道：「萬望法師搭救則個！」潘道士道：「定數難逃，不能搭救了。」就要告辭。西門慶再三款留：「等天明早行罷！」潘道士道：「出家人草行露宿，山棲廟止，自然之道。」西門慶不復強之。因令左右取出布一匹、白金三兩做經襯錢。潘道士道：「貧道奉行皇天至道，對天盟誓，不敢貪受世財，取罪不便。」推讓再四，只令小童收了布匹，作道袍穿，就作辭而行。囑咐西門慶：「今晚，官人切忌不可往病人房裡去，恐禍及汝身。慎之！慎之！」言畢，送出大門，拂袖而去。

西門慶歸到捲棚內，看著收拾燈壇。見沒救星，心中甚慟，向伯爵，不覺眼淚出。伯爵道：「此乃各人稟的壽數，到此地位，強求不得。哥也少要煩惱。」因打四更時分，說道：「哥，你也辛苦了，安歇安歇罷。我且家去，明日再來。」西門慶道：「教小廝拿燈籠送你去。」即令來安取了燈送伯爵出去，關上門進來。

那西門慶獨自一個坐在書房內，掌著一枝蠟燭，心中哀慟，口裡只長吁氣，尋思道：「法官教我休往房裡去，我怎生忍得！寧可我死了也罷。須廝守著和他說句話兒。」於是進入房中。見李瓶兒面朝裡睡，聽見西門慶進來，翻過身來便道：「我的哥哥，你怎的就不進來了？」因問：

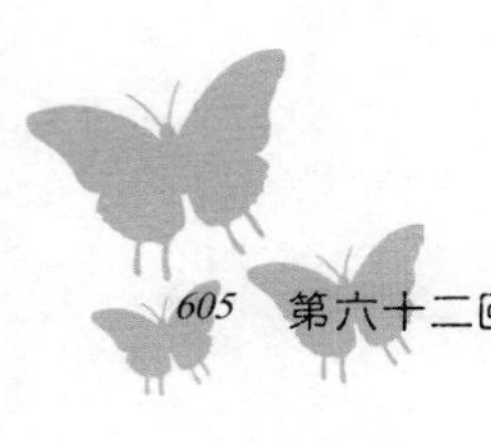

「那道士點得燈怎麼說？」西門慶道：「你放心，燈上不妨事。」李瓶兒道：「我的哥哥，你還哄我哩，剛才那廝領著兩個人又來，在我跟前鬥了一回，說道：『你請法師來遣我，我已告准在陰司，絕不容你！』發恨而去，明日便來拿我也。」

西門慶聽了，兩淚交流，放聲大哭道：「我的姐姐，你把心來放正著，休要理他。我實指望和你相伴幾日，誰知你又拋閃了我去了。寧教我西門慶口眼閉了，倒也沒這等割肚牽腸！」那李瓶兒雙手摟抱著西門慶脖子，嗚嗚咽咽悲哭，半日哭不出聲。說道：「我的哥哥，奴承望和你白頭相守，誰知奴今日死去也。趁奴不閉眼，我和你說幾句話兒：你家事大，孤身無靠，又沒幫手，凡事斟酌，休要一沖性兒。大娘等，你也少要虧了他。他身上不方便，早晚替你生下個根絆兒，庶不散了你家事。你又居著個官，今後也少要往哪裡去吃酒，早些兒來家，你家事要緊。比不得有奴在，還早晚勸你。奴若死了，誰肯苦口說你？」

西門慶聽了，如刀剜心肝相似，哭道：「我的姐姐，你所言我知道，你休掛慮我了。我西門慶哪世裡絕緣短倖，今世裡與你做夫妻不到頭。疼殺我也！天殺我也！」李瓶兒又吩咐迎春、綉春之事：「奴已和他大娘說來，到明日我死，把迎春伏侍他大娘；那小丫頭，他二娘已承攬。——他房內無人，便教伏侍二娘罷。」西門慶道：「我的姐姐，你沒得說，你死了，誰人敢分散你丫頭！奶子也不打發他出去，都教他守你的靈。」李瓶兒道：「什麼靈！回個神主子，過五七燒了罷了。」西門慶道：「我的姐姐，你不要管他，有我西門慶在一日，供養你一日。」兩個說話之間，李瓶兒催促道：「你睡去罷，這咱晚了。」西門慶道：「我不睡了，在這屋裡守你守兒。」李瓶兒道：「我死還早哩，這屋裡穢污，薰得你慌，他們伏侍我不方便。」

西門慶不得已，吩咐丫頭：「仔細看守你娘。」往後邊上房裡，對月娘悉把祭燈不濟之事告訴一遍：「剛才我到他房中，我觀他說話兒還伶俐。天可憐，只怕還熬出來也不見得。」月娘道：「眼眶兒也塌了，嘴唇兒也乾了，耳輪兒也焦了，還好什麼！也只在早晚間了。他這個病是恁伶俐，臨斷氣還說話兒。」西門慶道：「他來了咱家這幾年，大大小小，沒曾惹了一個人，且是又好個性格兒，又不出語，你教我捨得他哪些兒！」提起來又哭了。月娘亦止不住落淚。

不說西門慶與月娘說話，且說李瓶兒喚迎春、奶子：「你扶我面朝裡略倒倒兒。」因問道：「有多咱時分了？」奶子道：「雞還未叫，有四更天了。」教迎春替他鋪墊了身底下草紙，攙他朝裡，蓋被停當，睡了。眾人都熬了一夜沒曾睡，老馮與王姑子都已先睡了。迎春與綉春在面前地坪上搭著鋪，剛睡倒沒半個時辰，正在睡思昏沈之際，夢見李瓶兒下炕來，推了迎春一推，囑咐：「你們看家，我去也。」忽然驚醒，見桌上燈尚未滅。忙向床上視之，還面朝裡，摸了摸，口內已無氣矣。不知多咱時分嗚呼哀哉，斷氣身亡。可憐一個美色佳人，都化作一場春夢。正是：

閻王教你三更死，怎敢留人到五更！

迎春慌忙推醒眾人，點燈來照，果然沒了氣兒，身底下流血一窪，慌了手腳，忙走去後邊，報知西門慶。西門慶聽見李瓶兒死了，和吳月娘兩步做一步奔到前邊，揭起被，但見面容不改，體尚微溫，悠然而逝，身上只著一件紅綾抹胸兒。西門慶也不顧什麼身底下血漬，兩隻手捧著他香腮親著，口口聲聲只叫：「我的沒救的姐姐，有仁義好性兒的姐姐！你怎的閃了我去了？寧可教我西門慶死了罷。我也不久活於世了，平白活著做什麼！」在房裡離地跳得有三尺高，大放聲號哭。吳月娘亦搵淚哭涕不止。落後，李嬌兒、孟玉樓、潘金蓮、孫雪娥、闔家大小丫頭養娘都哭起來，哀聲動地。月娘向眾人道：「不知多咱死的，恰好衣服兒也不曾穿一件在身上。」玉樓道：「我摸他身上還溫溫兒的，也才去了不多回兒。咱趁熱腳兒不替他穿上衣裳，還等什麼？」

月娘見西門慶磕伏在他身上，撾臉兒那等哭，只叫：「天殺了我西門慶了！姐姐你在我家三年光景，一日好日子沒過，都是我坑陷了你了！」月娘聽了，心中就有些不耐煩了，說道：「你看韶刀！哭兩聲兒，丟開手罷了。一個死人身上，也沒個忌諱，就臉撾著臉兒哭，倘或口裡惡氣撲著你是的！他沒過好日子，誰過好日子來？各人壽數到了，誰留得住他！哪個不打這條路兒

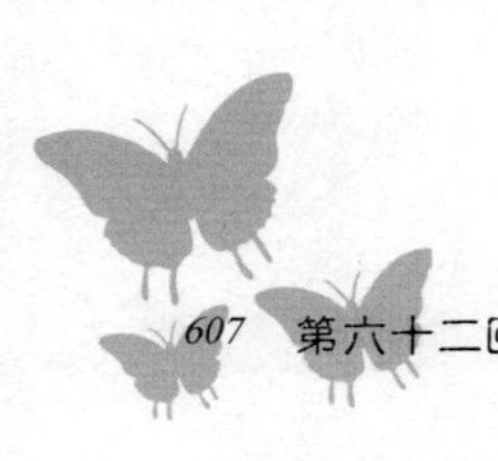

來？」因令李嬌兒、孟玉樓：「你兩個拿鑰匙，那邊屋裡尋他幾件衣服出來，咱們眼看著與他穿上。」又叫：「六姐，咱兩個把這頭來替他整理整理。」西門慶又向月娘說：「多尋出兩套他心愛的好衣服，與他穿了去。」月娘吩咐李嬌兒、玉樓：「你尋他新裁的大紅緞遍地錦襖兒、柳黃遍地錦裙，並他今年喬親家去那套丁香色雲紬妝花衫、翠藍寬拖子裙，並新做的白綾襖、黃紬子裙出來罷。」

當下迎春拿著燈，孟玉樓拿鑰匙，走到那邊屋裡，開了箱子，尋了半日，尋出三套衣裳來，又尋出一件襯身紫綾小襖兒、一件白紬子裙、一件大紅小衣兒並白綾女襪兒、妝花膝褲腿兒。李嬌兒抱過這邊屋裡與月娘瞧。月娘正與金蓮燈下替他整理頭髻，用四根金簪兒綰一方大鴉青手帕，旋勒停當。李嬌兒因問：「尋雙什麼顏色鞋，與他穿了去？」潘金蓮道：「姐姐，他心愛穿那雙大紅遍地金高底鞋兒，只穿了沒多兩遭兒，倒尋出來與他穿去罷。」吳月娘道：「不好，倒沒得穿到陰司裡，教他跳火坑。你把前日往他嫂子家去穿的那雙紫羅遍地金高底鞋，與他裝綁了去罷。」李嬌兒聽了，忙教迎春尋出來。眾人七手八腳，都裝綁停當。

西門慶率領眾小廝，在大廳上收卷書畫，圍上幃屏，把李瓶兒用板門擡出，停於正寢。下鋪錦褥，上覆紙被，安放几筵香案，點起一盞隨身燈來。專委兩個小廝在旁侍奉：一個打磬，一個炷紙，一面使玳安：「快請陰陽徐先生來看時批書。」月娘打點出裝綁衣服來，就把李瓶兒床房門鎖了，只留炕屋裡，交付與丫頭養娘。馮媽媽見沒了主兒，哭得三個鼻頭兩行眼淚，王姑子且口裡喃喃吶吶，替李瓶兒念《密多心經》、《藥師經》、《解冤經》、《楞嚴經》並《大悲中道神咒》，請引路王菩薩與他接引冥途。西門慶在前廳，手拍著胸膛，撫屍大慟，哭了又哭，把聲都哭啞了，口口聲聲只叫：「我的好性兒有仁義的姐姐。」

比及亂著，雞就叫了。玳安請了徐先生來，向西門慶施禮，說道：「老爹煩惱，奶奶沒了在於甚時候？」西門慶道：「因此時候不真：睡下之時，已可四更，房中人都困倦睡熟了，不知多咱時候沒了。」徐先生道：「不打緊。」因令左右掌起燈來，揭開紙被觀看，手掐丑更，說道：

「正當五更二點轍，還屬丑時斷氣。」西門慶即令取筆硯，請徐先生批書。徐先生向燈下問了姓氏並生辰八字，批將下來：「一故錦衣西門夫人李氏之喪。生於元祐辛未正月十五日午時，卒於政和丁酉九月十六日丑時。今日丙子，月令戊戌，犯天地往亡，煞高一丈，本家忌哭聲，成服後無妨。入殮之時，忌龍、虎、雞、蛇四生人，親人不避。」

吳月娘使玳安出來：「教徐先生看看黑書上，往哪方去了。」徐先生一面打開陰陽祕書觀看，說道：「今乃丙子日，己丑時，死者上應寶瓶宮，下臨齊地。前生曾在濱州王家作男子，打死懷胎母羊，今世為女人，屬羊。雖招貴夫，常有疾病，比肩不和，生子夭亡，主生氣疾而死。前九日魂去，托生河南汴梁開封府袁家為女，艱難不能度日。後耽擱至二十歲嫁一富家，老少不對，終年享福，壽至四十二歲，得氣而終。」

看畢黑書，眾婦女聽了，皆各嘆息。西門慶就教徐先生看破土安葬日期。徐先生請問：「老爹，停放幾時？」西門慶哭道：「熱突突怎麼就打發出去的，須放過五七才好。」徐先生道：「五七內沒有安葬日期，倒是四七內，宜擇十月初八日丁酉午時破土，十二日辛丑未時安葬，闔家六位本命都不犯。」西門慶道：「也罷，到十月十二日發引，再沒挪移了。」徐先生寫了殃榜，蓋伏死者身上，向西門慶道：「十九日辰時大殮，一應之物，老爹這裡備下。」

剛打發徐先生出了門，天已發曉。西門慶使琴童兒騎頭口，往門外請花大舅，然後分班差人各親眷處報喪。又使人往衙門中給假，又使玳安往獅子街取了二十桶瀼紗漂白、三十桶生眼布來，叫趙裁雇了許多裁縫，在西廂房先造帷幕、帳子、桌圍，並入殮衣衾纏帶、各房裡女人衫裙，外邊小廝伴當，每人都是白唐巾，一件白直裰。又兌了一百兩銀子，教賁四往門外店裡買了三十桶魁光麻布、二百匹黃絲孝絹，一面又教搭彩匠，在天井內搭五間大棚。西門慶因思想李瓶兒動止行藏模樣，忽然想起忘了與他傳神，叫過來保來問：「哪裡有好畫師？尋一個來傳神。我就把這件事忘了。」來保道：「舊時與咱家畫圍屏的韓先兒，他原是宣和殿上的畫士，革退來家，他傳得好神。」西門慶道：「他在哪裡住？快與我請來。」來保應諾去了。

西門慶熬了一夜沒睡的人，前後又亂了一五更，心中又著了悲慟，神思恍亂，只是沒好氣，罵丫頭、踢小廝，守著李瓶兒屍首，由不得放聲哭叫。那玳安在旁，亦哭得言不得語不得。吳月娘正和李嬌兒、孟玉樓、潘金蓮在帳子後，打夥兒分孝與各房裡丫頭並家人媳婦，看見西門慶啞著喉嚨只顧哭，問他，茶也不吃，只顧沒好氣。月娘便道：「你看恁嘮叨！死也死了，你沒得哭得他活？只顧扯長絆兒哭起來了。三兩夜沒睡，頭也沒梳，臉也沒洗，亂了恁五更，黃湯辣水還沒嘗著，就是鐵人也禁不得。把頭梳了，出來吃些什麼，還有個主張。好小身子，一時摔倒了，卻怎樣兒的！」玉樓道：「原來他還沒梳頭洗臉哩！」

月娘道：「洗了臉倒好！我頭裡使小廝請他後邊洗臉，他把小廝踢進來，誰再問他來！」金蓮道：「你還沒見，頭裡我倒好意說，他已死了，你恁般起來，把骨禿肉兒也沒了。你在屋裡吃些什麼兒，出去再亂也不遲。他倒把眼睜紅了的，罵我：『狗攮的淫婦，管你什麼事！』我如今整日不教狗攮，卻教誰攮哩！——恁不合理的行貨子。只說人和他合氣。」月娘道：「熱突突死了，怎麼不疼？你就疼，也還放在心裡，哪裡就這般顯出來？人也死了，不管那有惡氣沒惡氣，就口搊著口那等叫喚，不知什麼張致。他可可兒來三年沒過一日好日子，鎮日教他挑水挨磨來？」孟玉樓道：「李大姐倒也罷了，倒吃他爹恁三等九格的。」

正說著，只見陳敬濟手裡拿著九匹水光絹，說：「爹教娘們剪各房裡手帕，剩下的與娘們做裙子。」月娘收了絹，便道：「姐夫，你去請你爹進來扒口子飯。這咱七八晌午，他茶水還沒嘗著哩。」敬濟道：「我是不敢請他。頭裡小廝請他吃飯，差些沒一腳踢殺了，我又惹他做什麼？」月娘道：「你不請他，等我另使人請他來吃飯。」良久，叫過玳安來說道：「你爹還沒吃飯，哭這一日了。你拿上飯去，趁溫先生在這裡，陪他吃些兒。」玳安道：「請應二爹和謝爹去了。等他來時，娘這裡使人拿飯上去，消不得他幾句言語，管情爹就吃了。」吳月娘說道：「硶嘴的囚根子，你是你爹肚裡蛔蟲？俺們這幾個老婆倒不如你了。你怎的知道他兩個來才吃飯？」玳安道：「娘們不知，爹的好朋友，大小酒席兒，哪遭少了他兩個？爹三錢，他也是三錢；爹二星，他也是二星。爹隨問怎的著了惱，只他到，略說兩句話兒，爹就眉花眼笑的。」

說了一回，棋童兒請了應伯爵、謝希大二人來到。進門撲倒靈前地下，哭了半日，只哭「我那有仁義的嫂子」，被金蓮和玉樓罵道：「賊油嘴的囚根子，俺們都是沒仁義的？」二人哭畢，爬起來，西門慶與他回禮，兩個又哭了，說道：「哥煩惱，煩惱。」一面讓至廂房內，與溫秀才敘禮坐下。先是伯爵問道：「嫂子是甚時候歿了？」西門慶道：「正丑時斷氣。」伯爵道：「我到家已是四更多了，房下問我，我說看陰騭，嫂子這病已在七八了。不想剛睡下就做了一夢，夢見哥使大官兒來請我，說家裡吃慶官酒，教我急急來到。見哥穿著一身大紅衣服，向袖中取出兩根玉簪兒與我瞧，說一根折了。我瞧了半日，對哥說：『可惜了，這折了是玉的，完全的倒是硝子石。』哥說兩根都是玉的。我醒了，就知道此夢做得不好。房下見我只顧咂嘴，便問：『你和誰說話？』我道：『你不知，等我到天曉告訴你。』等到天明，只見大官兒到了，戴著白，教我只顧跌腳。果然哥有孝服。」

西門慶道：「我昨夜也做了恁個夢，和你這個一樣兒。夢見東京翟親家那裡寄送了六根簪兒，內有一根碢折了。我說，可惜了。醒來正告訴房下，不想前邊斷了氣。好不睜眼的天，撇得我真好苦！寧可教我西門慶死了，眼不見就罷了。到明日，一時半刻想起來，你教我怎不心疼！平時，我又沒曾虧欠了人，天何今日奪吾所愛之甚也！——先是一個孩兒沒了，今日他又長伸腳去了。我還活在世上做什麼？雖有錢過北斗，成何大用？」伯爵道：「哥，你這話就不是了。我這嫂子與你是那樣夫妻，熱突突死了，怎的不心疼？爭奈你偌大家事，又居著前程，這一家大小，泰山也似靠著你。你若有好歹，怎麼了得！就是這些嫂子，都沒主兒。常言：一在三在，一亡三亡。哥，你聰明伶俐人，何消兄弟們說？就是嫂子他青春年少，你疼不過，越不過他的情，成了服，令僧道念幾卷經，大發送，葬埋在墳裡，哥的心也盡了，也是嫂子一場的事，再還要怎樣的？哥，你且把心放開。」

當時，被伯爵一席話，說得西門慶心地透徹，茅塞頓開，也不哭了。須臾，拿上茶來吃了，便喚玳安：「後邊說去，看飯來，我和你應二爹、溫師父、謝爹吃。」伯爵道：「哥原來還未吃飯哩？」西門慶道：「自你去了，亂了一夜，到如今誰嚐什麼兒來。」伯爵道：「哥，你還不吃飯，這個就糊塗了，常言道：『寧可折本，休要飢損。』《孝經》上不說的：『教民無以死傷生，毀不滅性。』死的自死了，存者還要過日子。哥要做個主張。」正是：

數語撥開君子路，片言提醒夢中人。

第六十三回　韓畫士傳真作遺愛　西門慶觀戲動深悲

詩曰：

香杳美人違，遙遙有所思。
幽明千里隔，風月兩邊時。
相對春那劇，相望景偏遲。
當由分別久，夢來還自疑。

話說西門慶被應伯爵勸解了一回，拭淚令小廝後邊看飯去了。不一時，吳大舅、吳二舅都到了。靈前行禮畢，與西門慶作揖，道及煩惱之意。請至廂房中，與眾人同坐。

玳安走至後邊，向月娘說：「如何?我說娘們不信，怎的應二爹來了，一席話說得爹就吃飯了。」金蓮道：「你這賊，積年久慣的囚根子，鎮日在外邊替他做牽頭，有個拿不住他性兒的！」玳安道：「從小兒答應主子，不知心腹？」月娘問道：「哪幾個陪他吃飯？」玳安道：「大舅、二舅才來，和溫師父，連應二爹、謝爹、韓夥計、姐夫，共爹八個人哩。」月娘道：「請你姐夫來後邊吃罷了，也擠在上頭！」玳安道：「姐夫坐下了。」月娘吩咐：「你和小廝往廚房裡拿飯去。你另拿甌兒粥與他吃，怕清早晨不吃飯。」玳安道：「再有誰?只我在家，都使出報喪、買東西；王經，又使他往張親家爹那裡借雲板去了。」月娘道：「書童那奴才和你拿去是的，怕打了他紗帽展翅兒！」玳安道：「書童和畫童兩個在靈前，一個打磬，一個伺候焚香燒紙哩。春鴻，爹又使他跟賁四換絹去了——嫌絹不好，要換六錢一匹的破孝。」月娘道：「論起來，五錢的也罷，又巴巴兒換去！」又道：「你叫下畫童兒那小奴才，和他快拿去，只顧還捱什麼！」玳安於

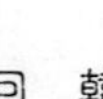

是和畫童兩個，大盤大碗拿到前邊，安放八仙桌席。眾人正吃著飯，只見平安拿進手本來稟：「夏老爹差寫字的，送了三班軍衛來這裡答應。」西門慶看了，吩咐：「討三錢銀子賞他。寫期服生帖兒回你夏老爹：多謝了！」

一面吃畢飯，收了傢伙。只見來保請的畫師韓先生來到。西門慶與他行畢禮，說道：「煩先生揭白傳個神子兒。」那韓先生道：「小人理會得。」吳大舅道：「動手遲了些，只怕面容改了。」韓先生道：「也不妨，就是揭白也傳得。」正吃茶畢，忽見平安來報：「門外花大舅來了。」西門慶陪花子由靈前哭涕了一回，見畢禮數，與眾人一處，因問：「什麼時侯？」西門慶道：「正丑時斷氣。臨死還伶伶俐俐說話兒，剛睡下，丫頭起來瞧，就沒了氣兒。」因見韓先生旁邊小童拿著屏插，袖中取出描筆顏色來，花子由道：「姐夫如今要傳個神子？」西門慶道：「我心裡疼他，少不得留個影像兒，早晚看著，題念他題念兒。」一面吩咐後邊堂客躲開，掀起帳子，領韓先生和花大舅眾人到跟前。

這韓先生揭起千秋旛，打一觀看，見李瓶兒勒著鴉青手帕，雖故久病，其顏色如生，姿容不改，黃懨懨的，嘴唇兒紅潤可愛。那西門慶由不得掩淚而哭。來保與琴童在旁捧著屏插、顏色。韓先生一見就知道了。眾人圍著他求畫，應伯爵便道：「先生，此是病容，平昔好時，還生得面容飽滿，姿容秀麗。」韓先生道：「不須尊長吩咐，小人知道。敢問老爹：此位老夫人，前者五月初一日曾在岳廟裡燒香，親見一面，可是否？」西門慶道：「正是。那時還好哩。先生，你用心想著，傳畫一軸大影、一軸半身，靈前供養，我送先生一匹緞子、十兩銀子。」韓先生道：「老爹吩咐，小人無不用心。」須臾，描染出個半身來，端的玉貌幽花秀麗，肌膚嫩玉生香。拿與眾人瞧，就是一幅美人圖兒。西門慶看了，吩咐玳安：「拿與你娘們瞧瞧去，看好不好。有哪些兒不是，說來好改。」

玳安拿到後邊，向月娘道：「爹說教娘們瞧瞧，這影畫得如何，哪些兒不像，說出去教韓先生好改。」月娘道：「成精鼓搗，人也不知死到哪裡去了，又描起影來了。」潘金蓮接說道：

「哪個是他的兒女？畫下影，傳下神，好替他磕頭禮拜！到明日六個老婆死了，畫六個影才好。」孟玉樓和李嬌兒接過來觀看，說道：「大娘，你來看，李大姐這影，倒像好時模樣，打扮得鮮鮮的，只是嘴唇略扁了些。」月娘看了道：「這左邊額頭略低了些，他的眉角還彎些。虧這漢子，揭白怎的畫來！」玳安道：「他在岳廟上曾見過六娘一面，剛才想著，就畫到這等模樣。」

少頃，只見王經進來說道：「娘們看了，就教拿出去。喬親家爹來了，等喬親家爹瞧哩。」玳安走到前邊，向韓先生道：「裡邊說來，嘴唇略扁了些，左額角稍低些，眉還要略放彎些兒。」韓先生道：「這個不打緊。」隨即取描筆改過了，呈與喬大戶瞧。喬大戶道：「親家母這幅尊像，真畫得好，只少了口氣兒。」西門慶滿心歡喜，一面遞了三鍾酒與韓先生，管待了酒飯，又教取出一匹尺頭、十兩白金與韓先生，教他：「先攢造出半身來，就要掛，大影，不誤出殯就是了。俱要用大青大綠，冠袍齊整，綾裱牙軸。」韓先生道：「不必吩咐，小人知道。」領了銀子，教小童拿著插屏，拜辭出門。喬大戶與眾人又看了一回做成的棺木，便道：「親家母今已小殮罷了？」西門慶道：「如今仵作行人來就小殮。大殮還等到三日。」喬大戶吃畢茶，就告辭去了。

不一時，仵作行人來伺候，紙劄打捲，鋪下衣衾，西門慶要親與他開光明，強著陳敬濟做孝子，與他拭了目，西門慶旋尋出一顆胡珠，安放在他口裡。登時小殮停當，照前停放端正，閤家大小哭了一場。來興又早冥衣鋪裡，做了四座堆金瀝粉捧盆巾盥櫛毛女兒，一邊兩座擺下。靈前的彝爐鼎瓶、燭臺香盒，教錫匠打造停當，擺在桌上，耀日爭輝。又兌了十兩銀子，教銀匠打了三副銀爵盞。又與應伯爵定管喪禮簿籍：先兌了五百兩銀子、一百吊錢來，委付與韓夥計管帳；賁四與來興兒管買辦，兼管外廚房；應伯爵、謝希大、溫秀才、甘夥計輪番陪待弔客；崔本專管付孝帳；來保管外庫房；王經管酒房；春鴻與畫童專管靈前伺候；平安與四名排軍，單管人來打雲板、捧香紙；又教一個寫字帶領四名排軍，在大門首記門簿，值念經日期，打傘挑旛幢。都派委已定，寫了告示，貼在影壁上，各遵守去訖。只見皇莊上薛內相差人送了六十根杉條、三十條毛竹、三百領蘆席、一百條麻繩，西門慶賞了來人五錢銀子，拿期服生回帖兒打發去了。吩咐搭彩匠把棚起脊搭大些，留兩個門走，把影壁夾在中間，前廚房內還搭三間罩棚，大門首紮七間榜棚，請報恩寺十二眾僧人先念倒頭經，每日兩個茶酒伺候茶水。

花大舅、吳二舅坐了一回，起身去了。西門慶教溫秀才寫孝帖兒，要刊去，令寫「荊婦奄逝」，溫秀才悄悄拿與應伯爵看，伯爵道：「這個禮上說不通。現有如今吳家嫂子在正室，如何使得？這一出去，不被人議論！就是吳大哥，心內也不自在。等我慢慢再與他講，你且休要寫著。」陪坐至晚，各散歸家去了。

西門慶晚夕也不進後邊去，就在李瓶兒靈旁裝一張涼床，拿圍屏圍著，獨自宿歇，只春鴻、書童兒近前伏侍。天明便往月娘房裡梳洗，穿戴了白唐巾孝冠孝衣、白絨襪、白履鞋，經帶隨身。

第二日清晨，夏提刑就來探喪弔問，慰其節哀。西門慶還禮畢，溫秀才相陪，待茶而去。到門首，吩咐寫字的：「好生答應，查有不到的排軍，呈來衙門內懲治。」說畢，騎馬去了。西門慶令溫秀才發帖兒，差人請各親眷，三日誦經，早來吃齋。後晌，鋪排來收拾道場，懸掛佛像，不必細說。

那日，吳銀兒打聽得知，坐轎子來靈前哭泣上紙。到後邊，月娘相接。吳銀兒與月娘磕頭，哭道：「六娘沒了，我通一字不知，就沒個人兒和我說聲兒。可憐，傷感人也！」孟玉樓道：「你是他乾女兒，他不好了這些時，你就不來看他看兒？」吳銀兒道：「好三娘，我但知道，有個不來看的？說句假就死了！委實不知道。」月娘道：「你不來看你娘，他倒還掛牽著你，留下件東西兒，與你做一念兒，我替你收著哩。」因令小玉：「你取出來與銀姐看。」小玉走到裡面，取出包袱，打開是一套緞子衣服、兩根金頭簪兒、一支金花。把吳銀兒哭得淚如雨點相似，說道：「我早知他老人家不好，也來伏侍兩日兒。」說畢，一面拜謝了月娘。月娘待茶與他吃，留他過了三日去。

到三日，和尚打起磬子，道場誦經，挑出紙錢去。闔家大小都披麻帶孝。陳敬濟穿重孝絰巾，佛前拜禮，街坊鄰舍、親朋長官都來弔問，上紙祭奠者，不論其數。陰陽徐先生早來伺候大殮。

祭告已畢，擡屍入棺，西門慶教吳月娘又尋出他四套上色衣服來，裝在棺內，四角又安放了四錠小銀子兒。花子由說：「姐夫，倒不消安他在裡面，金銀日久定要出世，倒非久遠之計。」西門慶不肯，定要安放。不一時，放下了七星板，擱上紫蓋，仵作四面用長命釘一齊釘起來，一家大小放聲號哭。西門慶亦哭得獃了，口口聲聲只叫：「我的年小的姐姐，再不得見你了！」良久哭畢，管待徐先生齋饌，打發去了。合家夥計都是巾帶孝服，行香之時，門首一片皆白。溫秀才贊禮，北邊杜中書來題銘旌。杜中書名子春，號雲野，原侍真宗寧和殿，今坐閒在家，西門慶備金帛請來。在捲棚內備果盒，西門慶親遞三杯酒，應伯爵與溫秀才相陪。舖大紅官紵題旌，西門慶要寫「詔封錦衣西門恭人李氏柩」十一字，伯爵再三不肯，說：「現有正室夫人在，如何使得！」杜中書道：「曾生過子，於禮也無礙。」講了半日，去了「恭」字，改了「室人」。溫秀才道：「恭人係命婦，有爵；室人乃室內之人，只是個渾然通常之稱。」於是用白粉題畢，「詔封」二字貼了金，懸於靈前。又題了神主。叩謝杜中書，管待酒饌，拜辭而去。

那日，喬大戶、吳大舅、花大舅、韓姨夫、沈姨夫各家都是三牲祭桌來燒紙。喬大戶娘子並吳大妗子、二妗子、花大妗子，坐轎子來弔喪，祭祀哭泣。月娘等皆孝髻，頭鬚繫腰，麻布孝裙，出來回禮舉哀，讓後邊待茶擺齋。惟花大妗子與花大舅便是重孝直身，餘者都是輕孝。那日李桂姐打聽得知，坐轎子也來上紙，看見吳銀兒在這裡，說道：「你幾時來的？怎的也不會我會兒？好人兒，原來只顧你！」吳銀兒道：「我也不知道娘沒了，早知也來看看了。」月娘後邊管待，俱不必細說。

須臾過了，看看到首七，又是報恩寺十六眾上僧，朗僧官為首座，引領做水陸道場，誦《法華經》，拜三昧水懺。親朋夥計無不畢集。那日，玉皇廟吳道官來上紙弔孝，就攬二七經，西門慶留在捲棚內吃齋。忽見小廝來報：「韓先生送半身影來。」眾人觀看，但見頭戴金翠圍冠，雙鳳珠子挑牌、大紅妝花袍兒，白馥馥臉兒，儼然如生。西門慶見了，滿心歡喜。懸掛材頭，眾人無不誇獎：「只少口氣兒！」一面讓捲棚內吃齋，囑咐：「大影還要加工夫些。」韓先生道：「小

人隨筆潤色，豈敢粗心！」西門慶厚賞而去。

午間，喬大戶來上祭，豬羊祭品、金銀山、緞帛彩繒、冥紙炷香共約五十餘擡，地弔高撬，鑼鼓細樂，吹打嚶嚶，喧闐而至。西門慶與陳敬濟穿孝衣在靈前還禮。喬大戶邀了尚舉人、朱堂官、吳大舅、劉學官、花千戶、段親家七八位親朋，各在靈前上香。三獻已畢，俱跪聽陰陽生讀祝文曰：

維政和七年，歲次丁酉，九月庚申朔，越二十二日辛巳，眷生喬洪等謹以剛鬣柔毛庶羞之奠，致祭於故親家母西門孺人李氏之靈曰：嗚呼！孺人之性，寬裕溫良，治家勤儉，御眾慈祥，克全婦道，譽動鄉邦。閨閫之秀，蘭蕙之芳，夙配君子，效聘鸞凰。藍玉已種，浦珠已光。正期諧琴瑟於有永，享彌壽於無疆。胡為一病，夢斷黃粱？善人之歿，孰不哀傷？弱女襁褓，沐愛姻嫱。不期中道，天不從願，鴛伴失行。恨隔幽冥，莫睹行藏。悠悠情誼，寓此一觴。靈其有知，來格來歆。尚饗！

官客祭畢，回禮畢，讓捲棚內桌席管待。然後喬大戶娘子、崔親家母、朱堂官娘子、尚舉人娘子、段大姐眾堂客女眷祭奠，地弔鑼鼓，靈前弔鬼判隊舞。吳月娘陪著哭畢，請去後邊待茶設席，三湯五割，俱不必細說。

西門慶正在捲棚內陪人吃酒，忽前邊打得雲板響。答應的慌慌張張進來稟報：「本府胡爺上紙來了，在門首下轎子。」慌得西門慶連忙穿孝衣，靈前伺候。即使溫秀才衣巾素服出迎，左右先捧進香紙，然後胡府尹素服金帶進來。許多官吏圍隨，扶衣攙帶，到了靈前，春鴻跪著，捧的香高高的，上了香，展拜兩禮。西門慶道：「老先生請起，多有勞動。」連忙下來回禮。胡府尹道：「令夫人幾時沒了？學生昨日才知。弔遲，弔遲！」西門慶道：「側室一疾不救，辱承老先生枉弔。」溫秀才在旁作揖畢，請到廳上待茶一杯，胡府尹起身，溫秀才送出大門，上轎而去。

上祭人吃至後晌方散。

第二日，院中鄭愛月兒家來上紙。愛月兒進至靈前，燒了紙。月娘見他擡了八盤餅饊、三牲湯飯來祭奠，連忙討了一匹整絹孝裙與他。吳銀兒與李桂姐都是三錢奠儀，告西門慶說。西門慶道：「值什麼，每人都與他一匹整絹就是了。」月娘邀到後邊房裡，擺茶管待，過夜。

晚夕，親朋夥計來伴宿，叫了一起海鹽子弟搬演戲文。李銘、吳惠、鄭奉、鄭春都在這裡答應。西門慶在大棚內放十五張桌席，為首的就是喬大戶、吳大舅、吳二舅、花大舅、沈姨夫、韓姨夫、倪秀才、溫秀才、任醫官、李智、黃四、應伯爵、謝希大、祝實念、孫寡嘴、白賚光、常峙節、傅日新、韓道國、甘出身、賁第傳、吳舜臣、兩個外甥，還有街坊六七位人，都是開桌兒。點起十數枝大燭來，堂客便在靈前圍著圍屏，垂簾放桌席，往外觀戲。當時眾人祭奠畢，西門慶與敬濟回畢禮，安席上坐。下邊戲子打動鑼鼓，搬演的是韋臯、玉簫女兩世姻緣《玉環記》。不一時弔場，生扮韋臯，唱了一回下去。貼旦扮玉簫，又唱了一回下去。

廚役上湯飯割鵝。應伯爵便向西門慶說：「我聞得院裡姐兒三個在這裡，何不請出來，與喬老親家、老舅席上遞杯酒兒。他倒是會看戲文，倒便益了他！」西門慶便使玳安進入說去：「請他姐兒三個出來。」喬大戶道：「這個卻不當。他來弔喪，如何教他遞起酒來？」伯爵道：「老親家，你不知，像這樣小淫婦兒，別要閒著他。——快與我牽出來！你說應二爹說，六娘沒了，只當行孝順，也該與俺每人遞杯酒兒。」玳安進去半日，說：「聽見應二爹在坐，都不出來哩。」伯爵道：「既恁說，我去罷。」走了兩步，又回坐下。西門慶笑道：「你怎的又回了？」伯爵道：「我有心待要扯那三個小淫婦出來，等我罵兩句，出了我氣，我才去。」落後又使玳安請了一遍，三個才慢條條出來。都一色穿著白綾對衿襖兒、藍緞裙子，向席上不端不正拜了拜兒，笑嘻嘻立在旁邊。

應伯爵道：「俺們在這裡，你如何只顧推三阻四，不肯出來？」那三個也不答應，向上邊遞了回酒，設一席坐著。下邊鼓樂響動，關目上來，生扮韋臯，淨扮包知木，同到勾欄裡玉簫家來。

那媽兒出來迎接，包知木道：「你去叫那姐兒出來。」媽云：「包官人，你好不著人，俺女兒等閒不便出來。說不得一個『請』字兒，你如何說『叫他出來』？」那李桂姐向席上笑道：「這個姓包的，就和應花子一般，就是個不知趣的蹇味兒！」伯爵道：「小淫婦，我不知趣，你家媽怎喜歡我？」桂姐道：「他喜歡你？過一邊兒！」西門慶道：「看戲罷，且說什麼。再言語，罰一大杯酒！」那伯爵才不言語了。那戲子又做了一回，並下。

廳內左邊吊簾子看戲的，是吳大妗子、二妗子、楊姑娘、潘姥姥、吳大姨、孟大姨、吳舜臣媳婦鄭三姐、段大姐，並本家月娘姐妹；右邊吊簾子看戲的，是春梅、玉簫、蘭香、迎春、小玉，都擠著觀看。那打茶的鄭紀，正拿著一盤果仁泡茶從簾下過，被春梅叫住，問道：「拿茶與誰吃？」鄭紀道：「那邊大妗子娘們要吃。」這春梅取一盞在手。不想小玉聽見下邊扮戲的旦兒名字也叫玉簫，便把玉簫拉著說道：「淫婦，你的孤老漢子來了。鴇子叫你接客哩，你還不出去。」使力往外一推，直推出簾子外，春梅手裡拿著茶，推潑一身，罵玉簫：「怪淫婦，不知什麼張致，都玩得這等！把人的茶都推潑了，早是沒曾打碎盞兒。」

西門慶聽得，使下來安兒來問：「誰在裡面喧嚷？」春梅坐在椅上道：「你去就說，玉簫浪淫婦，見了漢子這等浪。」那西門慶問了一回，亂著席上遞酒，就罷了。月娘便走過那邊數落小玉：「你出來這一日，也往屋裡瞧瞧去。都在這裡，屋裡有誰？」小玉道：「大姐剛才後邊去的，兩位師父也在屋裡坐著。」月娘道：「教你們賊狗胎在這裡看看，就恁惹是招非的。」春梅見月娘過來，連忙立起身來說道：「娘，你問他。都一個個只像有風病的，狂得通沒些成色兒，嘻嘻哈哈，也不顧人看見。」那月娘數落了一回，仍過那邊去了。

那時，喬大戶與倪秀才先起身去了。沈姨夫與任醫官、韓姨夫也要起身，被應伯爵攔住道：「東家，你也說聲兒。俺們倒是朋友，不敢散，一個親家都要去。沈姨夫又不隔門，韓姨夫與任大人、花大舅都在門外。這咱晚三更天氣，門也還未開，慌得什麼？都來大坐回兒，左右關目還未了哩。」西門慶又令小廝提四罈麻姑酒，放在面前，說：「列位只了此四罈酒，我也不留了。」

因拿大賞鍾放在吳大舅面前，說道：「哪位離席破坐說起身者，任大舅舉罰。」於是眾人又復坐下了。西門慶令書童：「催促子弟，快吊關目上來，吩咐揀著熱鬧處唱罷。」

須臾打動鼓板，扮末的上來，請問面門慶：「『寄真容』那一折可要唱？」西門慶道：「我不管你，只要熱鬧。」貼旦扮玉簫唱了回。西門慶看唱到「今生難會面，因此上寄丹青」一句，忽想起李瓶兒病時模樣，不覺心中感觸起來，止不住眼中淚落，袖中不住取汗巾兒搽拭。又早被潘金蓮在簾內冷眼看見，指與月娘瞧，說道：「大娘，你看他好個沒來頭的行貨子，如何吃著酒，看見扮戲的哭起來？」孟玉樓道：「你聰明一場，這些兒就不知道了？樂有悲歡離合，想必看見那一段兒觸著他心，他睹物思人，見鞍思馬，才掉淚來。」金蓮道：「我不信。打談的掉眼淚——替古人耽憂，這些都是虛。他若唱得我淚出來，我才算他好戲子。」月娘道：「六姐，悄悄兒，咱們聽罷。」玉樓因向大妗子道：「俺六姐不知怎的，只好快說嘴。」

那戲子又做了一回，約有五更時分，眾人齊起身。西門慶拿大杯攔門遞酒，款留不住，俱送出門。看收了傢伙，留下戲廂：「明日有劉公公、薛公公來祭奠，還做一日。」眾戲子答應。管待了酒飯，歸下處歇去了。李銘等四個亦歸家不提。西門慶見天色已將曉，就歸後邊歇息去了。正是，得多少——

紅日映窗寒色淺，淡煙籠竹曙光微。

第六十四回　玉簫跪受三章約　書童私掛一帆風

詩曰：

玉殞珠沈思悄然，明中流淚暗相憐。
常圖蛺蝶花樓下，記效鴛鴦翠幕前。
只有夢魂能結雨，更無心緒學非煙。
朱顏皓齒歸黃土，脈脈空尋再世緣。

話說眾人散了，已有雞唱時分，西門慶歇息去了。玳安拿了一大壺酒、幾碟嗄飯，在舖子裡還要和傅夥計、陳敬濟同吃。傅夥計老頭子熬到這咱，已是坐不住，搭下舖就倒在炕上，向玳安道：「你自和平安吃罷，陳姐夫想也不來了。」玳安叫進平安來，兩個把那酒你一鍾我一盞都吃了。收過傢伙，平安便去門房裡睡了。玳安一面關上舖子門，上炕和傅夥計兩個對廝腳兒睡下。傅夥計因閒話，向玳安說道：「你六娘沒了，這等棺槨念經發送，也夠他了。」玳安道：「他的福好，只是不長壽。俺爹饒使了這些錢，還使不著俺爹的哩。俺六娘嫁俺爹，瞞不過你老人家，他帶了多少帶頭來！別人不知道，我知道。銀子休說，只金珠玩好、玉帶、縧環、䯼髻、值錢的寶石，也不知有多少。為甚俺爹心裡疼？不是疼人，是疼錢。若說起六娘的性格兒，一家子都不如他，又謙讓又和氣，見了人，只是一面兒笑，自來也不曾喝俺們一喝，並沒失口罵俺們一句『奴才』。使俺們買東西，只拈塊兒。俺們但說：『娘，拿等子，你稱稱。』他便笑道：『拿去罷，稱什麼。你不圖落圖什麼來？只要替我買值著。』這一家子，哪個不借他銀使？只有借出來，沒有個還進去的。還也罷，不還也罷。俺大娘和俺三娘使錢也好。只是五娘和二娘，慳吝得緊。他當家，俺們就遭瘟來。會著買東西，也不與你個足數，綁著鬼，一錢銀子，只稱九分半，著緊只九分，俺們莫不賠出來！」傅夥計道：「就是你大娘還好些。」

玳安道：「雖故俺大娘好，毛司火性兒，一回家好，娘兒們親親達達說話兒，你只休惱著他，不論誰，他也罵你幾句兒。總不如六娘，萬人無怨，又常在爹跟前替俺們說方便兒。隨問天來大事，俺們央他央兒對爹說，無有個不依。只是五娘，行動就說：『你看我對爹說不說！』把這打只提在口裡。如今春梅姐，又是個合氣星！——天生的都在他一屋裡。」傅夥計道：「你五娘來這裡也好幾年了。」玳安道：「你老人家是知道的，想得起他那咱來的光景哩。他一個親娘也不認得，來一遭，要便搶的哭了家去。如今六娘死了，這前邊又是他的世界，明日哪個管打掃花園，乾淨不乾淨，還吃他罵的狗血噴了頭哩！」兩個說了一回，那傅夥計在枕上齁齁就睡著了。玳安亦有酒了，合上眼，不知天高地下，直至紅日三竿，都還未起來。

原來西門慶每常在前邊靈前睡，早晨玉簫出來收疊床鋪，西門慶便往後邊梳頭去。書童蓬著頭，便要和他兩個在前邊打牙犯嘴，互相嘲鬥，半日才進後邊去。不想這日西門慶歸上房歇去，玉簫趕人沒起來，暗暗走出來，與書童約了，走在花園書房裡幹營生去了。不料潘金蓮起得早，驀地走到廳上，只見靈前燈兒也沒了，大棚裡丟得桌椅橫三豎四，沒一個人兒，只有畫童兒在那裡掃地。金蓮道：「賊囚根子，乾淨只你在這裡，都往哪裡去了？」畫童道：「他們都還沒起來哩。」金蓮道：「你且丟下苕帚，到前邊對你姐夫說，有白絹拿一匹來，你潘姥姥還少一條孝裙子，再拿一副頭鬚繫腰來與他。他今日家去。」畫童道：「怕不俺姐夫還睡哩，等我問他去。」良久回來道：「姐夫說不是他的首尾，書童哥與崔本哥管孝帳。娘問書童哥要就是了。」金蓮道：「知道那奴才往哪去了，你去尋他來。」

畫童向廂房裡瞧了瞧，說道：「才在這裡來，敢往花園書房裡梳頭去了。」金蓮說道：「你自掃地，等我自家問這囚根子要去。」因走到花園書房內，忽然聽見裡面有人笑聲。推開門，只見書童和玉簫在床上正幹得好哩。便罵道：「好囚根子，你兩個幹得好事！」諕得兩個做手腳不迭，齊跪在地下哀告。金蓮道：「賊囚根子，你且拿一匹孝絹、一匹布來，打發你潘姥姥家去著。」書童連忙拿來遞上。金蓮逕歸房來。

那玉簫跟到房中，打旋磨兒跪在地下央及：「五娘，千萬休對爹說。」金蓮便問：「賊狗肉，你和我實說，從前已往，偷了幾遭？一字兒休瞞我，便罷。」那玉簫便把和他偷的緣由說了一遍。金蓮道：「既要我饒你，你要依我三件事。」玉簫道：「娘饒了我，隨問幾件事我也依娘。」金蓮道：「第一件，你娘房裡，但凡大小事兒，就來告我說。你不說，我打聽出來，定不饒你。第二件，我但問你要什麼，你就捎出來與我。第三件，你娘向來沒有身孕，如今他怎生便有了？」玉簫道：「不瞞五娘說，俺娘如此這般，吃了薛姑子的衣胞符藥，便有了。」潘金蓮一一聽記在心，才不對西門慶說了。

書童見潘金蓮冷笑領進玉簫去了，知此事有幾分不諧。向書房櫥櫃內收拾了許多手帕汗巾、挑牙簪紐，並收的人情，他自己也攢有十來兩銀子，又到前邊櫃上誆了傅夥計二十兩，只說要買孝絹，逕出城外，雇了長行頭口，到碼頭上，搭在鄉裡船上，往蘇州原籍家去了。正是：

撞碎玉籠飛彩鳳，頓開金鎖走蛟龍。

那日，李桂姐、吳銀兒、鄭愛月都要家去了。薛內相、劉內相早晨差人擡三牲桌面來祭奠燒紙。又每人送了一兩銀子伴宿分資，叫了兩個唱道情的來，白日裡要和西門慶坐坐。緊等著要打發孝絹，尋書童兒要鑰匙，一地裡尋不著。傅夥計道：「他早晨問我櫃上要了二十兩銀子買孝絹去了，口稱爹吩咐他孝絹不夠，敢是向門外買去了？」西門慶道：「我並沒吩咐他，如何問你要銀子？」一面使人往門外絹舖找尋，哪裡得來！月娘向西門慶說：「我猜這奴才有些蹺蹊，不知弄下什麼礎兒，拐了幾兩銀子走了。你那書房裡還大瞧瞧，只怕還拿什麼去了。」西門慶走到兩個書房裡都瞧了，只見庫房裡鑰匙掛在牆上，大櫥櫃裡不見了許多汗巾手帕，並書禮銀子、挑牙鈕釦之類，西門慶心中大怒，叫將該地方管役來，吩咐：「各處三街兩巷與我訪緝。」哪裡得來！正是：

不獨懷家歸興急，五湖煙水正茫茫。

那日，薛內相從晌午就坐轎來了。西門慶請下吳大舅、應伯爵、溫秀才相陪。先到靈前上香，打了個問訊，然後與西門慶敘禮，說道：「可傷，可傷！如夫人是甚病兒歿了？」西門慶道：「不幸患崩漏之疾歿了，多謝老公公費心。」薛內相道：「沒多兒，將就表意罷了。」因看見掛的影，說道：「好位標緻娘子！正好青春享福，只是去世太早些。」溫秀才在旁道：「物之不齊，物之情也。窮通壽夭，自有個定數，雖聖人亦不能強。」薛內相扭回頭來，見溫秀才穿著衣巾，因說道：「此位老先兒是哪學裡的？」溫秀才躬身道：「學生不才，備名府庠。」薛內相道：「我瞧瞧娘子的棺木兒。」

西門慶即令左右把兩邊帳子撩起，薛內相進去觀看了一遍，極口稱讚道：「好副板兒！請問多少價買的？」西門慶道：「也是舍親的一副板，學生回了他的來了。」應伯爵道：「請老公公試估估，哪裡地道，什麼名色？」薛內相仔細看了說：「此板不是建昌，就是副鎮遠。」伯爵道：「就是鎮遠，也值不多。」薛內相道：「最高者，必定是楊宣榆。」伯爵道：「楊宣榆單薄短小，怎麼看得過！此板還在楊宣榆之上，名喚做桃花洞，在於湖廣武陵川中。昔日唐漁父入此洞中，曾見秦時毛女在此避兵，是個人跡罕到之處。此板七尺多長，四寸厚，二尺五寬。還看一半親家分上，還要了三百七十兩銀子哩。公公，你不曾看見，解開噴鼻香的，裡外俱有花色。」

薛內相道：「是娘子這等大福，才享用了這板。俺們內官家，到明日死了，還沒有這等發送哩。」吳大舅道：「老公公好說，與朝廷有分的人，享大爵祿，俺們外官焉能趕得上。老公日近清光，代萬歲傳宣金口。現今童老爺加封王爵，子孫皆服蟒腰玉，何所不至哉！」薛內相便道：

「此位會說話的兄，請問上姓？」西門慶道：「此是妻兄吳大哥，現居本衛千戶之職。」薛內相道：「就是此位娘子令兄麼？」西門慶道：「不是。乃賤荊之兄。」薛內相復向吳大舅聲諾說道：「吳大人，失瞻！」

看了一回，西門慶讓至捲棚內，正面安放一把交椅，薛內相坐下，打茶的拿上茶來吃了。薛內相道：「劉公公怎的這咱還不到？教我答應的迎迎去。」青衣人跪下稟道：「小的邀劉公公去來，劉公公轎已伺候下了，便來也。」薛內相又問道：「那兩個唱道情的來了不曾？」西門慶道：「早上就來了。──叫上來！」不一時，走來面前磕頭。薛內相道：「你們吃了飯不曾？」那人道：「小的們吃了飯了。」薛內相道：「既吃了飯，你們今日用心答應，我重賞你。」西門慶道：「老公公，學生這裡還預備著一起戲子，唱與老公公聽。」

薛內相問：「是哪裡戲子？」西門慶道：「是一班海鹽戲子。」薛內相道：「那蠻聲哈剌，誰曉得他唱的是什麼！那酸子們在寒窗之下，三年受苦，九載遨遊，背著琴劍書箱來京應舉，得了個官，又無妻小在身邊，便稀罕他這樣人。你我一個光身漢、老內相，要他做什麼？」溫秀才在旁邊笑說道：「老公公說話，太不近情了。居之齊則齊聲，居之楚則楚聲。老公公處於高堂廣廈，豈無一動其心哉？」這薛內相便拍手笑將起來道：「我就忘了溫先兒在這裡。你們外官，原來只護外官。」溫秀才道：「雖是士大夫，也只是秀才做的。老公公砍一枝損百林，兔死狐悲，物傷其類。」薛內相道：「不然。一方之地，有賢有愚。」

正說著，忽左右來報：「劉公公下轎了。」吳大舅等出去迎接進來，向靈前作了揖。敘禮已畢，薛內相道：「劉公公，你怎的這咱才來？」劉內相道：「北邊徐同家來拜望，陪他坐了一回，打發去了。」一面分席坐下，左右遞茶上去。因問答應的：「祭奠桌面兒都擺上了不曾？」下邊人說：「都擺停當了。」劉內相道：「咱們去燒了紙罷。」西門慶道：「老公公不消多禮，頭裡已是見過禮了。」劉內相道：「此來為何？還當親祭祭。」當下，左右捧過香來，兩個內相上了香，遞了三鍾酒，拜下去。西門慶道：「老公公請起。」於是拜了兩拜起來，西門慶還了禮，復至捲棚內坐下。然後收拾安席，遞酒上坐。兩位內相分左右坐了，吳大舅、溫秀才、應伯爵從次，西門慶下邊相陪。子弟鼓板響動，遞了關目揭帖。兩位內相看了一回，揀了一段《劉智遠白兔記》。唱了還未幾折，心下不耐煩，一面叫上兩個唱道情的去，打起漁鼓，並肩朝上，高聲唱了一套「韓文公雪擁藍關」故事下去。

薛內相便與劉內相兩個說說話兒，道：「劉哥，你不知道，昨日這八月初十日，下大雨如注，雷電把內裡凝神殿上鴟尾裘碎了，諕死了許多宮人。朝廷大懼，命各官修省，逐日在上清宮宣〈精靈疏〉建醮。禁屠十日，法司停刑，百官不許奏事。昨日大金遣使臣進表，要割內地三鎮，依著蔡京那老賊，就要許他。掣童掌事的兵馬，交都御史譚積、黃安十大使節制三邊兵馬，又不肯，還交多官計議。昨日立冬，萬歲出來祭太廟，太常寺一員博士，名喚方軫，早晨打掃，看見太廟磚縫出血，殿東北上地陷了一角，寫表奏知萬歲。科道官上本，極言童掌事大了，宦官不可封王。如今馬上差官，拿金牌去取童掌事回京。」劉內相道：「你我如今出來在外做土官，那朝事也不干咱們。俗語道，咱過了一日是一日。便塌了天，還有四個大漢。到明天，大宋江山管情被這些酸子弄壞了。王十九，咱們只吃酒！」因叫唱道情的上來，吩咐：「你唱個『李白好貪杯』的故事。」那人立在席前，打動漁鼓，又唱了一回。

直吃至日暮時分，吩咐下人，看轎起身。西門慶款留不住，送出大門，喝道而去。回來，吩咐點起燭來，把桌席休動，留下吳大舅、應伯爵、溫秀才坐的，又使小廝請傅夥計、甘夥計、韓道國、賁第傳、崔本和陳敬濟復坐。叫上子弟來吩咐：「還找著昨日《玉環記》上來。」因向伯爵道：「內相家不曉的南戲滋味。早知他不聽，我今日不留他。」伯爵道：「哥，倒辜負你的意思。內臣斜局的營生，他只喜《藍關記》、搗喇小子山歌野調，哪裡曉得大關目悲歡離合！」於是下邊打動鼓板，將昨日《玉環記》做不完的折數，一一緊做慢唱，都搬演出來。西門慶令小廝席上頻斟美酒。伯爵與西門慶同桌而坐，便問：「他姐兒三個還沒家去，怎的不叫出來遞杯酒兒？」西門慶道：「你還想那一夢兒，他們去得不耐煩了！」伯爵道：「他們在這裡住了有兩三日？」西門慶道：「吳銀兒住得久了。」當日，眾人坐到三更時分，搬戲已完，方起身各散。西門慶邀下吳大舅，明日早些來陪上祭官員。與了戲子四兩銀子，打發出門。

到次日，周守備、荊都監、張團練、夏提刑，合衛許多官員，都合了分資，辦了一副豬羊吃桌祭奠，有禮生讀祝。西門慶預備酒席，李銘等三個小優兒伺候答應。到晌午，只聽鼓響，祭禮到了。吳大舅、應伯爵、溫秀才在門首迎接，只見後擁前呼，眾官員下馬，在前廳換衣服。良久，把祭品擺下，眾官齊到靈前，西門慶與陳敬濟還禮。禮生喝禮，三獻畢，跪在旁邊讀祝，祭畢。西門慶下來謝禮已畢，吳大舅等讓眾官至捲棚內，寬去素服，待畢茶，就安席上坐，觥籌交錯，殷勤勸酒。李銘等三個小優兒，銀箏檀板，朝上彈唱。眾官歡飲，直到日暮方散。西門慶還要留吳大舅眾人坐，吳大舅道：「各人連日打攪，姐夫也辛苦了，各自歇息去罷。」當時告辭回家。正是：

天上碧桃和露種，日邊紅杏倚雲栽。
家中巨富人趨附，手內多時莫論財。

第六十五回 願同穴一時喪禮盛 守孤靈半夜口脂香

詩曰：

湘皋煙草碧紛紛，淚灑東風憶細君。
見說嫦娥能入月，虛疑神女解為雲。
花蔭晝坐閒金剪，竹裡遊春冷翠裙。
留得丹青殘錦在，傷心不忍讀迴文。

話說到十月二十八日，是李瓶兒二七，玉皇廟吳道官受齋，請了十六個道眾，在家中揚旛修建齋壇。又有安郎中來下書，西門慶管待來人去了。吳道官廟中擡了三牲祭禮來，又是一匹尺頭以為奠儀。道眾遶棺傳咒，吳道官靈前展拜。西門慶與敬濟回禮，謝道：「師父多有破費，何以克當？」吳道官道：「小道甚是惶愧，本該助一經追薦夫人，奈力薄，粗祭表意而已。」西門慶命收了，打發擡盒人回去。那日三朝轉經，演生神章，破九幽獄，對靈攝召，整做法事，不必細說。

第二日，先是門外韓姨夫家來上祭。那時孟玉樓兄弟孟銳做買賣來家，見西門慶這邊有喪事，跟隨韓姨夫那邊來上祭，討了一分孝去，送了許多人事。西門慶敘禮，進入玉樓房中拜見。西門慶亦設席管待，俱不在言表。

那日午間，又是本縣知縣李拱極、縣丞錢斯成、主簿任良貴、典史夏恭基，又有陽谷縣知縣狄斯朽，共有五員官，都門了分子，穿孝服來上紙帛弔問。西門慶備席在捲棚內管待，請了吳大舅與溫秀才相陪，三個小優兒彈唱。

正飲酒到熱鬧處，忽報：「管磚廠工部黃老爹來弔孝。」慌得西門慶連忙穿孝衣靈前伺候，溫秀才又早迎接至大門外，讓至前廳，換了衣裳進來。家人手捧香燭紙匹金緞到靈前，黃主事上了香，展拜畢，西門慶同敬濟下來還禮。黃主事道：「學生不知尊閫沒了，弔遲，恕罪，恕罪！」西門慶道：「學生一向欠恭，今又承老先生賜弔，兼辱厚儀，不勝感激。」敘畢禮，讓至捲棚上面坐下。西門慶與溫秀才下邊相陪，左右捧茶上來吃了。

黃主事道：「昨日宋松原多致意先生，他也聞知令夫人卒過，也要來弔問，爭奈有許多事情羈絆。他如今在濟州駐紮。先生還不知，朝廷如今營建艮岳，敕令太尉朱勔，往江南湖湘採取花石綱，運船陸續打河道中來。頭一運將到淮上。又欽差殿前六黃太尉來迎取卿雲萬態奇峰——長二丈，闊數尺，都用黃氈蓋覆，張打黃旗，費數號船隻，由山東河道而來。況河中沒水，起八郡民夫牽挽。官吏倒懸，民不聊生。宋道長督率州縣，事事皆親身經歷，案牘如山，晝夜勞苦，通不得閒。況黃太尉不久自京而至，宋道長說，必須率三司官員，要接他一接。想此間無可相熟者，委託學生來，敬煩尊府做一東，要請六黃太尉一飯，未審尊意允否？」因喚左右：「教你宋老爹承差上來。」

有二青衣官吏跪下，氈包內捧出一對金緞、一根沈香、兩根白蠟、一分綿紙。黃主事道：「此乃宋公致賻之儀。那兩封，是兩司八府官員辦酒分資——兩司官十二員、府官八員，計二十二分，共一百零六兩。」交與西門慶：「有勞盛使一備何如？」西門慶再三辭道：「學生有服在家，奈何，奈何？」因問：「迎接在於何時？」黃主事道：「還早哩，也得到出月半頭。黃太監京中還未起身。」西門慶道：「學生十月十二日才發引。既是宋公祖與老先生吩咐，敢不領命！但這分資，絕不敢收。該多少桌席，只顧吩咐，學生無不畢具。」黃主事道：「四泉此意差矣！松原委託學生來煩瀆，此乃山東一省各官公禮，又非松原之已出，何得見卻？如其不納，學生即回松原，再不敢煩瀆矣！」

西門慶聽了此言，說道：「學生權且領下。」因令玳安、王經接下去。問備多少桌席，黃主事道：「六黃備一張吃看大桌面，宋公與兩司都是平頭桌席，以下府官散席而已。承應樂人，自有差撥伺候，府上不必再叫。」說畢，茶湯兩換，作辭起身。西門慶款留，黃主事道：「學生還要到尚柳塘老先生那裡拜拜，他昔年曾在學生敝處作縣令，然後轉成都府推官。如今他令郎兩泉，又與學生鄉試同年。」西門慶道：「學生不知老先生與尚兩泉相厚，兩泉亦與學生相交。」黃主事起身，西門慶道：「煩老先生多致意宋公祖，至期寒舍拱候矣。」黃主事道：「臨期，松原還差人來通報先生，亦不可太奢。」西門慶道：「學生知道。」送出大門，上馬而去。

那縣中官員，聽見黃主事帶領巡按上司人來，唬得都躲在山子下小捲棚內飲酒，吩咐手下把轎馬藏過一邊。當時，西門慶回到捲棚與眾官相見，具說宋巡按率兩司八府來，央煩出月迎請六黃太尉之事。眾官悉言：「正是州縣不勝憂苦。這件事，欽差若來，凡一應祇迎、廩餼、公宴、器用、人夫，無不出於州縣，州縣必取之於民，公私困極，莫此為甚。我輩還望四泉於上司處美言提拔，足見厚愛。」言訖，都不久坐，告辭起身而去。

話休饒舌。到李瓶兒三七，有門外永福寺道堅長老，領十六眾上堂僧來念經，穿雲錦袈裟，戴毘盧帽，大鈸大鼓，甚是齊整。十月初八日是四七，請西門外寶慶寺趙喇嘛，亦十六眾，來念番經，結壇跳沙，灑花米行香，口誦真言。齋供都用牛乳茶酪之類，懸掛都是九醜天魔變相，身披纓絡琉璃，項掛髑髏，口咬嬰兒，坐跨妖魅，腰纏蛇螭，或四頭八臂，或手執戈戟，朱髮藍面，醜惡莫比。午齋以後，就動葷酒。西門慶那日不在家，同陰陽徐先生往墳上破土開壙去了，後晌方回。晚夕，打發喇嘛散了。

次日，推運山頭酒米、桌面餚品一應所用之物，又委付主管夥計，莊上前後搭棚，墳內穴邊又起三間罩棚。先請附近地鄰來，大酒大肉管待。臨散，皆肩背項負而歸，俱不必細說。

十一日白日，先是歌郎並鑼鼓地弔來靈前參靈，弔《五鬼鬧判》、《張天師著鬼迷》、《鍾馗戲小鬼》、《老子過函關》、《六賊鬧彌陀》、《雪裡梅》、《莊周夢蝴蝶》、《天王降地水火風》、《洞賓飛劍斬黃龍》、《趙太祖千里送荊娘》，各樣百戲弔罷，堂客都在簾內觀看。參

罷靈去了，內外親戚都來辭靈燒紙，大哭一場。

到次日發引，先絕早擡出名旌、各項旛亭紙劄，僧道、鼓手、細樂、人役都來伺候。西門慶預先問帥府周守備討了五十名巡捕軍士，都帶弓馬，全裝結束。留十名在家看守，四十名在材邊擺馬道，分兩翼而行。衙門裡又是二十名排軍打路，照管冥器。墳頭又是二十名把門，管收祭祀。那日官員士夫、親鄰朋友來送殯者，車馬喧呼，填街塞巷。本家並親眷轎子也有百十餘頂，三院鴇子粉頭小轎也有數十。徐陰陽擇定辰時起棺，西門慶留下孫雪娥並二女僧看家，平安兒同兩名排軍把前門。女婿陳敬濟跪在柩前摔盆，六十四人上扛，有仵作一員官立於增架上，敲響板，指撥擡材人上肩。先是請了報恩寺僧官來起棺，轉過大街口望南走。兩邊觀看的人山人海。那日正值晴明天氣，果然好殯。但見：

和風開綺陌，細雨潤芳塵，東方曉日初升，北陸殘煙乍斂。蓼蓼嚨嚨，花喪鼓不住聲喧；叮叮噹噹，地吊鑼連宵振作。銘旌招颭，大書九尺紅羅；起火軒天，沖散半天黃霧。猙獰獰獰開路鬼，斜擔金斧；忽忽洋洋險道神，端秉銀戈。逍逍遙遙八洞仙，龜鶴遶定；窈窈窕窕四毛女，虎鹿相隨。熱熱鬧鬧採蓮船，撒科打諢；長長大大高撬漢，貫甲頂盔。清清秀秀小道童一十六眾，都是霞衣道髻，動一派之仙音；肥肥胖胖大和尚二十四個，個個都是雲錦袈裟，轉五方之法事。一十二座大絹亭，亭亭皆綠舞紅飛；二十四座小絹亭，座座盡珠圍翠遶。左勢下，天倉與地庫相連；右勢下，金山與銀山作隊。掌醢廚，列八珍之罐；香燭亭，供三獻之儀。六座百花亭，現千團錦綉；一乘引魂轎，紮百結黃絲。這邊把花與雪柳爭輝，那邊寶蓋與銀幢作隊。金字旛銀字旛，緊護棺輿；白絹繖綠絹繖，同圍增架。功布招颭，孝眷聲哀。打路排軍，執欄杆前後呼擁；迎喪神會，耍武藝左右盤旋。賣解猶如鷹鷂，走馬好似猿猴。豎肩樁，打觔斗，隔肚穿錢，金雞獨立，人人喝采，個個爭誇。扶肩擠背，不辨賢愚；挨睹並觀，哪分貴賤！張三蠢胖，只把氣吁；李四矮矬，頻將腳跕。白頭老叟，盡將拐棒拄髭鬚；綠鬢佳人，也帶兒童來看殯。

吳月娘與李嬌兒等本家轎子十餘頂，一字兒緊跟在後。西門慶總冠孝服同眾親朋在在後，陳敬濟緊扶棺輿，走出東街口。西門慶具禮，請玉皇廟吳道官來懸真。身穿大紅五彩鶴氅，頭戴九陽雷巾，腳登丹舄，手執牙笏，坐在四人肩輿上，迎殯而來。將李瓶兒大影捧於手內，陳敬濟跪在前面，那殯停住了。眾人聽他在上高聲宣念：

恭維

故錦衣西門恭人李氏之靈，存日陽年二十七歲，元命辛未年，正月十五日午時受生，大限於政和七年九月十七日丑時分身故。伏以尊靈，名家秀質，綺閣嬌姝。稟花月之儀容，蘊蕙蘭之佳氣。容德柔婉，賦性溫和。配我西君，克諧伉儷。處閨門而賢淑，資琴瑟以好和。曾種藍田，尋嗟楚畹。正宜享福百年，可惜春光三九。嗚呼！明月易缺，好物難全。善類無常，修短有數。今日棺輿載道，丹旐迎風，良夫躃踴於柩前，孝眷哀矜於巷陌。離別情深而難已，音容日遠以日忘。某等謬忝冠簪，愧領玄教。愧無新垣平之神術，恪遵玄元始之遺風。徒展崔巍鏡裡之容，難返莊周夢中之蝶。漱甘露而沃瓊漿，超知識登於紫府；披百寶而面七真，引淨魄出於冥途。一心無掛，四大皆空。苦，苦，苦！氣化清風形歸土。一靈真性去弗回，改頭換面無遍數。眾聽末後一句：咦！精爽不知何處去，真容留與後人看。

吳道官念畢，端坐轎上，那轎捲坐退下去了。這裡鼓樂喧天，哀聲動地，殯才起身，迤邐出南門。眾親朋陪西門慶，走至門上方乘馬，陳敬濟扶柩，到於山頭五里原。

原來坐營張團練，帶領二百名軍，同劉、薛二內相，又早在墳前高阜處搭帳房，吹響器，打銅鑼銅鼓，迎接殯到，看著裝燒冥器紙箚，煙焰漲天。棺輿到山下扛，徐先生率仵作，依羅經吊向，巳時祭告后土方隅後，才下葬掩土。西門慶易服，備一對尺頭禮，請帥府周守備點主。衛中官員並親朋夥計，皆爭拉西門慶遞酒，鼓樂喧天，煙火匝地，熱鬧豐盛，不必細說。

吃畢，後晌回靈，吳月娘坐魂轎，抱神主魂旛，陳敬濟扶靈床，鼓手細樂十六眾小道童兩邊吹打。吳大舅並喬大戶、吳二舅、花大舅、沈姨夫、孟二舅、應伯爵、謝希大、溫秀才、眾主管夥計，都陪著西門慶進城，堂客轎子壓後，到家門首燎火而入。李瓶兒房中安靈已畢，徐先生前廳祭神灑掃，門戶皆貼辟非黃符。謝徐先生一匹尺頭、五兩銀子出門，各項人役打發散了。又拿出二十吊錢來，五吊賞巡捕軍人，五吊與衙門中排軍，十吊賞營裡人馬。拿帖兒回謝周守備、張團練、夏提刑，俱不在話下。西門慶還要留喬大戶、吳大舅眾人坐，眾人都不肯，作辭起身。來保進說：「搭棚在外伺候，明日來拆棚。」西門慶道：「棚且不消拆，一發過了你宋老爹擺酒日子來拆罷。」打發搭彩匠去了。後邊花大娘子與喬大戶娘子眾堂客，還等著安畢靈，哭了一場方才去了。

西門慶不忍遽捨，晚夕還來李瓶兒房中，要伴靈宿歇。見靈床安在正面，大影掛在旁邊，靈床內安著半身，裡面小錦被褥，床几、衣服、妝奩之類，無不畢具，下邊放著他的一對小小金蓮，桌上香花燈燭、金碟樽俎，般般供養，西門慶大哭不止。令迎春就在對面炕上搭鋪，到夜半，對著孤燈，半窗斜月，翻覆無寐，長吁短嘆，思想佳人。有詩為證：

短嘆長吁對鎖窗，舞鸞孤影寸心傷。
蘭枯楚畹三秋雨，楓落吳江一夜霜。
夙世已違連理願，此生難滅返魂香。
九泉果有精靈在，地下人間兩斷腸。

白日間供養茶飯，西門慶俱親看著丫鬟擺下，他便對面和他同吃。舉起筯兒來：「你請些飯兒！」行如在之禮。丫鬟養娘都忍不住掩淚而哭。奶子如意兒，無人處常在跟前遞茶遞水，挨挨搶搶，掐掐捏捏，插話兒應答，哪消三夜兩夜。這日，西門慶因請了許多官客堂客，墳上暖墓來家，陪人吃得醉了。進來，迎春打發歇下。到夜間要茶吃，叫迎春不應，如意兒便來遞茶。因見被拖下炕來，接過茶盞，用手扶被，西門慶一時興動，摟過脖子就親了個嘴，遞舌頭在他口內。老婆就咂起來，一聲兒不言語。西門慶令脫去衣服上炕，兩個摟在被窩內，不勝歡娛，雲雨一處。老婆說：「既是爹擡舉，娘也沒了，小媳婦情願不出爹家門，隨爹收用便了。」西門慶便教：「我兒，你只用心伏侍我，愁養活不過你來！」這老婆聽了，枕席之間，無不奉承，顛鸞倒鳳，隨手而轉，把西門慶歡喜得要不得。

次日，老婆早晨起來，與西門慶拿鞋腳，疊被褥，就不靠迎春，極盡殷勤，無所不至。西門慶開門尋出李瓶兒四根簪兒來賞他，老婆磕頭謝了。迎春知收用了他，兩個打成一路。老婆自恃得寵，腳跟已牢，無復求告於人，就不同往日，打扮嬌模嬌樣，在丫鬟夥內，說也有，笑也有，早被潘金蓮看在眼裡。

早晨，西門慶正陪應伯爵坐的，忽報宋御史差人來送賀黃太尉一桌金銀酒器：兩把金壺、兩副金臺盞、十副小銀鍾、兩副銀折盂、四副銀賞鍾、兩匹大紅彩蟒、兩匹金緞、十罈酒、兩牽羊。傳報：「太尉船隻已到東昌地方，煩老爹這裡早備酒席，準在十八日迎請。」西門慶收入明白，與了來人一兩銀子，用手本打發回去。隨即兌銀與賁四、來興兒，定桌面，黏果品，買辦整理，不必細說。因向伯爵說：「自從他不好起，到而今，我再沒一日兒心閒。剛剛打發喪事出去了，又鑽出這等勾當來，教我手忙腳亂。」伯爵道：「這個哥不消抱怨，你又不曾兜攬他，他上門兒來央煩你。雖然你這席酒替他賠幾兩銀子，到明日，休說朝廷一位欽差殿前大太尉來咱家坐一坐，只這山東一省官員，並巡撫巡按、人馬散級，也與咱門戶添許多光輝。」

西門慶道：「不是此說，我承望他到二十已外也罷，不想十八日就迎接，忒促急促忙。這日又是他五七，我已與了吳道官寫法銀子去了，如何又改！不然，雙頭火杖都擠在一處，怎亂得過來？」應伯爵道：「這個不打緊，我算來，嫂子是九月十七日沒了，此月二十一日正是五七。你十八日擺了酒，二十日與嫂子念經也不遲。」西門慶道：「你說得是，我就使小廝回吳道官改日子去。」伯爵道：「哥，我又一件：東京黃真人，朝廷差他來泰安州進金鈴弔掛御香，建七晝夜羅天大醮，如今在廟裡住。趁他未起身，倒好教吳道官請他那日來做高功，領行法事。咱圖他個名聲，也好看。」西門慶道：「都說這黃真人有利益，請他倒好，爭奈吳道官齋日受他祭禮，出殯又起動他懸真，道童送殯，沒得酬謝他，教他念這個經兒，表意而已。今又請黃真人主行，卻不難為他？」伯爵道：「齋一般還是他受，只教他請黃真人做高功就是了。哥只多費幾兩銀子，為嫂子，沒曾為了別人。」西門慶一面教陳敬濟寫帖子，又多封了五兩銀子，教他早請黃真人，改在二十日念經，二十四眾道士，水火煉度一晝夜。即令玳安騎頭口去了。

西門慶打發伯爵去訖，進入後邊。只見吳月娘說：「賁四嫂買了兩個盒兒，他女兒長姐定與人家，來磕頭。」西門慶便問：「誰家？」賁四娘子領他女兒，穿著大紅緞襖兒、黃紬裙子，戴著花翠，插燭向西門慶磕了四個頭。月娘在旁說：「咱也不知道，原來這孩子與了夏大人房裡擡舉，昨日才相定下。這二十四日就娶過門，只得了他三十兩銀子。論起來，這孩子倒也好身量，不像十五歲，倒有十六七歲的。多少時不見，就長得成成的。」西門慶道：「他前日在酒席上和我說，要擡舉兩個孩子學彈唱，不知你家孩子與了他。」於是教月娘讓至房內，擺茶留坐。落後，李嬌兒、孟玉樓、潘金蓮、孫雪娥、大姐都來見禮陪坐。臨去，月娘與了一套重絹衣服、一兩銀子，李嬌兒眾人都有與花翠、汗巾、脂粉之類。晚上，玳安回話：「吳道官收了銀子，知道了。黃真人還在廟裡住，過二十頭才回東京去。十九日早來舖設壇場。」

西門慶次日，家中廚役落作治辦酒席，務要齊整，大門上紮七級彩山，廳前五級彩山。十七日，宋御史差委兩員縣官來觀看筵席：廳正面，屏開孔雀，地匝氍毹，都是錦綉桌幃，妝花椅墊。黃太尉便是肘件大飯簇盤、定勝方糖，吃看大插桌；觀席兩張小插桌，是巡撫、巡按陪坐；兩邊布按三司，有桌席列坐。其餘八府官，都在廳外棚內兩邊，只是五果五菜平頭桌席。看畢，西門慶待茶，起身回話去了。

到次日，撫按率領多官人馬，早迎到船上，張打黃旗「欽差」二字，捧著敕書在頭裡走，地方統制、守禦、都監、團練，各衛掌印武官，皆戎服甲冑，各領所部人馬，圍隨，儀杖擺數里之遠。黃太尉穿大紅五彩雙掛綉蟒，坐八擡八簇銀頂暖轎，張打茶褐傘。後邊名下執事人役跟隨無數，皆駿騎咆哮，如萬花之燦錦，隨鼓吹而行。黃土墊道，雞犬不聞，樵採遁跡。人馬過東平府，進清河縣，縣官黑壓壓跪於道旁迎接，左右喝叱起去。隨路傳報，直到西門慶門首。教坊鼓樂，聲震雲霄，兩邊執事人役皆青衣排伏，雁翅而列。西門慶青衣冠冕，望塵拱伺。

良久，人馬過盡，太尉落轎進來，後面撫按率領大小官員，一擁而入。到於廳上，又是箏篇、方響、雲璈、龍笛、鳳管，細樂響動。為首就是山東巡撫都御史侯濛、巡按監察御史宋喬年參見，太尉還依禮答之。其次就是山東左布政龔共、左參政何其高、右布政陳四箴、右參政季侃廷、參議馮廷鵠、右參議汪伯彥、廉使趙訥、採訪使韓文光、提學副使陳正彙、兵備副使雷啓元等兩司官參見，太尉稍加優禮。及至東昌府徐崧、東平府胡師文、兗州府凌雲翼、徐州府韓邦奇、濟南府張叔夜、青州府王士奇、登州府黃甲、萊州府葉遷等八府官行廳參之禮，太尉答以長揖而已。至於統制、制置、守禦、都監、團練等官，太尉則端坐。各官聽其發放，外邊伺候。然後，西門慶與夏提刑上來拜見獻茶，侯巡撫、宋巡按向前把盞，下邊動鼓樂，來與太尉簪金花，捧玉斝，彼此酬飲。遞酒已畢，太尉正席坐下，撫按下邊主席，其餘官員並西門慶等，各依次第坐了。教坊伶官遞上手本奏樂，一應彈唱隊舞，各有節次，極盡聲容之盛。當筵搬演《裴晉公還帶記》，一折下來，廚役割獻燒鹿、花豬、百寶攢湯、大飯燒賣。又有四員伶官，箏管、琵琶、箜篌，上來清彈小唱。

唱畢，湯未兩陳，樂已三奏。下邊跟從執事人等，宋御史差兩員州官，在西門慶捲棚內自有桌席管待。守禦、都監等官，西門慶都安在前邊客位，自有坐處。黃太尉令左右拿十兩銀子來賞賜各項人役，隨即看轎起身。眾官再三款留不住，即送出大門。鼓樂笙簧迭奏，兩街儀衛喧闐，清蹕傳道，人馬森列。多官俱上馬遠送，太尉悉令免之，舉手上轎而去。

宋御史、侯巡撫吩咐都監以下軍衛有司，直護送至皇船上來回話。桌面器皿，答賀羊酒，具手本差東平府知府胡師文與守禦周秀，親送到船所，交付明白。回至廳上，拜謝西門慶說：「今日負累取擾，深感，深感！分資有所不足，容當奉補。」西門慶慌躬身施禮道：「卑職重承教愛，累辱盛儀，日昨又蒙賻禮，蝸居卑陋，猶恐有不到處，萬望公祖諒宥，幸甚！」宋御史謝畢，即令左右看轎，與侯巡撫一同起身，兩司八府官員皆拜辭而去。各項人役，一哄而散。西門慶回至廳上，將伶官樂人賞以酒食，俱令散了，只留下四名官身小優兒伺候。廳內外各官桌面，自有本官手下人領不提。

西門慶見天色尚早，收拾傢伙停當，攢下四張桌席，使人請吳大舅、應伯爵、謝希大、溫秀才、傅自新、甘出身、韓道國、賁四、崔本及女婿陳敬濟，——從五更起來，各項照管辛苦，坐飲三杯。不一時，眾人來到，擺上酒來飲酒。伯爵道：「哥，今日黃太尉坐了多大一回？歡喜不歡喜？」韓道國道：「今日六黃老公公見咱家酒席齊整，無個不歡喜的。巡撫、巡按兩位甚是知感不盡，謝了又謝。」伯爵道：「若是第二家擺這席酒也成不得，也沒咱家恁大地方，也沒府上這些人手。今日少說也有上千人進來，都要管待出去。哥就陪了幾兩銀子，咱山東一省也響出名去了。」溫秀才道：「學生宗主提學陳老先生，也在這裡預席。」西門慶問其名，溫秀才道：「名陳正彙者，乃諫垣陳了翁先生乃郎，本貫河南鄄城縣人，十八歲科舉，中壬辰進士，今任本處提學副使，極有學問。」西門慶道：「他今年才二十四歲？」正說著，湯飯上來。

眾人吃畢，西門慶叫上四個小優兒，問道：「你四人叫甚名字？」答道：「小的叫周采、梁鐸、馬真、韓畢。」伯爵道：「你不是韓金釧兒一家？」韓畢跪下說道：「金釧兒、玉釧兒是小的妹子。」西門慶因想起李瓶兒來：「今日擺酒，就不見他。」吩咐小優兒：「你們拿樂器過來，唱個『洛陽花，梁園月』我聽。」韓畢與周采一面撬箏撥阮，唱道：

【普天樂】洛陽花，梁園月。好花須買，皓月須賒。花倚欄杆看爛漫開，月曾把酒問團圞夜。月有盈虧，花有開謝。想人生最苦離別。花謝了，三春近也；月缺了，中秋到也；人去了，何日來也？

唱畢，應伯爵見西門慶眼裡酸酸的，便道：「哥教唱此曲，莫非想起過世嫂子來？」西門慶看見後邊上果碟兒，叫：「應二哥，你只嗔我說，有他在，就是他經手整定。從他沒了，隨著丫鬟撮弄，你看像甚模樣？好應口菜也沒一根我吃！」溫秀才道：「這等盛設，老先生中饋也不謂無人，足可以夠了。」伯爵道：「哥休說此話。你心間疼不過，便是這等說，恐一時冷淡了別的嫂子們心。」

這裡酒席上說話，不想潘金蓮在軟壁後聽唱，聽見西門慶說此話，走到後邊，一五一十告訴月娘。月娘道：「隨他說去就是了，你如今卻怎樣的？前日他在時，即許下把綉春教伏侍李嬌兒，他倒睜著眼與我叫，說：『死了多少時，就分散他房裡丫頭！』教我就一聲兒再沒言語。這兩日憑著他那媳婦子和兩個丫頭，狂得有些樣兒？我但開口，就說咱們擠撮他。」金蓮道：「這老婆這兩日有些別改模樣，只怕賊沒廉恥貨，鎮日在那屋裡，纏了這老婆也不見得。我聽見說，前日與了他兩對簪子，老婆戴在頭上，拿與這個瞧，拿與那個瞧。」月娘道：「豆芽菜兒──有甚細兒！」眾人背地裡都不喜歡。正是：

遺蹤堪入時人眼，多買胭脂畫牡丹。

第六十六回　翟管家寄書致賻　黃真人發牒薦亡

詞曰：

胸中千種愁，掛在斜陽樹。綠葉陰陰自得春，草滿鶯啼處。　不見凌波步，空想如簧語。門外重重疊疊山，遮不斷愁來路。

——右調〈卜算子〉

話說西門慶陪吳大舅、應伯爵等飲酒中間，因問韓道國：「客夥中標船幾時起身？咱好收拾打包。」韓道國道：「昨日有人來會，也只在二十四日開船。」西門慶道：「過了二十念經，打包便了。」伯爵問道：「這遭起身，哪兩位去？」西門慶道：「三個人都去。明年先打發崔大哥押一船杭州貨來，他與來保還往松江下五處，置買些布貨來賣。家中緞貨紬綿都還有哩。」伯爵道：「哥主張極妙。常言道：要的般般有，才是買賣。」說畢，已有起更時分，吳大舅起身說：「姐夫連日辛苦，俺們酒已夠了，告回，你可歇息歇息。」西門慶不肯，還留住，令小優兒奉酒唱曲，每人吃三鍾才放出門。西門慶賞小優四人六錢銀子，再三不敢接，說：「宋爺出票叫小的每來，官身如何敢受老爹重賞？」西門慶道：「雖然官差，此是我賞你，怕怎的！」四人方磕頭領去。西門慶便歸後邊歇去了。

次日早起往衙門中去，早有吳道官差了一個徒弟、兩名鋪排，來大廳上鋪設壇場，鋪設得齊齊整整。西門慶來家看見，打發徒弟鋪排齋食吃了回去。隨即令溫秀才寫帖兒，請喬大戶、吳大舅、吳二舅、花大舅、沈姨夫、孟二舅、應伯爵、謝希大、常峙節、吳舜臣許多親眷並堂客，明日念經。家中廚役落作，治辦齋供不提。

次日五更，道眾皆來，進入經壇內，明燭焚香，打動響樂，諷誦諸經，鋪排大門首掛起長旛，懸弔榜文，兩邊黃紙門對一聯，大書：

東極垂慈仙識乘晨而超登紫府，
南丹赦罪淨魄受煉而逕上朱陵。

大廳經壇，懸掛齋題二十字，大書：「青玄救苦、頒符告簡、五七轉經、水火煉度薦揚齋壇。」即日，黃真人穿大紅，坐牙轎，繫金帶，左右圍隨，儀從喧喝，日高方到。吳道官率眾接至壇所，行禮畢，然後西門慶著素衣絰巾，拜見遞茶畢。洞案旁邊安設經筵法席，大紅銷金桌圍，妝花椅褥，二道童侍立左右。先是表白宣畢齋意，齋官沐手上香。然後黃真人焚香淨壇，飛符召將，關發一金雲白百鶴法氅。發文書之時，西門慶備金緞一匹；登壇之時，換了九陽雷巾，大紅應文書符命，啓奏三天，告盟十地。三獻禮畢，打動音樂，化財行香。西門慶與陳敬濟執手爐跟隨，排軍喝路，前後四把銷金傘、三對纓絡挑搭。行香回來，安請監齋畢，又動音樂，往李瓶兒靈前攝召引魂，朝參玉陛，旁設几筵，聞經悟道。到了午朝，高功冠裳，步罡踏斗，拜進朱表，遣差神將，飛下羅酆。原來黃真人年約三旬，儀表非常，妝束起來，午朝拜表，儼然就是個活神仙。但見：

星冠攢玉葉，鶴氅縷金霞。神清似長江皓月，貌古如太華喬松。踏罡朱履進丹霄，步虛琅函浮瑞氣。長髯廣頰，修行到無漏之天；皓齒明眸，佩籙掌五雷之令。三更步月鸞聲遠，萬里乘雲鶴背高。就是都仙太史臨凡世，廣惠真人降下方。

拜了表文，吳道官當壇頒生天寶籙神虎玉劄。行畢午香，捲棚內擺齋。黃真人前，大桌面定勝；吳道官等，稍加差小；其餘散眾，俱平頭桌席。黃真人、吳道官皆襯緞尺頭、四對披花、四匹絲紬，散眾各布一匹。桌面俱令人擡送廟中，散眾各有手下徒弟收入箱中，不必細說。

吃畢午齋，都往花園內遊玩散食去了。一面收下傢伙，重新擺上齋饌，請吳大舅等眾親朋夥計來吃。正吃之間，忽報：「東京翟爺那裡差人下書。」西門慶即出廳上，請來人進來。只見是府前承差幹辦，青衣窄袴，萬字頭巾，乾黃靴，全副弓箭，向前施禮。西門慶答禮相還。那人向身邊取出書來遞上，又是一封折賻儀銀十兩。問來人上姓，那人道：「小人姓王名玉，蒙翟爺差遣，送此書來。不知老爹這邊有喪事，安老爹書到才知。」西門慶問道：「你安老爹書幾時到的？」那人說：「十月才到京。因催皇木一年已滿，升都水司郎中。如今又奉敕修理河道，直到工完回京。」西門慶問了一遍，即令來保廂房中管待齋飯，吩咐明日來討回書。那人問：「韓老爹在哪裡住？宅內捎信在此。小的見了，還要趕往東平府下書去。」西門慶即喚出韓道國來見那人，陪吃齋飯畢，同往家中去了。

西門慶折看書中之意，於是乘著喜歡，將書拿到捲棚內教溫秀才看。說：「你照此修一封回書答他，就捎寄十方綢紗汗巾、十方綾汗巾、十副揀金挑牙、十個烏金酒杯作回奉之禮。他明日就來取回書。」溫秀才接過書來觀看，其書曰：

寓京都眷生翟謙頓首，書奉即擢大錦堂西門四泉親家大人門下：自京邸話別之後，未得從容相敘，心甚歉然。其領教之意，生已於家老爺前悉陳之矣。邇者，安鳳山書到，方知老親家有鼓盆之嘆，但恨不能一弔為悵，奈何，奈何！伏望以禮節哀可也。外具賻儀，少表微忱，希莞納。又久仰貴任榮修德政，舉民有五絝之歌，境內有三留之譽，今歲考績，必有甄陞。昨日神運都功，兩次工上，生已對老爺說了，安上親家名字。工完題奏，必有恩典，親家必有掌刑之喜。夏大人年終題本，必轉京堂指揮列銜矣。謹此預報，伏惟高照，不宣。

附云：此書可自省覽，不可使聞之於渠。謹密，謹密！

又云：楊老爺前月二十九日卒於獄。

溫秀才看畢，才待袖，早被應伯爵取過來，觀看了一遍，還付與溫秀才收了。說道：「老先生把回書千萬加意做好些。翟公府中人才極多，休要教他笑話。」溫秀才道：「貂不足，狗尾續。學生匪才，焉能在班門中弄大斧！不過乎塞責而已。」西門慶道：「溫老先他自有個主意，你這狗才曉得什麼！」須臾，吃罷午齋，西門慶吩咐來興兒打發齋饌，送各親眷街鄰。又使玳安回院中李桂姐、吳銀兒、鄭愛月兒、韓釧兒、洪四兒、齊香兒六家香儀人情禮去。每家回答一匹大布、一兩銀子。

後晌，就叫李銘、吳惠、鄭奉三個小優兒來伺候。良久，道眾升壇發擂，上朝拜懺觀燈，解壇送聖。天色漸晚。比及設了醮，就有起更天氣。門外花大舅被西門慶留下不去了，喬大戶、沈姨夫、孟二舅告辭回家。只有吳大舅、二舅、應伯爵、謝希大、溫秀才、常峙節並眾夥計在此，晚夕觀看水火煉度。就在大廳棚內搭高座，紮綵橋，安設水池火沼，放擺斛食。李瓶兒靈位另有几筵幃幕，供獻齊整。旁邊一首魂旛、一首紅旛、一首黃旛，上書「制魔保舉，受煉南宮」。先是道眾音樂，兩邊列座，持節捧盂劍，四個道童侍立兩邊。黃真人頭戴黃金降魔冠，身披絳綃雲霞衣，登高座，口中念念有詞。宣偈云：

太乙慈尊降駕來，夜壑幽關次第開。

童子雙雙前引導，死魂受煉步雲階。

宣偈畢，又薰沐焚香，念曰：「伏以玄皇闡教，廣開度於冥途；正一垂科，俾煉形而升舉。

恩沾幽爽，澤被飢噓。謹運真香，志誠上請東極大慈仁者太乙救苦天尊、十方救苦諸真人聖眾，仗此真香，來臨法會。切以人處塵凡，日縈俗務，不知有死，惟欲貪生。鮮能種於善根，多隨入於惡趣，昏迷弗省，恣欲貪嗔。將謂自己長存，豈信無常易到！一朝傾逝，萬事皆空。業障纏身，冥司受苦。今奉道伏為亡過室人李氏靈魂，一棄塵緣，久淪長夜。若非薦拔於愆辜，必致難逃於苦報。恭維天尊秉好生之仁，救尋聲之苦。灑甘露而普滋群類，放瑞光而遍燭昏衢。命三官寬考較之條，詔十殿閣推研之筆。開囚釋禁，宥過解冤。各隨符使，盡出幽關。咸令登火池之沼，悉蕩滌黃華之形。凡得更生，俱歸道岸。茲梵靈寶煉形真符，謹當宣奏：

太微迴黃旗，無英命靈旛，
攝召長夜府，開度受生魂。」

道眾先將魂旛安於水池內，焚結靈符，換紅旛；次於火沼內焚鬱儀符，換黃旛。高功念：「天一生水，地二生火，水火交煉，乃成真形。」煉度畢，請神主冠帔步金橋，朝參玉陛，皈依三寶，朝玉清，眾舉《五供養》。舉畢，高功曰：「既受三皈，當宣九戒。」九戒畢，道眾舉音樂，宣念符命並《十類孤魂》。煉度已畢，黃真人下高座，道眾音樂送至門外，化財焚燒箱庫。回來，齋功圓滿，道眾都換了冠服，鋪排收捲道像。西門慶又早大廳上畫燭齊明，酒筵羅列。三個小優彈唱，眾親友都在堂前。西門慶先與黃真人把盞，左右捧著一匹天青雲鶴金緞、一匹色緞、十兩白銀，叩首下拜道：「亡室今日賴我師經功救拔，得遂超生，均感不淺，微禮聊表寸心。」黃真人道：「小道謬忝冠裳，濫膺玄教，有何德以達人天？皆賴大人一誠感格，而尊夫人已駕景朝元矣。此禮若受，實為赧顏。」西門慶道：「此禮甚薄，有褻真人，伏乞笑納！」黃真人方令小童收了。西門慶遞了真人酒，又與吳道官把盞，乃一匹金緞、五兩白銀，又是十兩經資。吳道官只受經資，餘者不肯受，說：「小道素蒙厚愛，自忝效勞誦經，追拔夫人往生仙界，以盡其心。受此經資尚為不可，又豈敢當此盛禮乎！」西門慶道：「師父差矣。真人掌壇，其一應文簡法事，皆乃師父費心。此禮當與師父酬勞，何為不可？」吳道官不得已，方領下，再三致謝。

西門慶與道眾遞酒已畢，然後吳大舅、應伯爵等上來與西門慶散福遞酒。吳大舅把盞，伯爵執壺，謝希大捧菜，一齊跪下。伯爵道：「嫂子今日做此好事，幸請得真人在此，又是吳師父費心，嫂子自得好處。此雖賴真人追薦之力，實是哥的虔心，嫂子的造化。」於是滿斟一杯送與西門慶。西門慶道：「多蒙列位連日勞神，言謝不盡。」說畢，一飲而盡。伯爵又斟一盞，說：「哥，吃個雙杯，不要吃單杯。」謝希大慌忙遞一筯菜來吃了。西門慶回敬眾人畢，安席坐下。小優彈唱起來，廚役上割道。當夜在席前猜拳行令，品竹彈絲，直吃到二更時分，西門慶已帶半酣，眾人方作辭起身而去。西門慶進來賞小優兒三錢銀子，往後邊去了。正是：

人生有酒須當醉，一滴何曾到九泉。

第六十七回　西門慶書房賞雪　李瓶兒夢訴幽情

詞曰：

朔風天，瓊瑤地。凍色連波，波上寒煙砌。山隱彤雲雲接水，衰草無情，想在彤雲內。黯香魂，追苦意。夜夜除非，好夢留人睡。殘月高樓休獨倚，酒入愁腸，化作相思淚。

——右調〈蘇幕遮〉

話說西門慶歸後邊，辛苦的人，直睡至次日日高還未起來。有來興兒進來說：「搭彩匠外邊伺候，請問拆棚。」西門慶罵了來興兒幾句，說：「拆棚教他拆就是了，只顧問怎的！」搭彩匠一面卸下席繩松條，送到對門房子裡堆放不提。玉簫進房說：「天氣好不陰的重。」西門慶令他向暖炕上取衣裳穿，要起來。月娘便說：「你昨日辛苦了一夜，天陰，大睡回兒也好。慌得老早爬起去做什麼？就是今日不往衙門裡去也罷了。」西門慶道：「我不往衙門裡去，只怕翟親家那人來討書。」月娘道：「既是恁說，你起去，我去叫丫鬟熬下粥等你吃。」西門慶也不梳頭洗面，披著絨衣，戴著氈巾，逕走到花園裡書房中。

原來自從書童去了，西門慶就委王經管花園書房，春鴻便收拾大廳前書房。冬月間，西門慶只在藏春閣書房中坐。那裡燒下地爐暖炕，地平上又放著黃銅火盆，放下油單絹暖簾來。明間內擺著夾枝桃，各色菊花，清清瘦竹，翠翠幽蘭，裡面筆硯瓶梅，琴書瀟灑。西門慶進來，王經連忙向流金小篆炷爇龍涎。西門慶使王經：「你去叫來安兒請你應二爹去。」王經出來吩咐來安兒請去了。只見平安走來對王經說：「小周兒在外邊伺候。」王經走入書房對西門慶說了，西門慶叫進小周兒來，磕了頭，說道：「你來得好，且與我篦篦頭，捏捏身上。」因說：「你怎一向不來？」小周兒道：「小的見六娘沒了，忙，沒曾來。」

西門慶於是坐在一張醉翁椅上，打開頭髮教他整理梳篦。只見來安兒請得應伯爵來了，頭戴氈帽，身穿綠絨襖子，腳穿一雙舊皂靴棕套，掀簾子進來唱喏。西門慶正篦頭，說道：「不消聲喏，請坐。」伯爵拉過一張椅子來，就著火盆坐下。西門慶道：「你今日如何這般打扮？」伯爵道：「你不知，外邊飄雪花兒哩，好不寒冷。昨日家去，雞也叫了，今日白爬不起來。不是大官兒去叫，我還睡哩。哥，你好漢，還起得早。若是我，成不得。」西門慶道：「早是你看著，我怎得個心閒！自從發送他出去了，又亂著接黃太尉，念經，直到如今。今日房下說：『你辛苦了，大睡回起去。』我又記掛著翟親家人來討回書，又看著拆棚，二十四日又要打發韓夥計和小价起身。喪事費勞了人家，親朋罷了，士大夫官員，你不上門謝謝孝，禮也過不去。」伯爵道：「正是，我愁著哥謝孝這一節。少不得只摘撥謝幾家要緊的，胡亂也罷了。其餘相厚的，若會見，告過就是了。誰不知你府上事多，彼此心照罷。」

正說著，只見畫童兒拿了兩盞酥油白糖熬的牛奶子。伯爵取過一盞，拿在手內，見白瀲瀲鵝脂一般酥油飄浮在盞內，說道：「好東西，滾熱！」呷在口裡，香甜美味，哪消氣力，幾口就喝沒了。西門慶直待篦了頭，又教小周兒替他取耳，把奶子放在桌上，只顧不吃。伯爵道：「哥且吃些不是?可惜放冷了。像你清晨吃恁一盞兒，倒也滋補身子。」西門慶道：「我且不吃，你吃了，停會我吃粥罷。」那伯爵得不的一聲，拿在手中，又一吸而盡。西門慶取畢耳，又教小周兒拿木滾子滾身上，行按摩導引之術。

伯爵問道：「哥滾著身子，也通泰自在麼？」西門慶道：「不瞞你說，像我晚夕身上常發酸起來，腰背疼痛，不著這般按捏，通了不得！」伯爵道：「你這胖大身子，日逐吃了這等厚味，豈無痰火！」西門慶道：「任後溪常說：『老先生雖故身體魁偉，而虛之太極。』送了我一罐兒百補延齡丹，說是林真人合與聖上吃的，教我用人乳常清晨服。我這兩日心上亂，也還不曾吃。

你們只說我身邊人多，終日有此事，自從他死了，誰有什麼心緒理論此事！」

正說著，只見韓道國進來，作揖坐下，說：「剛才各家都來會了，船已雇下，準在二十四日起身。」西門慶吩咐：「甘夥計攢下帳目，兌了銀子，明日打包。」因問：「兩邊鋪子裡賣下多少銀兩？」韓道國說：「共湊六千餘兩。」西門慶道：「兌二千兩一包，著崔本往湖州買紬子去。那四千兩，你與來保往松江販布，過年趕頭水船來。你每人先拿五兩銀子，家中收拾行李去。」韓道國道：「又一件：小人身從鄆王府，要正身上值，不納官錢如何處？」西門慶道：「怎的不納官錢？像來保一般也是鄆王差事，他每月只納三錢銀子。」韓道國道：「保官兒那個，虧了太師老爺那邊文書上註過去，便不敢纏擾。小人乃是祖役，還要勾當餘丁。」西門慶道：「既是如此，你寫個揭帖，我央任後溪到府中替你和王奉承說，把你名字註銷，常遠納官錢罷。你每月只委人打米就是了。」韓夥計作揖謝了。伯爵道：「哥，你替他處了這件事，他就去也放心。」少頃，小周滾畢身上，西門慶往後邊梳頭去了，吩咐打發小周兒吃點心。

良久，西門慶出來，頭戴白絨忠靖冠，身披絨氅，賞了小周三錢銀子。又使王經：「請你溫師父來。」不一時，溫秀才峨冠博帶而至。敘禮已畢，左右放桌兒，拿粥來，伯爵與溫秀才上坐，西門慶關席，韓道國打橫。西門慶吩咐來安兒：「再取一盞粥、一雙筷兒，請姐夫來吃粥。」不一時，陳敬濟來到，頭戴孝巾，身穿白紬道袍，與伯爵等作揖，打橫坐下。須臾吃了粥，收下傢伙去，韓道國起身去了。西門慶因問溫秀才：「書寫了不曾？」溫秀才道：「學生已寫稿在此，與老先生看過，方可謄真。」一面袖中取出，遞與西門慶觀看。其書曰：

寓清河眷生西門慶端肅書覆大碩德柱國雲峰老親丈大人先生臺下：自從京邸邂逅，不覺違越光儀，倏忽半載。生不幸閨人不祿，特蒙親家遠致賻儀，兼領悔教，足見為我之深且厚也。感刻無任，而終身不能忘矣。但恐一時官守責成有所疏陋之處，企仰門牆有負薦拔耳，又賴在老爺鈞前常為錦覆。則生始終蒙恩之處，皆親家所賜也。今因便鴻謹候起居，不勝馳戀，伏惟炤亮，不宣。外具揚州綯紗汗巾十方、色綾汗巾十方、揀金挑牙二十副、烏金酒鍾十個，少將遠意，希笑納。

西門慶看畢，即令陳敬濟書房內取出人事來，同溫秀才封了，將書謄寫錦箋，彌封停當，印了圖書。另外又封五兩白銀與下書人王玉，不在話下。

一回見雪下得大了，西門慶留下溫秀才在書房中賞雪。揩抹桌兒，拿上案酒來。只見有人在暖簾外探頭兒，西門慶問是誰，王經說：「是鄭春。」西門慶叫他進來。那鄭春手內拿著兩個盒兒，舉得高高的，跪在當面，上頭又擱著個小描金方盒兒，西門慶問是什麼，鄭春道：「小的姐姐月姐，知道昨日爹與六娘念經辛苦了，沒什麼，送這兩盒兒茶食兒來，與爹賞人。」揭開，一盒果餡頂皮酥、一盒酥油泡螺兒。鄭春道：「此是月姐親手揀的。知道爹好吃此物，敬來孝順爹。」西門慶道：「昨日多謝你家送茶，今日你月姐費心又送這個來。」伯爵道：「好呀！拿過來，我正要嚐嚐！死了我一個女兒會揀泡螺兒，如今又是一個女兒會揀了。」先捏了一個放在口內，又拈了一個遞與溫秀才，說道：「老先兒，你也嚐嚐。吃了牙老重生，抽胎換骨。眼見稀奇物，勝活十年人。」溫秀才呷在口內，入口而化，說道：「此物出於西域，非人間可有。沃肺融心，實上方之佳味。」

西門慶又問：「那小盒兒內是什麼？」鄭春悄悄跪在西門慶跟前，遞上盒兒，說：「此是月姐捎與爹的物事。」西門慶把盒子放在膝蓋兒上，揭開才待觀看，早被伯爵一手搶過去，打開是一方迴文錦同心方勝桃紅綾汗巾兒，裡面裹著一包親口嗑的瓜仁兒。伯爵把汗巾兒掠與西門慶，將瓜仁兩把喃在口裡都吃了。比及西門慶用手奪時，只剩下沒多些兒，便罵道：「怪狗才，你害饞癆饞痞！留些兒與我見見兒，也是人心。」伯爵道：「我女兒送來，不孝順我，再孝順誰？我兒，你尋常吃得夠了。」西門慶道：「溫先兒在此，我不好罵出來，你這狗才，忒不像模樣！」一面把汗巾收入袖中，吩咐王經把盒兒掇到後邊去。

不一時，杯盤羅列，篩上酒來。才吃了一巡酒，玳安兒來說：「李智、黃四關了銀子，送銀子來了。」西門慶問多少，玳安道：「他說一千兩，餘者再一限送來。」伯爵道：「你看這兩個天殺的，他連我也瞞了不對我說。嗔道他昨日你這裡念經他也不來，原來往東平府關銀子去了。你今收了，也少要發銀子出去了。這兩個光棍，他攬得人家債多了，只怕往後後手不接。昨日，北邊徐內相發恨，要親往東平府自家擡銀子去。只怕他老牛箍嘴箍了去，卻不難為哥的本錢！」西門慶道：「我不怕他。我不管什麼徐內相李內相，好不好把他小廝提在監裡坐著，不怕他不與我銀子。」一面教陳敬濟：「你拿天平出去收兌了他的就是了。我不出去罷。」

良久，陳敬濟走來回話說：「銀子已兌足一千兩，交入後邊，大娘收了。黃四說，還要請爹出去說句話兒。」西門慶道：「你只說我陪著人坐著哩。左右他只要搗合同，教他過了二十四日來罷。」敬濟道：「不是。他說有樁事兒要央煩爹。」西門慶道：「什麼事？等我出去。」一面走到廳上，那黃四磕頭起來，說：「銀子一千兩，姐夫收了。餘者下單我還。小人有一樁事兒央煩老爹。」說著磕在地下哭了。

西門慶拉起來道：「端的有什麼事，你說來。」黃四道：「小的外父孫清，搭了個夥計馮二，在東昌府販綿花。不想馮二有個兒子馮淮，不守本分，要便鎖了門出去宿娼。那日把綿花不見了兩大包，被小人丈人說了兩句，馮二將他兒子打了兩下。他兒子就和俺小舅子孫文相廝打起來，把孫文相牙打落了一個，他亦把頭磕傷。被客夥中解勸開了。不想他兒子到家，遲了半月，破傷風身死。他丈人是河西有名土豪白五，綽號白千金，專一與強盜做窩主，教唆馮二，具狀在巡按衙門朦朧告下來，批雷兵備老爹問。雷老爹又伺候皇船，不得閒，轉委本府童推官問。白家在童推官處使了錢，教鄰見人供狀，說小人丈人在旁喝聲來。如今童推官行牌來提俺丈人。望乞老爹千萬垂憐，討封書對雷老爹說，寧可監幾日，抽上文書去，還見雷老爹問，就有生路了。他兩人廝打，委的不管小人丈人事，又係歇後身死，出於保辜限外。先是他父馮二打來，何必獨賴孫文相一人身上？」

西門慶看了說帖，寫著：「東昌府見監犯人孫清、孫文相，乞青目。」因說：「雷兵備前日在我這裡吃酒，我只會了一面，又不甚相熟，我怎好寫書與他？」黃四就跪下哭哭啼啼哀告說：「老爹若不可憐見，小的丈人子父兩個就都是死數了。如今隨孫文相出去罷了，只是分豁小人外父出來，就是老爹莫大之恩。小人外父今年六十歲，家下無人，冬寒時月再放在監裡，就死罷了。」西門慶沈吟良久，說：「也罷，我轉央鈔關錢老爹和他說說去——與他是同年，都是壬辰進士。」黃四又磕下頭去，向袖中取出「一百石白米」帖兒遞與西門慶，腰裡就解兩封銀子來。西門慶不接，說道：「我哪裡要你這行錢！」黃四道：「老爹不稀罕，謝錢老爹也是一般。」西門慶道：「不打緊，事成我買禮謝他。」

正說著，只見應伯爵從角門首出來，說：「哥，休替黃四哥說人情。他閒時不燒香，忙時抱佛腿。昨日哥這裡念經，連茶兒也不送，也不來走走兒，今日還來說人情！」那黃四便與伯爵唱喏，說道：「好二叔，你老人家殺人哩！我因這件事，整走了這半月，誰得閒來？昨日又去府裡領這銀子，今日一來交銀子，就央說此事，救俺丈人。老爹再三不肯收這禮物，還是不下顧小人。」

伯爵看見一百兩雪花官銀放在面前，因問：「哥，你替他去說不說？」西門慶道：「我與雷兵備不熟，如今要轉央鈔關錢主政替他說去。到明日，我買分禮謝老錢就是了，又收他禮做什麼？」伯爵道：「哥，你這等就不是了。難道他來說人情，哥你倒陪出禮去謝人？也無此道理。你不收，恰似嫌少的一般。你依我收下。雖你不稀罕，明日謝錢公也是一般。黃四哥在這裡聽著：看你外父和你小舅子造化，這一回求了書去，難得兩個都沒事出來。你老爹他恆是不稀罕你錢，你在院裡老實大大擺一席酒，請俺們耍一日就是了。」黃四道：「二叔，你老人家費心，小人擺酒不消說，還教俺丈人買禮來，磕頭酬謝你老人家。不瞞說，我為他爺兒兩個這一場事，晝夜替他走跳，還尋不出個門路來。老爹再不可憐怎了！」伯爵道：「傻瓜，你摟著他女兒，你不替他上緊誰上緊？」黃四道：「房下在家只是哭。」

西門慶被伯爵說著，把禮帖收了，說禮物還令他拿回去。黃四道：「你老人家沒見好大事，這般多計較！」就往外走。伯爵道：「你過來，我和你說：你書幾時要？」黃四道：「如今緊等著救命，望老爹今日寫了書，差下人，明早我使小兒同去走遭。不知差哪位大官兒去，我會他會。」西門慶道：「我就替你寫書。」因叫過玳安來吩咐：「你明日就同黃大官一路去。」

那黃四見了玳安，辭西門慶出門。走到門首，問玳安要盛銀子的褡褳。玳安進入後邊，月娘房裡正與玉簫、小玉裁衣裳，見玳安站著等褡褳，玉簫道：「使著手，不得閒騰。教他明日來與他就是了。」玳安道：「黃四等緊著明日早起身東昌府去，不得來了，你騰騰與他罷。」月娘便說：「你拿與他就是了，只教人家等著。」玉簫道：「銀子還在床地平上掠著不是？」走到裡間，把銀子往床上只一倒，掠出褡褳來，說：「拿了去！怪囚根子，哪個吃了他這條褡褳，只顧立叮螞蝗的要！」玳安道：「人家不要，哪個好來取的！」於是拿了出去，走到儀門首，還抖出三兩一塊麻姑頭銀子來。原來紙包破了，怎禁玉簫使性子那一倒，漏下一塊在褡褳底內。玳安道：「且喜得我拾個白財。」於是褪入袖中。到前邊遞與黃四，約會下明早起身。

且說西門慶回到書房中，即時教溫秀才修了書，付與玳安不提。一面覷那門外下雪，紛紛揚揚，猶如風飄柳絮，亂舞梨花相似。西門慶另打開一罈雙料麻姑酒，教春鴻用布甑篩上來，鄭春在旁彈箏低唱，西門慶令他唱一套「柳底風微」。正唱著，只見琴童進來說：「韓大叔教小的拿了這個帖兒與爹瞧。」西門慶看了，吩咐：「你就拿往門外任醫官家，替他說說去。央他明日到府中承奉處替他說說，註銷差事。」琴童道：「今日晚了，小的明早去罷。」西門慶道：「明早去也罷。」

不一時，來安兒用方盒拿了八碗嘎飯，又是兩大盤玫瑰鵝油燙麵蒸餅，連陳敬濟共四人吃了。西門慶教王經盒盤兒拿兩碗嘎飯、一盤點心與鄭春吃，又賞了他兩大鍾酒。鄭春跪稟：「小的吃不得。」伯爵道：「傻孩子，冷呵呵的，你爹賞你不吃。你哥他怎的吃來？」鄭春道：「小的哥吃得，小的本吃不得。」伯爵道：「你只吃一鍾罷，那一鍾我教王經替你吃罷。」王經說道：「二爹，小的也吃不得。」伯爵道：「你這傻孩兒，你就替他吃些兒也罷。休說一個大分上，自古長者賜，少者不敢辭。」一面站起來說：「我好歹教你吃這一杯。」那王經捏著鼻子，一吸而飲。西門慶道：「怪狗才，小行貨子他吃不得，只恁奈何他！」還剩下半盞，應伯爵教春鴻替他吃了，就要令他上來唱南曲。

西門慶道：「咱們和溫老先兒行個令，飲酒之時教他唱便有趣。」於是教王經取過骰盆兒，「就是溫老先兒先起。」溫秀才道：「學生豈敢僭，還從應老翁來。」因問：「老翁尊號？」伯爵道：「在下號南坡。」西門慶戲道：「老先生你不知，他孤老多，到晚夕桶子掇出來，不敢在左近倒，恐怕街坊人罵，教丫頭直掇到大南首縣倉牆底下那裡潑去，因起號叫做『南潑』。」溫秀才笑道：「此『坡』字不同。那『潑』字乃點水邊之『發』，這『坡』字卻是『土』字旁邊著個『皮』字。」西門慶道：「老先兒倒猜得著，他娘子鎮日著皮子纏著哩。」溫秀才笑道：「豈有此說？」伯爵道：「葵軒，你不知道，他自來有些快傷叔人家。」溫秀才道：「自古言不褻不笑。」伯爵道：「老先兒，誤了咱們行令，只顧和他說什麼，他快屎口傷人！你就在手，不勞謙遜。」溫秀才道：「擲出幾點，不拘詩詞歌賦，要個『雪』字，就照依點數兒上。說過來，飲一小杯；說不過來，吃一大盞。」

溫秀才擲了個么點，說道：「學生有了：雪殘鸂鶒亦多時。」推過去，該應伯爵行，擲出個五點來。伯爵想了半日，想不起來，說：「逼我老人家命也！」良久，說道：「可怎的也有了。」說道：「雪裡梅花雪裡開——好不好？」溫秀才道：「南老說差了，犯了兩個『雪』字，頭上多了一個『雪』字。」伯爵道：「頭上只小雪，後來下大雪來了。」西門慶道：「這狗才，單管胡說。」教王經斟上大鍾，春鴻拍手唱南曲〈駐馬廳〉：

寒夜無茶，走向前村覓店家。這雪輕飄僧舍，密灑歌樓，遙阻歸槎。江邊乘興探梅花，庭中歡賞燒銀蠟。一望無涯，有似灞橋柳絮滿天飛下。

伯爵才待拿起酒來吃，只見來安兒後邊拿了幾碟果食，內有一碟酥油泡螺，又一碟黑黑的團兒，用桔葉裹著。伯爵拈將起來，聞著噴鼻香，吃到口猶如飴蜜，細甜美味，不知甚物。西門慶道：「你猜？」伯爵道：「莫非是糖肥皂？」西門慶笑道：「糖肥皂哪有這等好吃。」伯爵道：「待要說是梅酥丸，裡面又有核兒。」西門慶道：「狗才過來，我說與你罷，你做夢也夢不著。是昨日小价杭州船上捎來，名喚做衣梅。都是各樣藥料和蜜煉製過，滾在楊梅上，外用薄荷、桔葉包裹，才有這般美味。每日清晨噙一枚在口內，生津補肺，去惡味，煞痰火，解酒克食，比梅酥丸更妙。」伯爵道：「你不說，我怎的曉得。」因說：「溫老先兒，咱再吃個兒。」教王經：「拿張紙兒來，我包兩丸兒，到家捎與你二娘吃。」又拿起泡螺兒來問鄭春：「這泡螺兒果然是你家月姐親手揀的？」鄭春跪下說：「二爹，莫不小的敢說謊？不知月姐費了多少心，只揀了這幾個兒來孝順爹。」伯爵道：「可也虧他，上頭紋溜，就像螺螄兒一般，粉紅、純白兩樣兒。」

西門慶道：「我兒，此物不免使我傷心。唯有死了的六娘他會揀，他沒了，如今家中誰會弄他！」伯爵道：「我頭裡不說的，我愁什麼？死了一個女兒會揀泡螺兒孝順我，如今又鑽出個女兒會揀了。偏你也會尋，尋的都是妙人兒。」西門慶笑得兩眼沒縫兒，趕著伯爵打，說：「你這狗才，單管只胡說。」溫秀才道：「二位老先生可謂厚之至極。」伯爵道：「老先兒你不知，他是你小姪人家。」西門慶道：「我是他家二十年舊孤老。」陳敬濟見二人犯言，就起身走了。那溫秀才只是掩口而笑。

須臾，伯爵飲過大鍾，次該西門慶擲骰兒。於是擲出個七點來，想了半日說：「我說〈香羅帶〉上一句唱：『東君去意切，梨花似雪。』」伯爵道：「你說差了，此在第九個字上了，且吃一大鍾。」於是流沿兒斟了一銀衢花鍾，放在西門慶面前，教春鴻唱，說道：「我的兒，你肚子裡裹棗胡解板兒——能有幾句！」春鴻又拍手唱了一個。看看飲酒至昏，掌燭上來。西門慶飲過，伯爵道：「姐夫不在，溫老先生你還該完令。」溫秀才拿起骰兒，擲出個么點，想了想，見壁上掛著一幅吊屏，泥金書一聯：「風飄弱柳平橋晚，雪點寒梅小院春。」就說了末後一句。伯爵道：

「不算，不算，不是你心上發出來的。該吃一大鍾。」春鴻斟上，那溫秀才不勝酒力，坐在椅上只顧打盹，起來告辭。伯爵還要留他，西門慶道：「罷罷！老先兒他斯文人，吃不得。」令畫童兒：「你好好送你溫師父那邊歇去。」溫秀才得不的一聲，作別去了。

伯爵道：「今日葵軒不濟，吃了多少酒兒？就醉了。」於是又飲夠多時，伯爵起身說：「地下滑，我也酒夠了。」因說：「哥，明日你早教玳安替他下書去。」西門慶道：「你不見我交與他書，明日早去了。」伯爵掀開簾子，見天陰地下滑，旋要了個燈籠，和鄭春一路去。西門慶又與了鄭春五錢銀子，盒內回了一罐衣梅，捎與他姐姐鄭月兒吃。臨出門，西門慶因戲伯爵：「你哥兒兩個好好去。」伯爵道：「你多說話。父子上山，各人努力。好不好，我如今就和鄭月兒那小淫婦兒答話去。」說著，琴童送出門去了。

西門慶看收了傢伙，扶著來安兒，打燈籠入角門，從潘金蓮門首過，見角門關著，悄悄就往李瓶兒房裡來。彈了彈門，綉春開了門，來安就出去了。西門慶進入明間，見李瓶兒影，就問：「供養了羹飯不曾？」如意兒就出來應道：「剛才我和姐供養了。」西門慶椅上坐了，迎春拿茶來吃了。西門慶令他解衣帶，如意兒就知他在這房裡歇，連忙收拾床鋪，用湯婆熨的被窩暖洞洞的，打發他歇下。綉春把角門關了，都在明間地平上支著板凳，打鋪睡下。西門慶要茶吃，兩個已知科範，連忙攛掇奶子進去和他睡。老婆脫衣服鑽入被窩內，西門慶乘酒興服了藥，那話上使了托子，老婆仰臥炕上，架起腿來，極力鼓搗，沒高低搧磞，搧磞得老婆舌尖冰冷，淫水溢下，口中呼「達達」不絕。夜靜時分，其聲遠聆數室。

西門慶見老婆身上如綿瓜子相似，用一雙胳膊摟著他，令他蹲下身子，在被窩內咂𩬞，老婆無不曲體承奉。西門慶說：「我兒，你原來身體皮肉也和你娘一般白淨，我摟著你，就如和他睡一般。你須用心伏侍我，我看顧你。」老婆道：「爹沒得說，將天比地，折殺奴婢！奴婢男子漢已沒了，爹不嫌醜陋，早晚只看奴婢一眼兒就夠了。」西門慶便問：「你年紀多少？」老婆道：「我今年屬兔的，三十一歲了。」西門慶道：「你原來小我一歲。」見他會說話兒，枕上又好風

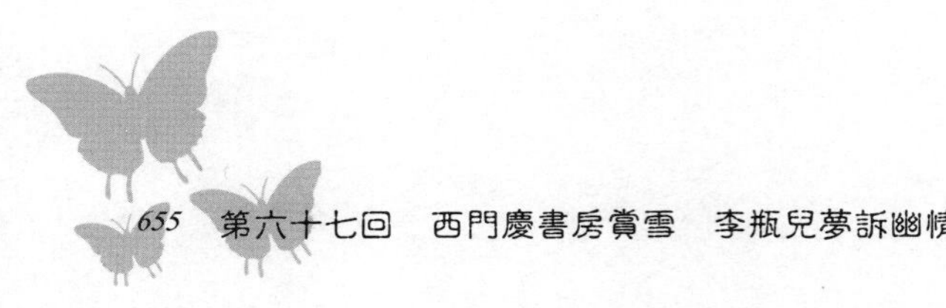

月，心下甚喜。早晨起來，老婆伏侍拿鞋襪，打發梳洗，極盡殷勤，把迎春、綉春打靠後。又問西門慶討蔥白紬子：「做披襖子，與娘穿孝。」西門慶一一許他。就教小廝舖子裡拿三匹蔥白紬來：「你們一家裁一件。」瞞著月娘，背地銀錢、衣服、首飾，什麼不與他！

次日，潘金蓮就打聽得知，走到後邊對月娘說：「大姐姐，你不說他幾句！賊沒廉恥貨，昨日悄悄鑽到那邊房裡，與老婆歇了一夜。餓眼見瓜皮，什麼行貨子，好的歹的攬搭下。不明不暗，到明日弄出個孩子來算誰的？又像來旺兒媳婦子，往後教他上頭上臉，什麼張致！」月娘道：「你們只要栽派教我說，他要了死了的媳婦子，你們背地都做好人兒，只把我合在缸底下。我如今又做傻子哩！你們說只顧和他說，我是不管你這閒帳。」金蓮見月娘這般說，一聲兒不言語，走回房去了。

西門慶早起見天晴了，打發玳安往錢主事家下書去了。往衙門回來，平安兒來稟：「翟爹人來討書。」西門慶打發書與他，因問那人：「你怎的昨日不來取？」那人說：「小的又往巡撫侯爺那裡下書來，耽擱了兩日。」說畢，領書出門。西門慶吃了飯就過對門房子裡，看著兌銀、打包，寫書帳。二十四日燒紙，打發韓夥計、崔本並後生榮海、胡秀五人起身往南邊去。寫了一封書捎與苗小湖，就謝他重禮。

看看過了二十五六，西門慶謝畢孝，一日早晨，在上房吃了飯坐的。月娘便說：「這出月初一日，是喬親家長姐生日，咱也還買份禮兒送了去。常言先親後不改，莫非咱家孩兒沒了，就斷禮不送了？」西門慶道：「怎的不送！」於是吩咐來興買四盒禮，又是一套妝花緞子衣服、兩方銷金汗巾、一盒花翠。寫帖兒，叫王經送了去。這西門慶吩咐畢，就往花園藏春閣書房中坐的。只見玳安下了書回來回話，說：「錢老爹見了爹的帖子，隨即寫書差了一吏，同小的和黃四兒子到東昌府兵備道下與雷老爹。雷老爹旋行牌問童推官催文書，連犯人提上去重新問理。連他家兒子孫文相都開出來，只追了十兩燒埋錢，問了個不應罪名，杖七十，罰贖。復又到鈔關上回了錢老爹話，討了回帖，才來了。」西門慶見玳安中用，心中大喜。拆開回帖觀看，原來雷兵備回錢主事帖子都在裡面。上寫道：

來諭悉已處分，但馮二已曾責子在先，何況與孫文相忿毆，彼此俱傷，歇後身死，又在保辜限外，問之抵命，難以平允。量追燒埋錢十兩給與馮二，相應發落。謹此回覆。

下書：「年侍生雷啓元再拜。」

西門慶看了歡喜，因問：「黃四舅子在哪裡？」玳安道：「他出來都往家去了。明日同黃四來與爹磕頭。黃四丈人與了小的一兩銀子。」西門慶吩咐置鞋腳穿，玳安磕頭而出。西門慶就歪在床炕上眠著了。王經在桌上小篆內炷了香，悄悄出來了。良久，忽聽有人掀得簾兒響，只見李瓶兒驀地進來，身穿糝紫衫、白絹裙，亂挽烏雲，黃懨懨面容，向床前叫道：「我的哥哥，你在這裡睡哩，奴來見你一面。我被那廝告了一狀，把我監在獄中，血水淋漓，與穢污在一處，整受了這些時苦。昨日蒙你堂上說了人情，減我三等之罪。那廝再三不肯，發恨還要告了來拿你。我待要不來對你說，誠恐你早晚暗遭毒手。我今尋安身之處去也，你須防範他。沒事少要在外吃夜酒，往哪去，早早來家。千萬牢記奴言，休要忘了！」說畢，二人抱頭而哭。西門慶便問：「姐姐，你往哪去？對我說。」李瓶兒頓脫，撒手卻是南柯一夢。西門慶從睡夢中直哭醒來，看見簾影射入，正當日午，由不得心中痛切。正是：

花落土埋香不見，鏡空鸞影夢初醒。

有詩為證：

殘雪初晴照紙窗，地爐灰燼冷侵床。

個中邂逅相思夢，風撲梅花斗帳香。

不想早晨送了喬親家禮，喬大戶娘子使了喬通來送請帖兒，請月娘眾姐妹。小廝說：「爹在書房中睡哩。」都不敢來問。月娘在後邊管待喬通，潘金蓮說：「拿帖兒，等我問他去。」於是驀地推開書房門，見西門慶歪著，他一屁股就坐在旁邊，說：「我的兒，獨自個自言自語，在這裡做什麼？嗔道不見你，原來在這裡好睡也！」一面說話，一面看著西門慶，因問：「你的眼怎生揉得恁紅紅的？」西門慶道：「想是我控著頭睡來。」金蓮道：「倒只像哭的一般。」西門慶道：「怪奴才，我平白怎的哭？」金蓮道：「只怕你一時想起甚心上人兒來是的。」西門慶道：「沒得胡說，有甚心上人、心下人？」金蓮道：「李瓶兒是心上的，奶子是心下的，俺們是心外的人，入不上數。」西門慶道：「怪小淫婦兒，又六說白道起來。」因問：「我和你說正經話——前日李大姐裝槨，你們替他穿了什麼衣服在身底下來？」金蓮道：「你問怎的？」西門慶道：「不怎的，我問聲兒。」金蓮道：「你問必有緣故。上面穿兩套遍地金緞子衣服，底下是白綾襖、黃紬裙，貼身是紫綾小襖、白絹裙、大紅小衣。」西門慶點了點頭兒。

金蓮道：「我做獸醫二十年，猜不著驢肚裡病？你不想他，問他怎的？」西門慶道：「我才方夢見他來。」金蓮道：「夢是心頭想，噴涕鼻子癢。饒他死了，你還這等念他。像俺們都是可不著你心的人，到明日死了，苦惱也沒哪人想念！」西門慶向前一手摟過他脖子來，就親個嘴，說：「怪小油嘴，你有這些賊嘴賊舌的。」金蓮道：「我的兒，老娘猜不著你那黃貓黑尾的心兒！」兩個又咂了一回舌頭，自覺甜唾溶心，脂滿香唇，身邊蘭麝襲人。西門慶於是淫心輒起，摟他在懷裡。他便仰靠梳背，露出那話來，叫婦人品簫。婦人真個低垂粉頭，吞吐裹沒，往來鳴咂有聲。西門慶見他頭上戴金赤虎分心，香雲上圍著翠梅花鈿兒，後鬢上珠翹錯落，興不可遏。

正做到美處，忽見來安兒隔簾說：「應二爹來了。」西門慶道：「請進來。」慌得婦人沒口子叫：「來安兒賊囚，且不要叫他進來，等我出去著。」來安兒道：「進來了，在小院內。」婦人道：「還不去教他躲躲兒！」那來安兒走去，說：「二爹且閃閃兒，有人在屋裡。」這伯爵便走到松牆旁邊，看雪塢竹子。王經掀著軟簾，只聽裙子響，金蓮一溜煙後邊走了。正是：

雪隱鷺鷥飛始見，柳藏鸚鵡語方知。

伯爵進來，見西門慶，唱喏坐下。西門慶道：「你連日怎的不來？」伯爵道：「哥，惱得我要不得在這裡。」西門慶問道：「又怎的惱？你告我說。」伯爵道：「緊自家中沒錢，昨日俺房下那個，平白又桶出個孩兒來。白日裡還好撾撓，半夜三更，房下又七痛八病。少不得爬起來收拾草紙被褥，叫老娘去。打緊應保又被俺家兄使了往莊子上馱草去了。百忙撾不著個人，我自家打燈籠叫了巷口鄧老娘來。及至進門，養下來了。」西門慶問：「養個什麼？」伯爵道：「養了個小廝。」西門慶罵道：「傻狗才，生了兒子倒不好，如何反惱？是春花兒那奴才生的？」伯爵笑道：「是你春姨。」西門慶道：「那賊狗掇腿的奴才，誰教你要他來？叫叫老娘還抱怨！」伯爵道：「哥，你不知，冬寒時月，比不得你們有錢的人家，又有偌大前程，生個兒子錦上添花，便喜歡。俺們連自家還多著個影兒哩，要他做什麼！家中一窩子人口要吃穿，巴劫的魂也沒了。應保逐日該操當他的差事去了，家兄那裡是不管的。大小女便打發出去了，天理在頭上，多虧了哥你。眼見的這第二個孩兒又大了，交年便是十三歲。昨日媒人來討帖兒。我說：『早哩，你且去著。』緊自焦得魂也沒了，猛可半夜又鑽出這個業障來。哪黑天摸地，哪裡活變錢去？房下見我抱怨，沒奈何，把他一根銀挖兒與了老娘去了。明日洗三，嚷得人家知道了，到滿月拿什麼使？到那日我也不在家，信信拖拖到那寺院裡且住幾日去罷。」西門慶笑道：「你去了，好了和尚來趕熱被窩兒。你這狗才，到底占小便益兒。」

又笑了一回，那應伯爵故意把嘴鼓都著不做聲。西門慶道：「我的兒，不要惱，你用多少銀子，對我說，等我與你處。」伯爵道：「有甚多少？」西門慶道：「也夠你攪纏是的。到其間不夠了，又拿衣服當去。」伯爵道：「哥若肯下顧，二十兩銀子就夠了，我寫個符兒在此。費煩的哥多了，不好開口的，也不敢填數兒，隨哥尊意便了。」西門慶也不接他文約，說：「沒得扯淡，朋友家，什麼符兒！」正說著，只見來安兒拿茶進來。西門慶叫小廝：「你放下盞兒，喚王經來。」不一時，王經來到。西門慶吩咐：「你往後邊對你大娘說，我裡間床背閣上，有前日巡按宋老爹擺酒兩封銀子，拿一封來。」

王經應諾，不多時拿了銀子來。西門慶就遞與應伯爵，說：「這封五十兩，你都拿了使去。原封未動，你打開看看。」伯爵道：「忒多了。」西門慶道：「多的你收著，眼下你二令愛不大了？你可也替他做些鞋腳衣裳，到滿月也好看。」伯爵道：「哥說得是。」將銀子拆開，都是兩司各府傾就分資，三兩一錠，松紋足色，滿心歡喜，連忙打恭致謝，說道：「哥的盛情，誰肯！真個不收符兒？」西門慶道：「傻孩兒，誰和你一般計較？左右我是你老爺老娘家，不然你但有事就來纏我？這孩子也不是你的孩子，自是咱兩個分養的。實和你說，過了滿月，把春花兒那奴才叫了來，且答應我些時兒，只當利錢不算罷。」伯爵道：「你春姨這兩日瘦得像你娘那樣哩！」

兩個戲了一回，伯爵因問：「黃四丈人那事怎樣了？」西門慶說：「錢龍野書到，雷兵備旋行牌提了犯人上去重新問理，把孫文相父子兩個都開出來，只認了十兩燒埋錢。」伯爵道：「造化他了。他就點著燈兒，哪裡尋這人情去！你不受他的，乾不受他的。雖然你不稀罕，留送錢大人也好。別要饒了他，教他好歹擺一席大酒，裡邊請俺們坐一坐。你不說，等我和他說。饒了他小舅一個死罪，當別的小可事兒！」這裡說話不提。

且說月娘在上房，只見孟玉樓走來，說他兄弟孟銳：「不久又起身往川廣販雜貨去。今來辭辭他爹，在我屋裡坐著哩。他在哪裡？姐姐使個小廝對他說聲兒。」月娘道：「他在花園書房和應二坐著哩。又說請他爹哩，頭裡潘六姐倒請得好！喬通送帖兒來，等著討個話兒，到明日咱們好去不去。我便把喬通留下，打發吃茶，長等短等不見來，熬得喬通也去了。半日，只見他從前邊走將來，教我問他：『你對他說了不曾？』他沒得話回，只噦了一聲：『我就忘了。』帖子還袖在袖子裡。原來是恁個沒尾巴行貨子！不知前頭幹什麼營生，那半日才進來，恰好還不曾說。吃我訕了兩句，往前去了。」

少頃，來安進來，月娘使他請西門慶，說孟二舅來了。西門慶便起身，留伯爵：「你休去了，我就來。」走到後邊，月娘先把喬家送帖來請說了。西門慶說：「那日只你一人去罷。熱孝在身，莫不一家子都出來！」月娘說：「他孟二舅來辭辭你，一兩日就起身往川廣去。在三姐屋裡坐著哩。」又問：「頭裡你要那封銀子與誰？」西門慶道：「應二哥房裡春花兒，昨晚生了個兒子，問我借幾兩銀子使。告我說，他第二個女兒又大，愁得要不得。」月娘道：「好，好。他恁大年紀，也才見這個孩子，應二嫂不知怎的喜歡哩！到明日，咱也少不得送些粥米兒與他。」西門慶道：「這個不消說。到滿月，不要饒花子，奈何他好歹發帖兒，請你們往他家走走去，就瞧瞧春花兒怎麼模樣。」月娘笑道：「左右和你家一般樣兒，也有鼻兒也有眼兒，莫不差別些兒！」一面使來安請孟二舅來。

不一時，孟玉樓同他兄弟來拜見。敘禮已畢，西門慶陪他敘了回話，讓至前邊書房內與伯爵相見。吩咐小廝看菜兒，放桌兒篩酒上來，三人飲酒。西門慶教再取雙鍾筯：「對門請溫師父陪你二舅坐。」來安不一時回說：「溫師父不在，望倪師父去了。」西門慶說：「請你姐夫來坐坐。」良久，陳敬濟來，與二舅見了禮，打橫坐下。西門慶問：「二舅幾時起身，去多少時？」孟銳道：「出月初二日準起身。定不得年歲，還到荊州買紙，川廣販香蠟，著緊一二年也不止。販畢貨就來家了。此去從河南、陝西、漢州去，回來打水路從峽江、荊州那條路來，往回七八千里地。」伯爵問：「二舅貴庚多少？」孟銳道：「在下虛度二十六歲。」伯爵道：「虧你年小小的，曉得這許多江湖道路，似俺們虛老了，只在家裡坐著。」須臾添換上來，杯盤羅列，孟二舅吃至日西時分，告辭去了。

西門慶送了回來，還和伯爵吃了一回。只見買了兩座庫來，西門慶委付陳敬濟裝庫。問月娘尋出李瓶兒兩套錦衣，攪金銀錢紙裝在庫內。因向伯爵說：「今日是他六七，不念經，燒座庫兒。」伯爵道：「好快光陰，嫂子又早沒了個半月了。」西門慶道：「這出月初五日是他斷七，少不得替他念個經兒。」伯爵道：「這遭哥念佛經罷了。」西門慶道：「大房下說，他在時，因生小兒，許了些《血盆經懺》，許下家中走的兩個女僧做首座，請幾眾尼僧，替他禮拜幾卷懺兒罷了。」說畢，伯爵見天晚，說道：「我去罷。只怕你與嫂子燒紙。」又深深打恭說：「蒙哥厚情，死生難忘！」西門慶道：「難忘不難忘，我兒，你休推夢裡睡哩！你眾娘到滿月那日，買禮都要去哩。」伯爵道：「又買禮做甚？我就頭著地，好歹請眾嫂子到寒家光降光降。」西門慶道：「到那日，好歹把春花兒那奴才收拾起來，牽了來我瞧瞧。」伯爵道：「你春姨他說來，有了兒子，不用著你了。」西門慶道：「不要慌，我見了那奴才和他答話。」伯爵笑的去了。

西門慶令小廝收了傢伙，走到李瓶兒房裡。陳敬濟和玳安已把庫裝封停當。那日玉皇廟、永福寺、報恩寺都送疏來。西門慶看著迎春擺設羹飯完備，下出匾食來，點上香燭，使綉春請了吳月娘眾人來。西門慶與李瓶兒燒了紙，擡出庫去，教敬濟看著，大門首焚化。正是：

芳魂料不隨灰死，再結來生未了緣。

第六十八回　應伯爵戲啣玉臂　玳安兒密訪蜂媒

詞曰：

鍾情太甚，到老也無休歇。月露煙雲都是態，況與玉人明說。軟語叮嚀，柔情婉戀，熔盡肝腸鐵。歧亭把盞，水流花謝時節。

——〈翠雲吟半〉

話說西門慶與李瓶兒燒紙畢，歸潘金蓮房中歇了一夜。到次日，先是應伯爵家送喜麵來。落後黃四領他小舅子孫文相，宰了一口豬、一罈酒、兩隻燒鵝、四隻燒雞、兩盒果子來與西門慶磕頭。西門慶再三不受，黃四打旋磨兒跪著說：「蒙老爹活命之恩，舉家感激不淺。無甚孝順，些微薄禮，與老爹賞人，如何不受！」推阻了半日，西門慶只受豬酒：「留下送你錢老爹罷。」黃四道：「既是如此，難為小人一點窮心，無處所盡。」只得把羹果擡回去。又請問：「老爹幾時閒暇？小人問了應二叔，裡邊請老爹坐坐。」西門慶道：「你休聽他哄你哩！又費煩你，不如不央我了。」那黃四和他小舅子千恩萬謝出門去了。

到十一月初一日，西門慶往衙門中回來，又往李知縣衙內吃酒去，月娘獨自一人，素妝打扮，坐轎子往喬大戶家與長姐做生日，都不在家。到後晌，有菴裡薛姑子，聽見月娘許下他初五日念經拜《血盆懺》，於是悄悄瞞著王姑子，買了兩盒禮物來見月娘。月娘不在家，李嬌兒、孟玉樓留他吃茶，說：「大姐姐往喬親家做生日去了。你須等他來，他還和你說話哩。」那薛姑子就坐住了。潘金蓮思想著玉簫告他說，月娘吃了他的符水藥才坐了胎氣，又見西門慶把奶子要了，恐怕一時奶子養出孩子來，攙奪了他寵愛。於是把薛姑子讓到前邊他房裡，悄悄央薛姑子，與他一

兩銀子，替他配坐胎氣符藥，不在話下。

到晚夕，等得月娘回家，留他住了一夜。次日，問西門慶討了五兩銀子經錢寫法與他。這薛姑子就瞞著王姑子、大師父，到初五日早請了八眾女僧，在花園捲棚內建立道場，諷誦《華嚴》、《金剛》經咒，禮拜《血盆》寶懺。晚夕設放焰口施食。那日請了吳大妗子、花大嫂並官客吳大舅、應伯爵、溫秀才吃齋。尼僧也不動響器，只敲木魚，擊手磬，念經而已。

那日伯爵領了黃四家人，具帖初七日在院中鄭愛月兒家置酒請西門慶。西門慶看了帖兒，笑道：「我初七日不得閒，張西村家吃生日酒。倒是明日空閒。」問還有誰，伯爵道：「再沒人。只請了我與李三相陪哥，又叫了四個女兒唱《西廂記》。」西門慶吩咐與黃四家人齋吃了，打發回去，改了初六。伯爵便問：「黃四那日買了分什麼禮來謝你？」西門慶如此這般：「我不受他的，再三磕頭禮拜，我只受了豬酒。添了兩匹白鷴紵絲、兩匹京緞、五十兩銀子，謝了龍野錢公了。」伯爵道：「哥，你不接錢盡夠了，這個是他落得的。少說四匹尺頭值三十兩銀子，那二十兩，哪裡尋這分上去?便益了他，救了他父子二人性命!」當日坐至晚夕方散。西門慶向伯爵說：「你明日還到這邊。」伯爵說：「我知道。」作別去了。八眾尼僧直亂到一更多，方才道場圓滿，焚燒箱庫散了。

至次日，西門慶早往衙門中去了。且說王姑子打聽得知，大清早晨走來，說薛姑子攬了經去，要經錢。月娘怪他道：「你怎的昨日不來?他說你往王皇親家做生日去了。」王姑子道：「這個就是薛家老淫婦的鬼。他對著我說咱家挪了日子，到初六念經。難道經錢他都拿的去了，一些兒不留下?」月娘道：「還等到這咱哩?未曾念經，經錢寫法就都找與他了。早是我還與你留下一匹襯錢布在此。」教小玉連忙擺了些昨日剩下的齋食與他吃了，把與他一匹藍布。

這王姑子口裡喃喃吶吶罵道：「這老淫婦，他印造經，賺了六娘許多銀子。原說這個經兒，咱兩個使，你又獨自掉攬的去了。」月娘道：「老薛說你接了六娘《血盆經》五兩銀子，你怎的不替他念?」王姑子道：「他老人家五七時，我在家請了四位師父，念了半個月哩。」月娘道：

「你念了，怎的掛口兒不對我提？你就對我說，我還送些襯施兒與你。」那王姑子使一聲兒不言語，訕訕的坐了一回，往薛姑子家嚷去了。正是：

佛會僧尼是一家，法輪常轉度龍華。
此物只好圖生育，枉使金刀剪落花。

卻說西門慶從衙門中回來，吃了飯，應伯爵又早到了。盔的新緞帽，沈香色漩褶，粉底皂靴，向西門慶聲喏，說：「這天也有晌午，好去了。他那裡使人邀了好幾遍了。」西門慶道：「咱今邀葵軒同走走去。」使王經：「往對過請你溫師父來。」王經去不多時，回說：「溫師父不在家，望朋友去了。」伯爵便說：「咱等不得他。秀才家有要沒緊望朋友，知多咱來？倒沒得誤了勾當。」西門慶吩咐琴童：「備黃馬與應二爹騎。」伯爵道：「我不騎。你依我：省得搖鈴打鼓，我先走一步兒，你坐轎子慢慢來就是了。」西門慶道：「你說得是，你先行罷。」那伯爵舉手先走了。

西門慶吩咐玳安、琴童、四個排軍，收拾下暖轎跟隨。才待出門，忽平安兒慌慌張張從外拿著雙帖兒來報，說：「工部安老爹來拜。先差了個吏送帖兒，後邊轎子便來也。」慌得西門慶吩咐家中廚下備飯，使來興兒買攢盤點心伺候。良久，安郎中來到，西門慶冠冕出迎。安郎中穿著妝花雲鷺補子圓領，起花萌金帶，進門拜畢，分賓主坐定，左右拿茶上來。茶罷，敘其間闊之情。西門慶道：「老先生榮擢，失賀，心甚缺然。前日蒙賜華札厚儀，生正值喪事，匆匆未及奉候起居為歉。」安郎中道：「學生有失弔問，罪罪！生到京也曾道達雲峰，未知可有禮到否？」西門慶道：「正是，又承翟親家遠勞致賻。」安郎中道：「四泉一定今歲恭喜。」西門慶道：「在下才微任小，豈敢非望。」又說：「老先生榮擢美差，足展雄才。治河之功，天下所仰。」安郎中道：「蒙四泉過譽。一介寒儒，辱蔡老先生擡舉，謬典水利，修理河道，當此民窮財盡之時。前者皇船載運花石，毀閘折壩，所過倒懸，公私困弊之極。又兼賊盜梗阻，雖有神輸鬼役之才，亦無如之何矣！」西門慶道：「老先生大才展布，不日就緒，必大陞擢矣。」因問：「老先生敕書上有期限否？」安郎中道：「三年欽限。河工完畢，聖上還要差官來祭謝河神。」

說話中間，西門慶令放桌兒，安郎中道：「學生實說，還要往黃泰宇那裡拜拜去。」西門慶道：「既如此，少坐片時，教從者吃些點心。」不一時，就是豐盛案酒，一色十六碗下飯，金鍾暖酒斟來，下人俱有攢盤點心酒肉。安郎中席間只吃了三鍾，就告辭起身，說：「學生容日再來請教。」西門慶款留不住，送至大門首，上轎而去。回到廳上，解去冠帶，換了巾幘，只穿紫絨獅袖直身。使人問：「溫師父來了不曾？」玳安回說：「溫師父尚未回哩。有鄭春和黃四叔家來定兒來邀，在這裡半日了。」

西門慶即出門上轎，左右跟隨，逕往鄭愛月兒家來。比及進院門，架兒們都躲過一邊，只該日排長兩邊站立，不敢跪接。鄭春與來定兒先通報去了。應伯爵正和李三打雙陸，聽見西門慶來，連忙收拾不及。鄭愛月兒、愛香兒戴著海獺臥兔兒，一窩絲杭州纘，打扮得花仙也似，都出來門首迎接。西門慶下了轎，進入客位內。西門慶吩咐不消吹打，止住鼓樂。先是李三、黃四見畢禮數，然後鄭家鴇子出來拜見了。才是愛月兒姐妹兩個磕頭。正面安放兩張交椅，西門慶與應伯爵坐下，李智、黃四與鄭家姐妹打橫。玳安在旁稟問：「轎子在這裡，回了家去？」西門慶令排軍和轎子都回去，又吩咐琴童：「到家看你溫師父來了，拿黃馬接了來。」琴童應喏去了。伯爵因問：「哥怎的這半日才來？」西門慶悉把安郎中來拜留飯之事說了一遍。

須臾，鄭春拿上茶來，愛香兒拿了一盞遞與伯爵。愛月兒便遞西門慶，那伯爵連忙用手去接，說：「我錯接，只說你遞與我來。」愛月兒道：「我遞與你？——沒修這樣福來！」伯爵道：「你看這小淫婦兒，原來只認得他家漢子，倒把客人不著在意裡。」愛月兒笑道：「今日輪不著你做客人哩！」吃畢茶，須臾四個唱《西廂》妓女都出來與西門慶磕頭，一一問了姓名。

西門慶對黃四說：「等住回上來唱，只打鼓兒，不吹打罷。」黃四道：「小人知道。」鴇子怕西門慶冷，又教鄭春放下暖簾來，火盆內添上許多獸炭。只見幾個青衣圓社聽見西門慶在鄭家吃酒，走來門首伺候，探頭舒腦，不敢進去。有認得玳安的，向玳安打恭，央及作成作成。玳安悄悄進來替他稟問，被西門慶喝了一聲，諕得眾人一溜煙走了。不一時，收拾果品案酒上來，正面放兩張桌席：西門慶獨自一席，伯爵與溫秀才一席——留下溫秀才座位在左首。旁邊一席李三和黃四，右邊是他姐妹二人。端的餚堆異品，花插金瓶。鄭奉、鄭春在旁彈唱。

才遞酒安席坐下，只見溫秀才到了。頭戴過橋巾，身穿綠雲襖，進門作揖。伯爵道：「老先生何來遲也？留席久矣。」溫秀才道：「學生有罪，不知老先生呼喚，適往敝同窗處會書，來遲了一步。」慌得黃四一面安放鍾筯，與伯爵一處坐下。不一時，湯飯上來，兩個小優兒彈唱一回下去。四個妓女才上來唱了一折「遊藝中原」，只見玳安來說：「後邊銀姨那裡使了吳惠和蠟梅送茶來了。」原來吳銀兒就在鄭家後邊住，只隔一條巷。聽見西門慶在這裡吃酒，故使送茶。西門慶喚入裡面，吳惠、蠟梅磕了頭，說：「銀姐使我送茶來爹吃。」揭開盒兒，斟茶上去，每人一盞瓜仁香茶。西門慶道：「銀姐在家做什麼哩？」蠟梅道：「姐兒今日在家沒出門。」

西門慶吃了茶，賞了他兩個三錢銀子，即令玳安同吳惠：「你快請銀姨去。」鄭愛月兒急俐，便就教鄭春：「你也跟了去，好歹纏了銀姨來。他若不來，你就說我到明日就不和他做夥計了。」應伯爵道：「我倒好笑，你兩個原來是販毬的夥計。」溫秀才道：「南老好不近人情。自古同聲相應，同氣相求。本乎天者親上，本乎地者親下。同他做夥計亦是理之當然。」愛月兒道：「應花子，你與鄭春他們都是夥計，當差供唱都在一處。」伯爵道：「傻孩子，我是老忘八！那咱和你媽相交，你還在肚子裡！」說笑中間，妓女又上來唱了一套「半萬賊兵」。西門慶叫上唱鶯鶯的韓家女兒近前，問：「你是韓家誰的女兒？」愛香兒說：「爹，你不認得？他是韓金釧姪女兒，小名消愁兒，今年才十三歲。」西門慶道：「這孩子到明日成個好婦人兒。舉止伶俐，又唱得好。」因令他上席遞酒。黃四下湯下飯，極盡殷勤。

不一時，吳銀兒來到。頭上戴著白縐紗鬏髻、珠子箍兒、翠雲鈿兒，周圍撇一溜小簪兒。上穿白綾對衿襖兒，妝花眉子，下著紗綠潞紬裙，羊皮金滾邊。腳上墨青素緞鞋兒。笑嘻嘻進門，向西門慶磕了頭，後與溫秀才等各位都道了萬福。伯爵道：「我倒好笑，來到就教我惹氣。俺們是後娘養的？只認得你爹，與他磕頭，望著俺們只一拜。原來你這麗春院小娘兒這等欺客！我若有五棍兒衙門，定不饒你。」愛月兒叫：「應花子，好沒羞的孩兒。你行頭不怎麼，光一味好撇。」一面安座兒，讓銀姐就在西門慶桌邊坐下。西門慶見他戴著白鬏髻，問：「你戴的誰人孝？」吳銀兒道：「爹故意又問個兒，與娘戴孝一向了。」西門慶一聞與李瓶兒戴孝，不覺滿心歡喜，與他側席而坐，兩個說話。

須臾湯飯上來，愛月兒下來與他遞酒。吳銀兒下席說：「我還沒見鄭媽哩。」一面走到鴇子房內見了禮，出來，鴇子叫：「月姐，讓銀姐坐。只怕冷，教丫頭燒個火籠來，與銀姐烤手兒。」隨即添換熱菜上來，吳銀兒在旁只吃了半個點心，喝了兩口湯。放下筯兒，和西門慶攀話道：「娘前日斷七念經來？」西門慶道：「五七多謝你們茶。」吳銀兒道：「那日俺們送了些粗茶，倒教爹把人情回了，又多謝重禮，教媽惶恐得要不得。昨日娘斷七，我會下月姐和桂姐，也要送茶來，又不知宅內念經不念。」西門慶道：「斷七那日，胡亂請了幾位女僧，在家拜了拜懺。親眷一個都沒請，恐怕費煩。」

飲酒說話之間，吳銀兒又問：「家中大娘眾娘們都好？」西門慶道：「都好。」吳銀兒道：「爹乍沒了娘，到房裡孤孤兒的，心中也想麼？」西門慶道：「想是不消說。前日在書房中，白日夢見他，哭得我要不得。」吳銀兒道：「熱突突沒了，可知想哩！」伯爵道：「你們說得知情話，把俺們只顧旱著，不說來遞鍾酒，也唱個兒與俺聽。俺們起身去罷！」慌得李三、黃四連忙攛掇他姐兒兩個上來遞酒。安下樂器，吳銀兒也上來。三個粉頭一般兒坐在席上，躧著火盆，合著聲兒唱了套〈中呂．粉蝶兒〉「三弄梅花」，端的有裂石流雲之響。

唱畢，西門慶向伯爵說：「你索落他姐兒三個唱，你也下來酬他一杯兒。」伯爵道：「不打緊，死不了人。等我打發他：仰靠著，直舒著，側臥著，金雞獨立，隨我受用；又一件，野馬踩場，野狐抽絲，猿猴獻果，黃狗溺尿，仙人指路，——哥，隨他揀著要。」愛香道：「我不好罵出來的，汗邪了你這賊花子，胡說亂道的。」應伯爵用酒碟安三個鍾兒，說：「我兒，你們在我手裡吃兩鍾。不吃，望身上只一潑。」愛香道：「我今日忌酒。」愛月兒道：「你跪著月姨，教我打個嘴巴兒，我才吃。」伯爵道：「銀姐，你怎的說？」吳銀兒道：「二爹，我今日心裡不自在，吃半盞兒罷。」愛月兒道：「花子，你不跪，我一百年也不吃。」黃四道：「二叔，你不跪，顯得不是趣人。也罷，跪著不打罷。」愛月兒道：「跪了也不打多，只教我打兩個嘴巴兒罷。」

伯爵道：「溫老先兒，你看著，怪小淫婦兒只顧趕盡殺絕。」於是奈何不過，真個直撅兒跪在地下。那愛月兒輕揎彩袖，款露春纖，罵道：「賊花子，再可敢無禮傷犯月姨了？——高聲兒答應。你不答應，我也不吃。」伯爵無法可處，只得應聲道：「再不敢傷犯月姨了。」這愛月兒方連打了兩個嘴巴，方才吃那鍾酒。伯爵起來道：「好個沒仁義的小淫婦兒，你也剩一口兒我吃。把一鍾酒都吃得淨淨兒的。」愛月兒道：「你跪下，等我賞你一鍾吃。」於是滿滿斟上一杯，笑望伯爵口裡只一灌。伯爵道：「怪小淫婦兒，使促狹灌撒了我一身。我老實說，只這件衣服，新穿了才頭一日兒，就污濁了我的。我問你家漢子要。」笑了一回，各歸席上坐定。

看看天晚，掌燭上來。西門慶吩咐取個骰盆來。先讓溫秀才，秀才道：「豈有此理！還從老先生來。」於是西門慶與銀兒用十二個骰兒搶紅，下邊四個妓女拿著樂器彈唱。飲過一巡，吳銀兒卻轉過來與溫秀才、伯爵搶紅，愛香兒卻來西門慶席上遞酒猜枚。須臾過去，愛月兒近前與西門慶搶紅，吳銀兒卻往下席遞李三、黃四酒。原來愛月兒旋往房中新妝打扮出來，上著煙裡火迴紋錦對衿襖兒、鵝黃杭絹點翠縷金裙、妝花膝褲、大紅鳳嘴鞋兒、海獺臥兔兒，燈下越顯得粉濃濃雪白的臉兒。真是：

芳姿麗質更妖嬈，秋水精神瑞雪標。
白玉生香花解語，千金良夜實難消。

西門慶見了，如何不愛。吃了幾鍾酒，半酣上來，因想著李瓶兒夢中之言：少貪在外夜飲。盆中淨手畢，拉著他手兒同到房中。

一面起身後邊淨手。慌得鴇子連忙教丫鬟點燈，引到後邊。解手出來，愛月隨即跟來伺候。

房中又早月窗半啓，銀燭高燒，氣暖如春，蘭麝馥郁，於是脫了上蓋，只穿白綾道袍，兩個在床上腿壓腿兒做一處。先是愛月兒問：「爹今日不家去罷了。」西門慶道：「我還去。今日一者銀兒在這裡，不好意思；二者我居著官，今年考察在邇，恐惹是非，只是白日來和你坐坐罷了。」又說：「前日多謝你泡螺兒。你送了去，倒惹得我心酸了半日。當初只有過世六娘他會揀。他死了，家中再有誰會揀他！」愛月道：「揀他不難，只是要拿得著禁節兒便好。那瓜仁都是我口裡一個個兒嗑的，說應花子倒擸了好些吃了。」西門慶道：「你問那訕臉花子，兩把撾去喃了好些。只剩下沒多，我吃了。」愛月兒道：「倒便益了賊花子，恰好只孝順了他。」又說：「多謝爹的醃梅。媽看見吃了一個兒，歡喜得要不得。他要便痰火發了，晚夕咳嗽半夜，把人聒死了。常時口乾，得恁一個在口裡噙著他，倒生好些津液。我和俺姐姐吃了沒多幾個兒，連罐兒他老人家都收在房內早晚吃，誰敢動他！」西門慶道：「不打緊，我明日使小廝再送一罐來你吃。」

愛月又問：「爹連日會桂姐沒有？」西門慶道：「自從孝堂內到如今，誰見他來？」愛月兒道：「六娘五七，他也送茶去來？」西門慶道：「他家使李銘送去來。」愛月道：「我有句話兒，只放在爹心裡。」西門慶問：「什麼話？」那愛月又想了想說：「我不說罷。若說了，顯得姐妹們恰似我背地說他一般，不好意思的。」西門慶一面摟著他脖子說道：「怪小油嘴兒，什麼話？說與我，不顯出你來就是了。」

兩個正說得入港，猛然應伯爵入來大叫一聲：「你兩個好人兒，撇了俺們走在這裡說梯己話兒！」愛月兒道：「噦，好個不得人意怪訕臉花子！猛可走來，諕了人恁一跳！」西門慶罵：「怪狗才，前邊去罷。丟的葵軒和銀姐在那裡，都往後頭來了。」這伯爵一屁股坐在床上，說：「你拿肐膊來，我且咬口兒，我才去。你兩個在這裡盡著合搗！」於是不由分說，向愛月兒袖口邊勒出那賽鵝脂雪白的手腕兒來，誇道：「我兒，你這兩隻手兒，天生下就是發髩髟的行貨子。」愛月兒道：「怪攮刀子的，我不好罵出來！」被伯爵拉過來，咬了一口走了。咬得老婆怪叫，罵：「怪花子，平白進來鬼混人死了！」便教桃花兒：「你看他出去了，把衖道子門關上。」

愛月便把李桂姐如今又和王三官兒好一節說與西門慶：「怎的有孫寡嘴、祝麻子、小張閒、架兒于寬、聶鉞兒、踢行頭白回子、向三，日逐標著在他家行走。如今丟開齊香兒，又和秦家玉芝兒打熱，兩下裡使錢。使沒了，將皮襖當了三十兩銀子，拿著他娘子兒一副金鐲子放在李桂姐家，算了一個月歇錢。」西門慶聽了，口中罵道：「這小淫婦兒，我恁吩咐休和這小廝纏，他不聽，還對著我賭身發咒，恰好只哄著我。」愛月兒道：「爹也沒要惱。我說與爹個門路兒，管情教王三官打了嘴，替爹出氣。」

西門慶把他摟在懷裡說道：「我的兒，有甚門路兒，說與我知道。」愛月兒道：「我說與爹，休教一人知道。就是應花子也休對他提，只怕走了風。」西門慶道：「你告我說，我傻了，肯教人知道！」鄭愛月道：「王三官娘林太太，今年不上四十歲，生得好不喬樣！描眉畫眼，打扮得狐狸也似。他兒子鎮日在院裡，他專在家，只尋外遇。假託在姑姑菴裡打齋，但去，就在說媒的文嫂兒家落腳。文嫂兒單管與他做牽頭，只說好風月。我說與爹，到明日遇他遇兒也不難。又一個巧宗兒：王三官娘子兒今才十九歲，是東京六黃太尉姪女兒，上畫般標緻，雙陸、棋子都會。三官常不在家，他如同守寡一般，好不氣生氣死。為他也上了兩三遭吊，救下來了。爹難得先刮剌上了他娘，不愁媳婦兒不是你的。」

當下，被他一席話兒說得西門慶心邪意亂，摟著粉頭說：「我的親親，你怎的曉得就裡？」愛月兒就不說常在他家唱，只說：「我一個熟人兒，如此這般和他娘在某處會過一面，也是文嫂兒說合。」西門慶問：「那人是誰？莫不是大街坊張大戶姪兒張二官兒？」愛月兒道：「那張懋德兒，好合的貨，麻著個臉蛋子，密縫兩個眼，可不砢硶殺我罷了！只好蔣家百家奴兒接他。」西門慶道：「我猜不著，端的是誰？」愛月兒道：「教爹得知了罷：原是梳籠我的一個南人。他一年來此做買賣兩遭，正經他在裡邊歇不得一兩夜，倒只在外邊常和人家偷貓遞狗，幹此勾當。」

西門慶聽了，見粉頭所事，合著他的板眼，一發歡喜，說：「我兒，你既貼戀我心，我每月送三十兩銀子與你媽盤纏，也不消接人了。我遇閒就來。」愛月兒道：「爹，你若有我心時，什麼三十兩二十兩，隨著掠幾兩銀子與媽，我自恁懶待留人，只是伺候爹罷了。」西門慶道：「什麼話！我決然送三十兩銀子來。」說畢，兩個上床交歡。床上舖的被褥約一尺高，愛月道：「爹脫衣裳不脫？」西門慶道：「咱連衣耍耍罷，只怕他們前邊等咱。」一面扯過枕頭來，粉頭解去下衣，仰臥枕畔，西門慶把他兩隻小小金蓮扛在肩上，解開藍綾褲子，那話使上托子。但見花心輕折，柳腰款擺。正是：

花嫩不禁柔，春風卒未休。
花心猶未足，脈脈情無極。
低低喚粉郎，春宵樂未央。

兩個交歡良久，至精欲泄之際，西門慶幹得氣喘吁吁，粉頭嬌聲不絕，鬢雲拖枕，滿口只叫：「親達達，慢著些兒！」少頃，樂極情濃，一泄如注。雲收雨散，各整衣理容，淨了手，同攜手來到席上。

吳銀兒和愛香兒正與葵軒、伯爵擲色猜枚，觥籌交錯，耍在熱鬧處。眾人見西門慶進入，俱立起身來讓坐。伯爵道：「你也下般的，把俺們丟在這裡，你才出來，拿酒兒且扶扶頭著。」西門慶道：「俺們說句話兒，有甚閒勾當！」伯爵道：「好話，你兩個原來說梯己話兒。」當下伯爵拿大鍾斟上暖酒，眾人陪西門慶吃。四個妓女拿樂器彈唱。玳安在旁說道：「轎子來了。」西門慶努了個嘴兒與他，那玳安連忙吩咐排軍打起燈籠，外邊伺候。西門慶也不坐，陪眾人執杯立飲。吩咐四個妓女：「你再唱個『一見嬌羞』我聽。」那韓消愁兒拿起琵琶來，款放嬌聲，拿腔唱道：

一見嬌羞，雨意雲情兩意投。我見他千嬌百媚，萬種妖嬈，一拈溫柔。通書先把話兒勾，傳情暗裡秋波溜。記在心頭。心頭，未審何時成就？

又唱了一個。吃畢，眾人又彼此交換遞了兩轉，妓女又唱了兩個。

唱了一個，吳銀兒遞西門慶酒，鄭香兒便遞伯爵，愛月兒奉溫秀才，李智、黃四都斟上。四妓女唱畢，都飲過，西門慶就起身。一面令玳安向書袋內取出大小十一包賞賜來：四個妓女每人三錢，廚役賞了五錢，吳惠、鄭春、鄭奉每人三錢，攛掇打茶的每人二錢，丫頭桃花兒也與了他三錢。俱磕頭謝了。黃四再三不肯放，道：「應二叔，你老人家說聲，天還早哩。老爹大坐坐，也盡小人之情，如何就要起身？我的月姨，你也留留兒。」愛月兒道：「我留他，他白不肯坐。」西門慶道：「你們不知，我明日還有事。」一面向黃四作揖道：「生受打攪！」黃四道：「惶恐！沒得請老爹來受餓，又不肯久坐，還是小人沒敬心。」

說著，三個唱的都磕頭說道：「爹到家多頂上大娘和眾娘們，俺們閒了，會了銀姐往宅內看看大娘去。」西門慶道：「你們閒了去坐上一日來。」一面掌起燈籠，西門慶下臺磯，鄭家鴇子迎著道萬福，說道：「老爹大坐回兒，慌得就起身，嫌俺家東西不美口？還有一道米飯兒未曾上哩！」西門慶道：「夠了。我明日還要起早，衙門中有勾當。應二哥他沒事，教他大坐回兒罷。」那伯爵就要跟著起來，被黃四使力攔住，說道：「我的二爺，你若去了，就沒趣死了。」伯爵道：「不是，你休攔我。你把溫老先生有本事留下，我就算你好漢。」那溫秀才奪門就走，被黃家小廝來定兒攔腰抱住。西門慶到了大門首，因問琴童兒：「溫師父有頭口在這裡沒有？」琴童道：「備了驢子在此，畫童兒看著哩。」西門慶向溫秀才道：「既有頭口，也罷，老先兒你再陪應二哥坐坐，我先去罷。」於是，都送出門來。

那鄭月兒拉著西門慶手兒悄悄捏了一把，說道：「我說的話，爹你在心些，法不傳六耳。」西門慶道：「知道了。」愛月又叫鄭春：「你送老爹到家。」西門慶才上轎去了。吳銀兒就在門首作辭了眾人並鄭家姐兒兩個，吳惠打著燈回家去了。鄭月兒便叫：「銀姐，見了那個流人兒，好歹休要說。」吳銀兒道：「我知道。」眾人回至席上，重添獸炭，再泛流霞，歌舞吹彈，歡娛樂飲，直耍了三更方散。黃四擺了這席酒，也與了他十兩銀子，不在話下。當日西門慶坐轎子，兩個排軍打著燈，逕出院門，打發鄭春回家。

一宿晚景提過。到次日，夏提刑差答應的來請西門慶早往衙門中審問賊情等事，直問到晌午來家。吃了飯，早是沈姨夫差大官沈定，拿帖兒送了個後生來，在緞子鋪煮飯做火頭，名喚劉包。西門慶留下了，正在書房中，拿帖兒與沈定回家去了。只見玳安在旁邊站立，西門慶便問道：「溫師父昨日多咱來的？」玳安道：「小的鋪子裡睡了好一回，只聽見畫童兒打對過門，那咱有三更時分才來了。今早問，溫師父倒沒酒；應二爹醉了，唾了一地，月姨恐怕夜深了，使鄭春送了他家去了。」西門慶聽了，哈哈笑了，因叫過玳安近前，說道：「舊時與你姐夫說媒的文嫂兒在哪裡住？你尋了他來，對門房子裡見我。我和他說話。」玳安道：「小的不認得文嫂兒家，等我問了姐夫去。」西門慶道：「你問了他快去。」

玳安走到鋪子裡問陳敬濟，敬濟道：「問他做什麼？」玳安道：「誰知他做什麼，猛可教我抓尋他去。」敬濟道：「出了東大街一直往南去，過了同仁橋牌坊轉過往東，打王家巷進去，半中腰裡有個發放巡捕的廳兒，對門有個石橋兒，轉過石橋兒，緊靠著個姑姑菴兒，旁邊有個小衚衕兒，進小衚衕往西走，第三家豆腐鋪隔壁上坡兒，有雙扇紅對門兒的就是他家。你只叫文媽，他就出來答應你。」玳安聽了說道：「再沒有？小爐匠跟著行香的走——瑣碎一浪蕩。你再說一遍我聽，只怕我忘了。」那陳敬濟又說了一遍，玳安道：「好近路兒！等我騎了馬去。」一面牽出大白馬來騎上，打了一鞭，那馬咆哮跳躍，一直去了。出了東大街逕往南，過同仁橋牌坊，由王家巷進去，果然中間有個巡捕廳兒，對門亦是座破石橋兒，裡首半截紅牆是大悲菴兒，往西小衚衕上坡，挑著個豆腐牌兒，門首只見一個媽媽曬馬糞。玳安在馬上就問：「老媽媽，這裡有個說媒的文嫂兒？」那媽媽道：「這隔壁對門兒就是。」

玳安到他門首，果然是兩扇紅對門兒，連忙跳下馬來，拿鞭兒敲著門叫道：「文嫂在家不在？」只見他兒子文鏜開了門，問道：「是哪裡來的？」玳安道：「我是縣門前提刑西門老爹家來請，教文媽快去哩。」文鏜聽見是提刑西門大官府裡來的，便讓家裡坐。那玳安把馬拴住，進入裡面。見上面供養著利市紙，有幾個人在那裡算進香帳哩。

半日拿了鍾茶出來，說道：「俺媽不在了。來家說了，明日早去罷。」玳安道：「驢子現在家裡，如何推不在？」側身逕往後走。不料文嫂和他媳婦兒，陪著幾個道媽媽子正吃茶，躲不及，被他看見了，說道：「這個不是文媽？就回我不在家！」文嫂笑哈哈與玳安道了個萬福，說道：「累哥哥到家回聲，我今日家裡會茶。不知老爹呼喚我做什麼，我明日早去罷。」玳安道：「只吩咐我來尋你，誰知他做什麼。原來你在這咭溜搭刺兒裡住，教我抓尋了個小發昏！」文嫂兒道：「他老人家這幾年買使女，說媒，用花兒，自有老馮和薛嫂兒、王媽媽子走跳，稀罕俺們！今日忽刺八又冷鍋中豆兒爆，我猜著你六娘沒了，一定教我去替他打聽親事，要補你六娘的窩兒。」玳安道：「我不知道。你到那裡，俺爹自有話和你說。」文嫂兒道：「既如此，哥哥你略坐坐兒，等我打發會茶人去了，同你去罷。」玳安道：「俺爹在家緊等得火裡火發，吩咐了又吩咐，教你快去哩。和你說了話，還要往府裡羅同知老爹家吃酒去哩。」文嫂道：「也罷，等我拿點心你吃了，同你去。」玳安道：「不吃罷。」

文嫂因問：「你大娘生了孩兒沒有？」玳安道：「還不曾見哩。」文嫂一面打發玳安吃了點心，穿上衣裳，說道：「你騎馬先行一步兒，我慢慢走。」玳安道：「你老人家放著驢子，怎不備上騎？」文嫂兒道：「我哪討個驢子來？那驢子是隔壁豆腐鋪裡的，借俺院兒裡餵餵兒，你就當我的。」玳安道：「記得你老人家騎著匹驢兒來，往哪去了？」文嫂兒道：「這咱哩！那一年吊死人家丫頭，打官司把舊房兒也賣了，且說驢子哩！」玳安道：「房子倒不打緊，且留著那驢子和你早晚做伴兒也罷了。別的罷了，我見他常時落下來好個大鞭子。」文嫂哈哈笑道：「怪猴子，短壽命，老娘還只當好話兒，側著耳朵聽。幾年不見，你也學得恁油嘴滑舌的。到明日，還教我尋親事哩！」玳安道：「我的馬走得快，你步行，赤道挨磨到多咱晚，不惹得爹說？你也上馬，咱兩個疊騎著罷。」文嫂兒道：「怪小短命兒，我又不是你影射的！街上人看著，怪刺刺的。」玳安道：「再不，你備豆腐舖裡驢子騎了去，到那裡等我打發他錢就是了。」文嫂兒道：「這還是話。」一面教文鏜將驢子備了，帶上眼紗，騎上，玳安與他同行，逕往西門慶宅中來。正是：

欲向深閨求艷質，全憑紅葉是良媒。

第六十九回　招宣府初調林太太　麗春院驚走王三官

詞曰：

香煙嬝，羅幃錦帳風光好。風光好，金釵斜軃，鳳顛鸞倒。　怳疑身在蓬萊島，邂逅相逢緣不小。緣不小，最開懷處，蛾眉淡掃。

——右調〈憶秦娥〉

話說玳安同文嫂兒到家，平安說：「爹在對門房子裡。」進去稟報。西門慶正在書房中和溫秀才坐的，見玳安，隨即出來，小客位內坐下。玳安道：「文嫂兒叫了來，在外邊伺候。」西門慶即令：「叫他進來。」那文嫂悄悄掀開暖簾，進入裡面，向西門慶磕頭。西門慶道：「文嫂，許久不見你。」文嫂道：「小媳婦忙。」西門慶道：「你如今搬在哪裡住了？」文嫂道：「小媳婦因不幸為了場官司，把舊時那房兒棄了，如今搬在大南首王家巷住哩。」西門慶吩咐道：「起來說話。」那文嫂一面站立在旁邊。西門慶令左右都出去，那平安和畫童都躲在角門外伺候，只玳安兒影在簾兒外邊聽。

西門慶因問：「你常在哪幾家大人家走跳？」文嫂道：「就是大街皇親家，守備府周爺家，喬皇親、張二老爹、夏老爹家，都相熟。」西門慶道：「你認得王招宣府裡不認得？」文嫂道：「是小媳婦定門主顧，太太和三娘常照顧我的花翠。」西門慶道：「你既相熟，我有椿事兒央及你，休要阻了我。」向袖中取出五兩一錠銀子與他，悄悄和他說：「如此這般，你怎的尋個路兒把他太太吊在你那裡，我會他會兒，我還謝你。」那文嫂聽了，哈哈笑道：「是誰對爹說來？你老人家怎的曉得來？」西門慶道：「常言：人的名兒，樹的影兒。我怎的不知道！」文嫂道：「若

說起我這太太來，今年屬豬，三十五歲，端的上等婦人，百伶百俐，只好像三十歲的。他雖是幹這營生，好不幹得細密！就是往那裡去，許多伴當跟隨，逕路兒來，逕路兒去。三老爹在外為人做人，他怎在人家落腳？——這個人傳得訛了。倒是他家裡深宅大院，一時三老爹不在，藏掖個兒去，人不知鬼不覺，倒還許。若是小媳婦那裡，窄門窄戶，敢招惹這個事？就是爹賞的這銀子，小媳婦也不敢領去。寧可領了爹言語，對太太說就是了。」

西門慶道：「你不收，便是推託，我就惱了。事成，我還另外賞幾個紬緞你穿。」文嫂道：「愁你老人家沒有也怎的？上人著眼覷，就是福星臨！」磕了個頭，把銀子接了，說道：「待小媳婦悄悄對太太說，來回你老人家。」西門慶道：「你當件事幹，我這裡等著。你來時，只在這裡來就是了，我不使小廝去了。」文嫂道：「我知道。不在明日，只在後日，隨早隨晚，討了示下就來了。」一面走出來。玳安道：「文嫂，隨你罷了，我只要你一兩銀子，也是我叫你一場。你休要獨吃。」文嫂道：「猢猻兒隔牆掠篩箕，還不知仰著合著哩。」於是出門騎上驢子，他兒子籠著，一直去了。西門慶和溫秀才坐了一回，良久，夏提刑來，就冠冕著同往府裡羅同知——名喚羅萬象那裡吃酒去了。直到掌燈以後才來家。

且說文嫂兒拿著西門慶五兩銀子，到家歡喜無盡，打發會茶人散了。至後晌時分，走到王招宣府宅裡，見了林太太，道了萬福。林氏便道：「你怎的這兩日不來看看我？」文嫂便把家中會茶，趕臘月要往頂上進香一節告訴林氏。林氏道：「你兒子去，你不去罷了。」文嫂兒道：「我如何得去？只教文纏代進香去罷了。」林氏道：「等臨期，我送些盤纏與你。」文嫂便道：「多謝太太布施。」說畢，林氏教他近前烤火，丫鬟拿茶來吃了。這文嫂一面吃了茶，問道：「三爹不在家了？」林氏道：「他又有兩夜沒回家，只在裡邊歇哩。逐日搭著這夥喬人，只眠花臥柳，把花枝般媳婦兒丟在房裡，通不顧，如何是好？」文嫂又問：「三娘怎的不見？」林氏道：「他還在房裡未出來哩。」

這文嫂見無人，便說道：「不打緊，太太寬心。小媳婦有個門路兒，管就打散了這夥人，三爹收心，也再不進院去了。太太容小媳婦，便敢說；不容便不敢說。」林氏道：「你說的話兒，哪遭兒我不依你來？你有話只顧說不妨。」這文嫂方說道：「縣門前西門大老爹，如今見在提刑院做掌刑千戶，家中放官吏債，開四五處鋪面：緞子鋪、生藥鋪、紬絹鋪、絨線鋪，外邊江湖又走標船，揚州興販鹽引，東平府上納香蠟，夥計主管約有數十。東京蔡太師是他乾爺，朱太尉是他衛主，翟管家是他親家，巡撫巡按都與他相交，知府知縣是不消說。家中田連阡陌，米爛成倉，身邊除了大娘子——乃是清河左衛吳千戶之女，填房與他為繼室——只成房頭、穿袍兒的，也有五六個。以下歌兒舞女，得寵侍妾，不下數十。端的朝朝寒食，夜夜元宵。今老爹不上三十一二年紀，正是當年漢子，大身材，一表人物。也曾吃藥養龜，慣調風情；雙陸象棋，無所不通；蹴踘打毬，無所不曉；諸子百家，拆白道字，眼見就會。端的擊玉敲金，百伶百俐。聞知咱家乃世代簪纓人家，根基非淺，又見三爹在武學肄業，也要來相交，只是不曾會過，不好來的。昨日聞知太太貴誕在邇，又四海納賢，也一心要來與太太拜壽。小媳婦便道：『初會，怎好驟然請見的。待小的達知老太太，討個示下，來請老爹相見。』今老太太不但結識他來往相交，只央浼他把這干人斷開了，須玷辱不了咱家門戶。」林氏被文嫂這篇話說得心中迷留摸亂，情竇已開，便向文嫂兒計較道：「人生面不熟，怎好遽然相見？」文嫂道：「不打緊，等我對老爹說。只說太太先央浼他要到提刑院遞狀，告引誘三爹這起人，預先請老爹來私下先會一會，此計有何不可？」說得林氏心中大喜，約定後日晚夕等候。

這文嫂討了婦人示下歸家，到次日飯時，走來西門慶宅內。西門慶正在對門書院內坐的，忽玳安報：「文嫂來了。」西門慶聽了，即出小客位，令左右放下簾兒。良久，文嫂進入裡面，磕了頭，玳安知局，就走出來了。文嫂便把怎的說念林氏：「誇獎老爹人品家道，怎樣結識官府，又怎的仗義疏財，風流博浪，說得他千肯萬肯，約定明日晚間，三爹不在家，家中設席等候。假以說人情為由，暗中相會。」西門慶聽了，滿心歡喜。又令玳安拿了兩匹紬緞賞他。文嫂道：「爹明日要去，休要早了。直到掌燈，街上人靜時，打他後門首匾食巷中——他後門旁有個住房的段媽媽，我在他家等著。爹只使大官兒彈門，我就出來引爹入港，休令左近人知道。」西門慶道：「我知道。你明日先去，不可離寸地，我也依期而至。」說畢，文嫂拜辭出門，又回林氏話去了。

西門慶那日，歸李嬌兒房中宿歇，一宿無話。巴不到次日，培養著精神。午間，戴著白忠靖巾，便同應伯爵騎馬往謝希大家吃生日酒。席上兩個唱的。西門慶吃了幾杯酒，約掌燈上來，就逃席走出來了。騎上馬，玳安、琴童兩個小廝跟隨。那時約十九日，月色朦朧，帶著眼紗由大街抹過，逕穿到扁食巷王招宣府後門來。那時才上燈一回，街上人初靜之後。西門慶離他後門半舍，把馬勒住，令玳安先彈段媽媽家門。原來這媽媽就住著王招宣家後房，也是文嫂舉薦，早晚看守後門，開門閉戶。但有入港，在他家落腳做窩。

文嫂在他屋裡聽見彈門，連忙開門。見西門慶來了，一面在後門裡等的西門慶下了馬，除去眼紗兒，引進來，吩咐琴童牽了馬，往對門人家西首房簷下那裡等候，玳安便在段媽媽屋裡存身。這文嫂一面請西門慶入來，便把後門關了，上了栓，由夾道進內。轉過一層群房，就是太太住的五間正房，旁邊一座便門閉著。這文嫂輕敲敲門環兒，原來有個聽頭。少頃，見一丫鬟出來，開了雙扉。文嫂導引西門慶到後堂，掀開簾櫳，只見裡面燈燭熒煌，正面供養著他祖爺太原節度頒陽郡王王景崇的影身圖：穿著大紅團袖，蟒衣玉帶，虎皮交椅坐著觀看兵書。有若關王之像，只是鬚鬢短些。迎門朱紅匾上寫著「節義堂」三字，兩壁隸書一聯：「傳家節操同松竹，報國勳功並斗山。」

西門慶正觀看之間，只聽得門簾上鈴兒響，文嫂從裡拿出一盞茶來與西門慶吃。西門慶便道：「請老太太出來拜見。」文嫂道：「請老爹且吃過茶著，剛才稟過太太知道了。」不想林氏悄悄從房門簾裡望外邊觀看，見西門慶身材凜凜，一表人物，頭戴白緞忠靖冠，貂鼠暖耳，身穿紫羊絨鶴氅，腳下粉底皂靴，就是個——

富而多詐奸邪輩，壓善欺良酒色徒。

林氏一見滿心歡喜，因悄悄叫過文嫂來，問他戴的孝是誰的。文嫂道：「是他第六個娘子的孝，新近九月間沒了不多些時。饒少殺，家中如今還有一巴掌人兒。他老人家，你看不出來？出籠兒的鵪鶉——也是個快鬥的。」這婆娘聽了，越發歡喜無盡。文嫂催逼他出去，婦人道：「我羞答答怎好出去？請他進來見罷。」文嫂一面走出來，向西門慶說：「太太請老爹房內拜見哩。」於是忙掀門簾，西門慶進入房中，但見簾幕垂紅，氍毹舖地，麝蘭香靄，氣暖如春。綉榻則斗帳雲橫，錦屏則軒轅月映。婦人頭上戴著金絲翠葉冠兒，身穿白綾寬紬襖兒，沈香色遍地金妝花緞子鶴氅，大紅宮錦寬襴裙子，老鸛白綾高底鞋兒。就是個綺閣中好色的嬌娘，深閨內施毬的菩薩。有詩為證：

雲濃脂膩黛痕長，蓮步輕移蘭麝香。
醉後情深歸綉帳，始知太太不尋常。

西門慶一見便躬身施禮，說道：「請太太轉上，學生拜見。」林氏道：「大人免禮罷。」西門慶不肯，就側身磕下頭去拜兩拜。婦人亦敘禮相還。拜畢，西門慶正面椅子上坐了，林氏就在下邊梳背炕沿斜簽相陪。文嫂又早把前邊儀門閉上了，再無一個僕人在後邊。三公子那邊角門也關了。一個小丫鬟名喚芙蓉，拿茶上來，林氏陪西門慶吃了茶，文嫂就在旁說道：「太太久聞老爹執掌刑名，敢使小媳婦請老爹來央煩椿事兒，未知老爹可依允不依？」西門慶道：「不知老太太有甚事吩咐？」林氏道：「不瞞大人說，寒家雖世代做了這招宣，不幸夫主去世年久，家中無甚積蓄。小兒年幼優養，未曾考襲，如今雖入武學肄業，年幼失學。外邊有幾個奸詐不良的人，日逐引誘他在外嫖酒，把家事都失了。幾次欲待要往公門訴狀，誠恐拋頭露面，有失先夫名節。今日敢請大人至寒家訴其衷曲，就如同遞狀一般。望乞大人千萬留情把這干人怎生處斷開了，使小兒改過自新，專習功名，以承先業，實出大人再造之恩，妾身感激不淺，自當重謝。」

西門慶道：「老太太怎生這般說。尊家乃世代簪纓，先朝將相。令郎既入武學，正當努力功名，承其祖武，不意聽信遊食所哄，留連花酒，實出少年所為。太太既吩咐，學生到衙門裡，即時把這干人處分懲治，庶可杜絕將來。」這婦人聽了，連忙起身，向西門慶道了萬福，說道：「容日妾身致謝大人。」西門慶道：「你我一家，何出此言。」

說話之間，彼此眉目顧盼留情。不一時，文嫂放桌兒擺上酒來，西門慶故意辭道：「學生初來進謁，倒不曾送禮來，如何反承老太太盛情留坐！」林氏道：「不知大人下降，沒做整備。寒天聊具一杯水酒，表意而已。」丫鬟篩上酒來，端的金壺斟美釀，玉盞貯佳餚。林氏起身捧酒，西門慶亦下席道：「我當先奉老太太一杯。」文嫂兒在旁插口說道：「老爹且不消遞太太酒。這十一月十五日是太太生日，那日送禮來與太太祝壽就是了。」西門慶道：「阿呀！早時你說。今日是初九，差六日。我在下一定來與太太登堂拜壽。」林氏笑道：「豈敢動勞大人！」須臾，大盤大碗，就是十六碗美味佳餚，旁邊絳燭高燒，下邊金爐添火，交杯一盞，行令猜枚，笑雨嘲雲，酒為色膽。看看飲至蓮漏已沈、窗月倒影之際，一雙竹葉穿心，兩個芳情已動。文嫂已過一邊，連次呼酒不至。西門慶見左右無人，漸漸促席而坐，言頗涉邪，把手捏腕之際，挨肩擦膀之間。初時戲摟粉項，婦人則笑而不言；次後款啓朱唇，西門慶則舌吐其口，嗚咂有聲，笑語密切。婦人於是自掩房門，解衣鬆佩，微開錦帳，輕展綉衾，鴛枕橫床，鳳香薰被，相挨玉體，抱摟酥胸。原來西門慶知婦人好風月，家中帶了淫器包在身邊，又服了胡僧藥。婦人摸見他陽物甚大，西門慶亦摸其牝戶，彼此歡欣，情興如火。展猿臂，不覺蝶浪蜂狂；蹺玉腿，那個羞雲怯雨！正是：

縱橫慣使風流陣，哪管床頭墮玉釵。

西門慶當下竭平生本事，將婦人盡力盤桓了一場。纏至更深天氣，方才精泄。婦人則髮亂釵橫，花憔柳困。兩個並頭交股，摟抱片時，起來穿衣。婦人款剔銀燈，開了房門，照鏡整容，呼丫鬟捧水淨手。復飲香醪，再勸美酌。三杯之後，西門慶告辭起身，婦人挽留不已，叮嚀頻囑。西門慶躬身領諾，謝擾不盡，相別出門。婦人送到角門首回去了。文嫂先開後門，呼喚玳安、琴童牽馬過來，騎上回家。街上已喝號提鈴，更深夜靜，但見一天霜氣，萬籟無聲。西門慶回家，一宿無話。

到次日，西門慶到衙門中發放已畢，在後廳叫過該地方節級緝捕，吩咐如此這般：「王招宣府裡三公子，看有什麼人勾引他，院中在何人家行走，即查訪出名字來，報我知道。」因向夏提刑說：「王三公子甚不學好，昨日他母親再三央人來對我說，倒不關他兒子事，只被這干光棍勾引他。今若不痛加懲治，將來引誘壞了人家子弟。」夏提刑道：「長官所見不錯，必該治他。」

節級緝捕領了西門慶鈞語，當日即查訪出各人名姓來，打了事件，到後晌時分來西門慶宅內呈遞揭帖。西門慶見上面有孫寡嘴、祝實念、小張閒、聶鉞兒、向三、于寬、白回子，樂婦是李桂姐、秦玉芝兒。西門慶取過筆來，把李桂姐、秦玉芝兒並老孫、祝實念名字都抹了，吩咐：「這小張閒等五個光棍，即與我拿了，明日早帶到衙門裡來。」眾公人應諾下去。至晚，打聽王三官眾人都在李桂姐家吃酒踢行頭，都埋伏在房門首。深更時分，剛散出來，眾公人把小張閒、聶鉞、于寬、白回子、向三五人都拿了。孫寡嘴與祝實念爬李桂姐後房去了，王三官藏在李桂姐床底下，不敢出來。桂姐一家諕得捏兩把汗，更不知是哪裡的人，亂央人打聽實信。王三官躲了一夜不敢出來。李家鴇子又恐怕東京下來拿人，到五更時分，攛掇李銘換了衣服，送王三官來家。

節級緝捕把小張閒等拿在聽事房吊了一夜。到次日早晨，西門慶進衙門與夏提刑升廳，兩邊刑杖羅列，帶人上去。每人一夾二十大棍，打得皮開肉綻，鮮血迸流，響聲震天，哀號慟地。西門慶囑咐道：「我把你這起光棍，專一引誘人家子弟在院幫嫖，不守本分，本當重處，今姑從輕責你這幾下兒。再若犯在我手裡，定然枷號，在院門首示眾！」喝令左右：「扠下去！」眾人望外，金命水命，走投無命。

兩位官府發放事畢，退廳吃茶。夏提刑因說起：「昨日京中舍親崔中書那裡書來，說衙門中考察本上去了，還未下來哩。今日會了長官，咱倒好差人往懷慶府同僚林蒼峰那裡，打聽打聽消息去。他那裡臨京近。」西門慶道：「長官所見甚明。」即喚走差的上來吩咐：「與你五錢銀子盤纏，即拿俺兩個拜帖，到懷慶府提刑林千戶老爹那裡，打聽京中考察本示下，看經歷司行下照會來不曾。務要打聽得實，來回報。」那人領了銀子、拜帖，又到司房結束行裝，討了匹馬，長行去了。兩位官府才起身回家。

卻說小張閒等從提刑院打出來，走在路上各人思想，更不料今日受這場虧是哪裡藥線，互相埋怨。小張閒道：「莫不還是東京那裡的消息？」白回子道：「不是。若是那裡消息，怎肯輕素放？」常言說得好：乖不過唱的，賊不過銀匠，能不過架兒。聶鉞兒一口就說道：「你們都不知道，只我猜得著。此一定是西門官府和三官兒上氣，嗔請他婊子，故拿俺們煞氣。正是：龍鬥虎傷，苦了小獐。」小張閒道：「列位倒罷了，只是苦了我在下了。孫寡嘴、祝麻子都跟著，只把俺們頂缸。」于寬道：「你怎的說渾話？他兩個是他的朋友，若拿來跪在地下，他在上面坐著，怎生相處？」小張閒道：「怎的不拿老婆？」聶鉞道：「兩個老婆，都是他心上人。李家桂姐是他的婊子，他肯拿來！也休怪人，是俺們的晦氣，偏撞在這網裡。才夏老爹怎生不言語，只是他說話？這個就見出情弊來了。如今往李桂姐家尋王三官去！白為他打了這一屁股瘡來不成？便罷了，就問他要幾兩銀子盤纏，也不吃家中老婆笑話。」

於是逕入勾欄，見李桂姐家門關得鐵桶相似。叫了半日，丫頭隔門問是誰，小張閒道：「是俺們，尋三官兒說話。」丫頭回說：「他從那日半夜就回家去了，不在這裡。無人在家中，不敢開門。」這眾人只得回來，到王招宣府內，逕入他客位裡坐下。王三官聽見眾人來尋他，諕得躲在房裡不敢出來。半日，使出小廝永定兒來說：「俺爹不在家了。」眾人道：「好自在性兒！不在家了，往哪裡去了？快叫將來！」于寬道：「實和你說了罷，休推睡裡夢裡。剛才提刑院打了俺們，押將出來。如今還要他正身見官去哩！」摟起腿來與永定瞧，教他進裡面去說：「為你打俺們，有甚要緊！」一個個都躺在凳上聲疼叫喊。

那王三官兒越發不敢出來，只叫：「娘，怎麼樣兒？如何救我則可。」林氏道：「我女婦人家，如何尋人情去救得？」求了半日，見外邊眾人等得急了，要請老太太說話。那林氏又不出去，只隔著屏風說道：「你們略等他等，委的在莊上，不在家了。我這裡使小廝叫他去。」小張閒道：「老太太，快使人請他來！這個癤子終要出膿，只顧膿著不是事。俺們為他連累打了這一頓。剛才老爹吩咐押出俺們來要他。他若不出來，大家都不得清淨，就弄得不好了。」

林氏聽言，連忙使小廝拿出茶來與眾人吃。王三官諕得鬼也似，逼他娘尋人情。直到至急之處，林氏方才說道：「文嫂他只認得提刑西門官府家，昔年曾與他女兒說媒來，在他宅中走得熟。」王三官道：「就認得西門提刑也罷。快使小廝請他來。」林氏道：「他自從你前番說了他，使性兒一向不來走動，怎好又請他？他也不肯來。」王三官道：「好娘，如今事在至急，請他來，等我與他陪個禮兒便了。」林氏便使永定兒悄悄打後門出去，請了文嫂來。王三官再三央及他，一口一聲只叫：「文媽，你認得提刑西門大官府，好歹說個人情救我。」

這文嫂故意做出許多喬張致來，說道：「舊時雖故與他宅內大姑娘說媒，這幾年誰往他門上走！大人家深宅大院，不去纏他。」王三官連忙跪下說道：「文媽，你救我，恩有重報，不敢有忘。那幾個人在前邊只要出官，我怎去得？」文嫂只把眼看他娘，他娘道：「也罷，你便替他說說罷了。」文嫂道：「我獨自個去不得。三叔，你衣巾著，等我領你親自到西門老爹宅上，你自拜見央浼他，等我在旁再說，管情一天事就了了。」王三官道：「見今他眾人在前邊催逼甚急，只怕一時被他看見怎了？」文嫂道：「有甚難處勾當？等我出去安撫他，再安排些酒肉點心茶水哄他吃著，我悄悄領你從後門出去，幹事回來，他就便也不知道。」

這文嫂一面走出前廳，向眾人拜了兩拜，說道：「太太教我出來，多上覆列位哥們：本等三叔往莊上去了，不在家，使人請去了，便來也。你們略坐坐兒。吃打受罵，連累了列位。誰人不吃鹽米，等三叔來，教他知遇你們。你們千差萬差來人不差，恆屬大家只要圖了事。上司差派，不由自己。有了三叔出來，一天大事都了了。」眾人聽了，一齊道：「還是文媽見得多，你老人

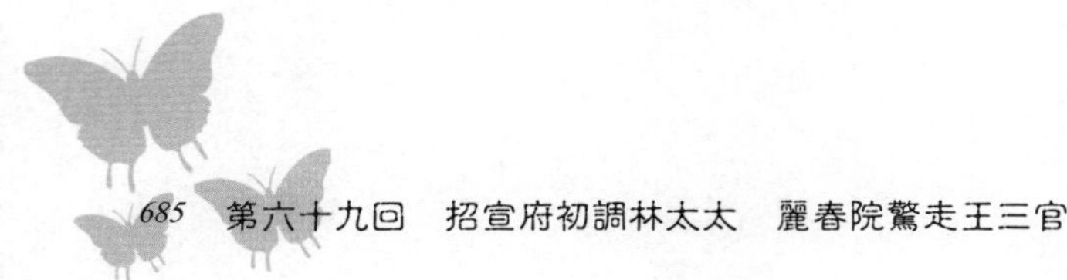

家早出來說傢句有南北的話兒，俺們也不急得要不得。執殺法兒只回不在家，莫不俺們自做出來的事？你傢帶累俺們吃官棒，上司要你，假推不在家。吃酒吃肉，教人替你不成？文媽，你是曉道理的，你出來，俺們還透個路兒與你──破些東西兒，尋個分上兒說說，大家了事。你不出來見俺們，這事情也要消繳，一個緝捕問刑衙門，平不答的就罷了？」文嫂兒道：「哥們說得是。你們略坐坐兒，我對太太說，安排些酒飯兒管待你們。」眾人都道：「還是我的文媽知人苦辣。不瞞文媽說，俺們從衙門裡打出來，黃湯兒也沒曾嚐著哩！」這文嫂走到後邊，一力竄掇，打了二錢銀子酒，買了一錢銀子點心，豬羊牛肉各切幾大盤，拿將出去，一壁哄他眾人在前邊大酒大肉吃著。

這王三官儒巾青衣，寫了揭帖，文嫂領著，帶上眼紗，悄悄從後門出來，步行逕往西門慶家來。到了大門首，平安兒認得文嫂，說道：「爹才在廳上，進去了。文嫂有甚話說？」文嫂遞與他拜帖，說道：「哥哥，累你替他稟稟去。」連忙問王三官要了二錢銀子遞與他，那平安兒方進去替他稟知西門慶。西門慶見了手本拜帖，上寫著：「眷晚生王寀頓首百拜。」一面先叫進文嫂，問了回話，然後才開大廳槅子門，使小廝請王三官進去。

西門慶頭戴忠靖巾，便衣出來迎接，見王三衣巾進來，故意說道：「文嫂怎不早說？我褻衣在此。」便令左右：「取我衣服來。」慌得王三官向前攔住道：「尊伯尊便，小姪敢來拜瀆，豈敢動勞！」至廳內，王三官務請西門慶轉上行禮。西門慶笑道：「此是舍下。」再三不肯。西門慶居先拜下去，王三官說道：「小姪有罪在身，久仰，欠拜。」西門慶道：「彼此少禮。」王三官因請西門慶受禮，說道：「小姪人家，老伯當得受禮，以恕拜遲之罪。」務讓起來，受了兩禮。西門慶讓坐，王三官又讓了一回，然後挪座兒斜簽坐的。

少頃，吃了茶，王三官向西門慶說道：「小姪一事，不敢奉瀆尊嚴。」因向袖中取出揭帖遞上，隨即離座跪下。被西門慶一手拉住，說道：「賢契有甚話，但說何害！」王三官就說：「小姪不才，誠為得罪，望乞老伯念先父武弁一殿之臣，寬恕小姪無知之罪，完其廉恥，免令出官，則小姪垂死之日，實再生之幸也。啣結圖報，惶恐，惶恐！」西門慶展開揭帖，上面有小張閒等五人名字，說道：「這起光棍，我今日衙門裡，已各重責發落，饒恕了他，怎的又央你去？」王三官道：「他說老伯衙門中責罰了他，押出他來，還要小姪見官。在家百般辱罵喧嚷，索詐銀兩，不得安生，無處控訴，特來老伯這裡請罪。」又把禮帖遞上。

西門慶一見，便道：「豈有此理！這起光棍可惡。我倒饒了他，如何倒往那裡去攪擾！」把禮帖還與王三官收了，道：「賢契請回，我且不留你坐。如今就差人拿這起光棍去。容日奉招。」王三官道：「豈敢！蒙老伯不棄，小姪容當叩謝。」千恩萬謝出門。西門慶送至二門首，說：「我褻服不好送的。」那王三官自出門來，還帶上眼紗，小廝跟隨去了。文嫂還討了西門慶話。西門慶吩咐：「休要驚動他，我這裡差人拿去。」

這文嫂同王三官暗暗到家。不想西門慶隨即差了一名節級、四個排軍，走到王招宣宅內。那起人正在那裡飲酒喧鬧，被公人進去不由分說都拿了，帶上鎖子。諕得眾人面如土色，說道：「王三官幹的好事，把俺們穩住在家，倒把鋤頭反弄俺們來了。」那個節級排軍罵道：「你這廝還胡說，當的什麼？各人到老爹跟前哀告，討你那命是正經。」小張閒道：「大爺教導得是。」

不一時，都拿到西門慶宅門首，門上排軍並平安兒都張著手兒要錢，才替他稟。眾人不免脫下褶兒，並拿頭上簪圈下來，打發停當，方才說進去。半日，西門慶出來坐廳，節級帶進去跪在廳下。西門慶罵道：「我把你這起光棍，我倒將就了你，你如何指稱我衙門往他家嚇詐去？實說詐了多少錢？若不說，今左右拿拶子與我著實拶起來！」當下只說了聲，那左右排軍登時拿了五六把新拶子來伺候。小張閒等只顧叩頭哀告道：「小的們並沒嚇詐分文財物，只說衙門中打出來，對他說聲。他家拿出些酒食來管待小的們，小的們並沒需索他的。」西門慶道：「你也不該往他家去。你這些光棍，設騙良家子弟，白手要錢，深為可恨！既不肯實供，都與我帶了衙門裡收監，明日嚴審取供，枷號示眾！」眾人一齊哀告，哭道：「天官爺，超生小的們罷，小的再不敢上他門纏擾了。休說枷號，這一送到監裡去，冬寒時月，小的們都是死數。」西門慶道：「我把你這起光棍，饒出你去，都要洗心改過，務要生理。不許你挨坊靠院，引誘人家子弟，詐騙財物。再拿到我衙門裡來，都活打死了。」喝令：「扠出去！」眾人得了個性命，往外飛跑。正是：

敲碎玉籠飛彩鳳，頓開金鎖走蛟龍。

西門慶發了眾人去，回至後房，月娘問道：「這是哪個王三官兒？」西門慶道：「此是王招宣府中三公子，前日李桂兒為那場事就是他。今日賊小淫婦兒不改，又和他纏，每月三十兩銀子教他包著。嗔道一向只哄著我！不想有個底腳裡人兒又告我說，教我差幹事的拿了這干人，到衙門裡都夾打了。不想這干人又到他家裡嚷賴，指望要詐他幾兩銀子，只說衙門中要他。他從沒見官，慌了，央文嫂兒拿了五十兩禮帖來求我說人情。我剛才把那起人又拿了來，打發了一頓，替他杜絕了。人家倒運，偏生這樣不肖子弟出來！——你家祖父何等根基，又做招宣，你又現入武學，放著那功名兒不幹，家中丟著花枝般媳婦兒不去理論，白日黑夜只跟著這夥光棍在院裡嫖弄。今年不上二十歲，年小小兒的，通不成器！」月娘道：「你乳老鴉笑話豬兒足，原來燈臺不照自。你自道成器的？你也吃這井裡水，無所不為，清潔了些什麼兒？還要禁人！」幾句說得西門慶不言語了。

正擺上飯來吃，來安來報：「應二爹來了。」西門慶吩咐：「請書房裡坐，我就來。」王經連忙開了廳上書房門，伯爵進裡面坐了。良久，西門慶出來。聲喏畢，就坐在炕上，兩個說話。伯爵道：「哥，你前日在謝二哥家，怎老早就起身？」西門慶道：「我連日有勾當，又考察在邇，差人東京打聽消息。我比你們閒人兒？」伯爵又問：「哥，連日衙門中有事沒有？」西門慶道：「事，哪日沒有！」伯爵又道：「王三官兒說，哥衙門中把小張閒他們五個，初八日晚夕，在李桂姐屋裡都拿的去了，只走了老孫、祝麻子兩個。今早解到衙門裡，都打出來了，眾人都往招宣府纏王三官去了。怎的還瞞著我不說？」西門慶道：「傻狗才，誰對你說來？你敢錯聽了。敢不是我衙門裡，敢是周守備府裡？」伯爵道：「守備府中哪裡管這閒事！」西門慶道：「只怕是京中提人？」伯爵道：「也不是。今早李銘對我說，那日把他一家子諕得魂也沒了，李桂兒至今諕得睡倒了，還沒曾起炕兒。怕又是東京下來拿人，今早打聽，方知是提刑院拿人。」西門慶道：「我連日不進衙門，並沒知道。李桂兒既賭過誓不接他，隨他拿亂去，又害怕睡倒怎的？」

伯爵見西門慶迸著臉兒待笑，說道：「哥，你是個人，連我也瞞著起來。今日他告我說，我就知道哥的情。怎的祝麻子、老孫走了？一個緝捕衙門，有個走脫了人的？此是哥打著綿羊駒驢戰，使李桂兒家中害怕，知道哥的手段。若都拿到衙門去，彼此絕了情意，都沒趣了。事情許一不許二。如今就是老孫、祝麻子見哥也有幾分慚愧。此是哥明修棧道，暗度陳倉的計策。休怪我說，哥這一著做得絕了。這一個叫做真人不露相，露相不真人。若明逞了臉，就不是乖人兒了。還是哥智謀大，見得多。」幾句說得西門慶撲嗤的笑了，說道：「我有什麼大智謀？」伯爵道：「我猜一定還有底腳裡人兒對哥說，怎得知道這等切？端的有鬼神不測之機！」西門慶道：「傻狗才，若要人不知，除非己莫為。」

伯爵道：「哥衙門中如今不要王三官兒罷了。」西門慶道：「誰要他做什麼？當初幹事的打上事件，我就把王三官、祝麻子、老孫並李桂兒、秦玉芝名字都抹了，只拿幾個光棍來打了。」伯爵道：「他如今怎的還纏他？」西門慶道：「我實和你說罷，他指望嚇詐他幾兩銀子。不想剛才王三官親上門來拜見，與我磕了頭，陪了不是。我又差人把那幾個光棍拿了，要枷號，他眾人再三哀告說，再不敢上門纏他了。王三官一口一聲稱我是老伯，拿了五十兩禮帖兒，我不受他的。他到明日還要請我家中知謝我去。」

伯爵失驚道：「真個他來和哥陪不是來了？」西門慶道：「我莫不哄你？」因喚王經：「拿王三官拜帖兒與應二爹瞧。」那王經向房子裡取出拜帖，上面寫著：「眷晚生王寀頓首百拜。」伯爵見了，極口稱讚道：「哥的所算，神妙不測。」西門慶吩咐伯爵：「你若看見他們，只說我不知道。」伯爵道：「我曉得。機不可泄，我怎肯和他說！」坐了一回，吃了茶，伯爵道：「哥，我去罷，只怕一時老孫和祝麻子摸將來。只說我沒到這裡。」西門慶道。「他就來，我也不見他。」一面叫將門上人來，都吩咐了：「但是他二人，只答應不在家。」西門慶從此不與李桂姐上門走動，家中擺酒也不叫李銘唱曲，就著實的疏淡了。正是：

昨夜浣花溪上雨，綠楊芳草為何人？

第七十回 老太監引酌朝房 二提刑庭參太尉

詩曰：

帝曰簡才能，旌賢在股肱。
文章體一變，禮樂道逾弘。
芸閣英華人，賓門鵷鷺登。
恩筵過所望，聖澤實超恆。

話說西門慶自此與李桂姐斷絕不提。卻說走差人到懷慶府林千戶處打聽消息，林千戶將陞官邸報封付與來人，又賞了五錢銀子，連夜來遞與提刑兩位官府。當廳夏提刑拆開，同西門慶先觀本衛行來考察官員照會，其略曰：

兵部一本，尊明旨，嚴考覈，以昭勸懲，以光聖治事：先該金吾衛提督官校太尉太保兼太子太保朱題前事，考察禁衛官員，除堂上官自陳外，其餘兩廂詔獄緝捕、內外提刑所指揮千百戶、鎮撫等官，各挨次格，從公舉劾，甄別賢否，具題上請，等因。

奉聖旨：兵部知道，欽此欽遵。抄出到部。看得太尉朱題前事，遵奉舊例，委的本官殫力致忠，公於考覈，皆出聞見之實，而無偏執之私。足以勵人心而孚公議，無容臣等置喙。但恩威賞罰，出自朝廷，合俟命下之日，一體照例施行等因。續奉欽依擬行。

內開：山東提刑所正千戶夏延齡，資望既久，才練老成，昔視典牧而坊隅安靜，今理提刑而卓有政聲，宜加獎勵，以冀甄陞，可備鹵簿之選者也。提刑副千戶西門慶，才幹有為，精察素著。家稱殷實而在任不貪，國事克勤而臺工有績。翌神運而分毫不紊，司法令而齊民共仰。宜加轉正，以掌刑名者也。懷慶提刑千戶所正千戶林承勳，年少優學，占籍武科，繼祖職抱負不凡，提刑獄詳明有法，可加獎勵簡任者也。副千戶謝恩，年齒既殘，昔在行伍猶有可觀，今任理刑疲軟尤甚，宜罷黜革任者也。

西門慶看了他轉正千戶掌刑，心中大悅。夏提刑見他陞指揮，管鹵簿，大半日無言，面容失色。於是又展開工部工完的本觀看，上面寫道：

工部一本，神運屆京，天人胥慶，懇乞天恩，俯加渥典，以蘇民困，以廣聖澤事。

奉聖旨：這神運奉迎大內，奠安艮嶽，以承天眷，朕心嘉悅。你們既效有勤勞，副朕事玄至意。所經過地方，委的小民困苦，著行撫按衙門，查勘明白，著行蠲免今歲田租之半。所毀壩閘，著部裡差官會同巡按御史，即行修理。完日還差內侍孟昌齡前去致祭。蔡京、李邦彥、王煒、鄭居中、高俅，輔弼朕躬，直贊內廷，勳勞茂著，京加太師，邦彥加柱國太子太師，王煒太傅，鄭居中、高俅太保，各賞銀五十兩、四表禮。蔡京還蔭一子為殿中監。國師林靈素，佐國宣化，遠致神運，札伐略謀，實與天通，加封忠孝伯，食祿一千石，賜坐，龍衣一襲，肩輿入內，賜號玉真教主，加淵澄玄妙廣德真人、金門羽客、達靈玄妙先生。朱勔、黃經臣，督理神運，忠勤可嘉。勔加太傅兼太子太傅，經臣加殿前都太尉，提督御前大臣。各蔭一子為金吾衛正千戶。內侍李彥、孟昌齡、賈祥、何沂、藍從頤著直延福五位宮近侍，各賜蟒衣玉帶，仍蔭弟姪一人為副千戶，俱現任管事。禮部尚書張邦昌、左侍郎白時中、兵部尚書余深、工部尚書林攄，俱加太子太保，各賞銀四十兩，彩緞二表禮。巡撫兩浙僉都御史張閣，陞工部右侍郎。巡撫山東都御史侯濛，陞太常正卿。巡撫兩浙、山東監察御史尹大諒、宋喬年，都水司郎中安忱、伍訓，各陞俸一級，賞銀二十兩。祗迎神運千戶魏承勳、徐相、楊廷佩、司鳳儀、趙友蘭、扶天澤、西門慶、田九臯等，各陞一級。內侍宋推等，營將王佑等，俱各賞銀十兩。所官薛顯忠等，各賞銀五兩。校尉昌玉等，絹二匹。該衙門知道。

夏提刑與西門慶看畢，各散回家。後晌時分，有王三官差永定同文嫂拿請書，十一日請西門慶往他府中赴席，少罄謝私之意。西門慶收下，不勝歡喜，以為其妻指日在於掌握。不期到初十日晚夕，東京本衛經歷司差人行照會：「曉諭各省提刑官員知悉：火速赴京，趕冬節見朝謝恩，毋得違誤取罪。」西門慶看了，到次日衙門中會了夏提刑，各人到家，即收拾行裝，備辦贄見禮物，約早晚起程。西門慶使玳安叫了文嫂兒，教他回王三官：「我今日不得來赴席，要上京見朝謝恩去。」文嫂連忙去回，王三官道：「既是老伯有事，容回來竭誠具請。」西門慶一面叫將賁四來，吩咐教他跟了去，與他五兩銀子，家中盤纏。留下春鴻看家，帶了玳安、王經跟隨答應。又問周守備討了四名巡捕軍人，四匹小馬，打點馱裝轎馬，排軍擡扛。夏提刑便是夏壽跟隨。兩家共有二十餘人跟從。十二日起身離了清河縣，冬天易晚，晝夜趲行。到了懷西懷慶府會林千戶，千戶已上東京去了。一路天寒坐轎，天暖乘馬，朝登紫陌，暮踐紅塵。正是：

意急款搖青帳幕，心忙敲碎紫絲鞭。

話說一日到了東京，進得萬壽門。西門慶主意要往相國寺下。夏提刑不肯，堅執要往他親眷崔中書家投下。西門慶不免先具拜帖拜見。正值崔中書在家，即出迎接，至廳敘禮相見，與夏提

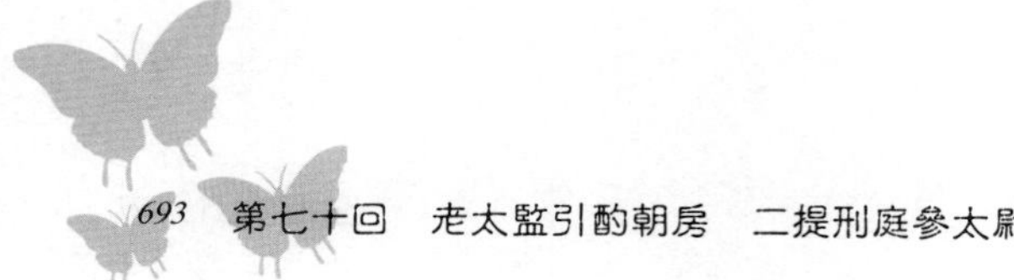

刑道及寒溫契闊之情。坐下茶畢，拱手問西門慶尊號。西門慶道：「賤號四泉。」因問：「老先生尊號？」崔中書道：「學生性最愚樸，坐閒林下，賤名守愚，拙號遜齋。」因說道：「舍親龍溪久稱盛德，全仗扶持，同心協恭，莫此為厚。」西門慶道：「不敢。在下常領教誨，今又為堂尊，受益恆多，不勝感激。」夏提刑道：「長官如何這等稱呼！便不見相知了。」崔中書道：「四泉說得也是，名分使然。」言畢，彼此笑了。不一時，收拾行李。天晚了，崔中書吩咐童僕放桌擺飯，無非是果酌餚饌之類，不必細說。當日，二人在崔中書家宿歇不提。

到次日，各備禮物拜帖，家人跟隨，早往蔡太師府中叩見。那日太師在內閣還未出來，府前官吏人等如蜂屯蟻聚，擠匝不開。西門慶與夏提刑與了門上官吏兩包銀子，拿揭帖稟進去。翟管家見了，即出來相見，讓他到外邊私宅。先是夏提刑先見畢，然後西門慶敘禮，彼此道及往還酬答之意，各分賓位坐下。夏提刑先遞上禮帖：兩匹雲鶴金緞、兩匹色緞。翟管家是十兩銀子。西門慶禮帖上是一匹大紅絨彩蟒、一匹玄色妝花斗牛補子圓領、兩匹京緞，另外梯己送翟管家一匹黑綠雲絨、三十兩銀子。

翟謙吩咐左右：「把老爺禮都收進府中去，上簿籍。」他只受了西門慶那匹雲絨，將三十兩銀子連夏提刑的十兩銀子都不受，說道：「豈有此理。若如此，不見至交親情。」一面令左右放桌兒擺飯，說道：「今日聖上奉艮岳，新蓋上清寶籙宮，奉安牌匾，該老爺主祭，直到午後才散。到家同李爺又往鄭皇親家吃酒。只怕親家和龍溪等不得，誤了你們勾當。遇老爺閒，等我替二位稟就是一般。」西門慶道：「蒙親家費心。」翟謙因問：「親家哪裡住？」西門慶就把夏龍溪令親家下歇說了。

不一時，安放桌席端正，就是大盤大碗，湯飯點心一齊拿上來，都是光祿烹炮，美味極品無加。每人金爵飲酒三杯，就要告辭起身。翟謙款留，令左右又篩上一杯。西門慶因問：「親家，俺們幾時見朝？」翟謙道：「親家，你同不得夏大人。夏大人如今是京堂官，不在此例。你與本衛新升的副千戶何大監姪兒何永壽，他便提刑，你便掌刑，與他作同僚了。他先謝了恩，只等著你見朝引奏畢，一同好領劄付。你凡事只會他去。」夏提刑聽了，一聲兒不言語。西門慶道：「請問親家，只怕我還要等冬至郊天回來見朝。」翟謙道：「親家，你等不得冬至聖上郊天回來。那日天下官員上表朝賀，還要排慶成宴，你們怎等得？不如你今日先往鴻臚寺報了名，明日早朝謝了恩，直到那日堂上官引奏畢，領劄付起身就是了。」西門慶謝道：「蒙親家指教，何以為報！」

臨起身，翟謙又拉西門慶到側淨處說話，甚是埋怨西門慶說：「親家，前日我的書上那等寫了，大凡事要謹密，不可使同僚們知道。親家如何對夏大人說了？教他央了林真人帖子來，立逼著朱太尉來對老爺說，要將他情願不管鹵簿，仍以指揮職銜在任所掌刑三年；何大監又在內廷，轉央朝廷所寵安妃劉娘娘的分上，便也傳旨出來，親對老爺和朱太尉說了，要安他姪兒何永壽在山東理刑。兩下人情阻住了，教老爺好不作難！不是我再三在老爺跟前維持，回倒了林真人，把親家不撐下去了？」慌得西門慶連忙打躬，說道：「多承親家盛情！我並不曾對一人說，此公何以知之？」翟謙道：「自古機事不密則害成，今後親家凡事謹慎些便了。」

西門慶千恩萬謝，與夏提刑作辭出門。來到崔中書家，一面差賁四鴻臚寺報了名。次日同夏提刑見朝，青衣冠帶，正在午門前謝恩出來，剛轉過西闕門來，只見一個青衣人走向前問道：「那位是山東提刑西門老爹？」賁四問道：「你是哪裡的？」那人道：「我是內府匠作監何公公來請老爹說話。」言未畢，只見一個太監，身穿大紅蟒衣，頭戴三山帽，腳下粉底皂靴，從御街定聲叫道：「西門大人請了！」西門慶遂與夏提刑分別，被這太監用手一把拉在旁邊一所值房內，相見作揖，慌得西門慶倒身還禮不迭。這太監說道：「大人，你不認得我，在下是匠作監太監何沂，見在延寧第四宮端妃馬娘娘位下近侍。昨日內工完了，蒙萬歲爺爺恩典，將姪兒何永壽升受金吾衛副千戶，見在貴處提刑所理刑管事，與老大人作同僚。」西門慶道：「原來是何老太監，學生不知，恕罪，恕罪！」一面又作揖說道：「此禁地，不敢行禮，容日到老太監外宅進拜。」於是敘禮畢，讓坐，家人捧茶來吃了。

茶畢，就揭桌盒蓋兒，桌上許多湯飯餚品，拿盞筯兒來安下。何太監道：「不消小杯了，我

曉得大人朝下來，天氣寒冷，拿個小盞來，沒甚餚饌，褻瀆大人，且吃個頭腦兒罷。」西門慶道：「不當厚擾。」何太監於是滿斟上一大杯，遞與西門慶，西門慶道：「承老太監所賜，學生領下。只是出去還要見官拜部，若吃得面紅，不成道理。」何太監道：「吃兩盞兒盪寒何害！」因說道：「舍姪兒年幼，不知刑名，望乞大人看我面上，同僚之間，凡事教導他教導。」西門慶道：「豈敢。老太監勿得太謙，令姪長官雖是年幼，居氣養體，自然福至心靈。」何太監道：「大人好說。常言：學到老不會到老。天下事如牛毛，孔夫子也只識得一腿。恐有不到處，大人好歹說與他。」西門慶道：「學生謹領。」因問：「老太監外宅在何處？學生好來奉拜長官。」何太監道：「舍下在天漢橋東，文華坊雙獅馬臺就是。」亦問：「大人下處在哪裡？我教做官的先去叩拜。」西門慶道：「學生暫借崔中書家下。」

彼此問了住處，西門慶吃了一大杯就起身。何太監送出門，拱著手說道：「適間所言，大人凡事看顧看顧。他還等著你一搭兒引奏，好領劄付。」西門慶道：「老太監不消吩咐，學生知道。」於是出朝門，又到兵部，又遇見了夏提刑，同拜了部官來。比及到本衛參見朱太尉，遞履歷手本，繳劄付，又拜經歷司並本所官員，已是申刻時分。夏提刑改換指揮服色，另具手本參見了朱太尉，免行跪禮，擇日南衙到任。剛出衙門，西門慶還等著，遂不敢與他同行，讓他先上馬。夏延齡哪裡肯？定要同行。西門慶趕著他呼「堂尊」，夏指揮道：「四泉，你我同僚在先，為何如此稱呼？」西門慶道：「名分已定，自然之理，何故太謙。」因問：「堂尊高陞美任，不還山東去了，寶眷幾時搬取？」夏延齡道：「欲待搬來，那邊房舍無人看守。如今且在舍親這邊權住，直待過年，差人取家小罷了。還望長官早晚看顧一二。房子若有人要，就央長官替我打發，自當報謝。」西門慶道：「學生謹領。請問府上那房價值若干？」夏延齡道：「舍下此房原是一千三百兩買的，後邊又蓋了一層，使了二百兩，如今賣原價也罷了。」

二人歸到崔宅，王經向前稟說：「新陞何老爹來拜，下馬到廳。小的回部中還未來家。何老爹說多拜上夏老爹、崔老爹，都投下帖。午間又差人送了兩匹金緞來。」宛紅帖兒拿與西門慶看，上寫著：「謹具緞帕二端，奉引贄敬。寅侍教生何永壽頓首拜。」西門慶看了，連忙差王經封了兩匹南京五彩獅補圓領，寫了禮帖。吃了飯，連忙往何家回拜去。到於廳上，何千戶忙出來迎接，烏紗皂履，年紀不上二十歲，生得面如傅粉，唇若塗朱，趨下階來揖讓，退遜謙恭特甚。二人到廳上敘禮，西門慶令玳安捧上贄見之禮，拜下去，說道：「適承光顧，兼領厚儀，又失迎迓。今早又蒙老公公值房賜饌，感德不盡。」何千戶忙還禮說：「學生叨受微職，忝與長官同例，早晚得領教益，實為三生有幸。適間進拜不遇，又承垂顧，蓬蓽生光。」令左右收下去，一面扯椅兒分賓主坐下，左右捧茶上來。

吃茶之間，彼此問號，西門慶道：「學生賤號四泉。」何千戶道：「學生賤號天泉。」又問：「長官今日拜畢部堂了？」西門慶道：「從內裡蒙公公賜酒出來，拜畢部，又到本衙門見堂，繳了箚付，拜了廳司。出來就要奉謁長官，不知反先辱長官下顧。」何千戶因問：「長官今日與夏公都見朝來？」西門慶道：「夏龍溪已升了指揮直駕，今日都見朝謝恩在一處，只到衙門見堂之時，他另具手本參見。」說畢，何千戶道：「咱們還是先與本主老爹進禮，還是先領箚付？」西門慶道：「依著舍親說，咱們先在衛主宅中進了禮，然後大朝引奏，還在本衙門到堂同眾領箚付。」何千戶道：「既是如此，咱們明早備禮進了罷。」於是都會下各人禮數，何千戶是兩匹蟒衣、一束玉帶，西門慶是一匹大紅麒麟金緞、一匹青絨蟒衣、一柄金鑲玉縧環，各金華酒四罈。明早在朱太尉宅前取齊。約會已定，茶湯兩換，西門慶告辭而回，並不與夏延齡提此事。一宿晚景提過。

到次日，早到何千戶家。何千戶又預備頭腦小席，大盤大碗，齊齊整整，連手下人飽餐一頓，然後同往大尉宅門前來。賁四同何家人押著禮物。那時正值朱太尉新加太保，徽宗天子又差使往南壇視牲未回，各家饋送賀禮並參見官吏人等，黑壓壓在門首等候。何千戶同西門慶下了馬，在左近一相識人家坐的，差人打聽老爺道子響就來通報。直等到午後，忽見一人飛馬而來，傳報道：「老爺視牲回來，進南薰門了。」吩咐閒雜人打開。不一時，又騎報回來，傳：「老爺過天漢橋

了。」少頃，只見官吏軍士各打執事旗牌，一對一對傳呼，走了半日，才遠遠望見朱太尉八擡八簇肩輿明轎，頭戴烏紗，身穿猩紅斗牛絨袍，腰橫荊山白玉，懸掛太保牙牌、黃金魚鑰，好不顯赫威嚴！執事到了宅門首，都一字兒排開，喝的「肅靜迴避」，無一人聲嗽。那來見的官吏人等，黑壓壓一群跪在街前。

良久，太尉轎到跟前，左右喝聲：「起來伺候！」那眾人一齊應諾，誠然聲震雲霄。只聽東邊鼕鼕鼓樂響動，原來本衙門六員太尉堂官，見朱太尉新加光祿大夫、太保，又蔭一子為千戶，都各備大禮，治酒慶賀，故有許多教坊伶官在此動樂。太尉才下轎，樂就止了。各項官吏人等，預備進見。忽然一聲道子響，一青衣承差手拿兩個紅拜帖，飛走而來，遞與門上人說：「禮部張爺與學士蔡爺來拜。」連忙稟報進去。須臾轎在門首，尚書張邦昌與侍郎蔡攸，都是紅吉服孔雀補子，一個犀帶，一個金帶，進去拜畢，待茶畢，送出來。又是吏部尚書王祖道與左侍郎韓侶、右侍郎尹京也來拜，朱太尉都待茶送了。又是皇親喜國公、樞密使鄭居中、駙馬掌宗人府王晉卿，都是紫花玉帶來拜。惟鄭居中坐轎，這兩個都騎馬。送出去，方是本衙堂上六員太尉到了：頭一位是提督管兩廂提察使孫榮，第二位管機察梁應龍，第三管內外觀察典牧皇畿童大尉姪兒童天胤，第四提督京城十三門巡察使黃經臣，第五管京營衛緝察皇城使竇監，第六督管京城內外巡捕史陳宗善。都穿大紅，頭戴貂蟬，惟孫榮是太子太保玉帶，餘者都是金帶。下馬進去。各家都有金幣禮物。少頃，裡面樂聲響動，眾太尉插金花，與朱太尉把盞遞酒，階下一派簫韶盈耳，兩行絲竹和鳴。端的食前方丈，花簇錦筵。怎見得太尉的富貴？但見：

官居一品，位列三臺。赫赫公堂，潭潭相府。虎符玉節，門庭甲仗生寒；象板銀箏，磈磊排場熱鬧。終朝謁見，無非公子王孫；逐歲追遊，盡是侯門戚里。那裡解調和燮理，一味能趨諂逢迎。端的談笑起干戈，真個吹噓驚海岳。假旨令八位大臣拱手，巧辭使九重天子點頭。督擇花石，江南淮北盡災殃；進獻黃楊，國庫民財皆匱竭。正是：輦下權豪第一，人間富貴無雙。

須臾遞畢，安席坐下。一班兒五個俳優，朝上箏管琵琶方響，箜篌紅牙象板，唱了一套「享富貴，受皇恩」。當時酒進三巡，歌吟一套，六員太尉起身，朱太尉親送出來，回到廳，樂聲暫止，管家稟事，各處官員進見。朱太尉令左右擡公案，當廳坐下，吩咐出來，先令各勳戚中貴仕宦家人送禮的進去。須臾打發出來，才是本衛紀事、南北衛兩廂、五廳、七司提察、機察、觀察、巡察、典牧、直駕、提牢、指揮、千百戶等官，各具手本呈遞。然後才傳出來，教兩淮、兩浙、山東、山西、關東、關西、河東、河北、福建、廣南、四川十三省提刑官挨次進見。

西門慶與何千戶在第五起上，擡進禮物去，管家接了禮帖，鋪在書案上，二人立在階下，等上邊叫名字。西門慶擡頭見正面五間敞廳，上面朱紅牌匾，懸著徽宗皇帝御筆欽賜「執金吾堂」斗大四個金字，甚是顯赫。須臾叫名，二人應諾升階，到滴水簷前躬身參謁，四拜一跪，聽發放。朱太尉道：「那兩員千戶，怎的又教你家太監送禮來？」令左右收了，吩咐：「在地方謹慎做官，我這裡自有公道。伺候大朝引奏畢，來衙門中領劄赴任。」二人齊聲應諾。左右喝：「起去！」由左角門出來。剛出大門來，尋見賁四等擡擔出來，正要走，忽見一人拿宛紅帖飛馬來報，說道：「王爺、高爺來了。」西門慶與何千戶閃在人家門裡觀看。須臾，軍牢喝道，只見總督京營八十萬禁軍隴西公王燁，同提督神策御林軍總兵官太尉高俅，俱是紅袍玉帶，坐轎而至。那各省參見官員一湧出來，又不得見了。西門慶與何千戶走到僻處，呼跟隨人扯過馬來，二人方騎上馬回寓。

正是：

一奸誤國禍機深，開國承家戒小人。
逆賊深誅何足道，奈何二聖遠蒙塵。

第七十一回　李瓶兒何家托夢　提刑官引奏朝儀

詞曰：

花事闌珊芳草歇，客裡風光，又過些時節。小院黃昏人憶別，淚痕點點成紅血。咫尺江山分楚越，目斷神驚，只道芳魂絕。夢破五更心欲折，角聲吹落梅花月。

——右調〈蝶戀花〉

話說西門慶同何千戶回來，走到大街，何千戶就邀請西門慶到家一飯。西門慶再三固辭。何千戶令手下把馬環拉住，說道：「學生還有一事與長官商議。」於是並轡同到宅前下馬。賁四押擡盒逕往崔中書家去了。原來何千戶盛陳酒筵在家等候。進入廳上，但見獸炭焚燒，金爐香靄。正中獨設一席，下邊一席相陪，旁邊東首又設一席。皆盤堆異果，花插金瓶。西門慶問道：「長官今日筵何客？」何千戶道：「家公公今日下班，敢屈長官一飯。」西門慶道：「長官這等費心，就不是同僚之情。」何千戶道：「家公公粗酌屈尊，長官休怪。」一面看茶吃了。西門慶請老公公拜見，何千戶道：「家公公便出來。」

不一時，何太監從後邊出來，穿著綠絨蟒衣，冠帽皂靴，寶石縧環。西門慶展拜四拜：「請公公受禮。」何太監不肯，說道：「使不得。」西門慶道：「學生與天泉同寅晚輩，老公公齒德俱尊，又係中貴，自然該受禮。」講了半日，何太監受了半禮，讓西門慶上坐，他主席相陪，何千戶旁坐。西門慶道：「老公公，這個斷然使不得。同僚之間，豈可旁坐！老公公叔姪便罷了，學生使不得。」何太監大喜道：「大人甚是知禮，罷罷，我擱老位兒傍坐罷，教做官的陪大人就是了。」西門慶道：「這等，學生坐得也安。」於是各照位坐下。何太監道：「小的兒們，再燒了炭來。今日天氣甚是寒冷。」須臾，左右火池火叉，拿上一包水磨細炭，向火盆內只一倒。廳前放下油紙暖簾來，日光掩映，十分明亮。何太監道：「大人請寬了盛服罷。」西門慶道：「學生裡邊沒穿什麼衣服，使小价下處取來。」何太監道：「不消取去。」令左右接了衣服，「拿我穿的飛魚綠絨氅衣來，與大人披上。」西門慶笑道：「老先生職事之服，學生何以穿得？」何太監道：「大人只顧穿，怕怎的！昨日萬歲賜了我蟒衣，我也不穿他了，就送了大人遮衣服兒罷。」不一時，左右取上來，西門慶令玳安接去圓領，披上氅衣，作揖謝了。又請何千戶也寬去上蓋陪坐。

又拿上一道茶來吃了，何太監道：「叫小廝們來。」原來家中教了十二名吹打的小廝，兩個師範領著上來磕頭。何太監就吩咐動起樂來，然後遞酒上坐。何太監親自把盞，西門慶慌道：「老公公請尊便。有長官代勞，只安放鍾筯兒就是一般。」何太監道：「我與大人遞一鍾兒。我家做官的初入蘆葦，不知深淺，望乞大人凡事扶持一二，就是情了。」西門慶道：「老公公說哪裡話！常言：同僚三世親。學生亦託賴老公公餘光，豈不同力相助！」何太監道：「好說，好說。共同王事，彼此扶持。」西門慶也沒等他遞酒，只接了杯兒，領到席上，隨即回奉一杯，安在何千戶並何太監席上，彼此告揖過，坐下。吹打畢，三個小廝連師範，在筵前銀箏象板，三弦琵琶，唱了一套〈正宮•端正好〉「雪夜訪趙普」、「水晶宮鮫綃帳」。唱畢下去。

酒過數巡，食割兩道，看看天晚，秉上燈來。西門慶喚玳安拿賞賜與廚役並吹打各色人役，就起身，說道：「學生厚擾一日了，就此告回。」那公公哪裡肯放，說道：「我今日正下班，要與大人請教。有甚大酒席，只是清坐而已，教大人受飢。」西門慶道：「承老公公賜這等美饌，如何反言受飢！學生回去歇息歇息，明早還要與天泉參謁參謁兵科，好領劄付掛號。」何太監道：「既是大人要與我家做官的同幹事，何不令人把行李搬過來我家住兩日？我這後園兒裡有幾間小房兒，甚是僻靜，就早晚和做官的理會些公事兒也方便些，強如在別人家。」西門慶道：「在這裡最好，只是使夏公見怪，像學生疏他一般。」

何太監道：「沒得說。如今時年，早晨不做官，晚夕不唱喏，衙門是恁偶戲衙門。雖故當初與他同僚，今日前官已去，後官接管承行，與他就無干。他若這等說，他就是個不知道理的人了。今日我定要和大人坐一夜，不放大人去。」喚左右：「下邊房裡快放桌兒，管待你西門老爹大官兒飯酒。我家差幾個人，跟他即時把行李都搬了來。」又吩咐：「打掃後花園西院乾淨，預備鋪陳，炕中籠下炭火。」堂上一呼，階下百諾，答應下去了。西門慶道：「老公公盛情，只是學生得罪夏公了。」何太監道：「他既出了衙門，不在其位，不謀其政。他管他那鑾駕庫的事，管不得咱提刑所的事了。難怪於你。」不由分說，就打發玳安並馬上人吃了酒飯，差了幾名軍牢，各拿繩扛，逕往崔中書家搬取行李去了。

何太監道：「又一件相煩大人：我家做官的到任所，還望大人替他看所宅舍兒，好搬取家小。今先教他同大人去，待尋下宅子，然後打發家小起身。也不多，連幾房家人也只有二三十口。」西門慶道：「老公公吩咐，要看多少銀子宅舍？」何太監道：「也得千金外房兒才夠住。」西門慶道：「夏龍溪他京任不去了，他一所房子倒要打發，老公公何不要了與天泉住，一舉兩得其便？此宅門面七間，到底五層，儀門進去大廳，兩邊廂房，鹿角頂，後邊住房、花亭，周圍群房也有許多，街道又寬闊，正好天泉住。」何太監道：「他要許多價值兒？」西門慶道：「他對我說原是一千三百兩，又後邊添蓋了一層平房，收拾了一處花亭。老公公若要，隨公公與他多少罷了。」何太監道：「我託大人，隨大人主張就是了。趁今日我在家，差個人和他說去，討他那原文書我瞧瞧。難得尋下這房舍兒，我家做官的去到那裡，就有個歸著了。」

不一時，只見玳安同眾人搬了行李來回話。西門慶問：「賁四、王經來了不曾？」玳安道：「王經同押了衣箱行李先來了。還有轎子，教賁四在那裡看守著哩。」西門慶因附耳低言：「如此這般上覆夏老爹，借過那裡房子的原契來，何公公要瞧瞧。就同賁四一搭兒來。」這玳安應的去了。不一時，賁四青衣小帽，同玳安拿文書回西門慶說：「夏老爹多多上覆：既是何公公要，怎好說價錢！原文書都拿的來了。又收拾添蓋，使費了許多，隨爹主張了罷。」西門慶把原契遞與何太監親看了一遍，見上面寫著一千二百兩，說道：「這房兒想必也住了幾年，未免有些糟爛，也別要說收拾，大人面上還與他原價。」那賁四連忙跪下說：「何爺說得是。自古道：使的憨錢，治的莊田。千年房舍換百主，一番拆洗一番新。」

何太監聽了喜歡道：「你是哪裡人？倒會說話兒。常言成大事者不惜小費，其實說得是。他叫什麼名字？」西門慶道：「他名喚賁四。」何太監道：「也罷，沒個中人兒，你就做個中人兒，替我討了文書來。今日是個好日期，就把銀子兌與他罷。」西門慶道：「如今晚了，待的明日也罷了。」何太監道：「到五更我早進去，明日大朝。今日不如先交與他銀子，就了事。」西門慶問道：「明日甚時駕出？」何太監道：「子時駕出到壇，三更鼓祭了，寅正一刻就回宮。擺了膳，就出來設朝，升大殿，朝賀天下，諸司都上表拜冬。次日，文武百官吃慶成宴。你們是外任官，大朝引奏過就沒事了。」

說畢，何太監吩咐何千戶進後邊，打點出二十四錠大元寶來，用食盒擡著，差了兩個家人，同賁四、玳安押送到崔中書家交割。夏公見擡了銀子來，滿心歡喜，隨即親手寫了文契，付與賁四等，拿來遞上。何太監不勝歡喜，賞了賁四十兩銀子，玳安、王經每人三兩。西門慶道：「小孩子家，不當賞他。」何太監道：「胡亂與他買嘴兒吃。」三人磕頭謝了。何太監吩咐管待酒飯，又向西門慶唱了兩個喏：「全仗大人餘光。」西門慶道：「還是看老公公金面。」何太監道：「還望大人對他說說，早把房兒騰出來，就好打發家小起身。」西門慶道：「學生一定與他說，教他早騰。長官這一去，且在衙門公廨中權住幾日。待他家小搬到京，收拾了，長官寶眷起身不遲。」何太監道：「收拾直待過年罷了，先打發家小去才好。十分在衙門中也不方便。」

說話之間，已有一更天氣，西門慶說道：「老公公請安置罷！學生亦不勝酒力了。」何太監方作辭歸後邊歇息去了。何千戶教家樂彈唱，還與西門慶吃了一回，方才起身，送至後園。三間書院，臺榭湖山，盆景花木，房內絳燭高燒，篆內香焚麝餅，十分幽雅。何千戶陪西門慶敘話，又看茶吃了，方道安置，歸後邊去了。

西門慶有酒的人，睡在枕畔，見滿窗月色，翻來覆去。王經、玳安打發了，就往下邊暖炕上歇去了。西門慶家已久。正要呼王經進來陪他睡，忽聽得窗外有婦人語聲甚低，即披衣下床，靸著鞋襪，悄悄啓戶視之。只見李瓶兒霧鬢雲鬟，淡妝麗雅，素白舊衫籠雪體，淡黃軟襪襯弓鞋，輕移蓮步，立於月下。西門慶一見，挽之入室，相抱而哭，說道：「冤家，你如何在這裡？」李瓶兒道：「奴尋訪至此。對你說，我已尋了房兒了，今特來見你一面，早晚便搬去了。」西門慶忙問道：「你房兒在於何處？」李瓶兒道：「咫尺不遠。出此大街迤東，造釜巷中間便是。」言訖，西門慶共他相偎相抱，上床雲雨，不勝美快之極。已而整衣扶髻，徘徊不捨。李瓶兒叮嚀囑咐西門慶道：「我的哥哥，切記休貪夜飲，早早回家。那廝不時伺害於你，千萬勿忘！」言訖，挽西門慶相送。走出大街上，見月色如晝，果然往東轉過牌坊，到一小巷，見一座雙扇白板門，指道：「此奴之家也。」言畢，頓袖而入。西門慶急向前拉之，恍然驚覺，乃是南柯一夢。但見月影橫窗，花枝倒影矣。西門慶向褥底摸了摸，見精流滿席，餘香在被，殘唾猶甜。追悼莫及，悲不自勝。正是：

玉宇微茫霜滿襟，疏窗淡月夢魂驚。
淒涼睡到無聊處，恨殺寒雞不肯鳴。

西門慶夢醒睡不著，巴不得天亮。比及天亮，又睡著了。次日早，何千戶家童僕起來伺候，打發西門慶梳洗畢，何千戶又早出來陪侍，吃了薑茶，放桌兒請吃粥。西門慶問：「老公公怎的不見？」何千戶道：「家公公從五更就進內去了。」須臾拿上粥來。吃了粥，又拿上一盞肉圓子餛飩雞蛋頭腦湯。一面吃著，就吩咐備馬。何千戶與西門慶冠冕，僕從跟隨，早進內參見兵科。出來，何千戶便分路來家，西門慶又到相國寺拜智雲長老。長老又留擺齋。

西門慶只吃了一個點心，餘者收與手下人吃了，就起身從東街穿過來，要往崔中書家拜夏龍溪去。因從造釜巷經過，中間果見有雙扇白板門，與夢中所見一般。悄悄使玳安問隔壁賣豆腐老嫗：「此家姓甚名誰？」老嫗答道：「此袁指揮家也。」西門慶於是不勝嘆異。到了崔中書家，夏公才待出門拜人，見西門慶到，忙令左右把馬牽過，迎至廳上，拜揖敘禮。西門慶令玳安拿上賀禮：青織金綾紵一端、色緞一端。夏公道：「學生還不曾拜賀長官，倒承長官先施。昨日小房又煩費心，感謝不盡。」西門慶道：「昨日何太監說起看房，我因堂尊分上，就說此房來。何公討了房契去看了，一口就還原價。果是內臣性兒，立馬蓋橋就成了。還是堂尊大福！」說畢，二人笑了。

夏公道：「何天泉，我也還未回拜他。」因問：「他此去與長官同行罷了。」西門慶道：「他已會定同學生一路去，家小且待後。昨日他老公公多致意，煩堂尊早些把房兒騰出來，搬取家眷。他如今權在衙門裡住幾日罷了。」夏公道：「學生也不肯久稽，待這裡尋了房兒，就使人搬取家小。也只待出月罷了。」說畢，西門慶起身，又留了個拜帖與崔中書，夏公送出上馬，歸至何千戶家。何千戶又早有午飯等候。西門慶悉把拜夏公之事說了一遍：「騰房約在出月。」何千戶大喜，謝道：「足見長官盛情。」

吃畢飯，二人正在廳上著棋，忽左右來報：「府裡翟爹差人送下程來了。抓尋到崔老爹那裡，崔老爹使他這裡來了。」於是拿帖看，上寫著：「謹具金緞一端、雲紵一端、鮮豬一口、北羊一腔、內酒一罈、點心二盒。眷生翟謙頓首拜。」西門慶見來人，說道：「又蒙你翟爹費心。」一面收了禮物，寫回帖，賞來人二兩銀子，擡盒人五錢，說道：「客中不便，有褻管家。」那人磕頭收了。王經在旁悄悄說：「小的姐姐說，教我府裡去看看愛姐，有物事捎與他。」西門慶問：「甚物事？」王經道：「是家中做的兩雙鞋腳兒。」西門慶道：「單單兒怎好拿去？」吩咐玳安：「我皮箱內有帶的玫瑰花餅，取兩罐兒。」就把回帖付與王經，穿上青衣，跟了來人往府裡看愛姐不提。這西門慶寫了帖兒，送了一腔羊、一罈酒、謝了崔中書，把一口豬、一罈酒、兩盒點心擡到後邊孝順老公公。何千戶拜謝道：「長官，你我一家，如何這等計較！」

且說王經到府內，請出韓愛姐，外廳拜見了。打扮得如瓊林玉樹一般，比在家出落自是不同，長大了好些。問了回家中事務，管待了酒飯，見王經身上單薄，與了一件天青紵絲貂鼠氅衣兒，又與了五兩銀子，拿來回覆西門慶話。西門慶大喜。正與何千戶下棋，忽聞綽道之聲，門上人來報：「夏老爹來拜，拿進兩個拜帖兒。」兩個忙迎接到廳敘禮，何千戶又謝昨日房子之事。夏公具了兩分緞帕酒禮，奉賀二公。西門慶與何千戶再三致謝，令左右收了。夏公又賞了賁四、玳安、王經十兩銀子，一面分賓主坐下。茶罷，共敘寒溫。夏公道：「請老公公拜見。」何千戶道：「家公公進內去了。」夏公又留下了一個雙紅拜帖兒，說道：「多頂上老公公，拜遲，恕罪！」言畢，起身去了。何千戶隨即也具一分賀禮，一匹金緞，差人送去，不在言表。

到晚夕，何千戶又在花園暖閣中擺酒與西門慶共酌，家樂歌唱，到二更方寢。西門慶因昨日夢遺之事，晚夕令王經拿舖蓋來書房地平上睡。半夜叫上床，摟在被窩內。兩個口吐丁香，舌融甜唾。正是：

不能得與鶯鶯會，且把紅娘去解饞。

一晚提過。到次日，起五更與何千戶一行人跟隨進朝。先到待漏院伺候，等得開了東華門進入。但見：

星斗依稀禁漏殘，禁中環佩響珊珊。
欲知今日天顏喜，遙睹蓬萊紫氣皤。

少頃，只聽九重門啓，鳴巘巘之鑾聲；閶闔天開，睹巍巍之袞冕。當時天子祀畢南郊回來，文武百官聚集，等候設朝。須臾鐘響，天子駕出大殿，受百官朝賀。須臾，香毬撥轉，簾捲扇開。正是：

晴日明開青鎖闥，天風吹下御爐香。
千條瑞靄浮金闕，一朵紅雲捧玉皇。

這皇帝生得堯眉舜目，禹背湯肩，才俊過人，口工詩韻，善寫墨君竹，能揮薛稷書，通三教之書，曉九流之典。朝歡暮樂，依稀似劍閣孟商王；愛色貪花，彷彿如金陵陳後主。當下駕坐寶位，靜鞭響罷，文武百官秉簡當胸，向丹墀五拜三叩頭，進上表章。已而有殿頭官口傳聖旨道：「朕今即位二十禩矣。艮岳於茲告成，上天降瑞，今值履端之慶，與卿共之。」言未畢，班首中閃過一員大臣來，朝靴踏地響，袍袖列風生。視之，乃左丞相崇政殿大學士兼吏部尚書太師魯國公蔡京也。幞頭象簡，俯伏金階，口稱：「萬歲，萬歲，萬萬歲！臣等誠惶誠恐，稽首頓首，恭惟皇上御極二十禩以來，海宇清寧，天下豐稔，上天降鑒，禎祥迭見。三邊永息兵戈，萬國來朝天闕。銀岳排空，玉京挺秀。寶籙膺頒於昊闕，絳霄深聳於乾宮。臣等何幸，欣逢盛世，交際明良，永效華封之祝，常沾日月之光。不勝瞻天仰聖，激切屏營之至！謹獻頌以聞。」

良久，聖旨下來：「賢卿獻頌，益見忠誠，朕心嘉悅。詔改明年為重和元年，正月元旦受定命寶，肆赦覃賞有差。」蔡太師承旨下來。殿頭官口傳聖旨：「有事出班早奏，無事捲簾退朝。」言未畢，見一人出離班部，倒笏躬身，緋袍象簡，玉帶金魚，跪在金階，口稱：「光祿大夫掌金吾衛事太尉太保兼太子太保臣朱勔，引天下提刑官員章隆等二十六員，例該考察，已更陞補、繳換劄付，合當引奏。未敢擅便，請旨定奪。」於是二十六員提刑官都跪在後面。不一時，聖旨傳下來：「照例給領。」朱太尉承旨下來。天子袍袖一展，群臣皆散，駕即回宮。百官皆從端禮門兩分而出。那十二象不待牽而先走，鎮將長隨紛紛而散。朝門外車馬縱橫，侍仗羅列。人喧呼，

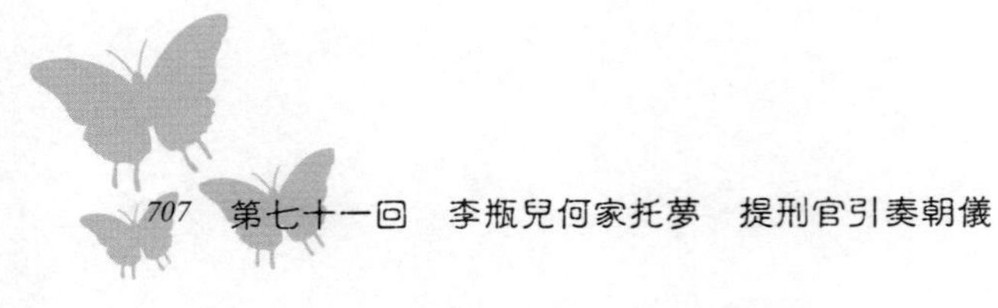

海沸波翻；馬嘶喊，山崩地裂。眾提刑官皆出朝上馬，都來本衙門伺候。良久，只見知印拿了印牌來，傳道：「老爺不進衙門了，已往蔡爺、李爺宅內拜冬去了。」以此眾官都散了。

西門慶與何千戶回到家中。又過了一夕，到次日，衙門中領了劄付，又掛了號，又拜辭了翟管家，打點殘裝，收拾行李，與何千戶一同起身。何太監晚夕置酒餞行，囑咐何千戶：「凡事請教西門大人，休要自專，差了禮數。」從十一月二十日東京起身，兩家也有二十人跟隨，逕往山東大道而來。已是數九嚴寒之際，點水滴凍之時，一路上見了些荒郊野路，枯木寒鴉。疏林淡日影斜暉，暮雪凍雲迷晚渡。一山未盡一山來，後村已過前村望。比及剛過黃河，到水關八角鎮，驟然撞遇天起一陣大風。但見：

非干虎嘯，豈是龍吟？卒律律寒飆撲面，急颼颼冷氣侵人。初時節無踪無影，次後來捲霧收雲。吹花擺柳白茫茫，走石揚砂昏慘慘。刮得那大樹連聲吼，驚得那孤雁落深濠。須臾，砂石打地，塵土遮天。砂石打地，猶如滿天驟雨即時來；塵土遮天，好似百萬貔貅捲土至。這風大不大？真個是吹折地獄門前樹，刮起酆都頂上塵；嫦娥急把蟾宮閉，列子空中叫救人。險些兒玉皇住不得崑崙頂，只刮得大地乾坤上下搖。

西門慶與何千戶坐著兩頂氈幃暖轎，被風刮得寸步難行。又見天色漸晚，恐深林中撞出小人來，西門慶吩咐手下：「快尋哪裡安歇一夜，明日風住再行罷。」抓尋了半日，遠遠望見路旁一座古剎，數株疏柳，半堵橫牆。但見：

石砌碑橫蔓草遮，迴廊古殿半欹斜。
夜深宿客無燈火，月落安禪更可嗟。

西門慶與何千戶忙入寺中投宿，上題著「黃龍寺」。見方丈內幾個僧人在那裡坐禪，又無燈火，房舍都毀壞，半用籬遮。長老出來問訊，旋吹火煮茶，伐草根餵馬。煮出茶來，西門慶行囊中帶得乾雞臘肉果餅之類，晚夕與何千戶胡亂食得一頓。長老爨一鍋豆粥吃了，過得一宿。次日風止天晴，與了和尚一兩銀子相謝，作辭起身往山東來。正是：

王事驅馳豈憚勞，關山迢遞赴京朝。
夜投古寺無煙火，解使行人心內焦。

第七十二回　潘金蓮毆打如意兒　王三官義拜西門慶

詞曰：

掉臂疊肩情態，炎涼冷暖紛紜。興來閹豎長兒孫，石女須教有孕。　莫使一朝勢謝，親生不若他生。爹爹媽媽向何親？掇轉窟臀不認。

——右調〈勝長天〉

話說西門慶與何千戶在路不提。單表吳月娘在家，因西門慶上東京，見家中婦女多，恐惹是非，吩咐平安無事關好大門，後邊儀門夜夜上鎖。姐妹每都不出來，各自在房做針指。若敬濟要往後樓上尋衣裳，月娘必使春鴻或來安兒跟出跟入。常時查門戶，凡事都嚴緊了。這潘金蓮因此不得和敬濟勾搭。只賴奶子如意饒了舌，逐日只和如意兒合氣。

一日，月娘打點出西門慶許多衣服、汗衫、小衣，教如意兒同韓嫂兒漿洗。不想這邊春梅也洗衣裳，使秋菊問他借棒槌。這如意兒正與迎春搥衣，不與他，說道：「前日你拿了個棒槌，使著罷了，又來要！趁韓嫂在這裡，要替爹搥褲子和汗衫兒哩。」那秋菊使性子走來對春梅說：「平白教我借，他又不與。迎春倒說拿去，如意兒攔住了不肯。」春梅道：「耶嚛，耶嚛！怎的這等生分？大白日裡借不出個乾燈盞來。借個棒槌使使兒，就不肯與將來？替娘洗了這裹腳，教拿什麼搥？秋菊，你往後邊問他們借來使使罷。」

這潘金蓮正在房中炕上裹腳，忽然聽得，又因懷著仇恨，尋不著頭由兒，便罵道：「賊淫婦怎的不與？你自家問他要去，不與，罵那淫婦不妨事。」這春梅一沖性子，就一陣風走來李瓶兒那邊，說道：「哪個是外人也怎的？棒槌借使使就不與。如今這屋裡又鑽出個當家的來了！」如意兒道：「耶嚛，耶嚛！放著棒槌拿去使不是，誰在這裡把住？就怒說起來。大娘吩咐，趁韓媽在這裡，替爹漿出這汗衫子和綿紬褲子來。秋菊來要，我說待我把你爹這衣服捶兩下兒著，就架上許多訕，說不與來？早是迎春姐聽著。」不想潘金蓮隨即跟了來，便罵道：「你這個老婆不要說嘴！死了你家主子，如今這屋裡就是你？你爹身上衣服不著你恁個人兒拴束，誰應得上他那心！俺這些老婆死絕了，教你替他漿洗衣服？你拿這個法兒降伏俺們，我好耐驚耐怕兒！」如意兒道：「五娘怎的說這話？大娘不吩咐，俺們好掉攬替爹整理的？」金蓮道：「賊歪剌骨雌漢的淫婦，還強說什麼嘴！半夜替爹遞茶兒扶被兒是誰來？討披襖兒穿是誰來？你背地幹的那繭兒，你說我不知道？就偷出肚子來，我也不怕！」如意道：「正經有孩子還死了哩，俺們到得那些兒！」

這金蓮不聽便罷，聽了心頭火起，粉面通紅，走向前一把手把老婆頭髮扯住，只用手毆他腹。虧得韓嫂兒向前勸開了。金蓮罵道：「沒廉恥的淫婦，嘲漢的淫婦！俺們這裡還閒的聲喚，你來雌漢子，你在這屋裡是什麼人？你就是來旺兒媳婦子重新又出世來了，我也不怕你！」那如意兒一壁哭著，一壁挽頭髮，說道：「俺們後來，也不知什麼來旺兒媳婦子，只知在爹家做奶子。」金蓮道：「你做奶子，行你那奶子的事，怎的在屋裡狐假虎威，成起精兒來？老娘成年拿雁，教你弄鬼兒去了！」

正罵著，只見孟玉樓後邊慢慢的走將來，說道：「六姐，我請你後邊下棋，你怎的不去，卻在這裡亂些什麼？」一把手拉到他房裡坐下，說道：「你告我說，因為什麼起來？」這金蓮消了回氣，春梅遞上茶來，喝了些茶，便道：「你看教這賊淫婦氣得我手也冷了，茶也拿不起來。我在屋裡正描鞋，你使小鸞來請我，我說且躺躺兒去。歪在床上也未睡著，只見這小肉兒百忙且捶裙子。我說你就帶著把我的裹腳捶捶出來。半日只聽得亂起來，卻是秋菊問他要棒槌使，他不與，把棒槌劈手奪下了，說道：『前日拿個去不見了，又來要！如今緊等著與爹捶衣服哩！』教我心裡就惱起來，使了春梅去罵那賊淫婦：『從幾時就這等大膽降服人，俺們手裡教你降伏！你是這屋裡什麼兒？壓折轎竿兒娶你來？你比來旺兒媳婦子差些兒！』我就隨跟了去，他還嘴裡砯裡剝剌的，教我一頓臭罵。不是韓嫂兒死氣力賴在中間拉著我，我把賊沒廉恥雌漢的淫婦口裡肉也掏出他的來！大姐姐也有些不是，想著他把死的來旺兒賊奴才淫婦慣得有些摺兒？教我和他為冤結仇，落後一朵膿蒂還垛在我身上，說是我弄出那奴才去了。如今這個老婆，又是這般慣他，慣張恁沒張倒置的。你做奶子行奶子的事，許你在跟前花黎胡哨？俺們眼裡是放不下沙子的人。有那沒廉恥的貨，人也不知死的哪裡去了，還在那屋裡纏。但往哪裡回來，就望著他那影作個揖，口裡一似嚼蛆的，不知說些什麼。到晚夕要茶吃，淫婦就連忙起來替他送茶，又替他蓋被兒，兩個就弄將起來。就是個久慣的淫婦！只該丫頭遞茶，許你去撐頭獲腦雌漢子？為什麼問他要披襖兒，沒廉恥的便連忙舖裡拿了紬緞來，替他裁披襖兒？你還沒見哩：斷七那日，他爹進屋裡燒紙去，見丫頭、老婆在炕上撾子兒，就不說一聲兒，反說道：『這供養的匾食和酒，也不要收到後邊去，你們吃了罷。』這等縱容著他。這淫婦還說：『爹來不來？俺們好等的。』不想我兩三步扠進去，諕得他眼張失道，就不言語了。什麼好老婆？一個賊活人妻淫婦，就這等餓眼見瓜皮，不管好歹的都收攬下。原來是一個眼裡火爛桃行貨子。那淫婦的漢子說死了。前日漢子抱著孩子，沒在門首打探兒？還瞞著人搗鬼，張眼溜睛的。你看他如今別模改樣的，又是個李瓶兒出世了！那大姐姐成日在後邊只推聾裝啞的，人但開口，就說不是了。」

那玉樓聽了，只是笑。因說：「你怎知道得這等詳細？」金蓮道：「南京沈萬三，北京枯柳樹。人的名兒，樹的影兒，怎麼不曉得？雪裡埋死屍——自然消將出來！」玉樓道：「原說這老婆沒漢子，如何又鑽出漢子來了？」金蓮道：「天下著風兒晴不得，人不著謊兒成不得！他不攛瞞著，你家肯要他！想著一來時，餓答的個臉，黃皮寡瘦的，乞乞縮縮那個腔兒！吃了這二年飽飯，就生事兒，雌起漢子來了。你如今不禁下他來，到明日又教他上頭上臉的。一時桶出個孩子，當誰的？」玉樓笑道：「你這六丫頭，倒且是有權屬。」說畢，坐了一回，兩個往後邊下棋去了。

正是：

三光有影遺誰繫？萬事無根只自生。

話休饒舌，有日後晌時分，西門慶來到清河縣。吩咐賁四、王經跟行李先往家去，他便送何千戶到衙門中，看著收拾打掃公廨乾淨住下，方才騎馬來家。進入後廳，吳月娘接著，舀水淨面畢，就令丫鬟院子內放桌兒，滿爐焚香，對天地位下告許願心。月娘便問：「你為什麼許願心？」西門慶道：「休說起，我拾得性命來家。昨日十一月二十三日，剛過黃河，行到沂水縣八角鎮上，遭遇大風，砂石迷目，通行不得。天色又晚，百里不見人，眾人都慌了。況馱垛又多，誠恐鑽出個賊來怎了？比及投到個古寺中，和尚又窮，夜晚連燈火也沒個兒，只吃些豆粥兒就過了一夜。次日風住，方才起身，這場苦比前日更苦十分。前日雖熱，天還好些。這遭又是寒冷天氣，又耽許多驚怕。幸得平地還罷了，若在黃河遭此風浪怎了？我在路上就許了願心，到臘月初一日，宰豬羊祭賽天地。」

月娘又問：「你頭裡怎不來家，卻往衙門裡做什麼？」西門慶道：「夏龍溪已升做指揮直駕，不得來了。新升是匠作監何太監姪兒何千戶——名永壽，不上二十歲，揑出水兒來的一個小後生，任事兒不知道。他太監再三央及我，凡事看顧教導他。我不送到衙門裡安頓他個住處，他知道什麼？他如今一千二百兩銀子——也是我作成他——要了夏龍溪那房子，直待夏家搬取了家小去，他的家眷才搬來。前日夏大人不知什麼人走了風與他，他又使了銀子，央當朝林真人分上，對堂上朱太尉說，情願以指揮職銜再要提刑三年。朱太尉來對老爺說，把老爺難得要不得。若不是翟親家在中間竭力維持，把我撐在空地裡去了。去時親家好不怪我，說我幹事不謹密。不知是什麼人對他說來。」

月娘道：「不是我說，你做事有些三慌子火燎腿樣，有不的些事兒，告這個說一場，告那個說一場，恰似逞強賣富的。正是有心算無心，不備怎提備？人家悄悄幹的事兒停停妥妥，你還不知道哩！」西門慶又說：「夏大人臨來，再三央我早晚看顧看顧他家裡，容日你買分禮兒走走

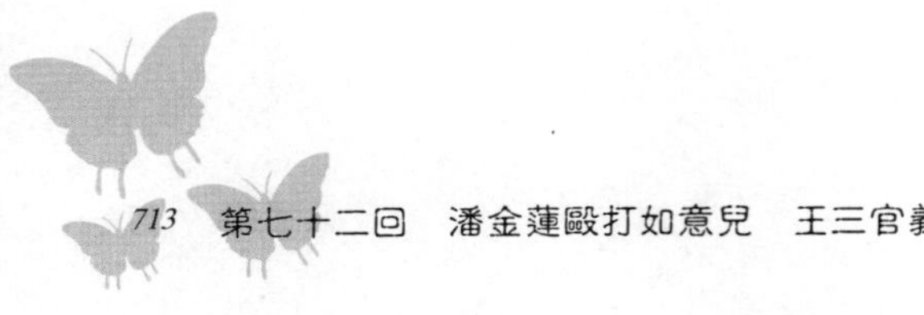

去。」月娘道：「他娘子出月初二日生日，就一事兒去罷。你今後把這狂樣來改了。常言道：『逢人且說三分話，未可全抛一片心。』老婆還有個裡外心兒，休說世人。」

正說著，只見玳安來說：「賁四問爹，要往夏大人家說去不去？」西門慶道：「你教他吃了飯去。」玳安應諾去了。李嬌兒、孟玉樓、孫雪娥、潘金蓮、大姐都來參見道萬福，問話兒，陪坐的。西門慶又想起前番往東京回來，還有李瓶兒在，一面走到他房內，與他靈床作揖，因落了幾點眼淚。如意兒、迎春、綉春都向前磕頭。月娘隨即使小玉請在後邊，擺飯吃了，一面吩咐拿出四兩銀子，賞跟隨小馬兒上的人，拿帖兒回謝周守備去了。又教來興兒宰了半口豬、半腔羊、四十斤白麵、一包白米、一罈酒、兩腿火燻、兩隻鵝、十隻雞，又並許多油鹽醬醋之類，與何千戶送下程。又叫了一名廚役在那裡答應。

正在廳上打點，忽琴童兒進來說道：「溫師父和應二爹來望。」西門慶連忙請進溫秀才、伯爵來。二人連連作揖，道其風霜辛苦。西門慶亦道：「蒙二公早晚看家。」伯爵道：「我早起來時，忽聽房上喜鵲喳喳的叫。俺房下就先說：『只怕大官人來家了，你還不快走了瞧瞧去？』我便說：『哥從十二日起身，到今還未上半個月，怎能來得快？』房下說：『來不來，你看看去！』教我穿衣裳到宅裡，不想哥真個來家了。恭喜恭喜！」因見許多下飯酒米裝在廳臺上，便問道：「送誰家的？」西門慶道：「新同僚何大人，一路同來，家小還未到。今在衙門中權住，送份下程與他。又發柬明日請他吃接風酒，再沒人，請二位與吳大舅奉陪。」伯爵道：「又一件：吳大舅與哥是官，溫老先生戴著方巾，我一個小帽兒怎陪得他坐！不知把我當什麼人兒看，我惹他不笑話？」西門慶笑道：「這等把我買的緞子忠靖巾借與你戴著，等他問你，只說是我的大兒子，好不好？」說畢，眾人笑了。

伯爵道：「說正經話，我頭八寸三，又戴不得你的。」溫秀才道：「學生也是八寸三分，倒將學生方巾與老翁戴戴何如？」西門慶道：「老先生不要借與他，他到明日借慣了，往禮部當官身去，又來纏你。」溫秀才笑道：「老先生好說，連我也扯下水去了。」少頃，拿上茶來吃了。

溫秀才問：「夏公已是京任，不來了？」西門慶道：「他已做堂尊了，直掌鹵簿，穿麟服，使藤棍，如此華任，又來做什麼！」須臾，看寫了帖子，擡下程出門，教玳安送去了。西門慶就拉溫秀才、伯爵到廂房內暖炕上坐去了。又使琴童往院裡叫吳惠、鄭春、邵奉、左順四名小優兒明日早來伺候。

不一時，放桌兒陪二人吃酒。西門慶吩咐：「再取雙鍾筯兒，請你姐夫來坐坐。」良久，陳敬濟走來，作揖，打橫坐下。四人圍爐把酒來斟，因說起一路上受驚的話。伯爵道：「哥，你的心好，一福能壓百禍，就有小人，一時自然都消散了。」溫秀才道：「善人為邦百年，亦可以勝殘去殺。休道老先生為王事驅馳，上天也不肯有傷善類。」西門慶因問：「家中沒甚事？」敬濟道：「家中無事。只是工部安老爹那裡差人來問了兩遭，昨日還來問，我回說還沒來家哩。」

正說著，忽有平安來報：「衙門令史和眾節級來稟事。」西門慶即到廳上站立，令他進見。二人跪下：「請問老爹幾時上任？官司公用銀兩動支多少？」西門慶道：「你們只照舊時整理就是了。」令史道：「去年只老爹一位到任，如今老爹轉正，何老爹新到任，兩事並舉，比舊不同。」西門慶道：「既是如此，添十兩銀子與他就是了。」二人應喏下去。西門慶又叫回來吩咐：「上任日期，你還問何老爹擇幾時。」二人道：「何老爹擇定二十六日。」西門慶道：「既如此，你們伺候就是了。」二人去了。就是喬大人來拜望道喜，西門慶留坐不肯，吃茶起身去了。西門慶進來，陪二人飲至掌燈方散。西門慶往月娘房裡歇了一宿。

到次日，家中置酒，與何千戶接風。文嫂又早打聽得西門慶來家，對王三官說了，具個柬帖兒來請。西門慶這裡買了一副豕蹄、兩尾鮮魚、兩隻燒鴨、一罈南酒，差玳安送去，與太太補生日之禮。他那裡賞了玳安三錢銀子，不在話下。正廳上設下酒，錦屏耀目，桌椅鮮明。吳大舅、應伯爵、溫秀才都來得早，西門慶陪坐吃茶，使人邀請何千戶。不一時，小優兒上來磕頭。伯爵便問：「哥，今日怎的不叫李銘？」西門慶道：「他不來我家來，我沒的請他去！」

正說話，只見平安忙拿帖兒稟說：「帥府周爺來拜，下馬了。」吳大舅、溫秀才、應伯爵都

躲在西廂房內。西門慶冠帶出來，迎至廳上，敘禮畢，道及轉升恭喜之事。西門慶又謝他人馬。於是分賓主而坐。周守備問京中見朝之事，西門慶一一說了。周守備道：「龍溪不來，一定差人來取家小上京去。」西門慶道：「就取也待出月。如今何長官且在衙門權住著哩。夏公的房子與了他住，也是我替他主張的。」守備道：「這等更妙。」因見堂中擺設桌席，問道：「今日所延甚客？」西門慶道：「聊具一酌，與何大人接風。同僚之間，不好意思。」

二人吃了茶，周守備起身，說道：「容日合衛列位，與二公奉賀。」西門慶道：「豈敢動勞，多承先施。」作揖出門，上馬而去。西門慶回來，脫了衣服，又陪三人在書房中擺飯。何千戶到午後方來，吳大舅等各相見敘禮畢，各敘寒溫。茶湯換罷，各寬衣服。何千戶見西門慶家道相稱，酒筵齊整。四個小優銀箏象板，玉簫琵琶，遞酒上坐。直飲至起更時分，何千戶方起身往衙門中去了。吳大舅、應伯爵、溫秀才也辭回去了。

西門慶打發小優兒出門，吩咐收了傢伙，就往前邊金蓮房中來。婦人在房內濃施朱粉，復整新妝，薰香澡牝，正盼西門慶進他房來，滿面笑容，向前替他脫衣解帶，連忙叫春梅點茶與他吃了，打發上床歇宿。端的被窩中相挨素體，枕席上緊貼酥胸，婦人雲雨之際，百媚俱生。西門慶抽拽之後，靈犀已透，睡不著，枕上把離言深講。交接後，淫情未足，又從下替他品簫。這婦人只要拴西門慶之心，又況拋離了半月在家，久曠幽懷，淫情似火，得到身，恨不得鑽入他腹中。將那話品弄了一夜，再不離口。西門慶要下床溺尿，婦人還不放，說道：「我的親親，你有多少尿，溺在奴口裡，替你嚥了罷，省得冷呵呵的，熱身子下去凍著，倒值了多的。」西門慶聽了，越發歡喜無已，叫道：「乖乖兒，誰似你這般疼我！」於是真個溺在婦人口內。婦人用口接著，慢慢一口一口都嚥了。西門慶問道：「好吃不好吃？」金蓮道：「略有些鹹味兒。你有香茶與我些壓壓。」西門慶道：「香茶在我白綾襖內，你自家拿。」這婦人向床頭拉過他袖子來，掏摸了幾個放在口內，才罷。正是：

侍臣不及相如渴，特賜金莖露一杯。

看官聽說：大抵妾婦之道，鼓惑其夫，無所不至，雖屈身忍辱，殆不為恥。若夫正室之妻，光明正大，豈肯為也！是夜，西門慶與婦人盤桓無度。

次早往衙門中與何千戶上任，吃公宴酒，兩院樂工動樂承應。午後才回家，排軍隨即擡了桌席來。王三官那裡又差人早來邀請。西門慶才收拾出來，左右來報：「工部安老爹來拜。」慌得西門慶整衣出來迎接。安郎中食寺丞的俸，繫金鑲帶，穿白鷳補子，跟著許多官吏，滿面笑容，相攜到廳敘禮，彼此道及恭賀，分賓主坐下。安郎中道：「學生差人來問幾次，說四泉還未回。」西門慶道：「正是。京中要等見朝引奏，才起身回來。」須臾，茶湯吃罷，安郎中方說：「學生敬來有一事不當奉瀆：今有九江太府蔡少塘，乃是蔡老先生第九公子，來上京朝覲，前日有書來，早晚便到。學生與宋松泉、錢雲野、黃泰宇四人作東，欲借府上設席請他，未知允否？」西門慶道：「老先生尊命，豈敢有違。約定幾時？」安郎中道：「在二十七日。明日學生送分子過來，煩盛使一辦，足見厚愛矣。」說畢，又上了一道茶，作辭，起身上馬，喝道而去。

西門慶即出門，往王招宣府中來赴席。到門首，先投了拜帖。王三官連忙出來迎接，至廳上敘禮。大廳正面欽賜牌額，金字題曰「世忠堂」，兩邊門對寫著「喬木風霜古，山河礪礪新」。王三官與西門慶行畢禮，尊西門慶上坐，他便旁設一椅相陪。須臾拿上茶來，交手遞了茶，左右收了去。彼此扳了些說話，然後安排酒筵遞酒。原來王三官叫了兩名小優兒彈唱。西門慶道：「請出老太太拜見拜見。」慌得王三官令左右後邊說。少頃，出來說道：「請老爹後邊見罷。」王三官讓西門慶進內。西門慶道：「賢契，你先導引。」於是逕入中堂。林氏又早戴著滿頭珠翠，身穿大紅通袖袍兒，腰繫金鑲碧玉帶，下著玄錦百花裙，搽抹得如銀人也一般。

西門慶一面施禮：「請太太轉上。」林氏道：「大人是客，請轉上。」讓了半日，兩個人平磕頭，林氏道：「小兒不識好歹，前日沖瀆大人。蒙大人又處斷了那些人，知感不盡。今日備了一杯水酒，請大人過來，老身磕個頭兒謝謝。如何又蒙大人賜將禮來？使我老身卻之不恭，受之有愧。」西門慶道：「豈敢。學生因為公事往東京去了，誤了與老太太拜壽。些須薄禮，胡亂送與老太太賞人。」因見文嫂兒在旁，便道：「老文，你取副盞兒來，等我與太太遞一杯壽酒。」一面呼玳安上來。原來西門慶氈包內，預備著一套遍地金時樣衣服，放在盤內獻上。林氏一見，金彩奪目，滿心歡喜。文嫂隨即捧上金盞銀臺。

王三官便要叫小優拿樂器進來彈唱。林氏道：「你叫他進來做什麼？在外答應罷了。」當下，西門慶把盞畢，林氏也回奉了一盞與西門慶謝了。然後王三官與西門慶遞酒，西門慶才待還下禮去，林氏便道：「大人請起，受他一禮兒。」西門慶道：「不敢，豈有此禮？」林氏道：「好大人，怎這般說！你恁大職級，做不起他個父親！小兒自幼失學，不曾跟著好人。若是大人肯垂愛，凡事指教他為個好人，今日我跟前，就教他拜大人做了義父。但有不是處，一任大人教誨，老身並不護短。」西門慶道：「老太太雖故說得是，但令郎賢契，賦性也聰明，如今年少，為小試行道之端，往後自然心地開闊，改過遷善。老太太倒不必介意。」當下教西門慶轉上，王三官把盞，遞了三鍾酒，受其四拜之禮。遞畢，西門慶亦轉下與林氏作揖謝禮，林氏笑吟吟還了萬福。自此以後，王三官見著西門慶以父稱之。正是：

常將壓善欺良意，權作尤雲殢雨心。

復有詩以嘆之：

從來男女不通酬，賣俏營姦真可羞。
三官不解其中意，饒貼親娘還磕頭。

遞畢酒，林氏吩咐王三官：「請大人前邊坐，寬衣服。」玳安拿忠靖巾來換了。不一時，安席坐下。小優彈唱起來，廚役上來割道，玳安拿賞賜伺候。當下食割五道，歌吟二套，秉燭上來，西門慶起身告辭。王三官再三款留，又邀到他書院中。獨獨的三間小軒裡面，花竹掩映，文物瀟灑。正面懸著一個金粉箋匾，曰「三泉詩舫」，四壁掛四軸古畫。西門慶便問：「三泉是何人？」王三官只顧隱避，不敢回答。半日才說：「是兒子的賤號。」西門慶便一聲兒沒言語。擡過高壺來，又投壺飲酒。四個小優兒在旁彈唱。林氏後邊只顧打發添換菜蔬果碟兒上來。

吃到二更時分，西門慶已帶半酣，方才起身，賞了小優兒並廚役，作辭回家。到家逕往金蓮房中。原來婦人還沒睡，才摘去冠兒，挽著雲髻，淡妝濃抹，正在房內茶烹玉蕊，香爇金猊等待。見西門慶進來，歡喜無限。忙向前接了衣裳，叫春梅點了一盞雀舌芽茶與西門慶吃。西門慶吃了，然後春梅脫靴解帶，打發上床。婦人在燈下摘去首飾，換了睡鞋，上床並頭交股而寢。西門慶將一隻胳膊與婦人枕著，摟在懷中，猶如軟玉溫香一般，兩個酥胸相貼，臉兒廝搵，嗚咂其舌。不一時，甜唾融心，靈犀春透。婦人不住手下邊捏弄他那話。

西門慶因問道：「我的兒，我不在家，你想我不想？」婦人道：「你去了這半個來月，奴哪刻兒放下心來！晚間夜又長，獨自一個偏睡不著。隨問怎的暖床暖舖，只是害冷。腿兒觸冷伸不開，只得忍酸兒縮著，白盼不到，枕邊眼淚不知流了多少。落後春梅小肉兒見我短嘆長吁，晚間逗著我下棋，坐到起更時分，俺娘兒兩個一炕兒通廝腳兒睡。我的哥哥，奴心便是如此，不知你的心兒如何？」西門慶道：「怪油嘴，這一家雖是有他們，誰不知我在你身上偏多。」婦人道：「罷麼，你還哄我哩！你那吃著碗裡看著鍋裡的心兒，你說我不知道？想著你和來旺兒媳婦子蜜調油也似的，把我來就不理了。落後李瓶兒生了孩子，見我如同烏眼雞一般。今日都往哪裡去了？只是奴老實的還在。你就是那風裡楊花，滾上滾下，如今又興起如意兒賊歪剌骨來了。他隨問怎的，只是奶子，見放著他漢子，是個活人妻。不爭你要了他，到明日又教漢子好在門首放羊兒剌剌。你為官為宦，傳出去好聽？你看這賊淫婦，前日你去了，同春梅兩個為一個棒槌，和我大嚷大鬧，通不讓我一句兒！」

西門慶道：「罷麼，我的兒，他隨問怎的，只是個手下人。他哪裡有七個頭八個膽敢頂撞你？你高高手兒他過去了，低低手兒他敢過不去。」婦人道：「耶嚛，說得倒好聽！沒了李瓶兒，他就頂了窩兒。學你對他說：『你若伏侍得好，我把娘這分家當就與你罷。』你真個有這個話來？」西門慶道：「你休胡猜疑，我哪裡有此話！你寬恕他，我教他明日與你磕頭陪不是罷。」婦人道：「我也不要他陪不是，我也不許你到那屋裡睡。」西門慶道：「我在那邊睡，非為別的，因越不過李大姐情，在那邊守守靈兒，誰和他有私鹽私醋！」婦人道：「我不信你這摭溜子。人也死了一百日來，還守什麼靈？在那屋裡也不是守靈，屬米倉的，上半夜搖鈴，下半夜丫頭聽得好梆聲。」

幾句說得西門慶急了，摟過脖子來親了個嘴，說道：「怪小淫婦兒，有這些張致的！」於是令他掉過身子去，隔山討火，那話自後插入牝中，接抱其股，竭力搧磞得連聲響亮。一面令婦人呼叫大東大西，問道：「你怕我不怕？再敢管著！」婦人道：「怪奴才，不管著你好上天也！我曉得你也丟不開這淫婦，到明日，問了我方許你那邊去。他若問你要東西，須對我說，只不許你悄悄偷與他。若不依，我打聽出來，看我嚷不嚷！我就擯兒了這淫婦，也不差什麼兒！又像李瓶兒來頭，教你哄了，險些不把我打到贅字號去了。你這爛桃行貨子，豆芽菜──有甚正條綑兒也怎的？老娘如今也賊了些兒了。」說得西門慶笑了。當下兩個殢雨尤雲，纏到三更方歇。正是：

帶雨籠煙世所稀，妖嬈身勢似難支。
終宵故把芳心訴，留得東風不放歸。

兩個並頭交股睡到天明，婦人淫情未足，便不住手捏弄那話，登時把塵柄捏弄起來，叫道：「親達達，我一心要你身上睡睡。」一面爬伏在西門慶身上倒澆燭，接著他脖子只顧揉搓，教西門慶兩手扳得他腰，扳得緊緊的，他便在上極力抽提，一面爬伏在他身上揉一回，那話漸沒至根，餘者被托子所阻，不能入。婦人便道：「我的達達，等我白日裡替你縫一條白綾帶子，你把和尚與你的那末子藥裝些在裡面，我再墜上兩根長帶兒。等睡時，你紮他在根子上，卻拿這兩根帶拴後邊腰裡，拴得緊緊的，又柔軟，又得全放進，卻不強如這托子硬硬的，格得人疼？」西門慶道：「我的兒，你做下，藥在磁盒兒內，你自家裝上就是了。」婦人道：「你黑夜好歹來，咱兩個試試看好不好？」於是，兩個玩耍一番。

只見玳安拿帖兒進來，問春梅：「爹起身不曾？安老爹差人送分資來了。又擡了兩罈酒、四盆花樹進來。」春梅道：「爹還沒起身，教他等等兒。」玳安道：「他好少近路兒，還要趕新河口閘上回話哩。」不想西門慶在房中聽見，隔窗叫玳安問了話，拿帖兒進去，拆開看，上寫道：

奉去分資四封，共八兩。惟少塘桌席，餘者散酌而已。仰冀從者留神，足見厚愛之至。外具時花四盆，以供清玩；浙酒二樽，少助待客之需。希莞納，幸甚。

西門慶看了，一面起身，且不梳頭，戴著氈巾，穿著絨氅衣走出廳上，令安老爹家人進見，遞上分資。西門慶見四盆花草：一盆紅梅、一盆白梅、一盆茉莉、一盆辛夷，兩罈南酒，滿心歡喜。連忙收了。發了回帖，賞了來人五錢銀子，因問：「老爹們明日多咱時分來？用戲子不用？」來人道：「都早來。戲子用海鹽的。」說畢，打發去了。西門慶叫左右把花草擡放藏春塢書房中擺放，一面使玳安叫戲子去，一面兌銀子與來安兒買辦。那日又是孟玉樓上壽，院中叫小優兒晚夕彈唱。

按下一頭。卻說應伯爵在家，拿了五個箋帖，教應保捧著盒兒，往西門慶對過房子內央溫秀才寫請書，要請西門慶五位夫人，二十八日家中做滿月。剛出門轉過街口，只見後邊一人高叫道：

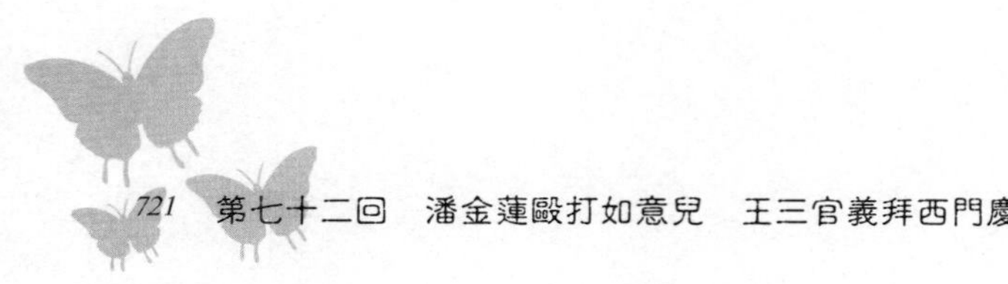

「二爹請回來！」伯爵扭頭回看是李銘，立住了腳。李銘走到跟前，問道：「二爹往哪裡去？」伯爵道：「我到溫師父那裡有些事兒去。」李銘道：「到家中還有句話兒說。」只見後邊一個閒漢，掇著盒兒，伯爵不免又到家堂屋內。李銘連忙磕了個頭，把盒兒掇進來放下，揭開卻是燒鴨二隻、老酒二瓶，說道：「小人沒甚，這些微物兒孝順二爹賞人。小的有句話逕來央及二爹。」一面跪在地下不起來。

伯爵一把手拉起來，說道：「傻孩兒，你有話只管說，怎的買禮來？」李銘道：「小的從小兒在爹宅內，答應這幾年，如今爹倒看顧別人，不用小的了。就是桂姐那邊的事，各門各戶，小的實不知道。如今爹因怪那邊，連小的也怪了。這負屈啣冤，沒處申訴，逕來告二爹。二爹到宅內見爹，千萬替小的加句美言兒說說。就是桂姐有些一差半錯，不干小的事。爹動意惱小的不打緊，同行中人越發欺負小的了。」伯爵道：「你原來這些時沒往宅內答應去。」李銘道：「小的沒曾去。」伯爵道：「嗔道昨日擺酒與何老爹接風，叫了吳惠、鄭春、邵奉、左順在那裡答應，我說怎的不見你。我問你爹，你爹說：『他沒來，我沒得請他去！』傻孩兒，你還不走跳些兒還好？你與誰賭氣？」李銘道：「爹宅內不呼喚，小的怎的好去？前日他們四個在那裡答應，今日三娘上壽，安官兒早晨又叫了兩名去了；明日老爹擺酒，又是他們四個。倒沒小的，小的心裡怎麼有個不急的！只望二爹替小的說個明白，小的還來與二爹磕頭。」伯爵道：「我沒有個不替你說的。我從前已往不知替人完美了多少勾當，你央及我這些事兒，我不替你說？你依著我，把這禮兒你還拿回去。你是哪裡錢兒，我受你的！你如今就跟了我去，等我慢慢和你爹說。」李銘道：「二爹不收此禮，小的也不敢去了。雖然二爹不稀罕，也盡小的一點窮心。」

再三央告，伯爵把禮收了。討出三十文錢，打發拿盒人回去。於是同出門，來到西門慶對門房子裡。進到書院門首，搖得門環兒響，說道：「葵軒老先生在家麼？」溫秀才正在書窗下寫帖兒，忙應道：「請裡面坐。」畫童開門，伯爵在明間內坐的。溫秀才即出來相見，敘禮讓坐，說道：「老翁起來得早，往哪裡去來？」伯爵道：「敢來煩瀆大筆寫幾個請書兒。如此這般，二十八日小兒滿月，請宅內他娘們坐坐。」溫秀才道：「帖在哪裡？將來學生寫。」伯爵即令應保取出五個帖兒，遞過去。溫秀才拿到房內，才寫得兩個，只見棋童慌走來說道：「溫師父，再寫兩個帖兒——大娘的名字，要請喬親家娘和大妗子去。頭裡琴童來取門外韓大姨和孟二妗子那兩個帖兒，打發去了不曾？」溫秀才道：「你姐夫看著，打發去這半日了。」棋童道：「溫師父寫了這兩個，還再寫上四個，請黃四嬸、傅大娘、韓大嬸和甘夥計娘子的，我使來安兒來取。」

不一時打發去了。只見來安來取這四個帖兒，伯爵問：「你爹在家裡，是衙門中去了？」來安道：「爹今日沒往衙門裡去，在廳上看收禮哩。」溫秀才道：「老先生昨日王宅赴席來晚了。」伯爵問起那王宅，溫秀才道：「是招宣府中。」伯爵就知其故。良久，來安等了帖兒去，方才與伯爵寫完。伯爵即帶了李銘過這邊來。

西門慶蓬著頭，只在廳上收禮，打發回帖，旁邊排擺桌面。見伯爵來，唱喏讓坐。伯爵謝前日厚情，因問：「哥定這桌席做什麼？」西門慶把安郎中來央浼作東，請蔡知府之事，告他說了一遍。伯爵道：「明日是戲子是小優？」西門慶道：「叫了一起海鹽子弟，我這裡又預備四名小優兒答應。」伯爵道：「哥，哪四個？」西門慶道：「吳惠、邵奉、鄭春、左順。」伯爵道：「哥怎的不用李銘？」西門慶道：「他已有了高枝兒，又稀罕我這裡做什麼？」伯爵道：「哥怎的說這個話？你喚他，他才敢來。我也不知道你一向惱他。但是各人勾當，不干他事。三嬸那邊幹事，他怎的曉得？你到休要屈了他。他今早到我那裡，哭哭啼啼告訴我：『休說小的姐姐在爹宅內，只小的答應這幾年，今日有了別人，倒沒小的。』他再三賭身罰咒，並不知他三嬸那邊一字兒。你若惱他，卻不難為他了。他小人有什麼大湯水兒？你若動動意兒，他怎的禁得起！」便教李銘：「你過來，親自告訴你爹。你只顧躲著怎的？自古醜媳婦免不得見公婆。」

那李銘站在槅子邊，低頭斂足，就似僻廳鬼兒一般看著二人說話。聽得伯爵叫他，連忙走進去，跪著地下，只顧磕頭，說道：「爹再訪，那邊事小的但有一字知道，小的車碾馬踏，遭官刑慘死。爹從前已往，天高地厚之恩，小的一家粉身碎骨也報不過來。不爭今日惱小的，惹得同行

人恥笑，他也欺負小的，小的再向哪裡尋個主兒？」說畢，號啕痛哭，跪在地下只顧不起來。伯爵在旁道：「罷麼，哥也是看他一場。大人不見小人之過，休說沒他不是，就是他有不是處，他既如此，你也將就可恕他罷。」又叫李銘：「你過來，自古穿青衣抱黑柱，你爹既說開，就不惱你了，你往後也要謹慎些。」李銘道：「二爹說得是，知過必改，往後知道了。」

西門慶沈吟半晌，便道：「既你二爹再三說，我不惱你了，起來答應罷。」伯爵道：「你還不快磕頭哩！」那李銘連忙磕個頭，立在旁邊。伯爵方才令應保取出五個請帖兒來，遞與西門慶道：「二十八日小兒彌月，請列位嫂子過舍光降光降。」西門慶看畢，教來安兒：「連盒兒送與大娘瞧去！——管情後日去不成。實和你說，明日是你三娘生日，家中又是安郎中擺酒，二十八日他又要看夏大人娘子去，如何去得成？」伯爵道：「哥殺人哩！嫂子不去，滿園中果子兒，再靠著誰哩！我就親自進屋裡請去。」少頃，只見來安拿出空盒子來了：「大娘說，多上覆，知道了。」伯爵把盒兒遞與應保接去，笑了道：「哥，你就哄我起來。若是嫂子不去，我就把頭磕爛了，也好歹請嫂子走走去。」西門慶教伯爵：「你且休去，等我梳起頭來，咱們吃飯。」說畢，入後邊去了。

這伯爵便向李銘道：「如何？剛才不是我這般說著，他甚是惱你。他有錢的性兒，隨他說幾句罷了。常言：嗔拳不打笑面。如今時年，尚個奉承的。拿著大本錢做買賣，還帶三分和氣。你若撐硬船兒，誰理你！全要隨機應變，似水兒活，才得轉出錢來。你若撞東牆，別人吃飯飽了，你還忍餓。你答應他幾年，還不知他性兒？明日叫你桂姐趕熱腳兒來，兩當一：就與三娘做生日，就與他陪了禮兒來，一天事都了了。」李銘道：「二爹說得是。小的到家，過去就對三媽說。」說著，只見來安兒放桌兒，說道：「應二爹請坐，爹就出來。」

不一時，西門慶梳洗出來，陪伯爵坐的，問他：「你連日不見老孫、祝麻子？」伯爵道：「我令他來，他知道哥惱他。我便說：『還是哥十分情分，看上顧下，那日蝨蟲螞蚱一例撲了去，你敢怎樣的！』他們發下誓，再不和王家小廝走。說哥昨日在他家吃酒來？他們也不知道。」西門慶道：「昨日他如此這般，置了一席大酒請我，拜認我做乾老子，吃到二更來了。他們怎的再不和他來往？只不干礙著我的事，隨他去，我管他怎的？我不真是他老子，管他不成！」伯爵道：「哥這話說絕了。他兩個，一二日也要來與你服個禮兒，解釋解釋。」西門慶道：「你教他只顧來，平白服甚禮？」一面來安兒拿上飯來，無非是炮烹美口餚饌。西門慶吃粥，伯爵用飯。吃畢，西門慶問：「那兩個小優兒來了不曾？」來安道：「來了這一日了。」西門慶叫他和李銘一搭兒吃飯。一個韓佐，一個邵謙，向前來磕了頭，下邊吃飯去了。

良久，伯爵起身，說道：「我去罷，家裡不知怎樣等著我哩。小人家兒幹事最苦，從爐臺底下直買到堂屋門首，哪些兒不要買？」西門慶道：「你去幹了事，晚間來坐坐，與你三娘上壽，磕個頭兒，也是你的孝順。」伯爵道：「這個一定來，還教房下送人情來。」說畢，一直去了。正是：

酒深情不厭，知己話偏長。
莫負相欽重，明朝到草堂。

第七十三回　潘金蓮不憤憶吹簫　西門慶新試白綾帶

詞曰：

喚多情，憶多情，誰把多情喚我名？喚名人可憎。　為多情，轉多情，死向多情心不平。休教情重輕。

——右調〈長相思〉

話說應伯爵回家去了。西門慶就在藏春塢坐著，看泥水匠打地炕。牆外燒火，安放花草，庶不至煤煙薰觸。忽見平安拿進帖兒，稟說：「帥府周爺差人送分資來了。」盒內封著五封分資：周守備、荊都監、張團練、劉薛二內相，每人五星，粗帕二方，奉引賀敬。西門慶令左右收入後邊，拿回帖打發去了。

且說那日，楊姑娘與吳大妗子、潘姥姥坐轎子先來了，然後薛姑子、大師父、王姑子，並兩個小姑子妙趣、妙鳳，並郁大姐，都買了盒兒來，與玉樓做生日。月娘在上房擺茶，眾姐妹都在一處陪侍。須臾吃了茶，各人取便坐了。

潘金蓮想著要與西門慶做白綾帶兒，即便走到房裡，拿過針線匣，揀一條白綾兒，將磁盒內顫聲嬌藥末兒裝在裡面，周圍用倒口針兒撩縫得甚是細法，預備晚夕要與西門慶雲雨之歡。不想薛姑子驀地進房來，送那安胎氣的衣胞符藥與他。這婦人連忙收過，一面陪他坐的。薛姑子見左右無人，便悄悄遞與他，說道：「你揀個壬子日空心服，到晚夕與官人在一處，管情一度就成胎氣。你看後邊大菩薩，也是貧僧替他安的胎，今已有了半肚子了。我還說個法兒與你：縫個錦香囊，我書道朱砂符兒安在裡面，帶在身邊，管情就是男胎，好不準驗。」

這婦人聽了，滿心歡喜，一面接了符藥，藏放在箱內。拿過曆日來看，二十九日是壬子日。於是就稱了三錢銀子送與他，說：「這個不當什麼，拿到家買菜吃。等坐胎之時，我尋匹絹與你做衣穿。」薛姑子道：「菩薩快休計較，我不像王和尚那樣利心重。前者因過世那位菩薩念經，他說我攙了他的主顧，好不和我嚷鬧，到處拿言語喪我。我的爺，隨他墮業，我不與他爭執。我只替人家行好事，救人苦難。」婦人道：「薛爺，你只行你的事，各人心地不同。我這勾當，你也休和他說。」薛姑子道：「法不傳六耳，我肯和他說！去年為後邊大菩薩喜事，他還說我背地得多少錢，掰了一半與他才罷了。一個僧家，戒行也不知，利心又重，得了十方施主錢糧，不修功果，到明日死後，披毛戴角還不起。」說了回話，婦人教春梅：「看茶與薛爺吃。」那姑子吃了茶，又同他到李瓶兒那邊參了靈，方歸後邊來。

約後晌時分，月娘放桌兒炕屋裡，請眾堂客並三個姑子坐的。又在明間內放八仙桌兒，鋪著火盆攏下案酒，與孟玉樓上壽。不一時，瓊漿滿泛，玉斝高擎，孟玉樓打扮得粉妝玉琢，先與西門慶遞了酒，然後與眾姐妹敘禮，安席而坐。陳敬濟和大姐又與玉樓上壽，行畢禮，就在旁邊坐下。廚下壽麵點心添換，一齊拿上來。眾人才吃酒，只見來安拿進盒兒來說：「應保送人情來了。」西門慶教月娘收了，就教來安：「送應二娘帖兒去，就請你應二爹和大舅來坐坐。我曉得他娘子兒，明日也是不來，請你二爹來坐坐罷，改日回人情與他就是了。」來安拿帖兒同應保去了。西門慶坐在上面，不覺想起去年玉樓上壽還有李大姐，今日妻妾五個，只少了他，由不得心中痛酸，眼中落淚。

不一時，李銘和兩個小優兒進來了。月娘吩咐：「你會唱『比翼成連理』不會？」韓佐道：「小的記得。」才待拿起樂器來彈唱，被西門慶叫近前，吩咐：「你唱一套『憶吹簫』我聽罷。」兩個小優連忙改調唱〈集賢賓〉「憶吹簫，玉人何處也」。唱了一回，唱到「他為我褪湘裙杜鵑花上血」，潘金蓮見唱此詞，就知西門慶念思李瓶兒之意。及唱到此句，在席上故意把手放在臉兒上，這點兒那點兒羞他，說道：「孩兒，那裡豬八戒走在冷鋪中坐著——你怎的醜得沒對兒！

一個後婚老婆，又不是女兒，哪裡討『杜鵑花上血』來？好個沒羞的行貨子！」西門慶道：「怪奴才，聽唱罷麼，我哪裡曉得什麼。」只見兩個小優又唱到：「一個相府內懷春女，忽刺八抛去也。我怎肯恁隨邪，又去把牆花亂折！」那西門慶只顧低著頭留心細聽。須臾唱畢，這潘金蓮就不憤他，兩個在席上只顧拌嘴起來。月娘有些看不上，便道：「六姐，你也耐煩，兩個只顧強什麼？楊姑奶奶和他大妗子丟在屋裡，冷清清的，沒個人兒陪他，你們著兩個進去陪他坐坐兒，我就來。」當下金蓮和李嬌兒就往房裡去了。

不一時，只見來安來說：「應二娘帖兒送到了。二爹來了，大舅便來。」西門慶道：「你對過請溫師父來坐坐。」因對月娘說：「你吩咐廚下拿菜出來，我前邊陪他坐去。」又教李銘：「你往前邊唱罷。」李銘即跟著西門慶出來，到西廂房內陪伯爵坐的。又謝他人情：「明日請令正好歹來走走。」伯爵道：「他怕不得來，家下沒人。」良久，溫秀才到，作揖坐下。伯爵舉手道：「早晨多有累老先生。」溫秀才道：「豈敢。」吳大舅也到了，相見讓位畢，一面琴童兒秉燭來，四人圍暖爐坐定。來安拿春盛案酒擺在桌上。

伯爵燈下看見西門慶白綾襖子上，罩著青緞五彩飛魚蟒衣，張牙舞爪，頭角崢嶸，揚鬚鼓鬣，金碧掩映，蟠在身上，諕了一跳，問：「哥，這衣服是哪裡的？」西門慶便立起身來，笑道：「你們瞧瞧，猜是哪裡的？」伯爵道：「俺們如何猜得著。」西門慶道：「此是東京何太監送我的。我在他家吃酒，因害冷，他拿出這件衣服與我披。這是飛魚，因朝廷另賜了他蟒龍玉帶，他不穿這件，就送我了。此是一個大分上。」伯爵極口誇道：「這花衣服，少說也值幾個錢兒。此是哥的先兆，到明日高轉做到都督上，愁沒玉帶蟒衣？何況飛魚！只怕穿過界兒去哩！」

說著，琴童安放鍾筯，拿酒上來。李銘在面前彈唱。伯爵道：「也該進去與三嫂遞杯酒兒才好，如何就吃酒？」西門慶道：「我兒，你既有孝順之心，往後邊與三嫂磕個頭兒就是了，說他怎的？」伯爵道：「磕頭倒不打緊，只怕惹人議論我做大不尊，倒不如你替我磕個兒罷。」被西門慶向他頭上打了一下，罵道：「你這狗才，單管恁沒大小！」伯爵道：「有大小倒不教孩兒們打了。」兩個戲說了一回，琴童拿將壽麵來，西門慶讓他三人吃。自己因在後邊吃了，就遞與李銘吃。那李銘吃了，又上來彈唱。伯爵叫吳大舅：「吩咐曲兒叫他唱。」大舅道：「不要索落他，隨他揀熟的唱罷。」西門慶道：「大舅好聽〈瓦盆兒〉這一套。」一面令琴童斟上酒，李銘於是箏排雁柱，款定冰絃，唱了一套「叫人對景無言，終日減芳容」，下邊去了。

只見來安上來稟說：「廚子家去，請問爹，明日叫幾名答應？」西門慶吩咐：「六名廚役、二名茶酒，酒筵共五桌，俱要齊備。」來安應諾去了。吳大舅便問：「姐夫明日請什麼人？」西門慶悉把安郎中作東請蔡九知府說了。吳大舅道：「既明日大巡在姐夫這裡吃酒，又好了。」西門慶道：「怎的說？」吳大舅道：「還是我修倉的事，要在大巡手裡題本，望姐夫明日說說，教他青目青目，到年終考滿之時保舉一二，就是姐夫情分。」西門慶道：「這不打緊。大舅明日寫個履歷揭帖來，等我取便和他說。」大舅連忙下來打恭。伯爵道：「老舅，你老人家放心，你是個都根主子，不替你老人家說，再替誰說？管情消不得吹噓之力，一箭就上垛。」前邊吃酒到二更時分散了，西門慶打發李銘等出門，就吩咐：「明日俱早來伺候。」李銘等應諾去了。小廝收進傢伙，上房內擠著一屋裡人，聽見前邊散了，都往那房裡去了。

卻說金蓮，只說往他屋裡去，慌得往外走不迭。不想西門慶進儀門來了，他便藏在影壁邊黑影兒裡，看著西門慶進入上房，悄悄走來窗下聽覷。只見玉簫站在堂屋門首，說道：「五娘怎的不進去？」又問：「姥姥怎的不見？」金蓮道：「老行貨子，他害身上疼，往房裡睡去了。」良久，只聽月娘問道：「你今日怎的叫恁兩個新小忘八子？唱又不會唱，只一味『三弄梅花』。」玉樓道：「只你臨了教他唱『鴛鴦浦蓮開』，他才依了你唱。好兩個猾小忘八子，不知叫什麼名字，一日在這裡只是玩。」西門慶道：「一個叫韓佐，一個叫邵謙。」月娘道：「誰曉得他叫什麼謙兒李兒！」

不防金蓮躡足潛踪進去，立在暖炕兒背後，忽說道：「你問他？正經姐姐吩咐的曲兒不教他唱，平白胡枝扯葉的教他唱什麼『憶吹簫』，支使的小忘八子亂騰騰的，不知依哪個的是。」玉

樓「噦」了一聲，扭回頭看見是金蓮，便道：「這個六丫頭，你在哪裡來？猛可說出話來，倒諕我一跳。單愛行鬼路兒。你從多咱走在我背後？」小玉道：「五娘在三娘背後，好少一回兒。」金蓮點著頭兒向西門慶道：「哥兒，你膿著些兒罷了。你那小見識兒，只說人不知道。他是甚『相府中懷春女』？他和我都是一般的後婚老婆。什麼他為你『褪湘裙杜鵑花上血』，三個官唱兩個喏，誰見來？孫小官兒問朱吉，別的都罷了，這個我不敢許。可是你對人說的，自從他死了，好應心的菜兒也沒一碟子兒。沒了王屠，連毛吃豬！你日逐只咊屎哩？俺們便不是上數的，可不著你那心罷了。一個大姐姐這般當家立紀，也扶持不過你來，可可兒只是他好。他死，你怎的不拉住他？當初沒他來時，你怎的過來？如今就是諸般兒稱不上你的心了。提起他來，就疼得你這心裡格地地的！拿別人當他，醋汁兒下麵，也喜歡得你要不得！只他那屋裡水好吃麼？」

月娘道：「好六姐，常言道：好人不長壽，禍害一千年。自古鏇的不圓砍的圓。你我本等是遲貨，應不上他的心，隨他說去罷了。」金蓮道：「不是咱不說他，他說出來的話灰人的心。只說人憒不過他。」那西門慶只是笑，罵道：「怪小淫婦兒，胡說了你，我在哪裡說這個話來？」金蓮道：「還是請黃內官那日，你沒對著應二和溫蠻子說？怪不得你老婆都死絕了，就是當初有他在，也不怎麼的。到明日再扶一個起來，和他做對兒就是了。賊沒廉恥撒根基的貨！」說得西門慶急了，跳起來，趕著拿靴腳踢他，那婦人奪門一溜煙跑了。

這西門慶趕出去不見他，只見春梅站在上房門首，就一手搭伏春梅肩背往前邊來。月娘見他醉了，巴不得打發他前邊去睡，要聽三個姑子宣卷。於是教小玉打個燈籠，送他前邊去。金蓮和玉簫站在穿廊下黑影中，西門慶沒看見，逕走過去。玉簫向金蓮道：「我猜爹管情向娘屋裡去了。」金蓮道：「他醉了，快發訕，由他先睡，等我慢慢進去。」這玉簫便道：「娘，你等等，我取些果子兒捎與姥姥吃去。」於是走到床房內，拿些果子遞與婦人，婦人接的袖了，一直走到他前邊。只見小玉送了回來，說道：「五娘在那邊來？爹好不尋五娘。」

金蓮到房門首，不進去，悄悄向窗眼望裡張覷，看見西門慶坐在床上，正摟著春梅做一處玩耍。恐怕攪擾他，連忙走到那邊屋裡，將果子交付秋菊。因問：「姥姥睡沒有？」秋菊道：「睡了一大回了。」金蓮囑咐他：「果子好生收在揀妝內。」又復往後邊來。只見月娘、李嬌兒、孟玉樓、西門大姐、大妗子、楊姑娘，並三個姑子帶兩個小姑子，坐了一屋裡人。薛姑子便盤膝坐在月娘炕上，當中放著一張炕桌兒，炷了香，眾人都圍著他，聽他說佛法。

只見金蓮笑掀簾子進來，月娘道：「你惹下禍來，他往屋裡尋你去了。你不打發他睡，如何又來了？我還愁他到屋裡要打你。」金蓮笑道：「你問他敢打我不敢？」月娘道：「你頭裡話出來得忒緊了，他有酒的人，一時激得惱了，不打你打狗不成？俺們倒替你捏兩把汗，原來你倒這等潑皮。」金蓮道：「他就惱，我也不怕他，看不上那三等兒九做的。正經姐姐吩咐的曲兒不教唱，且東溝犁西溝耙，唱他的心事。就是今日孟三姐的好日子，也不該唱這離別之詞。人也不知死到哪裡去了，偏有那些佯慈悲假孝順，我是看不上。」大妗子道：「你姐妹們亂了這一回，我還不知因為什麼來。姑夫好好的進來坐著，怎的又出去了？」月娘道：「大妗子，你還不知道，那一個因想起李大姐來，說年時孟三姐生日還有他，今年就沒他，落了幾點眼淚，教小優兒唱了一套『憶吹簫，玉人兒何處也』。這一個就不憤他唱這詞，剛才搶白了他爹幾句。搶白的那個急了，趕著踢打，這賊就走了。」楊姑娘道：「我的姐姐，你隨官人教他唱罷了，又搶白他怎的？想必每常見姐姐們都全全兒的，今日只不見了李家姐姐，漢子的心怎麼不慘切個兒。」

孟玉樓道：「好奶奶，若是我們，誰嗔他唱！俺這六姐姐平昔曉得曲子裡滋味，見那個誇死了的李大姐，比古人哪個不如他，又怎的兩個相交情厚，又怎麼山盟海誓，你為我，我為你。這個牢成的又不服氣，只顧拿言語搶白他，整廝亂了這半日。」楊姑娘道：「我的姐姐，原來這等聰明！」月娘道：「他什麼曲兒不知道！但提起頭兒，就知尾兒。像我們叫唱老婆和小優兒來，只曉得唱出來就罷了。偏他又說哪一段兒唱得不是了，哪一句兒唱得差了，又哪一節兒少了。但是他爹說出個曲兒來，就和他白搽白亂，必須搽惱了才罷。」孟玉樓在旁邊戲道：「姑奶奶你不知，我三四胎兒只存了這個丫頭子，這般精靈古怪的。」金蓮笑向他打了一下，說道：「我倒替你爭氣，你倒沒規矩起來了。」

楊姑娘道：「姐姐，你今後讓官人一句兒罷。常言：一夜夫妻百夜恩，相隨百步也有個徘徊之意。一個熱突突人兒，指頭兒似的少了一個，有個不想不疼不提念的？」金蓮道：「想怎不想，也有個常時兒。一般都是你的老婆，做什麼擡一個滅一個？只嗔俺們不替他戴孝，他又不是婆婆，胡亂戴過斷七罷了，只顧戴幾時？」楊姑娘道：「姐姐們見一半不見一半兒罷。」大妗子道：「好快！斷七過了，這一向又早百日來了。」楊姑娘問：「幾時是百日？」月娘道：「早哩，臘月二十六日。」王姑子道：「少不得念個經兒。」月娘道：「挨年近節，念什麼經！他爹只好過年念罷了。」說著，只見小玉拿上一道茶來，每人一盞。

須臾吃畢。月娘洗手，向爐中炷了香，聽薛姑子講說佛法。薛姑子就先宣念偈言，講了一段五戒禪師破戒戲紅蓮女子，轉世為東坡佛印的佛法。講說了良久方罷。只見玉樓房中蘭香，拿了兩方盒細巧素菜果碟、茶食點心來，收了香爐，擺在桌上。又是一壺茶，與眾人陪三個師父吃了。然後又拿葷下飯來，打開一罈麻姑酒，眾人圍爐吃酒。月娘便與大妗子擲色搶紅。金蓮便與李嬌兒猜枚，玉簫在旁邊斟酒，便替金蓮打桌底下轉子兒。須臾把李嬌兒贏了數杯。玉樓道：「等我和你猜，你只顧贏他罷。」卻要金蓮拿出手來，不許褪在袖子裡，又不許玉簫近前。一連反贏了金蓮幾大鍾。

金蓮坐不住，去了。到前邊叫了半日，角門才開，只見秋菊揉眼。婦人罵道：「賊奴才，你睡來？」秋菊道：「我沒睡。」婦人道：「見睡起來，你哄我。你倒自在，就不說往後來接我接兒去。」因問：「你爹睡了？」秋菊道：「爹睡了這一日了。」婦人走到炕房裡，摟起裙子來就在炕上烤火。婦人要茶吃，秋菊連忙傾了一盞茶來。婦人道：「賊奴才，好乾淨手兒，我不吃這陳茶，熬得怪泛湯氣。你叫春梅來，叫他另拿小銚兒頓些好甜水茶兒，多著些茶葉，頓得苦艷艷我吃。」秋菊道：「他在那邊床房裡睡哩，等我叫他來。」婦人道：「你休叫他，且教他睡罷。」

這秋菊不依，走在那邊屋裡，見春梅歪在西門慶腳頭睡得正好。被他搖推醒了，道：「娘來了，要吃茶，你還不起來哩。」這春梅噦他一口，罵道：「見鬼的奴才，娘來了罷了，平白說人刺刺的！」一面起來，慢條廝禮，撒腰拉袴走來見婦人，只顧倚著炕兒揉眼。婦人反罵秋菊：「怪奴才，你睡得甜甜兒的，把你叫醒了。」因叫他：「你頭上汗巾子跳上去了，還不往下扯扯哩。」又問：「你耳朵上墜子怎的只戴著一隻？」這春梅摸了摸，果然只有一隻，便點燈往那邊床上尋去，尋不見。良久，不想落在那腳踏板上，拾起來。婦人問：「在哪裡來？」春梅道：「都是他失驚打怪叫我起來，吃帳鈎子抓下來了，才在踏板上拾起來。」婦人道：「我那等說著，他還只當叫起你來。」春梅道：「他說娘要茶吃來。」婦人道：「我要吃口茶兒，嫌他那手不乾淨。」這春梅連忙舀了一小銚子水，坐在火上，使他擱了些炭在火內，須臾就是茶湯。滌盞乾淨，濃濃的點上去，遞與婦人。婦人問春梅：「你爹睡下多大回了？」春梅道：「我打發睡了這一日了。問娘來，我說娘在後邊還未來哩。」

這婦人吃了茶，因問春梅：「我頭裡袖了幾個果子和蜜餞，是玉簫與你姥姥吃的，交付這奴才接進來，你收了？」春梅道：「我沒見，他知道放在哪裡？」婦人叫秋菊，問他果子在哪裡，秋菊道：「我放在揀妝內哩。」走去取來，婦人數了數兒，少了一個柑子，問他哪裡去了。秋菊道：「我拿進來就放在揀妝內，哪個害饞癆、爛了口吃他不成！」婦人道：「賊奴才，還要強嘴！你不偷，哪去了？我親手數了交與你的，怎就少了一個？原來只孝順了你！」教春梅：「你與我把那奴才一邊臉上打與他十個嘴巴子。」春梅道：「那臢臉蛋子，倒沒得齷齪了我的手。」婦人道：「你與我拉過他來。」

春梅用雙手推顙到婦人跟前。婦人用手擰著他腮頰，罵道：「賊奴才，這個柑子是你偷吃了不是？你實實說了，我就不打你。不然，取馬鞭子來，我這一旋剝就打個不數。我難道醉了？你偷吃了，一逕裡鬼混我。」因問春梅：「我醉不醉？」那春梅道：「娘清省白醒，哪討酒來？娘不信只掏他袖子，怕不得還有柑子皮兒在袖子裡哩。」婦人於是扯過他袖子來，用手去掏，秋菊慌用手撇著不教掏。春梅一面拉起手來，果然掏出些柑子皮兒來。被婦人盡力臉上擰了兩把，打了兩下嘴巴，罵道：「賊奴才，你諸般兒不會，像這說舌偷嘴吃偏會。真贓實犯拿住，你還賴哪個？我如今茶前酒後且不打你，到明日清省白醒，和你算帳。」春梅道：「娘到明日，休要與他行行忽忽的，好生旋剝了，教個人把他實辣辣打與他幾十板子，教他忍疼也懼怕些。什麼門猴兒似湯那幾棍兒，他才不放在心上！」

那秋菊被婦人擰得臉脹腫的，鼓都著嘴往廚下去了。婦人把那一個柑子平分兩半，又拿了個蘋婆石榴，遞與春梅，說道：「這個與你吃，把那個留與姥姥吃。」這春梅也不瞧，接過來似有如無，掠在抽屜內。婦人把蜜餞也要分開，春梅道：「娘不要分，我懶得吃這甜行貨子，留與姥姥吃罷。」以此婦人不分，都留下了。

婦人走到桶子上小解了，叫春梅掇進坐桶來，澡了牝，又問春梅：「這咱天有多時分了？」春梅道：「睡了這半日，也有三更了。」婦人摘了頭面，走來那邊床房裡，見桌上銀燈已殘，重新剔了剔，向床上看西門慶正打鼾睡。於是解鬆羅帶，卸褪湘裙，上床鑽入被窩裡，與西門慶並枕而臥。

睡下不多時，向他腰間摸他那話。弄了一回，白不起。原來西門慶與春梅才行房不久，那話綿軟，急切捏弄不起來。這婦人酒在腹中，慾情如火，蹲身在被底，把那話用口吮咂。挑弄蛙口，吞裹龜頭，只顧往來不絕。西門慶猛然醒了，便道：「怪小淫婦兒，如何這咱才來？」婦人道：「俺們在後邊吃酒，孟三兒又安排了兩大方盒酒菜，郁大姐唱著，俺們猜枚擲骰兒，又玩了這一日，被我把李嬌兒贏醉了。落後孟三兒和我五子三猜，俺倒輸了好幾鍾酒。你倒是便宜，睡這一覺兒來好熬我，你看我依你不依？」西門慶道：「你整治那帶子有了？」婦人道：「在褥子底下不是？」一面探手取出來，與西門慶看了，替他紮在塵柄根下，繫在腰間，拴得緊緊的。又問：「你吃了不曾？」西門慶道：「我吃了。」

須臾，那話吃婦人一壁廂弄起來，只見奢稜跳腦，挺身直舒，比尋常更舒半寸有餘。婦人爬在身上，龜頭昂大，兩手搧著牝戶往裡放。須臾突入牝中，婦人兩手摟定西門慶脖項，令西門慶亦扳抱其腰，在上只顧揉搓，那話漸沒至根。婦人叫西門慶：「達達，你取我的柱腰子墊在你腰底下。」這西門慶便向床頭取過他大紅綾抹胸兒，四摺疊起墊著腰，婦人在他身上馬伏著，哪消幾揉，那話盡入。婦人道：「達達，你把手摸摸，都全放進去了，撐得裡頭滿滿兒的。你自在不自在？」西門慶用手摸摸，見盡沒至根，間不容髮，只剩二卵在外，心中覺翕翕然暢美不可言。婦人道：「好急得慌，只是寒冷，咱不得拿燈兒照著幹，趕不上夏天好。」因問西門慶，說道：「這帶子比那銀托子好不好？又不格得陰門生痛的，又長出許多來。你不信，摸摸我小肚子，七八頂到奴心。」又道：「你摟著我，等我一發在你身上睡一覺。」西門慶道：「我的兒，你睡，達達摟著。」

那婦人把舌頭放在他口裡含著，一面矇矓星眼，款抱香肩。睡不多時，怎禁那慾火燒身，芳心撩亂，於是兩手按著他肩膊，一舉一坐，抽徹至首，復送至根，叫：「親心肝，罷了，六兒的死了。」往來抽捲，又三百回。比及精泄，婦人口中只叫：「我的親達達，把腰扱緊了。」一面把奶頭教西門慶咂，不覺一陣昏迷，淫水溢下，婦人心頭小鹿突突的跳。登時四肢困軟，香雲撩亂。那話拽出來猶剛勁如故，婦人用帕搽之，說道：「我的達達，你不過卻怎麼的？」西門慶道：「等睡起一覺來再耍罷。」婦人道：「我的身子已軟癱熱化的。」當下雲收雨散，兩個並肩交股，相與枕藉於床上，不知東方之既白。正是：

等閒試把銀缸照，一對天生連理人。

第七十四回　潘金蓮香腮偎玉　薛姑子佛口談經

詩曰：

富貴如朝露，交遊似聚沙。
不如竹窗裡，對卷自趺跏。
靜慮同聆偈，清神旋煮茶。
惟憂曉雞唱，塵裡事如麻。

話說西門慶摟抱潘金蓮，一覺睡到天明。婦人見他那話還直豎一條棍相似，便道：「達達，你饒了我罷，我來不得了。待我替你咂咂罷。」西門慶道：「怪小淫婦兒，你若咂得過了，是你造化。」這婦人真個蹲向他腰間，按著他一隻腿，用口替他吮弄那話。吮夠一個時分，精還不過，這西門慶用手按著粉項，往來只顧沒稜露腦搖撼，那話在口裡吞吐不絕。抽拽的婦人口邊白沫橫流，殘脂在莖。婦人一面問西門慶：「二十八日應二家請俺們，去不去？」西門慶道：「怎的不去！」婦人道：「我有樁事兒央你，依不依？」西門慶道：「怪小淫婦兒，你有甚事，說不是。」婦人道：「你把李大姐那皮襖拿出來與我穿了罷。明日吃了酒回來，他們都穿著皮襖，只奴沒件兒穿。」西門慶道：「有王招宣府當的皮襖，你穿就是了。」婦人道：「當的我不穿他，你與了李嬌兒去。把李嬌兒那皮襖卻與雪娥穿。你把李大姐那皮襖與了我，等我縫上兩個大紅遍地金鶴袖，襯著白綾襖兒穿，也是與你做老婆一場，沒曾與了別人。」西門慶道：「賊小淫婦兒，單管愛小便宜兒。他那件皮襖值六十兩銀子哩，你穿在身上是會搖擺！」婦人道：「怪奴才，你與了張三、李四的老婆穿了？左右是你的老婆，替你裝門面，沒得有這些聲兒氣兒的。好不好我就不依了。」西門慶道：「你又求人又做硬兒。」婦人道：「怪硶貨！我是你房裡丫頭，在你跟前服軟？」一面說著，把那話放在粉臉上只顧偎晃，良久，又吞在口裡挑弄蛙口，一回又用舌尖抵其琴弦，攪其龜稜，然後將朱唇裹著，只顧動動的。西門慶靈犀灌頂，滿腔春意透腦，良久精來，呼：「小淫婦兒，好生裹緊著，我待過也！」言未絕，其精迸了婦人一口。婦人口口接著，都嚥了。正是：

自有內事迎郎意，殷勤愛把紫簫吹。

當日是安郎中擺酒，西門慶起來梳頭淨面出門。婦人還睡在被裡，便說道：「你趁閒尋尋兒出來罷。等住回，你又不得閒了。」這西門慶於是走到李瓶兒房中，奶子、丫頭又早起來頓下茶水供養。西門慶見如意兒薄施脂粉，長畫蛾眉，笑嘻嘻遞了茶，在旁邊說話兒。西門慶一面使迎春往後邊討床房裡鑰匙去，如意兒便問：「爹討來做什麼？」西門慶道：「我要尋皮襖與你五娘穿。」如意道：「是娘的那貂鼠皮襖？」西門慶道：「就是。他要穿穿，拿與他罷。」迎春去了，就把老婆摟在懷裡，摸他奶頭，說道：「我兒，你雖然生了孩子，奶頭兒倒還恁緊。」就兩個臉對臉兒親嘴咂舌頭做一處。如意兒道：「我見爹常在五娘身邊，沒見爹往別的房裡去。他老人家別的罷了，只是心多容不得人。前日爹不在，為個棒槌，好不和我大嚷了一場。多虧韓嫂兒和三娘來勸開了。落後爹來家，也沒敢和爹說。不知什麼多嘴的人對他說，說爹要了我。他也告爹來不曾？」西門慶道：「他也告我來，你到明日替他陪個禮兒便了。他是恁行貨子，受不得人個甜棗兒就喜歡的。嘴頭子雖利害，倒也沒什麼心。」如意兒道：「前日我和他嚷了，第二日爹到家，就和我說好話。說爹在他身邊偏多，『就是別的娘都讓我幾分，你凡事只有個不瞞我，我放著河水不洗船？』」西門慶道：「既是如此，大家取和些。」又許下老婆：「你們晚夕等我來這房裡睡。」如意道：「爹真個來？休哄俺們！」西門慶道：「誰哄你來！」

正說著，只見迎春取鑰匙來。西門慶教開了床房門，又開櫥櫃，拿出那皮襖來抖了抖，還用包袱包了，教迎春拿到那邊房裡去。如意兒就悄悄向西門慶說：「我沒件好裙襖兒，爹趁著手兒再尋件兒與了我罷。有娘小衣裳兒，再與我一件兒。」西門慶連忙又尋出一套翠蓋緞子襖兒、黃綿紬裙子，又是一件藍潞紬綿褲兒，又是一雙妝花膝褲腿兒，與了他。老婆磕頭謝了。西門慶鎖上門，就使他送皮襖與金蓮房裡來。

金蓮才起來，在床上裹腳，只見春梅說：「如意兒送皮襖來了。」婦人便知其意，說道：「你教他進來。」問道：「爹使你來？」如意道：「是爹教我送來與娘穿。」金蓮道：「也與了你些什麼兒沒有？」如意道：「爹賞了我兩件紬絹衣裳年下穿。叫我來與娘磕頭。」於是向前磕了四個頭。婦人道：「姐姐們這般卻不好？你主子既愛你，常言：船多不礙港，車多不礙路，哪好做惡人？你只不犯著我，我管你怎的？我這裡還多著個影兒哩！」如意兒道：「俺娘已是沒了，雖是後邊大娘承攬，娘在前邊還是主兒，早晚望娘擡舉。小媳婦敢欺心！哪裡是葉落歸根之處？」婦人道：「你這衣服少不得還對你大娘說聲。」如意道：「小的前者也問大娘討來，大娘說：『等爹開時，拿兩件與你。』」婦人道：「既說知罷了。」這如意就出來，還到那邊房裡，西門慶已往前廳去了。如意便問迎春：「你頭裡取鑰匙去，大娘怎的說？」迎春說：「大娘問：『你爹要鑰匙做什麼？』我也沒說拿皮襖與五娘，只說我不知道。大娘沒言語。」

卻說西門慶走到廳上看設席，海鹽子弟張美、徐順、苟子孝都挑戲箱到了，李銘等四名小優兒又早來伺候，都磕頭見了。西門慶吩咐打發飯與眾人吃，吩咐李銘三個在前邊唱，左順後邊答應堂客。那日韓道國娘子王六兒沒來，打發申二姐買了兩盒禮物，坐轎子，他家進財兒跟著，也來與玉樓做生日。王經送到後邊，打發轎子出去了。不一時，門外韓大姨、孟大妗子都到了，又是傅夥計、甘夥計娘子、崔本媳婦兒段大姐並賁四娘子。

西門慶正在廳上，看見夾道內玳安領著一個五短身子，穿綠緞襖兒、紅裙子，不搽胭粉，兩個密縫眼兒，一似鄭愛香模樣，便問是誰。玳安道：「是賁四嫂。」西門慶就沒言語，往後見了月娘。月娘擺茶，西門慶進來吃粥，遞與月娘鑰匙。月娘道：「你開門做什麼？」西門慶道：「潘六兒他說，明日往應二哥家吃酒沒皮襖，要李大姐那皮襖穿。」被月娘瞅了一眼，說道：「你自家把不住自家嘴頭了。他死了，嗔人分散他房裡丫頭，像你這等，就沒得話兒說了。他現放皮襖不穿，巴巴兒只要這皮襖穿。——早是他死了，他不死，你只好看一眼兒罷了。」幾句說得西門慶閉口無言。忽報劉學官來還銀子，西門慶出去陪坐，在廳上說話。只見玳安拿進帖兒說：「王招宣府送禮來了。」西門慶問：「是什麼禮？」玳安道：「是賀禮：一匹尺頭、一罈南酒、四樣下飯。」西門慶即叫王經拿眷生回帖兒謝了，賞了來人五錢銀子，打發去了。

只見李桂姐門首下轎，保兒挑四盒禮物。慌得玳安替他抱氈包，說道：「桂姨，打夾道內進去罷，廳上有劉學官坐著哩。」那桂姐即向夾道內進去，來安兒把盒子挑進月娘房裡。月娘道：「爹看見不曾？」玳安道：「爹陪著客，還不見哩。」月娘便說道：「且連盒放在明間內著。」一回客去了，西門慶進來吃飯，月娘道：「李桂姐送禮在這裡。」西門慶道：「我不知道。」月娘令小玉揭開盒兒，見一盒果餡壽糕、一盒玫瑰糖糕、兩隻燒鴨、一副豕蹄。只見桂姐從房內出來，滿頭珠翠，穿著大紅對衿襖兒，藍緞裙子，望著西門慶磕了四個頭。西門慶道：「罷了，又買這禮來做什麼？」月娘道：「剛才桂姐對我說，怕你惱他。不干他事，說起來都是他媽的不是：那日桂姐害頭疼來，只見這王三官領著一行人，往秦玉芝兒家去，打門首過，進來吃茶，就被人驚散了。桂姐也沒出來見他。」西門慶道：「那一遭兒沒出來見他，這一遭兒又沒出來見他，自家也說不過。論起來，我也難管你。這麗春院拿燒餅砌著門不成？到處銀錢兒都是一樣，我也不惱。」

那桂姐跪在地下只顧不起來，說道：「爹惱的是。我若和他沾沾身子，就爛化了，一個毛孔兒裡生一個天皰瘡。都是俺媽，空老了一片皮，幹的營生沒個主意。好的也招惹，歹的也招惹，平白教爹惹惱。」月娘道：「你既來說開就是了，又惱怎的？」西門慶道：「你起來，我不惱你便了。」那桂姐故作嬌態，說道：「爹笑一笑兒我才起來。你不笑，我就跪一年也不起來。」潘金蓮在旁插口道：「桂姐你起來，只顧跪著他，求告他黃米頭兒，教他張致！如今在這裡你便跪著他，明日到你家他卻跪著你，——你那時卻別要理他。」把西門慶、月娘都笑了，桂姐才起來了。

只見玳安慌慌張張來報：「宋老爹、安老爹來了。」西門慶便拿衣服穿了，出去迎接。桂姐向月娘說道：「耶嚛嚛，從今後我也不要爹了，只與娘做女兒罷。」月娘道：「你的虛頭願心，說過道過罷了。前日兩遭往裡頭去，沒在你那裡？」桂姐道：「天麼，天麼，可冤殺人！爹何曾往我家裡？若是到我家裡，見爹一面，沾沾身子兒，就促死了！娘你錯打聽了，敢不是我那裡，是往鄭月兒家走了兩遭，請了他家小粉頭子了。我這篇是非，就是他氣不憤架的。不然，爹如何惱我？」金蓮道：「各人衣飯，他平白怎麼架你是非？」桂姐道：「五娘，你不知，俺們裡邊人，一個氣不憤一個，好不生分！」月娘接過來道：「你們裡邊與外邊差什麼？也是一般，一個不憤一個。哪一個有些時道兒，就要躧下去。」月娘擺茶與他吃，不在話下。

卻說西門慶迎接宋御史、安郎中，到廳上敘禮。每人一匹緞子、一部書，奉賀西門慶。見了桌席齊整，甚是稱謝不盡。一面分賓主坐下，吃了茶，宋御史道：「學生有一事奉瀆四泉：今有巡撫侯石泉老先生，新升太常卿，學生同兩司作東，三十日敢借尊府置杯酒奉餞，初二日就起行上京去了。未審四泉允否？」西門慶道：「老先生吩咐，敢不從命！但未知多少桌席？」宋御史道：「學生有分資在此。」即喚書吏取出布、按兩司連他共十二兩分資來，要一張大插桌、六張散桌，叫一起戲子。西門慶答應收了，就請去捲棚坐的。

不一時，錢主事也到了。三員官會在一處下棋。宋御史見西門慶堂廡寬廣，院宇幽深，書畫文物極一時之盛。又見屏風前安著一座八仙捧壽的流金鼎，約數尺高，甚是做得奇巧。爐內焚著沈檀香，煙從龜鶴鹿口中吐出。只顧近前觀看，誇獎不已。問西門慶：「這副爐鼎造得好！」因向二官說：「我學生寫書與淮安劉年兄那裡，央他替我捎帶一副來，送蔡老先，還不見到。四泉不知是哪裡得來的？」西門慶道：「也是淮上一個人送學生的。」說畢下棋。西門慶吩咐下邊，看了兩個桌盒細巧菜蔬果餡點心上來，一面叫生旦在上唱南曲。宋御史道：「客尚未到，主人先吃得面紅，說不通。」安郎中道：「天寒，飲一杯無礙。」宋御史又差人去邀，差人稟道：「邀了，在磚廠黃老爹那裡下棋，便來也。」一面下棋飲酒，安郎中喚戲子：「你們唱個〈宜春令〉奉酒。」於是生旦合聲唱一套「第一來為壓驚」。

唱未畢，忽吏進報：「蔡老爹和黃老爹來了。」宋御史忙令收了桌席，各整衣冠出來迎接。蔡九知府穿素服金帶，先令人投一「侍生蔡攸」拜帖與西門慶。進廳上，安郎中道：「此是主人西門大人，見在本處做千兵，也是京中老先生門下。」那蔡知府又是作揖稱道：「久仰，久仰。」西門慶道：「容當奉拜。」敘禮畢，各寬衣服坐下。左右上了茶，各人扳話。良久，就上坐。蔡九知府居上，主位四坐。廚役割道湯飯，戲子呈遞手本，蔡九知府揀了《雙忠記》，演了兩折。酒過數巡，小優兒席前唱一套〈新水令〉「玉鞭驕馬出皇都」。蔡知府笑道：「松原值得多少，可謂『御史青驄馬』，三公乃『劉郎舊紫髯』。」安郎中道：「今日更不道『江州司馬青衫濕』。」言罷，眾人都笑了。西門慶又令春鴻唱了一套「金門獻罷平胡表」，把宋御史喜歡得要不得，因向西門慶道：「此子可愛。」西門慶道：「此是小价，原是揚州人。」宋御史攜著他手兒，教他遞酒，賞了他三錢銀子，磕頭謝了。正是：

窗外日光彈指過，席前花影坐間移。
一杯未盡笙歌送，階下申牌又報時。

不覺日色沈西，蔡九知府見天色晚了，即令左右穿衣告辭。眾位款留不住，俱送出大門而去。隨即差了兩名吏典，把桌席羊酒尺頭擡送到新河口去訖。宋御史亦作辭西門慶，因說道：「今日且不謝，後日還要取擾。」各上轎而去。

西門慶送了回來，打發戲子，吩咐：「後日還是你們來，再唱一日。叫幾個會唱的來，宋老爹請巡撫侯爺哩。」戲子道：「小的知道了。」西門慶令攢上酒桌，使玳安：「去請溫師父來坐坐。」再叫來安兒：「去請應二爹去。」不一時，次第而至，各行禮坐下。三個小優兒在旁彈唱，把酒來斟。西門慶問伯爵：「你娘們明日都去，你叫唱的是雜耍的？」伯爵道：「哥倒說得好，小人家哪裡擡放？將就叫兩個唱女兒唱罷了。明日早些請眾位嫂子下降。」這裡前廳吃酒不提。

後邊，孟大姨與孟三妗子先起身去了。落後楊姑娘也要去，月娘道：「姑奶奶你再住一日兒不是，薛師父使他徒弟取了卷來，咱晚夕叫他宣卷咱們聽。」楊姑娘道：「老身實和姐姐說，要不是我也住，明日俺第二個姪兒定親事，使孩子來請我，我要瞧瞧去。」於是作辭而去。眾人吃到掌燈以後，三位夥計娘子也都作辭去了，只留下段大姐沒去，潘姥姥也往金蓮房內去了。只有大吟子、李桂姐、申二姐和三個姑子，郁大姐和李嬌兒、孟玉樓、潘金蓮，在月娘房內坐的。忽聽前邊散了，小廝收下傢伙來。這金蓮忙抽身就往前走，到前邊悄悄立在角門首。只見西門慶扶著來安兒，打著燈，趔趄著腳兒就要往李瓶兒那邊走，看見金蓮在門首立著，拉了手進入房來。那來安兒便往上房交鍾筯。

月娘只說西門慶進來，把申二姐、李桂姐、郁大姐都打發往李嬌兒房內去了。問來安道：「你爹來沒有？」來安道：「爹在五娘房裡，不耐煩了。」月娘聽了，心內就有些惱，因向玉樓道：「你看恁沒來頭的行貨子，我說他今日進來往你房裡去，如何三不知又摸到他屋裡去了？這兩日又浪風發起來，只在他前邊纏。」玉樓道：「姐姐，隨他纏去！這等說，恰似咱們爭他的一般。可是大師父說的笑話兒，左右這六房裡，由他串到。他爹心中所欲，你我管得他！」月娘道：「乾淨他有了話！剛才聽見前頭散了，就慌得奔命往前走了。」因問小玉：「灶上沒人，與我把儀門拴上。後邊請三位師父來，咱們且聽他宣一回卷著。」又把李桂姐、申二姐、段大姐、郁大姐都請了來。月娘向大妗子道：「我頭裡旋叫他使小沙彌請了《黃氏女卷》來宣，今日可可兒楊姑娘又去了。」吩咐玉簫頓下好茶。玉樓對李嬌兒說：「咱兩家輪替管茶，休要只顧累大姐姐。」於是各房裡吩咐預備茶去。

不一時，放下炕桌兒，三個姑子來到，盤膝坐在炕上。眾人俱各坐了，聽他宣卷。月娘洗手炷了香，這薛姑子展開《黃氏女卷》，高聲演說道：

蓋聞法初不滅，故歸空。道本無生，每因生而不用。由法身以垂八相，由八相以顯法身。朗朗惠燈，通開世戶；明明佛鏡，照破昏衢。百年景賴剎那間，四大幻身如泡影。每日塵勞碌碌，終朝業試忙忙。豈知一性圓明，徒逞六根貪欲。功名蓋世，無非大夢一場；富貴驚人，難免無常二字。風火散時無老少，溪山磨盡幾英雄！

演說了一回，又宣念偈子，又唱幾個勸善的佛曲兒，方才宣黃氏女怎的出身，怎的看經好善，又怎的死去轉世為男子，又怎的男女五人一時升天。

慢慢宣完，已有二更天氣。先是李嬌兒房內元宵兒拿了一道茶來，眾人吃了。落後孟玉樓房中蘭香，又拿了幾樣精製果菜、一大壺酒來，又是一大壺茶來，與大妗子、段大姐、桂姐眾人吃。月娘又教玉簫拿出四盒兒茶食餅糖之類，與三位師父點茶。李桂姐道：「三個師父宣了這一回卷，也該我唱個曲兒孝順。」月娘道：「桂姐，又起動你唱？」郁大姐道：「等我先唱。」月娘道：「也罷，郁大姐先唱。」申二姐道：「等姐姐唱了，我也唱個兒與娘們聽。」桂姐不肯，道：「還是我先唱。」因問月娘要聽什麼，月娘道：「你唱個『更深靜悄』罷。」

當下桂姐送眾人酒，取過琵琶來，輕舒玉筍，款跨鮫綃，唱了一套。桂姐唱畢，郁大姐才要接琵琶，早被申二姐要過去了，掛在肐膊上，先說道：「我唱個〈十二月兒掛真兒〉與大妗子和娘們聽罷。」於是唱道：「正月十五鬧元宵，滿把焚香天地燒……」那時大妗子害夜深困得慌，也沒等得申二姐唱完，吃了茶就先往月娘房內睡去了。須臾唱完，桂姐便歸李嬌兒房內，段大姐便往孟玉樓房內，三位師父便往孫雪娥房裡，郁大姐、申二姐就與玉簫、小玉在那邊炕屋裡睡。月娘同大妗子在上房內睡，俱不在話下。看官聽說：古婦人懷孕，不側坐，不偃臥，不聽淫聲，不視邪色，常玩詩書金玉，故生子女端正聰慧，此胎教之法也。今月娘懷孕，不宜令僧尼宣卷，聽其死生輪迴之說。後來感得一尊古佛出世，投胎奪舍，幻化而去，不得承受家緣。蓋可惜哉！正是：

前程黑暗路途險，十二時中自著迷。

第七十五回　因抱恙玉姐含酸　為護短金蓮潑醋

詩曰：

雙雙蛺蝶遶花溪，半是山南半水西。
故院有情風月亂，美人多怨雨雲迷。
頻開檀口言如織，漫托香腮醉似泥。
莫道佳人太命薄，一鶯啼罷一鶯啼。

話說月娘聽宣畢《黃氏寶卷》，各房宿歇不提。單表潘金蓮在角門邊撞見西門慶，相攜到房下，見西門慶只顧坐在床上，便問：「你怎的不脫衣裳？」那西門慶摟定婦人，笑嘻嘻說道：「我特來對你說聲，我要過那邊歇一夜兒去。你拿那淫器包兒來與我。」婦人罵道：「賊牢，你在老娘手裡使巧兒，拿這面子話兒來哄我！我剛才不在角門首站著，你過去的不耐煩了，又肯來問我？這是你早晨和那歪剌骨商定了腔兒。嗔道頭裡使他來送皮襖兒，又與我磕了頭。小賊歪剌骨，把我當什麼人兒，在我手內弄剌子？我還是李瓶兒時，教你活埋我？雀兒不在那窩兒裡，我不醋了！」西門慶笑道：「哪裡有此勾當？他不來與你磕個頭兒，你又說他的不是。」婦人沈吟良久，說道：「我放你去便去。不許你拿了這包子去。和那歪剌骨弄答得齷齷齪齪的，到明日還要來和我睡，好乾淨兒！」西門慶道：「我使慣了，你不與我卻怎樣的？」

纏了半日，婦人把銀托子掠與他，說道：「你要，拿了這個行貨子去！」西門慶道：「與我這個也罷。」一面接的袖了，趔趄著腳兒往外就走。婦人道：「你過來，我問你：莫非你與他一鋪兒長遠睡？惹得那兩個丫頭也羞恥。無故只是睡那一回兒，還放他另睡去！」西門慶道：「誰和他長遠睡！」說畢就走。婦人又叫回來說道：「你過來，我吩咐你，慌怎的？」西門慶道：「又說什麼？」婦人道：「我許你和他睡便睡，不許你和他說甚閒話，教他在俺們跟前欺心大膽的。我到明日打聽出來，你就休要進我這屋裡來，我就把你下截咬下來！」西門慶道：「怪小淫婦兒，瑣碎死了！」一直走過那邊去了。春梅便向婦人道：「由他去，你管他怎的？婆婆口絮，媳婦耳頑。倒沒得教人與你為冤結仇，誤了咱娘兒兩個下棋。」一面叫秋菊關上角門，放桌兒擺下棋子，兩個下棋不提。

且說西門慶走過李瓶兒房內，掀開簾子，如意兒正與迎春、綉春炕上吃飯，見了西門慶，慌得跳起身來。西門慶道：「你們吃飯。」於是走出明間，李瓶兒影跟前一張交椅上坐下。不一時，如意兒笑嘻嘻走出來，說道：「爹，這裡冷，你往屋裡坐去罷。」這西門慶就一把手摟過來，就親了個嘴，一面走到房中床正面坐了。火爐上頓著茶，迎春連忙點茶來吃了。如意兒在炕邊烤著火兒站立，問道：「爹，你今日沒酒，還有頭裡與娘供養的一桌菜兒、一素兒金華酒，留下預備篩來與爹吃。」西門慶道：「下飯你們吃了罷，只拿幾個果碟兒來，我不吃金華酒。」一面教綉春：「你打個燈籠往藏春軒書房內，還有一罈葡萄酒，你問王經要了來，篩與我吃。」綉春應諾，打著燈籠去了。迎春連忙放桌兒，拿菜兒。如意兒道：「姐，你揭開盒子，等我揀兩樣兒與爹下酒。」於是燈下揀了幾碟精味果菜擺在桌上。良久，綉春取了酒來，打開篩熱了，如意兒斟在鍾內遞上。西門慶嚐了嚐，十分清美。如意兒就挨近桌邊站立，侍奉斟酒，又親剝炒栗子兒與他下酒。迎春知局，就往後邊閒房內，與綉春坐去了。

西門慶見無人在跟前，就叫老婆坐在他膝蓋兒上，摟著與他一遞一口兒飲酒。一面解開他對衿襖兒，露出他白馥馥酥胸，用手揣摸他奶頭，誇道：「我的兒，你達達不愛你別的，只愛你倒好白淨皮肉兒，與你娘一般樣兒。我摟你就如同摟著他一般。」如意兒笑道：「爹，沒得說，還是娘的身上白。我見五娘雖好模樣兒，皮膚也中中兒的，紅白肉色兒，不如後邊大娘、三娘倒白淨——三娘只是多幾個麻兒。倒是他雪姑娘生得清秀又白淨。」又道：「我有句話對爹說：迎春姐有件正面戴的仙子兒要與我，他要問爹討娘家常戴的金赤虎，正月裡戴，爹與了他罷！」

西門慶道：「你沒正面戴的，等我叫銀匠拿金子另打一件與你。你娘的頭面箱兒，你大娘都拿的後邊去了，怎好問他要得！」老婆道：「也罷，你還另打一件赤虎與我罷。」一面走下來，就磕頭謝了。兩個吃了半日酒，如意兒道：「爹，你叫姐來也與他一杯酒吃，惹他不惱麼？」西門慶便叫迎春，不應。老婆親走到廚房內，說道：「姐，爹叫你哩。」迎春一面到跟前，西門慶令如意兒斟了一甌酒與他，又揀了兩筯菜兒放在酒托兒上，那迎春站在旁邊，一面吃了。如意道：「你叫綉春姐來也吃些兒。」迎春去了，回來說道：「他不吃了。」就向炕上抱他舖蓋，和綉春廚房炕上睡去了。

這老婆陪西門慶吃了一回酒，收拾傢伙，又點茶與西門慶吃了。原來另預備著一床兒舖蓋與西門慶睡，都是紬絹被褥，扣花枕頭，在薰籠內薰得暖烘烘的。老婆便問：「爹你在炕上睡，床上睡？」西門慶道：「我在床上睡罷。」如意兒便將舖蓋抱在床上舖下，打發西門慶解衣上床。他又在明間內打水洗了牝，掩上房門，將燈移近床邊，方才脫衣褲上床，與西門慶相摟相抱，並枕而臥。婦人用手捏弄他那話兒，一邊束著托子，猙獰跳腦，又喜又怕。兩個口吐丁香交摟在一處。西門慶見他仰臥在被窩內，脫得精赤條條，恐怕凍著他，又取過他的抹胸兒，替他蓋著胸膛上，兩手執其兩足，極力抽提。

老婆氣喘吁吁，被他合得面如火熱，又道：「這衵腰子，還是娘在時與我的。」西門慶道：「我的心肝，不打緊處。到明日，舖子裡拿半個紅緞子做小衣兒，穿在身上伏侍我。」老婆道：「可知好哩！」西門慶道：「我只是忘了你今年多少年紀，你姓什麼，排行幾姐？我只記你男子漢姓熊。」老婆道：「他便姓熊，叫熊旺兒。我娘家姓章，排行第四，今三十二歲。」西門慶道：「我原來還大你一歲。」一壁幹著，一面口中呼叫他：「章四兒，我的兒，你用心伏侍我。等明日後邊大娘生了孩子，你好生看奶著。你若有造化，也生長一男半女，我就扶你起來與我做一房小，就頂你娘的窩兒。你心下何如？」老婆道：「奴男子漢已是沒了，娘家又沒人，奴情願一心

伏侍爹，就死也不出爹這門。若爹可憐兒，可知好哩！」

西門慶見他言語兒投著機會，心中越發喜歡，搯著他雪白的兩隻腿兒，只顧沒稜露腦搧幹抽提。抽提得老婆在下無般不叫出來，嬌聲怯怯，星眼濛濛。良久，又令他馬伏在下，直舒雙足，西門慶披著紅綾被騎在他身上，投那話入牝中。燈光下，兩手按著他屁股雪白的，只顧搧打，口中叫：「章四兒，你好生叫著親達達，休要住了，我丟與你罷！」那婦人在下舉股相就，真個口中顫聲柔語，呼叫不絕。足玩了一個時辰，西門慶方才精泄。良久，拽出麈柄來，老婆取帕兒替他揩拭。摟著睡到五更雞叫時方醒，老婆又替他吮咂。西門慶告他說：「你五娘怎的替我咂，下夜怕我害冷，連尿也不教我下來溺，都替我嚥了。」老婆道：「這不打緊，等我也替爹吃了就是了。」這西門慶真個把泡尿都溺在老婆口內。當下兩個婍妮溫存，萬千囉唣，合搗了一夜。

次日，老婆先起來開了門，預備火盆，打發西門慶穿衣梳洗出門。到前邊，吩咐玳安：「教兩名排軍，把捲棚放的流金八仙鼎，寫帖兒擡送到宋御史老爹察院內，交付明白，討回帖來。」又教陳敬濟封了一匹金緞、一匹色緞，教琴童用氈包拿著，預備下馬，要早往清河口拜蔡知府去。正在月娘房內吃粥，月娘問他：「應二那裡，俺們莫不都去？也留一個兒看家。留下他姐在家，陪大妗子做伴兒罷？」西門慶道：「我已預備下五分人情，都去走走罷。左右有大姐在家，陪大妗子就是一般。我已許下應二了。」月娘聽了，一聲兒沒言語。李桂姐便拜辭說道：「娘，我今日家去罷？」月娘道：「慌去怎的，再住一日兒不是？」桂姐道：「不瞞娘說，俺媽心裡不自在，家中沒人。改日正月間來住兩日兒罷。」拜辭了西門慶。月娘裝了兩盤茶食，又與桂姐一兩銀子，吃了茶，打發出門。

西門慶才穿上衣服往前邊去，忽有平安兒來報：「荊都監老爹來拜。」西門慶即出迎接，至廳上敘禮。荊都監叩拜堂上道：「久違欠禮，高轉失賀。」西門慶道：「多承厚貺，尚未奉賀。」敘畢契闊之情，分賓主坐下，左右獻上茶湯。荊都監便道：「良騎俟候何往？」西門慶道：「京中太師老爺第九公子——九江蔡知府，昨日巡按宋公祖與工部安鳳山、錢雲野、黃泰宇，都借學生這裡作東請他一飯。蒙他具拜帖與我，我豈可不回拜他拜去？誠恐他一時起身去了。」荊都監道：「正是。小弟有一事特來奉瀆：巡按宋公正月間差滿，只怕年終舉劾地方官員，望乞四泉借重與他一說。聞知昨日在宅上吃酒，故此斗膽恃愛。倘得寸進，不敢有忘。」西門慶道：「此是好事，你我相厚，敢不領命！你寫個說帖來。幸得他後日還有一席酒在我這裡，等我抵面和他說又好說些。」

荊都監連忙下位來，又與西門慶打一躬，道：「多承盛情，啣結難忘！」便道：「小弟已具了履歷手本在此。」一面叫寫字的取出，荊都監親手遞上，與西門慶觀看。上面寫著：「山東等處兵馬都監、清河左衛指揮僉事荊忠，年三十二歲，係山後檀州人。由祖後軍功，累陞本衛正千戶；從某年由武舉中式，歷陞今職，管理濟州兵馬。」一一開載明白。西門慶看畢，荊都監又向袖中取出禮帖來遞上，說道：「薄儀望乞笑留！」西門慶見上面寫著「白米二百石」，說道：「豈有此理！這個學生斷不敢領。以此視人，相交何在？」荊都監道：「不然。總然四泉不受，轉送宋公也是一般。何見拒之深耶？倘不納，小弟亦不敢奉瀆。」推讓再三，西門慶只得收了。說道：「學生暫且收下。」一面接了，說道：「學生明日與他說了，就差人回報。」茶湯兩換，荊都監拜謝起身去了。西門慶就上馬，琴童跟隨拜蔡知府去了。

卻說玉簫打發西門慶出門，就走到金蓮房中說：「五娘，昨日怎的不往後邊去坐？俺娘好不說五娘哩！說五娘聽見爹前邊散了，往屋裡走不迭。昨日三娘生日，就不放往他屋裡去，把攔的爹恁緊。三娘道：『沒的羞人子剌剌的，誰耐煩爭他！左右是這幾房裡，隨他串去。』」金蓮道：「我待說就沒好口，合瞎了他的眼來？昨日你道他在我屋裡睡來麼？」玉簫道：「前邊老到只娘屋裡，六娘又死了，爹卻往誰屋裡去？」金蓮道：「雞兒不撒尿——各自有去處。死了一個，還有一個頂窩兒的！」玉簫又說：「俺娘又惱五娘問爹討皮襖不對他說。落後爹送鑰匙到房裡，娘說了爹幾句好的。說：『早是李大姐死了，便指望他的；他不死，只好看一眼兒罷了！』」金蓮道：「沒的扯那毴淡！有一個漢子做主兒罷了，你是我婆婆？你管著我。我把攔他，我拿繩子拴著他腿兒不成？偏有那些毬聲浪氣的！」玉簫道：「我來對娘說，娘只放在心裡，休要說出我來。今日桂姐也家去了，俺娘收拾戴頭面哩，五娘也快些收拾了罷。」說畢，玉簫後邊去了。

這金蓮向鏡臺前搽胭抹粉，插花戴翠，又使春梅後邊問玉樓，今日穿甚顏色衣裳。玉樓道：「你爹嗔換孝，都教穿淺色衣服。」五個婦人會定了，都是白鬏髻珠子箍兒，淺色衣服，惟吳月娘戴著白縐紗金梁冠兒，上穿著沉香遍地金妝花補子襖兒，紗綠遍地金裙。一頂大轎，四頂小轎，排軍喝路，棋童、來安三個跟隨。拜辭了吳大妗子、三位師父、潘姥姥，逕往應伯爵家吃滿月酒去了，不提。

卻說如意兒和迎春，有西門慶晚夕來吃的一桌菜，安排停當，還有一壺金華酒，向罈內又打出一壺葡萄酒來，午間請了潘姥姥、春梅，郁大姐彈唱著，在房內做一處吃。吃到中間，也是合當有事，春梅道：「只說申二姐會唱得好〈掛真兒〉，使個人往後邊去叫他來，好歹教他唱個咱們聽。」迎春才待使綉春叫去，只見春鴻走來烘火，春梅道：「賊小蠻囚兒，你原來今日沒跟轎子去。」春鴻道：「爹派下教王經去了，留我看家。」春梅道：「賊小蠻囚兒，你不是凍的那腔兒，還不尋到這屋裡來烘火。」因叫迎春：「你釃半甌子酒與他吃。」吩咐：「你吃了替我後邊叫將申二姐來，你就說我要他唱個兒與姥姥聽。」春鴻把酒吃了，一直走到後邊。

不想申二姐伴著大妗子、大姐、三個姑子、玉簫，都在上房裡坐的，正吃茶哩。忽見春鴻掀簾子進來，叫道：「申二姐，你來，俺大姑娘前邊叫你唱個曲兒與他聽去哩。」這申二姐道：「你大姑在這裡，又有個大姑娘出來了？」春鴻道：「是俺前邊春梅姑娘叫你。」申二姐道：「你春梅姑娘他稀罕怎的，也來叫我？有郁大姐在那裡也是一般。我這裡唱與大妗奶奶聽哩。」大妗子道：「也罷，申二姐，你去走走再來。」那申二姐坐住了不動身。春鴻一直走到前邊，對春梅說：「我叫他，他不來哩。」春梅道：「你說我叫他，他就來了。」春鴻道：「我說前邊大姑娘叫你，他意思不動，說這是大姑娘，哪裡又鑽出個大姑娘來了？我說是春梅姑娘，他說：『你春梅姑娘便怎的？有郁大姐罷了，他從幾時來也來叫我？我不得閒，在這裡唱與大妗奶奶聽哩！』大妗奶奶奶倒說：『你去走走再來。』他不肯來哩。」

這春梅不聽便罷，聽了三尸神暴跳，五臟氣沖天，一點紅從耳畔起，須臾紫遍了雙腮。眾人攔阻不住，一陣風走到上房裡，指著申二姐一頓大罵道：「你怎麼對著小廝說：『我哪裡又鑽出個大姑娘來了？稀罕他也來叫我！』你是什麼總兵官娘子，不敢叫你？俺們在那毛裡夾著，是你擡舉起來，如今重新又出來了？你無非只是個走千家門、萬家戶、賊狗攮的瞎淫婦。你來俺家才走了多少時兒，就敢恁量視人家？你會唱得什麼好成樣的套數兒，左右是那幾句東溝籬，西溝灞，油嘴狗舌，不上紙筆的那胡歌野詞，就拿班做勢起來！俺家本司三院唱的老婆不知見過多少，稀罕你！韓道國那淫婦家興你，俺這裡不興你！——你就學與那淫婦，我也不怕你。好不好趁早兒去，賈媽媽與我離門離戶。」那大妗子攔阻說道：「快休要破口。」把申二姐罵得睜睜的，敢怒而不敢言，說道：「耶嚛嚛！這位大姐怎的恁般粗魯性兒？就是剛才對著大官兒，我也沒曾說甚歹話，怎就這般言語，潑口罵出來？此處不留人，更有留人處。」

春梅越發惱了，罵道：「賊合遍街、搗遍巷的瞎淫婦，你家有恁好大姐，比是你有恁性氣，不該出來往人家求衣食，唱與人家聽。趁早兒與我走，再也不要來了。」申二姐道：「我沒得賴在你家！」春梅道：「賴在我家，叫小廝把鬢毛都撏光了你的。」大妗子道：「你這孩兒，今日怎的恁樣兒的？還不往前邊去罷！」那申二姐一面哭哭啼啼下炕來，拜辭了大妗子，收拾衣裳包子，也等不得轎子來，央及大妗子，使平安對過叫將畫童兒來，領他往韓道國家去了。春梅罵了一頓，往前邊去了。大妗子看著大姐和玉簫說道：「他敢前邊吃了酒進來？不然如何恁冲言冲語的！罵得我也不好看的了。你叫他慢慢收拾了去就是了，立逼著攆他去了，又不叫小廝領他，十分掃興人不過。」玉簫道：「他們敢在前頭吃酒來？」

卻說春梅走到前邊，還氣狠狠的向眾人說道：「方才把賊瞎淫婦兩個耳刮子才好，他還不知道我是誰哩？叫著他張兒致兒，拿班做勢兒的！」迎春道：「你砍一枝損百枝。忌口些，郁大姐在這裡。」春梅道：「不是這等說。像郁大姐在俺家這幾年，大大小小他惡訕了哪個來？教他唱個兒，他就唱，哪裡像這賊瞎淫婦大膽。他記得什麼成樣的套數？左來右去只是那幾句〈山坡羊〉、〈鎖南枝〉，油裡滑言語，上個什麼擡盤兒也怎的？我才乍聽這個曲兒也怎的？我見他心裡就要把郁大姐掙下來一般。」郁大姐道：「可不怎的！昨日晚夕，大娘教我唱小曲兒，他就連忙把琵琶奪過去，他要唱。大姑娘你也休怪，他怎知道咱家深淺？他還不知把你當誰人看成。」

春梅道：「我剛才不罵的：『你上覆韓道國老婆那賊淫婦，你就學與他，我也不怕他。』」潘姥姥道：「我的姐姐，你沒要緊，氣得恁樣兒的！」如意兒道：「我傾杯兒酒與大姐姐消消兒惱。」迎春道：「我這女兒著惱就是氣。」便道：「郁大姐，你揀套好曲兒，唱個伏侍他。」這郁大姐拿過琵琶來說道：「等我唱個鶯鶯鬧臥房〈山坡羊〉兒與姥姥和大姑娘聽罷。」如意兒道：「你用心唱，等我斟上酒。」那迎春拿起杯兒酒來，望著春梅道：「罷罷，我的姐姐，你也不要惱了，胡亂且吃你媽媽這鍾酒兒罷。」那春梅忍不住笑罵道：「怪小淫婦兒，你又做起我媽媽來了！」又說道：「郁大姐，休唱〈山坡羊〉，你唱個〈江兒水〉俺們聽罷。」這郁大姐在旁彈著琵琶，慢慢唱「花嬌月艷」，與眾人吃酒不提。

且說西門慶從河口拜了蔡九知府回來下馬，平安就稟：「今日有衙門裡何老爹差答應的來，請爹明日早進衙門中，拿了一起賊情審問。又本府胡老爹送了一百本新曆日，荊都監老爹差人送了一口鮮豬、一罈豆酒，又是四封銀子。姐夫收下，交到後邊去了。沒敢與他回帖兒，晚上他家人還來見爹說話哩。只胡老爹家與了回帖，賞了來人一錢銀子。又是喬親家爹送帖兒，明日請爹吃酒。」玳安兒又拿宋御史回帖兒來回話：「小的送到察院內，宋老爹說，明日還奉價過來。賞了小的並擡盒人五錢銀子、一百本曆日。」

西門慶走到廳上，春鴻連忙報與春梅眾人，說道：「爹來家了，還吃酒哩！」春梅道：「怪小蠻囚兒，爹來家隨他來去，管俺們腿事！沒娘在家，他也不往俺這邊來。」眾人打夥兒吃酒玩笑，只顧不動身。西門慶到上房，大妗子和三個姑子都往那邊屋裡去了，玉簫向前與他接了衣裳坐下，放桌兒打發他吃飯。教來興兒：「定桌席，三十日與宋巡按擺酒；初一日劉薛二內相、帥府周爺眾位吃慶官酒。」吩咐去了。玉簫在旁請問：「爹吃酒，篩什麼酒吃？」西門慶道：「有剛才荊都監送來的那豆酒，取來打開我嚐嚐，看好不好。」只見來安兒進來稟問接月娘去，玉簫便使他揭開來，打破泥頭，傾在鍾內。遞與西門慶呷了一呷，碧靛般清，其味深長。西門慶令：「斟來我吃。」須臾擺上菜來，西門慶在房中吃酒。

卻說來安同排軍，拿燈籠晚夕接了月娘眾人來家，都穿著皮襖，都到上房來拜西門慶。惟雪娥與西門慶磕頭，起來又與月娘磕頭。拜完了，又都過那邊屋裡去拜大妗子與三個姑子。月娘便坐著與西門慶說話：「應二嫂見俺們都去，好不喜歡！酒席上，有隔壁馬家娘子和應大嫂、杜二娘，也有十來位娘子，叫了兩個女兒彈唱。養了好個平頭大臉的小廝兒。原來他房裡春花兒比舊時黑瘦了好些，只剩下個大驢臉一般的，也不自在哩！今日亂得他家裡大小不安，本等沒人手。臨來時，應二哥與俺們磕頭，謝了又謝：多多上覆你，多謝重禮。」西門慶道：「春花兒那成精奴才，也打扮出來見人？」月娘道：「他比哪個沒鼻子沒眼兒？是鬼兒，出來見不得？」西門慶道：「那奴才，撒把黑豆只好教豬拱罷！」月娘道：「我就聽不上你恁說嘴，只你家的好，拿掇的出來見的人！」那王經在旁立著說道：「應二爹見娘們去，先頭不敢出來見，躲在下邊房裡，打窗戶眼兒望前瞧，被小的看見了，說道：『你老人家沒廉恥，平白瞧什麼？』他趕著小的打。」西門慶笑得沒眼縫兒，說道：「你看這賊花子，等明日他來著，老實抹他一臉粉。」王經笑道：「小的知道了。」月娘喝道：「這小廝別要胡說，他幾時瞧來？平白枉口拔舌的！一日誰見他個影兒，只臨來時才與俺們磕頭。」王經站了一回出來了。

月娘也起身過這邊屋裡拜大妗子並三個師父，大姐與玉簫眾丫頭媳婦都來磕頭。月娘便問：「怎的不見申二姐？」眾人都不做聲，玉簫說：「申二姐家去了。」月娘道：「他怎的不等我來就去？」大妗子隱瞞不住，把春梅罵他之事說了一遍。月娘就有幾分惱，說道：「他不唱便罷了，這丫頭恁慣得沒張倒置的，平白罵他怎麼的？怪不得俺家主子也沒那正主了，奴才也沒個規矩，成什麼道理！」望著金蓮道：「你也管他管兒，慣得他通沒些摺兒。」金蓮在旁笑著說道：「也沒見這個瞎曳麼的。風不搖，樹不動，你走千家門萬家戶，在人家無非只是唱，人叫你唱個兒，也不失了和氣。誰教他拿班兒做勢的？他不罵他，嫌腥！」月娘道：「你倒且是會說話兒的。都像這等，好人歹人都吃他罵了去，也休要管他一管兒了！」金蓮道：「莫不為瞎淫婦打他幾棍兒？」月娘聽了他這句話，氣得他臉通紅了，說道：「慣著他，明日把六鄰親戚都教他罵遍了罷！」於是起身走過西門慶這邊來。

西門慶便問：「怎麼的？」月娘道：「情知是誰！——你家使得有好規矩的大姐姐，似這般把申二姐罵得去了。」西門慶笑道：「誰教他不唱與他聽來。也不打緊處，到明日使小廝送他一兩銀子，補伏他也是一般。」玉簫道：「申二姐盒子還在這裡沒拿去哩。」月娘見西門慶笑，便說道：「不說叫將來嗔喝他兩句，虧你還雌著嘴兒，不知笑的是什麼？」玉樓、李嬌兒見月娘惱起來，就都先歸房去了，西門慶只顧吃酒。良久，月娘進裡間內脫衣裳摘頭，便問玉簫：「這箱上四包銀子是哪裡的？」西門慶說：「是荊都監的二百兩銀子，要央宋巡按圖幹陞轉。」玉簫道：「頭裡姐夫送進來，我就忘了對娘說。」月娘道：「人家的還不收進櫃裡去哩。」玉簫一面安放在櫥櫃中。

金蓮在那邊屋裡只顧坐的，要等西門慶一搭兒往前邊去，今日晚夕要吃薛姑子符藥與他交媾，圖壬子日好生子。見西門慶不動身，走來掀著簾兒叫他說：「你不往前邊去，我等不得你，我先去也。」西門慶道：「我兒，你先走一步兒，我吃了這些酒就來。」那金蓮一直往前去了。月娘道：「我偏不要你去，我還和你說話哩。你兩人合穿著一條褲子也怎的？強汗世界，巴巴走來我屋裡，硬來叫你。沒廉恥的貨！只你是他的老婆，別人不是他的老婆？你這賊皮搭行貨子，怪不得人說你。一視同仁！都是你的老婆，休要顯出來便好。就吃他在前邊把攔住了，從東京來，通影邊兒不進後邊歇一夜兒，教人怎麼不惱？你冷灶著一把兒、熱灶著一把兒才好，通教他把攔住了！我便罷了，不和你一般見識，別人他肯讓得過？口兒內雖故不言語，好殺他心兒裡也有幾分惱！今日孟三姐在應二嫂那裡，通一日沒吃什麼兒，不知掉了口冷氣，只害心淒噁心。來家，應二嫂遞了兩鍾酒都吐了。你還不往屋裡瞧他瞧去?」

西門慶聽了，說道：「真個?吩咐收了傢伙罷，我不吃酒了。」於是走到玉樓房中，只見婦人已脫了衣裳，摘去首飾，渾衣兒歪在炕上，正倒著身子嘔吐。西門慶見他呻吟不止，慌問道：「我的兒，你心裡怎樣的來?對我說，明日請人來看你。」婦人一聲不言語，只顧嘔吐。被西門慶一面抱起他來，與他坐的。見他兩隻手只揉胸前，便問：「我的心肝，你心裡怎樣?你告訴我。」婦人道：「我害心凄得慌，你問他怎的?你幹你那營生去。」西門慶道：「我不知道。剛才上房對我說，我才曉得。」婦人道：「可知你不曉得，俺們不是你老婆，你疼你那心愛的去罷。」

西門慶於是摟過粉項來親個嘴，說道：「怪油嘴，就奚落我起來。」便叫蘭香：「快頓好苦艷茶兒來，與你娘吃。」蘭香道：「有茶伺候著哩。」一面捧茶上來，西門慶親手拿在他口兒邊吃。婦人道：「拿來等我自吃，會那等喬劬勞、旋蒸熱賣兒的，誰這裡爭你哩!今日日頭打西出來，稀罕往俺這屋裡來走一走兒。也有這大娘，平白說怎的，爭出來結包氣。」西門慶道：「你不知，我這兩日七事八事，心不得個閒。」婦人道：「可知你心不得閒，自有那心愛的扯落著你哩。把俺們這僻時的貨兒都到贅字號聽題去了，後十年掛在你那心裡!」見西門慶嘴搵著他那香腮，便道：「吃的那酒氣，還不與我過一邊去!人一日黃湯辣水兒誰嘗著來，哪裡有什麼神思和你兩個纏!」西門慶道：「你沒吃什麼兒，叫丫頭拿飯來咱們吃，我也還沒吃飯哩。」

婦人道：「你沒得說，人這裡凄疼得了不得，且吃飯?你要吃，你自家吃去!」西門慶道：「你不吃，我敢也不吃了，咱兩個收拾睡了罷。明日早使小廝請任醫官來看你。」婦人道：「由他去，請什麼任醫官、李醫官，教劉婆子來，吃他服藥也好了。」西門慶道：「你睡下，等我替你心口內撲撒撲撒，管情就好了。你不知道，我專一會揣骨捏病。」西門慶忽然想起道：「昨日劉學官送了十圓廣東牛黃蠟丸，那藥酒兒吃下極好。」即使蘭香：「問你大娘要去，在上房磁罐兒內盛著哩。就拿壺兒帶些酒來吃了，管情手到病除。」婦人道：「我不好罵出來，你會揣什麼病？要酒，俺這屋裡有酒。」

不一時，蘭香到上房要了兩丸來，西門慶看篩熱了酒，剝去蠟，裡面露出金丸來，拿與玉樓吃下去。西門慶因令蘭香：「趁著酒，你篩一鍾兒來，我也吃了藥罷。」被玉樓瞅了一眼。說道：「就休要汗邪！你要吃藥，往別人房裡去吃。你這裡且做什麼哩？卻這等胡作做。你見我不死，來攛掇上路兒來了。緊要教人疼得魂也沒了，還要那等掇弄人。虧你也下般的，誰耐煩和你兩個只顧涎纏！」西門慶笑道：「罷罷，我的兒，我不吃藥了，咱兩個睡罷。」那婦人一面吃畢藥，與西門慶兩個解衣上床同寢。

西門慶在被窩內替他手撒撲著酥胸，揣摸香乳，一手摟其粉項，問道：「我的親親，你心口這回吃下藥覺好些？」婦人道：「疼便止了，還有些嘈雜。」西門慶道：「不打緊，消一回也好了。」因說道：「你不在家，我今日兌了五十兩銀子與來興兒，後日宋御史擺酒，初一日燒紙還願心，到初三日，再破兩日工夫把人都請了罷。受了人家許多人情禮物，只顧挨著也不是事。」婦人道：「你請也不在我，不請也不在我。明日三十日，我教小廝來攢帳交與你，隨你交付與六姐，教他管去。也該教他管管兒，卻是他昨日說的：『什麼打緊處，雕佛眼兒便難，等我管！』」西門慶道：「你聽那小淫婦兒，他勉強！著緊處他就慌了。一發擺過這幾席酒兒，你交與他就是了。」玉樓道：「我的哥哥，誰養得你恁乖！還說你不護他，這些事兒就見出你那心兒來了。擺過酒兒交與他，俺們是合死的？像這清早晨，得梳個頭兒，小廝你來我去，稱銀換錢，氣也掏乾了。饒費了心，哪個道個是也怎的！」

西門慶道：「我的兒，常言道：當家三年狗也嫌。」說著，一面慢慢攙起這一隻腿兒，跨在肐膊上，摟抱在懷裡，揝著他白生生的小腿兒——穿著大紅綾子的綉鞋兒——說道：「我的兒，你達不愛你別，只愛你這兩隻白腿兒。就是普天下婦人選遍了，也沒你這等柔嫩可愛。」婦人道：「好個說嘴的貨，誰信那棉花嘴兒。可可兒的就是普天下婦人選遍了沒有來！不說俺們皮肉兒粗糙，你拿左話兒右說著哩。」西門慶道：「我的心肝，我有句謊就死了我。」婦人道：「行貨子，沒要緊賭什麼誓！」

這西門慶說著就把那話帶上銀托子，插放入他牝中。婦人道：「我說你行行就下道兒來了。」因摸見銀托子，說道：「從多咱三不知就帶上這行貨子了？還不趁早除下來哩！」那西門慶哪裡肯依，抱定他一隻腿在懷裡，只顧沒稜露腦淺抽深送。須臾淫水浸出，往來有聲，如狗舔糨子一般。婦人一面用絹抹之隨出，口裡不住的作柔顫聲，叫他：「達達，你省可往裡去，奴這兩日好不腰酸，下邊流白漿子出來。」西門慶道：「我到明日問任醫官討服暖藥來你吃，就好了。」

不說兩個在床上歡娛玩耍，單表吳月娘在上房陪著大妗子、三位師父，晚夕坐的說話，因說起春梅怎的罵申二姐，罵得哭涕，又不容他坐轎子去，旋央及大妗子對過叫畫童兒送他往韓道國家去。大妗子道：「本等春梅出來的言語粗魯，饒我那等說著，還刀截的言語罵出來。他怎的不急了？他平昔不曉得恁口潑罵人，我只說他吃了酒。」小玉道：「他們五個在前頭吃酒來。」月娘道：「恁不合理的行貨子，生生把個丫頭慣得恁沒大沒小的，還嗔人說哩！到明日不管好歹人，都吃他罵了去罷，要俺們在屋裡做什麼？一個女兒，他走千家門萬家戶，教他傳出去好聽？敢說西門慶家那大老婆，也不知怎麼出來的亂世，不知哪個是主子，哪個是奴才。不說你們這等慣得沒些規矩，恰似俺們不長俊一般，成個什麼道理！」大妗子道：「隨他去罷，他姑夫不言語，怎好惹氣？」當夜無辭，同歸到房中歇了。

次日，西門慶早起往衙門中去了。潘金蓮見月娘攔了西門慶不放來，又誤了壬子日期，心中甚是不悅。次日老早就使來安叫了一頂轎子，把潘姥姥打發往家去了。吳月娘早晨起來，三個姑子要告辭家去，月娘每個一盒茶食、五錢銀子。又許下薛姑子正月裡菴裡打齋，先與他一兩銀子請香燭紙馬，到臘月還送香油白麵、細米素食，與他齋僧供佛。因擺下茶，在上房內管待，同大妗子一處吃。先請了李嬌兒、孟玉樓、大姐，都坐下。問玉樓：「你吃了那蠟丸，心口內不疼了？」玉樓道：「今早吐了兩口酸水，才好了。」叫小玉往前邊請潘姥姥和五娘來吃點心。玉簫道：「小玉在後邊蒸點心哩，我去請罷。」於是一直走了前邊金蓮房中，便問他：「姥姥怎的不見？後邊請姥姥和五娘吃茶哩。」金蓮道：「他今日早晨，我打發他家去了。」玉簫說：「怎的不說聲，三不知就去了？」金蓮道：「住的人心淡，只顧住著怎的？」玉簫道：「我拿了塊臘肉兒、四個甜醬瓜茄子與他老人家，誰知他就去了。五娘，你替他老人家收著罷。」於是遞與秋菊，放在抽替內。這玉簫便向金蓮說道：「昨日晚夕五娘來了，俺娘如此這般，對著爹好不說五娘強汗世界，與爹兩個合穿著一條褲子，沒廉恥，怎的把攔著爹在前邊不往後邊來。落後把爹打發三娘房裡歇了一夜，又對著大妗子、三位師父，怎的說五娘慣得春梅沒規矩，毀罵申二姐，爹到明日還要送一兩銀子與申二姐遮羞。」一五一十說了一遍，這金蓮聽記在心。

玉簫先來回月娘說：「姥姥起早往家去了，五娘便來也。」月娘便望著大妗子說道：「你看，昨日說了他兩句兒，今日就使性子，也不進來說聲兒，老早打發他娘去了。我猜姐姐又不知心裡安排著要起什麼水頭兒哩！」當下月娘自知屋裡說話，不防金蓮暗走到明間簾下，聽覷多時了，猛可開言說道：「可是大娘說的，我打發了他家去，我好把攔漢子？」月娘道：「是我說來，你如今怎麼我？本等一個漢子，從東京來了，成日只把攔在你那前頭，通不來後邊傍個影兒。原來只你是他的老婆，別人不是他的老婆？行動提起來：『別人不知道，我知道。』就是昨日李桂姐家去了，大妗子問了聲：『李桂姐住了一日兒，如何就家去了？他姑夫因為什麼惱他？』我還說：『誰知為什麼惱他？』你便就撐著頭兒說：『別人不知道，只我曉得。』你成日守著他，怎麼不曉得！」

金蓮道：「他不往我那屋裡去，我莫不拿豬毛繩子套了他去不成！哪個浪得慌了也怎的？」月娘道：「你不浪得慌，他昨日在我屋裡好好兒坐的，你怎的掀著簾子硬入來叫他前邊去，是怎麼說？漢子頂天立地，吃辛受苦，犯了什麼罪來，你拿豬毛繩子套他？賤不識高低的貨，俺們倒不言語了，你倒只顧趕人。一個皮襖兒，你悄悄就問漢子討了穿在身上，掛口兒也不來後邊提一聲兒。都是這等起來，俺們在這屋裡放小鴨兒？就是孤老院裡也有個甲頭！一個使的丫頭，和他貓鼠同眠，慣得有些摺兒？不管好歹就罵人。說著你，嘴頭子不伏個燒埋！」金蓮道：「是我的丫頭也怎的？你們打不是！我也在這裡還多著個影兒哩！皮襖是我問他要來。莫不只為我要皮襖開門來？也拿了幾件衣裳與人，那個你怎的就不說了？丫頭便是我慣了他，是我浪了圖漢子喜歡，像這等的卻是誰浪？」

吳月娘吃他這兩句觸在心上，便紫漲了雙腮說道：「這個是我浪了？隨你怎的說，我當初是女兒填房嫁他，不是趁來的老婆。那沒廉恥趁漢精便浪；俺們真材實料，不浪。」吳大妗子便在跟前攔說：「三姑娘，你怎的？快休舒口！」饒勸著，那月娘口裡話紛紛發出來，說道：「你害殺了一個，只多我了。」孟玉樓道：「耶嚛，耶嚛！大娘，你今日怎的這等惱得大發了，連累俺們，一棒打著好幾個。也沒見這六姐，你讓大娘一句兒也罷了，只顧拌起嘴來了。」大妗子道：「常言道：『要打沒好手，廝罵沒好口。』不爭你姐妹們嚷鬥，俺們親戚在這裡住著也羞。姑娘，你不依我，想是嗔我在這裡，叫轎子來我家去罷！」被李嬌兒一面拉住大妗子。

那潘金蓮見月娘罵他這等言語，坐在地下就打滾撒潑，自家打幾個嘴巴，頭上鬏髻都撞落一邊，放聲大哭叫起來，說道：「我死了罷，要這命做什麼！你家漢子說條念款說將來，我趁將你家來了？這也不難的勾當，等他來家與了我休書，我去就是了。你趕人不得趕上。」月娘道：「你看就是了，潑腳子貨！別人一句兒還沒說出來，你看他嘴頭子就像淮洪一般。他還打滾兒賴人，莫不等得漢子來家把我別變了！你放恁個刁兒，哪個怕你麼？」金蓮道：「你是真材實料的，誰敢辯別你？」月娘越發大怒，說道：「我不真材實料，我敢在這家裡養下漢來？」金蓮道：「你不養下漢，誰養下漢來，你就拿主兒來與我！」玉樓見兩個拌得越發不好起來，一面拉金蓮往前邊去，說道：「你恁怪刺刺的，大家都省口些罷了。只顧亂起來，左右是兩句話，教三位師父笑話。你起來，我送你前邊去罷。」那金蓮只顧不肯起來，被玉樓和玉簫一齊扯起來，送他前邊去了。

大妗子便勸住月娘說道：「姑娘，你身上又不方便，好惹氣，分明沒要緊！你姐妹們歡歡喜喜，俺們在這裡住著有光。似這等合氣起來，又不依個勸，卻怎樣兒的？」那三個姑子見嚷鬧起來，打發小姑兒吃了點心，包了盒子，告辭月娘眾人。月娘道：「三位師父休要笑話。」薛姑子道：「我的佛菩薩，沒得說，誰家灶內無煙？心頭一點無明火，些兒觸著便生煙。大家儘讓些就罷了。佛法上不說得好：『冷心不動一孤舟，淨掃靈臺正好修。』若還繩慢鎖頭鬆，就是萬個金剛也降不住。為人只把這心猿意馬牢拴住了，成佛作祖都打這上頭起。貧僧去也，多有打攪菩薩，好好兒的。」一面打了兩個問訊。月娘連忙還萬福，說道：「空過師父，多多有慢。另日著人送齋襯去。」即叫大姐：「你和二娘送送三位師父出去，看狗。」於是打發三個姑子出門去了。

月娘陪大妗子坐著，說道：「你看這回氣得我，兩隻肐膊都軟了，手冰冷的，從早晨吃了口清茶，還汪在心裡。」大妗子道：「姑娘，我這等勸你少攬氣，你不依我。你又是臨月的身子，有甚要緊！」月娘道：「嫂子，早是你在這裡住看著，又是我和他合氣？如今犯夜的倒拿住巡更的，我倒容了人，人倒不肯容我。一個漢子，你就通身把攔住了。和那丫頭通同作弊，在前頭幹的那無所不為的事，人幹不出來的，你幹出來。女婦人家，通把個廉恥也不顧。他燈臺不照自己，還張著嘴兒說人浪。想著有那一個在，成日和那一個合氣，對著俺們千也說那一個的不是，他就是清淨姑姑兒了。我洗著眼兒看著他，到明日還不知怎麼樣兒死哩！剛才擺著茶兒，我還好意等他娘來吃，人子。單管兩頭和番，曲心矯肚，人面獸心。行說的話兒，就不承認了，賭的那誓詭誰知他三不知的就打發去了。就安排著要嚷的心兒，悄悄兒走來這裡聽。聽怎的？哪個怕你不成！待等漢子來，輕學重告，把我休了就是了。」

小玉道：「俺們都在屋裡守著爐臺站著，不知五娘幾時走來，也不聽見他腳步兒響。」孫雪娥道：「他單會行鬼路兒，腳上只穿氈底鞋，你可知聽不見。想著起頭兒一來時，該和我合了多少氣！背地打夥兒嚼說我，教爹打我那兩頓，娘還說我和他偏生好鬥的。」月娘道：「他活埋慣了人，今日還要活埋我哩！你剛才不見他那等撞頭打滾撒潑兒，一逕使你爹來家知道，管就把我翻倒底下。」李嬌兒笑道：「大娘沒得說，反了世界！」

月娘道：「你不知道，他是那九條尾的狐狸精，把好的吃他弄死了，且稀罕我能有多少骨頭肉兒！你在俺家這幾年，雖是個院中人，不像他久慣牢頭。你看他昨日那等氣勢，硬來我屋裡叫漢子：『你不往前邊去，我等不得你，先去。』恰似只他一個人的漢子一般，就占住了。不是我心中不惱，他從東京來家，就不放一夜兒進後邊來。一個人的生日，也不往他屋裡走走兒去。十個指頭都放在你口內才罷了！」大妗子道：「姑娘，你耐煩！你又常病兒痛兒的，不貪此事，隨他去罷。不爭你為眾好，與人為怨結仇。」勸了一回，玉簫安排上飯來，也不吃，說道：「我這回好頭疼，心口內有些惡冷冷的上來。」教玉簫：「那邊炕上放下枕頭，我且躺躺去。」吩咐李嬌兒：「你們陪大妗子吃飯。」那日，郁大姐也要家去，月娘吩咐裝一盒子點心，與他五錢銀子，打發去了。

卻說西門慶衙門中審問賊情，到午牌時分才來家。正值荊都監家人討回帖，西門慶道：「多謝你老爹重禮。如何這等計較？你還把那禮扛將回去，等我明日說成了取家來。」家人道：「家老爹沒吩咐，小的怎敢將回去！放在老爹這裡，也是一般。」西門慶道：「既恁說，你多上覆，我知道了。」拿回帖，又賞家人一兩銀子。因進上房，見月娘睡在炕上，叫了半日，白不答應。問丫鬟，都不敢說。走到前邊金蓮房裡，見婦人蓬頭撒腦，拿著個枕頭睡。問著又不言語，更不知怎的。一面封銀子，打發荊都監家人去了，走到孟玉樓房中問。玉樓隱瞞不住，只得把月娘和金蓮早晨嚷鬧合氣之事備說一遍。

這西門慶慌了，走到上房，一把手把月娘拉起來，說道：「你甚要緊，自身上不方便，理那小淫婦兒做什麼！平白和他合什麼氣？」月娘道：「我和他合氣，是我偏生好鬥尋趁他來？他來尋趁將我來，你問眾人不是？早晨好意擺下茶兒請他娘來吃，他使性子把他娘打發去了，便走來後邊撐著頭兒和我嚷。自家打滾撞頭，鬏髻都蹬扁了，皇帝上位的叫，只是沒打在我臉上罷了。若不是眾人拉勸著，是也打成一塊！他平白欺負慣了人，他心裡也要把我降伏下來。行動就說：『你家漢子說條念款念將我來了，打發了我罷，我不在你家了！』一句話兒出來，他就是十句說不下來，嘴一似淮洪一般，我拿什麼骨禿肉兒拌得他過？專會那潑皮賴肉的，氣得我身子軟癱兒熱化。什麼孩子李子，就是太子也成不得！如今倒弄得不死不活，心口內只是發脹，肚子往下鱉墜著疼，頭又疼，兩隻胳膊都麻了！剛才桶子上坐了這一回，又不下來。若下來也乾淨了，省得死了做帶累肚子鬼！到半夜尋一條繩子，等我吊死了，隨你和他過去，往後沒的又像李瓶兒吃他害死了。我曉得你三年不死老婆，也是大晦氣。」

西門慶不聽便罷，聽得說，越發慌了。一面把月娘摟抱在懷裡，說道：「我的好姐姐，你別要和那小淫婦兒一般見識，他識什麼高低香臭？沒的氣了你，倒值了多的。我往前邊罵這賊小淫婦兒去。」月娘道：「你還敢罵他？他還要拿豬毛繩子套你哩！」西門慶道：「你教他說，惱了我，吃我一頓好腳。」因問月娘：「你如今心內怎麼的，吃了些什麼兒沒有？」月娘道：「誰嚐著些什麼兒？大清早晨才拿起茶，等著他娘來吃，他就走來和我嚷起來。如今心內只發脹，肚子往下鱉墜著疼，腦袋又疼，兩隻胳膊都麻了。你不信，摸我這手，恁半日還沒握過來！」

西門慶聽了，只顧跌腳，說道：「可怎樣兒的？快著小廝去請任醫官來看看。」月娘道：「請什麼任醫官，隨他去！有命活，沒命教他死，才趁了人的心。什麼好的，老婆是牆上土坯，去了一層又一層。我就死了，把他扶了正就是了。恁個聰明的人兒，當不得家？」西門慶道：「你也耐煩，把那小淫婦兒只當臭屎一般丟著他去便罷了。你如今不請任后溪來看你看，一時氣裹住了這胎氣，弄得上不上，下不下，怎樣了！」月娘道：「這等，叫劉婆子來瞧瞧，吃他服藥，再不，頭上剁兩針，由他自好了。」西門慶道：「你沒的說，那劉婆子老淫婦，他會看甚胎產？叫小廝騎馬快請任醫官來看。」月娘道：「你敢去請，你就請了來，我也不出去。」西門慶不依他，走到前邊，即叫琴童：「快騎馬往門外請任老爹，緊等著，一搭兒就來。」琴童應喏，騎上馬雲飛一般去了。

西門慶只在屋裡廝守著月娘，吩咐丫頭連忙熬粥兒拿上來，勸他吃，月娘又不吃。等到後晌時分，琴童空回來說：「任老爹在府裡上班未回來。他家知道咱這裡請，說明日任老爹絕早就來了。」月娘見喬大戶一替兩替來請，便道：「大約已是明日來了，你往喬親家那裡去罷。天晚了，你不去，惹得喬親家怪！」西門慶道：「我去了，誰看你？」月娘笑道：「傻行貨子，誰要你做恁個腔兒！你去，我不妨事。等我消一回兒，慢慢掙扎著起來，與大妗子坐的吃飯，你慌得是些什麼？」西門慶令玉簫：「快請你大妗子來，和你娘坐的。」又問：「郁大姐在哪裡？叫他唱與娘聽。」玉簫道：「郁大姐往家去，不耐煩了。」西門慶道：「誰教他去來？留他再住兩日兒也罷了。」趕著玉簫踢了兩腳。月娘道：「他見你家反宅亂，要去，管他腿事。」玉簫道：「正經罵申二姐的倒不踢。」

那西門慶只做不聽見，一面穿了衣裳，往喬大戶家吃酒去了。未到起更時分就來家，到了上房，月娘正和大妗子、玉樓、李嬌兒四人坐的。大妗子見西門慶進來，忙往後邊去了。西門慶便問月娘道：「你這咱好些子麼？」月娘道：「大妗子陪我吃了兩口粥兒，心口內不大十分脹了，還只有些頭疼腰酸。」西門慶道：「不打緊，明日任后溪來看，吃他兩服藥，解散散氣，安安胎，就好了。」月娘道：「我那等樣教你休請他，你又請他。白眉赤眼教人家漢子來做什麼？你明日看我出去不出去！」因問：「喬親家請你做什麼？」西門慶道：「他說我從東京來了，與我坐坐。今日他也費心整治許多菜蔬，叫兩個唱的，落後又邀過朱臺官來陪我。我熱著你，心裡不自在，吃了幾鍾酒，老早就來了。」

月娘道：「好個說嘴的貨，我聽不上你這巧言花語，可可兒就是熱著我來？我是那活佛出現，也不放在你那心上，就死了也不值個破沙鍋片子。」又問：「喬親家再沒和你說什麼話？」西門慶方告說：「喬親家如今要趁著新例，上三十兩銀子納個義官。銀子也封下了，教我對胡府尹說。我說：『不打緊，胡府尹昨日送了我一百本曆日，我還沒曾回他禮。等我送禮時，捎了帖子與他，問他討一張義官箚付來與你就是了。』他不肯，他說納些銀子是正理。如今央這裡分上討討兒，免上下使用，也省十來兩銀子。」月娘道：「既是他央及你，替他討討兒罷。你沒拿他銀子來？」西門慶道：「他銀子明日送過來，還要買分禮來，我止住他了。到明日，咱揀一口豬、一罈酒送胡府尹就是了。」說畢，西門慶晚夕就在上房睡了一夜。

到次日，宋巡按擺酒，後廳筵席治酒，裝定果品。大清早晨，本府已差撥了兩院三十名官身樂人、兩名伶官、四名排長，領著來西門慶宅中答應。只見任醫官從早晨就騎馬來了，西門慶忙迎到廳上陪坐，道連日闊懷之事。任醫官道：「昨日盛使到，學生該班，至晚才來家，見尊刺，今日不俟駕而來。敢問何人欠安？」西門慶道：「大賤內偶然有些失調，請后溪一診。」須臾茶至，吃了茶。任醫官道：「昨日聞得明川說老先生恭喜，容當奉賀。」西門慶道：「菲才備員而已，何賀之有！」一面西門慶吩咐：「後邊對你大娘說：『任老爹來了，明間內收拾。』」琴童應諾，至後邊。

大妗子、李嬌兒、孟玉樓都在房內，只見琴童來說：「任醫官來了，爹吩咐教收拾明間裡坐的。」月娘只不動身，說道：「我說不要請他，平白教將人家漢子，睜著活眼，把手捏腕的，不知做什麼！叫劉媽媽子來，吃兩服藥，由他好了。好這等搖鈴打鼓的，好與人家漢子餵眼！」玉樓道：「大娘，已是請人來了，你不出去，卻怎樣的！莫不回了人去不成？」大妗子又在旁邊勸著說：「姑娘，他是個太醫，你教他看看你這脈息，還知道你這病源，不知你為甚起氣惱，傷了哪一經，吃了他藥，替你分理理氣血，安安胎氣也好。劉婆子他曉得什麼病源脈理？一時耽誤怎了！」月娘方動身梳頭，戴上冠兒，玉簫拿鏡子，孟玉樓跳上炕去，替他拿抿子掠鬢，李嬌兒替他勒鈿兒，孫雪娥預備拿衣裳。不一時，打扮得粉妝玉琢。正是：

羅浮仙子臨凡世，月殿嬋娟出畫堂。

第七十六回　春梅姐嬌撒西門慶　畫童兒哭躲溫葵軒

詩曰：

相勸頻攜金栗杯，莫將閒事繫柔懷。
年年只是人依舊，處處何曾花不開。
歌詠且添詩酒興，醉酣還命管絃來。
尊前百事皆如昨，簡點惟無溫秀才。

話說西門慶見月娘半日不出去，又親自進來催促，見月娘穿衣裳，方才請任醫官進明間內坐下。少頃，月娘從房內出來，望上道了萬福。慌得任醫官躲在旁邊，屈身還禮。月娘就在對面椅上坐下。琴童安放桌兒錦裀，月娘向袖口邊伸玉腕，露青葱，教任醫官診脈。良久診完，月娘又道個萬福，抽身回房去了。房中小廝拿出茶來。吃畢茶，任醫官說道：「老夫人原來稟的氣血弱，尺脈來的浮澀。雖是胎氣，有些榮衛失調，易生嗔怒，又動了肝火。如今頭目不清，中膈有些阻滯煩悶；四肢之內，血少而氣多。」月娘使出琴童來說：「娘如今只是有些頭疼心脹，肐膊發麻，肚腹往下墜著疼，腰酸，吃飲食無味。」任醫官道：「我已知道，說得明白了。」西門慶道：「不瞞后溪說，房下如今現懷臨月身孕，因著氣惱，不能運轉，滯在胸膈間。望乞老先生留神加減一二，足見厚情。」任醫官道：「豈勞吩咐，學生無不用心。此去就奉過安胎理氣和中養榮蠲痛之劑來。老夫人服過，要戒氣惱，就厚味也少吃。」西門慶道：「望乞老先生把他這胎氣好生安安。」任醫官道：「已定安胎理氣，養其榮衛，不勞吩咐，學生自有斟酌。」

西門慶復說：「學生第三房下有些肚疼，望乞有暖宮丸藥並見賜些。」任醫官道：「學生謹

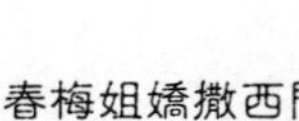

領，就封過來。」說畢起身，走到前廳院內，見許多教坊樂工伺候，因問：「老翁，今日府上有甚事？」西門慶道：「巡按宋公連兩司官請巡撫侯石泉老先生，在舍擺酒。」這任醫官聽了，越發駭然尊敬，在前門揖讓上馬，打了恭又打恭，比尋常不同，倍加敬重。西門慶送他回來，隨即封了一兩銀子、兩方手帕，使琴童騎馬討藥去。

李嬌兒、孟玉樓眾人，都在月娘屋裡裝定果盒，搽抹銀器，因說：「大娘，你頭裡還要不出去，怎麼他看了就知道你心中的病？」月娘道：「什麼好成樣的老婆，由他死便死了罷。可是他說的：『你是我婆婆？無故只是大小之分罷了，我還大他八個月哩！漢子疼我，你只好看我一眼兒罷了。』他不討了他口裡話，他怎麼和我大嚷大鬧？若不是你們攛掇我出去，我後十年也不出去。隨他死，教他死去！常言道：一雞死，一雞鳴，新來雞兒打鳴忒好聽。我死了，憑他立起來，也不亂，也不嚷，才拔了蘿蔔地皮寬！」玉樓道：「大娘，耶嚛！耶嚛！哪裡有此話，俺們就替他賭個大誓。這六姐，不是我說他，有些不知好歹。行事要便勉強，恰似咬群出尖兒的一般，一個大有口沒心的行貨子。大娘你惱他，可知錯惱了哩！」月娘道：「他是比你沒心？他一團兒心機！他怎的會悄悄聽人，行動拿話兒譏諷人？」

玉樓道：「娘，你是個當家人，惡水缸兒，不恁大量些，卻怎樣兒的！常言：一個君子待了十個小人。你手放高些，他敢過去了；你若與他一般見識起來，他敢過不去。」月娘道：「只有了漢子與他做主兒，著那大老婆且打靠後。」玉樓道：「哄哪個哩？如今像大娘心裡恁不好，他爹敢往那屋裡去麼？」月娘道：「他怎的不去？可是他說的，他屋裡拿豬毛繩子套他。不去？一個漢子的心，如同沒籠頭的馬一般。他要喜歡那一個，只喜歡那個，誰敢攔他？攔他，又說是浪了。」玉樓道：「罷麼，大娘，你已是說過，通把氣兒納納兒。等我教他來與娘磕頭，賠個不是。趁著他大妗子在這裡，你們兩個笑開了罷。你不然，教他爹兩下裡不作難？就行走也不方便。但要往他屋裡去，又怕你惱；若不去，他又不敢出來。今日前邊恁擺酒，俺們都在這裡定果盒，忙得了不得，他倒落得在屋裡躲猾兒。俺們也饒不過他。大妗子，我說的是不是？」大妗子道：「姑娘，也罷，他三娘也說得是。不爭你兩個話差，只顧不見面，教他姑夫也難，兩下裡都不好行走的。」月娘通一聲也不言語。

孟玉樓抽身就往前走。月娘道：「孟三姐，不要叫他去，隨他來不來罷。」玉樓道：「他不敢不來。若不來，我可拿豬毛繩子套了他來。」一直走到金蓮房中，見他頭也不梳，把臉黃著，坐在炕上。玉樓說：「五姐，你怎的裝憨兒？把頭梳起來。今日前邊擺酒，後邊恁忙亂，你也進去走走兒，怎的只顧使性兒起來？剛才如此這般，俺們勸了他這一回。你去到後邊，把惡氣兒揣在懷裡，將出好氣兒來，看怎的與他下個禮，陪個不是兒罷。你我既在矮簷下，怎敢不低頭。常言：甜言美語三冬暖，惡語傷人六月寒。你兩個已是見過話，只顧使性兒到幾時？人受一口氣，佛受一爐香。你去與他陪個不是兒，天大事都了了。不然，你不教他爹兩下裡也難。待要往你這邊來，他又惱。」金蓮道：「耶嚛，耶嚛！我拿什麼比他？可是他說的，他是真材實料，正經夫妻。你我都是趁來的露水，能有多大湯水兒？比他的腳指頭兒也比不得兒。」

玉樓道：「你又說，我昨日不說的，一棒打三四個人。就是後婚老婆，也不是趁將來的，當初也有個三媒六證，難道只恁就跟了往你家來！砍一枝，損百株。就是六姐惱了你，還有沒惱你的。有勢休要使盡，有話休要說盡。凡事看上顧下，留些兒防後才好。不管蜢蟲螞蚱，一例都說著。對著他三位師父、郁大姐，人人有面，樹樹有皮，俺們臉上就沒些血兒？他今日也覺不好意思的。只是你不去，卻怎樣兒的？少不得逐日唇不離腮，還在一處兒。你快些把頭梳了，咱兩個一搭兒到後邊去。」那潘金蓮見他恁般說，尋思了半日，忍氣吞聲，鏡臺前拿過抿鏡，只抿了頭，戴上鬏髻，穿上衣裳，同玉樓逕到後邊上房來。

玉樓掀開簾兒先進去，說道：「大娘，我怎的走了去就牽了他來？他不敢不來！」便道：「我兒，還不過來與你娘磕頭！」在旁邊便道：「親家，孩兒年幼，不識好歹，衝撞親家。高擡貴手，將就他罷。饒過這一遭兒，到明日再無禮，犯到親家手裡，隨親家打，我老身也不敢說了。」那潘金蓮與月娘磕了四個頭，跳起來趕著玉樓打道：「汗邪了你這麻淫婦，你又做我娘來了。」連

眾人都笑了，那月娘忍不住也笑了。

玉樓道：「賊奴才，你見你主子與了你好臉兒，就抖毛兒打起老娘來了。」大妗子道：「你姐妹們笑開，恁歡喜歡喜卻不好？就是俺這姑娘，一時間一言半語聒聒你們，大家厮擡厮敬，儘讓一句兒就罷了。常言：牡丹花兒雖好，還要綠葉扶持。」月娘道：「他不言語，哪個好說他？」金蓮道：「娘是個天，俺們是個地。娘容了俺們，俺們骨禿扠著心裡。」玉樓打了他肩背一下，說道：「我的兒，你這回才像老娘養的。且休要說嘴，俺們做了這一日活，也該你來助助忙兒。」這金蓮便向炕上與玉樓裝定果盒，不在話下。

琴童討將藥來，西門慶看了藥帖，就叫送進來與月娘、玉樓。月娘便問玉樓：「你也討藥來？」玉樓道：「還是前日那根兒，下首裡只是有些怪疼，我教他爹對任醫官說，捎帶兩服丸子藥來我吃。」月娘道：「你還是前日空心掉了冷氣了，哪裡管下寒的是！」

按下後邊，卻說前廳宋御史先到了，西門慶陪他在捲棚內坐。宋御史深謝其爐鼎之事：「學生還當奉價。」西門慶道：「奉送公祖猶恐見卻，豈敢云價！」宋御史道：「這等，何以克當！」一面又作揖致謝。茶罷，因說起地方民情風俗一節，西門慶大略可否而答之。次問及有司官員，西門慶道：「卑職只知本府胡正堂民望素著，李知縣吏事克勤。其餘不知其詳，不敢妄說。」宋御史問道：「守備周秀曾與執事相交，為人卻也好不好？」西門慶道：「周總兵雖歷練老成，還不如濟州荊都監，青年武舉出身，才勇兼備。公祖倒看他看。」宋御史道：「莫不是都監荊忠？執事何以相熟？」西門慶道：「他與我有一面之交。昨日遞了個手本與我，望乞公祖青盼一二。」宋御史道：「我也久聞他是個好將官。」又問其次者，西門慶道：「卑職還有妻兄吳鎧，現任本衙右所正千戶之職。昨日委管修義倉，例該陞指揮，亦望公祖提拔，實卑職之沾恩惠也！」宋御史道：「既是令親，到明日題本之時，不但加陞本等職級，我還保舉他現任管事。」西門慶連忙作揖謝了，因把荊都監並吳大舅履歷手本遞上。宋御史看了，即令書吏收執，吩咐：「到明日題本之時，呈與我看。」那吏典收下去了。西門慶又令左右悄悄遞了三兩銀子與他，不在話下。

正說話間，前廳鼓樂響，左右來報：「兩司老爺都到了。」慌得西門慶即出迎接，到廳上敘禮。這宋御史慢慢才走出花園角門。眾官見禮畢數觀看，正中擺設大插桌一張，五老定勝方糖，高頂簇盤，甚是齊整，周圍桌席俱豐勝，心中大悅。都望西門慶謝道：「生受，容當奉補。」宋御史道：「分資誠為不足，四泉看我分上罷了，諸公也不消奉補。」西門慶道：「豈有此理。」一面各分次序坐下，左右拿上茶來。眾官又一面差官邀去。

看看等到午後，只見一匹報馬來到，說：「侯爺來了。」這裡兩邊鼓樂一齊響起，眾官都出大門迎接，宋御史只在二門裡相候。不一時，藍旗馬道過盡，侯巡撫穿大紅孔雀，戴貂鼠暖耳，渾金帶，坐四人大轎，直至門首下轎。眾官迎接進來。宋御史亦換了大紅金雲白貂圓領，犀角帶，相讓而入。到於大廳上，敘畢禮數，各官廷參畢，然後是西門慶拜見。侯巡撫因前次擺酒請六黃太尉，認得西門慶，即令官吏拿雙紅「友生侯濛」單拜帖，遞與西門慶。西門慶雙手接了，吩咐家人捧上去。一面參拜畢，寬衣上坐。眾官兩傍僉坐，宋御史居主位。奉畢茶，階下動起樂來。宋御史遞酒簪花，捧上尺頭，隨即擡下桌席來，裝在盒內，差官吏送到公廳去了。然後上座，獻湯飯，割獻花豬，俱不必細說。先是教坊弔隊舞，撮弄百戲，十分齊整。然後才是海鹽子弟上來磕頭，呈上關目揭帖。侯公吩咐搬演《裴晉公還帶記》。唱了一折下來，又割錦纏羊。端的花簇錦攢，吹彈歌舞，簫韶盈耳，金貂滿座。有詩為證：

華堂非霧亦非煙，歌遏行雲酒滿筵。
不但紅娥垂玉珮，果然綠鬢插金蟬。

侯巡撫只坐到日西時分，酒過數巡，歌唱兩折下來，令左右拿五兩銀子，分賞廚役、茶酒、樂工、腳下人等，就穿衣起身。眾官俱送出大門，看著上轎而去。回來，宋御史與眾官謝了西門慶，亦告辭而歸。

西門慶送了回來，打發樂工散了。因見天色尚早，吩咐把桌席休動，一面使小廝請吳大舅並溫秀才、應伯爵、傅夥計、甘夥計、賁第傳、陳敬濟來坐，聽唱。又拿下兩桌酒餚，打發子弟吃了。等得人來，教他唱《四節記・冬景・韓熙載夜宴陶學士》，擡出梅花來，放在兩邊桌上，賞梅飲酒。先是三夥計來旁邊坐下。不一時，溫秀才也過來了，吳大舅、吳二舅、應伯爵都來了。應伯爵與西門慶唱喏：「前日空過眾位嫂子，又多謝重禮。」西門慶笑罵道：「賊天沒的狗才，你打窗戶眼兒內偷瞧的你娘們好！」伯爵道：「你休聽人胡說，豈有此理？我想來也沒人——」指王經道：「就是你這賊狗骨禿兒，乾淨來家就學舌。我到明日把你這小狗骨禿兒肉也咬了。」說畢，吃了茶。

吳大舅要到後邊，西門慶陪下來，向吳大舅如此這般說：「對宋大巡已替大舅說，他看了揭帖，交付書辦收了。我又與了書辦三兩銀子，連荊大人的都放在一處。他親口許下，到明日題本之時，自有意思。」吳大舅聽見，滿心歡喜，連忙與西門慶唱喏：「多累姐夫費心。」西門慶道：「我就說是我妻兄，他說既是令親，我一定見過分上。」於是同到房中，見了月娘。月娘與他哥道萬福。大舅向大妗子說道：「你往家去罷了，家裡沒人，如何只顧不去了？」大妗子道：「三姑娘留下，教我過了初三日去哩！」吳大舅道：「既是姑娘留你，到初四日去便了。」說畢，來到前邊，同眾坐下飲酒。不一時，下邊戲子鑼鼓響動，搬演《韓熙載夜宴・郵亭佳遇》。正在熱鬧處，忽見玳安來說：「喬親家爹那裡，使了喬通在下邊請爹說話。」西門慶隨即下席見喬通。喬通道：「爹昨日晚空過親家爹，使我送那援納例銀子來，一封三十兩。另外又拿著五兩與吏房使用。」西門慶道：「我明日早封過與胡大尹，他就與了劄付來。又與吏房銀子做什麼？你還帶回去。」一面吩咐玳安，拿酒飯點心管待喬通，打發去了。

話休饒舌，當日唱了「郵亭」兩折，有一更時分，西門慶前邊人散了，看收了傢伙，就進入月娘房來。大妗子正坐的，見西門慶進來，連忙往那邊屋裡去了。西門慶因向月娘說：「我今日替你哥如此這般對宋巡按說，他許下除加陞一級，還教他現任管事，就是指揮僉事。我剛才已對你哥說了，他好不喜歡。只在年終就題本。」月娘便道：「沒的說，他一個窮衛家官兒，哪裡有二三百兩銀子使？」西門慶道：「誰問他要一百文錢兒！我就對宋御史說是我妻兒，他親口既許下，無有個不做分上的。」月娘道：「隨你與他幹，我不管你！」

西門慶便問玉簫：「替你娘煎了藥，拿來我瞧著，打發你娘吃了罷。」月娘道：「你去，休管他，等我臨睡自家吃。」那西門慶才待往外走，被月娘又叫回來，問道：「你往哪去？若是往前頭去，趁早兒不要去。他頭裡與我陪過不是了，只少你與他陪不是去哩！」西門慶道：「我不往他屋裡去。」月娘道：「你不往他屋裡去，往誰屋裡去？那前頭媳婦子跟前也省可去。惹得他昨日對著大妗子，好不拿話兒咂我，說我縱容著你要他，圖你喜歡哩！你又恁沒廉恥的。」西門慶道：「你理那小淫婦兒怎的？」月娘道：「你只依我說，今日偏不要你往前邊去，也不要你在我這屋裡，你往下邊李嬌姐房裡睡去。隨你明日去不去，我就不管了。」西門慶見恁說，無法可處，只得往李嬌兒房裡歇了一夜。

到次日，臘月初一日，早往衙門中同何千戶發牌陞廳畫卯，發放公文。一早晨才來家，又打點禮物豬酒並三十兩銀子，差玳安往東平府送胡府尹去。胡府尹收下禮物，即時封過劄付來。西門慶在家請了陰陽徐先生，廳上擺設豬羊酒果，燒紙還願心畢，打發徐先生去了。因見玳安到了，看了回帖，劄付上面用著許多印信，填寫喬洪本府義官名目。一面使玳安送兩盒胙肉與喬大戶家，就請喬大戶來吃酒，與他劄付瞧。又分送與吳大舅、溫秀才、應伯爵、謝希大並眾夥計，每人都是一盒，不在話下。一面又發帖兒，初三日請周守備、荊都監、張團練、劉薛二內相、何千戶、范千戶、吳大舅、喬大戶、王三官兒，共十位客，叫一起雜耍樂工，四個唱的。

那日孟玉樓攢了帳，遞與西門慶，就交代與金蓮管理，他不管了。因來問月娘道：「大娘，你昨日吃了藥兒可好些？」月娘道：「怪不得人說怪浪肉，平白教人家漢子捏了捏手，今日好了，頭也不疼，心口也不發脹了。」玉樓笑道：「大娘，你原來只少他一捏兒。」連大妗子也笑了。西門慶拿了攢的帳來，又問月娘。月娘道：「該哪個管，你交與哪個就是了，來問我怎的！誰肯讓得誰！」這西門慶方打帳兒三十兩銀子、三十吊錢，交與金蓮管理，不在話下。

良久，喬大戶到了。西門慶陪他廳上坐的，如此這般，拿胡府尹箚付與他看。看見上寫義官喬洪名字，「援例上納白米三十石，以濟邊餉」，滿心歡喜，連忙向西門慶打恭致謝：「多累親家費心，容當叩謝。」因叫喬通：「好生送到家去。」又說：「明日若親家見招，在下有此冠帶，就敢來陪。」西門慶道：「初三日親家好歹早些下降。」一面吃茶畢，吩咐琴童：「西廂書房裡放桌兒，親家請那裡坐，還暖些。」同到書房，才坐下，只見應伯爵到了。斂了幾分人情，交與西門慶說：「此是列位奉賀哥的分資。」西門慶接了，看頭一位就是吳道官，其次應伯爵、謝希大、祝實念、孫寡嘴、常峙節、白賚光、李智、黃四、杜三哥，共十分人情。西門慶道：「我這邊還有吳二舅、沈姨夫，門外任醫官、花大哥並三個夥計、溫葵軒，也有二十多人。就在初四日請罷。」一面令左右收進人情去，使琴童兒：「拿馬請你吳大舅來，陪你喬親家爹坐。」因問：「溫師父在家不在？」來安兒道：「溫師父不在家，望朋友去了。」不一時，吳大舅來到，連陳敬濟五人共坐，把酒來斟。桌上擺列許多下飯。飲酒中間，西門慶因向吳大舅說：「喬親家恭喜的事，今日已領下箚付來了。容日我這裡備禮寫文軸，咱們從府中迎賀迎賀。」喬大戶道：「惶恐。甚大職役，敢起動列位親家費心。」忽有本縣衙差人送曆日來了，共二百五十本。西門慶拿回帖賞賜，打發來人去了。應伯爵道：「新曆日俺們不曾見哩。」西門慶把五十本拆開，與喬大戶、吳大舅、伯爵三人分了。伯爵看了看，開年改了重和元年，該閏正月。

不說當日席間猜枚行令，飲酒至晚，喬大戶先告家去。西門慶陪吳大舅、伯爵坐到起更時分方散。吩咐伴當：「早伺候備馬，邀你何老爹到我這裡起身，同往郊外送侯爺。留下四名排軍，與來安、春鴻兩個跟大娘轎，往夏家去。」說畢，就歸金蓮房中來。那婦人未等他進房，就先摘了冠兒，亂挽烏雲，花容不整，朱粉懶施，渾衣兒歪在床上。房內燈兒也不點，靜悄悄的。西門慶進來便叫春梅，不應。只見婦人睡在床上，叫著只不做聲。西門慶便坐在床上問道：「怪油嘴，你怎的恁個腔兒？」也不答應。被西門慶用手拉起他來，說道：「你如何悻悻的？」那婦人便做出許多喬張致來，把臉扭著，止不住紛紛香腮上滾下淚來。那西門慶就是鐵石人，也把心來軟了。連忙一隻手摟著他脖子說：「怪油嘴，好好兒的，平白你兩個合什麼氣？」

那婦人半日方回說道：「誰和他合氣來？他平白尋起個不是，對著人罵我是攔漢精，趁漢精，趁了你來了。他是真材實料，正經夫妻，誰教你又到我這屋裡做什麼？你守著他去就是了，省得我把攔著你，說你來家只在我這房裡纏。早是肉身聽著，你這幾夜只在我這屋裡睡來？白眉赤眼兒的嚼舌根。一件皮襖，也說我不問他，擅自就問漢子討了。我是使的奴才丫頭，莫不往你屋裡與你磕頭去？為這小肉兒罵了那賊瞎淫婦，也說不管，偏有那些聲氣的。你是個男子漢，若是有主張，一拳拄定，哪裡有這些閒言閒語。怪不得俺們自輕自賤，常言道：賤裡買來賤裡賣，容易得來容易捨。趁將你家來，與你家做小老婆，不氣長。你看昨日，生怕氣了他，在屋裡守著的是誰？請太醫的是誰？在跟前攛掇侍奉的是誰？苦惱俺們這陰山背後，就死在這屋裡，也沒個人兒來偢問。這個就見出那人的心來了！還教我含著眼淚兒，走到後邊與他陪不是。」說著，那桃花臉上止不住又滾下珍珠兒，倒在西門慶懷裡，嗚嗚咽咽，哭得捽鼻涕、彈眼淚。

西門慶一面摟抱著，勸道：「罷麼，我的兒，我連日心中有事，你兩家各省一句兒就罷了。你教我說誰的是？昨日要來看你，他說我來與你了不是，不放我來。我往李嬌兒睡了一夜。雖然我和人睡，一片心只想著你。」婦人道：「罷麼，我也見出你那心來了。一味在我面上虛情假意，倒老還疼你那正經夫妻。他如今現替你懷著孩子，俺們一根草兒，拿什麼比他？」被西門慶摟過脖子來，親了個嘴，道：「小油嘴，休要胡說。」只見秋菊拿進茶來。西門慶便道：「賊奴才，好乾淨兒，如何教他拿茶？」因問：「春梅怎的不見？」婦人道：「你還問春梅哩，他餓得只有一口遊氣兒，那屋裡躺著不是？帶今日三四日沒吃點湯水兒了，一心只要尋死在那裡。說他大娘對著人罵了他奴才，氣生氣死，整哭了三四日了！」這西門慶聽了，說道：「真個？」婦人道：「莫不我哄你不成？你瞧去不是！」

這西門慶慌過這邊屋裡，只見春梅容妝不整，雲髻歪斜，睡在炕上。西門慶叫道：「怪小油

嘴，你怎的不起來？」叫著他，只不做聲，推睡，被西門慶雙關抱將起來。那春梅從酩酊裡伸腰，一個鯉魚打挺，險些兒沒把西門慶掃了一跤，早是抱得牢，有護炕倚住不倒。春梅道：「達達，你放開了手！你又來理論俺們這奴才做什麼，也玷辱了你這兩隻手！」西門慶道：「小油嘴兒，你大娘說了你兩句兒罷了，只顧使起性兒來了！說你這兩日沒吃飯？」春梅道：「吃飯不吃飯，你管他怎的！左右是奴才貨兒，死便隨他死了罷！我做奴才，也沒幹壞了什麼事，並沒教主子罵我一句兒，打我一下兒，做什麼為這合遍街搗遍巷的賊瞎婦，教大娘這等罵我！嗔俺娘不管我，莫不為瞎淫婦打我五板兒？等到明日，韓道國老婆不來便罷，若來，你看我指著他一頓好罵！原來送了這瞎淫婦來，就是個禍根！」西門慶道：「就是送了他來，也是好意，誰曉得為他合起氣來？」春梅道：「他若肯放和氣些，我好罵他？他小量人家。」

西門慶道：「我來這裡，你還不倒鍾茶兒我吃？那奴才手不乾淨，我不吃他倒的茶。」春梅道：「死了王屠，連毛吃豬。我如今走也走不動在這裡，還教我倒什麼茶！」西門慶道：「怪小油嘴兒，誰教你不吃些什麼兒！」因說道：「咱們往那邊屋裡去。我也還沒吃飯哩，教秋菊後邊取菜兒，篩酒，烤果餡餅兒，炊鮓湯，咱們吃。」於是不由分說，拉著春梅手，到婦人房內。吩咐秋菊：「拿盒子後邊取吃飯的菜兒去。」不一時，拿了一方盒菜蔬來。西門慶吩咐春梅：「把肉鮓折上幾絲雞肉，加上酸筍、韮菜，和成一大碗香噴噴餛飩湯來。」放下桌兒擺上，一面盛飯來。又烤了一盒果餡餅兒。西門慶和金蓮並肩而坐，春梅在旁陪著同吃。三個你一杯，我一杯，吃到一更方睡。

到次日，西門慶起早，約會何千戶來到，吃了頭腦酒起身，同往郊外送侯巡撫去了。吳月娘先送禮往夏指揮家去，然後打扮，坐大轎，排軍喝道，來安、春鴻跟隨，來吃酒，看他娘子兒，不在話下。

且說玳安、王經看家，將到晌午時分，只見縣前賣茶的王媽媽領著何九，來大門首尋問玳安：「老爹在家不在家？」玳安道：「何老人家、王奶奶，稀罕，今日哪陣風兒吹你老人家來這裡走走？」王婆子道：「沒勾當怎好來踅門踅戶？今日不因老九，為他兄弟的事，要央煩你老爹，老身還不敢來。」玳安道：「老爹今日與侯爺送行去了，俺大娘也不在家。你老人家站站，等我進去對五娘說聲。」進入不多時出來，說道：「俺五娘請你老人家進去哩。」王婆道：「我敢進去？你引我引兒，只怕有狗。」那玳安引他進入花園金蓮房門首，掀開簾子。

王婆進去，見婦人家常戴著臥免兒，穿著一身錦緞衣裳，搽抹得粉妝玉琢，正在炕上，腳登著爐臺兒坐的。進去不免下禮，慌得婦人答禮，說道：「老王，免了罷。」那婆子見畢禮，坐在炕邊頭。婦人便問：「怎的一向不見你？」王婆子道：「老身心中常想著娘子，只是不敢來親近。」問：「添了哥哥不曾？」婦人道：「有倒好了。小產過兩遍，白不存。」問：「你兒子有了親事未？」王婆道：「還不曾與他尋。他跟客人淮上來家這一年多，家中積攢了些，買個驢兒，胡亂磨些麵兒賣來度日。」因問：「老爹不在家了？」婦人道：「他今日往門外與撫按官送行去了，他大娘也不在家。有甚話說？」王婆道：「何老九有樁事，央及老身來對老爹說。他兄弟何十吃賊攀了，現拿在提刑院老爹手裡問。攀他是窩主，本等與他無干。望乞老爹案下與他分豁，賊若指攀，只不准他就是了。何十出來，到明日買禮來重謝老爹。有個說帖兒在此。」一面遞與婦人。

婦人看了，說道：「你留下，等你老爹來家，我與他瞧。」婆子道：「老九在前邊伺候著哩，明日教他來討話罷。」婦人一面叫秋菊看茶來。須臾，秋菊拿了一盞茶來，與王婆吃了。那婆子坐著，說道：「娘子，你這般受福夠了。」婦人道：「什麼夠了，不惹氣便好，成日嘔氣不了在這裡！」婆子道：「我的奶奶，你飯來張口，水來濕手，這等插金戴銀，呼奴使婢，又惹什麼氣？」婦人道：「常言說得好：三窩兩塊，大婦小妻，一個碗內兩張匙，不是湯著就抹著，如何沒些氣兒？」婆子道：「好奶奶，你比哪個不聰明？趁著老爹這等好時月，你受用到哪裡是哪裡！」又說道：「我明日使他來討話罷。」於是拜辭起身。婦人道：「老王，你多坐回去不是？」那婆子道：「難為老九只顧等我，不坐罷。改日再來看你。」那婦人也不留他留兒，就放出他來了。到了門首，又叮嚀玳安。玳安道：「你老人家去，我知道，等俺爹來家我就稟。」何九道：「安哥，我明日早來討話罷。」於是和王婆一路去了。

至晚，西門慶來家，玳安便把此事稟知。西門慶到金蓮房看了帖子，交付與答應的：「收著，明日到衙門中稟我。」一面又令陳敬濟發初三日請人帖兒。瞞著春梅，又使琴童兒送了一兩銀子並一盒點心到韓道國家，對著他說：「是與申二姐的，教他休惱。」那王六兒笑嘻嘻接了，說：「他不敢惱！多上覆爹娘，衝撞他春梅姑娘。」俱不在言表。

至晚，月娘來家，先拜見大妗子眾人，然後見西門慶，道了萬福。就告訴：「夏大人娘子見了我去，好不喜歡。今日也有許多親鄰堂客。原來夏大人有書來了，也有與你的書，明日送來與你。也只在這初六七起身，搬取家小上京。說了又說，好歹央賁四送他家到京就回來。賁四的那孩子長兒，今日與我磕頭，好不出跳的好個身段兒。嗔道他旁邊捧著茶，把眼只顧偷瞧我。我也忘了他，倒是夏大人娘子叫他——改換的名字，叫做瑞雲：『過來與你西門奶奶磕頭。』他才放下茶托兒，與我磕了四個頭。我與了他兩枝金花兒。夏大人娘子好不喜歡，也不把他當房裡人，只做親兒女一般看他。」西門慶道：「還是這孩子有福，若是別人家手裡，擡舉他，怎麼容得？不罵奴才少椒末兒，又肯擡舉他？」被月娘瞅了一眼，說道：「硶說嘴的貨，是我罵了你心愛的小姐兒了！」西門慶笑了，說道：「他借了賁四押家小去，我線舖子教誰看？」月娘道：「關兩日也罷了。」西門慶道：「關兩日，阻了買賣。近年近節，紬絹絨線正銷快，如何關閉了舖子！到明日再處。」說畢，月娘進裡間脫衣裳摘頭，走到那邊房內，和大妗子坐的。家中大小都來參見磕頭。

是日，西門慶在後邊雪娥房中歇了一夜，早往衙門中去了。只見何九走來問玳安討信，與了玳安一兩銀子。玳安道：「昨日爹來家，就替你說了。今日到衙門中，敢就開出你兄弟來了。你往衙門首伺候。」何九聽言，滿心歡喜，一直走到衙門前去了。西門慶到衙門中坐廳，提出強盜來，每人又是一夾，二十大板，把何十開出來放了。另拿了弘化寺一名和尚頂缺，說強盜曾在他寺內宿了一夜。正是：張公吃酒李公醉，桑樹上脫枝柳樹上報。有詩為證：

宋朝氣運已將終，執掌提刑甚不公。
畢竟難逃天下眼，那堪激濁與揚清！

那日西門慶家中叫了四個唱的：吳銀兒、鄭愛月兒、洪四兒、齊香兒，日頭晌午就來了，都到月娘房內，與月娘大妗子眾人磕頭。月娘擺茶與他們吃了。正彈著樂器唱曲兒與眾人聽，忽見西門慶從衙門中來家，進房來。四個唱的都放了樂器，笑嘻嘻向前與西門慶磕頭。坐下，月娘便問：「你怎的衙門中這咱才來？」西門慶告訴：「今日問理好幾樁事情。」因望著金蓮說：「昨日王媽媽來說何九那兄弟，今日我已開除來放了。那兩名強盜還攀扯他，教我每人打了二十，夾了一夾，拿了門外寺裡一個和尚頂缺，明日做文書送過東平府去。又是一起姦情事，是丈母養女婿的。那女婿不上二十多歲，名喚宋得原，與這家是養老不歸家女婿。落後親丈母死了，娶了個後丈母周氏，不上一年，把丈人死了。這周氏年小，守不得，就與這女婿暗暗通姦。後因為責使女，被使女傳於兩鄰，才首告官。今日取了供招，都一日送過去了。這一到東平府，姦妻之母係緦麻之親，兩個都是絞罪。」潘金蓮道：「要著我，把學舌的奴才打得爛糟糟的，問他個死罪也不多。你穿青衣抱黑柱，一句話就把主子弄了！」西門慶道：「也吃我把那奴才拶了幾拶子好的。為你這奴才一時小節不完，喪了兩個人性命！」月娘道：「大不正則小不敬，母狗不掉尾，公狗不上身！大凡還是女人心邪，若是那正氣的，誰敢犯他？」四個唱的都笑道：「娘說得是！就是俺裡邊唱的，接了孤老的朋友，還使不得，休說外頭人家！」說畢，擺飯與西門慶吃了。

忽聽前廳鼓樂響，荊都監來了。西門慶連忙冠帶出迎，接至廳上敘禮，分賓主坐下。茶罷，如此這般告說：「宋巡按收了說帖，已慨然許下，執事恭喜必然在邇。」荊都監聽了，又下坐作揖致謝：「老翁費心。提攜之力，銘刻難忘。」西門慶又說起周老總兵：「生亦薦言一二，宋公

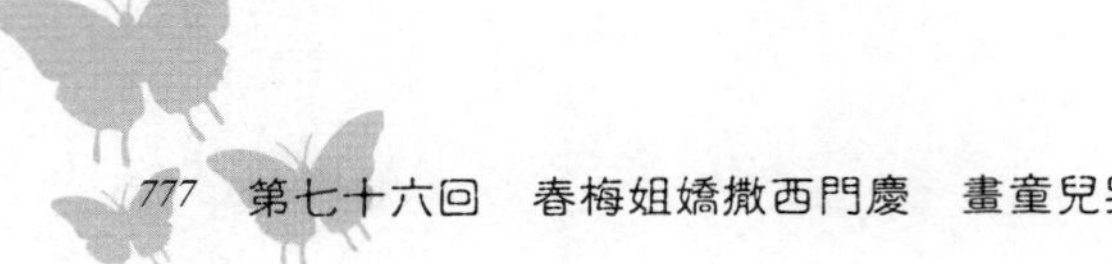

必有主意。」談話間，忽報劉、薛二公公到。鼓樂迎接進來，西門慶相讓入廳，敘禮。二內相皆穿青縹絨蟒衣，寶石絛環，正中間坐下。次後周守備到了，一處敘話。荊都監又向周守備說：「四泉厚情，昨日宋公在尊府擺酒，曾稱頌公之才猷。宋公已留神於中，高轉在即。」周守備亦欠身致謝不盡。

落後張團練、何千戶、王三官、范千戶、吳大舅、喬大戶陸續都到了。喬大戶冠帶青衣，四個伴當跟隨。進門見畢諸公，與西門慶拜了四拜。眾人問其恭喜之事，西門慶道：「舍親家在本府援例，新受恩榮義官之職。」周守備道：「四泉令親，吾輩亦當奉賀。」喬大戶道：「蒙列位老爹盛情，豈敢動勞。」說畢，各分次序坐下，遍遞了一道茶，然後遞酒上坐。錦屏前玳筵羅列，畫堂內寶玩爭輝，階前動一派笙歌，席上堆滿盤異果。良久，遞酒安席畢，各歸席坐下。王三官再三不肯上來坐，西門慶道：「尋常罷了，今日在舍，權借一日陪諸公上坐。」王三官必不得已，左邊垂首坐了。須臾，上罷湯飯，下邊教坊撮弄雜耍百戲上來。良久，才是四個唱的，拿著銀箏玉板，放嬌聲當筵彈唱。正是：

舞裙歌板逐時新，散盡黃金只此身。
寄與富兒休暴殄，儉如良藥可醫貧。

當日劉內相坐首席，也賞了許多銀子，飲酒為歡，至一更時分方散。西門慶打發樂工賞錢出門。四個唱的都在月娘房內彈唱，月娘留下吳銀兒過夜，打發三個唱的去。臨去，見西門慶在廳上，拜見拜見。西門慶吩咐鄭愛月兒：「你明日就拉了李桂姐，兩個還來唱一日。」鄭愛月兒就知今日有王三官兒，不叫李桂姐來唱，笑道：「爹，你兵馬司倒了牆，賊走了。」又問：「明日請誰吃酒？」西門慶道：「都是親朋。」鄭月兒道：「有應二那花子我不來，我不要見那醜冤家怪物。」西門慶道：「明日沒有他。」愛月兒道：「沒有他才好，若有那怪攮刀子的，俺們不來。」說畢，磕了頭去了。西門慶看著收了傢伙，回到李瓶兒那邊，和如意兒睡了。一宿晚景提過。

次日早往衙門，送問那兩起人犯過東平府去。回來家中擺酒，請吳道官、吳二舅、花大舅、沈姨夫、韓姨夫、任醫官、溫秀才、應伯爵，並會眾人李智、黃四、杜三哥，並家中三個夥計，十二張桌兒。席中只有李桂姐、吳銀兒、鄭愛月兒三個粉頭遞酒，李銘、吳惠、鄭奉三個小優兒彈唱。正遞酒中間，忽平安兒來報：「雲二叔新襲了職，來拜爹，送禮來。」西門慶聽言，忙道：「有請。」只見雲理守穿著青紵絲補服圓領，冠冕著，腰繫金帶，後面伴當擡著禮物，先遞上揭帖與西門慶觀看。上寫：「新襲職山東清河右衛指揮同知門下生雲理守頓首百拜。謹具土儀：貂鼠十個、海魚一尾、蝦米一包、臘鵝四隻、臘鴨十隻、油紙簾二架，少申芹敬。」西門慶即令左右收了，連忙致謝。

雲理守道：「在下昨日才來家，今日特來拜老爹。」於是四雙八拜，說道：「蒙老爹莫大之恩，些少土儀，表意而已。」然後又與眾人敘禮拜見。西門慶見他居官，就待他不同，安他與吳二舅一桌坐了。連忙安鍾筯，下湯飯。腳下人俱打發攢盤酒肉。因問起發喪替職之事，這雲理守一一數言：「蒙兵部余爺憐先兄在鎮病亡，祖職不動，還與了個本衛現任僉書。」西門慶歡喜道：「恭喜恭喜，容日一定來賀。」當日眾人席上每位奉陪一杯，又令三個唱的奉酒。須臾，把雲理守灌得醉了。那應伯爵在席上，如線兒提的一般，起來坐下，又與李桂姐、鄭月兒彼此互相戲罵不絕。當日酒筵笑聲，花攢錦簇，觥籌交錯，耍玩至二更時分方才席散。打發三個唱的去了，西門慶歸上房宿歇。

到次日起來遲，正在上房擺粥吃了，穿衣要拜雲理守，只見玳安來說：「賁四在前邊請爹說話。」西門慶就知為夏龍溪送家小之事，一面出來廳上。只見賁四向袖中取出夏指揮書來呈上，說道：「夏老爹要教小人送送家小往京裡去，小人稟問老爹去不去？」西門慶看了書中言語，無非是敘其闊別，謝其早晚看顧家下，又借賁四攜送家小之事，因說道：「他既央你，你怎的不

去？」因問：「幾時起身？」賁四道：「今早他大官兒叫了小人去，吩咐初六日家小準起身。小人也得半月才回來。」說畢，把獅子街鋪內鑰匙交遞與西門慶。西門慶道：「你去，我教你吳二舅來替你開兩日罷。」那賁四方才拜辭出門，往家中收拾行裝去了。西門慶就冠冕著出門，拜雲指揮去了。

那日大妗子家去，叫下轎子門首伺候。也是合當有事，月娘裝了兩盒子茶食點心下飯，送出門首上轎，只見畫童兒小廝躲在門旁，大哭不止。那平安兒只顧扯他，那小廝越扯越哭起來。被月娘等聽見，送出大妗子去了，便問平安兒：「賊囚，你平白扯他怎的？惹得他恁怪哭！」平安道：「溫師父那邊叫他，他白不去，只是罵小的。」月娘道：「你教他好好去罷。」因問道：「小廝，你師父那邊叫，去就是了，怎的哭起來？」那畫童嚷平安道：「又不關你事，我不去罷了，你扯我怎的？」月娘道：「你因何不去？」那小廝又不言語。金蓮道：「這賊小囚兒，就是個肉佞賊。你大娘問你，怎的不言語？」被平安向前打了一個嘴巴，那小廝越發大哭了。月娘道：「怪囚根子，你平白打他怎的？你好好教他說，怎的不去？」

正問著，只見玳安騎了馬進來。月娘問道：「你爹來了？」玳安道：「被雲二叔留住吃酒哩。使我送衣裳來了，要帶氈巾去。」看見畫童兒哭，便問：「小大官兒，怎的號啕？痛也是的？」平安道：「對過溫師父叫他，不去，反哭罵起我來了。」玳安道：「我的哥哥，溫師父叫，你仔細，有名的溫屁股，他一日沒屁股也成不得。你們常怎麼捱他的，今日又躲起來了？」月娘罵道：「怪囚根子，怎麼溫屁股？」玳安道：「娘只問他就是。」那潘金蓮得不的風兒就是雨兒，一面逼問那小廝急了，說道：「他只要哄著小的，把他那行貨子放在小的屁股裡，弄得脹脹的疼起來。我說你還不快拔出來，他又不肯拔，只顧來回動。教小的扯出來。跑過來，他又來叫小的。」

月娘聽了，便喝道：「怪賊小奴才兒，還不與我過一邊去！也有這六姐，只管審問他，說得砑死了！我不知道，還當是好話兒，側著耳朵兒聽他！這蠻子也是個不上蘆葦的行貨子，人家小廝與你使，卻背地幹這個營生！」金蓮道：「大娘，哪個上蘆蓆的肯幹這營生？冷舖睡的花子才這般所為！」孟玉樓道：「這蠻子他有老婆，怎生這等沒廉恥？」金蓮道：「他來了這一向，俺們就沒見他老婆怎生樣兒。」平安道：「娘們會勝也不看見他，他但往那裡去，就鎖了門。住了這半年，我只見他坐轎子往娘家去了一遭，沒到晚就來家了。往常幾時出個門兒來？只好晚夕門首倒榪子走兒罷了！」金蓮道：「他那老婆也是個不長俊的行貨子，嫁了他，怕不得也沒見個天日兒，敢每日只在屋裡坐天牢哩！」說了回，月娘同眾人回後邊去了。

西門慶約莫日落時分來家，到上房坐下。月娘問道：「雲夥計留你坐來？」西門慶道：「他在家，見我去，旋放桌兒留我坐，打開一罈酒和我吃。如今衛中荊南崗陞了，他就挨著掌印。明日連他和喬親家就是兩分賀禮。眾同僚都說了，要與他掛軸子，少不得教溫葵軒做兩篇文章，買軸子寫。」月娘道：「還纏什麼溫葵軒鳥葵軒哩！平白安扎恁樣行貨子，沒廉恥，傳出去教人家知道，把醜來出盡了！」西門慶聽言詫了一跳，便問：「怎麼的？」月娘道：「你別要來問我，你問你家小廝去！」西門慶道：「是哪個小廝？」金蓮道：「情知是誰——畫童賊小奴才！俺去送大妗子去，他正在門首哭，如此這般，溫蠻子弄他來。」

西門慶聽了，還有些不信，便道：「你教那小奴才來，等我問他。」一面使玳安兒前邊把畫童兒叫到上房，跪下。西門慶要拿拶子拶他，便道：「賊奴才，你實說，他叫你做什麼？」畫童兒道：「他叫小的，要灌醉了小的，幹那小營生兒。今日小的害疼，躲出來了，不敢去。他只顧使平安叫，又打小的，教娘出來看見了。他常時問爹家中各娘房裡的事，小的不敢說。昨日爹家中擺酒，他又教唆小的偷銀器傢伙與他。又某日，他望倪師父去，拿爹的書稿兒與倪師父瞧，倪師父又與夏老爺瞧。」

這西門慶不聽便罷，聽了便道：「畫虎畫皮難畫骨，知人知面不知心！我把他當個人看，誰知他人皮包狗骨東西，要他何用！」一面喝令畫童兒起去，吩咐：「再不消過那邊去了。」那畫童磕了頭起來，往前邊去了。西門慶向月娘道：「怪道前日翟親家說我機事不密則害成，我想來沒人，原來是他把我的事透泄與人。我怎的曉得？這樣狗骨禿東西，平白養在家做什麼！」月娘道：「你和誰說！你家又沒孩子上學，平白招攬個人在家養活，只為寫禮帖兒，餞養活著他，還教他弄乾坤兒。」西門慶道：「不消說了，明日教他走道兒就是了。」一面叫將平安來，吩咐：「對過對他說，家老爹要房子堆貨，教溫師父轉尋房兒便了。等他來見我，你在門首只回我不在家。」那平安兒應諾去了。

西門慶告月娘說：「今日賁四來辭我，初六日起身，與夏龍溪送家小往東京去。我想來，線鋪子沒人，倒好教二舅來替他開兩日兒，好不好？」月娘道：「好不好隨你叫他去，我不管你，省得人又說照顧了我的兄弟。」西門慶不聽，於是使棋童兒：「請你二舅來。」不一時，請吳二舅到，在前廳陪他吃酒坐的，把鑰匙交付與他：「明日同來昭早往獅子街開鋪子去。」不在話下。

卻說溫秀才見畫童兒一夜不過來睡，心中省恐。到次日，平安走來說：「家老爹多上覆溫師父，早晚要這房子堆貨，教師父別尋房兒罷。」這溫秀才聽了，大驚失色，就知畫童兒有甚話說。穿了衣巾，要見西門慶說話。平安兒道：「俺爹往衙門中去了，還未來哩。」比及來，這溫秀才又衣巾過來伺候，具了一篇長柬遞與琴童兒。琴童又不敢接，說道：「俺爹才從衙門中來家，辛苦，後邊歇去了，俺們不敢稟。」這溫秀才就知疏遠他，一面走到倪秀才家商議，還搬移家小往舊處住去了。正是：

誰人汲得西江水，難洗今朝一面羞。
靡不有初鮮克終，交情似水淡長濃。
自古人無千日好，果然花無摘下紅。

第七十七回 西門慶踏雪訪愛月 賁四嫂帶水戰情郎

詞曰：

梅共雪，歲暮鬥新妝。月底素華同弄色，風前輕片半含香。不比柳花狂。雙雀影，堪比雪衣娘。六出光中曾結伴，百花頭上解尋芳。爭似兩鴛鴦。

——右調〈望江南〉

話說溫秀才求見西門慶不得，自知慚愧，隨移家小搬過舊家去了。西門慶收拾書院，做了客座，不在話下。

一日，尚舉人來拜辭上京會試，問西門慶借皮箱氈衫。西門慶陪坐待茶，因說起喬大戶、雲理守：「兩位舍親，一受義官，一受祖職，現任管事，欲求兩篇軸文奉賀，不知老翁可有相知否？借重一言，學生具幣禮相求。」尚舉人笑道：「老翁何用禮，學生敝同窗聶兩湖，現在武庫肄業，與小兒為師，本領雜作極富。學生就與他說，老翁差盛使持軸來就是了。」西門慶連忙致謝。茶畢起身，西門慶隨即封了兩方手帕、五錢白金，差琴童送軸子並氈衫、皮箱到尚舉人處收下。哪消兩日，寫成軸文，差人送來。西門慶掛在壁上，但見金字輝煌，文不加點，心中大喜。只見應伯爵來問：「喬大戶與雲二哥的事幾時舉行？軸文做了不曾？溫老先兒怎的連日不見？」西門慶道：「又提什麼溫老先兒，通是個狗類之人！」如此這般，告訴一遍。

伯爵道：「哥，我說此人言過其實，虛浮之甚。早時你有後眼，不然教他調壞了咱家小兒們了。」又問：「他二公賀軸何人寫了？」西門慶道：「昨日尚小塘來拜我，說他朋友聶兩湖善於詞藻，央求聶兩湖作了。文章已寫了來，你瞧。」於是引伯爵到廳上觀看，喝采不已。又說道：

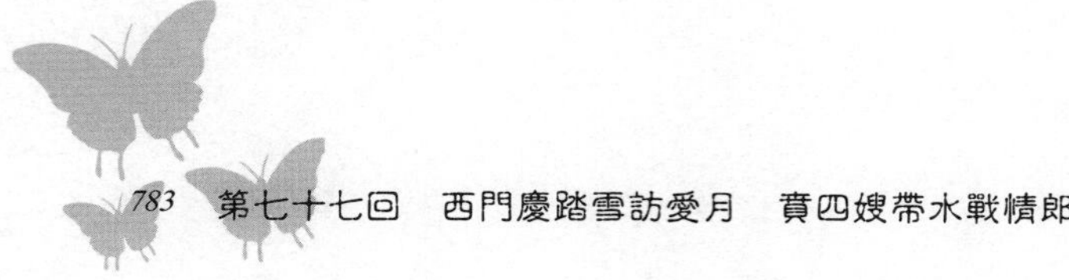

「人情都全了。哥，你早送與人家，好預備。」西門慶道：「明日好日期，早差人送去。」正說著，忽報：「夏老爹兒子來拜辭，說初六日起身去。小的回爹不在家，他說教對何老爹那裡說聲，差人那邊看守去。」西門慶看見帖兒上寫著：「寅家晚生夏承恩頓首拜。謝辭。」西門慶道：「連尚舉人搭他家，就是兩分程儀香絹。」吩咐琴童：「連忙買了，教你姐夫封了，寫帖子送去。」

正在書房中留伯爵吃飯，忽見平安兒慌慌張張拿進三個帖兒來報：「參義汪老爹、兵備雷老爹、郎中安老爹來拜。」西門慶看帖兒：「汪伯彥、雷啟元、安忱拜」，連忙穿衣繫帶。伯爵道：「哥，你有事，我去罷。」西門慶道：「我明日會你哩。」一面整衣出迎。三員官皆相讓而入。進入大廳，敘禮，道及向日叨擾之事。少頃茶罷，坐話間，安郎中便道：「雷東谷、汪少華並學生又來干瀆：有浙江本府趙大尹，新陞大理寺正，學生三人借尊府奉請。已發柬，定初九日，主家共五席。戲子，學生那裡叫來。未知肯允諾否？」西門慶道：「老先生吩咐，學生掃門拱候。」安郎中令吏取分資三兩遞上，西門慶令左右收了，相送出門。雷東谷向西門慶道：「前日錢龍野書到，說那孫文相乃是貴夥計，學生已並他除開了，曾來相告不曾？」西門慶道：「正是，多承老先生費心，容當叩拜。」雷兵備道：「你我相愛間，何為多較！」言畢，相揖上轎而去。

原來潘金蓮自從當家管理銀錢，另定了一把新等子。每日小廝買進菜蔬來，拿到跟前與他瞧過，方數錢與他。他又不數，只教春梅數錢，提等子。小廝被春梅罵得狗血噴頭，行動就索落，教西門慶打。以此眾小廝互相抱怨，都說在三娘手兒裡使錢好。

卻說次日，西門慶衙門中散了，對何千戶說：「夏龍溪家小已是起身去了，長官可曾委人那裡看守門戶去？」何千戶道：「正是。昨日那邊著人來說，學生已令小价去了。」西門慶道：「今日同長官那邊看看去。」於是出衙門，並馬到了夏家宅內。家小已是去盡了，伴當在門首伺候。兩位官府下馬，進到廳上。西門慶引著何千戶前後觀看了，又到前邊花亭上，見一片空地，無甚花草。西門慶道：「長官到明日還收拾個耍子所在，栽些花柳，把這座亭子修理修理。」何千戶道：「這個已定。學生開春重新修整修整，蓋三間捲棚，早晚請長官來消閒散悶。」看了一回，吩咐家人收拾打掃，開閉門戶。不日寫書往東京回老公公話，趕年裡搬取家眷。西門慶作別回家，何千戶還歸衙門去了。到次日才搬行李來住，不在言表。

西門慶剛到家下馬，見何九買了一匹尺頭、四樣下飯、一罈酒來謝。又是劉內相差人送了一食盒蠟燭、二十張桌圍、八十股官香、一盒沉速料香、一罈自造內酒、一口鮮豬。西門慶進門，劉公公家人就磕頭，說道：「家公公多上覆：這些微禮，與老爹賞人。」西門慶道：「前日空過老公公，怎又送這厚禮來？」便令左右：「快收了，請管家等等兒。」少頃，畫童兒拿出一鍾茶來，打發吃了。西門慶封了五錢銀子賞錢，拿回帖打發去了。一面請何九進去。

西門慶見何九，一把手扯在廳上來。何九連忙倒身磕下頭去，道：「多蒙老爹天心，超生小人兄弟，感恩不淺！」請西門慶受禮。西門慶不肯受磕頭，拉起來，說道：「老九，你我舊人，快休如此！」就讓他坐。何九說道：「小人微末之人，豈敢僭坐！」只站立在旁邊。西門慶也站著陪吃了一盞茶，說道：「老九，你如何又費心送禮來？我斷然不受。若有什麼人欺負你，只顧來說，我替你出氣！倘縣中派你甚差事，我拿帖兒與你李老爹說。」何九道：「蒙老爹恩典，小人知道。小人如今也老了，差事已告與小兒何欽頂替了。」西門慶道：「也罷，也罷，你清閒些好。」又說道：「既你不肯，我把這酒禮收了，那尺頭你還拿去，我也不留你坐了。」那何九千恩萬謝，拜辭去了。

西門慶就坐在廳上，看看打點禮物果盒、花紅羊酒、軸文並各人分資。先差玳安送往喬大戶家去，後叫王經送往雲理守家去。玳安回來，喬家與了五錢銀子。王經到雲理守家，管待了茶食，與了一匹真青大布、一雙琴鞋，回「門下辱愛生」雙帖兒，「多上覆老爹，改日奉請」。西門慶滿心歡喜，到後邊月娘房中擺飯吃。因向月娘說：「賁四去了，吳二舅在獅子街賣貨。我今日倒閒，往那裡看看去。」月娘道：「你去不是？若是要酒菜兒，早使小廝來家說。」西門慶道：「我知道。」一面吩咐備馬，就戴著氈忠靖巾，貂鼠暖耳，綠絨補子氅褂，粉底皂靴，琴童、玳安跟隨，逕往獅子街來。到房子內，吳二舅與來昭正掛著花栲栳兒發賣紬絹、絨線、絲綿，擠一鋪子人做買賣，打發不開。西門慶下馬看了看，走到後邊暖房內坐下。吳二舅走來作揖，因說：「一日也攢銀錢二三十兩。」西門慶又吩咐來昭妻一丈青：「二舅每日茶飯休要誤了！」來昭妻道：「逐日伺候酒飯，不敢有誤！」

西門慶見天色陰晦，彤雲密布，冷氣侵人，將有作雪的模樣。忽然想起要往鄭月兒家去，即令琴童：「騎馬家中取我的皮襖來，問你大娘，有酒菜兒捎一盒與你二舅吃。」琴童應諾。到家，不一時取了貂鼠皮襖並一盒酒菜來。西門慶陪二舅在房中吃了三杯，吩咐：「二舅，你晚夕在此上宿，慢慢再用，我家去罷。」於是帶上眼紗，騎馬，玳安、琴童跟隨，逕進勾欄，往鄭愛月兒家來。轉過東街口，只見天上紛紛揚揚，飄下一天瑞雪來。但見：

漠漠嚴寒匝死，這雪兒下得正好。扯絮撏綿，裁成片片，大如栲栳。見林間竹筍茆茨，爭些被他壓倒。富豪俠卻言消災障，猶嫌少。圍向那紅爐獸炭，穿的是貂裘綉襖。手捻梅花，唱道是國家祥瑞，不念貧民些小。高臥有幽人，吟詠多艸。

西門慶踏著那亂瓊碎玉，進入勾欄，到於鄭愛月兒家門首下馬。只見丫鬟飛報進來說：「老爹來了。」鄭媽媽看見，出來迎接。至於中堂，見禮，說道：「前日多謝老爹重禮，姐兒又在宅內打攪，又教他大娘、三娘賞他花翠汗巾。」西門慶道：「那日空了他來。」一面坐下。西門慶令玳安：「把馬牽進來，後邊院落安放。」老媽道：「請爹後邊明間坐罷，月姐才起來梳頭。只說老爹昨日來，倒伺候了一日。今日他心中有些不快，起來得遲些。」

這西門慶一面進入他後邊明間內，但見綠窗半啟，氈幕低張，地平上黃銅大盆生著炭火。西門慶坐在正面椅上。先是鄭愛香兒出來相見了，遞了茶。然後愛月兒才出來，頭挽一窩絲杭州纘，翠梅花鈿兒，金銀釵梳，海獺臥免兒，打扮得霧靄雲鬟，粉妝玉琢。笑嘻嘻向西門慶道了萬福，說道：「爹，我那一日來晚了。緊自前邊人散得遲，到後邊，六娘又只顧不放俺們，留著吃飯，來家有三更天了。」西門慶笑道：「小油嘴兒，你倒和李桂姐兩個把應花子打得好響瓜兒。」鄭愛月兒道：「誰教他怪叨嘮，在酒席上屎口兒傷俺們來！那一日祝麻子也醉了，哄我，要送俺們來。我便說：沒爹這裡燈籠，送俺們？蔣胖子弔在陰溝裡——缺臭了你了！」西門慶道：「我昨日聽見洪四兒說，祝麻子又會著王三官兒，大街上請了榮嬌兒。」鄭月兒道：「只在榮嬌兒家歇了一夜，燒了一炷香，不去了。如今還在秦玉芝兒走著哩。」說了一回話，道：「爹，只怕你冷，在房裡坐。」

這西門慶到於房中，脫去貂裘，和粉頭圍爐共坐，房中香氣襲人。須臾，丫頭拿了三甌兒黃芽韮菜肉包一寸大的水角兒來。姐妹二人陪西門慶每人吃了一甌兒，愛月兒又撥上半甌兒添與西門慶。西門慶道：「我夠了，才吃了兩個點心來了。心裡要來你這裡走走，不想恰好天氣又落下雪來了。」愛月兒道：「爹前日不會下我？我昨日等了一日不見爹，不想爹今日才來。」西門慶道：「昨日家中有兩位士夫來望，亂著，就不曾來得。」愛月兒道：「我要問爹，有貂鼠買個兒與我，我要做了圍脖兒戴。」西門慶道：「不打緊，昨日韓夥計打遼東來，送了我幾個好貂鼠。你娘們都沒圍脖兒，到明日一總做了，送一個來與你。」愛香兒道：「爹只認得月姐，就不送與我一個兒？」西門慶道：「你姐妹兩個一家一個。」於是愛香、愛月兒連忙起身，道了萬福。

西門慶吩咐：「休見了桂姐、銀姐說。」鄭月兒道：「我知道。」因說：「前日李桂姐見吳銀兒在那裡過夜，問我他幾時來的。我沒瞞他，教我說：『昨日請周爺，俺們四個都在這裡唱了一日。爹說有王三官兒在這裡，不好請你的。今日是親朋會中人吃酒，才請你來唱。』他一聲兒也沒言語。」西門慶道：「你這個回得他好！前日李銘，我也不要他唱來，再三央及你應二爹來說。落後你三娘生日，桂姐買了一分禮來，再三與我陪不是。你娘們說著，我不理他。昨日我竟留下銀姐，使他知道！」愛月兒道：「不知三娘生日，我失誤了人情。」西門慶道：「明日你雲老爹擺酒，你再和銀姐來唱一日。」愛月兒道：「爹吩咐，我去。」

說了回話，粉頭取出三十二扇象牙牌來，和西門慶在炕氈條上抹牌玩耍。愛香兒也坐在旁邊同抹。三人抹了回牌，須臾，擺上酒來。愛香與愛月兒一邊一個捧酒，不免箏排雁柱，款跨鮫綃，姐妹兩個彈唱。唱了一套，姐妹兩個又拿上骰盆兒來，和西門慶搶紅玩笑。杯來盞去，各添春色。西門慶忽看見鄭愛月兒房中，床旁側首錦屏風上掛著一軸「愛月美人圖」，題詩一首：

有美人兮迥出群，輕風斜拂石榴裙。
花開金谷春三月，月轉花陰夜十分。
玉雪精神聯仲琰，瓊林才貌過文君。
少年情思應須慕，莫使無心托白雲。

三泉主人醉筆

西門慶看了，便問：「三泉主人是王三官兒的號？」慌得鄭愛月兒連忙遮說道：「這還是他舊時寫下的。他如今不號三泉了，號小軒了。他告人說，學爹說：『我號四泉，他怎的號三泉？』他恐怕爹惱，因此改了號小軒。」一面走向前，取筆過來，把那三字就塗抹了。西門慶滿心歡喜，說道：「我並不知他改號一節。」粉頭道：「我聽見他對一個人說來，我才曉得。說他去世的父親號逸軒，他故此改號小軒。」說畢，鄭愛香兒往下邊去了，獨有愛月兒陪西門慶在房內。兩個並肩疊股，搶紅飲酒。因說起林太太來，怎的大量，好風月：「我在他家吃酒，那日王三官請我到後邊拜見。還是他主意，教三官拜認我做義父，教我受他禮，委託我指教他成人。」粉頭拍手大笑道：「還虧我指與爹這條路兒。到明日，連三官兒娘子不怕屬了爹！」西門慶道：「我到明日，我先燒與他一炷香。到正月裡，請他和三官娘子往我家看燈吃酒，看他去不去！」粉頭道：「爹，你還不知三官娘子生得怎樣標緻，就是個燈人兒，也沒他那一段風流妖艷。今年十九歲兒，只在家中守寡，王三官兒通不著家。爹，你肯用些工夫兒，不愁不是你的人！」

兩個說話之間，相挨相湊。只見丫鬟又拿上許多細果碟兒來，粉頭親手奉與西門慶下酒。又用舌尖噙鳳香蜜餅，送入他口中，又用纖手解開西門慶褲帶，露出那話來，替他捏弄。那話猙獰跳腦，紫強光鮮。西門慶令他品之，這粉頭真個低垂粉頭，輕啟朱唇，半吞半吐，或進或出，嗚咂有聲。品弄了一回，靈犀已透，淫心似火，便欲交歡。粉頭便往後邊去了。西門慶出房更衣，見雪越下得甚緊。回到房中，丫鬟向前打發脫靴解帶，先上牙床。粉頭澡牝回來，關上雙扉，共入鴛帳。正是：

得多少動人春色嬌還媚，惹蝶芳心軟欲濃。

有詩為證：

聚散無憑在夢中，起來殘燭映紗紅。
鍾情自古多神合，誰道陽臺路不通！

兩個雲雨歡娛，到一更時分起來。整衣理鬢，丫頭復釃美酒，重整佳餚，又飲夠幾杯。問玳安：「有燈籠、傘沒有？」玳安道：「琴童家去取燈籠、傘來了。」這西門慶方才作別，鴇子、粉頭相送出門，看著上馬。鄭月兒揚聲叫道：「爹若叫我，早些來說。」西門慶道：「我知道。」一面上馬，打著傘出院門，一路踏雪到家中。對著吳月娘，只說在獅子街和吳二舅飲酒，不在話下。

一宿晚景提過。到次日，卻是初八日，打聽何千戶行李都搬過夏家房子內去了，西門慶送了四盒細茶食、五錢折帕賀儀過去。只見應伯爵驀地走來。西門慶見雪晴，風色甚冷，留他前邊書房中向火，叫小廝拿菜兒，留他吃粥。因說起：「昨日喬親家、雲二哥禮並折帕，都送去了。你的人情，我也替你封了二錢出上了。你不消與他罷，只等發柬請吃酒。」應伯爵舉手謝了，因問：

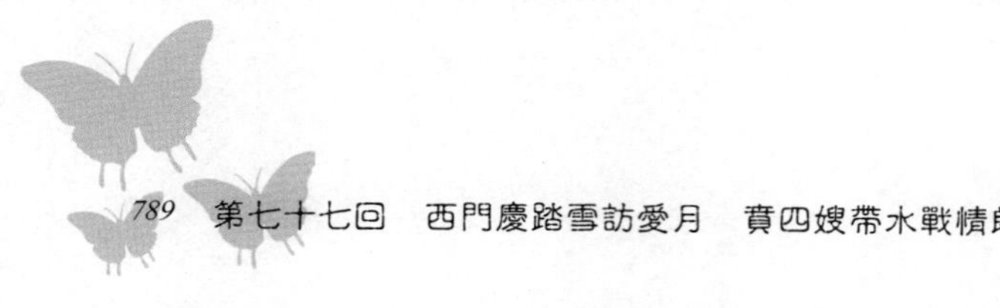

「昨日安大人三位來做什麼？那兩位是何人？」西門慶道：「那兩個，一個是雷兵備，一個是汪參議，都是浙江人，要在我這裡擺酒，明日請杭州趙霆知府——新陞京堂大理寺丞，是他每本府父母官。相處分上，又不可回他的。通身只三兩分資。」伯爵道：「大凡文職仔細，三兩銀子夠做什麼！哥少不得賠些兒。」西門慶道：「這雷兵備，就是問黃四小舅子孫文相的，昨日還對我提起開除他罪名來哩。」伯爵道：「你說他不仔細，如今還記著，折準擺這席酒才罷了。」

說話之間，伯爵叫：「應寶，你叫那個人來見你大爹。」西門慶便問：「是何人？」伯爵道：「一個小後生，倒也是舊人家出身。父母都沒了，自幼在王皇親宅內答應。已有了媳婦兒，因在莊子上和一般家人不和，出來了。如今閒著，做不得什麼。他與應寶是朋友，央及應寶要投個人家。今早應寶對我說：『爹倒好，舉薦與大爹宅內答應。』我便說：『不知你大爹用不用。』」因問應寶：「他叫什麼名字？你叫他進來。」應寶道：「他姓來，叫來友兒。」

只見那來友兒趴在地上磕了個頭起來，簾外站立。伯爵道：「若論他這身材，膂力盡有，掇輕負重卻去得。」因問：「你多少年紀了？」來友兒道：「小的二十歲了。」又問：「你媳婦沒子女？」那人道：「只光兩口兒。」應寶道：「不瞞爹說，他媳婦才十九歲兒，廚灶針線，大小衣裳都會做。」西門慶見那人低頭並足，為人樸實，便道：「既是你應二爹來說，用心在我這裡答應。」吩咐：「揀個好日期寫紙文書，兩口兒搬進來罷。」那來友兒磕了個頭，西門慶就教琴童兒領到後邊，見月娘眾人磕頭去。月娘就把來旺兒原住的那一間房與他居住。伯爵坐了回，家去了。應寶同他寫了一紙投身文書，交與西門慶收了，改名來爵，不在話下。

卻說賁四娘子，自從他家長兒與了夏家，每日買東買西，只央及平安兒和來安、畫童兒。西門慶家中這些大官兒，常在他屋裡打平和兒吃酒。賁四娘子和氣，就定出菜兒來，或要茶水，應手而至。就是賁四一時舖中歸來撞見，亦不見怪。以此今日他不在家，使著哪個不替他動？玳安兒與平安兒，在他屋裡坐的更多。初九日，西門慶與安郎中、汪參議、雷兵備擺酒，請趙知府，俱不必細說。那日早辰，來爵兩口兒就搬進來。他媳婦兒後邊見月娘眾人磕頭。月娘見他穿著紫紬襖，青布披襖，綠布裙子，生得五短身材，瓜子面皮兒，搽脂抹粉，纏得兩隻腳趫趫的。問起來，諸般針黹都會做。取了他個名字，叫做惠元，與惠秀、惠祥一遞三日上灶，不提。

一日，門外楊姑娘沒了，安童兒來報喪。西門慶整治了一張插桌，三牲湯飯，又封了五兩香儀。吳月娘、李嬌兒、孟玉樓、潘金蓮四頂轎子，都往北邊與他燒紙弔孝。琴童兒、棋童兒、來爵兒、來安兒四個都跟轎子，不在家。西門慶在對過緞舖子書房內，看著毛襖匠與月娘做貂鼠圍脖。先攢出一個圍脖兒，使玳安送與院中鄭月兒去，封了十兩銀子與他過節。鄭家管待酒饌，與了他三錢銀子。玳安走來，回西門慶話，說：「月姨多上覆：多謝了，前日空過了爹來。與了小的三錢銀子。」西門慶道：「你收了罷。」因問他：「賁四不在家，你頭裡從他屋裡出來，做什麼？」玳安道：「賁四娘子從他女孩兒嫁了，沒人使，常央及小的們替他買買什麼兒。」西門慶道：「他既沒人使，你們替他勤勤兒也罷。」又悄悄向玳安道：「你慢慢和他說：如此這般，爹要來看你看兒，你心下如何？看他怎的說。他若肯了，你問他討個汗巾兒來與我。」玳安道：「小的知道了。」領了西門慶言語，應諾下去。

西門慶就走到家中來。只見王經向顧銀舖內取了金赤虎並四對金頭銀簪兒，交與西門慶。西門慶留下兩對在書房內，餘者袖進李瓶兒房內，與了如意兒那赤虎，又是一對簪兒。把那一對簪兒就與了迎春。二人接了，連忙磕頭。西門慶就令迎春取飯去。須臾，拿飯來吃了，出來又到書房內坐下。只見玳安慢慢走到跟前，見王經在旁，不言語。西門慶使王經後邊取茶去，那玳安方說：「小的將爹言語對他說了，他笑了，約會晚上些伺候，等爹進去。叫小的拿了這汗巾兒來。」西門慶見紅綿紙兒包著一方紅綾織錦迴紋汗巾兒，聞了聞，噴鼻香，滿心歡喜，連忙袖了。只見王經拿茶來，吃了。又走過對門，看匠人做生活去。

忽報花大舅來了，西門慶道：「請過來這邊坐。」花子由走到書房暖閣兒裡，作揖坐下，致謝外日相擾。序話間，書童兒拿過茶來吃了。花子由道：「門外一個客人，有五百包無錫米，凍了河，緊等要賣了回家去。我想著姐夫倒好買下，等價錢。」西門慶道：「我平白要他做什麼？

凍河還沒人要，到開河船來了，越發價錢跌了。如今家中也沒銀子。」即吩咐玳安：「收拾放桌兒。家中說，看菜兒來。」一面使畫童兒：「請你應二爹來，陪你花爹坐。」不一時，伯爵來到。三人共在一處圍爐飲酒，又叫烙了兩炷餅吃。良久，只見吳道官徒弟應春送節禮疏誥來。西門慶請來同坐吃酒，就攬李瓶兒百日經，與他銀子去。吃至日落時分，花子由和應春二人先起身去了。次後甘夥計收了鋪子，又請來坐，與伯爵擲骰猜枚談話，不覺到掌燈已後。吳月娘眾人轎子到了，來安走來回話。

伯爵道：「嫂子們今日都往哪裡去來？」西門慶道：「楊姑娘沒了，今日三日念經，我這裡備了張祭桌，又封了香儀兒，都去弔問弔問。」伯爵道：「他老人家也高壽了。」西門慶道：「敢也有七十五六。男花女花都沒有，只靠姪兒那裡養活。材兒也是我替他備下這幾年了。」伯爵道：「好，好，老人家有了黃金入櫃，就是一場事了！哥的大陰騭！」說畢，酒過數巡，伯爵與甘夥計作辭去了。西門慶就起身走過來，吩咐後生王顯：「仔細火燭。」王顯道：「小的知道。」看著把門關上了。

這西門慶見沒人，兩三步就走入賁四家來。只見賁四娘子兒在門首獨自站立已久，見對門關得門響，西門慶從黑影中走至跟前，這婦人連忙封門一開，西門慶鑽入裡面。婦人還扯上封門，說道：「爹請裡邊紙門內坐罷。」原來裡間槅扇廂著後半間，紙門內又有個小炕兒，籠著旺旺的火，桌上點著燈。兩邊護炕糊得雪白。婦人勒著翠藍銷金箍兒，上穿紫紬襖，青綃絲披襖，玉色綃裙子，向前與西門慶道了萬福，連忙遞了一盞茶與西門慶吃。因悄悄說：「只怕隔壁韓嫂兒知道。」西門慶道：「不妨事。黑影子裡他哪裡曉得？」於是不由分說，把婦人摟到懷中就親嘴。拉過枕頭來，解衣按在炕沿子上，扛起腿來就聳。那話上已束著托子，剛插入牝中，才拽了幾拽，婦人下邊淫水直流，把一條藍布褲子都濕了。西門慶拽出那話來，向順袋內取出包兒顫聲嬌來，蘸了些在龜頭上，攮進去，方才澀住淫津，肆行抽拽。婦人雙手扳著西門慶肩膊，兩相迎湊，在下颼聲顫語，呻吟不絕。

這西門慶乘著酒興，架其兩腿在肐膊上，只顧沒稜露腦，銳進長驅，肆行搧磞，何只二三百度。須臾，弄得婦人雲鬢鬅鬆，舌尖冰冷，口不能言。西門慶則氣喘吁吁，靈龜暢美，一泄如注。良久，拽出那話來，淫水隨也，用帕抹之。兩個整衣繫帶，復理殘妝。西門慶向袖中掏出五六兩一包碎銀子，又是兩對金頭簪兒，遞與婦人，節間買花翠帶。婦人拜謝了，悄悄打發出來。那邊玳安在舖子裡，專心只聽這邊門環兒響，便開大門放西門慶進來，自知更無一人曉得。後次朝來暮往，也入港一二次。正是：

若要人不知，除非己莫為。

不想被韓嫂兒冷眼瞍見，傳得後邊金蓮知道了。這金蓮亦不說破他。一日，臘月十五日，喬大戶家請吃酒。西門慶會同應伯爵、吳大舅一齊起身。那日有許多親朋看戲飲酒，至二更方散。第二日，每家一張桌面，俱不必細說。

單表崔本治了二千兩湖州紬絹貨物，臘月初旬起身，雇船裝載，趕至臨清碼頭。教後生榮海看守貨物，便顧頭口來家取車稅銀兩。到門首下頭口，琴童道：「崔大哥來了，請廳上坐。爹在對門房子裡，等我請去。」一面走到對門，不見西門慶，因問平安兒。平安兒道：「爹敢進後邊去了。」這琴童兒走到上房，問月娘。月娘道：「見鬼的，你爹從早晨出去，再幾時進來？」又到各房裡並花園、書房都瞧遍了，沒有。琴童在大門首揚聲道：「省恐殺人，不知爹往哪裡去了，白尋不著！大白日裡把爹來不見了。崔大哥來了這一日，只顧教他坐著。」那玳安分明知道，只是不做聲。不想西門慶忽從前邊進來，把眾人諕了一驚。原來西門慶在賁四屋裡入港，才出來。

那平安打發西門慶進去了，望著琴童兒吐舌頭，都替他捏兩把汗，道：「管情崔大哥去了，有幾下子打！」不想西門慶走到廳上，崔本見了，磕頭畢，交了書帳，說：「船到馬頭，少車稅銀兩。我從臘月初一日起身，在揚州與他兩個分路。他們往杭州去了，俺們都到苗青家住了兩日。」因說：「苗青替老爹使了十兩銀子，擡了揚州衛一個千戶家女子，十六歲了，名喚楚雲。說不盡生得花如臉，玉如肌，星如眼，月如眉，腰如柳，襪如鉤，兩隻腳兒恰剛三寸，端的有沉魚落雁之容，閉月羞花之貌。腹中有三千小曲，八百大曲。苗青如今還養在家，替他打妝奩，治衣服。待開春，韓夥計、保官兒船上帶來，伏侍老爹，消愁解悶。」西門慶聽了，滿心歡喜，說道：「你船上捎了來也罷，又費煩他治甚衣服，打甚妝奩？愁我家沒有？」於是恨不得騰雲展翅，飛上揚州，搬取嬌姿，賞心樂事。正是：

鹿分鄭相應難辨，蝶化莊周未可知。

有詩為證：

聞道揚州一楚雲，偶憑青鳥語來真。
不知好物都離隔，試把梅花問主人。

西門慶陪崔本吃了飯，兌了五十兩銀子做車稅錢，又寫書與錢主事，煩他青目。崔本言訖，作辭往喬大戶家回話去了。平安見西門慶不尋琴童兒，都說：「我兒，你不知有多少造化。爹今日不知有甚事喜歡，若不是，綁著鬼有幾下打！」琴童笑道：「只你知爹性兒！」

比及起了貨來獅子街卸下，就是下旬時分。西門慶正在家打發送節禮，忽見荊都監差人拿帖兒來問：「宋大巡題本已上京數日，未知旨意下來不曾？伏惟老翁差人察院衙門一打聽為妙。」西門慶即差答應節級拿了五錢銀子，往巡按公衙打聽。果然昨日東京邸報下來，寫抄得一紙全報來與西門慶觀看。上面寫著：

山東巡按監察御史宋喬年一本，循例舉劾地方文武官員，以勵人心，以隆聖治事：竊惟吏以撫民，武以禦亂，所以保障地方以司民命者也。苟非其人，則處置乖方，民受其害，國何賴焉！臣奉命按臨山東等處，吏政民瘼，監司守禦，無不留心咨訪。復命按撫大臣詳加鑒別各官賢否，頗得其實。茲當差滿之期，敢不一一陳之！訪得山東左布政陳四箴，操履忠貞，臨民有方；廉使趙訥，綱紀肅清，士民服習；提學副使陳正彙，操砥礪之行，嚴督率之條；兵備副使雷啟元，軍民咸服其恩威，僚幕悉推其練達；濟南府知府張叔夜，經濟可觀，才堪司牧；東平府知府胡師文，居任清慎，視民如傷。此數臣都，皆當薦獎而優擢者也。又訪得左參議馮廷鵠，傴僂之形，桑榆之景，形若木偶，尚肆貪婪；東昌府知府徐松，縱父妾而通賄，毀謗騰於公堂，慕羨餘而誅求，詈言遍聞閭里。此二臣者，所當亟賜罷斥者也。再訪得左軍院僉書守備周秀，器宇恢弘，操持老練，軍心允服，賊盜潛消；濟州兵馬都監荊忠，年力精強，才猶練達，冠武科而稱儒將，勝算可以臨戎，號令而極其嚴明，長策卒能禦侮。此二臣者，所當亟賜遷擢者也。清河縣千戶吳鎧，以練達之才，得衛守之法。驅兵以擣中堅，靡攻不克；儲食以資糧餉，無人不飽。推心置腹，人思果命。實一方之保障，為國家之屏藩。宜特加超擢，鼓舞臣寮。陛下如以臣言可採，舉而行之，庶幾官爵不濫而人思奮守，故得人而聖治有賴矣。等因。

奉欽依：該部知道。續該吏兵二部題前事：看得御史宋喬年所奏內，劾舉地方文武官員，無非體國之忠，出於公論，詢訪得實，以裨聖治之事。伏乞聖明俯賜施行，天下幸甚，生民幸甚。奉欽依：擬行。

西門慶一見，滿心歡喜。拿著邸報走到後邊，對月娘說：「宋道長本下來了。已是保舉你哥陞指揮僉事，現任管屯。周守備與荊大人都有獎勵，轉副參、統制之任。如今快使小廝請他來，對他說聲。」月娘道：「你使人請去，我交丫鬟看下酒菜兒。我愁他這一上任，也要銀子使。」

西門慶道：「不打緊，我借與他幾兩銀子也罷了。」不一時，請得吳大舅到了。西門慶送那題奏旨意與他瞧，吳大舅連忙拜謝西門慶與月娘，說道：「多累姐夫、姐姐扶持，恩當重報，不敢有忘！」西門慶道：「大舅，你若上任擺酒沒銀子，我這裡兌些去使。」那大舅又作揖謝了。於是就在月娘房中，安排上酒來，吃酒。月娘也在旁邊陪坐。西門慶即令陳敬濟把全抄寫了一本，與大舅拿著。即差玳安拿帖送邸報往荊都監、周守禦兩家報喜去。正是：

勸君不費鐫研石，路上行人口似碑。

第七十八回　林太太鴛幃再戰　如意兒莖露獨嘗

詞曰：：：

鳳髻金泥帶，龍紋玉掌梳。去來窗下笑來扶，愛道畫眉深淺入時無？　弄筆偎人久，描花試手初。等閒含笑問狂夫，笑問歡情不減舊時麼？

話說西門慶陪大舅飲酒，至晚回家。到次日，荊都監早晨騎馬來拜謝，說道：「昨日見旨意下來，下官不勝欣喜，足見老翁愛厚，費心之至，實為啣結難忘。」說畢，茶湯兩換，荊都監起身。因問：「雲大人到幾時請俺們吃酒？」西門慶道：「近節這兩日也是請不成，直到正月間罷了。」送至大門，上馬而去。西門慶辛了一口鮮豬，兩罈浙江酒，一匹大紅絨金豸圓領，一匹黑青妝花紵絲圓領，一百果餡金餅，謝宋御史。就差春鴻拿帖兒送到察院去。門吏人報進去，宋御史喚至後廳火房內，賞茶吃。等寫了回帖，又賞了春鴻三錢銀子，來見西門慶。拆開觀看，上寫著：

侍生宋喬年拜大錦衣西門先生大人門下。

兩次造擾華府，悚愧殊甚。今又辱承厚貺，何以克當？外令親荊子事，已具本矣，想已知悉。連日渴仰豐標，容當面悉。使旋謹謝。

宋御史隨即差人，送了一百本曆日、四萬紙、一口豬來回禮。一日，上司行下文書來，令吳大舅本衛到任管事。西門慶拜去，就與吳大舅三十兩銀子、四

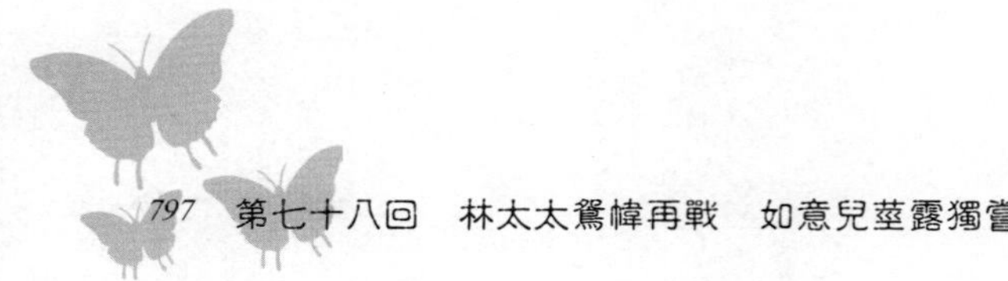

匹京緞，教他上下使用。到二十四日，封了印來家，又備洋酒花紅軸文，邀請親朋，等吳大舅從衛中上任回來，迎接到家，擺大酒席與他作賀。又是何千戶東京家眷到了，西門慶寫月娘名字送茶過去。到二十六日，玉皇廟吳道官十二個道眾，在家與李瓶兒念百日經，整做法事，大吹大打。各親朋都來送茶，請吃齋供，至晚方散。俱不在言表。

至廿七日，西門慶打發各家送禮，應伯爵、謝希大、常峙節、傅夥計、甘夥計、韓道國、賁第傳崔本，每家半口豬、半腔羊、一罈酒、一包米、一兩銀子；院中李桂姐、吳銀兒、鄭愛月兒，每人一套衣服、三兩銀子。吳月娘又與菴裡薛姑子打齋，令來安兒送香油米麵銀錢去，不在言表。

看看到年除之日，窗梅表月，簷雪滾風，竹爆千門萬戶，家家帖春勝，處處掛桃符。西門慶燒了紙，又到於李瓶兒房，靈前祭奠。祭畢，置酒於後堂，闔家大小歡樂。手下家人小廝並丫頭、媳婦、都來磕頭。西門慶與吳月娘，俱有手帕、汗巾、銀錢賞賜。

到次日，重和元年新正月元旦，西門慶早起冠冕，穿大紅，天地上燒了紙，吃了點心，備馬就拜巡按賀節去了。月娘與眾婦人早起來，施朱傅粉，插花插翠，錦裙綉襖，羅襪弓鞋，妝點妖嬈，打扮可喜，都來月娘房裡行禮。那平安兒與該日節級，在門首接拜帖，上門簿，答應往來官長士夫。玳安與王經穿著新衣裳，新靴新帽，在門首踢毽子，放炮煒，磕瓜子兒。眾夥計主管伺候見節者，不計其數，都是陳敬濟一人管待。約晌午，西門慶往府縣拜了人回來，剛下馬，招宣府王三官兒衣巾著來拜。到廳上拜了西門慶四雙八拜，然後請吳月娘見。西門慶請到後邊，與月娘見了，出來前廳留坐。才拿起酒來吃了一盞，只見何千戶來拜。西門慶就教陳敬濟管待陪王三官兒，他便往捲棚內陪何千戶坐去了。王三官吃了一回，告辭起身。陳敬濟送出大門，上馬而去。落後又是荊都監、雲指揮、喬大戶，皆絡繹而至。

西門慶待了一日人，已酒帶半酣，至晚打發人去了。回到上房，歇了一夜。到次早，又出去賀節，至晚歸來，家中已有韓姨夫、應伯爵、謝希大、常峙節、花子由來拜。陳敬濟陪在廳上坐的。西門慶到了，見畢禮，重新擺上酒來飲酒。韓姨夫與花子由隔門，先去了。剩下伯爵、希大、常峙節、坐個定光油兒不去。又撞見吳二舅來了，見了禮，又往後邊拜見月娘，出來一處坐的。直吃到掌燈已後方散。

西門慶已吃得酩酊大醉，送出伯爵等到門首，眾人去了。西門慶見玳安在旁站立，捏了一把手。玳安就知其意，說道：「他屋裡沒人。」這西門慶就撞入賁四嫂房內。老婆早已在門裡迎接進去，兩個也無閒話，走到裡間，脫衣解帶就幹起來。原來老婆好併著腿幹，兩隻手搧著，只教西門慶攮他心子。那浪水熱熱一陣流出來，把床褥皆濕。西門慶龜頭蘸了藥，攮進去，兩手扳著腰，只顧揉搓。麈柄盡入至根，不容毫髮。婦人瞪目，口中只叫親爺。那西門慶問他：「你小名叫什麼？說與我。」老婆道：「奴娘家姓葉，排行五姐。」西門慶口中喃喃吶吶，就叫葉五兒不絕。

那老婆原是奶子出身，與賁四私通，被拐出來，占為妻子，今年三十二歲，什麼事兒不知道！口裡如流水連叫親爺不絕。情濃一泄如注。西門慶扯出麈柄要抹，婦人攔住：「休抹，等淫婦下去替你吮淨了罷。」西門慶滿心歡喜。婦人真個蹲下身去，雙手捧定那話，吮咂得乾乾淨淨，才繫上褲子。因問西門慶：「他怎的去恁些時不來？」西門慶道：「我這裡也盼他哩。只怕京中你夏老爹留住他使。」又與了老婆二三兩銀子盤纏，因說：「我待與你一套衣服，恐賁四知道不好意思，不如與你些銀子兒，你自家治買罷。」開門送出來，玳安又早在舖子裡掩門等候。西門慶便往後邊去了。

看官聽說：自古上梁不正則下梁歪，原來賁四老婆先與玳安有姦，這玳安剛打發西門慶進去了，因傅夥計又沒在舖子裡上宿，他與平安兒打了兩大壺酒，就在老婆屋裡吃到有二更時分，平安在舖子裡歇了，他就和老婆在屋裡睡了一宿。有這等的事！正是：

滿眼風流滿眼迷，殘花何事濫如泥？

拾琴暫息商陵操，惹得山禽遶樹啼。

道，也似韓夥計娘子，一時被你娘們說上幾句，羞人答答的，怎好相見？」玳安道：「如今家中，除了俺大娘和五娘不言語，別的不打緊。俺大娘倒也罷了，只是五娘快出尖兒。你依我，節間買些什麼兒，進去孝順俺大娘。別的不稀罕，他平昔好吃蒸酥，你買一錢銀子果餡蒸酥，一盒好大壯瓜子送進去。這初九日是俺五娘生日，你再送些禮去，梯己再送一盒瓜子與俺五娘，管情就掩住許多口嘴。」這賁四老婆真個依著玳安之言，第二日趕西門慶不在家，玳安就替他買了盒子，掇進月娘房中。月娘便道：「是哪裡的？」玳安道：「是賁四嫂送與娘吃的。」月娘道：「他男子漢又不在家，哪討個錢來？又教他費心。」連忙收了，又回出一盒饅頭、一盒果子，說：「上覆他，多謝了。」

那日西門慶拜人回家，早又玉皇廟吳道官來拜，在廳上留坐吃酒。剛打發吳道官去了，西門慶脫了衣服，使玳安：「你騎了馬，問聲文嫂兒去：俺爹今日要來拜拜太太。看他怎的說。」玳安道：「爹不消去。頭裡文嫂兒騎著驢子打門首過去了。他說明日初四，王三官兒起身往東京，與六黃公公磕頭去了。太太說，教爺初六日過去見節，他那裡伺候。」西門慶便道：「他真個這等說來？」玳安道：「莫不小的敢說謊！」這西門慶就入後邊去了。

剛到上房坐下，忽來安兒來報：「大舅來了。」只見吳大舅冠冕著，束著金帶，進入後堂。先拜西門慶，說道：「我吳鎧多蒙姐夫擡舉看顧，又破費姐夫，多謝厚禮。日昨姐夫下降，我又不在家，失迎。今日敬來與姐夫磕個頭兒，恕我遲慢之罪。」說著，磕下頭去。西門慶慌忙頂頭相還，說道：「大舅恭喜，至親何必計較。」拜畢，月娘出來與他哥磕頭。慌得大舅忙還半禮，說道：「姐姐，兩禮兒罷。哥哥嫂嫂不識好歹，常來擾害你兩口兒。你哥老了，看顧看顧罷。」月娘道：「一時有不到處，望哥耽待便了。」吳大舅道：「姐姐沒得說，累你兩口兒還少哩！」拜畢，西門慶留吳大舅坐，說道：「這咱晚了，料大舅也不拜人了，寬了衣裳，咱房裡坐罷。」

不想孟玉樓與潘金蓮兩個都在屋裡，聽見嚷吳大舅進來，連忙走出來，與大舅磕頭。磕了頭，逕往各人房裡去了。西門慶讓大舅房內坐的，騎火盆安放桌兒，擺上菜兒來。小玉、玉簫都來與大舅磕頭。月娘用小金鑲鍾兒斟酒，遞與大舅，西門慶主位相陪。吳大舅讓道：「姐姐，你也來坐的。」月娘道：「我就來。」又往裡間房內拿出數樣配酒的果菜來。

飲酒之間，西門慶便問：「大舅的公事都停當了？」吳大舅道：「蒙姐夫擡舉，衛中任便到了，上下人事倒也都周給的七八。只有屯所裡未曾去到到任。明日是個好日期，衛中開了印來家，整理些盒子，須得擡到屯所裡到任，行牌拘將那屯頭來參見，吩咐吩咐。前官丁大人壞了事情，已被巡撫侯爺參劾去了。如今我接管承行，須要振刷在冊花戶，警勵屯頭，務要把這舊管新增開報明白，到明日秋糧夏稅，才好下屯徵收。」西門慶道：「通共約有多少屯田？」吳大舅道：「太祖舊例，為養兵省轉輪之勞，才立下這屯田。那時只是上納秋糧，後吃宰相王安石立青苗法，增上這夏稅。而今這濟州管內，除了拋荒、葦場、港隘，通共二萬七千頃屯地，每頃秋稅夏稅只徵收一兩八錢，不上五百兩銀子。到年終總傾銷了，往東平府交納，轉行招商，以備軍糧馬草作用。」

西門慶又問：「還有羨餘之利？」吳大舅道：「雖故還有些拋零人戶不在冊者，鄉民頑猾，若十分徵緊了，等稱斛斗重，恐聲口致起公論。」西門慶道：「若是多寡有些兒也罷，難道說全徵？」吳大舅道：「不瞞姐夫說：若會管此屯，見一年也有百十兩銀子。到年終，人戶們還有些雞鵝豚米相送，那個是各人取覓，不在數內的。只是多賴姐夫力量扶持。」西門慶道：「得夠你老人家攬給，也盡我一點之心。」說了回，月娘也走來旁邊陪坐。三人飲酒到掌燈已後，吳大舅才起身去了。西門慶就在金蓮房中歇了一夜。到次日早往衛門中開印，陞廳畫卯，發放公事。先是雲理守家發帖兒，初五日請西門慶並合衛官員吃慶官酒。次日，何千戶娘子藍氏下帖兒，初六日請月娘姊妹相會。

且說那日西門慶同應伯爵、吳大舅三人起身，到雲理守家。原來旁邊又典了人家一所房子，三間客位內擺酒，叫了一起吹打鼓樂迎接，都有桌面，吃至晚夕來家。巴不到次日，月娘往何千戶家吃酒去了。西門慶打選衣帽齊整，騎馬帶眼紗，玳安、琴童跟隨，午後時分，逕來王招宣府中拜節。王三官兒不在，送進帖兒去。文嫂兒又早在那裡接了帖兒，連忙報與林太太說，出來，請老爺後邊坐。轉過大廳，到於後邊，掀起明簾，只見裡邊氍毹匝地，簾幕垂紅。少傾，林氏穿著大紅通袖袍兒，珠翠盈頭，與西門慶見畢禮數，留坐待茶。吩咐：「大官，把馬牽於後槽餵著。」茶罷，讓西門慶寬衣房內坐，說道：「小兒從初四日往東京與他叔岳父六黃太尉磕頭去了，只過了元宵才來。」西門慶一面喚玳安脫去上蓋，裡邊穿著白綾襖子，天青飛魚氅衣，十分綽耀。婦人房裡安放桌席。須臾，丫鬟拿酒菜上來，杯盤羅列，餚饌堆盈，酒泛金波，茶烹玉蕋。婦人玉手傳杯，秋波送意，猜枚擲骰，笑語烘春。話良久，意洽情濃；飲多時，目邪心蕩。看看日落黃昏，又早高燒銀燭。玳安、琴童自有文嫂兒管待。三官兒娘子另是一所屋裡居住，自有丫鬟養娘伏侍，等閒不過這邊來。婦人又倒扣角門，僮僕誰敢擅入！

酒酣之際，兩個共入裡間房內，掀開綉帳，關上窗戶，輕剔銀紅，忙掩朱戶。男子則解衣就寢，婦人即洗牝上床。枕設寶花，被翻紅浪。原來西門慶帶了淫器包兒來，安心要鏖戰這婆娘，早把胡僧藥用酒吃在腹中，那話上使著雙托子，在被窩中架起婦人兩股，縱麈柄入牝中。舉腰展力，一陣掀騰鼓搗，連聲響亮。婦人在下，沒口叫達達如流水。正是：

招海旌幢秋色裡，擊天鼙鼓月明中。

但見：

迷魂陣擺，攝魄旗開。迷魂陣上閃出一員灑金剛，色魔王能爭慣戰；攝魂旗下擁一個粉骷髏，花狐狸百媚千嬌。這陣上撲鼕鼕，鼓震春雷；那陣上鬧挨挨，麝蘭靉靆。這陣上復溶溶，被翻紅浪精神健；那陣上刷剌剌，帳控銀鈎情意乖。這一個急展展，二十四解任徘徊；那一個忽剌剌，一十八滾難掙扎。鬥良久，汗浸浸釵橫髮亂；戰多時，喘吁呈枕側衾歪。頃刻間腫眉𦣛眼，霎時下肉綻皮開。

正是：

幾番鏖戰貪淫婦，不是今番這一遭。

當下西門慶就在這婆娘心口與陰戶燒了兩炷香，許下明日家中擺酒，使人請他同三官兒娘子去看燈耍子。這婦人一段身心已被他拴縛定了，於是滿口應承都去。西門慶滿心歡喜，起來與他留連痛飲。至二更時分，把馬從後門牽出，作別回家。正是：

盡日思君倚畫樓，相逢不捨又頻留。
劉郎莫謂桃花老，浪把輕紅逐水流。

西門慶到家，有平安攔門稟說：「今日有薛公公家差人送請帖兒，請爹早往門外皇莊看春。又是雲二叔家送了五個帖兒，請五位娘吃節酒。」西門慶聽了，進入月娘房來。只見孟玉樓、潘金蓮都在房內坐的。月娘從何千戶家赴了席來家，正坐著說話，見西門慶進來，連忙道了萬福。因問：「你今日往哪裡，這咱才來？」西門慶沒得說，只說：「我在應二哥家留坐。」月娘便說起今日何千戶家酒席上事：「原來何千戶娘子年還小哩，今年才十八歲，生得燈上人兒也似，一表人物，好標緻，知今博古。見我去，恰似會了幾遍，好不喜洽。嫁了何大人二年光景，房裡倒使著四個丫頭、兩個養娘、兩房家人媳婦。」西門慶道：「他是內府生活所藍太監姪女兒，嫁與他，陪了好少錢兒！」月娘道：「明日雲夥計家又請俺們吃節酒，送了五個帖兒來，端的去不去？」西門慶說：「他既請你們，都去走走罷。」

月娘道：「留雪姐在家罷，只怕大節下一時有個人客闖將來，他們沒處搊撓。」西門慶道：「也罷，留雪姐在家裡，你們四個去罷。明日薛太監請我看春，我也懶待去。這兩日春氣發也怎的，只害這腰腿疼。」月娘道：「你腰腿疼，只怕是痰火，問任醫官討兩服藥吃不是，只顧捱著怎的？」西門慶道：「不妨事，由他，一發過了這兩日吃，心淨些。」因和月娘計較：「到明日燈節，咱少不得置席酒兒，請請何大人娘子。連周守備娘子、荊南崗娘子、張親家母、雲二哥娘子，連王三官兒母親和大妗子、崔親家母，這幾位都會會。也只在十二三掛起燈來，還叫王皇親家那起小廝扮戲，耍一日。去年還有賁四在家紮幾架煙火放，今年他東京去了，只顧不見來，卻教誰人看著紮？」

那金蓮在旁插口道：「賁四去了，他娘子兒紮也是一般！」這西門慶就瞅了金蓮道：「這個小淫婦兒，三句話就說下道兒去了！」那月娘、玉樓也不睬顧，就罷了。因說道：「那王三官兒娘，咱們與他沒會過，人生面不熟，怎麼好請他？只怕他也不肯來。」西門慶道：「他既認我做親，咱送個帖兒與他。來不來，隨他就是了。」月娘又道：「我明日不往雲家去罷，懷著個臨月身子，只管往人家撞來撞去的，教人家唇齒。」玉樓道：「怕怎的？你身子懷的又不顯，怕還不是這個月的孩子，不妨事。大節下自恁散心，去走走兒才好。」說畢，西門慶吃了茶，就往後邊孫雪娥房裡去了。那潘金蓮見他往雪娥房中去，叫了大姐，也就往前邊去了。西門慶到於雪娥房中，教他打腿捏身上，捏了半夜。

一宿晚景提過。到次日早晨，只見應伯爵走來，對西門慶說：「昨日雲二嫂送了個帖兒，今日請房下陪眾嫂子坐。家中舊時有幾件衣服兒，都倒塌了，大正月不穿件好衣服，惹得人家笑話！敢來上覆嫂子，有上蓋衣服，借與兩套兒，頭面簪環，借與幾件兒，教他穿戴了去。」西門慶令王經：「你裡邊對你大娘說去。」伯爵道：「應寶在外邊拿著氈包並盒兒裡。哥哥，累你拿進去，就包出來罷。」那王經接氈包進去，良久抱出來，交與應寶，說道：「裡面兩套上色緞子織金衣服，大小五件頭面，一雙環兒。」應寶接的去了。西門慶陪伯爵吃茶，說道：「今日薛內相又請我門外看春，怎麼得工夫去？吳親家廟裡又送帖兒，初九日年例打醮，也是去不成，教小婿去罷了。這兩日不知酒多了也怎的，只害腰疼，懶待動彈！」伯爵道：「哥，你還是酒之過，濕痰流注在這下部，也還該忌忌！」西門慶道：「這節間到人家，誰肯輕放了你，怎麼忌得住？」

正說著，只見玳安拿進盒兒來，說道：「何老爹家差人送請帖兒來，初九日請吃節酒。」西門慶道：「早是你看著，人家來請，你怎不去？」於是看盒兒內放著三個請帖兒：一個雙紅簽兒，寫著「大寅丈四泉翁老生先大人」，一個寫「大都閫吳老生先大人」，一個寫著「大鄉望應老先生大人」，俱是「侍教生何永壽頓首拜」。玳安說：「他說不認得，都咱這裡轉送送兒去。」伯爵一見便說：「這個卻怎樣兒的？我還沒送禮兒去與他，怎好去？」西門慶道：「我這裡替你封上分帕禮兒，你差應寶早送去就是了。」一面令王經：「你封二錢銀子，一方手帕，寫你應二爹名字，與你應二爹。」因說：「你把這請帖兒袖了去，省得我又教人送。」只把吳大舅的差來安兒送去了。須臾，王經封了帕禮，遞與伯爵。伯爵打恭說道：「又多謝哥，我後日早來會你，咱一同起身。」說畢，作辭去了。午間，吳月娘等打扮停當，一頂大轎，三頂小轎，後面又帶著來爵媳婦兒惠元收疊衣服，一頂小轎兒，四名排軍喝道，琴童、春鴻、棋童、來安四個跟隨，往雲指揮家來吃酒。正是：

翠眉雲鬢畫中人，嫋娜宮腰迥出塵。
天上嫦娥元有種，嬌羞釀出十分春。

不說月娘眾人吃酒去了。且說西門慶吩咐大門上平安兒：「隨問什麼人，只說我不在。有帖兒，接了就是了。」那平安經過一遭，哪裡再敢離了左右，只在門首坐的。但有人客來望，只回不在家。西門慶因害腿疼，猛然想起任醫官與他延壽丹，用人乳吃，於是來到李瓶兒房中，叫如

意兒擠乳。那如意兒節間打扮著，連忙擠乳，打發吃了藥。西門慶就圍爐坐的，叫迎春拿菜兒篩酒來吃。迎春打發了，就走過隔壁，和春梅下棋去了。要茶要水，自有如意兒打發。

西門慶見丫鬟不在屋裡，就在炕上斜靠著，扯開褲子，露出那話來，叫他用口吮咂。一面斟酒自飲，因呼道：「章四兒，我的兒，你用心替達達咂，我到明日尋出件好妝花緞子比甲兒來，你正月十二日穿。」老婆道：「看爹可憐見。」咂弄夠一頓飯時，西門慶道：「我兒，我心裡要在你身上燒炷香兒。」老婆道：「隨爹揀著燒。」西門慶令他關上房門，把裙褲脫了，仰臥在炕上。西門慶袖內還有燒林氏剩下的三個燒酒浸的香馬兒，撇去他抹胸兒，一個坐在他心口內，一個坐在他小肚兒底下，一個安在他毯蓋子上，用安息香一齊點著。那話下邊便插進牝中，低著頭看著拽，只顧沒稜露腦往來送進不已。又取過鏡臺來，旁邊照看。須臾，那香燒到肉根前。婦人蹙眉齧齒，忍其疼痛，口裡顫聲柔語，哼成一塊，沒口子叫：「達達爹爹，罷了我了，好難忍也！」西門慶便叫道：「章四兒淫婦，你是誰你老婆？」婦人道：「我是爹的老婆。」西門慶教與他：「你說是熊旺的老婆，今日屬了我的親達達了。」那婦人回應道：「淫婦原是熊旺的老婆，今日屬了我的親達達了。」西門慶又問道：「我會合不會？」婦人道：「達達會合毯。」

兩個淫聲艷語，無般言語不說出來。西門慶那話粗大，撐得婦人牝戶滿滿，往來出入，帶得花心紅如鸚鵡舌，黑似蝙蝠翅，翻覆可愛。西門慶於是把他兩股扳抱在懷內，四體交匝，兩相迎湊。那話盡沒至根，不容毫髮。婦人瞪目失聲，淫水流下。西門慶情濃樂極，精迸如湧泉。正是：

　　不知已透春消息，但覺形骸骨節鎔。

西門慶燒了老婆身上三處香，開門尋了一件玄色緞子妝花比甲兒與他。

至晚，月娘眾人來家，對西門慶說：「原來雲二嫂也懷著個大身子，俺兩個今日酒席上都遞了酒，說過，到明日兩家若分娩了，若是一男一女，兩家結親做親家；若都是男子，同堂攻書；

若是女兒，拜做姐妹，一處做針黹，來往親戚耍子。應二嫂做保證。」西門慶聽得笑了。

言休饒舌，到第二日，卻是潘金蓮上壽。西門慶早起往衙門中去了，吩咐小廝每擡出燈來，收拾揩抹乾淨，各處張掛。叫來興買鮮果，叫小優晚夕上壽。潘金蓮早晨打扮出來，花妝粉抹，翠袖朱唇，走來大廳上。看見玳安與琴童站在高凳上掛燈，因笑嘻嘻說道：「我道是誰在這裡，原來是你們掛燈哩。」琴童道：「今日是五娘上壽，爹吩咐叫俺們掛了燈，明日娘生日好擺酒。晚夕小的們與娘磕頭，娘一定賞俺們哩。」婦人道：「要打便有，要賞可沒有！」琴童道：「耶嚛，娘怎的沒打不說話，行動只把打放在頭裡！小的們是娘的兒女，娘看顧看顧兒便好，如何只說打起來？」婦人道：「賊囚，別要說嘴！你好生仔細掛那燈，沒的例兒搊兒的拿不牢，吊將下來。前日年裡，為崔本來，為說你爹大白日裡不見了，險了險赦了一頓打沒曾打，這遭兒可打得成了。」琴童道：「娘只說破話，小的命兒薄薄的，又諕小的！」

玳安道：「娘也會打聽，這個話兒娘怎得知？」婦人道：「宮外有株松，宮內有口鐘。鐘的聲兒，樹的影兒，我怎麼有個不知道的？昨日可是你爹對你大娘說，去年有賁四在家，還紮了幾架煙火放，今年他不在家，就沒人會紮。吃我說了兩句，他不在家，左右有他老婆會紮，教他紮不是！」玳安道：「娘說的什麼話，一個夥計家，哪裡有此事！」婦人道：「什麼話？檀木靶！有此事，真個的。畫一道兒，只怕合過界兒去了！」琴童道：「娘也休聽人說，只怕賁四來家知道。」婦人道：「可不瞞那傻忘八哩！我只說那忘八也是明忘八，怪不得他往東京去得放心，丟下老婆在家，料莫他也不肯把毬閒著。賊囚根子們，別要說嘴，打夥兒替你爹做牽頭，勾引上了道兒，你們好圖躧狗尾兒。說的是也不是？敢說我知道！嗔道賊淫婦買禮來。與我也罷了，又送蒸酥與他大娘，另外又送了一大盒瓜子兒與我，要買住我的嘴頭子。他是會養漢兒。我就猜沒別人，就知道是玳安兒這賊囚根子替他舖謀定計。」

玳安道：「娘屈殺小的！小的平白管他這勾當怎的？小的等閒也不往他屋裡去。娘也少聽韓回子老婆說話，他兩個為孩子好不嚷亂。常言：要好不能夠，要歹登時就。房倒壓不殺人，舌頭倒壓殺人。聽者有，不聽者無。論起來，賁四娘子為人和氣，在咱門首住著，家中大小沒曾惡識了一個人，誰人不在他屋裡討茶吃？莫不都養著？倒沒放處。」金蓮道：「我見那水眼淫婦，矮著個靶子，像個半頭磚兒也是的，把那水濟濟眼擠著，七八拿杓兒舀，好個怪淫婦！他和那韓道國老婆，那長大摔瓜淫婦，我不知怎的，掐了眼兒不待見他！」

正說著，只見小玉走來說：「俺娘請五娘，潘姥姥來了，要轎子錢哩。」金蓮道：「我在這裡站著，他從多咱進去了？」琴童道：「姥姥打夾道裡進去的。坐來的轎子，該他六分銀子。」金蓮道：「我哪得銀子？來人家來，怎不帶轎子錢兒？走！」一面走到後邊，見了他娘，只顧不與他轎子錢，只說沒有。月娘道：「你與姥姥一錢銀子，寫帳就是了。」金蓮道：「我是不惹他，他的銀子都有數兒，只教我買東西，沒教我打發轎子錢。」坐了一回，大眼看小眼。外邊擡轎的催著要去，玉樓見不是事，向袖中拿出一錢銀子來，打發擡轎的去了。

不一時，大妗子、二妗子、大師父來了，月娘擺茶吃了。潘姥姥歸到前邊他女兒房內來，被金蓮盡力數落了一頓，說道：「你沒轎子錢，誰教你來？恁出醜刮劃的，教人家小看！」潘姥姥道：「姐姐，你沒與我個錢兒，老身哪討個錢兒來？好容易調辦了這分禮兒來。」婦人道：「指望問我要錢，我哪裡討個錢兒與你？你看，七個窟窿倒有八個眼兒等著在這裡！今後你看，有轎子錢便來他家來，沒轎子錢別要來！料他家也沒少你這個窮親戚，休要做打嘴的獻世包！關王賣豆腐——人硬貨不硬。我又聽不上人家那等毬聲颡氣。前日為你去了，和人家大嚷大鬧的，你知道也怎的？驢糞毬兒面前光，卻不知裡面受悽惶。」幾句說得潘姥姥嗚嗚咽咽哭起來。春梅道：「娘今日怎的，只顧說起姥姥來了。」一面安撫老人家，在裡邊炕上坐的，連忙點了盞茶與他吃。潘姥姥氣得在炕上睡了一覺，只見後邊請吃飯，才起來往後邊去了。

西門慶從衙門中來家，正在上房擺飯，忽有玳安拿進帖兒來說：「荊老爹陞了東南統制，來拜爹。」西門慶見帖兒上寫「新陞東南統制兼督漕運總兵官荊忠頓首拜」，慌得西門慶連忙穿衣冠帶，迎接出來。只見都總制穿著大紅麒麟補服、渾金帶進來，後面跟著許多僚掾軍牢。一面讓至大廳上，敘禮畢，分賓主而坐，茶湯上來。荊統制說道：「前日陞官敕書才到，還未上任，逕來拜謝老翁。」西門慶道：「老總兵榮擢恭喜，大才必有大用，自然之道。吾輩亦有光矣，容當拜賀。」一面：「請寬尊服，少坐一飯。」即令左右放桌兒。荊統制再三致謝道：「學生奉告老翁，一家尚未拜，還有許多薄冗，容日再來請教罷。」便要起身。西門慶哪裡肯放？隨令左右上來，寬去衣服，登時打抹春臺，收拾酒果上來。獸炭頻燒，暖簾低放，金壺斟玉液，翠盞貯羊羔。才斟上酒來，只見鄭春、王相兩個小優兒來到，趴在面前磕頭。

西門慶道：「你兩個如何這咱才來？」問鄭春：「那一個叫甚名字？」鄭春道：「他喚王相，是王桂的兄弟。」西門慶即令拿樂器上來彈唱。須臾，兩個小優歌唱了一套〈霽景融和〉。左右拿上兩盤攢盒點心嗄飯、兩瓶酒，打發馬上人等。荊統制道：「這等就不是了。學生叨擾，下人又蒙賜饌，何以克當！」即令上來磕頭。西門慶道：「一二日房下還是竭誠請尊正老夫人賞燈一敘，望乞下降。在座者惟老夫人、張親家夫人、同僚何天泉夫人，還有兩位舍親，再無他人。」荊統制道：「若老夫人尊票到，賤荊一定趨赴。」又問起：「周老總兵怎的不見陞轉？」荊統制道：「我聞得周菊軒也只在三月間有京榮之轉。」西門慶道：「這也罷了。」坐不多時，荊統制告辭起身。西門慶送出大門，看著上馬喝道而去。

晚夕，潘金蓮上壽，後廳小優彈唱，遞了酒，西門慶便起身往金蓮房中去了。月娘陪著大妗子、潘姥姥、女兒郁大姐，兩個姑子，在上房坐的飲酒。潘金蓮便陪西門慶在他房內，重新又安排上酒來，與西門慶梯己遞酒磕頭。落後潘姥姥來了，金蓮打發他李瓶兒這邊歇臥。他便陪著西門慶自在飲酒，玩耍做一處。

卻說潘姥姥到那邊屋裡，如意、迎春讓他熱炕上坐著。先是姥姥看見明間內靈前供擺著許多獅仙五老定勝桌席，旁邊掛著他影，因向前道了個問訊，說道：「姐姐好處生天去了。」進來坐在炕上，向如意兒、迎春道：「你娘夠了！官人這等費心追薦，受這般大供養，夠了。他是有福的。」如意兒道：「前日娘的百日，請姥姥，怎的不來？門外花大妗子和大妗子都在這裡來，十

二個道士念經，好不大吹大打揚旛道場，水火煉度，晚上才去了。」潘姥姥道：「幫年逼節，丟著個孩子在家，我來家中沒人，所以就不曾來。今日你楊姑娘怎的不見？」如意兒道：「姥姥還不知道，楊姑娘老病死了。從年裡俺娘念經就沒來，俺娘們都往北邊與他上祭去來。」潘姥姥道：「可傷！他大如我，我還不曉得他老人家沒了。嗔道今日怎的不見他。」說了一回，如意兒道：「姥姥，有鍾甜酒兒，你老人家用些兒。」一面叫迎春：「姐，你放小桌兒在炕上，篩甜酒與姥姥吃杯。」不一時取到。

飲酒之間，婆子又提起李瓶兒來：「你娘好人，有仁義的姐姐，熱心腸兒。我但來這裡，沒曾把我老娘當外人看承，一到就是熱茶熱水與我吃，還只恨我不吃。夜間和我坐著說話兒。我臨家去，好歹包些什麼兒與我拿了去，再不曾空了我！不瞞你姐姐每說，我身上穿的這披襖兒，還是你娘與我的。正經我那冤家，半分折針兒也迸不出來與我！我老身不打誑語，阿彌陀佛，水米不打牙。他若肯與我一個錢兒，我滴了眼睛在地。你娘與了我些什麼兒，他還說我小眼薄皮，愛人家的東西！想今日為轎子錢，你大包兒拿著銀子，就替老身出幾分便怎的？咬定牙兒只說沒有，倒教後邊西房裡姐姐拿出一錢銀子來，打發擡轎的去了。歸到屋裡，還數落了我一頓，到明日有轎子錢便教我來，沒轎子錢休叫我上門走。我這去了不來了！來到這裡，沒的受他的氣。隨他去，有天下人心狠，不似俺這短壽命！姐姐，你們聽著我說，老身若死了，他到明日不聽人說，還不知怎麼收成結果哩！想著你從七歲沒了老子，我怎的守你到如今，從小兒教你做針黹，往余秀才家上女學去，替你怎麼纏手縛腳兒的，你天生就是這等聰明伶俐，到得這步田地？他把娘喝過來，斷過去，不看一眼兒！」如意兒道：「原來五娘從小兒上學來，嗔道恁提起來就會，識字深。」潘姥姥道：「他七歲兒上女學，上了三年，字倣也曾寫過，什麼詩詞歌賦唱本上字不認得！」

正說著，只見打得角門子響。如意兒道：「是誰叫門？」使綉春：「你瞧瞧去。」那綉春走來說：「是春梅姐姐來了。」如意兒連忙捏了潘姥姥一把手，就說道：「姥姥悄悄的，春梅來了！」潘姥姥道：「老身知道，他與我那冤家一條腿兒！」只見春梅進來，見眾人陪著潘姥姥吃酒，說道：「我來瞧瞧姥姥來了。」如意兒讓他坐，這春梅把裙子摟起，一屁股坐在炕上。迎春便挨著他坐；如意坐在右邊炕頭上，潘姥姥坐在當中。因問：「你爹和你娘睡了不曾？」春梅道：「剛才打發他兩個睡下了，我來這邊瞧瞧姥姥。有幾樣菜兒，一壺兒酒，取過來和姥姥坐的。」因央及綉春：「你那邊教秋菊掇了來，我已是攢下了。」綉春去了。

不一時，秋菊用盒兒掇著菜兒，綉春提了一錫壺金華酒來。春梅吩咐秋菊：「你往房裡看去，若叫我，來這裡對我說。」秋菊去了。一面擺酒在炕桌上，都是燒鴨、火腿、海味之類，堆滿春臺。綉春關上角門，走進在旁邊陪坐，於是篩上酒來。春梅先遞了一鍾與潘姥姥，然後遞如意兒與迎春、綉春。又將護衣碟兒內每樣揀出，遞與姥姥眾人吃，說道：「姥姥，這個都是整菜，你用些兒。」那婆子道：「我的姐姐，我老身吃。」因說道：「就是你娘，從來也沒費恁個心兒管待我管待兒。姐姐，你倒有惜孤愛老的心，你到明日管情一步好一步。敢是俺那冤家，沒人心，沒仁義！幾遍為他心齷齪，我也勸他，他就扛得我失了色。今日早是姐姐你看著，我來你家討冷飯吃來了，你下老實那等扛我！」

春梅道：「姥姥，罷，你老人家只知其一，不知其二。俺娘是爭強不伏弱的性兒。比不得六娘，銀錢自有，他本等手裡沒有。你只說他不與你，別人不知道，我知道。想俺爹雖是有的銀子放在屋裡，俺娘正眼兒也不看他的。若遇著買花兒東西，明公正義問他要，不恁瞞瞞藏藏的，教人看小了他，怎麼張著嘴兒說人！他本沒錢，姥姥怪他，就虧了他了。莫不我護他？也要個公道！」如意兒道：「錯怪了五娘！自古親兒骨肉，五娘有錢，不孝順姥姥再與誰？常言道：要打看娘面，千朵桃花一樹兒生。到明日你老人家黃金入櫃，五娘他也沒個貼皮貼肉的親戚，就如死了俺娘樣兒！」婆子道：「我有今年沒明年，知道今日死明日死？我也不怪他。」

春梅見婆子吃了兩鍾酒，韶刀上來，便叫迎春：「二姐，你拿骰盆兒來，咱們擲個骰兒，搶紅耍子兒罷。」不一時，取了四十個骰兒的骰盆來。春梅先與如意兒擲，擲了一回，又與迎春擲，都是賭大鍾子。你一盞，我一鍾，須臾竹葉穿心，桃花上臉，把一錫瓶酒吃得罄淨。迎春又拿上半罈麻姑酒來，也都吃了。約莫到二更時分，那潘姥姥人家熬不得，又早前靠後仰打起盹來，方才散了。

春梅便歸這邊來。推了推角門，開著，進入院內。只見秋菊正在明間板壁縫兒內，倚著春欖兒，聽他兩個在屋裡行房，怎的作聲喚，口中呼叫什麼。正聽得熱鬧，不防春梅走到跟前，向他腮頰上盡力打了個耳刮子，罵道：「賊少死的囚奴，你平白在這裡聽什麼！」打得秋菊睜睜的，說道：「我這裡打盹，誰聽什麼來，你就打我！」不想房內婦人聽見，便問春梅，他和誰說話。春梅道：「沒有人，我使他關門，他不動。」於是替他遮過了。秋菊揉著眼，關上房門。春梅走到炕上，摘頭睡了。正是：

鶺鴒有意留殘景，杜宇無情戀晚暉。

一宿晚景提過。次日潘金蓮生日，有傅夥計、甘夥計、賁四娘子、崔本媳婦段大姐、吳舜臣媳婦鄭三姐、吳二妗子，都在這裡。西門慶約會吳大舅、應伯爵，整衣冠，尊瞻視，騎馬喝道，往何千戶家赴席。那日也有許多官客，四個唱的，一起雜耍，周守備同席飲酒。至晚回家，就在前邊和如意兒歇了。

到初十日，發帖兒請眾官娘子吃酒。月娘便向西門慶說：「趁著十二日看燈酒，把門外的孟大姨和俺大姐也帶著請來坐坐，省得教他知道惱，請人不請他。」西門慶道：「早是你說。」吩咐陳敬濟：「再寫兩個帖，差琴童兒請去。」這潘金蓮在旁聽著多心，走到屋裡，一面攛掇潘姥姥就要起身。月娘道：「姥姥，你慌去怎的？再消住一日兒是的。」金蓮道：「姐姐，大正月裡，他家裡丟著孩子沒人看，教他去罷。」慌得月娘裝了兩個盒子點心茶食，又與了他一錢轎子錢，管待打發去了。金蓮因對著李嬌兒說：「他明日請他有錢的大姨兒來看燈吃酒，一個老行貨子，觀眉觀眼的，不打發去了，平白教他在屋裡做什麼？待要說是客人，沒好衣服穿；待要說是燒火的媽媽子，又不像。倒沒得教我惹氣。」西門慶使玳安兒送了兩個請書兒往招宣府，一個請林太太，一個請王三官兒娘子黃氏。又使他院中早叫李桂兒、吳銀兒、鄭愛月兒、洪四兒四個唱的，李銘、吳惠、鄭奉三個小優兒。

不想那日賁四從東京來家，梳洗頭臉，打選衣帽齊整，來見西門慶磕頭，遞上夏指揮回書。西門慶問道：「你如何這些時不來？」賁四具言在京感冒打寒一節：「直到正月初二日，才收拾起身回來。夏老爹多上覆老，多承看顧。」西門慶照舊還把鑰匙交與他，管絨線舖，另打開一間，教吳二舅開舖子賣紬絹，到明日松江貨船到，都卸在獅子街房內，同來保發賣。且叫賁四叫花兒匠在家攢造兩架煙火，十二日要放與堂客看。

只見應伯爵領了李三見西門慶。先道外日承攜之事，坐下吃畢茶，方才說起：「李三哥今有一宗買賣與你說，你做不做？」西門慶道：「什麼買賣？」李三道：「今東京行下文書，天下十三省，每省要幾萬兩銀子的古器。咱這東平府坐派著二萬兩，批文在巡按處，還未下來。如今大街上張二官府，破二百兩銀子幹這宗批要做，都看有一萬兩銀子尋。小人會了二叔，敬來對老爹說。老爹若做，張二官府拿出五千兩來，老爹拿出五千兩來，兩家合著做這宗買賣。左右沒人，這邊是二叔和小人與黃四哥，他那邊還有兩個夥計，二八分利錢。未知老爹意下如何？」

西門慶問道：「是什麼古器？」李三道：「老爹還不知，如今朝廷皇城內新蓋的艮岳，改為壽岳，上面起蓋許多亭臺殿閣，又建上清寶籙宮、會真堂、璇神殿，又是安妃娘娘梳妝閣，都用著這珍禽奇獸、周彝商鼎、漢篆秦爐、宣王石鼓、歷代銅鞮仙人掌承露盤，並稀世古董玩器擺設，好不大興工程，好少錢糧！」西門慶聽了，說道：「比是我與人家打夥而做，不如我自家做了罷，敢量我拿不出這一二萬銀子來？」李三道：「得老爹全做又好了，俺們就瞞著他那邊了。左右這邊二叔和俺們兩個，再沒人。」伯爵道：「哥家裡還添個人兒不添？」西門慶道：「到跟前，再添上賁四替你們走跳就是了。」

西門慶又問道：「批文在哪裡？」李三道：「還在巡按上邊，沒發下來哩。」西門慶道：「不打緊，我差人寫封書，封些禮，問宋松原討將來就是了。」李三道：「老爹若討去，不可遲滯。自古兵貴神速，先下米的先吃飯，誠恐遲了，行到府裡，吃別人家幹得去了。」西門慶笑道：「不怕他，就行到府裡，我也還教宋松原拿回去。就是胡府尹，我也認得。」於是留李三、伯爵同吃了飯，約會：「我如今就寫書，明日差小价去。」李三道：「又一件，宋老爹如今按院不在這裡了，從前日起身往兗州府盤查去了。」西門慶道：「你明日就同小价往兗州府走遭。」李三道：「不打緊，等我去，來回破五六日罷了。老爹差哪位管家，等我會下，有了書，教他往我那裡歇，明日我同他好早起身。」西門慶道：「別人你宋老爹不認得，他常喜的是春鴻，叫春鴻、來爵兩個去罷。」於是叫他二人到面前，會了李三，晚夕往他家宿歇。伯爵道：「這等才好。事要早幹，高材疾足者先得之。」於是與李三吃畢飯，告辭而去。西門慶隨即教陳經濟寫了書，又封了十兩葉子黃金在書帕內，與春鴻，來爵二人。吩咐：「路上仔細，若討了批文，即便早來。若是行到府裡，問你宋老爹討張票，問府裡要。」來爵道：「爹不消吩咐，小的曾在兗州答應過徐參議，小的知道。」於是領了書禮，打在身邊，逕往李三家去了。

不說十一日來爵、春鴻同李三早雇了長行頭口，往兗州府去了。卻說十二日，西門慶家中請各堂客飲酒。那日在家不出門，約下吳大舅、應伯爵、謝希大、常峙節四位，晚夕來在捲棚內賞燈飲酒。王皇親家小廝從早晨就挑了箱子來了，等堂客到，打銅鑼銅鼓迎接。周守備娘子有眼疾不得來，差人來回。只是荊統制娘子、張團練娘子、雲指揮娘子，並喬親家母、崔親家母、吳大姨、孟大姨，都先到了。只有何千戶娘子、王三官母親林太太並王三官娘子不見到。西門慶使排軍、玳安、琴童兒來回催邀了兩三遍，又使文嫂兒催邀。午間，只見林氏一頂大轎、一頂小轎跟了來。見了禮，請西門慶拜見，問：「怎的三官娘子不來?」林氏道：「小兒不在，家中沒人。」拜畢下來。只有何千戶娘子直到晌午半日才來，坐著四人大轎，一個家人媳婦坐小轎跟隨，排軍擡著衣箱，又是兩個青衣家人緊扶著轎杠，到二門裡才下轎。前邊鼓樂吹打迎接，吳月娘眾姊妹迎至儀門首。西門慶悄悄在西廂房放下簾來偷瞧，見這藍氏年約不上二十歲，生得長挑身材，打扮得如粉妝玉琢，頭上珠翠堆滿，鳳翹雙插，身穿大紅通袖五彩妝花四獸麒麟袍兒，繫著金鑲碧玉帶，下襯著花錦藍裙，兩邊禁步叮噹，麝蘭撲鼻。但見：

儀容嬌媚，體態輕盈。姿性兒百伶百俐，身段兒不短不長。細彎彎兩道蛾眉，直侵入鬢；滴流流一雙鳳眼，來往踅人。嬌聲兒似囀日流鶯，嫩腰兒似弄風楊柳。端的是綺羅隊裡生來，啓厭豪華氣象；珠翠叢中長大，那堪雅淡梳妝。開遍海棠花，也不問夜來多少；飄殘楊柳絮，竟不知春意如何。輕移蓮步，有蕊珠仙子之風流；疑蹙湘裙，似水月觀音之態度。

正是：

比花花解語，比玉玉生香。

這西門慶不見則已，一見魂飛天外，魄喪九霄，未曾體交，精魄先失。少頃，月娘等迎接，進入後堂相見；敘禮已畢，請西門慶拜見。西門慶得了這一聲，連忙整衣冠行禮，恍若瓊林玉樹臨凡，神女巫山降下，躬身施禮，心搖目蕩，不能禁止。拜見畢，下來，月娘先請在捲棚內擺過茶，然後大廳吹打，安席上坐。各依次序，當下林太太上席。戲文扮的是《小天香半夜朝元記》。唱了兩折下來，李桂姐、吳銀兒、鄭月兒、洪四兒四個唱的上去，彈唱燈詞。

西門慶在捲棚內，自有吳大舅、應伯爵、謝希大、常峙節，李銘，吳惠，鄭奉三個小優兒彈唱飲酒，不住下來大廳格子外往裡觀覷。看官聽說：明月不常圓，彩雲容易散，樂極悲生，否極泰來，自然之理。西門慶但知爭名奪利，縱意奢淫，殊不知天道惡盈，籙錄來追，死限臨頭。到晚夕堂中點起燈來，小優兒彈唱，還未到起更時分，西門慶陪人坐的，就在席上齁齁的打起睡來。

伯爵便行令猜枚鬼混他，說道：「哥，你今日沒高興，怎的只打睡？」西門慶道：「我昨日沒曾睡，不知怎的，今日只是沒精神，要打睡。」只見四個唱的下來，伯爵教洪四兒與鄭月兒兩個彈唱，吳銀兒與李桂姐遞酒。

正要在熱鬧處，忽玳安來報：「王太太與何老爹娘子起身了。」西門慶就下席來，黑影裡走到二門裡首，偷看他上轎。月娘眾人送出來，前邊開井內看放煙火。藍氏已換上了大紅遍地金貂鼠皮襖，林太太是白綾襖兒，貂鼠披風，帶著金釧玉珮。家有打燈籠，簇擁上轎而去。

這西門慶正是餓眼將穿，饞涎空嚥，恨不得就要成雙。見藍氏去了，悄悄從夾道進來。當時沒巧不成語，姻緣會湊，可霎作怪，來爵兒媳婦見堂客散了，正從後邊歸來，開房門，不想頂頭撞見西門慶，沒處藏躲。原來西門慶見媳婦子生得嬌樣，安心已久，雖然不及來旺妻宋氏風流，也頗充得過第二，於是乘著酒興兒，雙關抱進他房中親嘴。這老婆當初在王皇親家，因是養主子，被家人不忿攘鬧，打發出來，今日又撞著這個道路，如何不從了？一面就遞舌頭在西門慶口中。兩個解衣褪褲，就按在炕沿子上，掇起腿來，被西門慶就聳了個不亦樂乎。正是：

未曾得遇鶯鶯面，且把紅娘去解饞。

有詩為證：

燈月交光浸玉壺，分得清光照綠珠。
莫道使君終有婦，教人桑下覓羅敷。

第七十九回 西門慶貪慾喪命 吳月娘喪偶生兒

詞曰：

人生南北如歧路，世事悠悠等風絮，造化弄人無定據。翻來覆去，倒橫直豎，眼見都如許。 到如今空嗟前事，功名富貴何須慕，坎止流行隨所寓。玉堂金馬，竹籬茅舍，總是傷心處。

——右調〈青玉案〉

話說西門慶姦耍了來爵老婆，復走到捲棚內陪吳大舅、應伯爵、謝希大、常峙節飲酒。荊統制娘子、張團練娘子、喬親家母、崔親家母、吳大姨、吳大妗子、段大姐，坐了好一回，上罷元宵圓子，方才起身去了。大妗子那日同吳舜臣媳婦都家去了。陳敬濟打發王皇親戲子二兩銀子唱錢，酒食管待出門。只四個唱的並小優兒，還在捲棚內彈唱遞酒。伯爵向西門慶說道：「明日花大哥生日，哥，你送了禮去不曾？」西門慶說道：「我早晨送過去了。」玳安道：「花大舅頭裡使來定兒送請帖兒來了。」伯爵道：「哥，你明日去不去？我好來會你。」西門慶道：「到明日看。再不，你先去罷。」

少頃，四個唱的後邊去了，李銘等上來彈唱。那西門慶不住只在椅子上打睡。吳大舅道：「姐夫連日辛苦了，罷罷，咱們告辭罷。」於是起身。那西門慶又不肯，只顧攔著留坐，到二更時分才散。西門慶先打發四個唱的轎子去了，拿大鍾賞李銘等三人每人兩鍾酒，與了六錢唱錢。臨出門，叫回李銘，吩咐：「我十五日要請你周爺和你荊爺、何老爹眾位，你早替我叫下四個唱的，休要誤了。」李銘跪下稟問：「爹叫哪四個？」西門慶道：「樊百家奴兒，秦玉芝兒，前日何老爹那裡唱的一個馮金寶兒，並呂賽兒，好歹叫了來。」李銘應諾：「小的知道了。」磕了頭去了。

西門慶歸後邊月娘房裡來，月娘告訴：「今日林太太與荊大人娘子好不喜歡，坐到那咱晚才去了。酒席上再三謝我說：蒙老爹扶持，但得好處，不敢有忘。在出月往淮上催儹糧運去也。」又說：「何大人娘子今日也吃了好些酒，喜歡。六姐又引到那邊花園山子上瞧了瞧，今日各項也賞了許多東西。」說畢，西門慶就在上房歇了。到半夜，月娘做了一夢，天明告訴西門慶說道：「敢是我日裡看著他王太太穿著大紅絨袍兒，我黑夜就夢見你李大姐箱子內尋出一件大紅絨袍兒，與我穿在身上，被潘六姐劈手奪了去，披在他身上。教我就惱了，說道：他的皮襖，你要的去穿了罷了，這件袍兒，你又來奪。他使性兒，把袍兒上身扯了一大道大口子，吃我大吆喝，和他罵嚷。嚷著就醒了，不想是南柯一夢。」西門慶道：「不打緊，我到明日替你尋一件穿就是了。自古夢是心頭想。」

到次日起來，頭沉，懶待往衙門中去。梳頭淨面，穿上衣裳，走來前邊書房中坐的。只見玉簫問如意兒擠了半甌子奶，逕到書房與西門慶吃藥。西門慶正倚靠床上，叫王經替他打腿。王經見玉簫來，就出去了。玉簫打發他吃了藥，西門慶就使他拿了一對金鑲頭簪兒，四個烏銀戒指兒，送到來爵媳婦子屋裡去。那玉簫明見主子使他幹此營生，又似來旺媳婦子那一本帳，連忙鑽頭覓縫，袖的去了。送到了物事，還走來回西門慶話，說道：「收了，改日與爹磕頭。」就拿回空甌子兒到上房去了。月娘叫小玉熬下粥，約莫等到飯時前後，還不見進來。

原來王經捎帶了他姐姐王六兒一包兒物事，遞與西門慶瞧，就請西門慶往他家去。西門慶打開紙包兒，卻是老婆剪下的一綹黑臻臻、光油油的青絲，用五色絨纏就了一個同心結托兒，用兩根錦帶兒拴著，做得十分細巧。又一件是兩個口的鴛鴦紫遍地金順袋兒，裡邊盛著瓜瓤兒。西門慶觀玩良久，滿心歡喜，遂把順袋放在書櫥內，錦托兒褪於袖中。正在凝思之際，忽見吳月娘驀地走來。掀開簾子，見他躺在床上，王經趴著替他打腿，便說道：「你怎的只顧在前頭，就不進去了，屋裡擺下粥了。你告我說，你心裡怎的，只是恁沒精神？」西門慶道：「不知怎的，心中只是不耐煩，害腿疼。」月娘道：「想必是春氣起了。你吃了藥，也等慢慢來。」一面請到房中，打發他吃粥。因說道：「大節下，你也打起精神兒來。今日門外花大舅生日，請你往那裡走走去。再不叫將應二哥來，同你坐坐。」西門慶道：「他也不在，與花大舅做生日去了。你整治下酒菜兒，等我往燈市鋪子內和他二舅坐坐罷。」月娘道：「你騎馬去，我教丫鬟整理。」

這西門慶一面吩咐玳安備馬，王經跟隨，穿上衣裳，逕到獅子街燈市裡來。但見燈市中車馬轟雷，燈毬燦爛，遊人如蟻，十分熱鬧。

太平時序好風催，羅綺爭馳鬥錦迴。
鰲山高聳青雲上，何處遊人不看來。

西門慶看了回燈，到房子門首下馬，進入裡面坐下。慌得吳二舅、賁四都來聲喏。門首買賣甚是興盛。來昭妻一丈青又早書房內籠下火，拿茶吃了。不一時，吳月娘使琴童兒、來安兒拿了兩方盒點心嗄飯菜蔬，鋪內有南邊帶來豆酒，打開一罈，擺在樓上，請吳二舅與賁四輪番吃酒。樓窗外就看見燈市，來往人煙不斷。

吃至飯後時分，西門慶使王經對王六兒說去。王六兒聽見西門慶來，連忙整治下春臺果盒酒餚等候。西門慶吩咐來昭：「將這一桌酒菜，晚夕留著與二舅、賁四在此上宿吃，不消拿回家去了。」又教琴童提送一罈酒，過王六兒這邊來。西門慶於是騎馬逕到他家。婦人打扮，迎接到明間內，插燭也似磕了四個頭。西門慶道：「迭承你厚禮，怎的兩次請你不去？」王六兒說道：「爹倒說得好，我家中再有誰來？不知怎的，這兩日只是心裡不好，茶飯兒也懶待吃，做事沒入腳處。」西門慶道：「敢是想你家老公？」婦人道：「我哪裡想他！倒是見爹這一向不來，不知怎的怠慢著爹了，爹把我網巾圈兒打靠後了，只怕另有個心上人兒了！」西門慶笑道：「哪裡有這個理！倒因家中節間擺酒，忙了兩日。」婦人道：「說昨日爹家中請堂客來。」西門慶道：「便是。你大娘吃過人家兩席節酒，須得請人回席。」婦人道：「請了哪幾位堂客？」西門慶便說某人某人，從頭訴說一遍。

婦人道：「看燈酒兒，只請要緊的，就不請俺們請兒。」西門慶道：「不打緊，到明日十六，還有一席酒，請你們眾夥計娘子走走去。是必到跟前又推故不去了！」婦人道：「娘若賞個帖兒來，怎敢不去？因前日他小大姐罵了申二姐，教他好不抱怨，說俺們。他那日原要不去來，倒是俺們攛掇了他去，落後罵了來，好不在這裡哭。俺們倒沒意思剌剌的。落後又教爹娘費心，送了盒子並一兩銀子來，安撫了他，才罷了。原來小大姐這等躁暴性子，就是打狗也看主人面。」西門慶道：「你不知這小油嘴，他好不兜達的性兒，著緊把我也擦刮得眼直直的！也沒見，他叫你唱，你就唱個兒與他聽罷了，誰教你不唱，又說他來。」婦人道：「耶嚛，耶嚛！他對我說，他幾時說他來？說小大姐走來指著臉子就罵起來，在我這裡好不三行鼻涕兩行眼淚的哭。我留他住了一夜，才打發他去了。」說了一回，丫頭拿茶吃了。老馮婆子又走來與西門慶磕頭。西門慶與了他約三四錢一塊銀子，說道：「從你娘沒了，就不往我那裡走走去。」婦人道：「沒他的主兒，哪裡著落？倒常時來我這裡，和我做伴兒。」

不一時，請西門慶房中坐的，問：「爹用了午飯不曾？」西門慶道：「我早晨家中吃了些粥，剛才陪你二舅又吃了兩個點心，且不吃什麼哩。」一面放桌兒，安排上酒來。婦人令王經打開豆酒，篩將上來，陪西門慶做一處飲酒。婦人問道：「我捎來的那物件兒，爹看見來？都是奴旋剪下頂中一溜頭髮，親手做的。管情爹見了愛。」西門慶道：「多謝你厚情。」

飲至半酣，見房內無人，西門慶袖中取出來，套在龜身下，兩根錦帶兒紮在腰間，用酒服下胡僧藥去。婦人用手搏弄，弄得那話登時奢稜露腦，橫筋皆見，色若紫肝，比銀托子和白綾帶子又不同。西門慶摟婦人坐在懷內，那話插進牝中，在上面兩個一遞一口飲酒，咂舌頭玩笑。吃至掌燈，馮媽媽又做了些韭菜豬肉餅兒，拿上來。婦人陪西門慶每人吃了兩個，丫鬟收下去。兩個就在裡間暖炕上，撩開錦幔，解衣就寢。婦人知道西門慶好點著燈行房，把燈臺移在裡間炕邊桌上，一面將紙門關上，澡牝乾淨，脫了褲兒，鑽在被窩裡，與西門慶做一處，相摟相抱，睡了一回。

原來西門慶心中只想著何千戶娘子藍氏，慾情如火，那話十分堅硬。先令婦人馬伏在下，那話放入後庭花，極力搧磞了約二三百度，搧磞得屁股連聲響亮。婦人用手在下揉著毬心子，口中叫達達如流水。西門慶還不美意，又起來披上白綾小襖，坐在一隻枕頭上，令婦人仰臥，尋出兩條腳帶，把婦人兩隻腿拴在兩邊護炕柱兒上，賣了個金龍探爪，將那話放入牝中。少時沒稜露腦，淺抽深送。恐婦人害冷，亦取紅綾短襦蓋在他身上。

這西門慶乘其酒興，把燈光挪近跟前，垂首翫其出入之勢。抽撤至首，復送至根，又數百回。婦人口中百般柔聲顫語，都叫將出來。西門慶又取紅粉膏子藥，塗在龜頭上，攮進去。婦人陰中麻癢不能當，急令深入，兩相迎就。這西門慶故作逗遛，戲將龜頭濡捉其牝口，又挑弄其花心，不肯深入。急得婦人淫津流出，如蝸之吐涎。燈影裡，見他兩隻白生生腿兒蹺在兩邊，吊得高高的，一往一來，一衝一撞，其興不可遏。因口呼道：「淫婦，你想我不想？」婦人道：「我怎麼不想達達？只要你松柏兒冬夏長青更好。休要日遠日疏，玩耍厭了，把奴來不理。奴就想死罷了，敢和誰說？有誰知道？就是俺那忘八來家，我也不和他說。想他恁在外邊做買賣，有錢他不會養老婆的？他肯掛念我？」西門慶道：「我的兒，你若一心在我身上，等他來家，我爽利替他另娶一個，你只長遠等著我便了。」婦人道：「好達達，等他來家，好歹替他娶了一個罷。或把我放在外頭，或是招我到家去，隨你心裡。淫婦爽利把不值錢的身子拚與達達罷，無有個不依你的。」西門慶道：「我知道。」

兩個說話之間又幹夠兩頓飯時，方才精泄。解卸下婦人腳帶來，摟在被窩內，並頭交股，醉眼朦朧，一覺直睡到三更時分方起。西門慶起來，穿衣淨手。婦人開了房門，叫丫鬟進來，再添美饌，復飲香醪，滿斟暖酒，又陪西門慶吃了十數杯。不覺醉上來，才點茶漱口，向袖中掏出一紙帖兒遞與婦人：「問甘夥計舖子裡取一套衣服你穿，隨你要甚花樣。」那婦人萬福謝了，方送出門。

王經打著燈籠，玳安、琴童籠著馬，那時也有三更天氣，陰雲密布，月色朦朧，街市上人煙寂寂，閭巷內犬吠盈盈，打馬剛走到西首那石橋兒跟前，忽然一陣旋風，只見個黑影子從橋底下鑽出來，向西門慶一撲。那馬見了，只一驚跳，西門慶在馬上打了個冷戰，醉中把馬加了一鞭，那馬搖了搖鬃，玳安、琴童兩個用力拉著嚼環，收煞不住，雲飛般望家奔將來，直跑到家門首方止。王經打著燈籠，後邊跟不上。西門慶下馬腿軟了，被左右扶進，逕往前邊潘金蓮房中來。只這一來，正是：

失曉人家逢五道，溟冷餓鬼撞鍾馗。

原來金蓮從後邊來，還沒睡，渾衣倒在炕上，等待西門慶。聽見來了，連忙一骨碌爬起來，向前替他接衣服。見他吃得酩酊大醉，也不敢問他。西門慶一隻手搭伏著他肩膀上，摟在懷裡，口中喃喃吶吶說道：「小淫婦兒，你達達今日醉了，收拾鋪，我睡也。」那婦人扶他上炕，打發他歇下。那西門慶丟倒頭在枕上，鼾睡如雷，再搖也搖不醒。然後婦人脫了衣裳，鑽在被窩內，慢慢用手腰裡摸他那話，猶如綿軟，再沒些硬朗氣兒，更不知在誰家來。翻來覆去，怎禁那慾火燒身，淫心蕩漾，不住用手只顧捏弄。蹲下身子，被窩內替他百計品咂，只是不起，急得婦人要不得。因問西門慶：「和尚藥在哪裡放著哩？」

推了半日，推醒了。西門慶酩酊裡罵道：「怪小淫婦，只顧問怎的？你又教達達擺布你。你達今日懶待動彈，藥在我袖中金穿心盒兒內，你拿來吃了。有本事品弄得他起來，是你造化。」那婦人便去袖內摸出穿心盒來，打開，裡面只剩下三四丸藥兒。這婦人取過燒酒壺來，斟了一鍾酒，自己吃了一丸。還剩下三丸，恐怕力不效，千不合，萬不合，拿燒酒都送到西門慶口內。醉了的人，曉得什麼？合著眼只顧吃下去。哪消一盞熱茶時，藥力發作起來。婦人將白綾帶子拴在根上，那話躍然而起。

婦人見他只顧睡，於是騎在他身上。又取膏子藥，安放馬眼內，頂入牝中，只顧揉擦。那話直抵苞花窩裡，覺翕翕然，渾身酥麻，暢美不可言。又兩手據按，舉股一起一坐，那話沒稜露腦，約一二百回。初時澀滯，次後淫水浸出，稍沾滑落。西門慶由著他掇弄，只是不理。婦人情不能當，以舌親於西門在口中，兩手摟著他脖項極力揉擦，左右偎擦。麈柄盡沒至根，只剩二卵在外，用手摸之，美不可言。淫水隨拭隨出，比時三鼓，凡五換帕。

婦人一連丟了兩次，西門慶只是不泄，龜頭越發脹得猶如炭火一般，害箍脹得慌。令婦人把根下帶子去了，還發脹不已。令婦人用口吮之。這婦人趴伏在他身上，用朱唇吞裹其龜頭，只顧往來不已。又勒夠約一頓飯時，那管口之精猛然一般冒將出來，猶水銀之瀉筒中相似。忙用口接嚥不及，只顧流將出來。初時還是精液，往後盡是血水出來，再無個收救。西門慶已昏迷去，四肢不收。婦人也慌了，急取紅棗與他吃下去。精盡繼之以血，血盡出其冷氣而已，良久方止。婦人慌做一團，便摟著西門慶問道：「我的哥哥，你心裡覺怎麼的？」西門慶甦醒了一回，方言：「我頭目森森然，莫知所以。」金蓮問：「你今日怎的，流出恁許多來？」更不說他用的藥多了。看官聽說：一己精神有限，天下色慾無窮。又曰：嗜慾深者，其生機淺。西門慶只知貪淫樂色，更不知油枯燈滅，髓竭人亡。正是起頭所說：

二八佳人體似酥，腰間仗劍斬愚夫。
雖然不見人頭落，暗裡教君骨髓枯。

一宿晚景提過，到次日清早晨，西門慶起來梳頭，忽然一陣昏暈，望前一頭搶將去。早被春梅雙手扶住，不曾跌著磕傷了頭臉。在椅子上坐了半日，方才回過來。慌得金蓮連忙問道：「只怕你空心虛弱，且坐著吃些什麼兒著，出去也不遲。」一面使秋菊：「後邊取粥來與你爹吃。」

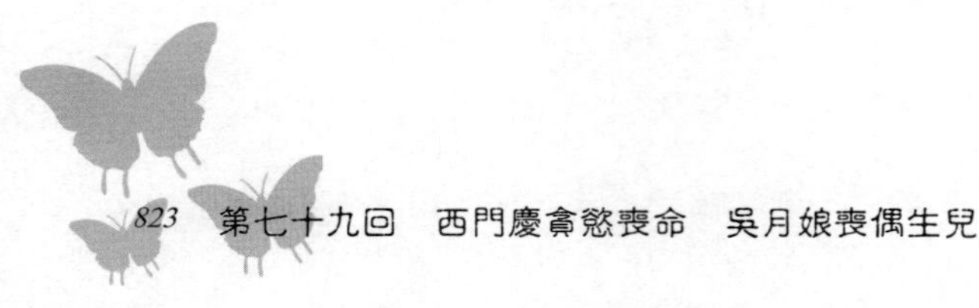

那秋菊走到後邊廚下，問雪娥：「熬的粥怎麼了？爹如此這般，今早起來害頭暈，跌了一跤，如今要吃粥哩。」不想被月娘聽見，叫了秋菊，問其端的。秋菊悉把西門慶梳頭頭暈跌倒之事，告訴一遍。月娘不聽便了，聽了魂飛天外，魄散九霄。一面吩咐雪娥快熬粥，一面走來金蓮房中看視。見西門慶坐在椅子上，問道：「你今日怎的頭暈？」西門慶道：「我不知怎的，剛才就頭暈起來。」金蓮道：「早時我和春梅在跟前扶住了，不然，好輕身子兒，這一跤和你善哩！」月娘道：「敢是你昨日來家晚了，酒多了頭沉。」金蓮道：「昨日往誰家吃酒，那咱晚才來？」月娘道：「他昨日和他二舅在舖子裡吃酒來。」

不一時，雪娥熬了粥，教春梅拿著，打發西門慶吃。那西門慶拿起粥來，只吃了一半甌兒，懶待吃，就放下了。月娘道：「你心裡覺怎的？」西門慶道：「我不怎麼，只是身子虛飄飄的，懶待動旦。」月娘道：「你今日不往衙門中去罷。」西門慶道：「我不去了。消一回，我往前邊看著姐夫寫帖兒，十五日請周菊軒、荊南崗、何大人眾官吃酒。」月娘道：「你今日還沒吃藥，取奶來把那藥再吃上一服。是你連日著辛苦勞碌了。」一面教春梅問如意兒擠了奶來，用盞兒盛著，教西門慶吃了藥，起身往前邊去。春梅扶著，剛走到花園角門首，覺眼便黑了，身子晃晃蕩蕩做不得主兒，只要倒。春梅又扶回來了。月娘道：「依我，且歇兩日兒。請人也罷了，哪裡在乎這一時。且在屋裡將息兩日兒，不出去罷。」因說：「你心裡要吃什麼，我往後邊做來與你吃。」西門慶道：「我心裡不想吃。」

月娘到後邊重新又審問金蓮：「他昨日來家醉不醉？再沒曾吃酒？與你行什麼事？」金蓮聽了，恨不得生出幾個口來，說一千個沒有：「姐姐，你沒的說。他那咱晚來了，醉得行禮兒也沒顧得，還問我要燒酒吃，教我拿茶當酒與他吃，只說沒了酒，好好打發他睡了。自從姐姐那等說了，誰和他有甚事來？倒沒得羞人子剌剌的。倒只怕別處外邊有了事來，俺們不知道。若說家裡，可是沒絲毫事兒！」月娘和玉樓都坐在一處，一面叫了玳安、琴童兩個到跟前，審問他：「你爹昨日在哪裡吃酒來？你實說便罷，不然有一差二錯，就在你這兩個囚根子身上。」那玳安咬定牙，只說獅子街和二舅、賁四吃酒，再沒往哪裡去。落後叫將吳二舅來，問他。二舅道：「姐夫只陪俺們吃了沒多大回酒，就起身往別處去了。」這吳月娘聽了，心中大怒。待二舅去了，把玳安、琴童盡力數罵了一遍，要打他二人。二人慌了，方才說出：「昨日在韓道國老婆家吃酒來。」

那潘金蓮得不的一聲就來了，說道：「姐姐剛才就埋怨起俺們來，正是冤殺旁人笑殺賊。俺們人人有面，樹樹要有皮，姐姐那等說來，莫不俺們成日把這件事放在頭裡？」又道：「姐姐，你再問這兩個囚根子，前日你往何千戶家吃酒，他爹也是那咱時分才來，不知在誰家來，誰家一個拜年拜到那咱晚！」玳安又恐怕琴童說出來，隱瞞不住，遂把私通林太太之事備說一遍。月娘方才信了，說道：「嗔道教我拿帖兒請他。我還說人生面不熟，他不肯來，怎知和他有連手。我說恁大年紀，描眉畫鬢，搽得那臉倒像膩抹兒抹的一般，乾淨是個老浪貨！」玉樓道：「姐姐，沒見一個兒子也長恁大，大兒娘母還幹這個營生。忍不住，嫁了個漢子，也休要出這個醜。」金蓮道：「那老淫婦有什麼廉恥？」月娘道：「我只說他絕不來，誰想他浪搧著來了。」

金蓮道：「這個，姐姐，才顯出個皂白來了。像韓道國家這個淫婦，姐姐還嗔我罵他，乾淨一家子都養漢，是個明忘八！把個忘八花子也裁派將來，早晚好做勾使鬼！」月娘道：「王三官兒娘，你還罵他老淫婦，他說你從小兒在他家使喚來。」那金蓮不聽便罷，聽了把臉掣耳朵帶脖子都紅了，便罵道：「汗邪了那賊老淫婦！我平白在他家做什麼？還是我姨娘在他家緊隔壁住，他家有個花園，俺們小時在俺姨娘家住，常過去和他家伴姑兒耍子。就說我在他家來，我認得他是誰？也是個張眼露睛的老淫婦！」月娘道：「你看那嘴頭子，人和你說話，你罵他。」那金蓮一聲兒就不言語了。

月娘主張叫雪娥做了些水角兒，拿了前邊與西門慶吃。正走到儀門首，只見平安兒逕直往花園中走，被月娘叫住問道：「你做什麼？」平安兒道：「李銘叫了四個唱的，十五日擺酒，因來回話，問擺得成擺不成。我說，未發帖兒哩！他不信，教我進來稟爹。」月娘罵道：「怪賊奴才，還擺什麼酒！問什麼？還不回那忘八去哩，還來稟爹娘哩！」把平安兒罵得往外金命水命去了。

月娘走到金蓮房中，看著西門慶只吃了三個個水角兒，就不吃了，因說道：「李銘來回唱的，教我回倒他，改日子了，他去了。」西門慶點頭兒。

　　西門慶只望一兩日好些出來，誰知過了一夜，到次日內邊虛陽腫脹，小便處發出紅瘰來，連腎囊都腫得明滴溜如茄子大。但溺尿，尿管中猶如刀子犁的一般，溺一遭，疼一遭。外邊排軍、伴當備下馬伺候，還等西門慶往衙門裡大發放，不想又添出這樣症候來。月娘道：「你依我拿帖兒回了何大人，在家調理兩日兒，不去罷！你身子恁虛弱，趁早使小廝請了任醫官，教瞧瞧。你吃他兩帖藥過來，休要只顧耽著，不是事。你偌大的身量，兩日通沒大好吃什麼兒，如何禁得？」那西門慶只是不肯吐口兒請太醫，只說：「我不妨事，過兩日好了，我還出去。」雖故差人拿帖兒送假牌往衙門裡去，在床上睡著，只是急躁，沒好氣。

　　應伯爵打聽得知，走來看他，西門慶請至金蓮房中坐的。伯爵聲喏道：「前日打攪哥，不知哥心中不好，嗔道花大舅那裡不去。」西門慶道：「我心中若好時，也去了。不知怎的，懶待動彈。」伯爵道：「哥，你如今心內怎樣的？」西門慶道：「不怎的，只是有些頭暈，起來身子軟，走不得。」伯爵道：「我見你面容發紅色，只怕是火。教人看來不曾？」西門慶道：「房下說請任后溪來看我，我說又沒甚大病，怎好請他的？」伯爵道：「哥，你這個就差了。還請他來看看，怎的說，吃兩帖藥，散開這火，就好了。春氣起，人都是這等痰火一發舉發。昨日李銘撞見我，說你使他叫唱的，今日請人擺酒，說你心中不好，改了日子，把我諕了一跳，我今日才來看哥。」西門慶道：「我今日連衙門中拜牌也沒去，送假牌去了。」伯爵道：「可知去不得，大調理兩日兒出門。」吃畢茶，道：「我去罷，再來看哥。李桂姐會了吳銀兒，也要來看你哩。」西門慶道：「你吃了飯去。」伯爵道：「我一些不吃。」揚長出去了。

　　西門慶於是使琴童往門外請了任醫官來，進房中診了脈，說道：「老先生此貴恙乃虛火上炎，腎水下竭，不能既濟，此乃是脫陽之症。須是補其陰虛，方才好得。」說畢，作辭起身去了。一面封了五錢銀子，討將藥來，吃了，止住了頭暈。身子依舊還軟，起不來。下邊腎囊越發腫痛，溺尿甚難。

到後晌時分，李桂姐、吳銀兒坐轎子來看。每人兩個盒子，進房與西門慶磕頭，說道：「爹怎的心裡不自在？」西門慶道：「你姐兒兩個自恁來看看便了，如何又費心買禮兒？」因說道：「我今年不知怎的，痰火發得重些。」桂姐道：「還是爹這節間酒吃得多了，清潔他兩日兒，就好了。」坐了一回，走到李瓶兒那邊屋裡，與月娘眾人見節。請到後邊擺茶畢，又走來到前邊，陪西門慶坐的，說話兒。只見伯爵又陪了謝希大、常峙節來望。西門慶教玉簫攙扶他起來坐的，留他三人在房內，放桌兒吃酒。謝希大道：「哥用了些粥不曾？」玉簫把頭扭著不答應。西門慶道：「我還沒吃粥，嚥不下去。」希大道：「拿粥，等俺們陪哥吃些粥兒還好。」不一時，拿將粥來。西門慶拿起粥來，只扒了半盞兒，就吃不下了。月娘和李桂姐、吳銀兒都在李瓶兒那邊坐的。伯爵問道：「李桂姐與銀姐來了，怎的不見？」西門慶道：「在那邊坐的。」伯爵因令來安兒：「你請過來，唱一套兒與你爹聽。」吳月娘恐怕西門慶不耐煩，攔著，只說吃酒哩，不教過來。眾人吃了一回酒，說道：「哥，你陪著俺們坐，只怕勞碌著你。俺們去了，你自在側側兒罷。」西門慶道：「起動列位掛心。」三人於是作辭去了。

應伯爵走出小院門，叫玳安過來，吩咐：「你對你大娘說，你就說應二爹說來，你爹面上變色，有些滯氣不好，早尋人看他。大街上胡太醫最治得好痰火，何不使人請他看看？休要耽遲了！」玳安不敢怠慢，走來告訴月娘。月娘慌進房來，對西門慶說：「方才應二哥對小廝說，大街上胡太醫看得痰火好，你何不請他來看看你？」西門慶道：「胡太醫前番看李大姐不濟，又請他？」月娘道：「藥醫不死病，佛度有緣人。看他不濟，只怕你有緣，吃了他的藥兒好了是的。」西門慶道：「也罷，你請他去。」

不一時，使棋童兒請了胡太醫來。適有吳大舅來看，陪他到房中看了脈。對吳大舅、陳敬濟說：「老爹是個下部蘊毒，若久而不治，卒成溺血之疾。乃是忍便行房。」又封了五錢藥金，討將藥來吃下去，如石沉大海一般，反溺不出來。月娘慌了，打發桂姐、吳銀兒去了，又請何老人兒子何春泉來看。又說：「是癃閉便毒，一團膀胱邪火趕到這下邊來，四肢經絡中又有濕痰流聚，以致心腎不交。」封了五錢藥金，討將藥來，越發弄得虛陽舉發，麈柄如鐵，晝夜不倒。潘金蓮晚夕不管好歹，還騎在他身上，倒澆蠟燭掇弄，死而復甦者數次。

到次日，何千戶要來望，先使人來說。月娘便對西門慶道：「何大人要來看你，我扶你往後邊去罷。這邊隔二騙三，不是個待人的。」那西門慶點頭兒。於是月娘替他穿上暖衣，和金蓮肩搭攙扶著，方離了金蓮房，往後邊上房，鋪下被褥高枕，安頓他在明間炕上坐的。房中收拾乾淨，焚下香。不一時，何千戶來到。陳敬濟請他到於後邊臥房，看見西門慶坐在病榻上，說道：「長官，我不敢作揖。」因問：「貴恙覺好些？」西門慶告訴：「上邊火倒退下了，只是下邊腫毒當不得。」何千戶道：「此係便毒。我學生有一相識在東昌府探親，昨日新到舍下，乃是山西汾州人氏，姓劉，號橘齋，年半百，極看得好瘡毒。我就使人請他來看看長官貴恙。」西門慶道：「多承長官費心，我這裡就差人請去。」何千戶吃畢茶，說道：「長官，你耐煩保重。衙門中事，我每日委答應的遞事件與你，不消掛意。」西門慶舉手道：「只是有勞長官了。」作辭出門。西門慶這裡隨即差玳安拿帖兒，同何家人請了這劉橘齋來。看了脈並不便處，連忙上了藥，又封一貼煎藥來。西門慶答賀了一匹杭州絹，一兩銀子。吃了他頭一盞藥，還不見動靜。

那日，不想鄭愛月兒送了一盒鴿子鶵兒，一盒果餅頂皮酥，坐轎子來看。進門與西門慶磕頭，說道：「不知道爹不好，桂姐和銀姐好人兒，不對我說聲兒，兩個就先來了。看得爹遲了，休怪！」西門慶道：「不遲。又起動你費心，又買禮來。」愛月兒笑道：「什麼大禮，惶恐。」因說：「爹清減得恁樣的，每日飲饌也用些兒？」月娘道：「用得倒好了，吃不多兒。今日早晨只吃了些粥湯兒，剛才太醫看了去了。」愛月兒道：「娘，你吩咐姐把鴿子雛兒燉爛一個兒來，等我勸爹進些粥兒。你老人家不吃，恁偌大身量，一家子金山也似靠著你，卻怎麼樣兒的。」月娘道：「他只害心口內攔著，吃不下去。」愛月兒道：「爹，你依我說，把這飲饌兒就懶待吃，須也強吃些兒，怕怎的？人無根本，水食為命，終須用的有柱撒些兒。不然，越發淘淥得身子空虛了。」不一時，燉爛了鴿子鶵兒，小玉拿粥上來，十香甜醬瓜茄粳粟米粥兒。

這鄭愛月兒跳上炕去，用盞兒托著，跪在西門慶身邊，一口口餵他。強打著精神，只吃了上半盞兒。揀了兩筯兒鴿子雛兒在口內，就搖頭兒不吃了。愛月兒道：「一來也是藥，二來還虧我勸爹，卻怎的也進了些飲饌兒。」玉簫道：「爹每常也吃，不似今日月姐來勸著吃得多些。」月娘一面擺茶與愛月兒吃，臨晚管待酒饌，與了他五錢銀子，打發他家去。愛月兒臨出門，又與西門慶磕頭，說道：「爹，你耐煩將息兩日兒，我再來看你。」

比及到晚夕，西門慶又吃了劉橘齋第二帖藥，遍身疼痛，叫了一夜。到五更時分，那不便處腎囊脹破了，流了一灘鮮血。龜頭上又生出疳瘡來，流黃水不止。西門慶不覺昏迷過去。月娘眾人慌了，都守著看視。見吃藥不效，一面請了劉婆子，在前邊捲棚內與西門慶點人燈跳神，一面又使小廝往周守備家內，訪問吳神仙在哪裡，請他來看。因他原相西門慶今年有嘔血流膿之災，骨瘦形衰之病。賁四說：「也不消問周老爹宅內去，如今吳神仙見在門外土地廟前，出著個卦肆兒，又行醫，又賣卦，人請他，不爭利物，就去看治。」月娘連忙就使琴童把這吳神仙請將來。進房看了，西門慶不似往時，形容消減，病體懨懨，勒著手帕，伏於臥榻。先診了脈息，說道：「官人乃是酒色過度，腎水竭虛，太極邪火聚於慾海，病在膏肓，難以治療。吾有詩八句，說與你聽。只因他——

醉飽行房戀女娥，精神血脈暗消磨。
遺精溺血與白濁，燈盡油乾腎水枯。
當時只恨歡娛少，今日翻為疾病多。
玉山自倒非人力，總是盧醫怎奈何！

月娘見他說治不得了，道：「既下藥不好，先生看他命運如何?」吳神仙掐指尋紋，打算西

門慶八字，說道：「屬虎的，丙寅年，戊申月，壬午日，丙辰時。今年戊戌，流年三十三歲，算命，現行癸亥運。雖然是火土傷官，今年戊土來克壬水。正月又是戊寅月，三戊沖辰，怎麼當得？雖發財發福，難保壽源！有四句斷語不好。」說道：

命犯災星必主低，身輕煞重有災危。
時日若逢真太歲，就是神仙也皺眉。

月娘道：「命又不好，請問先生還有解麼？」神仙道：「白虎當頭，喪門坐命，神仙也無解，太歲也難推。造物已定，神鬼莫移。」月娘只得拿了一匹布謝了神仙，打發出門。

月娘見求神問卜皆有凶無吉，心中慌了。到晚夕，天井內焚香，對天發願，許下兒夫好了，要往泰安州頂上與娘娘進香掛袍三年。孟玉樓又許下逢七拜斗。獨金蓮與李嬌兒不許願心。

西門慶自覺身體沉重，要便發昏過去，眼前看見花子虛、武大在他跟前站立，問他討債。又不肯告人說，只教人廝守著他。見月娘不在跟前，一手拉著潘金蓮，心中捨他不得，滿眼落淚，說道：「我的冤家，我死後你姐妹們好好守著我的靈，休要失散了。」那金蓮亦悲不自勝，說道：「我的哥哥，只怕人不肯容我。」西門慶道：「等他來，等我和他說。」不一時，吳月娘進來，見他二人哭得眼紅紅的，便道：「我的哥哥，你有甚話，對奴說幾句兒，也是我和你做夫妻一場。」西門慶聽了，不覺哽咽，哭不出聲來，說道：「我覺自家好生不濟，有兩句遺言和你說。我死後，你若生下一男半女，你姐妹好好待著，一處居住，休要失散了，惹人家笑話。」指著金蓮說：「六兒從前的事，你耽待他罷！」說畢，那月娘不覺桃花臉上滾下珍珠來，放聲大哭，悲慟不止。

西門慶囑咐了吳月娘，又把陳敬濟叫到跟前，說道：「姐夫，我養兒靠兒，無兒靠婿，姐夫就是我的親兒一般。我若有些山高水低，你發送了我入土，好歹一家一計，幫扶著你娘兒們過日子，休要教人笑話。」又吩咐：「我死後，緞子舖是五萬銀子本錢，有你喬親家爹那邊多少本利，都找與他。教傅夥計把貨賣一宗，交一宗，休要開了。賁四絨線舖本銀六千五百兩，吳二舅紬絨舖是五千兩，都賣盡了貨物，收了來家。又李三討了批來，也不消做了，教你應二叔拿了別人家做去罷。李三、黃四身上還欠五百兩本錢、一百五十兩利錢未算，討來發送我。你只和傅夥計守著家門這兩個舖子罷。印子舖占用銀二萬兩，生藥舖五千兩，韓夥計、來保松江船上四千兩。開了河，你早起身往下邊接船去。接了來家，賣了銀子交進來，你娘兒們盤纏。前邊劉學官還少我二百兩，華主簿少我五十兩，門外徐四舖內還欠我本利三百四十兩，都有合同見在，上緊使人催去。到日後，對門並獅子街兩處房子都賣了罷，只怕你娘兒們顧攬不過來。」說畢，哽哽嚥嚥的哭了。陳敬濟道：「爹囑咐，兒子都知道了。」不一時，傅夥計、甘夥計、吳二舅、賁四、崔本都進來看視問安，西門慶一一都吩咐了一遍。眾人都道：「你老人家寬心，不妨事。」一日來問安看者，也有許多，見西門慶不好的沉重，皆嗟嘆而去。

過了兩日，月娘痰心只指望西門慶還好，誰知天數造定，三十三歲而去。到於正月二十一日五更時分，相火燒身，變出風來，聲若牛吼一般，喘息了半夜，挨到巳牌時分，嗚呼哀哉，斷氣身亡。正是：

三寸氣在千般用，一日無常萬事休。

古人有幾句格言說得好：

為人多積善，不可多積財。積善成好人，積財惹禍胎。石崇當日富，難免殺身災。鄧通飢餓死，錢山何用哉！今人非古比，心地不明白。只說積財好，反笑積善獃。多少有錢者，臨了沒棺材。

原來西門慶一倒頭，棺材尚未曾預備，慌得吳月娘叫了吳二舅與賁四到跟前，開了箱子，拿出四錠元寶，教他兩個看材板去。剛才打發去了，不防忽一陣就害肚裡疼，急撲進去床上倒下，就昏暈不省人事。孟玉樓與潘金蓮、孫雪娥都在那邊屋裡，七手八腳，替西門慶戴唐巾，裝柳穿衣服，急聽見小玉來說：「俺娘跌倒在床上。」慌得玉樓、李嬌兒就來問視，月娘手按著害肚內疼，就知道決撒了。玉樓教李嬌兒守著月娘，他就來使小廝快請蔡老娘去。李嬌兒又使玉簫前邊教如意兒來，比及玉樓回到上房裡面，不見了李嬌兒。原來李嬌兒趕月娘昏沉，房內無人，箱子開著，暗暗拿了五錠元寶，往他屋裡去了。手中拿將一搭紙，見了玉樓，只說：「尋不見草紙，我往房裡尋草紙去來。」那玉樓也不留心，且守著月娘，拿榪子伺候，見月娘看看疼得緊了。不一時，蔡老娘到了，登時生下一個孩兒來。這屋裡裝柳西門慶停當，口內才沒氣兒，闔家大小放聲號哭起來。蔡老娘收裹孩兒，剪去臍帶，煎定心湯與月娘吃了，扶月娘暖炕上坐的。月娘與了蔡老娘三兩銀子，蔡老娘嫌少，說道：「養那位哥兒賞我了多少，還與我多少便了。休說這位哥兒是大娘生養的！」月娘道：「比不得當時，有當家的老爹在此。如今沒了老爹，將就收了罷！待洗三來，再與你一兩就是了。」那蔡老娘道：「還賞我一套衣服兒罷。」拜謝去了。月娘甦醒過來，看見箱子大開著，便罵玉簫：「賊臭肉，我便昏了，你也昏了？箱子大開著，恁亂烘烘人走，就不說鎖鎖兒。」玉簫道：「我只說娘鎖了箱子，就不曾看見。」於是取鎖來鎖。玉樓見月娘多心，就不肯在他屋裡，走出對著金蓮說：「原來大姐姐恁樣的，死了漢子頭一日，就防範起人來了。」殊不知李嬌兒已偷了五錠元寶在屋裡去了。

當下吳二舅、賁四往尚推官家買了一副棺材板來，教匠人解鋸成槨。眾小廝把西門慶擡出，停當在大廳上，請了陰陽徐先生來批書。不一時，吳大舅也來了。吳二舅眾夥計都在前廳熱亂，收燈捲畫，蓋上紙被，設放香燈几席，來安兒專一打磬。徐先生看了手，說道：「正辰時斷氣，闔家都不犯凶煞。」請問月娘，三日大殮，擇二月二十六破土，三十出殯，有四七多日子。一面管待徐先生去了。差人各處報喪，交牌印往何千戶家去，家中披孝搭棚，俱不必細說。

到三日，請僧人念倒頭經，挑出紙錢去。闔家大小都披麻帶孝，女婿陳敬濟斬衰泣杖，靈前還禮。月娘在暗房中出不來，李嬌兒與玉樓陪待堂客。潘金蓮管理庫房，收祭桌。孫雪娥率領家人媳婦，在廚下打發各項人茶飯。傅夥計、吳二舅管帳，賁四管孝帳，來興管廚，吳大舅與甘夥計陪待人客。蔡老娘來洗了三，月娘與了一套紬絹衣裳，打發去了。就把孩子起名叫孝哥兒，未免送些喜麵。親鄰與眾街坊鄰舍都說：「西門慶大官人正頭娘子生了一個墓生兒子，就與老子同日同時，一頭斷氣，一頭生兒，世間有這等蹊蹺古怪事。」

不說眾人理亂這樁事，且說應伯爵聞知西門慶沒了，走來弔孝哭泣。哭了一回，吳大舅、二舅正在捲棚內看著與西門慶傳影，伯爵走來與眾人見禮，說道：「可傷，做夢不知哥沒了。」要請月娘拜見，吳大舅便道：「舍妹暗房出不來，如此這般，就是同日添了個娃兒。」伯爵愕然道：「有這等事?也罷也罷，哥有了個後代，這家當有了主兒了。」落後陳敬濟穿著一身重孝，走來與伯爵磕頭。伯爵道：「姐夫，煩惱。你爹沒了，你娘兒們是死水兒了，家中凡事要你仔細。有事不可自家專，請問你二位老舅主張。不該我說，你年幼，事體還不大十分歷練。」吳大舅道：「二哥，你沒的說。我自也有公事不得閒，現有他娘在。」伯爵道：「好大舅，雖故有嫂子，外邊事怎麼理得?還是老舅主張。自古沒舅不生，沒舅不長，一個親娘舅，比不得別人。你老人家就是個都根主兒，再有誰大？」因問道：「有了發引日期沒有？」吳大舅道：「擇二月十六日破土，三十日出殯，也在四七之外。」不一時，徐先生來到，祭告入殮，將西門慶裝入棺材內，用長命釘釘了，安放停當，題了名旌：「誥封武略將軍西門公之柩」。

那日何千戶來弔孝，靈前拜畢，吳大舅與伯爵陪待吃茶，問了發引的日期。何千戶吩咐手下該班排軍，原答應的一個也不許動，都在這裡伺候，直過發引之後，方許回衙門當差。又委兩名節級管領，如有違誤，呈來重治。又對吳大舅說：「如有外邊人拖欠銀兩不還者，老舅只顧說來，學生即行追治。」弔孝畢，到衙門裡，一面行文開缺，申報東京本衙去了。

話分兩頭，卻說來爵、春鴻同李三，一日到兗州察院，投下了書禮。宋御史見西門慶書上要討古器批文一節，說道：「你早來一步便好，昨日已都派下各府買辦去了。」尋思間，又見西門慶書中封著金葉十兩，又不好違阻了的，便留下春鴻、來爵、李三在公廨駐紮。隨即差快手拿牌，趕回東平府批文來，封回與春鴻書中。又與了一兩路費，方取路回清河縣，往返十日光景。走進城，就聞得路上人說：「西門大官人死了，今日三日，家中念經做齋哩！」這李三就心生奸計，路上說念來爵、春鴻：「將此批文按下，只說宋老爺沒與來，咱們都投到大街張二老爹那裡去罷。你二人不去，我每人與你十兩銀子，到家隱住，不拿出來就是了。」那來爵見財物倒也肯了，只春鴻不肯，口裡含糊應諾。

到家，見門首挑著紙錢，僧人做道場，親朋弔喪者不計其數，這李三就分路回家去了。來爵、春鴻見吳大舅，陳敬濟、磕了頭。問：「討得批文如何？怎的李三不來？」那來爵欲說不曾，這春鴻把宋御史書連批都拿出來，遞與大舅，悉把李三路上與的十兩銀子，說的言語，如此這般教他隱下，休拿出來，同他投往張二官家去：「小怎敢忘因負義？逕奔家來。」吳大舅一面走到後邊，告訴月娘：「這個小的兒就是個知恩的。叵耐李三這廝短命，見姐夫沒了幾日，就這等壞心。」因把這件事，就對應伯爵說：「李智、黃四，借契上本利還欠六百五十兩銀子，趁著剛才何大人吩咐，把這件事寫紙狀子，呈到衙門裡，教他替俺追追這銀子來，發送姐夫。他同僚間，自恁要做分上，這些事兒莫道不依。」

伯爵慌了，說道：「李三卻不該行此事。老舅快休動意，等我和他說罷。」於是走到李三家，請了黃四來一處計較。說道：「你不該先把銀子遞與小廝，倒做了管手。狐狸打不成，倒惹了一屁股臊。如今恁般恁般，要拿文書提刑所告你們哩！常言道官官相護，何況又同僚之間，你等怎抵鬥得他過？依我，不如悄悄送二十兩銀子與吳大舅，只當兗州府幹了事來了。我聽得說，這宗錢糧他家已是不做了，把這批文難得掣出來，咱投張二官那裡去罷。你們二人再湊得二百兩，少了也拿不出來，再備辦一張祭桌，一者祭奠大官人，二者交這銀子與他。另立一紙欠結，你往後有了買賣，慢慢還他就是了。這個一舉兩得，又不失了人情，有個始終。」黃四道：「你說得是。

李三哥，你幹事忒慌速了些。」真個到晚夕，黃四同伯爵送了二十兩銀子到吳大舅家，如此這般，「討批文一節，累老舅張主張主。」這吳大舅已聽見他妹子說不做錢糧，何況又黑眼見了白晃晃銀子，如何不應承？於是收了銀子。

到次日，李智，黃四備了一張插桌，豬首三牲，二百兩銀子，來與西門慶祭奠。吳大舅對月娘說了，拿出舊文書，重新另立了四百兩一紙欠帖，饒了他五十兩，餘者教他做上買賣，陸續交還。把批文交付與伯爵手內，同往張二官處合夥，上納錢糧去了，不在話下。正是：

金逢火煉方知色，人與財交便見心。

有詩為證：

造物於人莫強求，勸君凡事把心收。
你今貪得收人業，還有收人在後頭。

第八十回 潘金蓮售色赴東床 李嬌兒盜財歸麗院

詩曰：

倚醉無端尋舊約，卻因惆悵轉難勝。
靜中樓閣深春雨，遠處簾櫳半夜燈。
抱柱立時風細細，遶廊行處思騰騰。
分明窗下聞裁剪，敲遍欄杆喚不應。

話說西門慶死了，首七那日，卻是報恩寺十六眾僧人做水陸。這應伯爵約會了謝希大，花子由、祝實念、孫天化、常峙節、白賚光七人，坐在一處。伯爵先開口說：「大官人沒了，今一七光景。你我相交一場，當時也曾吃過他的，也曾用過他的，也曾使過他的，也曾借過他的，今日他死了，莫非推不知道？灑土也瞇瞇後人眼睛兒。不然，他就到五閻王跟前，也不饒你我。你我如今這等計較，你我各出一錢銀子，七人共湊上七錢，辦一桌祭禮，買一幅軸子，再求水先生作一篇祭文，擡了去大官人靈前祭奠，少不得還討了他七分銀子一條孝絹來，這個好不好？」眾人都道：「哥說得是。」當下每人湊出銀子來，交與伯爵，整備祭物停當，買了軸子，央水秀才做了祭文。這水秀才平昔知道，應伯爵這起人與西門慶乃小人之朋，於是暗含譏刺，作就一篇祭文。伯爵眾人把祭祀擡到靈前擺下，陳敬濟穿孝在旁還禮。伯爵為首，各人上了香，人人都粗俗，哪裡曉得其中滋味。澆了奠酒，只顧把祝文宣念。其文略曰：

維重和元年，歲戊戌，二月戊子朔，越初三日庚寅，侍教生應伯爵、謝希大、花子由、祝實念、孫天化、常峙節、白賚光，謹以清酌庶饈之儀，致祭於故錦衣西門大官人之靈曰：維靈生前梗直，秉性堅剛，軟的不怕，硬的不降，常濟人以點水，恆助人以精光。囊篋頗厚，氣概軒昂。逢樂而舉，遇陰伏降。錦襠隊中居住，齊腰庫裡收藏。有八角而不用撓摑，逢虱蟣而騷養難當。受恩小子，常在胯下隨幫。也曾在章臺而宿柳，也曾在謝館而猖狂。正宜撐頭活腦，久戰熬場，胡為罹一疾不起之殃？現今你便長伸著腳子去了，丟下小子輩如班鳩跌腳，倚靠何方？難上他煙花之寨，難靠他八字紅牆。再不得同席而偎軟玉，再不得並馬而傍溫香。撇的人垂頭落腳，閃的人牢溫郎當。今特奠茲白濁，次獻寸觴。靈其不昧，來格來歆，尚饗。

眾人祭畢，陳敬濟下來還禮。請去捲棚內，三湯五割管待出門，不提。

且說那日院中李家虔婆，聽見西門慶死了，鋪謀定計，備了一張祭桌，使了李桂卿、李桂姐坐轎子來，上紙弔問。月娘不出來，都是李嬌兒、孟玉樓在上房管待。李家桂卿、桂姐悄悄對李嬌兒說：「俺媽說，人已是死了，你我院中人守不得這樣貞節。自古千里長棚，沒個不散的筵席。教你手裡有東西，悄悄教李銘捎了家去防後。你還恁傻！常言道：揚州雖好，不是久戀之家。不拘多少時，也少不得離他家門。」那李嬌兒聽記在心。

不想那日韓道國妻王六兒，亦備了張祭桌，喬素打扮，坐轎子來與西門慶燒紙。在靈前下擺下祭祀，只顧站著。站了半日，白沒個人兒出來陪待。原來西門慶死了，首七時分，就把王經打發家去不用了。小廝們見王六兒來，都不敢進去說。那來安兒不知就裡，到月娘房裡，向月娘說：「韓大嬸來與爹上紙，在前邊站了一日了，大舅使我來對娘說。」這吳月娘心中還氣忿不過，便喝罵道：「怪賊奴才，不與我走，還來什麼韓大嬸、毬大嬸！賊狗攮的養漢淫婦，把人家弄得家敗人亡、父南子北、夫逃妻散的，還來上什麼毬紙！」一頓罵得來安兒摸門不著。

來到靈前，吳大舅問道：「對後邊說了不曾？」來安兒把嘴谷都著不言語。問了半日，才說：

「娘捎出四馬兒來了。」這吳大舅連忙進去，對月娘說：「姐姐，你怎麼這等的？快休要舒口！自古人惡禮不惡，他男子漢領著咱偌多的本錢　你如何這等待人？好名兒難得，快休如此。你就不出去，教二姐姐、三姐姐好好待他出去，也是一般。做什麼恁樣的，教人說你不是。」那月娘見他哥這等說，才不言語了。良久，孟玉樓出來還了禮，陪他在靈前坐的。只吃了一鍾茶，婦人也有些省口，就坐不住，隨即告辭起身去了。正是：

誰人汲得西江水，難免今朝一面羞。

那李桂卿、桂姐、吳銀兒都在上房坐著，見月娘罵韓道國老婆淫婦長、淫婦短、砍一株損百枝，兩個就有些坐不住。未到日落，就要家去。月娘再三留他姐兒兩個：「晚夕夥計每伴宿，你們看了提偶，明日去罷。」留了半日，桂姐、銀姐不去了，只打發他姐姐桂卿家去了。到了晚夕，僧人散了，果然有許多街坊夥計主管，喬大戶、吳大舅、吳二舅、沈姨夫、花子由、應伯爵、謝希大、常峙節，也有二十餘人，叫了一起偶戲，在大捲棚內擺設酒席伴宿。提演的是「孫榮孫華殺狗勸夫」戲文。堂客都在靈旁廳內，圍著幃屏，放下簾來，擺放桌席，朝外觀看。李銘、吳惠在這裡答應，晚夕也不家去了。不一時，眾人都到齊了。祭祀已畢，捲棚內點起燭來，安席坐下，打動鼓樂，戲文上來。直搬演到三更天氣，戲文方了。

原來陳敬濟自從西門慶死後，無一日不和潘金蓮兩個嘲戲，或在靈前溜眼，帳子後調笑。於是趕人散一亂，眾堂客都往後邊去了，小廝們都收傢伙，這金蓮趕眼錯捏了敬濟一把，說道：「我兒，你娘今日成就了你罷。趁大姐在後邊，咱就往你房裡去罷。」敬濟聽了，得不的一聲，先往屋裡開門去了。婦人黑影裡抽身鑽入他房內，更不答話，解開褲子，仰臥在炕上，雙鳧飛肩，教陳敬濟姦耍。正是：

色膽如天怕甚事，鴛幃雲雨百年情。

真個是：

二載相逢，一朝配偶；數年姻眷，一旦和諧。一個柳腰款擺，一個玉莖忙舒。耳邊訴雨意雲情，枕上說山盟海誓。鶯恣蝶採，旖妮摶弄百十般；狂雨羞雲，嬌媚施逞千萬態。一個不住叫親親，一個摟抱呼達達。得多少柳色乍翻新樣綠，花容不減舊時紅。

霎時雲雨了畢，婦人恐怕人來，連忙出房，往後邊去了。

到次日，這小夥兒嚐著這個甜頭兒，早晨走到金蓮房來，金蓮還在被窩裡未起來，從窗眼裡張看，見婦人被擁紅雲，粉腮印玉，說道：「好管庫房的，這咱還不起來！今日喬親家爹來上祭，大娘吩咐把昨日擺的李三、黃四家那祭桌收進來罷。你快些起來，且拿鑰匙出來與我。」婦人連忙教春梅拿鑰匙與敬濟。敬濟先教春梅樓上開門去了，婦人便從窗眼裡遞出舌頭，兩個咂了一回。正是：

得多少脂香滿口涎空嚥，甜唾顒心溢肺肝。

有詞為證：

恨杜鵑聲透珠簾，心似針簽，情似膠黏。我則見笑臉腮窩愁粉黛，瘦損春纖。寶髻亂、雲鬆翠鈿，睡顏酡、玉減紅添。檀口曾沾。到如今唇上猶香，想起來口內猶甜。

良久，春梅樓上開了門，敬濟往前邊看搬祭祀去了。

不一時喬大戶家祭來擺下，喬大戶娘子並喬大戶許多親眷，靈前祭畢。吳大舅、二舅、甘夥計陪侍，請至捲棚內管待。李銘、吳惠彈唱。那日鄭愛月兒家也來上紙弔孝，月娘俱令玉樓打發了孝裙束腰，後邊與堂客一同坐的。鄭愛月兒看見李桂姐、吳銀姐都在這裡，便嗔他兩個不對他說：「我若知道爹沒了，有個不來的？你們好人兒，就不會我會兒去。」又見月娘生了孩兒，說道：「娘一喜一憂。惜乎爹只是去世太早了些兒。你老人家有了主兒，也不愁。」月娘俱打發了孝，留坐直晚方散。

到二月初三日，西門慶二七，玉皇廟吳道官十六眾道士在家念經做法事。那日衙門中何千戶作創，約會了劉薛二內相、周守備、荊統制、張團練、雲指揮等數員武官，合著上了壇祭。月娘這裡請了喬大戶、吳大舅、應伯爵來陪待，李銘、吳惠兩個小優兒彈唱、捲棚管待去了，俱不必細說。到晚夕，念經送亡，月娘吩咐把李瓶兒靈床連影擡出去，一把火燒了，將箱籠都搬到上房內堆放。奶子如意兒並迎春收在後邊答應，把綉春與了李嬌兒房內使喚，將李瓶兒那邊房門，一把鎖鎖了。可憐正是：

畫棟雕梁猶未乾，堂前不見痴心客。

有詩為證：

襄王臺下水悠悠，一種相思兩樣愁。
月色不知人事改，夜深還到粉牆頭。

那時李銘日日假以孝堂助忙，暗暗教李嬌兒偷轉東西與他掖送到家，又來答應，常兩三夜不往家去，只瞞過月娘一人眼目。吳二舅又和李嬌兒舊有首尾，誰敢道個不字。初九日念了三七經，月娘出了暗房，四七就沒曾念經。十二日，陳敬濟破了土回來。二十日早發引，也有許多冥器紙箚，送殯之人終不似李瓶兒那時稠密。臨棺材出門，也請了報恩寺朗僧官起棺，坐在轎上，捧得高高的，念了幾句偈文。念畢，陳敬濟摔破紙盆，棺材起身，閤家大小孝眷放聲號哭。吳月娘坐魂轎，後面眾堂客上轎，都圍隨棺材走，逕出南門外五里原祖塋安厝。陳敬濟備了一匹尺頭，請雲指揮點了神主，陰陽徐先生下了葬。眾孝眷掩土畢，山頭祭桌可憐通不上幾家，只是吳大舅、喬大戶、何千戶、沈姨夫、韓姨夫與眾夥計五六處而已。吳道官還留下十二眾道童回靈，安於上房明間正寢。陰陽灑掃已畢，打發眾親戚出門，吳月娘等不免伴夫靈守孝。一日暖了墓回來，答應班上排軍節級各都告辭回衙門去了。西門慶五七，月娘請了薛姑子、王姑子、大師父、十二眾尼僧，在家誦經禮懺超度夫主生天。吳大妗子並吳舜臣媳婦，都在房中相伴。

原來出殯之時，李桂卿、桂姐在山頭悄悄對李嬌兒如此這般：「媽說，你摸量你手中沒甚細軟東西，不消只顧在他家了。你又沒兒女，守什麼？教你一場嚷亂，登開了罷。昨日應二哥來說，如今大街坊張二官府，要破五百兩金銀娶你做二房娘子，當家理紀。你那裡便圖出身，你在這裡，守到老死也不怎麼。你我院中人家，棄舊迎新為本，趨炎附勢為強，不可錯過了時光！」這李嬌兒聽記在心。過了西門慶五七之後，因風吹火，用力不多。不想潘金蓮對孫雪娥說，出殯那日，在墳上看見李嬌兒與吳二在花園小房內，兩個說話來。春梅孝堂中又親眼看見，李嬌兒帳子後遞了一包東西與李銘，塞在腰裡，轉了家去。嚷得月娘知道，把吳二舅罵了一頓，趕去舖子裡做買賣，再不許進後邊來。吩咐門上平安，不許李銘來往。這花娘惱羞變成怒，正尋不著這個由頭兒哩。

一日，因月娘在上房和大妗子吃茶，請孟玉樓不請他，就惱了，與月娘兩個大鬧大嚷，拍著西門慶靈床子，啼啼哭哭，叫叫嚎嚎，到半夜三更，在房中要行上吊。丫頭來報與月娘，月娘慌了，與大舅子計議，請將李家虔婆來，可打發他歸院。虔婆生怕留下他衣服頭面，說了幾句言語：

「我家人在你這裡做小伏低，頂缸受氣，好容易就開交了罷！須得幾十兩遮羞錢。」吳大舅居著官，又不敢張主，相講了半日，教月娘把他房中衣服、首飾、箱籠、床帳、傢伙盡與他，打發出門，只不與他元宵、綉春兩個丫頭去。李嬌兒生死要這兩個丫頭。月娘生死不與他，說道：「你倒好，買良為娼。」一句慌了鴇子，就不敢開言，變做笑吟吟臉兒，拜辭了月娘，李嬌兒坐轎子，擡得往家去了。

看官聽說：院中唱的以賣俏為活計，將脂粉作生涯。早晨張風流，晚夕李浪子，前門進老子，後門接兒子，棄舊憐新，見錢眼開，自然之理。饒君千般貼戀，萬種牢籠，還鎖不住他的心猿意馬。不是活時偷食抹嘴，就是死後嚷鬧離門，不拘幾時，還吃舊鍋粥去了。正是：

蛇入筒中曲性在，鳥出籠輕便飛騰。

有詩為證：

堪笑煙花不久長，洞房夜夜換新郎。
兩隻玉腕千人枕，一點朱唇萬客嚐。
造就百般嬌艷態，生成一片假心腸。
饒君總有牢籠計，難保臨時思故鄉。

月娘打發李嬌兒出門，大哭了一場。眾人都在旁解勸，潘金蓮道：「姐姐，罷，休煩惱了。常言道：娶淫婦，養海青，食水不到想海東。這個都是他當初幹的營生，今日教大姐姐這等惹氣。」

家中正亂著，忽有平安來報：「巡鹽蔡老爹來了，在廳上坐著哩。我說家老爹沒了，他問沒了幾時了，我回正月二十一日病故，到今過了五七。他問有靈沒靈，我回有靈，在後邊供養著哩。

他要來靈前拜拜，我來對娘說。」月娘吩咐：「教你姐夫出去見他。」不一時，陳敬濟穿上孝衣，出去拜見了蔡御史。良久，後邊收拾停當，請蔡御史進來，西門慶靈前參拜了。月娘穿著一身重孝，出來回禮。再不交一言，就讓月娘說：「夫人請回房。」又向敬濟說道：「我昔時曾在府相擾，今差滿回京去，敬來拜謝拜謝，不期作了故人。」便問：「什麼病症？」陳敬濟道：「是痰火之疾。」蔡御史道：「可傷！可傷！」即喚家人上來，取出兩匹杭州絹，一雙絨襪，四尾白鯗，四罐蜜餞，說道：「這些微禮，權作奠儀罷。」又拿出五十兩一封銀子來：「這個是我向日曾貸過老先生些厚惠，今積了些俸資奉償，以全終始之交。」吩咐平安道：「大官，交進房去。」敬濟道：「老爹，忒多計較了。」月娘說：「請老爹前廳坐。」蔡御史道：「也不消坐了，拿茶來吃了一鍾就是了。」左右須臾拿茶上來，蔡御史吃了，揚長起身上轎去了。月娘得了這五十兩銀子，心中又是那歡喜，又是那慘戚。想有他在時，似這樣官員來到，肯空放去了？又不知吃酒到多咱晚。今日他伸著腳子，空有家私，眼看著就無人陪待。正是：

人得交遊是風月，天開圖畫即江山。

話說李嬌兒到家，應伯爵打聽得知，報與張二官知，就拿著五兩銀子來請他歇了一夜。原來張二官小西門慶一歲，屬兔的，三十二歲了。李嬌兒三十四歲，虔婆瞞了六歲，只說二十八歲，教伯爵瞞著。使了三百兩銀子，娶到家中，做了二房娘子。祝實念、孫寡嘴依舊領著王三官兒，還來李家行走，與桂姐打熱，不在話下。

伯爵、李三、黃四借了徐內相五千兩銀子，做了東平府古器這批錢糧，逐日寶鞍大馬，在院內搖擺。張二官見西門慶死了，又打點了上千兩金銀，往東京尋了樞密院鄭皇親人情，對堂上朱太尉說，要討提刑所西門慶這個缺。家中收拾買花園，蓋房子。應伯爵無日不在他那邊趨奉，把西門慶家中大小之事，盡告訴與他。說：「他家中還有第五個娘子潘金蓮，排行六姐，生得上畫兒般標緻，詩詞歌賦，諸子百家，拆牌道字，雙陸象棋，無不通曉。又寫得一筆好字，彈得一手好琵琶。今年不上三十歲，比唱的還喬。」

說得那張二官心中火動，巴不得就要了他，便問道：「莫非是當初賣炊餅的武大郎那老婆麼？」伯爵道：「就是他。被他占來家中，今也有五六年光景，不知他嫁人不嫁？」張二官道：「累你打聽著，待有嫁人的聲口，你來對我說，等我娶了罷。」伯爵道：「我身子裡有個人，在他家做家人，名來爵兒。等我對他說，若有出嫁聲口，就來報你知道。難得你娶過他這個人來家，也強似娶個唱的。當時西門大官人在時，為娶他不知費了許多心，大抵物各有主，也說不得，只好有福的匹配。你如今有了這般勢耀，不得此佳人同享榮華，枉自有許多富貴。我只叫來爵兒密密打聽，但有嫁人的風縫兒，憑我甜言美語，打動春心，你卻用幾百兩銀子，娶到家中，儘你受用便了。」

看官聽說：但凡世上幫閒子弟，極是勢利小人。當初西門慶待應伯爵如膠似漆，賽過同胞弟兄，哪一日不吃他的、穿他的、受用他的？身死未幾，骨肉尚熱，便做出許多不義之事，正是：

畫虎畫皮難畫骨，知人知面不知心。

有詩為證：

昔年義氣似金蘭，百計趨承不等閒。
今日西門身死後，紛紛謀妾伴人眠。

第八十一回　韓道國拐財遠遁　湯來保欺主背恩

詩曰：

燕入非旁舍，鷗歸只故池。
斷橋無復板，臥柳自生枝。
遂有山陽作，多慚鮑叔知。
素交零落盡，白首淚雙垂。

話說韓道國與來保，自從拿著西門慶四千兩銀子江南置買貨物，到於揚州，抓尋苗青家內宿歇。苗青見了西門慶手札，想他活命之恩，盡力趨奉。又討了一個女子，名喚楚雲，養在家裡，要送與西門慶，以報其恩。韓道國與來保兩個，且不置貨，成日尋花問柳，飲酒宿婦。只到初冬天氣，景物蕭瑟，不勝旅思，方才將銀往各處買置布匹，裝在揚州苗青家安下，待貨物買完起身。先是韓道國請了個婊子，是揚州舊院王玉枝兒，來保便請了林彩虹妹子小紅。

一日，請揚州鹽客王海峯和苗青遊寶應湖。遊了一日，歸到院中，又值玉枝兒鴇子生日，這韓道國又邀請眾人，擺酒與鴇子王一媽做生日。使後生胡秀請客商汪東橋與錢晴川兩個，白不見到。不一時，汪東橋與錢晴川就同王海峯來了。至日落時分，胡秀才來，被韓道國帶酒罵了幾句，說：「這廝不知在哪裡吃酒，吃到這咱才來，口裡噴出來的酒氣。客人倒先來了這半日，你不知哪裡來。我到明日定和你算帳。」那胡秀把眼斜瞅著他，走到下邊，口裏喃喃吶吶說：「你罵我？你家老婆在家裡仰搧著掙，你在這裡合蓬著丟。宅裡老爹包著你家老婆，奋得不值了，才教你領本錢出來做買賣。你在這裡快活，你老婆不知怎麼受苦哩！得人不化白出你來，你落得為人，就

夠了。」對玉枝兒鴇子只顧說。鴇子便拉出他院子裡說：「胡官人，你醉了，你往房裡睡去罷。」那胡秀大吆小喝，白不肯進房。

不料韓道國正陪眾客商在席上吃酒，聽見胡秀口內放屁辣臊，心中大怒，走出來踢了他兩腳，罵道：「賊野囚奴，我有了五分銀子雇你一日，怕尋不出人來！」即時趕他去。那胡秀哪裡肯出門，在院子內聲叫起來。說道：「你如何趕我？我沒壞了管帳事！你倒養老婆，倒趕我，看我到家說不說！」被來保勸住韓道國，一手拉他過一邊，說道：「你這狗骨頭，原來這等酒硬！」那胡秀道：「保叔，你老人家休管他。我吃什麼酒來？我和他做一做。」被來保推他往屋裡挺覺去了。正是：

酒不醉人人自醉，色不迷人人自迷。

來保打發胡秀房裡睡去，不提。韓道國恐怕眾客商恥笑，和來保席上觥壽交錯，遞酒調笑。林彩虹、小紅姐妹二人並王玉枝兒三個唱的，彈唱歌舞，花攢錦簇，行令猜枚，吃至三更方散。次日，韓道國要打胡秀，胡秀說：「小的通不曉一字。」道國被苗青做好做歹勸住了。

話休饒舌。有日貨物置完，打包裝載上船。不想苗青討了送西門慶的那女子楚雲，忽生起病來，動身不得。苗青說：「等他病好了，我再差人送了來罷。」只打點了些人事禮物，抄寫書帳，打發二人並胡秀起身。王玉枝並林彩虹姐妹，少不得置酒碼頭，作別餞行。從正月初十日起身，一路無詞。一日到臨江閘上，這韓道國正在船頭站立，忽見街坊嚴四郎從上流坐船而來，往臨江接官去。看見韓道國，舉手說：「韓西橋，你家老爹從正月間沒了。」說畢，船行得快，就過去了。這韓道國聽了此言，遂安心在懷，瞞著來保不說。

不想那時河南、山東大旱，赤地千里，田蠶荒蕪不收，棉花布價一時踊貴，每匹布帛加三利息。各處鄉販都打著銀兩遠接，在臨清一帶碼頭迎著客貨而買。韓道國便與來保商議：「船上布貨約四千餘兩，見今加三利息，不如且賣一半，又便宜鈔關納稅。就到家發賣，也不過如此。遇行市不賣，誠為可惜。」來保道：「夥計所言雖是，誠恐賣了，一時到家惹當家的見怪，如之奈何？」韓道國便說：「老爹見怪，都在我身上。」來保強不過他，就在碼頭上發賣了一千兩布貨。韓道國說：「雙橋，你和胡秀在船上等著納稅，我打旱路，同小郎王漢打著一千兩銀子，先去報老爹知道。」來保道：「你到家，好歹討老爹一封書來，下與鈔關錢老爹，少納稅錢，先放船行。」韓道國應諾，同小郎王漢裝成馱垛，往清河縣家中來。

有日進城，在甕城南門裡，日色漸落，忽撞遇看墳的張安，推著車輛酒米食盒，正出南門。看見韓道國，便叫：「韓大叔，你來家了？」韓道國看見他帶著孝，問其故。張安說：「老爹死了，明日三月初九是斷七。大娘教我拿此酒米食盒往墳上去，明日與老爹燒紙。」這韓道國聽了，說：「可傷！可傷。果然路上行人口似碑，話不虛傳。」打頭口逕進城中。到了十字街上，心中算計：「且住。有心要往西門慶家去，況今他已死了，天色又晚，不如且歸家停宿一宵，和渾家商議了，明日再去不遲。」於是和王漢打著頭口，逕到獅子街家中。

二人下了頭口，打發趕腳人回去。叫開門，王漢搬行李馱垛進入堂中。老婆一面迎接入門，拜了佛祖。王六兒替他脫衣坐下，丫頭點茶吃。韓道國先告訴往回一路之事，道：「我在路上撞遇嚴四哥與張安，才知老爹死了。好好的，怎的就死了？」王六兒道：「天有不測風雲，人有暫時禍福，誰人保得無常？」韓道國一面把馱垛打開，取出他江南置的許多衣裳、細軟貨物，並那一千兩銀子，一封一封都放在炕上。老婆打開看，都是白光光雪花銀兩，便問：「這是哪裡的？」韓道國說：「我在路上聞了信，就先賣了這一千兩銀子來了。」又取出兩包梯己銀子一百兩，因問老婆：「我去後，家中他也看顧你不曾？」王六兒道：「他在時倒也罷了。如今你這銀子還送與他家去？」韓道國道：「正是要和你商議。咱留下些，把一半與他如何？」老婆道：「呸！你這傻奴才料，這遭再休要傻了。如今他已是死了，這裡無人，咱和他有甚瓜葛？不爭你送與他一半，叫他刁鉊道兒問你下落。倒不如一狠二狠，把他這一千兩，咱雇了頭口，拐了上東京，投奔咱孩兒那裡。愁咱親家太師爺府中安放不了你我？」

韓道國說：「丟下這房子，急切打發不出去，怎了？」老婆道：「你看沒才料！何不叫將第二個來，留幾兩銀子與他，就教他看守便了。等西門慶家人來尋你，只說東京咱孩兒叫了兩口去了。莫不他七個頭八個膽，敢往太師府中尋咱們去？就尋去，你我也不怕他！」韓道國說：「爭奈我受大官人好處，怎好變心的？沒天理了。」老婆道：「自古有天理倒沒飯吃哩！他占用著老娘，使他這幾兩銀子，不差什麼。想著他孝堂裡，我倒好意備了一張插桌三牲，往他家燒紙，他家大老婆那不賢良的淫婦，半日不出來，在屋裡罵得好訕的。我出又出不來，坐又坐不住。落後他第三個老婆出來陪我坐，我不去坐，就坐轎子來家了。想著他這個情兒，我也該使他這幾兩銀子。」一席話，說得韓道國不言語了。

夫妻二人晚夕計議已定。到次日五更，叫他兄弟韓二來，如此這般，教他看守房子，又把與他一二十兩銀子盤纏。那二搗鬼千肯萬肯，說：「哥嫂只顧去，等我打發他。」這韓道國就把王漢小郎並兩個丫頭，也跟他帶上東京去。雇了二大輛車，把箱籠細軟之物都裝在車上，投天明出西門，逕上東京去了。正是：

撞碎玉籠飛彩鳳，頓開金鎖走蛟龍。

這裡韓道國夫婦東京去了不提。單表吳月娘次日帶孝哥兒，同孟玉樓、潘金蓮、西門大姐、奶子如意兒、女婿陳敬濟，往墳上與西門慶燒紙。張安就告訴月娘昨日撞見韓大叔來家一節。月娘道：「他來了，怎的不到我家來？只怕他今日來。」在墳上剛燒了紙，坐了沒多回，老早就起身來家。使陳敬濟：「往他家叫韓夥計去，問他船到哪裡了？」初時叫著不聞人言，次則韓二出來說：「俺姪女兒東京叫了哥嫂去了，船不知在哪裡。」這陳敬濟回月娘，月娘不放心，使敬濟騎頭口往河下尋船。去了一日，到臨清碼頭船上，尋著來保船隻。

來保問：「韓夥計先打了一千兩銀子，家去了？」敬濟道：「誰見他來！張安看見他進城，次日墳上來家，大娘使我問他去。他兩口子奪家連銀子都拐得上東京去了。如今爹死了，斷七過了，大娘不放心，使我來找尋船隻。」這來保口中不言，心內暗道：「這天殺的，原來連我也瞞了！嗔道路上定要賣這一千兩銀子，乾淨要起歹心。正是：人面咫尺，心隔千里！」這來保見西門慶已死，也安心要和他一路。把敬濟小夥兒引誘在碼頭上各唱店中、歌樓上飲酒，請婊子玩耍。暗暗船上搬了八百兩貨物，卸在店家房內，封記了。一日，鈔關上納了稅，放船過來，在新河口起腳裝車，往清河縣城裡，來家中東廂房卸下。

自從西門慶死了，獅子街絲綿鋪已關了，對門緞鋪甘夥計、崔本賣了銀兩都交付明白，各辭歸家去了，房子也賣了，只有門首解當、生藥鋪，敬濟與傅夥計開著。原來這來保妻惠祥有個五歲兒子，名僧寶兒。韓道國老婆王六兒有個姪女兒四歲。二人割衿做了親家，家中月娘通不知道。

這來保交卸了貨物，就一口把事情都推在韓道國身上，說他先賣了二千兩銀子來家。那月娘再三使他上東京，問韓道國銀子下落去。他一頓話道：「咱早休去！一個太師老爹府中，誰人敢到？沒得招是惹非。得他不來尋你，咱家念佛，倒沒得招惹虱子頭上撓！」月娘道：「翟親家也虧咱家替他保親，莫不看些分上兒？」來保道：「他家女兒現在他家得時，他敢只護他娘老子，莫不護咱不成？此話只好在家對我說罷了，外人知道，傳出去倒不好了！只當丟這幾兩銀子罷，更休提了！」

月娘聽了無法，也只得罷了。又教他會買頭，發賣布貨。他會了主兒來，月娘教陳敬濟兌銀講價錢，主兒都不服，拿銀出去了。來保便說：「姐夫，你不知買賣甘苦。俺在江湖上走得多，曉得行情。寧可賣了悔，休要悔了賣。這貨來家得此價錢就夠了，你十分把弓兒拽滿，迸了主兒，顯得不會做生意。我不是托大說話，你年少不知事體，我莫不肐膊兒往外撇？不如賣掉了，是一場事！」

那敬濟聽了，使性兒不管了。他也不等月娘來吩咐，劈手奪過算盤，邀回主兒來，把銀子兌

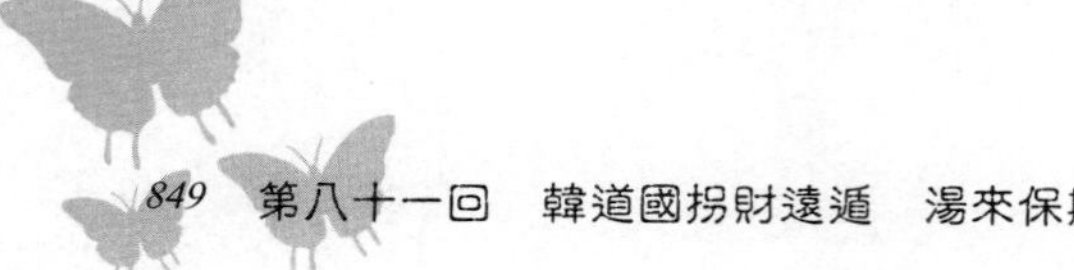

了二千餘兩，一件件交付與敬濟經手，交進月娘收了，推貨出門。月娘與了他二三十兩銀子，房中盤纏。他便故意兒昂昂大意不收，說道：「你老人家還收了。死了爹，你老人家死水兒，自家盤纏，又與俺們做甚？你收了去，我絕不要！」一日晚夕，外邊吃得醉醉兒，走進月娘房中，搭伏著護炕，說念月娘：「你老人家青春少小，沒了爹，你自家守著這點孩子兒，不害孤另麼？」月娘一聲兒沒言語。

一日，東京翟管家寄書來，知道西門慶死了，聽見韓道國說他家中有四個彈唱出色的女子，該多少價錢，說了去，兌銀子來，要載到京中答應老太太。月娘見書，慌了手腳，叫將來保來計議，與他去好，不與他去好。來保進入房中，也不叫娘，只說：「你娘子人家，不知事，不與他去，就惹下禍了。這個都是過世老頭兒惹的，恰似賣富一般，但擺酒請人，就叫家樂出去，有個不傳出去的？何況韓夥計女兒又在府中答應老太太，有個不說的？我前日怎麼說來，今果然有此勾當鑽出來。你不與他，他裁派府縣差人坐名兒來要，不怕你不雙手兒奉與他，還是遲了。難說四個都與他，不如今日胡亂打發兩個與他，還做面皮。」這月娘沉吟半晌，孟玉樓房中蘭香與金蓮房中春梅，都不好打發，綉春又要看哥兒，不出門。因問他房中玉簫與迎春，情願要去，以此就差來保，雇車輛裝載兩個女子，往東京太師府中來。不料來保這廝，在路上把這兩個女子都姦了。

有日到東京，會見韓道國夫婦，把前後事都說了。韓道國謝來保道：「若不是親家看顧我，在家阻住，我雖然不怕他，也未免多一番唇舌。」翟謙看見迎春、玉簫兩個都生得好模樣兒，一個會箏，一個會弦子，都不上十七八歲，進入府中伏侍老太太，賞出兩錠元寶來。這來保還克了一錠，到家只拿出一錠元寶來與月娘，還將言語恐嚇月娘說：「若不是我去，還不得他這錠元寶拿家來。你還不知，韓夥計兩口兒在那府中，好不受用富貴！獨自住著一所宅子，呼奴使婢，坐五行三，翟管家以老爹呼之。他家女孩兒韓愛姐，日逐上去答應老太太，寸步不離，要一奉十，揀口兒吃用，換套穿衣。如今又會寫，又會算，福至心靈，出落得好長大身材，姿容美貌。前日出來見我，打扮得如瓊林玉樹一般，百伶百俐，一口一聲叫我保叔。如今咱家這兩個家樂到那裡，還在他手裡討針線哩！」說畢，月娘還甚是知感他不盡。打發他酒饌吃了，與他銀子又不受，拿了一匹緞子與他妻惠祥做衣服穿，不在話下。

這來保一日同他妻弟劉倉往臨清碼頭上，將封寄店內布貨盡行賣了八百兩銀子，暗買下一所房子，就在劉倉右邊門首，就開雜貨鋪兒。他便日逐隨倚祀會茶。他老婆惠祥，要便對月娘說，假推往娘家去，到房子裡重新換了頭面衣服，珠子箍兒，插金戴銀，往王六兒娘家王母豬家扳親家，行人情，坐轎看他家女兒去。來到房子裡，依舊換了慘淡衣裳，才往西門慶家中來，只瞞過月娘一人不知。來保這廝，常時吃醉了，來月娘房中嘲話調戲。兩番三次，不是月娘為人正大，也被他說念得心邪，上了道兒。又有一般小廝媳婦，在月娘跟前，說他媳婦子在外與王母豬作親家，插金戴銀，行三坐五。潘金蓮也對月娘說了幾次，月娘不信。

惠祥聽見此言，在廚房中罵大罵小。來保便裝胖學蠢，自己誇獎，說眾人：「你們只好在家裡說炕頭子上的嘴罷了！像我水皮子上顧瞻，將家中這許多銀子貨物來家。若不是我，都吃韓夥計老牛箝嘴拐了往東京去，只呀的一聲，乾丟在水裡也不響。如今還不道俺們一個是，說俺轉了主子的錢了，架俺一篇是非。正是割股的也不知，燃香的也不知。自古信人調，丟了瓢。」媳婦子惠祥便罵：「賊嚼舌根的淫婦，說俺兩口子轉的錢大了，在外行三坐五扳親。老道出門，問我姐那裡借的幾件子首飾衣裳，就說是俺落得主子銀子治的。要擠撮俺兩口子出門，也不打緊，等俺們出去，料莫天也不著餓水鴉兒吃草。我洗淨著眼兒，看你這些淫婦奴才，在西門家裡住牢著！」月娘見他罵大罵小，尋由頭兒和人嚷，鬧上吊，漢子又兩番三次無人處在跟前無禮，心裡也氣得沒入腳處，只得教他兩口子搬離了家門。這來保就大刺刺和他舅子開起個布舖來，發賣各色細布。日逐會親友，行人情，不在話下。正是：

勢敗奴欺主，時衰鬼弄人。

第八十二回　陳敬濟弄一得雙　潘金蓮熱心冷面

詞曰：

聞道雙啣鳳帶，不妨單著鮫綃。夜香知為阿誰燒？悵望水沉煙裊。　雲鬢風前綠捲，玉顏想處紅潮。莫教空負可憐宵，月下雙鸞步俏。

——右調〈西江月〉

話說潘金蓮與陳敬濟，自從在廂房裡得手之後，兩個人嚐著甜頭兒，日逐白日偷寒，黃昏送暖。或倚肩嘲笑，或並坐調情，掐打揪撏，通無忌憚。或有人跟前不得說話，將心事寫了，搓成紙條兒，丟在地下。你有話傳與我，我有話傳與你。一日，四月天氣，潘金蓮將自己袖的一方銀絲汗巾兒裹著一個紗香袋兒，裡面裝一縷頭髮並些松柏兒，封得停當，要與敬濟。不想敬濟不在廂房內，遂打窗眼內投進去。後敬濟進房，看見彌封甚厚，打開卻是汗巾香袋兒。紙上寫一詞，名〈寄生草〉：

將奴這銀絲帕並香囊寄與他。當初結下青絲髮，松柏兒要你常牽掛，淚珠兒滴寫相思話。夜深燈照得奴影兒孤，休負了夜深潛等荼蘼架。

敬濟見詞上約他在荼蘼架下等候，私會佳期，隨即封了一柄湘妃竹金扇兒，亦寫一詞在上回答他，袖入花園去。不想月娘正在金蓮房中坐著，這敬濟三不知走進角門就叫：「可意人在家不在？」這金蓮聽見是他語音，恐怕月娘聽見決撒了，連忙掀簾子走出來。看著他擺手兒，佯說：

「我道是誰，原來是陳姐夫來尋大姐。大姐剛才在這裡，和他們往花園亭子上摘花兒去了。」這敬濟見有月娘在房裡，就把物事暗暗遞與婦人袖了，他就出去了。月娘便問：「陳姐夫來做什麼？」金蓮道：「他來尋大姐，我回他往花園中去了。」以此瞞過月娘。少頃，月娘起身回後邊去了。金蓮向袖中取出拆開，卻是湘妃竹金扇兒一把，上畫一種青蒲，半溪流水，有〈水仙子〉一首詞兒：

紫竹白紗甚逍遙，綠青蒲巧製成，金鉸銀錢十分妙。妙人兒堪用著，遮炎天少把風招。有人處常常袖著，無人處慢慢輕搖，休教那俗人兒偷了。

婦人看了其詞，到於晚夕月上時，早把春梅、秋菊兩個丫頭打發些酒與他吃，關那邊炕屋睡。然後自在房中綠窗半啟，絳燭高燒，收拾床鋪衾枕，薰香澡牝，獨立木香棚下，專等敬濟來赴佳期，西門大姐那夜恰好被月娘請去後邊聽王姑子宣卷去了，只有元宵兒在屋裡。敬濟梯己與了他一方手帕，吩咐他：「看守房中，我往你五娘那邊下棋去，等大姑娘進來，你快來叫我。」元宵兒應諾了。敬濟得手，走來花園中，只見花依月影，參差掩映。走到荼蘼架下，遠遠望見婦人摘去冠兒，亂挽烏雲，悄悄在木香棚下獨立。這敬濟猛然從荼蘼架下突出，雙手把婦人抱住。把婦人諕了一跳，說：「呸！小短命！猛可鑽出來，諕了我一跳。早是我，你摟便將就罷了。若是別人，你也恁膽大摟起來？」敬濟吃得半酣兒，笑道：「早是摟了你，就錯摟了紅娘，也是沒奈何。」兩個於是相摟相抱，攜手進入房中。房中熒煌煌掌著燈燭，桌上設著酒餚。一面頂了角門，並肩而坐飲酒。婦人便問：「你來，大姐在哪裡？」敬濟道：「大姐後邊聽宣卷去了。我吩咐下元宵兒，有事來這裡叫，我只說在這裡下棋。」說畢，兩個歡笑做一處。飲酒多時，常言：風流茶說合，酒是色媒人，不覺竹葉穿心，桃花上臉，一個嘴兒相親，一個腮兒廝搵，罩了燈上床交接。有〈六娘子〉小詞為證：

入門來將奴摟抱在懷。奴把錦被兒伸開，俏冤家玩得十分怪。嗏，將奴腳兒擡，腳兒擡。
揉亂了烏雲，鬏髻兒歪。

兩人雲雨才畢，只聽得元宵叫門說：「大姑娘進房中來了。」這敬濟慌得穿衣去了。正是：

狂蜂浪蝶日時見，飛入梨花無處尋。

原來潘金蓮那邊三間樓上，中間供養佛像，兩邊廂房堆放生藥香料。兩個自此以後，情沾肺腑，意密如漆，無日不相會做一處。一日，也是合當有事。潘金蓮早晨梳妝打扮，走來樓上觀音菩薩前燒香，不想陳敬濟正拿鑰匙上樓，開庫房門拿藥材香料，撞遇在一處。這婦人且不燒香。見樓上無人，兩個摟抱著親嘴咂舌。一個叫「親親五娘」，一個呼「心肝短命」，因說：「趁無人，咱在這裡幹了罷。」一面解褪衣褲，就在一張春櫈上雙鳧飛肩，靈根半入，不勝紬繆。當初沒巧不成話，兩個正幹得好，不防春梅正上樓來拿盒子取茶葉，看見。兩個湊手腳不迭，都吃了一驚。春梅恐怕羞了他，連忙倒退回身子，走下胡梯。慌得敬濟兜小衣不迭。婦人穿上裙子，忙叫春梅：「我的好姐姐，你上來，我和你說話。」那春梅於是走上樓來。金蓮道：「我的好姐姐，你姐夫不是別人，我今教你知道了罷。俺兩個情孚意合，拆散不開，你千萬休對人說，只放在你心裡。」春梅便說：「好娘，說哪裡話。奴伏侍娘這幾年，豈不知娘心腹，肯對人說？」婦人道：「你若肯遮蓋俺們，趁你姐夫在這裡，你也過來和你姐夫睡一睡，我方信你。你若不肯，只是不可憐見俺們了！」那春梅把臉羞得一紅一白，只得依他。卸下湘裙，解開褲帶，仰在凳上，儘著這小夥兒受用。有這等事。正是：

明珠兩顆皆無價，要奈檀郎盡得鑽。

有〈紅綉鞋〉為證：

假認做女婿親厚，往來和丈母歪偷，人情裡包藏鬼胡油。明講做兒女禮，暗結下燕鶯儔，他兩個今有。

當下儘著敬濟與春梅耍完，大家方才走散。自此以後，潘金蓮便與春梅打成一家，與這小夥兒暗約偷期，非只一日，只背著秋菊。

六月初一日，潘姥姥老病沒了，有人來說。吳月娘買一張插桌，三牲冥紙，教金蓮坐轎子往門外探喪祭祀。去了一遭回來。到次日，六月初三日，金蓮起來的早，在月娘房裡坐著，說了半日閒話出來，走在大廳院子裡牆根下，急了溺尿，正撩起裙子，蹲踞溺尿。

原來西門慶死了，沒人客來往，等閒大廳儀門只是關閉不開。敬濟在東廂房住，才起來，忽聽見有人在牆根溺得尿刷刷的響。悄悄向窗眼裡張看，卻不想是他，便道：「是哪個撒野，在這裡溺尿？撩起衣服，看濺濕了裙子。」這婦人連忙繫上裙子，走到窗下問道：「原來你在屋裡，這咱才起來，好自在！大姐沒在房裡麼？」敬濟道：「在後邊，幾時出來！昨夜三更才睡，大娘後邊拉著聽宣《紅羅寶卷》，坐到那咱晚，險些兒沒把腰累癱瘸了，今日白爬不起來。」金蓮道：「賊牢成的，你休搗謊哄我！昨日我不在家，你幾時在上房內聽宣卷來？丫鬟說你昨日在孟三兒房裡吃飯來。」敬濟道：「早是大姐看著，俺們都在上房內，幾時在他屋裡去來！」

說著，這小夥兒站在炕上，把那話弄得硬硬的，直豎的一條棍，隔窗眼裡舒過來。婦人一見，笑得要不得，罵道：「怪賊牢拉的短命，猛可舒出你老子頭來，諕了我一跳。你趁早好好抽進去，我好不好拿針刺與你一下子，教你忍痛哩。」敬濟笑道：「你老人家這回兒又不待見他起來。你好歹打發他個好處去，也是你一點陰騭。」婦人罵道：「好個怪牢成久慣的囚根子！」一面向腰裡摸出面青銅小鏡兒來，放在窗欞上，假做勻臉照鏡。一面用朱唇吞裹咂他那話，吮咂得這小郎

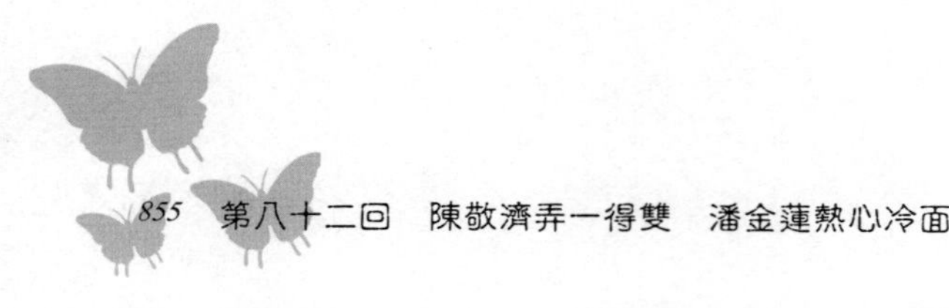

君，一點靈犀灌頂，滿腔春意融心。正咂在熱鬧處，忽聽得有人走得腳步兒響，這婦人連忙摘下鏡子，走過一邊。敬濟便把那話縮回去了。卻不想是來安兒小廝走來，說：「傅大郎前邊請吃飯哩。」敬濟道：「教你傅大郎且吃著，我梳頭哩，就來。」來安兒回去了。婦人便悄悄向敬濟說：「晚夕你休往哪裡去了，在屋裡，我使春梅叫你。好歹等我，有話和你說。」敬濟道：「謹依來命。」婦人說畢，回房去了。敬濟梳洗畢，往鋪中自做買賣，不提。

不一時，天色晚來。那日，月黑星密，天氣十分炎熱。婦人令春梅燒湯熱水，要在房中洗澡，修剪足甲。床上收拾衾枕，趕了蚊子，放下紗帳子，小篆內炷了香。春梅便叫：「娘不知，今日是頭伏，你不要些鳳仙花染指甲？我替你尋些來。」婦人道：「你哪裡尋去？」春梅道：「我直往那邊大院子裡才有，我去拔幾根來。娘教秋菊尋下杵臼，搗下蒜。」婦人附耳低言，悄悄吩咐春梅：「你就廂房中請你姐夫晚夕來，我和他說話。」春梅去了。這婦人在房中，比及洗了香肌，修了足甲，也有好一回，只見春梅拔了幾顆鳳仙花來，整教秋菊搗了半日。婦人又與了他幾鍾酒吃，打發他廚下先睡了。婦人燈光下染了十指春蔥；令春梅拿杌子放在天井內，鋪著涼簟衾枕納涼。約有更闌時分，但見朱戶無聲，玉繩低轉，牽牛織女二星隔在天河兩岸。又忽聞一陣花香，幾點螢火，婦人手拈紈扇伏枕而待，春梅把角門虛掩。正是：

待月西廂下，迎風戶半開。
隔牆花影動，疑是玉人來。

原來敬濟約定搖木槿花樹為號，就知他來了。婦人見花枝搖影，知是他來，便在院內咳嗽接應。他推開門進來，兩個並肩而坐。婦人便問：「你來，房中有誰？」敬濟道：「大姐今日沒出來。我已吩咐元宵兒在房裡，有事先來叫我。」因問：「秋菊睡了？」婦人道：「已睡熟了。」說畢，相摟相抱，二人就在院內杌上，赤身露體，席上交歡，不勝繾綣。但見：

情與兩和諧，摟定香肩臉搵腮。手捻香乳綿似軟，實奇哉！掀起腳兒脫綉鞋，玉體著郎懷，舌送丁香口便開。倒鳳顛鸞雲雨罷，囑多才，明朝千萬早些來。

兩個雲雨畢，婦人拿出五兩碎銀子來，遞與敬濟說：「門外你潘姥姥死了，棺材已是你爹在日與了他。三日入殮時，你大娘教我去探喪燒紙來了。明日出殯，你大娘不放我去，說你爹熱孝在身，只見出門。這五兩銀子交與你，明日央你早去門外，發送發送你潘姥姥，打發擡錢，看著下入土內你來家，就同我去一般。」這敬濟一手接了銀子，說：「這個不打緊。我明日絕早就出門，幹畢事，來回你老人家。」說畢，恐大姐進房，老早歸廂房中去了。一宿晚景休提。

到次日，到飯時就來家。金蓮才起來在房中梳頭，敬濟走來回話，就門外昭化寺裡拿了兩枝茉莉花兒來婦人戴。婦人問：「棺材下了葬了？」敬濟道：「我管何事？不打發他老人家黃金入了櫃，我敢來回話？還剩了二兩六七錢銀子，交付與你妹子收了，盤纏度日。千恩萬謝，多多上覆你。」婦人聽見他娘入土，落下淚來。便教春梅：「把花兒浸在盞內，看茶來與你姐夫吃。」不一時，兩盒兒蒸酥，四碟小菜，打發敬濟吃了茶，往前邊去了。由是越發與這小夥兒日親日近。

一日，七月天氣，婦人早晨約下他：「你今日休往哪裡去，在房中等著，我往你房裡和你耍耍。」這敬濟答應了。不料那日被崔本邀了他和幾個朋友，往門外耍子。去了一日，吃得大醉來家，倒在床上就睡著了，不知天高地下。黃昏時分，金蓮驀地到他房中，見他挺在床上，推他推不醒，就知他在哪裡吃了酒來。可霎作怪，不想婦人摸他袖子裡，掉下一根金頭蓮瓣簪兒來，上面鈒著兩溜字兒：「金勒馬嘶芳草地，玉樓人醉杏花天。」迎亮一看，認得是孟玉樓簪子：「怎生落在他袖中？想必他也和玉樓有些首尾。不然，他的簪子如何他袖著？怪道這短命幾次在我面上無情無緒。我若不留幾個字兒與他，只說我沒來。等我寫四句詩在壁上，使他知道。待我見了，慢慢追問他下落。」於是取筆在壁上寫了四句詩曰：

獨步書齋睡未醒，空勞神女下巫雲。
襄王自是無情緒，辜負朝朝暮暮情。

寫畢，婦人回房中去了。

卻說敬濟一覺酒醒起來，房中掌上燈，因想起：「今日婦人來相會，我卻醉了。」回頭見壁上寫了四句詩在壁上，墨跡猶新。念了一遍，就知他來到，空回去了，心中懊悔不已：「這咱已起更時分，大姐、元宵兒都在後邊未出來。我若往他那邊去，角門又關了。」走來木槿花下，搖花枝為號，不聽見裡面動靜，不免躧著太湖石，爬過粉牆去。

那婦人見他有酒醉了挺覺，大恨歸房，悶悶在心，就渾衣上床歪睡。不料半夜他爬過牆來，見院內無人，想丫鬟都睡了，悄悄躡足潛踪，走到房門首。見門虛掩，就挨身進來。窗間月色照見床上，婦人獨自朝裡歪著，低聲叫：「可意人！」數聲不應，說道：「你休怪我。今日崔大哥眾朋友邀了我往門外五里原莊上射箭，耍子了一日，來家就醉了。不知你到，有負你之約，恕罪，恕罪！」那婦人也不理他。

敬濟見他不理，慌了，一面跪在地下，說了一遍又重複一遍。被婦人反手望臉上攦了一下，罵道：「賊牢拉負心短命，還不悄悄的，丫頭聽見！我知道你有個人，把我不放到心上。你今日端的哪裡去來？」敬濟道：「我本被崔大哥拉了門外射箭去，灌醉了來，就睡著了，失誤你約。你休惱。我看見你留詩在壁上，就知惱了你！」婦人道：「怪搗鬼牢拉的，別要說嘴，與我禁聲！你搗的鬼如泥彈兒圓，我手內放不過。你今日便是崔本叫了你吃酒，醉了來家，你袖子裡這根簪子那是哪裡的？」敬濟道：「是那日花園中拾的，今兩三日了。」婦人道：「你還合神搗鬼，是那花園裡拾的？你再拾一根來，我才信你！這簪子是孟三兒那麻淫婦的頭上簪子，我認得千真萬真，上面還鈒著他名字，你還哄我。嗔道前日我不在，他叫你房裡吃飯，原來你和他七個八個。我問你，還不肯認。你不和他兩個有首尾，他的簪子緣何到你手裡？原來把我的事都透露與他，怪道前日他見了我笑，原來有你的話在裡頭。自今以後，你是你，我是我，綠豆皮兒——請退了！」

敬濟聽了，急得賭神發咒，繼之以哭道：「我敬濟若與他有一字絲麻皂線，靈的是東岳城隍，活不到三十歲，生來碗大疔瘡，害三五年黃病，要湯不得湯，要水不得水！」那婦人終是不信，說道：「你這賊才料，說來的牙疼誓，虧你口內不害磣！」兩個絮聒了一回，見夜深了，不免解卸衣衫，挨身上床躺下。那婦人把身子扭過，倒背著他，使個性兒不理他，由著他姐姐長姐姐短，只是反手望臉上撾過去。諕得敬濟氣也不敢出一口兒來，乾霍亂了一夜。將天明，敬濟恐怕丫頭起身，依舊越牆而過，往前邊廂房中去了。正是：

三光有影遣誰繫？萬事無根只身生。

第八十三回　秋菊含恨泄幽情　春梅寄柬諧佳會

詩曰：

如此鍾情古所稀，吁嗟好事到頭非。
汪汪兩眼西風淚，猶向陽臺作雨飛。
月有陰晴與圓缺，人有悲歡與會別。
擁爐細語鬼神知，空把佳期為君說。

話說潘金蓮見陳敬濟天明越牆過去了，心中又後悔。次日卻是七月十五日，吳月娘坐轎子往地藏菴薛姑子那裡，替西門慶燒盂蘭會箱庫去。金蓮眾人都送月娘到大門首回來，孟玉樓、孫雪娥、大姐都往後邊去了。獨金蓮落後，走到前廳儀門首，撞遇敬濟正在李瓶兒那邊樓上尋了解當庫衣物抱出來。金蓮叫住，便向他說：「昨日我說了你幾句，你如何使性兒，今早就跳出來了？莫不真個和我罷了？」敬濟道：「你老人家還說哩。一夜誰睡著來！險些兒一夜不曾把我麻犯死了。你看，把我臉上肉也撾得去了！」婦人罵道：「賊短命，既不與他有首尾，賊人膽兒虛，你平白走怎的？」敬濟道：「天將明了，不走來，不教人看見了？誰與他有什麼事來！」金蓮道：「既無此事，你今晚再來，我慢慢問你。」敬濟道：「吃你麻犯了人一夜，誰合眼兒來？等我日裡睡一覺兒去。」婦人道：「你不去，和你算帳。」說畢，婦人回房去了。

敬濟拿衣物往舖子裡來，做了一回買賣，歸到廂房，歪在床上睡了一覺。盼望天色晚來，要往金蓮那邊去。不想到黃昏時分，天色一陣陰黑來，窗外簌簌下起雨來。正是：

蕭蕭庭院黃昏雨，點點芭蕉不住聲。

這敬濟見那雨下得緊，說道：「好個不做美的天！他甫能教我對證話去，今日不想下起雨來，好悶倦人也。」於是長等短等，那雨不住，簌簌直到初更時分，下得房簷上流水。這小郎君等不得雨住，披著一條茜紅毯子臥單在身上。那時吳月娘來家，大姐與元宵兒都在後邊沒出來。於是鎖了房門，從西角門大雨裡走入花園，推了推角門。

婦人知他今晚必來，早已吩咐春梅灌了秋菊幾鍾酒，同他在炕房裡先睡了，以此把各門虛掩。這敬濟推開角門，便挨身而入，進到婦人臥房。見紗窗半啟，銀燭高燒，桌上酒果已陳，金尊滿泛。兩個並肩疊股而坐，婦人便問：「你既不曾與孟三兒勾搭，這簪子怎得到你手裡？」敬濟道：「本是我昨日在花園荼蘼架下拾的。若哄你，便促死促滅。」婦人道：「既無此事，還把這根簪子與你關頭，我不要你的。只要把我與你的簪子、香囊、帕兒物事收好著，少了我一件兒，我與你答話。」兩個吃酒下棋，到一更方上床安寢。顛鸞倒鳳，整狂了半夜。婦人把昔日西門慶枕邊風月，一旦盡付與情郎身上。

卻說秋菊在那邊屋裡，忽聽見這邊房裡恰似有男子聲音說話，更不知是哪個。到天明雞叫時分，秋菊起來溺尿，忽聽那邊房內開得門響。朦朧月色，雨尚未止，打窗眼看見一人披著紅臥單，從房中出去了：「恰似陳姐夫一般，原來夜夜和我娘睡。我娘自來會撇清，乾淨暗裡養著女婿。」次日，逕走到後邊廚房裡，就如此這般對小玉說。不想小玉和春梅好，又告訴春梅說：「秋菊說你娘養著陳姐夫，昨日在房裡睡了一夜，今早出去了。大姑娘和元宵又沒在前邊睡。」這春梅歸房，一五一十對婦人說：「娘不打與這奴才幾下，教他騙口張舌，葬送主子。」

金蓮聽了大怒，就叫秋菊到面前跪著，罵道：「教你煎煎粥兒，就把鍋來打破了。你敢屁股大吊了心也怎的？我這幾日沒曾打，你這奴才骨朵癢了。」於是拿棍子，向他脊背上盡力狠抽了三十下，打得秋菊殺豬也似叫，身上都破了。春梅走將來說：「娘沒的打他這幾下兒，只好與他

搊癢兒罷了。旋剝了，叫將小廝來，拿大板子盡力砍與他二三十板，看他怕不怕！湯他這幾下兒，打水不渾的，只像鬥猴兒一般。他好小膽兒，你想他怕也怎的？做奴才裡言不出，外言不入。都似你這般，好養出家生哨兒來了。」秋菊道：「誰說什麼來？」婦人道：「還說嘴哩！賊破家害主的奴才，還說什麼！」幾聲喝得秋菊往廚下去了。正是：

蚊蟲遭扇打，只為嘴傷人。

一日，八月中秋時分，金蓮夜間暗約敬濟賞月飲酒，和春梅同下鱉棋兒。晚夕貪睡失曉，至茶時前後還未起來，頗露圭角，不想被秋菊睃到眼裡，連忙走到後邊上房，對月娘說。不想月娘才梳頭，小玉正在上房門首站立。秋菊拉過他一邊，告他說：「俺姐夫如此這般，昨日又在我娘房裡歇了一夜，如今還未起來哩。前日為我告你說，打了我一頓。今日真實看見，我原不賴他，請奶奶快去瞧去。」小玉罵道：「張眼露睛奴才，又來葬送主子。俺奶奶梳頭哩，還不快走哩。」月娘便問：「他說什麼？」小玉不能隱諱，只說：「五娘使秋菊來請奶奶說話。」更不說出別的事。

這月娘梳了頭，輕移蓮步，驀然來到前邊金蓮房門首。早被春梅看見，慌得先進來報與金蓮。金蓮與敬濟兩個還在被窩內未起，聽見月娘到，兩個都吃一驚，慌做手腳不迭。連忙藏敬濟在床身子裡，用一床錦被遮蓋得嚴嚴的，教春梅放小桌兒在床上，拿過珠花來，且穿珠花。不一時，月娘到房中坐下，說：「六姐，你這咱還不見出門，只道你做甚，原來在屋裡穿珠花哩。」一面拿在手中觀看，誇道：「且是穿得好。正面芝蔴花，兩邊槅子眼方勝兒，周圍蜂趕菊，剛湊著同心結，且是好看。到明日，你也替我穿條箍兒戴。」婦人見月娘說好話兒，那心頭小鹿兒才不跳了。一面令春梅：「倒茶來與大娘吃。」

少頃，月娘吃了茶，坐了回，去了，說：「六姐，快梳了頭後邊坐。」金蓮道：「曉得。」打發月娘出來，連忙攛掇敬濟出港，往前邊去了。春梅與婦人整捏兩把汗。婦人說：「大娘等閒無事再不來，今日大清早晨來做什麼？」春梅道：「左右是咱家這奴才嚼舌來。」不一時，只見小玉走來，如此這般：「秋菊後邊說去，說姐夫在這屋裡明睡到夜，夜睡到明。被我罵喝了他兩聲，他還不動。俺奶奶問我，沒的說，只說五娘請奶奶說話，方才來了。你老人家只放在心裡，大人不見小人之過，只提防著這奴才就是了。」

看官聽說：雖是月娘不信秋菊說話，只恐金蓮少女嫩婦沒了漢子，日久一時心邪，著了道兒，恐傳出去被外人唇舌。又以愛女之故，不教大姐遠出門，把李嬌兒廂房挪與大姐住，教他兩口兒搬進後邊儀門裡來。遇著傅夥計家去，方教敬濟輪番在舖子裡上宿，取衣物藥材，俱同玳安兒出入。各處門戶，都上鎖鑰，丫鬟婦女無事不許往外邊去。凡事都嚴緊，這潘金蓮與敬濟兩個熱突突恩情，都間阻了。正是：

世間好事多間阻，就裡風光不久長。

有詩為證：

幾向天臺訪玉真，三山不見海沉沉。
侯門一日深如海，從此蕭郎是路人。

潘金蓮自被秋菊泄露之後，與敬濟約一個多月不曾相會。金蓮每日難捱，怎禁綉幃孤冷，畫閣淒涼，未免害些木邊之目，田下之心。脂粉懶勻，茶飯頓減，帶圍寬褪，懨懨瘦損，每日只是思睡，扶頭不起。春梅道：「娘，你這等虛想也無用。昨日大娘留下兩個姑子，我聽見說今晚要宣卷，後邊關得儀門早。晚夕，我推往前邊馬房內取草裝枕頭，等我到舖子裡叫他去。我好歹叫了姐夫和娘會一面，娘心下如何？」婦人道：「我的好姐姐，你若肯可憐見，叫得他來，我恩有重報，絕不有忘。」春梅道：「娘說的是哪裡話！你和我是一個人，爹又沒了，你明日往前後進，我情願跟娘去，咱兩個還在一處。」婦人道：「你有此心，可知好哩！」

到於晚夕，婦人先在後邊月娘前假託心中不自在，用了個金蟬脫殼，歸到前邊。月娘後邊儀門老早開了，丫鬟婦女都放出來，要聽尼僧宣卷。金蓮央及春梅，說道：「好姐姐，你快些請他去罷。」春梅道：「等我先把秋菊吃了，與他幾鍾酒灌醉了，倒扣他在廚房內，我方好去。」於是篩了兩大碗酒，打發秋菊吃了，扣他在廚房內。拿了個筐兒，走到前邊，先撮了一筐草，就悄悄到子舖門首，低聲叫門。

正值傅夥計不在舖中，往家去了，獨有敬濟在炕上才歪下，忽見有人叫門，聲音像是春梅，連忙開門。見是他，滿面笑道：「果然是小大姐。沒人，請裡面坐。」春梅進入房內，便問：「小廝們在哪裡？」敬濟道：「玳安和平安，都在那邊生藥舖中睡哩，獨我一個在此受孤悽，挨冷淡。」春梅道：「俺娘多上覆你，說你好人兒，這幾日就門邊兒也不往俺那屋裡走走去。說你另有了對門主顧兒了，不稀罕俺娘兒們了。」敬濟道：「說哪裡話！自從那日著了謊，驚散了，又見大娘緊門緊戶，所以不敢走動。」春梅道：「俺娘為你，這幾日心中好生不快，逐日無心無緒，茶飯懶吃，做事沒入腳處。今日大娘留他後邊聽宣卷，也沒去，就來了。一心只是牽掛想你，巴巴使我來，好歹教你快去哩。」敬濟道：「多感你娘兒們厚情，何以報答！你略先走一步兒，我收拾了，隨後就去。」一面開櫥門，取出一方白綾汗巾，一副銀三事挑牙兒與他。就和春梅兩個摟抱，按在炕上，且親嘴咂舌，不勝歡謔。正是：

無緣得會鶯鶯面，且把紅娘去解饞。

兩個戲了一回，春梅先拿著草歸到房來，一五一十對婦人說：「姐夫我叫了，他便來也。見我去，好不喜歡，又與了我一方汗巾，一副銀挑牙兒。」婦人便叫春梅：「你在外邊看看，只怕他來。」原來那日正值九月十二三，月色正明，陳敬濟旋到那邊生藥舖，叫過平安兒來這邊來，他只推月娘叫他聽宣卷，逕往後邊去了。因前邊花園門關了，打後邊角門走入金蓮那邊，搖木槿花為號。春梅連忙接應，引入房中。

婦人迎門接著，笑罵道：「賊短命，好人兒，就不進來走走兒。」敬濟道：「我巴不得要來哩，只怕弄出是非來，帶累你老人家不好意思。」說著，二人攜手進房坐下。春梅關上角門，房中放桌兒，擺上酒餚。婦人和敬濟並肩疊股而坐。春梅打橫，把酒來斟，穿杯換盞，倚翠偎紅。吃了一回，吃得酒濃上來，婦人嬌眼拖斜，烏雲半嚲，取出西門慶淫器包兒。裡面包著相思套、顫聲嬌、銀托子、勉鈴……一弄兒淫器，教敬濟便在燈光影下，婦人便赤身露體仰臥在一張醉翁椅兒上。敬濟亦脫得上下沒條絲，又拿出春意二十四解本兒，放在燈下，照著樣兒行事。婦人便叫春梅：「你在後邊推著你姐夫，只怕他身子乏了。」那春梅真個在身後推送敬濟，那話插入婦人牝中，往來抽送，十分暢美，不可盡言。

不想秋菊在後邊廚下，睡到半夜裡，起來淨手。見房門倒扣著，推不開，於是伸手出來拔開鳥弔兒，大月亮地裡躡足潛蹤走到前房窗下，打窗眼裡望裡張看。見房中掌著明晃晃燈燭，三個人吃得大醉，都光赤著身子，正做得好。兩個一往一來，春梅又在後邊推送，三人出作一處。但見：

一個不顧夫主名分，一個哪管上下尊卑。一個椅上逞雨意雲情，一個耳畔說山盟海誓。一個寡婦房內翻為快活道場，一個丈母眼前變作污淫世界。一個把西門慶枕邊風月盡付與嬌婿，一個將韓壽偷香手段悉送與情娘。

正是：

寫成今世不休書，結下來生歡喜帶。

秋菊看到眼裡，口中不說，心中暗道：「他們還在人前撇清，要打我，今日卻真實被我看見了。到明日對大娘說，莫非又說騙嘴張舌賴他不成！」於是瞧了個不亦樂乎，依舊還往廚房中睡去了。

三個整狂到三更時分才睡。春梅未曾天明先起來，走到廚房。見廚房門開了，便問秋菊。秋菊道：「你還說哩。我尿急了，往哪裡溺？我拔開鳥弔，出來院子裡溺尿來。」春梅道：「成精奴才，屋裡放著槅子，溺不是！」秋菊道：「我不知槅子在屋裡。」兩個後邊聒譟，敬濟天明起來，早往前邊去了。正是：

兩手劈開生死路，翻身跳出是非門。

那婦人便問春梅：「後邊亂什麼？」這春梅如此這般，告說秋菊夜裡開門一節。婦人發恨要打秋菊。這秋菊早晨又走來後邊，報與月娘知道。被月娘喝了一聲，罵道：「賊葬弄主子的奴才！前日平空走來，輕事重報，說他主子窩藏陳姐夫在房裡，明睡到夜，夜睡到明，叫了我去。他主子正在床上放炕桌兒穿珠花兒，哪有陳姐夫來？落後陳姐夫打前邊來。恁一個弄主子的奴才！一個大人放在屋裡，端的是糖人兒，不拘哪裡安放了？一個砂子，哪裡發落？莫不放在眼裡不成？傳出去，知道的是你這奴才葬送主子，不知道的，只說西門慶平日要的人強多了，人死了多少時兒，老婆們一個個都弄得七顛八倒。恰似我的這孩子，也有些甚根兒不正一般。」於是要打秋菊，諕得秋菊往前邊疾走如飛，再不敢來後邊說了。

婦人聽見月娘喝出秋菊，不信其事，心中越發放大膽了。西門大姐聽見此言，背地裡審問敬濟。敬濟道：「你信那汗邪了的奴才！我昨日見在舖裡上宿，幾時往花園那邊去來？花園門成日關著。」大姐罵道：「賊囚根子，你別要說嘴。你若有風吹草動到我耳朵內，惹娘說我，你就信信脫脫去了，再也休想在這屋裡了。」敬濟道：「是非終日有，不聽自然無。大娘眼見不信他。」大姐道：「得你這般說，就好了。」正是：

誰料郎心輕似絮，哪知妾意亂如絲。

第八十四回　吳月娘大鬧碧霞宮　普靜師化緣雪澗洞

詩曰：

一自當年折鳳凰，至今情緒幾惶惶。
蓋棺不作橫金婦，入地還從折桂郎。
彭澤曉煙歸宿夢，瀟湘夜雨斷愁腸。
新詩寫向空山寺，高掛雲帆過豫章。

話說一日吳月娘請將吳大舅來，商議要往泰安州頂上與娘娘進香，因西門慶病重之時許的願心。吳大舅道：「既要去，須是我同了你去。」一面備辦香燭紙馬祭品之物，玳安、來安兒跟隨，雇了三個頭口，月娘便坐一乘暖轎，吩咐孟玉樓、潘金蓮、孫雪娥、西門大姐：「好生看家，同奶子如意兒、眾丫頭好生看孝哥兒，後邊儀門無事早早關了，休要出外邊去。」又吩咐陳敬濟：「休要哪去，同傅夥計大門首看顧，我約莫到月盡就來家了。」十五日早晨燒紙通信，晚夕辭了西門慶靈，與眾姐妹置酒作別，把房門、各庫門房鑰匙交付與小玉拿著。次日，早五更起身，離了家門，一行人奔大路而去。那秋深時分，天寒日短，一日行兩程六七十里之地。未到黃昏，投客店村房安歇，次日再行。一路上秋雲淡淡，寒雁淒淒，樹木凋落，景物荒涼，不勝悲愴。

話休饒舌。一路無詞，行了數日，到了泰安州。望見泰山，端的是天下第一名山，根盤地腳，頂接天心，居齊魯之邦，有巖巖之氣象。吳大舅見天晚，投在客店歇宿一宵。次日早起上山，望岱岳廟來。那岱岳廟就在山前，乃累朝祀典，歷代封禪，為第一廟貌也。但見：

廟居岱岳，山鎮乾坤，為山岳之至尊，乃萬福之領袖。山頭倚檻，直望弱水蓬萊；絕頂攀松，都是濃雲薄霧。樓臺森聳，金烏展翅飛來；殿宇稜層，玉兔騰身走到。雕梁畫棟，碧瓦朱楹。鳳扉亮槅曉黃紗，龜背綉簾垂錦帶。遙觀聖像，九獵舞舜目堯眉，近觀神顏，袞龍袍湯肩禹背。御香不斷，天神飛馬報丹書，祭祀依時，老幼望風祈護福。嘉寧殿祥雲香靄，正陽門瑞氣盤旋。

正是：

萬民朝拜碧霞宮，四海皈依神聖帝。

吳大舅領月娘到了岱岳廟，正殿上進了香，瞻拜了聖像，廟祝道士在旁宣念了文書。然後兩廊都燒化了紙錢，吃了些齋食。然後領月娘上頂，登四十九盤，攀藤攬葛上去。娘娘金殿在半空中雲煙深處，約四五十里，風雲雷雨都望下觀看。月娘眾人，從辰牌時分岱岳廟起身，登盤上頂，至申時已後方到。娘娘金殿上朱紅牌匾，金書「碧霞宮」三字。進入宮內，瞻禮娘娘金身。怎生模樣？但見：

頭綰九龍飛鳳髻，身穿金縷絳綃衣。藍田玉帶曳長裾，白玉圭璋擎彩袖。臉如蓮萼，天然眉目映雲鬟；唇似金朱，自在規模端雪體。猶如王母宴瑤池，卻似嫦娥離月殿。正大仙容描不就，威嚴形像畫難成。

月娘瞻拜了娘娘仙容。香案邊立著一個廟祝道士，約四十年紀，生得五短身材，三溜髭鬚，明眸皓齒，頭戴簪冠，身披絳服，足穿雲履，向前替月娘宣讀了還願文疏，金爐內炷了香，焚化了紙馬金銀，令小童收了祭供。原來這廟祝道士也不是個守本分的，乃是前邊岱岳廟裡金住持的大徒弟，姓石，雙名伯才，極是個貪財好色之輩，趨時攬事之徒。這本地有個殷太歲，姓殷，雙名天錫，仍是本州知州高廉的妻弟。常領許多不務本的人，或張弓挾彈，牽架鷹犬，在這上下二宮，專一睃看四方燒香婦女，人不敢惹他。這道士石伯才，專一藏奸蓄詐，替他賺誘婦女到方丈，任意姦淫，取他喜歡。因見月娘生得姿容非俗，戴著孝冠兒，若非官戶娘子，定是豪家閨眷，又是一位蒼白鬍髯老子跟隨，兩個家童，不免向前稽首，收謝神福：「請二位施主方丈一茶。」吳大舅便道：「不勞生受，還要趕下山去。」伯才道：「就是下山，也還早哩。」

不一時，請至方丈。裡面糊得雪白，正面放一張芝蔴花坐床，柳黃錦帳，香几上供養一幅洞賓戲白牡丹圖畫，左右一聯對，大書著「兩袖清風舞鶴，一軒明月談經」。伯才問吳大舅上姓。大舅道：「在下姓吳，這個就是舍妹吳氏。因為夫主，來還香願，不當取擾上宮。」伯才道：「既是令親，俱延上坐。」他便主位坐了，便叫徒弟看茶。原來他手下有兩個徒弟，一個叫郭守清，一個名郭守禮，皆十六歲，生得標緻，頭上戴青緞道髻，身穿青絹道服，腳上涼鞋淨襪，渾身香氣襲人。客至則遞茶遞水，斟酒下菜。到晚來，背地便拿他解饞填餡。不一時，守清、守禮安放桌兒，就擺齋上來，都是美口甜食，蒸堞餅饊，各樣菜蔬，擺滿春臺。每人送上甜水好茶。吃了茶，收下傢伙去，就擺上案酒。大盤大碗餚饌，都是雞鵝魚鴨上來。用琥珀銀鑲盞，滿泛金波。

吳月娘見酒來，就要起身。叫玳安近前，用紅漆盤托出一匹大布、二兩白金，與石道士作致謝之禮。得吳大舅便說：「不當打攪上宮。這些微禮，致謝仙長。不勞見賜酒食，天色晚來，如今還要趕下山去。」慌得石伯才致謝不已，說：「小道不才，娘娘福蔭在本山碧霞宮做個住持，伏賴四方錢糧，不管待四方財主，作何項下使用？今聊備粗齋薄饌，倒反勞見賜厚禮，使小道卻之不恭，受之有愧。」辭謝再三，方令徒弟收下去。一面留月娘、吳大舅坐：「好歹坐片時，略飲三杯，盡小道一點薄情而已。」吳大舅見款留懇切，不得已，和月娘坐下。

不一時，熱下飯上來。石道士吩咐徒弟：「這個酒不中吃，另打開昨日徐知府老爹送的那一罈透瓶香荷花酒來，與你吳老爹用。」不一時，徒弟另用熱壺篩熱酒上來。先滿斟一杯，雙手遞與月娘。月娘不肯接，吳大舅道：「舍妹他天性不用酒。」伯才道：「老夫人一路風霜，用些何害？好歹淺用些。」一面倒去半鍾，遞上去與月娘接了。又斟一杯，遞與吳大舅，說：「吳老爹，你老人家試用此酒，其味如何？」吳大舅飲了一口，覺香甜絕美，其味深長，說道：「此酒甚好。」伯才道：「不瞞你老人家說，此是青州徐知府老爹送與小道的酒。他老夫人、小姐、公子，年年來岱岳廟燒香建醮，與小道相交極厚。他小姐、衙內又寄名在娘娘位下。見小道立心平淡，殷勤香火，一味至誠，甚是敬愛小道。常年這岱岳廟上下二宮錢糧，有一半徵收入庫。近年多虧了我這恩主徐知府老爹題奏過，也不徵收，都全放常住用度，侍奉娘娘香火，餘者接待四方香客。」這裡說話，下邊玳安、平安、跟從轎夫下邊自有坐處，湯飯點心，大盤大碗酒肉，都吃飽了。

吳大舅飲了幾杯，見天晚要起身。伯才道：「日色將落，晚了，趕不下山去。倘不棄，在小道方丈權宿一宵，明早下山，從容些。」吳大舅道：「爭奈有些小行李在店內，誠恐一時閒人囉唣。」伯才笑道：「這個何須掛意！絕無絲毫差池。聽得是我這裡進香的，不拘村坊店面，聞風害怕。好不好把店家拿來本州夾打，就教他尋賊人下落。」吳大舅聽了，就坐住了。伯才拿大鍾斟上酒來，吳大舅見酒利害，便推醉更衣，遂往後邊閣上觀看隨喜去了。這月娘覺身子乏困，便在床上側側兒。這石伯才一面把房門拽上，外邊去了。

月娘方才床上歪著，忽聽裡面響亮了一聲，床背後紙門內跳出一個人來，淡紅面貌，三綹髭鬚，約三十年紀，頭戴滲青巾，身穿紫錦袴衫，雙手抱住月娘，說道：「小生殷天錫，乃高太守妻弟。久聞娘子乃官豪宅眷，天然國色，思慕如渴。今既接英標，乃三生有幸。倘蒙見憐，死生難忘也！」一面按著月娘在床上求歡。月娘諕得慌做一團，高聲大叫：「清平世界，朗朗乾坤，沒事把良人妻室強擱攔在此做甚！」就要奪門而走。被天錫抵死攔擋不放，便跪下說：「娘子禁聲，下顧小生，懇求憐允。」那月娘越高聲叫得緊了，口口大叫：「救人！」平安、玳安聽見是月娘聲音，慌慌張張走去後邊閣上叫大舅，說：「大舅快去，我娘在方丈和人合口哩！」這吳大舅慌得兩步做一步，奔到方丈。推門，哪裡推得開！只月娘高聲：「清平世界，攔燒香婦女在此做什麼？」這吳大舅便叫：「姐姐休慌，我來了。」一面拿石頭把門砸開。那殷天錫見有人來，撇開手，打床背後一溜煙走了。原來這石道士床背後都有出路。

吳大舅砸開方丈門，問月娘道：「姐姐，那廝玷污不曾？」月娘道：「不曾玷污。那廝打床背後走了。」吳大舅尋道士，那石道士躲去一邊，只教徒弟來支調。大舅大怒，喝令手下跟隨玳安、來安兒，把道士門窗戶壁都打碎了。一面保月娘出離碧霞宮，上了轎子，便趕下山來。

約黃昏時分起身，走了半夜，方到山下客店內。如此這般，告店小二說。小二叫苦連聲，說：「不合惹了殷太歲，他是本州知州相公妻弟，有名殷太歲，你便去了，俺開店之家定遭他凌辱，怎肯干休！」吳大舅便多他一兩店錢，取了行李，保定月娘轎子，急急奔走。後面殷天錫氣不捨，率領二三十閒漢，各執腰刀短棍，趕下山來。

吳大舅一行人，兩程做一程，約四更時分，趕到一山凹裡。遠遠樹木叢中有燈光，走到跟前，卻是一座石洞。裡面有一老僧，秉燭念經。吳大舅問：「老師，我等頂上燒香，被強人所趕，奔下山來。天色昏黑，迷踪失路至此。敢問老師，此處是何地名？從哪條路回得清河縣去？」老僧道：「此是岱岳東峰，這洞名喚雪澗洞。貧僧就叫雪洞禪師，法名普靜，在此修行二三十年。你今遇我，實乃有緣。休往前去，山下狼蟲虎豹極多。明日早行，一直大道就是你清河縣了。」吳大舅道：「只怕有人追趕。」老師把眼一觀，說：「無妨。那強人趕至半山了，已回去了。」因問月娘姓氏。吳大舅道：「此乃吾妹，西門慶之妻。因為夫主，來此進香。得遇老師搭救，恩有重報，不敢有忘。」於是在洞內歇了一夜。

次日天不亮，月娘拿出一匹大布謝老師。老師不受，說：「貧僧只化你親生一子，作個徒弟，你意下如何？」吳大舅道：「吾妹只生一子，指望承繼家業。若有多餘，就與老師作徒弟。」月娘道：「小兒還小，今才不到一周歲兒，如何來得？」老師道：「你只許下，我如今不問你要，過十五年才問你要哩。」月娘口中不言：「過十五年再作理會」，遂含糊許下老師。一面作辭老師，竟奔清河縣大道而來。

世上只有人心歹，萬物還教天養人。
但交方寸無諸惡，狼虎叢中也立身。

第八十五回　吳月娘識破姦情　春梅姐不垂別淚

詞曰：

情若連環終不解，無端招引旁人怪。好事多磨成又敗。應難捱，相冷眼誰揪採。鎮日愁眉和斂黛，闌干倚遍無聊賴。但願五湖明月在。權寧耐，終須還了鴛鴦債。

——右調

話說月娘取路來家，不提。單表金蓮在家，和陳敬濟兩個就如雞兒趕蛋相似，纏做一處。一日，金蓮眉黛低垂，腰肢寬大，終日懨懨思睡，茶飯懶嚥，教敬濟到房中說：「奴有件事告你說，這兩日眼皮兒懶待開，腰肢兒漸漸大，肚腹中捘捘跳，茶飯兒怕待吃，身子好生沉困。有你爹在時，我求薛姑子符藥衣胞，哪等安胎，白沒見個踪影。今日他沒了，和你相交多少時兒，便有了孩子。我從三月內洗身上，今方六個月，已有半肚身孕。往常時我排磕人，今日卻輪到我頭上。你休推睡裡夢裡，趁你大娘未來家，哪裡討帖墜胎的藥，趁早打落了這胎氣。不然，弄出個怪物來，我就尋了無常罷了，再休想擡頭見人。」敬濟聽了，便道：「咱家鋪中諸樣藥都有，倒不知哪幾樣兒墜胎？又沒方修合。你放心，不打緊處，大街坊胡太醫，他大小方脈婦人科都善治，常在咱家看病，等我問他那裡贖取兩帖，與你下胎便了。」婦人道：「好哥哥，你上緊快去，救奴之命。」

這陳敬濟包了三錢銀子，逕到胡太醫家來。胡太醫正在家，出來相見聲喏。認得敬濟是西門大官人女婿，讓坐說：「一向稀面，動問到舍有何見教？」敬濟道：「別無干瀆。」向袖中取出三錢銀子：「充藥資之禮，敢求下胎良劑一二帖，足見盛情。」胡太醫道：「天地之間以好生為本，人家十個九個只要安胎的藥，你如何倒要打胎？沒有，沒有。」敬濟見他掣肘，又添了二錢藥資，說：「你休管他，各人家自有用處。此婦子女生落不順，情願下胎。」這胡太醫接了銀子，說道：「不打緊，我與你一服紅花一掃光。吃下去，如人行五里，其胎自落矣！」於是取了兩帖，付與敬濟。敬濟得了藥，作辭胡太醫，到家遞與婦人。婦人到晚夕煎湯吃下去，登時滿肚裡生疼，睡在炕上，教春梅按在肚上，盡情揉揣。可霎作怪，須臾坐淨桶，把孩子打下來了。只說身上來，令秋菊攪草紙倒在毛司裡。次日，掏坑的漢子挑出去，一個白胖的孩子兒。常言：好事不出門，惡事傳千里。不消幾日，家中大小都知金蓮養女婿，偷出私孩子來了。

且說吳月娘有日來家，往回去了半個月光景，來時正值十月天氣。家中大小接著，如天上落下來的一般。月娘到家中，先到天地佛前炷了香，然後西門慶靈前拜罷，就對玉樓眾姐妹，把岱岳廟中的事從頭告訴一遍，因大哭一場。闔家大小都來參見了。月娘見奶子抱孝哥兒到跟前，子母相會在一處，燒紙，置酒管待吳大舅回家。晚夕，眾姐妹與月娘接風，俱不在話下。

到第二日，月娘因路上風霜跋涉，著了辛苦，又吃了驚怕，身上疼痛沉困，整不好了兩三日。那秋菊在家，把金蓮、敬濟兩人幹的勾當，聽得滿耳滿心，要告月娘說。走到上房門首，又被小玉噦罵在臉上，大耳刮子打在他臉上，罵道：「賊說舌的奴才，趁早與我走！俺奶奶遠路來家，身子不快活，還未起來。氣了他，倒值了多的。」罵得秋菊忍氣吞聲，喏喏而退。

一日，也是合當有事，敬濟進來尋衣裳，婦人和他又在翫花樓上兩個做得好。被秋菊走到後邊，叫了月娘來看。說道：「奴婢兩番三次告大娘說，不信。娘不在，兩個在家明睡到夜，夜睡到明，偷出私孩子來。與春梅兩個都打成一家。今日兩人又在樓上幹歹事，不是奴婢說謊，娘快些瞧去。」月娘急忙走到前邊，兩個正幹得好，還未下樓。春梅在房中，忽然看見。連忙上樓去說：「不好了，大娘來了。」兩人慌了手腳，沒處躲避。敬濟只得拿衣服下樓往外走，被月娘撞見，喝罵了幾句。說：「小孩兒家沒記性，有要沒緊進來撞什麼？」敬濟道：「鋪子內人等著，沒人尋衣裳。」月娘道：「我那等吩咐你，叫小廝進來取，如何又進來？寡婦房裡，做什麼？沒

廉恥！」幾句罵得敬濟往外金命水命，走投無命，

婦人羞得半日不敢下來。然後下來，被月娘盡力數說了一頓。說道：「六姐，今後再休這般沒廉恥。你我如今是寡婦，比不得有漢子，香噴噴在家裡。瓶兒罐兒有耳朵，有要沒緊，和這小廝纏什麼？教奴才們背地排說的磣死了！常言道：男兒沒性，寸鐵無鋼；女人無性，爛如麻糖。其身正，不令而行；其身不正，雖令不行。你若長俊正條，肯教奴才排說？他在我跟前說了幾遍，我不信。今日親眼看見，說不得了。我今日說過，要你自家立志，替漢子爭氣。像我進香去，被強人逼勒，若是不正氣的，也來不到家了。」金蓮吃月娘數說，羞得臉上紅一塊白一塊，口裡說一千個沒有，只說：「我在樓上燒香，陳姐夫自去那邊尋衣裳，誰和他說甚話來？」當日月娘亂了一回，歸後邊去了。

晚夕，西門大姐在房內又罵敬濟：「賊囚根子，敢說又沒？真贓實犯拿住你，你還那等嘴巴巴的。今日兩個又在樓上做什麼？說不得了！兩個弄得好磣兒，只把我合在缸底下一般。那淫婦要了我漢子，還在我面前拿話兒拴縛人。毛司裡磚兒——又臭又硬，恰似伏降著那個一般。他便羊角蔥靠南牆——老辣已定，你還要在這裡雌飯吃！」敬濟罵道：「淫婦，你家收著我銀子，我雌你家飯吃？」使性子往前邊來了。

自此以後，敬濟只在前邊，無事不敢進入後邊來。取東取西，只是玳安、平安兩個往樓上取去。每日飯食，晌午還不拿出來，把傅夥計餓得只拿錢街上燙麵吃。正是：龍鬥虎傷，苦了小獐。各處門戶，日頭半天就關了。由是與金蓮兩個思情又間阻了。敬濟那邊陳宅的房子，一向教他母舅張團練看守居住。張團練革任在家閒住，敬濟早晚往那裡吃飯去，月娘亦不追問。

兩個隔別約一月，不得會面。婦人獨在那邊，挨一日似三秋，過一宵如半夏，怎禁這空房寂靜，慾火如蒸，要見他一面，難上之難。兩下音信不通，這敬濟無門可入。忽一日薛嫂兒打門首過，有心要托他寄一紙柬兒與金蓮，訴其間阻之事，表此肺腑之情。一日，推門外討帳，騎頭口逕到薛嫂家。拴了驢子，掀簾便問：「薛媽在家？」有他兒子薛紀媳婦兒金大姐抱孩子在炕上，伴著人家賣的兩個使女，聽見有人叫薛嫣，出來問：「是誰？」敬濟道：「是我。」問：「薛嫣在家不住？」金大娘道：「姑夫請家來坐。俺嫣往人家兌了頭面，討銀子去了。有甚話說，使人叫去。」連忙點茶與敬濟吃。

坐不多時，只見薛嫂兒來了。與敬濟道了萬福，說：「姑夫哪陣風兒吹來我家！」叫金大姐：「倒茶與姑夫吃。」金大姐道：「剛才吃了茶了。」敬濟道：「無事不來。如此這般，與我五娘勾搭日久，今被秋菊丫頭戳舌，把俺兩個姻緣拆散，大娘與大姐甚是疏淡我。我與六姐拆散不開，二人離別日久，音信不通，欲捎寄數字進去與他，無人得到內裡，須央及你，如此這般通個消息。」向袖中取出一兩銀子來：「這些微禮，權與薛嫣買茶吃。」那薛嫂一聞其言，拍手打掌笑起來，說道：「誰家女婿戲丈母，世間哪裡有此事！姑夫你實對我說，端的你怎麼得手來？」敬濟道：「薛嫂禁聲，且休取笑。我有這柬帖封好在此，好歹明日替我送與他去。」薛嫂一手接了，說：「你大娘從進香回來，我還沒看他去，兩當一節，我去走走。」敬濟道：「我在哪裡討你信？」薛嫂道：「往舖子裡尋你回話。」說畢，敬濟騎頭口來家。

次日，薛嫂提著花箱兒，先進西門慶家上房看月娘。坐了一回，又到孟玉樓房中，然後才到金蓮這邊。金蓮正放桌兒吃粥，春梅見婦人悶悶不樂，說道：「娘，你老人家也少要憂心。是非有無，隨人說去。如今爹也沒了，大娘他養出個墓生兒來，莫不也是來路不明？他也難管你我暗地的事。你把心放開，料天塌了，還有撐天大漢哩。人生在世，且風流了一日是一日。」於是篩上酒來，遞一鍾與婦人，說：「娘且吃一杯兒暖酒，解解愁悶。」因見階下兩隻犬兒交戀在一處，說道：「畜生尚有如此之樂，何況人而反不如此乎？」

正飲酒，只見薛嫂兒來到。與金蓮道個萬福，又與春梅拜了拜，笑道：「你娘兒們好受用。」因觀二犬戀在一處，又笑道：「你家好祥瑞，你娘兒們看著怎不解悶！」婦人道：「哪陣風兒今日刮你來，怎的一向不來走走？」一面讓薛嫂坐。薛嫂兒道：「我整日幹的不知什麼，只是不得閒。大娘頂上進了香來，也不曾看得他，剛才好不怪我。西房三娘也在跟前，留了我兩對翠花，一對大翠圍髮，好快性，就稱了八錢銀子與我。只是後邊雪姑娘，從八月裡要了我兩對線花兒，該二錢銀子，白不與我。好慳吝的人！我對你說，怎的不見你老人家？」婦人道：「我這兩日子身子有些不自在，不曾出去走動。」

春梅一面篩了一鍾酒，遞與薛嫂兒。薛嫂忙又萬福，說：「我進門就吃酒。」婦人道：「你到明日養個好娃娃。」薛嫂兒道：「我養不得，俺家兒子媳婦兒金大姐倒新添了個娃兒，才兩個月來。」又道：「你老人家沒了爹，終日這般冷清清了。」婦人道：「說不得。有他在好了，如今弄得俺娘兒們一折一磨的。不瞞老薛說，如今俺家中人多舌頭多。他大娘自從有了這孩兒，把心腸兒也改變了，姐妹不似那咱親熱了。這兩日一來我心裡不自在，二來因些閒話，沒曾往那邊去。」春梅道：「都是俺房裡秋菊這奴才，大娘不在，劈空架了俺娘一篇是非，把我也扯在裡面，好不亂哩！」薛嫂道：「就是房裡使的那大姐？他怎的倒弄主子？自古穿青衣，抱黑柱，這個使不得。」

婦人使春梅：「你瞧瞧那奴才，只怕他又來聽。」春梅道：「他在廚下揀米哩！這破包簍奴才，在這屋就是走水的槽，單管屋裡事兒往外學舌。」薛嫂道：「這裡沒人，咱娘兒們說話。昨日陳姐夫到我那裡，如此這般告訴我，乾淨是他戳犯你們的事兒了。陳姐夫說，他大娘數說了他，各處門戶都緊了，不許他進來取衣裳、拿藥材。又把大姐搬進東廂房裡住，每日晌午還不拿飯出去與他吃，餓得他只往他母舅張老爹那裡吃去。一個親女婿不託他，倒託小廝，有這個道理？他有好一向沒得見你老人家，巴巴央及我，捎了個柬兒，多多拜上你老人家。少要心焦，左右爹也是沒了，爽利放倒身大做一做，怕怎的？點根香怕出煙兒，放把火倒也罷了！」於是取出敬濟封的柬帖兒，遞與婦人。拆開觀看，別無甚話，上寫〈紅繡鞋〉一詞：

妖廟火燒皮肉，藍橋水淹過嚥喉，緊按納風聲滿南州。洗淨了終是染污，成就了倒是風流，不怎麼也是有。

六姐妝次　　　　　　　　　　　　　　　　　　敬濟百拜上

婦人看畢，收入袖中。薛嫂道：「他教你回個記色與他，或寫幾個字兒捎了去，方信我送得有個下落。」婦人教春梅陪著薛嫂吃酒，他進入裡間，半晌拿了一方白綾帕，一個金戒指兒。帕兒上又寫了一首詞兒，敘其相思契闊之懷。寫完，封得停當，走出來交與薛嫂，便說：「你上覆他，教他休要使性兒往他母舅張家那裡吃飯，惹他張舅唇齒，說你在丈人家做買賣，卻來我家吃飯，顯得俺們都是沒生活的一般，教他張舅怪。或是未有飯吃，教他鋪子裡拿錢買些點心和夥計吃便了。你使性兒不進來，和誰鱉氣哩！卻像是賊人膽兒虛一般。」薛嫂道：「等我對他說。」

婦人又與薛嫂子五錢銀子，作別出門。來到前邊鋪子裡，尋見敬濟，兩個走到僻靜處說話。把封的物事遞與他：「五娘說，教你休使性兒賭鱉氣，教你常進來走走，休往你張舅家吃飯去，惹人家怪。」因拿出五錢銀子與他瞧：「此是裡面與我的，漏眼不藏絲。久後你兩個愁不會在一答裡？對出來，我臉放在哪裡？」敬濟道：「老薛，多有累你。」深深與他唱喏。那薛嫂走了兩步，又回來說：「我險些兒忘了一件事。剛才我出來，大娘又使丫頭綉春叫進我去，叫我晚上來領春梅，要打發賣他，說他與你們做牽頭，和他娘通同養漢。」敬濟道：「薛媽，你且領在家。我改日到你家見他一面，有話問他。」那薛嫂說畢，回家去了。

果然到晚夕上的時分，走來領春梅。到月娘房中，月娘開口說：「那咱原是你手裡十六兩銀子買的，你如今拿十六兩銀子來就是了。」吩咐小玉：「你看著，到前邊收拾了，教他罄身兒出去，休要帶出衣裳去了。」那薛嫂兒到前邊，向婦人如此這般：「他大娘教我領春梅姐來了。對我說，他與你老人家通同作弊，偷養漢子，不管長短，只問我要原價。」

婦人聽見說領賣春梅，就睜了眼，半日說不出話來，不覺滿眼落淚，叫道：「薛嫂兒，你看我娘兒兩個沒漢子的，好苦也！今日他死了多少時兒，就打發我身邊人。他大娘這般沒人心仁義，自恃他身邊養了個尿胞種，就把人躧到泥裡。李瓶兒孩子週半還死了哩，花麻痘疹未出，知道天怎麼算計，就心高遮了太陽！」薛嫂道：「春梅姐說，爹在日曾收用過他。」婦人道：「收用過二字兒！死鬼把他當心肝肺腸兒一般看待，說一句聽十句，要一奉十，正經成房立紀老婆且打靠後。他要打那個小廝十棍兒，他爹不敢打五棍兒。」薛嫂道：「可又來，大娘差了！爹收用的恁個出色姐兒，打發他，箱籠兒也不與，又不許帶一件衣服兒，只教罄身兒出去，鄰舍也不好看的。」婦人道：「他對你說休教帶出衣裳去？」薛嫂道：「大娘吩咐小玉姐便來，教他看著，休教帶衣裳出去。」那春梅在旁，聽見打發他，一點眼淚也沒有。見婦人哭，說道：「娘，你哭怎的？奴去了，你耐心兒過，休要思慮壞了你。你思慮出病來，沒人知你疼熱。等奴出去，不與衣裳也罷。自古好男不吃分時飯，好女不穿嫁時衣。」

正說著，只見小玉進來，說道：「五娘，你信我奶奶倒三顛四的。小大姐扶持你老人家一場，瞞上不瞞下，你老人家拿出他箱子來，揀上色的包與他兩套，教薛嫂兒替他拿了去，做個一念兒，也是他番身一場。」婦人道：「好姐姐，你倒有點仁義。」小玉道：「你看，誰人保得常無事！蝦蟆促織兒——都是一鍬土上人。兔死狐悲，物傷其類。」一面拿出春梅箱子來，是戴的汗巾兒、翠簪兒，都教他拿去。婦人揀了兩套上色羅緞衣服鞋腳，包了一大包。婦人梯己與了他幾件釵梳簪墜戒指，小玉也頭上拔下兩根簪子來遞與春梅。餘者珠子纓絡、銀絲雲髻、遍地金妝花裙襖，一件兒沒動，都擡到後邊去了。

春梅當下拜辭婦人、小玉，灑淚而別。臨出門，婦人還要他拜辭月娘眾人，只見小玉搖手兒。這春梅跟定薛嫂，頭也不回，揚長決裂出大門去了。小玉和婦人送出大門回來。小玉到上房回大娘，只說：「罄身子去了，衣服都留下，沒與他。」這金蓮歸進房中，往常有春梅，娘兒兩個相親相熱，說知心話兒，今日他去了，丟得屋裡冷冷落落，甚是孤悽，不覺放聲大哭。有詩為證：

耳畔言猶在，於今恩愛分。
房中人不見，無語自消魂。

第八十六回　雪娥唆打陳敬濟　金蓮解渴王潮兒

詩曰：

雨打梨花倍寂寥，幾回腸斷淚珠拋。
睽違一載猶三載，情緒千絲與萬條。
好句每從秋裡得，離魂多自夢中消。
香羅重解知何日，辜負巫山幾暮朝。

話說潘金蓮自從春梅出去，房中納悶不提。單表陳敬濟，次日早飯時出去，假作討帳，騎頭口到於薛嫂兒家。薛嫂兒正在屋裡，一面讓進來坐。敬濟拴了頭口，進房坐下，點茶吃了。薛嫂故意問：「姐夫來有何話說？」敬濟道：「我往前街討帳，竟到這裡。昨晚小大姐出來了，在你這裡？」薛嫂道：「是在我這裡，還未上主兒哩。」敬濟道：「在這裡，我要見他，和他說句話兒。」薛嫂故作喬張致，說：「好姐夫，昨日你家丈母好不吩咐我，因為你每通同作弊，弄出醜事來，才把他打發出門，教我防範你們，休要與他會面說話。你還不趁早去哩，只怕他一時使將小廝來看見，到家學了，又是一場兒。倒沒得弄得我也上不得門。」那敬濟便笑嘻嘻袖中拿出一兩銀子來：「權作一茶，你且收了，改日還謝你。」那薛嫂見錢眼開，說道：「好姐夫，自恁沒錢使，將來謝我！只是我去年臘月，你舖子當了人家兩副扣花枕頂，將有一年來，本利該八錢銀子，你尋與我罷。」敬濟道：「這個不打緊，明日就尋與你。」

這薛嫂兒一面請敬濟裡間房裡去，與春梅廝見，一面叫他媳婦金大姐：「定菜兒，我去買茶食點心。」又打了一壺酒，並肉鮓之類，教他二人吃。春梅看見敬濟，說道：「姐夫，你好人兒，

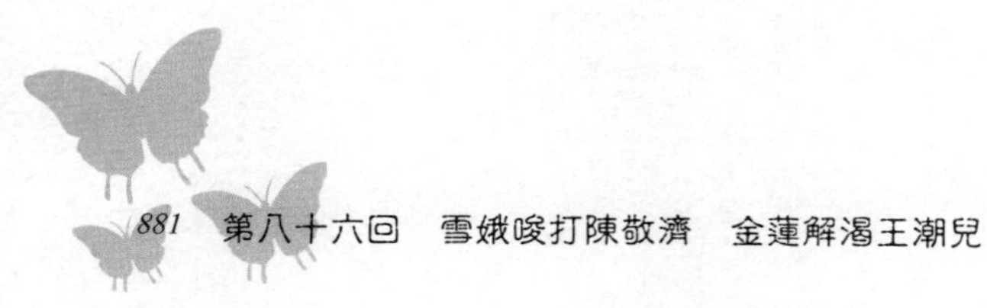

就是個弄人的劊子手！把俺娘兒兩個弄得上不上下不下，出醜惹人嫌，到這步田地。」敬濟道：「我的姐姐，你既出了他家門，我在他家也不久了。妻兒趙迎春，各自尋投奔。你教薛媽替你尋個好人家去罷，我醃韭菜——已是入不得畦了。我往東京俺父親那裡去計較了回來，把他家女兒休了，只要我家寄放的箱子。」說畢，不一時，薛嫂買將茶食酒菜來，放炕桌兒擺了，兩個做一處飲酒敘話。薛嫂也陪他吃了兩盞，一遞一句，說了回月娘心狠：「宅裡恁個出色姐兒出來，通不與一件兒衣服簪環。就是往人家上主兒去，裝門面也不好看。還要舊時原價，就是清水，這碗裡傾倒那碗內，也抛撒些兒，原來這等夾腦風！臨時出門，倒虧了小玉丫頭，做了個分上，教他娘拿了兩件衣服與他。不是，往人家相去，拿什麼做上蓋？」比及吃得酒濃時，薛嫂教媳婦金大姐抱孩子躲去人家坐的，教他兩個在裡間，自在坐個房兒。正是：

雲淡淡天邊鸞鳳，水沉沉波底鴛鴦。
寫成今世不休書，結下來生歡喜帶。

兩個幹訖一度作別，比時難割難捨。薛嫂恐怕月娘使人來瞧，連忙攛敬濟出港，騎上頭口來家。

遲不上兩日，敬濟又捎了兩方銷金汗巾、兩雙膝褲與春梅，又尋枕頂出來與薛嫂兒。又拿銀子打酒。在薛嫂兒房內正和春梅吃酒，不想月娘使了來安小廝來催薛嫂兒：「怎的還不上主兒？」看見頭口拴在門首，來安兒到家，學了舌說：「姐夫也在那裡來。」月娘聽了，心中大怒，使人一替兩替叫了薛嫂兒去，盡力數說了一遍，道：「你領了奴才去，今日推明日，明日推後日，只顧不上緊替我打發，好窩藏著養漢掙錢兒與你家使。若是你不打發，把丫頭還與我領了來，我另教馮媽媽去賣，你再休上我門來。」

這薛嫂兒聽了，到底還是媒人的嘴，說道：「天麼，天麼！你老人家怪我差了。我趕著增福神著棍打？你老人家照顧我，怎不打發？昨日也領著走了兩三個主兒，都出不上。你老人家要十六兩原價，俺媒人家哪裡有這些銀子陪上。」月娘又道：「小廝說，陳家種子今日在你家和丫頭吃酒來。」薛嫂慌道：「耶嚛，耶嚛！又是一場兒！還是去年臘月，當了人家兩副枕頂，在咱獅子街舖內，銀子收了，今日姐夫送枕頂與我。我讓他吃茶，他不吃，忙忙就上頭口來了。幾時進屋裡吃酒來？原來咱家這大官兒恁快搗謊架舌！」

月娘吃他一篇，說得不言語了。說道：「我只怕一時被那種子設念隨邪，差了念頭。」薛嫂道：「我是三歲小孩兒？豈可恁些事兒不知道。你那等吩咐了我，我長吃好，短吃好？他在那裡也沒得久停久坐，與了我枕頭，茶也沒吃就來了，幾曾見咱家小大姐面兒來！萬物也要個真實，你老人家就上落我起來！既是如此，如今守備周爺府中要他圖生長，只出十二兩銀子，看他若添到十三兩上，我兒了銀子來罷。說起來，守備老爺前者在咱家酒席上，也曾見過小大姐來。因他會這幾套唱，好模樣兒，才出這幾兩銀子，又不是女兒，其餘別人出不上。」薛嫂當下和月娘砸死了價錢。

次日，早把春梅收拾打扮，妝點起來，戴著圍髮雲髻兒，滿頭珠翠，穿上紅緞襖兒，藍緞裙子，腳上雙彎尖趫趫，一頂轎子送到守備府中。周守備見了春梅，生得模樣兒比舊時越又紅又白，身段兒不短不長，滿心歡喜，就兌出五十兩一錠元寶來。這薛嫂兒拿來家，鑿下十三兩銀子，往西門慶家交與月娘。另外又拿出一兩來說：「是周爺賞我的喜錢，你老人家這邊與不我些兒？」那吳月娘免不過，只得又秤出五錢銀子與他，恰好他還禁了三十七兩五錢銀子。十個九個媒人，都是如此賺錢養家。

卻表陳敬濟見賣了春梅，又不得往金蓮那邊去，見月娘凡事不理他，門戶都嚴緊，到晚夕親自出來，打燈籠前後照看，上了鎖，方才睡去，因此弄不得手腳。敬濟十分急了，先和西門大姐嚷了兩場，淫婦前淫婦後罵大姐：「我在你家做女婿，不道的雌飯吃，吃傷了！你家收了我許多金銀箱籠，你是我老婆，不顧瞻我，反說雌你家飯吃，我白吃你家飯來？」罵得大姐只是哭涕。

十一月廿七日，孟玉樓生日。玉樓安排了幾碟酒菜點心，好意教春鴻拿出前邊舖子，教敬濟

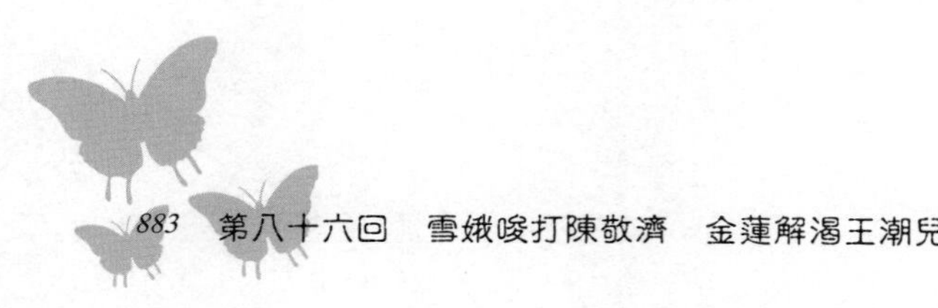

陪傅夥計吃。月娘便攔說：「他不是材料，休要理他。要與傅夥計，自與傅夥計自家吃就是了，不消叫他。」玉樓不肯。春鴻拿出來，擺在水櫃上。一大壺酒都吃了，不夠，又使來安兒後邊要去。傅夥計便說：「姐夫，不消要酒去了，這酒夠了，我也不吃了。」敬濟不肯，定教來安要去。等了半晌，來安兒出來回說：「沒了酒了。」

這陳敬濟也有半酣酒兒在肚內，又使他要去。那來安不動。又另拿錢打了酒來吃著，罵來安兒：「賊小奴才兒，你別要慌！你主子不待見我，連你這奴才們也欺負我起來了，使你使兒不動。我與你家做女婿，不道酒肉吃傷了，有爹在怎麼行來？今日爹沒了，就改變了心腸，把我來不理，都亂來擠撮我。我大丈母聽信奴才言語，凡事託奴才，不託我。由他，我好耐驚耐怕兒！」傅夥計勸道：「好姐夫，快休舒言。不敬奉姐夫，再敬奉誰？想必後邊忙，怎不與姐夫吃？你罵他不打緊，牆有縫，壁有耳，恰似你醉了一般。」敬濟道：「老夥計，你不知道。我酒在肚裡，事在心頭。俺丈母聽信小人言語，架我一篇是非。就算我合了人，人沒合了我？好不好我把這一屋子裡老婆都刮剌了，到官也只是後丈母通姦，論個不應罪名。如今我先把你家女兒休了，然後一紙狀子告到官。再不東京萬壽門進一本，你家現收著我家許多金銀箱籠，都是楊戩應沒官贓物。好不好把你這幾間業房子都抄沒了，老婆便當官辦賣。我不圖打魚，只圖混水耍子。會事的，把俺女婿收籠著，照舊看待，還是大家便益！」

傅夥計見他話頭兒來得不好，說道：「姐夫，你原來醉了。王十九，只吃酒，且把散話休提。」這敬濟睜眼瞅著傅夥計，罵道：「賊老狗，怎的說我散話，揭挑我醉了！吃了你家酒來？我不才，是他家女婿嬌客，你無故只是他家行財，你也擠撮我起來！我教你這老狗別要慌，你這幾年賺的俺丈人錢夠了，飯也吃飽了，心裡要打夥兒把我疾發了去，要奪權兒做買賣，好禁錢養家。我明日本狀也帶你一筆，教你打官司！」那傅夥計最是個小膽兒的人，見頭勢不好，穿上衣裳，悄悄往家一溜煙走了。小廝收了傢伙，後邊去了。敬濟倒在炕上睡下，一宿晚景提過。

次日，傅夥計早晨進後邊見月娘，把前事具訴一遍，哭哭啼啼，要告辭家去，交割帳目，不做買賣了。月娘便勸道：「夥計，你只安心做買賣，休要理那潑才料，如臭屎一般丟著他。當初你家為官事投到俺家來權住著，有甚金銀財寶？也只是大姐幾件妝奩，隨身箱籠。你家老子便躲上東京去了。那時恐怕小人不足，教俺家晝夜耽心。你來時才十六七歲，黃毛團兒也一般。也虧在丈人家養活了這幾年，調理得諸般買賣兒都會。今日翅膀毛兒乾了，反恩將仇報，一掃箒掃得光光的。小孩兒家說話欺心，恁沒天理，到明日只天照看他！夥計，你自安心做你買賣，休理他便了。他自然也羞。」一面把傅夥計安撫住了，不提。

一日，也是合當有事，印子鋪擠著一屋裡人贖討東西，只見奶子如意兒抱著孝哥兒，送了一壺茶來與傅夥計吃，放在桌上。孝哥兒在奶子懷裡哇哇的只管哭，這陳敬濟對著那些人，作耍當真說道：「我的哥哥，乖乖兒，你休哭了。」向眾人說：「這孩子倒像我養的，依我說話，教他休哭，他就不哭了。」那些人就獃了。如意兒說：「姐夫，你說的好妙話兒，越發叫起兒來了，看我進房裡說不說。」這陳敬濟趕上踢了奶子兩腳，戲罵道：「怪賊邋遢，你說不是，我且踢個響屁股兒著。」那奶子抱孩子走到後邊，如此這般向月娘哭說：「姐夫對眾人將哥兒這般言語發出來。」這月娘不聽便罷，聽了此言，正在鏡臺邊梳著頭，半日說不出話來，往前一撞，就昏倒在地，不省人事。但見：

> 荊山玉損，可惜西門慶正室夫妻，寶鑑花殘，枉費九十日東君匹配。花容淹淡，猶如西園芍藥倚朱欄；檀口無言，一似南海觀音來入定。小園昨日春風急，吹折江梅就地花。

慌了小玉，叫將家中大小，扶起月娘來炕上坐的。孫雪娥跳上炕，撅救了半日。舀薑湯灌下去，半日甦醒過來。月娘氣堵心胸，只是哽噎，哭不出聲來。奶子如意兒對孟玉樓、孫雪娥，將敬濟對眾人將哥兒戲言之事說了一遍：「我好意說他，又趕著我踢了兩腳，把我也氣得發昏在這裡！」雪娥扶月娘，待得眾人散去，悄悄在房中對月娘說：「娘也不消生氣，氣得你有些好歹，

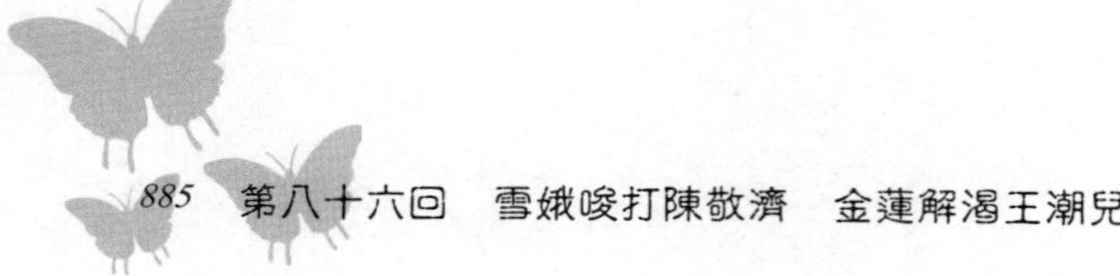

越發不好了。」這小廝因賣了春梅，不得與潘家那淫婦弄手腳，才發出話來。如今一不做，二不休，大姐已是嫁出女，如同賣出田一般，咱顧不得他這許多。常言：養蝦蟆得水蠱兒病，只顧教那小廝在家裡做什麼？明日哄賺進後邊，下老實打與他一頓，即時趕離門，教他家去。然後叫將王媽媽子來，把那淫婦教他領了去變賣嫁人，如同狗屎臭尿掠將出去，一天事都沒了。平空留著他在家裡做什麼？到明日，沒的把咱們也扯下水去了。」月娘道：「你說的也是。」當下計議已定了。

到次日飯時已後，月娘埋伏了丫鬟媳婦七八個人，各拿短棍棒槌，使小廝來安兒請進陳敬濟來後邊，只推說話。把儀門關了，教他當面跪下，問他：「你知罪麼？」那陳敬濟也不跪，轉把臉兒高揚，佯佯不睬。月娘大怒，於是率領雪娥並來興兒媳婦、來昭妻一丈青、中秋兒、小玉、綉春眾婦人，七手八腳按在地下，拿棒槌短棍打了一頓。西門大姐走過一邊，也不來救。打得這小夥兒急了，把褲子脫了，露出直豎一條棍來，諕得眾婦人看見，都丟下棍棒亂跑了。月娘又是那惱，又是那笑，口裡罵道：「好個沒根基的忘八羔子！」敬濟口中不言，心中暗道：「若不是我這個法兒，怎得脫身？」於是爬起來，一手兜著褲子，往前走了。月娘隨令小廝跟隨，教他算帳，交與傅夥計。敬濟自知也立腳不定，一面收拾衣服鋪蓋，也不作辭，使性兒一直出離西門慶家，逕往他母舅張團練家他舊房子自住去了。正是：

唯有感恩並積恨，萬年千載不生塵。

潘金蓮在房中，聽見打了敬濟，趕離出門去了，越發憂上加憂，悶上添悶。一日，月娘聽信雪娥之言，使玳安兒去叫了王婆來。那王婆自從他兒子王潮跟淮上客人，拐了起車的一百兩銀子來家，得其發跡，也不賣茶了，買了兩個驢兒，安了盤磨，一張羅櫃，開起磨房來。聽見西門慶宅裡叫他，連忙穿衣服就走。到路上問玳安說：「我的哥哥，幾時沒見你，又早籠起頭去了。有了媳婦兒不曾？」玳安道：「還不曾有哩。」王婆子道：「你爹沒了，你家誰人請我做什麼？莫不是你五娘養了兒子了，請我去抱腰？」玳安道：「俺五娘便沒養兒子，倒養了女婿。俺大娘請你老人家領他出來嫁人。」王婆子道：「天麼，天麼，你看麼！我說這淫婦死了你爹，怎守得住？只當狗改不了吃屎，就弄硶兒來了。就是你家大姐那女婿子？他姓什麼？」玳安道：「他姓陳，名喚陳敬濟。」王婆子道：「想著去年，我為何老九的事去央煩你爹，到宅內，你爹不在，賊淫婦他就沒留我房裡坐坐兒，折針也迸不出個來，只叫丫頭倒一鍾清茶，我吃了出來了。我只道千年萬歲在他家，如何今日也還出來？好個浪蹄子淫婦，休說我是你個媒主，替你作成了恁好人家，就閒人進去，也不該那等大意。」玳安道：「為他和俺姐夫在家裡吵嚷作亂，昨日差些兒沒把俺大娘氣殺了哩。俺姐夫已是打發出去了，只有他老人家，如今教你領他去哩。」王婆子道：「他原是轎兒來，少不得還叫頂轎子。他也有個箱籠來，這裡少不得也與他個箱子兒。」玳安道：「這個少不得，俺大娘自有個處。」

兩個說話間，到了門首。進入月娘房裡，道了萬福，坐下。丫鬟拿茶吃了。月娘便道：「老王，無事不請你來。」悉把潘金蓮如此這般上項說了一遍：「今來是是非人，去是是非者，一客不煩二主，還起動你領他出去，或聘嫁，或打發，教他吃自在飯去罷。我男子漢已是沒了，招攬不過這些人來。說不得當初死鬼為他丟了許多錢底那話了，就打他恁個銀人兒也有。如今隨你聘嫁，多少兒交得來，我替他爹念個經兒，也是一場勾當。」王婆道：「你老人家是稀罕這錢的？只要把禍害離了門就是了。我知道，我也不肯差了。」又道：「今日好日，就出去罷。又一件，他當初有個箱籠兒，有頂轎兒來，也少不得與他頂轎兒坐了去。」月娘道：「箱子與他一個，轎子不容他坐。」小玉道：「俺奶奶氣頭上，便是這等說！到臨歧，少不得雇頂轎兒，不然街坊人家看著，拋頭露面的，不吃人笑話？」月娘不言語了。一面使丫鬟綉春前邊叫金蓮來。

這金蓮一見王婆子在房裡，就睜了，向前道了萬福，坐下。王婆子開言便道：「你快收拾了。剛才大娘說，教我今日領你出去哩。」金蓮道：「我漢子死了多少時兒，我為下什麼非，做下什麼歹來？如何平空打發我出去？」王婆道：「你休稀裡打哄，做啞裝聾。自古蛇鑽窟窿蛇知道，

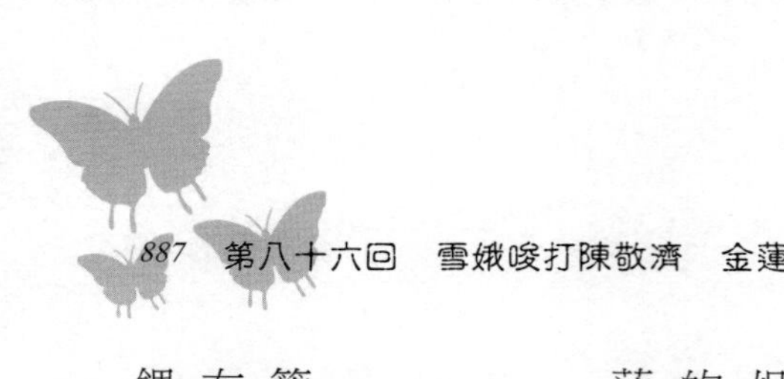

各人幹的事兒，各人心裡明。金蓮，你休獃裡撒奸，說長道短，我手裡使不得巧語花言，幫閒鑽懶。自古沒個不散的筵席，出頭椽兒先朽爛。人的名兒，樹的影兒，蒼蠅不鑽沒縫兒蛋。你休把養漢當飯，我如今要打發你上陽關。」金蓮兒勢頭不好，料難久住，便也發話道：「你打人休打臉，罵人休揭短，有勢休要使盡了，趕人不可趕上。我在你家做老婆，也不是一日兒，怎聽奴才淫婦戳舌，便這樣絕情絕義的打發我出去！我去不打緊，只要大家硬氣，守到老沒個破字兒才好。」

當下金蓮與月娘亂了一回。月娘到他房中，打點與了他兩個箱子、一張抽替桌兒、四套衣服、幾件釵梳簪環、一床被褥，其餘他穿的鞋腳，都填在箱內。把秋菊叫到後邊來，一把鎖就把房門鎖了。金蓮穿上衣服，拜辭月娘，在西門慶靈前大哭了一回。又走到孟玉樓房中，也是姐妹相處一場，一旦分離，兩個落了一回眼淚。玉樓瞞著月娘，悄悄與了他一對金碗簪子、一套翠藍緞襖、紅裙子，說道：「六姐，奴與你離多會少了，你看個好人家往前進了罷。自古道：千里長篷，也沒個不散的筵席。你若有了人家，使個人來對我說聲。奴往那裡去，順便到你那裡看你去，也是姐妹情腸。」於是灑淚而別。臨出門，小玉送金蓮，悄悄與了金蓮兩根金頭簪兒。金蓮道：「我的姐姐，你倒有一點人心兒在我。」王婆又早雇人把箱籠桌子擡的先去了。獨有玉樓、小玉送金蓮到門首坐上轎子才回。正是：

世上萬般哀苦事，無非死別共生離。

卻說金蓮到王婆家，王婆安插他在裡間，晚夕同他一處睡。他兒子王潮兒，也長成一條大漢，籠起頭去了，還未有妻室，外間支著床睡。這潘金蓮次日依舊打扮，喬眉眼在簾下看人。無事坐在炕上，不是描眉畫眼，就是彈弄琵琶。王婆不在，就和王潮兒鬥葉兒、下棋。那王婆自去掃麵，餵養驢子，不去管他。朝來暮去，又把王潮兒刮剌上了。晚間等得王婆子睡著了，婦人推下炕溺尿，走出外間床上，和王潮兒兩個幹。搖得床子一片響聲，被王婆子醒來聽見，問：「哪裡響？」王潮兒道：「是櫃底下貓捕老鼠響。」王婆子睡夢中喃喃吶吶，口裡說道：「只因有這些麩麵在屋裡，引得這扎心的半夜三更耗爆人，不得睡。」良久，又聽見動彈，搖得床子格吱吱響，王婆又問：「哪裡響？」王潮道：「是貓咬老鼠，鑽在炕洞底下嚼得響。」婆子側耳，果然聽見貓在炕洞裡咬得響，方才不言語了。婦人和小廝幹完事，依舊悄悄上炕睡去了。有幾句雙關，說得這老鼠好：

你身軀兒小，膽兒大，嘴兒尖，忒潑皮。見了人藏藏躲躲，耳邊廂叫叫唧唧，攪混人半夜三更不睡。不行正人倫，偏好鑽穴隙，更有一椿兒不老實，到底改不得偷饞抹嘴。

有日，陳敬濟打聽得潘金蓮出來，還在王婆家聘嫁，因提著兩吊銅錢，走到王婆家來。婆子正在門前掃驢子撒的糞，這敬濟向前深深地唱個喏。婆子問道：「哥哥，你做什麼？」敬濟道：「請借裡邊說話。」王婆便讓進裡面。敬濟便道：「動問西門大官人宅內有一位娘子潘六姐，在此出嫁？」王婆便：「你是他什麼人？」那敬濟嘻嘻笑道：「不瞞你老人家說，我是他兄弟，他是我姐姐。」那王婆子眼上眼下打量他一回，說：「他有甚兄弟我不知道？你休哄我，你莫不是他家女婿姓陳的，來此處撞蠓子？我老娘手裡放不過。」

敬濟笑向腰裡解下兩吊銅錢來，放在面前說：「這兩吊錢權作王奶奶一茶之費，教我且見一面，改日還重謝你老人家。」婆子見錢，越發喬張致起來，便道：「休說謝的話。他家大娘子吩咐將來，不許教閒雜人來看他。咱放倒身說話，你既要見這雌兒一面，與我五兩銀子。見兩面，與我十兩。你若娶他，便與我一百銀子，我的十兩媒人錢在外。我不管閒帳。你如今兩串錢兒，打水不渾的，做什麼？」敬濟見這虔婆口硬，不收錢，又向頭上拔下一對金頭銀腳簪子，重五錢，殺雞扯腿跪在地下，說道：「王奶奶，你且收了，容日再補一兩銀子來與你，不敢差了。且容我見他一面，說些話兒則個。」

那婆子於是收了簪子和錢，吩咐：「你進去見他，說了話就與我出來，不許你涎眉睜目，只顧坐著。所許那一兩頭銀子，明日就送來與我。」於是掀簾放敬濟進裡間。婦人正坐在炕上，看見敬濟，便埋怨他道：「你好人兒！丟得我前不著村，後不著店，有上梢沒下梢，出醜惹人嫌，你就影兒也不來看我看兒了。我娘兒們好好的，拆散得你東我西，皆是為誰來？」說著扯住敬濟，只顧哭泣。王婆又嗔哭，恐怕有人聽見。

敬濟道：「我的姐姐，我為你剮皮剮肉，你為我受氣耽羞，怎不來看你？昨日到薛嫂兒家，已知春梅賣在守備府裡去了，才打聽知你出離了他家門，在王奶奶這邊聘嫁。今日特來見你一面，和你計議。咱兩個恩情難捨，拆散不開，如之奈何？我如今要把他家女兒休了，問他要我家先前寄放金銀箱籠。他若不與我，我東京萬壽門一本一狀進下來，那時他雙手奉與我還是遲了。我暗地裡假名托姓，一頂轎子娶到你家去，咱兩個永遠團圓，做上個夫妻，有何不可！」婦人道：「現今王乾娘要一百兩銀子，你有這些銀子與他？」敬濟道：「如何要這許多？」

婆子說道：「你家大丈母說，當初你家爹為他打個銀人兒也還多，定要一百兩銀子，少一絲毫也成不得。」敬濟道：「實不瞞你老人家說，我與六姐打得熱了，拆散不開。看你老人家下顧，退下一半兒來，五六十兩銀子也罷。我往母舅那裡典上兩三間房子，娶了六姐家去，也是春風一度。你老人家少轉些兒罷！」婆子：「休說五六十兩銀子，八十兩也輪不到你手裡了。昨日湖州販紬絹何官人，出到七十兩；大街坊張二官府，如今見在提刑院掌刑，使了兩個節級來，出到八十兩上，拿著兩封銀子來兌，還成不得；都回去了。你這小孩兒家，空口來說空話，倒還敢奚落老娘。老娘不道得吃傷了哩！」當下一直走出街上，大吆喝說：「誰女婿要娶丈母，還來老娘屋裡放屁！」

敬濟慌了，一手扯進婆子來，雙膝跪下，央及：「王奶奶噤聲。我依王奶奶，價值一百兩銀子罷。爭奈我父親在東京，我明日起身往東京取銀子去。」婦人道：「你既為我一場，休與乾娘爭執，上緊取去。只恐來遲了，別人娶了奴去，就不是你的人了。」敬濟道：「我顧頭口連夜兼程，多則半月，少則十日就來了。」婆子道：「常言先下米先食飯，我的十兩銀子在外，休要少了，我先與你說明白著。」敬濟道：「這個不必說，恩有重報，不敢有忘。」說畢，敬濟作辭出門，到家收拾行李。次日早，雇頭口上東京取銀子去。此這去，正是：

青龍與白虎同行，吉凶事全然未保。

第八十七回　王婆子貪財忘禍　武都頭殺嫂祭兄

詩曰：

悠悠嗟我里，世亂各東西。
存者問消息，死者為塵泥。
賤子家既敗，壯士歸來時，
行久見空巷，日暮氣慘淒。
但逢狐與狸，豎毛怒裂眥。
我有鐲鏤劍，對此吐長霓。

話說陳敬濟雇頭口起身，叫了張團練一個伴當跟隨，早上東京去，不提。卻表吳月娘打發潘金蓮出門，次日使春鴻叫薛嫂兒來，要賣秋菊。這春鴻正走到大街，撞見應伯爵。叫住問：「春鴻，你往哪裡去？」春鴻道：「大娘使小的叫媒人薛嫂兒去。」伯爵問：「叫媒人做什麼？」春鴻道：「賣五娘房裡秋菊丫頭。」伯爵又問：「你五娘為什麼打發出來嫁人？」這春鴻便如此這般：「因和俺姐夫有些說話，大娘知道了，先打發了春梅小大姐，然後打了俺姐夫一頓，趕出往家去了。昨日才打發出俺五娘來。」

伯爵聽了，點了點頭兒，說道：「原來你五娘和你姐夫有楂兒，看不出人來。」又向春鴻說：「孩兒，你爹已是死了，你只顧還在他家做什麼？終是沒出產。你心裡還要歸你南邊去，還是這裡尋個人家跟罷？」春鴻道：「便是這般說。老爹已是沒了。家中大娘好不嚴緊，各處買賣都收了，房子也賣了，琴童兒、畫童兒都走了，也攬不過這許多人口來。小的待回南邊去，又沒順便人帶去。這城內尋個人家跟，又沒個門路。」伯爵道：「傻孩子，人無遠見，安身不牢。千山萬水，又往南邊去做甚？你肚裡會幾句唱，愁這城內尋不出主兒來答應？我如今舉保個門路與你。如今大街坊張二老爹，家有萬萬貫家財，現頂補了你爹在提刑院做掌刑千戶，如今你二娘又在他家做了二房。我把你送到他宅中答應，他見你會唱南曲，管情一箭就上垛，留下你做個親隨大官兒，又不比在你這家裡？他性兒又好，年紀小小，又倜儻，又愛好，你就是個有造化的。」

這春鴻趴倒地下就磕了個頭：「有累二爹，小的若見了張老爹，得一步之地，買禮與二爹磕頭。」伯爵一把手拉著春鴻，說：「傻孩兒，你起來，我無有個不作成人的。肯要你謝？你哪得錢兒來！」春鴻道：「小的去了，只怕家中大娘抓尋小的，怎了？」伯爵道：「這個不打緊，我問你張二老爹討個帖兒，封一兩銀子與他家。他家銀子不敢受，不怕不把你雙手兒送了去。」說畢，春鴻往薛嫂兒家，叫了薛嫂兒。見月娘，領秋菊出來，只賣了五兩銀子，交與月娘，不在話下。

卻說應伯爵領春鴻到張二官宅裡，見了張二官。見他生得清秀，又會唱南曲，就留下他答應。便拿拜帖兒，封了一兩銀子，送往西門慶家，討他箱子。那日，吳月娘家中正陪雲理守娘子范氏吃酒。先是雲理守補在清河左衛做同知，見西門慶死了，吳月娘守寡，手裡有東西，就安心有垂涎圖謀之意。此日正買了八個羹果禮物，來看月娘。見月娘生了孝哥，范氏房內亦有一女，方兩月兒，要與月娘結親。那日吃酒，遂兩家割衫襟，做了兒女親家，留下一雙金環為定禮。聽見玳安拿進張二官府帖兒並一兩銀子，說春鴻投在他家答應去了，使人來討他箱子衣服。月娘見他見做提刑官，不好不與他，銀子也不曾收，只得把箱子與將出來。

初時，應伯爵對張二官說：「西門慶第五娘子潘金蓮，生得標緻，會一手琵琶。百家詞曲，雙陸象棋，無不通曉，又會寫字。因為年小守不得，又和他大娘子合氣，今打發出來，在王婆家嫁人。」這張二官一替兩替使家人拿銀子往王婆家相看，王婆只推他大娘子吩咐，不倒口，要一百兩銀子。那人來回講了幾遍，還到八十兩上，王婆還不吐口兒。落後春鴻到他宅內，張二官聽見春鴻說，婦人在家養著女婿方打發出來，這張二官就不要了。對著伯爵說：「我家現放著十五歲未出幼兒子上學攻書，要這樣婦人來家做甚！」又聽見李嬌兒說，金蓮當初用毒藥擺布死了漢子，被西門慶占將來家，又偷小廝，把第六個娘子娘兒兩個，生生吃他害殺了，以此張二官就不要了。

話分兩頭。卻說春梅賣到守備府中，守備見他生得標緻伶俐，舉止動人，心中大喜。與了他三間房住，手下使一個小丫鬟，就一連在他房中歇了三夜。三日，替他裁了兩套衣裳。薛嫂兒去，賞了薛嫂五錢銀子。又買了個使女伏侍他，立他做二房。大娘子一目失明，吃長齋念佛，不管閒事。還有生姐兒的孫二娘，在東廂房住。春梅在西廂房，各處鑰匙，都教他掌管，甚是寵愛他。一日，聽薛嫂兒說，金蓮出來在王婆家聘嫁，這春梅晚夕啼啼哭哭對守備說：「俺娘兒兩個在一處廝守這幾年，他大氣兒不曾呵著我，把我當親女兒一般看承。只知拆散開了，不想今日他也出來了。你若肯娶將他來，俺娘兒們還在一處過好日子。」又說他怎的好模樣兒，諸家詞曲都會，又會彈琵琶，聰明俊俏，百伶百俐，屬龍的，今才三十二歲兒：「他若來，奴情願做第三也罷。」於是把守備念轉了，使手下親隨張勝、李安，封了兩方手帕、二錢銀子，往王婆家相看，果然生得好個出色的婦人。王婆開口指稱他家大娘子要一百兩銀子。張勝、李安講了半日，還了八十兩，那王婆還不肯。走來回守備，又添了五兩，復使二人拿著銀子和王婆說。王婆只是假推他大娘子不肯，不轉口兒，要一百兩：「媒人錢要不要便罷了，天也不使空人。」這張勝、李安只得又拿回銀子來稟守備。

丟了兩日，怎禁這春梅晚夕啼啼哭哭：「好歹再添幾兩銀子娶了來，和奴做伴兒，死也甘心。」守備見春梅只是哭泣，只得又差了大管家周忠，同張勝、李安氈包內拿著銀子，打開與婆子看，又添到九十兩上。婆子越發張致起來，說：「若九十兩，到不得如今，提刑張二老爹家擡得去了。」這周忠就惱了，吩咐李安把銀子包子，說道：「三隻腳蟾便沒處尋，兩腳老婆愁尋不出來？這老淫婦連人也不識，你說那張二官府怎的，俺府裡老爹管不著你？不是新娶的小夫人再三在老爺跟前說念，要娶這婦人，平白出些銀子？要他何用！」李安道：「勒掯俺兩番三次來回，賊老淫婦，越發鸚哥兒風了。」拉著周忠說：「管家，咱去來。到家回了老爺，好不好教牢子拿去，搊與他一頓好搊子。」

這婆子終是貪著陳敬濟那口食，由他罵，只是不言語，二人到府中，回稟守備說：「已添到九十兩，還不肯。」守備說：「明日兌與他一百兩，拿轎子擡了來罷。」周忠說：「爺就與了一百兩，王婆還要五兩媒人錢。且丟他兩日，他若張致，拿到府中搊與他一頓搊子，他才怕。」看官聽說：大凡金蓮生有地而死有處，不爭被周忠說這兩句話，有分教：這婦人從前做過事，今朝沒興一齊來。有詩為證：

人生雖未有前知，禍福因由更問誰？
善惡到頭終有報，只爭來早與來遲。

按下一頭。單表武松，自從墊發孟州牢城充軍之後，多虧小管營施恩看顧。次後施恩與蔣門神爭奪快活林酒店，被蔣門神打傷，央武松出力，反打了蔣門神一頓。不想蔣門神妹子玉蘭，嫁與張都監為妾，賺武松去，假捏賊情，將武松拷打，轉又發安平寨充軍。這武松走到飛雲浦，又殺了兩個公人，復回身殺了張都監、蔣門神全家老小，逃躲在施恩家。施恩寫了一封書，皮箱內封了一百兩銀子，教武松到安平寨與知寨劉高，教看顧他。不想路上聽見太子立東宮，放郊天大赦，武松就遇赦回家。到清河縣，下了文書，依舊在縣當差，還做都頭。來到家中，尋見上鄰姚二郎，交付迎兒。那時迎兒已長大，十九歲了，收攬來家，一處居住。就有人告他說：「西門慶已死，你嫂子又出來了，如今還在王婆家，早晚嫁人。」這漢子聽子，舊仇有心，正是：

踏破鐵鞋無覓處，得來全不費工夫。

次日，理幘穿衣，逕走過間壁王婆門首。金蓮正在簾下站著，見武松來，連忙來閃入裡間去。

武松掀開簾子便問：「王媽媽在家？」那婆子正在磨上掃麵，連忙出來應道：「是誰叫老身？」見是武松，道了萬福。武松深深唱喏。婆子道：「武二哥，且喜幾時回家來了？」武松道：「遇赦回家，昨日才到。一向多累媽媽看家，改日相謝。」婆子笑嘻嘻道：「武二哥比舊時保養，鬍子渣兒也有了，且是好身量。在外邊又學得這般知禮。」一面請他上坐，點茶吃了。武松道：「我有一樁事和媽媽說。」婆子道：「有甚事，武二哥只顧說。」武松道：「我聞得人說，西門慶已是死了，我嫂子出來，在你老人家這裡居住。敢煩媽媽對嫂子說，他若不嫁人便罷，若是嫁人，如今迎兒大了，娶得嫂子家去，看管迎兒，早晚招個女婿，一家一計過日子，庶不教人笑話。」婆子初時還不吐口兒，便道：「他在便在我這裡，倒不知嫁人不嫁人。」次後聽見說謝他，便道：「等慢慢和他說。」

那婦人在簾內，聽見武松言語，要娶他看管迎兒，又見武松在外出落得長大，身材胖了，比昔時又會說話兒，舊心不改，心下暗道：「我這段姻緣，還落在他手裡。」就等不得王婆叫他，自己出來，向武松道了萬福，說道：「既是叔叔還要奴家去看管迎兒，招女婿成家，可知好哩！」王婆道：「有一件，只如今他家大娘子要一百兩銀子才嫁人。」武松道：「如何要這許多？」王婆道：「西門大官人當初為他使了許多，就打恁個銀人兒也夠了。」武松道：「不打緊，我既要請嫂嫂家去，就使一百兩也罷。另外破五兩銀子，謝你老人家。」

這婆子聽見，喜歡得屁滾尿流，沒口說道：「還是武二哥知禮，這幾年江湖上見的事多，真是好漢。」婦人聽了此言，走到屋裡，又濃濃點了一鍾瓜仁泡茶，雙手遞與武松吃了。婆子問道：「如今他家要發脫得緊，又有三四個官戶人家爭著娶，都回阻了，價錢不兌。你這銀子，作速些便好。常言：先下米先吃飯，千里姻緣著線牽，休要落在別人手內。」婦人道：「既要娶奴家，叔叔上緊些。」武松便道：「明日就來兌銀子，晚夕請嫂嫂過去。」那王婆還不信武松有這些銀子，胡亂答應去了。

到次日，武松打開皮箱，拿出施恩與知寨劉高那一百兩銀子來，又另外包子五兩碎銀子，走到王婆家，拿天平兌起來。那婆子看見白晃晃擺了一桌銀子，口中不言，心內暗道：「雖是陳敬濟許下一百兩，上東京去取，不知幾時到來？仰著合著，我見鐘不打去打鑄鐘？」又見五兩謝他，連忙收了。拜了又拜，說道：「還是武二哥知人甘苦。」武松道：「媽媽收了銀子，今日就請嫂嫂過門。」婆子道：「武二哥且是好急性，門背後放花兒——你等不到晚了。也待我往他大娘那裡交了銀子，才打發他過去。」又道：「你今日帽兒光光，晚夕做個新郎。」

那武松緊著心中不自在，那婆子不知好歹，又奚落他。打發武松出門，自己尋思：「他家大娘只叫我發脫，又沒和我斷定價錢，我今胡亂與了一二十兩銀子就是了。綁著鬼也落他一半多養家。」就把銀鑿下二十兩銀子，往月娘家裡交割明白。月娘問：「什麼人家娶去了？」王婆道：「兔兒沿山跑，還來歸舊窩。嫁了他家小叔，還吃舊鍋裡粥去了。」月娘聽了，暗中跌腳，常言：仇人見仇人，分外眼睛明。與孟玉樓說：「往後死在他小叔子手裡罷了。那漢子殺人不斬眼，豈肯干休！」

不說月娘家中嘆息，卻表王婆交了銀子到家，下午時，教王潮先把婦人箱籠桌兒送去。這武松在家，又早收拾停當，打下酒肉，安排下菜蔬。晚上，婆子領婦人過門，換了孝，戴著新髮髻，身穿紅衣服，搭著蓋頭。進門來，見明間內明亮亮點著燈燭，重立武大靈牌，供養在上面，先有些疑忌，由不得髮似人揪，肉如鉤搭。進入門來，到房中，武松吩咐迎兒把前門上了拴，後門也頂了。王婆見了，說道：「武二哥，我去罷，家裡沒人。」武松道：「媽媽請進房裡吃盞酒。」

武松教迎兒拿菜蔬擺在桌上。須臾，燙上酒來，請婦人和王婆吃酒。那武松也不讓，把酒斟上，一連吃了四五碗酒。婆子見他吃得惡，便道：「武二哥，老身酒夠了，放我去，你兩口兒自在吃罷。」武松道：「媽媽，且休得胡說，我武二有句話問你。」只聞颼的一聲響，向衣底掣出一把二尺長刃薄背厚的朴刀來，一隻手籠著刀靶，一隻手按住掩心，便睜圓怪眼，倒豎剛鬚，說道：「婆子休得吃驚。自古冤有頭，債有主，休推睡裡夢裡，我哥哥性命都在你身上。」婆子道：「武二哥，夜晚了，酒醉拿刀弄杖，不是耍處。」武松道：「婆子休胡說，我武二就死也不怕。

等我問了這淫婦，慢慢來問你這老豬狗。若動一動步兒，先吃我五七刀子。」一面回過臉來，看著婦人罵道：「你這淫婦聽著，我的哥哥怎生謀害了，從實說來，我便饒你。」那婦人道：「叔叔如何冷鍋中豆兒爆，好沒道理！你哥哥自害心疼病死了，干我甚事？」說猶未了，武松把刀子忔楂的插在桌子上，用左手揪住婦人雲髻，右手劈胸提住，把桌子一腳踢翻，碟兒盞兒都打得粉碎。那婦人能有多大氣脈，被這漢子隔桌子輕輕提將過來，拖出外間靈桌子前。

那婆子見勢頭不好，便去奔前門走。前門又上了拴，被武松大扠步趕上，揪翻在地，用腰間纏帶解下來，四手四腳綑住，如猿猴獻果一般，便脫身不得。口中只叫：「都頭，不消動怒，大娘子自做出來，不干我事。」武松道：「老豬狗，我都知道了，你賴哪個？你教西門慶那廝墊發我充軍去，今日我怎生又回家了？西門慶那廝卻在哪裡？你不說時，先剮了這個淫婦，後殺你這老豬狗。」提起刀來，便望那婦人臉上撇兩撇。婦人慌忙叫道：「叔叔，且饒放我起來，等我說便了。」武松一提提起婆娘，旋剝淨了，跪在靈桌子前。武松喝道：「淫婦快說！」那婦人諕得魂不附體，只得從實招說，將那時收簾子打了西門慶起，並做衣裳入馬通姦，後怎的踢傷武大心窩，王婆怎的教唆下毒，撥置燒化，又怎的娶到家去，一五一十從頭至尾說了一遍。

王婆聽見，只是暗中叫苦，說：「傻才料，你實說了，卻教老身怎的支吾？」這武松一面說靈前一手揪著婦人，一手澆奠了酒，把紙錢點著，說道：「哥哥，你陰魂不遠，今日武松與你報仇雪恨！」那婦人見勢頭不好，才待大叫，被武松向爐內撾了一把香灰，塞在他口，就叫不出來了。然後劈腦揪翻在地，那婦人掙扎，把鬏髻簪環都滾落了。武松恐怕他掙扎，先用油靴只顧踢他肋肢，後用兩隻腳踏他兩隻肐膊，便道：「淫婦，自說你伶俐，不知你心怎麼生著，我試看一看。」一面用手去攤開他胸脯，說時遲，那時快，把刀子去婦人白馥馥心窩內只一剜，剜了個血窟窿，那鮮血就冒出來。那婦人就星眸半閃，兩隻腳只顧登踏。武松口噙著刀子，雙手去斡開他胸脯，撲扢的一聲，把心肝五臟生扯下來，血瀝瀝供養在靈前，後方一刀割下頭來，血流滿地。迎兒小女在旁看見，諕得只掩了臉。武松這漢子端的好狠也！可憐這婦人，正是三寸氣在千般用，一日無常萬事休，亡年三十二歲。但見：

手到處青春喪命，刀落時紅粉亡身。七魄悠悠，已赴森羅殿上，三魂渺渺，應歸枉死城中。

好似初春大雪壓折金線柳，臘月狂風吹折玉梅花。這婦人嬌媚不知歸何處，芳魂今夜落誰家？

古人有詩一首，單悼金蓮死得好苦也：

堪悼金蓮誠可憐，衣裳脫去跪靈前。
誰知武二持刀殺，只道西門綁腿玩。
往事看嗟一場夢，今身不值半文錢。
世間一命還一命，報應分明在眼前。

武松殺了婦人，那婆子便大叫：「殺人了！」武松聽見他叫，向前一刀，也割下頭來。拖過屍首，一邊將婦人心肝五臟用刀插在後樓房簷下。那時有初更時分，倒扣迎兒在屋裡。迎兒道：「叔叔，我害怕。」武松道：「孩兒，我顧不得你了。」武松跳過王婆家來，還要殺他兒子王潮。不想王潮合當不該死，聽見他娘這邊叫，就知武松行凶，推前門不開，叫後門也不應，慌得走去街上叫保甲。那兩鄰明知武松凶惡，誰敢向前？武松跳過牆來，到王婆房內，只見點著燈，房內一人也沒有。一面打開王婆箱籠，就把他衣服撇了一地。那一百兩銀子，只交與吳月娘二十兩，還剩了八十五兩，並些釵環首飾，武松都包裹了，提了朴刀，越後牆，趕五更挨出城門，投十字坡張青夫婦那裡躲住，做了頭陀，上梁山為盜去了。正是：

平生不作皺眉事，世上應無切齒人。

第八十八回　陳敬濟感舊祭金蓮　龐大姐埋屍托張勝

詩曰：

夢中雖暫見，及覺始知非。
轉輾不成寐，徙倚獨披衣。
凄凄曉風急，腌腌月光微。
空床常達旦，所思終不歸。

話說武松殺了婦人、王婆，劫去財物，逃上梁山去了，不提。且說王潮兒街上叫了保甲來，見武松家前後門都不開，又王婆家被劫去財物，房中衣服丟得橫三豎四，就知是武松殺人，劫財而去。未免打開前後門，見血瀝瀝兩個死屍倒在地下，婦人心肝五臟用刀插在後樓房簷下。迎兒倒扣在房中，問其故，只是哭泣。次日早衙，呈報到本縣，殺人凶刃都拿放在面前。本縣新任知縣也姓李，雙名昌期，乃河北真定府棗強縣人氏，聽見殺人公事，即委差當該吏典，拘集兩鄰保甲，並兩家苦主王潮、迎兒，眼同當街，如法檢驗。生前委被武松因忿帶酒殺潘氏、王婆二命，疊成文案，就委地方保甲瘞埋看守。掛出榜文，四廂差人跟尋訪拿正犯武松。有人首告者，官給賞銀五十兩。守備府中張勝、李安，打著一百兩銀子到王婆家，看見王婆、婦人俱已被武松殺死，縣中差人檢屍，拿凶犯，二人回報到府中。春梅聽見婦人死了，整哭了兩三日，茶飯都不吃。慌了守備，使人門前叫調百戲的貨郎兒進去，要與他觀看，只是不喜歡。日逐使張勝、李安打聽，拿住武松正犯，告報府中知道，不在話下。

按下一頭，且表陳敬濟前往東京取銀子，一心要贖金蓮，成其夫婦。不想走到半路，撞見家人陳定從東京來，告說家爺病重之事：「奶奶使我來請大叔往家去，囑託後事。」這敬濟一聞其言，兩程做一程，路上趲行。有日到東京他姑夫張世廉家，張世廉已死，只有姑娘現在。他父親陳洪已是沒了三日，滿家帶孝。敬濟參見他父親靈座，與他母親張氏並姑娘磕頭。張氏見他長成人，母子哭做一處。通同商議：「如今一則以喜，一則以憂。」敬濟便道：「如何是喜？如何是憂？」張氏道：「喜者，如今朝廷冊立東宮，郊天大赦，憂則不想你爹爹得病死在這裡，你姑夫又沒了。姑娘守寡，這裡住著不是常法，如今只得和你打發你爹爹靈柩回去，葬埋鄉井，也是好處。」

敬濟聽了，心內暗道：「這一回發送裝載靈柩家小粗重上車，少說也得許多日期耽擱，卻不誤了六姐？不如先誆了兩車細軟箱籠家去，待娶了六姐，再來搬取靈柩不遲。」一面對張氏說道：「如今隨路盜賊，十分難走。假如靈柩家小箱籠一同起身，未免起眼，倘遇小人怎了？寧可耽遲不耽錯。我先押兩車細軟箱籠家去，收拾房屋。母親隨後和陳定家眷並父親靈柩，過年正月同起身回家，寄在城外寺院，然後做齋念經，築墳安葬，也是不遲。」

張氏終是婦人家，不合一時聽信敬濟巧言，就先打點細軟箱籠，裝載兩大車，上插旗號，扮做香車。從臘月初一日東京起身，不上數日，到了山東清河縣家門首，對他母舅張團練說：「父親已死，母親押靈車不久就到。我押了兩車行李，先來收拾打掃房屋。」他母舅聽說：「既然如此，我仍搬回家去便了。」一面就令家人搬傢伙，騰出房子來。敬濟見母舅搬去，滿心歡喜，說：「且得冤家離眼前，落得我娶六姐來家，自在受用。我父親已死，我娘又疼我，先休了那個淫婦，然後一紙狀子把俺丈母告到官，追要我寄放東西，誰敢道個不字？又挾制俺家充軍人數不成！」正是：

人便如此如此，天理不然不然。

這敬濟就打了一百兩銀子在腰裡，另外又袖著十兩謝王婆，來到紫石街王婆門首。可霎作怪，只見門前街旁埋著兩個屍首，上面兩桿鎗交叉挑著個燈籠，門首掛著一張手榜，上書：

本縣為人命事：凶犯武松鉦死潘氏、王婆二命，有人捕獲首告官司者，官給賞銀五十兩。

這敬濟仰頭看見，便立睜了。只見窩鋪中鑽出兩個人來，喝聲道：「什麼人？看此榜文做甚？現今正身凶犯捉拿不著，你是何人？」大扠步便來捉獲。敬濟慌得奔走不迭。恰走到石橋下酒樓邊，只見一個人，頭戴萬字巾，身穿青衲襖，隨後趕到橋下，說道：「哥哥，你好大膽，平白在此看他怎的？」這敬濟扭回頭看時，卻是一個識熟朋友——鐵指甲楊二郎。二人聲喏，楊二道：「哥哥一向不見，哪裡去來？」敬濟便把東京父死往回之事，告說一遍：「恰才這殺死婦人，是我丈人的小妾，潘氏。不知他被人殺了，適才見了榜文，方知其故。」

楊二郎告道：「他是小叔武松，充配在外，遇赦回還，不知因甚殺了婦人，連王婆子也不饒。他家有個女孩兒，在我姑夫姚二郎家養活了三四年。昨日他叔叔殺了人，走得不知不落，我姑夫將此女縣中領出，嫁與人為妻小去了。現今這兩個屍首，日久只顧埋著，只是苦了地方保甲看守，更不知何年月日才拿住凶犯武松。」說畢，楊二郎招了敬濟上酒樓飲酒：「與哥拂塵。」敬濟見婦人已死，心中痛苦不了，哪裡吃得下酒。約莫飲夠三杯，就起身下樓，作別來家。

到晚夕，買了一陌錢紙，在紫石街離王婆門首遠遠的石橋邊，提著婦人：「潘六姐，我小兄弟陳敬濟，今日替你燒陌錢紙。皆因我來遲了一步，誤了你性命。你活時為人，死後為神，早保佑捉獲住仇人武松，替你報仇雪恨。我在法場上看著剮他，方趁我平生之志。」說畢哭泣，燒化了錢紙。敬濟回家，關了門戶，走歸房中。恰才睡著，似睡不睡，夢見金蓮身穿素服，一身帶血，向敬濟哭道：「我的哥哥，我死得好苦也！實指望與你相處在一處，不期等你不來，被武松那廝害了性命。如今陰司不收，我白日遊遊蕩蕩，夜歸各處尋討漿水，適間蒙你送了一陌錢紙與我。

但只是仇人未獲，我的屍首埋在當街，你可念舊日之情，買具棺材盛了葬埋，免得日久暴露。」

敬濟哭道：「我的姐姐，我可知要葬埋你，但恐我丈母那無仁義的淫婦知道。他只怎賴我，倒趁了他機會。姐姐，你須往守備府中對春梅說知，教他葬埋你身屍便了。」婦人道：「剛才奴到守備府中，又被那門神戶尉攔擋不放，奴須慢慢再哀告他則個。」敬濟哭著，還要拉著他說話，被他身上一陣血腥氣，撇手掙脫，卻是南柯一夢。枕上聽那更鼓時，正打三更三點，說道：「怪哉！我剛才分明夢見六姐向我訴告衷腸，教我葬埋之意，又不知甚年何日拿著武松，是好傷感人也！」正是：

夢是無限傷人心事，獨坐空房哭到明。

按下一頭，卻表縣中訪拿武松，約兩個月有餘，捕獲不著，已知逃遁梁山為盜。地方保甲鄰佑呈報到官，所有兩個屍首，相應責令家屬領埋。王婆屍首，便有他兒子王潮領得埋葬，只有婦人身屍，無人來領。卻說府中春梅，兩三日一遍，使張勝、李安來縣中打聽，回去只說凶犯還未拿住，屍首照舊埋瘞，地方看守，無人敢動。直挨過年正月初旬時節，忽一日晚間，春梅做一夢。恍恍惚惚，夢見金蓮雲髻蓬鬆，渾身是血，叫道：「龐大姐，我的好姐姐，奴死得好苦也！好容易來見你一面，又被門神把住嗔喝，不敢進來。今仇人武松，已是逃走脫了，所有奴的屍首，在街暴露日久，風吹雨灑，雞犬作踐，無人領埋。奴舉眼無親，你若念舊日母子之情，買具棺木，把奴埋在一個去處，奴在陰司口眼皆閉。」說畢，大哭不止。春梅扯住他，還要再問他別的話，被他掙開，撇手驚覺，卻是南柯一夢。從睡夢中直哭醒來，心內猶疑不定。

次日，叫進張勝、李安吩咐：「你二人去縣中打聽，那埋的婦人、婆子屍首，還有也沒有？」張勝、李安應諾去了。不多時來回報：「正犯凶身已自逃走脫了。所有殺死身屍，地方看守，日久不便，相應責令各人家屬領埋。那婆子屍首，他兒子招領的去了。那婦人無人來領，還埋在街心。」春梅道：「既然如此，我這樁事兒累你二人。替我幹得來，我還重賞你。」二人跪下道：「小夫人說哪裡話。若肯在老爺前擡舉小人一二，便消受不了。雖赴湯跳火，敢說不去？」

春梅走到房中，拿出十兩銀子、兩匹大布，委付二人道：「這死的婦人是我一個嫡親姐姐，嫁在西門慶家，今日出來，被人殺死。你二人休教你老爺知道，拿這銀子替我買一具棺材，把他裝殮了，擡出城外，擇方便地方埋葬停當，我還重賞你。」二人道：「這個不打緊，小人就去。」李安說：「只怕縣中不教你我領屍，怎了？須拿老爺個帖兒下與縣官才好。」張勝道：「只說小夫人是他妹子，嫁在府中，那縣官不敢不依，何消帖子！」於是領了銀子，來到班房內。張勝便向李安說：「想必這死的婦人，與小夫人曾在西門慶家做一處，相結的好，今日方這等為他費心。想著死了時，整哭了三四日，不吃飯，直教老爺門前叫了調百戲貨郎調與他觀看，還不喜歡。今日他無親人領去，小夫人豈肯不葬埋他？咱們若替他幹得此事停當，早晚他在老爺跟前只方便你我，就是一點福星。見今老爺百依百隨，聽他說話，正經大奶奶、二奶奶且打靠後。」

說畢，二人拿銀子到縣前，遞了領狀，就說他妹子在老爺府中，來領屍首。使了六兩錢子，合了一具棺材，把婦人屍首掘出，把心肝填在肚內，用線縫上，用布裝殮停當，裝入材內。張勝說：「就埋在老爺香火院永福寺裡罷，那裡有空閒地。」就叫了兩名伴當，擡到永福寺，對長老說：「這是宅內小夫人的姐姐，要一塊地兒葬埋。」長老不敢怠慢，就在寺後揀一塊空心白楊樹下，那裡葬埋。

已畢，走來宅內回春梅話說：「除買棺材裝殮，還剩四兩銀子。」交割明白，春梅吩咐：「多有起動你二人，將這四兩銀子，拿二兩與長老道堅，教他早晚替他念些經懺，超度他生天。」又拿出一大罈酒，一腿豬肉，一腿羊肉：「這二兩銀子，你每人將一兩家中盤纏。」二人跪下，哪裡敢接，只說：「小夫人若肯在老爺面前擡舉小人，消受不了。這些小勞，豈敢接受銀兩。」春梅道：「我賞你不收，我就惱了。」二人只得磕頭領了。出來，兩個班房吃酒，甚是稱念小夫人好處。次日，張勝送銀子與長老念經，春梅又與五錢銀子買紙與金蓮燒，俱不在話下。

卻說陳定從東京載靈柩家眷到清河縣城下，把靈柩寄在永福寺，等念經發送，歸葬墳內。敬濟在家，聽見母親張氏家小車輛到了，父親靈柩寄停在城外永福寺，收卸行李已畢，與張氏磕了頭。張氏怪他：「就不去接我一接！」敬濟只說：「心中不好，家裡無人看守。」張氏便問：「你舅舅怎的不見？」敬濟道：「他見母親到，連忙搬回家去了。」張氏道：「且教你舅舅住著，慌搬去怎的？」一面他母舅張團練來看姐姐，姐妹抱頭而哭。置酒敘話，不必細說。

次日，張氏早使敬濟拿五兩銀子，幾陌金銀錢紙，往門外與長老，替他父親念經。正騎頭口街上走，忽撞遇到他兩個朋友陸大郎、楊大郎，下頭口聲喏。二人問道：「哥哥哪裡去？」敬濟悉言：「先父靈柩寄在門外寺裡，明日二十日是終七，家母使我送銀子與長老，做齋念經。」二人道：「兄弟不知老伯靈柩到了，有失弔問。」因問：「幾時發引安葬？」敬濟道：「也只在一二日之間，念經畢，入墳安葬。」說罷，二人舉手作別。

這敬濟又叫住，因問楊大郎：「縣前我丈人的小，那潘氏屍首，怎不見？被甚人領得去了？」楊大郎便道：「半月前，地方因捉不著武松，稟了本縣相公，令各家領去葬埋。王婆是他兒子領去。這婦人屍首，丟了三四日，被守備府中買了一口棺材，差人擡出城外永福寺去葬了。」敬濟聽了，就知是春梅在府中收葬了他屍首。因問二郎：「城外有幾個永福寺？」二郎道：「南門外只有一個永福寺，是周秀老爺香火院，哪裡有幾個永福寺來！」

敬濟聽了，暗喜：「就是這個永福寺。也是緣法湊巧，喜得六姐亦葬在此處。」一面作別二人，打頭口出城，逕到永福寺中。見了長老，且不說念經之事，就先問長老道堅：「此處有守備府中新近葬的一個婦人，在哪裡？」長老道：「就在寺後白楊樹下，說是宅內小夫人的姐姐。」這陳敬濟且不參見他父親靈柩，先拿錢紙祭物至於金蓮墳上，與他祭了。燒化錢紙，哭道：「我的六姐，你兄弟陳敬濟敬來與你燒一陌錢紙。你好處安身，苦處用錢。」祭畢，然後才到方丈內他父親靈柩跟前，燒紙祭祀。遞與長老經錢，教他二十日請八眾禪僧念斷七經。長老接了經襯，備辦齋供。敬濟到家，回了張氏話。二十日都去寺中拈香，擇吉發引，把父親靈柩歸到祖塋。安葬已畢，來家母子過日，不提。

卻表吳月娘，一日二月初旬，天氣融和，孟玉樓、孫雪娥、西門大姐、小玉出來大門首站立，觀看來往車馬人煙熱鬧。忽見一簇男女跟著個和尚，生得十分胖大，頭頂三尊銅佛，身上勾著數枝燈樹，杏黃袈裟風兜袖，赤腳行來泥沒踝。當時古人有幾句，讚得這行腳僧好處：

打坐參禪，講經說法。鋪眉苦眼，習成佛祖家風，賴教求食，立起法門規矩。白日裡賣杖搖鈴，黑夜間舞鎗弄棒。有時門首磕光頭，餓了街前打響嘴。空色色空，誰見眾生離下土，去來來去，何曾接引到西方。

那和尚見月娘眾婦女在門首，便向前道了個問訊，說道：「在家老菩薩施主，既生在深宅大院，都是龍華一會上人。貧僧是五臺山下來的，結化善緣，蓋造十王功德三寶佛殿，仰賴十方施主菩薩廣種福田，捨資財共成勝事，種來生功果。貧僧只是挑腳漢。」月娘聽了他這般言語，便喚小玉往房中取一頂僧帽、一雙僧鞋、一吊銅錢、一斗白米。原來月娘平昔好齋僧布施，常時發心做下僧帽、僧鞋，預備來施。這小玉取出來，月娘吩咐：「你叫那師父近前來，布施與他。」這小玉故做嬌態，高聲叫道：「那變驢的和尚，還不過來！俺奶奶布施與你這許多東西，還不磕頭哩！」月娘便罵道：「怪墮業的小臭肉兒，一個僧家，是佛家弟子，你有要沒緊恁謗他怎的？不當家化化的，你這小淫婦兒，到明日不知墮多少罪業！」小玉笑道：「奶奶，這賊和尚，我叫他，他怎的把那一雙賊眼，眼上眼下打量我！」那和尚雙手接了鞋帽錢來，打問訊說道：「多謝施主老菩薩布施。」小玉道：「這禿廝好無禮！這些人站著，只打兩個問訊兒，就不與我打一個兒。」月娘道：「小肉兒，還恁說白道黑。他一個佛家之子，你也消受不得他這個問訊。」小玉道：「奶奶，他是佛爺兒子，誰是佛爺女兒？」月娘道：「像這比丘尼姑僧，是佛的女兒。」小玉道：「譬若像薛姑子、王姑子、大師父，都是佛爺女兒，誰是佛爺女婿？」

月娘忍不住笑罵道：「這賊小淫婦兒，也學得油嘴滑舌，見見就說下道兒去了。」小玉道：

「奶奶只罵我，本等這禿和尚賊眉豎眼的，只看我。」孟玉樓道：「他看你，想必認得你，要度脫你去。」小玉道：「他若度我，我就去。」說著，眾婦人笑了一回。月娘喝道：「你這小淫婦兒，專一毀僧謗佛。」那和尚得了布施，頂著三尊佛，揚長去了。小玉道：「奶奶還嗔我罵他，你看這賊禿，臨去還看了我一眼才去了。」有詩單道月娘修善施僧好處：

守寡看經歲月深，私邪空色久違心。
奴身好似天邊月，不許浮雲半點侵。

月娘眾人正在門首說話，忽見薛嫂兒提著花箱兒，從街上過來。見月娘眾人，道了萬福。月娘問：「你往哪裡去來，怎的影跡兒也不來我這裡走走？」薛嫂兒道：「不知我終日窮忙的是些什麼。這兩日，大街上掌刑張二老爹家，與他兒子和北邊徐公公家做親，娶了他姪女兒，也是我和文嫂兒說的親事。昨日三朝擺大酒席，忙得連守備府裡咱家小大姐那裡叫，我也沒去。不知怎麼惱我哩！」月娘問道：「你如今往哪裡去？」薛嫂道：「我有樁事，敬來和你老人家說來。」月娘道：「你有話進來說。」一面讓薛嫂兒到後邊上房裡坐下，吃了茶。

薛嫂道：「你老人家還不知道，你陳親家，從去年在東京得病沒了，親家母叫了姐夫去，搬取老小靈柩。從正月來家，已是念經發送，墳上安葬畢。我只說你老人家這邊知道，怎不去燒張紙兒探望探望？」月娘道：「你不來說，俺怎得曉得？又無人打聽。倒只知道潘家的吃他小叔兒殺了，和王婆子都埋在一處。卻不知如今怎樣了？」薛嫂兒道：「自古生有地兒死有處。五娘他老人家，不因那些事出去了，卻不好來！平日不守本分，幹出醜事來出去了。若在咱家裡，他小叔兒怎得殺了他？還是冤有頭，債有主。倒還虧了咱家小大姐春梅，越不過娘兒們情腸，差人買了口棺材，領了他屍首葬埋了。不然只顧暴露著，又拿不著小叔子，誰去管他？」

孫雪娥在旁說：「春梅賣在守備府中多少時兒，就這大了？手裡拿出銀子，替他買棺材埋葬，那守備也不嗔，當他什麼人！」薛嫂道：「耶嚛！你還不知，守備好不喜他，每日只在他房裡歇

臥。說一句，依十句。一娶了他，見他生得好模樣兒，乖覺伶俐，就與他西廂房三間房住，撥了個使女伏侍他。老爺一連在他房裡歇了三夜，替他裁四季衣服，上頭。三日吃酒，賞了我一兩錢子、一匹緞子。他大奶奶五十歲，雙目不明，吃長齋，不管事。東廂孫二娘，生了小姐，雖故當家，擱大著個孩子。如今大小庫房鑰匙，倒都是他拿著，守備好不聽他說話哩。莫說銀子手裡拿不出來？」幾句說得月娘、雪娥都不言語。

坐了一回，薛嫂起身，月娘吩咐：「你明日來我這裡，備一張祭桌、一匹尺頭、一分冥紙，你來送大姐與他公公燒紙去。」薛嫂兒道：「你老人家不去？」月娘道：「你只說我心中不好，改日望親家去罷。」那薛嫂約定：「你教大姐收拾下等著我，飯罷時候我來。」月娘道：「你如今到哪裡去？守備府中不去也罷。」薛嫂道：「不去就惹他怪死了，他使小伴當叫了我好幾遍了。」月娘道：「他叫你做什麼？」薛嫂道：「奶奶你不知，他如今有了四五個月身孕了，老爺好不喜歡，叫了我去，一定賞我。」提著花箱，作辭去了。

雪娥便說：「老淫婦，說得沒個行款也。他賣與守備多少時，就有了半肚孩子！那守備身邊，少說也有幾房頭，莫就興起他來？這等大道！」月娘道：「他還有正經大奶奶，房裡還有一個生小姐的娘子兒哩。」雪娥道：「可又來！到底還是媒人嘴，一尺水十丈波的。」不因今日雪娥說話，正是：

從天降下鉤和線，就地引起是非來。

有詩為證：

曾記當年侍主旁，誰知今日變風光。
世間萬事皆前定，莫笑浮生空自忙。

第八十九回　清明節寡婦上新墳　永福寺夫人逢故主

詞曰：

佳人命薄，嘆絕代紅粉，幾多黃土。豈是老天渾不管，好惡隨人自取。既賦嬌容，又全慧性，卻遣輕歸去。不平如此，問天天更不語。　可惜國色天香，隨時飛謝，埋沒今如許。借問繁華何處在？多少樓臺歌舞。紫陌春遊，綠窗晚坐，姐妹嬌眉嫵。人生失意，從來無問今古。

——右調〈翠樓吟〉

話說月娘次日備了一張桌，並冥紙、尺頭之類，大姐身穿孝服，坐轎子，先叫薛嫂押祭禮，到陳宅來。只見陳敬濟正在門首站立，便問：「是哪裡的？」薛嫂道了萬福，說：「姐夫，你休推不知。你丈母家與你爹燒紙，送大姐來了。」敬濟便道：「我髩髟合的才是丈母！正月十六日貼門神——來遲了半個月。人也入了土，才來上祭。」薛嫂道：「好姐夫，你丈母說，寡婦家沒腳蟹，不知親家靈柩來家，遲了一步，休怪！」

正說著，只見大姐轎子落在門首。敬濟問：「是誰？」薛嫂道：「再有誰？你丈母心內不好，一者送大姐來家，二者敬與你爹燒紙。」敬濟罵道：「趁早把淫婦擡回去。好的死了萬萬千千，我要他做什麼？」薛嫂道：「常言道，嫁夫著主。怎的說這個話？」敬濟道：「我不要這淫婦了，還不與我走！」那擡轎的只顧站立不動，被敬濟向前踢了兩腳，罵道：「還不與我擡了去，我把你花子腿砸折了，把淫婦鬢毛都撕淨了。」那擡轎子的見他踢起來，只得擡轎子往家中走不迭。比及薛嫂叫出他娘張氏來，轎子已擡去了。

薛嫂兒沒奈何，教張氏收下祭禮，走來回覆吳月娘。把吳月娘氣得一個發昏，說道：「恁個沒天理的短命囚根子！當初你家為了官事，躲來丈人家居住。養活了這幾年，今日反恩將仇報起來了。只恨死鬼當初攬得好貨在家裡，弄出事來，到今日教我做臭老鼠，教他這等放屁辣臊。」對著大姐說：「孩兒，你是眼見的，丈人、丈母哪些兒虧了他來？你活是他家人，死是他家鬼，我家裡也難以留你。你明日還去，休要怕他，料他挾你不到井裡。他好膽子，恆是殺不了人，難道世間沒王法管他也怎的！」當晚不提。

到次日，一頂轎子，教玳安兒跟隨著，把大姐又送到陳敬濟家來。不想陳敬濟不在家，往墳上替他父親添土疊山子去了。張氏知禮，把大姐留下，對著玳安說：「大官到家，多多上覆親家，多謝祭禮，休要和他一般見識。他昨日已有酒了，故此這般。等我慢慢說他。」一面管待玳安兒，安撫來家。至晚，陳敬濟墳上回來，看見了大姐，就行踢打罵道：「淫婦，你又來做什麼？還說我在你家雌飯吃，你家收著俺許多箱籠，因起這大產業，不道得白養活了女婿！好的死了萬千，我要你這淫婦做甚？」大姐亦罵：「沒廉恥的囚根子，沒天理的囚根子！淫婦出去吃人殺了，沒得禁拿我煞氣！」被敬濟扯過頭髮，盡力打了幾拳頭。他娘走來解勸，把他娘推了一跤。他娘叫罵哭喊說：「好囚根子，紅了眼，把我也不認得了。」到晚上，一頂轎子把大姐又送將來。吩咐道：「不討將寄放妝奩箱籠來家，我把你這淫婦活殺了。」這大姐害怕，躲在家中居住，再不敢去了。這正是：

誰知好事多更變，一念翻成怨恨媒。

這裡不去，不提。且說一日，三月清明佳節，吳月娘備辦香燭、金錢冥紙、三牲祭物，擡了兩大食盒，要往城外墳上與西門慶上新墳祭掃。留下孫雪娥和大姐眾丫頭看家，帶了孟玉樓和小玉，並奶子如意兒抱著孝哥兒，都坐轎子往墳上去。又請了吳大舅和大妗子二人同去。出了城門，只見那郊原野曠，景物芳菲，花紅柳綠，仕女遊人不斷。一年四季，無過春天最好景致：日謂之麗日，風謂之和風——吹柳眼，綻花心，拂香塵。天色暖，謂之暄；天色寒，謂之料峭。騎的馬謂之寶馬，坐的轎謂之香車，行的路謂之芳徑，地下飛的塵謂之香塵。千花發蕊，萬草生芽，謂之春信。韶光明媚，淑景融和。小桃深妝臉妖嬈，嫩柳嬝宮腰細膩；百囀黃鸝驚回午夢，數聲紫燕說破春愁；日舒長暖澡鵝黃，水渺茫浮香鴨綠；隔水不知誰院落，鞦韆高掛綠楊煙。端的春景果然是好，有詩為證：

清明何處不生煙，郊外微風掛紙錢。
人笑人歌芳草地，乍晴乍雨杏花天。
海棠枝上綿鶯語，楊柳堤邊醉客眠。
紅粉佳人爭畫板，綵繩搖拽學飛仙。

吳月娘等轎子到五里原墳上，玳安押著食盒，先到廚下生起火來，廚役落作整理，不提。月娘與玉樓、小玉，奶子如意兒抱著孝哥兒，到於莊院客坐內坐下吃茶，等著吳大妗子，不見到。玳安向西門慶墳上祭臺上，擺設桌面三牲羹飯祭物，列下紙錢，只等吳大妗子。原來大妗子雇不出轎子來，約巳牌時分，才同吳大舅雇了兩個驢兒騎將來。月娘便說：「大妗子雇不出轎子來，這驢兒怎麼騎？」一面吃了茶，換了衣服，同來西門慶墳上祭掃。那月娘手拈著五根香，自拿一根，遞一根與玉樓，又遞一根與奶子如意兒替孝哥上，那兩根遞與吳大舅、大妗子。月娘插在香爐內，深深拜下去，說道：「我的哥哥，你活時為人，死後為神。今日三月清明佳節，你的孝妻吳氏三姐、孟三姐和你周歲孩童孝哥兒，敬來與你墳前燒一陌錢紙。你保佑他長命百歲，替你做墳前拜掃之人。我的哥哥，我和你做夫妻一場，想起你那模樣兒並說的話來，是好傷感人也！」拜畢，掩面痛哭。玉樓向前插上香，也深深拜下，同月娘大哭了一場。玉樓上了香，奶子如意抱著哥兒也跪下上香，磕了頭。吳大舅、大妗子都炷了香。行畢禮數，玳安把錢紙燒了，讓到莊上捲棚內，放桌席擺飯，收拾飲酒。月娘讓吳大舅、大妗子上坐，月娘與玉樓下陪。小玉和奶子如意兒，同大妗子家使的老姐蘭花，也在兩邊打橫列坐，把酒來斟。

按下這裡吃酒不提，卻表那日周守備府裡也上墳。先是春梅隔夜和守備睡，假推做夢，睡夢中哭醒了。守備慌的問：「你怎的哭？」春梅便說：「我夢見我娘向我哭泣，說養我一場，怎地不與他清明寒食燒紙，因此哭醒了。」守備道：「這個也是養女一場，你的一點孝心。不知你娘墳在何處？」春梅道：「在南門外永福寺後面便是。」守備說：「不打緊，永福寺是我家香火院，明日咱家上墳，你教伴當擡些祭物，往那裡與你娘燒分紙錢，也是好處。」至次日，守備令家人收拾食盒酒果祭品，逕往城南祖墳上。那裡有大莊院，廳堂花園，享堂祭臺。大奶奶、孫二娘並春梅，都坐四人轎，排軍喝路，上墳耍子去了。

卻說吳月娘和大舅、大妗子吃了回酒，恐怕晚來，吩咐玳安、來安兒收拾了食盒酒果，先往杏花村酒樓下，揀高阜去處，人煙熱鬧，那裡設放桌席等候。又見大妗子沒轎子，都把轎子擡著，後面跟隨不坐，領定一簇男女，吳大舅牽著驢兒，壓後同行，踏青遊玩。三里桃花店，五里杏花村，只見那隨路上墳遊玩的王孫士女，花紅柳綠，鬧鬧喧喧，不知有多少。正走之間，也是合當有事，遠遠望見綠槐影裡一座菴院，蓋造得十分齊整。但見：

山門高聳，梵宇清幽。當頭敕額字分明，兩下金剛形勢猛。五間大殿，龍鱗瓦砌碧成行；兩下僧房，龜背磨磚花嵌縫。前殿塑風調雨順，後殿供過去未來。鐘鼓樓森立，藏經閣巍峩。旛竿高峻接青雲，寶塔依稀侵碧漢。木魚橫掛，雲板高懸。佛前燈燭熒煌，爐內香煙繚遶。幢旛不斷，觀音殿接祖師堂；寶蓋相連，鬼母位通羅漢殿。時時護法諸天降，歲歲降魔尊者來。

吳月娘便問：「這座寺叫做什麼寺？」吳大舅便說：「此是周秀老爺香火院，名喚永福禪林。前日姐夫在日，曾捨幾拾兩銀子在這寺中，重修佛殿，方是這般新鮮。」月娘向大妗子說：「咱也到這寺裡看一看。」於是領著一簇男女，進入寺中來。不一時，小沙彌看見，報於長老知道。見有許多男女，便出方丈來迎請。見了吳大舅、吳月娘，向前合掌，道了問訊。連忙喚小和尚：「開了佛殿，請施主菩薩隨喜遊玩。小僧看茶。」那小沙彌開了殿門，領月娘一簇男女，前後兩廊參拜觀看了一回，然後到長老方丈。長老連忙點上茶來。

吳大舅請問長老道號，那和尚答說：「小僧法名道堅。這寺是恩主帥府周爺香火院，小僧忝在本寺長老，廊下管百十眾僧行。後邊禪堂中還有許多雲遊僧行，常時坐禪，與四方檀越答報功德。」一面方丈中擺齋，讓月娘：「眾菩薩請坐。」月娘道：「不當打攪長老寶剎。」一面拿出五錢銀子，教大舅遞與長老，佛前請香燒。那和尚打問訊謝了，說道：「小僧無甚管待，施主菩薩稍坐，略備一茶而已，何勞費心賜與布施？」不一時，小和尚放下桌兒，拿上素菜齋食餅饊上來。那和尚在旁陪坐，才舉筯兒讓眾人吃時，忽見兩個青衣漢子，走得氣喘吁吁，暴雷也一般報與長老，說道：「長老還不快出來迎接，府中小奶奶來祭祀來了！」慌得長老披袈裟、戴僧帽不迭，吩咐小沙彌：「連忙收了傢伙，請列位菩薩且在小房避避，打發小夫人燒了紙祭畢去了，再款坐一坐不遲。」吳大舅告辭，和尚死活留住，又不肯放。

那和尚慌得鳴起鐘鼓來，出山門迎接，遠遠在馬道口上等候。只見一簇青衣人，圍著一乘大轎，從東雲飛般來。轎夫走得個個汗流滿面，衣衫皆濕。那長老躬身合掌說道：「小僧不知小奶奶前來，理合遠接。接待遲了，萬勿見罪。」這春梅在轎內答道：「起動長老。」那手下伴當，又早向寺後金蓮墳上，忙將祭桌紙錢來擺設下。春梅轎子來到，也不到寺，逕入寺後白楊樹下金蓮墳前下轎。兩邊青衣人伺候。這春梅不慌不忙，來到墳前，擺了香，拜了四拜，說道：「我的娘，今日龐大姐特來與你燒陌紙錢。你好處生天，苦處用錢。早知你死在仇人之手，奴隨問怎的，也娶來府中，和奴做一處。還是奴耽誤了你，悔已是遲了。」說畢，令左右把錢紙燒了，這春梅向前放聲大哭不已。

吳月娘在僧房內，只知有宅內小夫人來到，長老出山門迎接，又不見進來。問小和尚，小和尚說：「這寺後有小奶奶的一個姐姐，新近葬下，今日清明節，特來祭掃燒紙。」孟玉樓便道：「怕不就是春梅來了也不見得？」月娘道：「他哪得個姐來死了，葬在此處？」又問小和尚：「這府裡小夫人姓什麼？」小和尚道：「姓龐。前日與了長老四五兩經錢，教替他姐姐念經，薦拔生天。」玉樓道：「我聽見他爹說，春梅娘家姓龐，叫龐大姐，莫不是他？」正說話，只見長老先來吩咐小沙彌：「快看好茶。」不一時，轎子擡進方丈二門裡才下。月娘和玉樓眾人，打僧房簾內望外張看怎樣的小夫人。定睛仔細看時，卻是春梅。但比昔時出落得長大身材，面如滿月，打扮得粉妝玉琢，頭上戴著冠兒，珠翠堆滿，鳳釵半卸，上穿大紅妝花襖，下著翠藍縷金寬襴裙子，帶著玎璫禁步，比昔不同許多。但見：

寶髻巍峨，鳳釵半卸。胡珠環耳邊低掛，金挑鳳鬢後雙拖。紅綉襖偏襯玉香肌，翠紋裙下映金蓮小。行動處，胸前搖響玉玎璫；坐下時，一陣麝蘭香噴鼻。膩粉妝成脖頸，花鈿巧貼眉尖。舉止驚人，貌比幽花殊麗；姿容閒雅，性如蘭蕙溫柔。若非綺閣生成，定是蘭房長就。儼若紫府瓊姬離碧漢，宛如蕊宮仙子下塵寰。

那長老上面獨獨安放一張公座椅兒，讓春梅坐下。長老參見已畢，小沙彌拿上茶來。長老遞茶上去，說道：「今日小僧不知小奶奶來這裡祭祀，有失迎接，萬望恕罪。」春梅道：「外日多有起動長老誦經追薦。」那和尚說：「小僧豈敢。有甚殷勤補報恩主？多蒙小奶奶賜了許多經錢襯施。小僧請了八眾禪僧，整做道場，看經禮懺一日。晚夕，又與他老人家裝些廂庫焚化，道場圓滿，才打發兩位管家進城，宅裡回小奶奶話。」春梅吃了茶，小和尚接下鍾盞來。長老只顧在旁，一遞一句與春梅說話，把吳月娘眾人攔阻在內，又不好出來的。

月娘恐怕天晚，使小和尚請下長老來，要起身。那長老又不肯放，走來方丈稟春梅說：「小僧有件事稟知小奶奶。」春梅道：「長老有話，但說無妨。」長老道：「適間有幾位遊玩娘子，在寺中隨喜，不知小奶奶來。如今他要回去，未知小奶奶尊意如何？」春梅道：「長老何不請來相見？」那長老慌得來請。吳月娘又不肯出來，只說：「長老，不見罷。天色晚了，俺們告辭去了。」長老見收了他布施，又沒管待，又意不過，只顧再三催促。吳月娘與孟玉樓、吳大妗子推阻不過，只得出來。

春梅一見，便道：「原來是二位娘與大妗子。」於是先讓大妗子轉上，花枝招颭磕下頭去。慌得大妗子還禮不迭，說道：「姐姐今非昔比，折殺老身。」春梅道：「好大妗子，如何說這話？奴不是那樣人。尊卑上下，自然之理。」拜了大妗子，然後向月娘、孟玉樓插燭也似磕頭。月娘、玉樓亦欲還禮，春梅哪裡肯！扶起，磕了四個頭，說：「不知是娘們在這裡，早知也請出來相見。」月娘道：「姐姐，你自從出了家門在府中，一向奴多缺禮，沒曾看你，你休怪。」春梅道：「好奶奶，奴哪裡出身，豈敢說怪。」因見奶子如意兒抱著孝哥兒，說道：「哥哥也長得恁大了。」月娘說：「你和小玉過來，與姐姐磕個頭兒。」那如意兒和小玉二人，笑嘻嘻過來，亦與春梅都平磕了頭。月娘道：「姐姐，你受他兩個一禮兒。」

春梅向頭上拔下一對金頭銀簪兒來，插在孝哥兒帽兒上。月娘說：「多謝姐姐簪兒，還不與姐姐唱個喏兒。」如意兒抱著哥兒，真個與春梅唱個喏，把月娘喜歡得要不得。玉樓說：「姐姐，你今日不到寺中，咱娘兒們怎得遇在一處相見！」春梅道：「便是因俺娘他老人家新埋葬在這寺後，奴在他手裡一場，他又無親無故，奴不記掛著替他燒張紙兒，怎生過得去？」月娘說：「我記得你娘沒了好幾年，不知葬在這裡。」孟玉樓道：「大娘還不知龐大姐說話，說的是潘六姐死了。多虧姐姐，如今把他埋在這裡。」月娘聽了，就不言語了。吳大妗子道：「誰似姐姐這等有恩，不肯忘舊，還葬埋了。你逢節令提念他，來替他燒錢化紙。」春梅道：「好奶奶，想著他怎生擡舉我來！今日他死得苦，這般抛露丟下，怎不埋葬他？」說畢，長老教小和尚放桌兒，擺齋上來。兩張大八仙桌子，蒸酥點心，各樣素饌菜蔬，堆滿春臺，絕細金芽雀舌甜水好茶。眾人吃了，收下傢伙去。吳大舅自有僧房管待，不在話下。

孟玉樓起身，心裡要往金蓮墳上看看，替他燒張紙，也是姐妹一場。見月娘不動身，拿出五分銀子，教小沙彌買紙去。長老道：「娘子不消買去，我這裡有金銀紙，拿幾分燒去。」玉樓把銀子遞與長老，使小沙彌領到後邊白楊樹下金蓮墳上。見三尺墳堆，一堆黃土，數柳青蒿。上了根香，把紙錢點著，拜了一拜，說道：「六姐，不知你埋在這裡，今日孟三姐誤到寺中，與你燒陌錢紙。你好處生天，苦處用錢。」一面放聲大哭。那奶子如意兒見玉樓往後邊，也抱了孝哥兒來看一看。月娘在方丈內和春梅說話，教奶子休抱了孩子去，只怕諕了他。如意兒道：「奶奶，不妨事，我知道。」逕抱到墳上看玉樓燒紙哭罷回來。

春梅和月娘勻了臉，換了衣裳，吩咐小伴當將食盒打開，將各樣細果、甜食、餚品、點心、攢盒擺下兩桌子，布甑內篩上酒來，銀鍾牙筯，請大妗子、月娘、玉樓上坐，他便主位相陪。奶子、小玉，都在兩邊打橫。吳大舅另放一張桌子，在僧房內。正飲酒中間，忽見兩個青衣伴當走來，跪下稟道：「老爺在新莊，差小的來請小奶奶看雜耍調百戲的。大奶奶、二奶奶都去了，請奶奶快去哩。」這春梅不慌不忙，說：「你回去，知道了。」那二人應諾下來，又不敢去，在下邊等候。大妗子、月娘便要起身，說：「姐姐，不可打攪。天色晚了，你也有事，俺們去罷。」

那春梅哪裡肯放，只顧令左右將大鍾來，勸道：「咱娘兒們會少離多，彼此都見長著，休要斷了這們親路。奴也沒親沒故，到明日娘的好日子，奴往家裡走走去。」月娘道：「我的姐姐，說一聲兒就夠了，怎敢起動你？容一日，奴去看姐姐去。」飲過一杯，月娘說：「我酒夠了，你大妗子沒轎子，十分晚了不好行得。」春梅道：「大妗子沒轎子？我這裡有跟隨小馬兒，撥一匹與妗子騎，送了家去。」大妗子再三不肯，辭了，方一面收拾起身。春梅叫過長老來，令小伴當拿出一匹大布、五錢銀子與長老。長老拜謝了，送出山門。春梅與月娘拜別，看著月娘、玉樓眾人上了轎子，他也坐轎子，兩下分路，一簇人跟隨喝道，往新莊上去了。正是：

樹葉還有相逢處，豈可人無得運時。

第九十回　來旺盜拐孫雪娥　雪娥受辱守備府

詩曰：

菟絲附蓬麻，引蔓原不長。
失身與狂夫，不如棄道旁。
暮夜為儂好，席不暖儂床。
昏來晨一別，無乃太匆忙。
行將濱死地，忧痛迫中腸。

話說吳大舅領著月娘等一簇男女，離了永福寺，順著大樹長堤前來。玳安又早在杏花村酒樓下邊，人煙熱鬧，揀高阜去處，幕天席地，設下酒餚，等候多時了。遠遠望月娘眾人轎子、驢子到了，問道：「如何這咱才來？」月娘又把永福寺中遇見春梅告訴一遍。不一時，斟上酒來，眾人坐下。正飲酒，只見樓下香車綉轂往來，人煙喧雜。月娘眾人躧著高阜，把眼觀看，只見人山人海圍著，都看教師走馬耍解。

原來是本縣知縣相公兒子李衙內，名喚李拱璧，年約三十餘歲，現為國子上舍。一生風流博浪，懶習詩書，專好鷹犬走馬，打毬蹴踘，常在三瓦兩巷中走，人稱他為李棍子。那日穿著一弄兒輕羅軟滑衣裳，頭帶金頂纏棕小帽，腳踏乾黃靴，同廊吏何不韋帶領二三十好漢，拿彈弓、吹筒、毬棒，在於杏花莊大酒樓下，看教師李貴走馬賣解，豎肩樁，隔肚帶，輪鎗舞棒，做各樣技藝玩耍，引了許多男女圍著哄笑。那李貴諢名號為山東夜叉，頭戴萬字巾，身穿紫窄衫，銷金裹肚，座下銀鬃馬，手執朱紅桿明鎗，背插招風令字旗，在街心扳鞍上馬，往來賣弄手段。

蕩，觀之不足，看之有餘。口中不言，心內暗道：「不知是誰家婦女，有男子沒有。」一面叫過手下答應的小張閒架兒來，悄悄吩咐：「你去那高坡上打聽，那三個穿白的婦人，是誰家的。訪得的實，告我知道。」那小張閒應諾，雲飛跑去。不多時，走到跟前，附耳低言回報說：「如此這般，是縣門前西門慶家妻小。一個年老的姓吳，是他妗子。一個五短身材，是他大娘子吳月娘。那個長挑身材有白麻子的，是第三個娘子，姓孟名喚玉樓。如今都守寡在家。」這李衙內聽了，獨看上孟玉樓，重賞小張閒，不在話下。吳月娘和大舅眾人觀看了半日，見日色啣山，令玳安收拾了食盒，上轎騎驢，一徑回家。有詩為證：

這李衙內正看處，忽擡頭看見一簇婦人在高阜處飲酒，內中一個長挑身材婦人，不覺心搖目

柳底花陰壓路塵，一回遊賞一回新。
有緣千里來相會，無緣對面不相親。

這裡月娘眾人回家，不提。

卻說那日，孫雪娥與西門大姐在家，午後時分無事，都出大門首站立。也是天假其便，不想一個搖驚閨的過來。那時賣脂粉、花翠生活，磨鏡子，都搖驚閨。大姐說：「我鏡子昏了，使平安兒叫住那人，與我磨磨鏡子。」那人放下擔兒，說道：「我不會磨鏡子，我只賣些金銀生活、首飾花翠。」站立在門前，只顧眼上眼下看著雪娥。

雪娥便道：「那漢子，你不會磨鏡子，去罷，只顧看我怎的？」那人說：「雪姑娘、大姑娘，不認得我了？」大姐道：「眼熟，急忙想不起來。」那人道：「我是爹手裡出去的來旺兒。」雪娥便道：「你這幾年在哪裡來，出落得恁胖了？」來旺兒道：「我離了爹門，到原籍徐州家裡。閒著沒營生，投跟了個老爹上京來做官。不想到半路裡，他老爺兒死了，丁憂家去了。我便投在城內顧銀鋪，學會了此銀行手藝、各樣生活。這兩日行市遲，顧銀鋪教我挑副擔兒，出來街上發

賣些零碎。看見娘們在門首，不敢來相認，恐怕踅門瞭戶的。今日不是你老人家叫住，還不敢相認。」雪娥道：「原來是你，教我只顧認了半日，白想不起。既是舊兒女，怕怎的？」因問：「你擔兒裡賣的是什麼生活？挑進裡面，等俺們看一看。」

那來旺兒一面把擔兒挑入裡邊院子裡來，打開箱子，用盤兒托出幾件首飾來，金銀鑲嵌不等，打造得十分奇巧。大姐與雪娥看了一回，問來旺兒：「你還有花翠？拿出來。」那來旺兒又取一盒子各樣大翠鬢花、翠翹滿冠並零碎草蟲生活來。大姐揀了他兩對鬢花，這孫雪娥便留了他一對翠鳳，一對柳穿金魚兒。大姐便稱出銀子來與他。雪娥兩件生活，欠他一兩二錢銀子，約下他：「明日早來取罷。今日你大娘不在家，和你三娘和哥兒都往墳上與你爹燒紙去了。」來旺道：「我去年在家裡，就聽見人說爹死了。大娘生了哥兒，怕不得好大了？」雪娥道：「你大娘孩兒如今才周半兒。一家兒大大小小，如寶上珠一般，全看他過日子哩。」說話中間，來昭妻一丈青出來，傾了盞茶與他吃。那來旺兒接了茶，與他唱了個喏。來昭也在跟前，同敘了回話，吩咐：「你明日來見見大娘。」那來旺兒挑擔出門。

到晚上，月娘眾人轎子來家。雪娥、大姐、眾人、丫頭接著，都磕了頭。玳安跟盒擔走不上，雇了匹驢兒騎來家，打發擡盒人去了。月娘告訴雪娥、大姐，說今日寺裡遇見春梅一節：「原來他把潘家的就葬在寺後首，俺們也不知。他來替他娘燒紙，誤打誤撞遇見他。娘兒們又認了回親。先是寺裡長老擺齋吃了，落後他又教伴當擺上他家的四五十攢盒、各樣菜蔬下飯，篩酒上來，通吃不了。他看見哥兒，又與了他一對簪兒，好不和氣。起解行三坐五，坐著大轎子，許多跟隨。又且是出落得比舊時長大了好些，越發白胖了。」吳大妗子道：「他倒也不改常忘舊。那時在咱家時，我見他比眾丫鬟行事兒正大，說話兒沉穩，就是個才料兒。你看今日，福至心靈，恁般造化。」孟玉樓道：「姐姐沒問他，我問他來，果然半年沒洗換，身上懷著喜事哩。也只是八九月裡孩子，守備好不喜歡哩。薛嫂兒說得倒不差。」

說了一回，雪娥提起：「今日娘不在，我和大姐在門首看見來旺兒。原來他又在這裡學會了銀匠，挑著擔兒賣金銀生活花翠，俺們就不認得了，買了他幾枝花翠。他問娘來，我說往墳上燒紙去了。」月娘道：「你怎的不教他等著我來家？」雪娥道：「俺們教他明日來。」

正坐著說話，只見奶子如意兒向前對月娘說：「哥兒來家這半日，只是昏睡不醒，口中出冷氣，身上湯燒火熱的。」這月娘聽見慌了，向炕上抱起孩兒來，口搵著口兒，果然出冷汗，渾身發熱。罵如意兒：「好淫婦，此是轎子裡冷了孩兒了。」如意兒道：「我拿小被兒裹得緊緊的，怎得凍著？」月娘道：「再不，是抱了往那死鬼墳上，諕了他來了。那等吩咐，教你休抱他去，你不依，浪著抱的去了。」如意兒道：「早是小玉姐看著，只抱了他到那裡看看就來了，幾時諕著他來？」月娘道：「別要說嘴，看那看兒便怎的，卻把他諕了。」即忙叫來安兒：「快請劉婆子去。」不一時，劉婆來到。看了脈息，摸了身上，說：「著了些驚寒，撞見邪祟了。」留了兩服硃砂丸，用薑湯灌下去。吩咐奶子抱著他熱炕上睡，到半夜出了些冷汗，身上才涼了。於是管待劉婆子吃了茶，與了他三錢銀子，叫他明日還來看看。一家子慌得要不得，起起倒倒，整亂了半夜。

卻說來旺，次日依舊挑將生活擔兒，來到西門慶門首，與來昭唱喏說：「昨日雪姑娘留下我些生活，許下今日教我來取銀子，就見見大娘。」來昭道：「你且去著，改日來。昨日大娘來家，哥兒不好，叫醫婆、太醫看，下藥，整亂一夜，好不心焦，今日才好些，哪得工夫稱銀子與你？」正說著，只見月娘、玉樓、雪娥送出劉婆子來。到大門首，看見來旺兒。那來旺兒趴在地下與月娘、玉樓磕了兩個頭。月娘道：「幾時不見你，就不來這裡走走。」來旺兒悉將前事說了一遍：「要來不好來得。」月娘道：「舊兒女人家，怕怎的？你爹又沒了。當初只因潘家那淫婦，一頭放火，一頭放水，架的舌，把個好媳婦兒生生逼勒得弔死了，將有作沒，把你墊發了去。今日天也不容，他往哪去了！」來旺兒道：「也說不得，只是娘心裡明白就是了。」

說了回話，月娘問他：「賣的是甚樣生活？」拿出來瞧，揀了他幾件首飾，該還他三兩二錢銀子，都用等子稱了與他。叫他進入儀門裡面，吩咐小玉取一壺酒來，又是一盤點心，教他吃。

那雪娥在廚上一力攛掇，又熱了一大碗肉出來與他。吃得酒飯飽了，磕頭出門。月娘、玉樓眾人歸到後邊去。雪娥獨自悄悄和他說話：「你常常來走著，怕怎的！奴有話教來昭嫂子對你說。我明日晚夕，在此儀門裡紫牆兒跟前耳房內等你。」

兩個遞了眼色，這來旺兒就知其意，說：「這儀門晚夕關不關？」雪娥道：「如此這般，你來先到來昭屋裡，等到晚夕，躧著梯凳越過牆，順著遮隔，我這邊接你下來。咱二人會合一回，還有細話與你說。」這來旺得了此話，正是歡從額起，喜向腮生，作辭雪娥，挑擔兒出門。正是：不著家神，弄不得家鬼。有詩為證：

閒來無事倚門欄，偶遇多情舊日緣。
對人不敢高聲語，故把秋波送幾番。

這來旺兒歡喜回家，一宿無話。

到次日，也不挑擔兒出來賣生活，慢慢踅來西門慶門首，等來昭出來，與他唱喏。那來昭便說：「旺哥稀罕，好些時不見你了。」來旺兒笑道：「不是也不來，裡邊雪姑娘少我幾錢生活銀，討討。」來昭一面把來旺兒讓到房裡坐下。來旺兒道：「嫂子怎不見？」來昭道：「你嫂子今日後邊上灶哩。」那來旺兒拿出一兩銀子，遞與來昭，說：「這銀子取壺酒來，和哥嫂吃。」來昭道：「何消這許多！」即叫他兒子鐵棍兒過來。那鐵棍吊起頭去——十五歲了，拿壺出來，打了一大注酒。使他後邊叫一丈青來。

不一時，一丈青蓋了一錫鍋熱飯，一大碗雜熬下飯，兩碟菜蔬，說道：「好呀，旺官兒在這裡。」來昭便拿出銀子與一丈青瞧，說：「兄弟破費，要打壺酒咱兩口兒吃。」一丈青笑道：「無功消受，怎生使得？」一面放了炕桌，讓來旺炕上坐，擺下酒菜，把酒來斟。來旺兒先傾頭一盞遞與來昭，次斟一盞與一丈青，深深唱喏說：「一向不見哥嫂，這盞水酒，孝順哥嫂。」一丈青便說：「哥嫂不道酒肉吃傷了，你對真人休說假話。裡邊雪姑娘昨日已央及達知我了，你兩個舊情不斷，託俺們兩口兒如此這般周全你，你休推睡裡夢裡。要知山下路，須問過來人。你若入港相會，有東西出來，休要獨吃，須把些汁水教我呷一呷。俺替你們須擔許多利害。」那來旺便跪下說：「只望哥嫂周全，並不敢有忘。」說畢，把酒吃了一回。一丈青往後邊和雪娥答了話，出來對他說，約定晚上來來昭屋裡窩藏，待夜裡關上儀門，後邊人歇下，越牆而過，於中取事。有詩為證：

報應本無私，影響皆相似。
要知禍福因，但看所為事。

這來旺得了此言，回來家，巴不到晚，復到來昭屋裡，打酒和他兩口兒吃。至更深時分，更無一人覺得，直待得大門關了，後邊儀門上了栓，家中大小歇息定了，彼此都有個暗號兒，只聽牆內雪娥咳嗽之聲，這來旺兒踏著梯櫈，黑影中爬過粉牆。雪娥那邊用櫈子接著，兩個就在西耳房堆馬鞍子去處，兩個相摟相抱，雲雨做一處。彼此都是曠夫寡婦，慾心如火。那來旺兒纓鎗強壯，盡力弄了一回，樂極精來，一泄如注。幹畢，雪娥遞與他一包金銀首飾，幾兩碎銀子，兩件緞子衣服。吩咐：「明日晚夕你再來，我還有些細軟與你。你外邊尋下安身去處，往後這家中過不出好來，不如和你悄悄出去，外邊尋下房兒，成其夫婦。你又會銀行手藝，愁過不得日子？」來旺兒便說：「如今東門外細米巷，有我個姨娘，有名收生的屈老娘。他那裡曲彎小巷，倒避眼，咱兩個投奔那裡去。遲些時，看無動靜，我帶你往原籍家裡，買幾畝地種去也好。」兩個商量已定，這來旺就作別雪娥，依舊爬過牆來。到來昭屋裡，等至天明，開了大門，挨身出去。到黃昏時分，又來門首，踅入來昭屋裡。晚夕依舊跳過牆去，兩個幹事。朝來暮往，非只一日，也抵盜了許多細軟東西，金銀器皿，衣服之類。來昭兩口子也得抽分好些肥己，俱不必細說。

一日，後邊月娘看孝哥兒出花兒，心中不快，睡得早。這雪娥房中使女中秋兒，原是大姐使的，因李嬌兒房中元宵兒被敬濟要了，月娘就把中秋兒與了雪娥，把元宵兒伏侍大姐。那一日，雪娥打發中秋兒睡下，房裡打點一大包釵環頭面，裝在一個匣內，用手帕蓋了頭，隨身衣服，約定來旺兒在來昭屋裡等候，兩個要走。來昭便說：「不爭你走了，我看守大門，管放水鴨兒！若大娘知道，問我要人，怎了？不如你每打房上去，就躧破些瓦，還有踪跡。」來旺兒道：「哥也說得是。」雪娥又留一個銀折盂，一根金耳斡，一件青綾襖，一條黃綾裙，謝了他兩口兒。

直等五更鼓月黑之時，隔房爬過去。來昭夫婦又篩上兩大鍾暖酒與來旺、雪娥吃，說：「吃了好走，路上壯膽些。」吃到五更時分，每人拿著一根香，躧著梯子，打發兩個爬上房去，一步一步，把房上瓦也跳破許多。比及爬到房簷跟前，街上人還未行走，聽巡捕的聲音，這來旺兒先跳下去，後卻教雪娥躧著他肩背，接摟下來。兩個往前邊走，到十字路口上，被巡捕的攔住，便問：「往哪裡去的男女？」雪娥便諕慌了手腳。這來旺兒不慌不忙，把手中官香彈了一彈，說道：「俺是夫婦二人，前往城外岳廟裡燒香。起得早了些，長官勿怪。」那人問：「背的包袱內是什麼？」來旺兒道：「是香燭紙馬。」那人道：「既是兩口兒岳廟燒香，也是好事，你快去罷。」這來旺兒得不的一聲，拉著雪娥往前飛走。走到城下，城門才開，打人鬧裡挨出城去，轉了幾條街巷。

原來細米巷在個僻靜去處，住著不多幾家人家，都是矮房低廈。到於屈姥姥家，屈姥姥還未開門。叫了半日，屈姥姥才起來開了門，見來旺領了個婦人來。原來來旺兒本姓鄭，名喚鄭旺，說：「這婦人是我新尋的妻小。姨娘這裡有房子，且借一間，寄住些時，再尋房子。」遞與屈姥姥三兩銀子，教買柴米。那屈姥姥得了銀子，只得留下。他兒子屈鐺，因見鄭旺夫妻二人帶著許多金銀首飾東西，夜晚見財起意，就掘開房門，偷盜出來去耍錢，致被捉獲。具了事件，拿去本縣見官。李知縣見係賊贓之事，贓物見在，即差人押著屈鐺到家，把鄭旺、孫雪娥一條索子都拴了。那雪娥諕得臉蠟查也似黃了，換了滲淡衣裳，帶著眼紗，把手上戒指都勒下來，打發了公人，押去見官。當下哄動了一街人觀看。有認得的，說是西門慶家小老婆，今被這走出的小廝來旺兒，改名鄭旺，通姦拐盜財物，在外居住，又被這屈鐺掏摸了，今事發見官。當下一個傳十個，十個傳百個，路上行人口似飛。

月娘家中，自從雪娥走了，房中中秋兒見廂內細軟首飾都沒了，衣服丟得亂三攪四，報與月娘。月娘吃了一驚，便問中秋兒：「你跟著他睡，走了你豈不知？」中秋兒便說：「他要便晚夕悄悄偷走出外邊，半日方回，不知詳細。」月娘又問來昭：「你看守大門，人出去你怎不曉得？」來昭便說：「大門每日上鎖，莫不他飛出去？」落後看見房上瓦躧破許多，方知越房而去了。又不敢使人躧訪，只得按納含忍。

不想本縣知縣當堂問理這件事，先把屈鐺夾了一頓，追出金頭面四件，銀首飾三件，金環一雙，銀鍾二個，碎銀五兩，衣服二件，手帕一個，匣一個。向鄭旺名下追出銀三十兩，金碗簪一對，金仙子一件，戒指四個。向雪娥名下追出金挑心一件，銀鐲一副，金鈕五副，銀簪四對，碎銀一包。屈姥姥名下追出銀三兩。就將來旺兒問擬奴婢因奸盜取財物，屈鐺係竊盜，俱係雜犯死罪，准徒五年，贓物入官。雪娥孫氏，係西門慶妾，與屈姥姥當下都當官拶了一拶。屈姥姥供明放了，雪娥責令本縣差人到西門慶家，教人遞領狀領孫氏。那吳月娘叫吳大舅來商議：「已是出醜，平白又領了來家做什麼？沒得玷污了家門，與死的裝幌子。」打發了差人錢，回了知縣話。知縣拘將官媒人來，當官辦賣。

卻說守備府中春梅打聽得知，說西門慶家中孫雪娥，如此這般，被來旺兒拐出，盜了財物去，在外居住，事發到官，如今當官辦賣。這春梅聽見，要買他來家上灶，要打他嘴，以報平昔之仇。對守備說：「雪娥善能上灶，會做得好茶飯湯水，買來家中伏侍。」這守備即便差張勝、李安，拿帖兒對知縣說。知縣自恁要做分上，只要八兩銀子官價。交完銀子，領到府中，先見了大奶奶並二奶奶孫氏，次後到房中來見春梅。春梅正在房裡縷金床上錦帳之中，才起來。手下丫鬟領雪娥見面。那雪娥見是春梅，不免低頭進見，望上倒身下拜，磕了四個頭。這春梅把眼瞪一瞪，喚將當值的家人媳婦上來：「與我把這賤人撮去了鬏髻，剝了上蓋衣裳，打入廚下，與我燒火做飯。」這雪娥聽了，暗暗叫苦。自古世間打牆板兒翻上下，掃米卻做管倉人。既在他簷下，怎敢不低頭？孫雪娥到此地步，只得摘了髻兒，換了艷服，滿臉悲慟，往廚下去了。有詩為證：

布袋和尚到明州，策杖芒鞋任處遊。
饒你化身千百億，一身還有一身愁。

第九十一回　孟玉樓愛嫁李衙內　李衙內怒打玉簪兒

詩曰：

簟展湘紋浪欲生，幽懷自感夢難成。
倚床剩覺添風味，開戶羞將待月明。
擬倩蜂媒傳密意，難將螢火照離情。
遙憐織女佳期近，時看銀河幾曲橫。

話說一日，陳敬濟聽見薛嫂兒說知孫雪娥之事，這陳敬濟乘著這個根由，就如此這般，使薛嫂兒往西門慶家對月娘說。薛嫂只得見月娘說：「陳姑夫在外聲言發話，說不要大姐，要寫狀子巡撫巡按處告你。說老爹在日，收著他父親寄放的許多金銀箱籠細軟之物。」這月娘，一來因孫雪娥被來旺兒盜財拐去，二者又是來安兒小廝走了，三者家人來興媳婦惠秀又死了，剛打發出去，家中正七事八事，聽見薛嫂兒來說此話，諕得慌了手腳，連忙雇轎子，打發大姐家去。但是大姐床奩箱櫥陪嫁之物，交玳安雇人都擡送到陳敬濟家。

敬濟說：「這是他隨身嫁我的床帳妝奩，還有我家寄放的細軟金銀箱籠，須索還我。」薛嫂道：「你大丈母說來，當初丈人在時，只收下這個床奩嫁妝，並沒見你別的箱籠。」敬濟又要使女元宵兒。薛嫂兒和玳安兒來對月娘說，月娘不肯把元宵與他，說：「這丫頭是李嬌兒房中使的，如今留著早晚看哥兒哩。」把中秋兒打發將來，說：「原是買了伏侍大姐的。」這敬濟又不要中秋兒。兩頭來回，只教薛嫂兒走。他娘張氏便向玳安說：「哥哥，你到家拜上你大娘，你家姐兒們多，也不稀罕這個使女看守哥兒。既是與了大姐房裡好一向，你姐夫已是收用過他了，你大娘只顧留怎的？」玳安一面到家把此話對月娘說了。月娘無言可對，只得把元宵兒打發將來。敬濟收下，滿心歡喜，說道：「可怎的也打我這條道兒來？」正是：

饒你奸似鬼，吃我洗腳水。

按下一頭，單說李知縣兒子李衙內，自從清明郊外看見吳月娘、孟玉樓，兩人一般打扮，生得俱有姿色，知是西門慶妻小。衙內有心愛孟玉樓，生得長挑身材，瓜子面皮，模樣兒風流俏麗。原來衙內喪偶鰥居已久，一向著媒婦各處求親，都不遂意。及見玉樓，便覺動心，但無門可入，未知嫁與不嫁，從違如何。不期雪娥緣事在官，已知是西門慶家出來的，周旋委曲，在伊父案前，將各犯用刑研審，追出贓物數目，望其來領。月娘害怕，又不使人見官。衙內失望，因此才將贓物入官，雪娥官賣。至是，衙內謀之於廊吏何不韋，逕使官媒婆陶媽媽，來西門慶家訪求親事，許說成此門親事，免縣中打卯，還賞銀五兩。

這陶媽媽聽了，喜歡得疾走如飛，一日到於西門慶門首。來昭正在門首立，只見陶媽媽向前道了萬福，說道：「動問管家哥一聲，此是西門老爹家？」來昭道：「你是哪裡來的？老爹已下世了，有甚話說？」陶媽媽道：「累及管家進去稟聲，我是本縣官媒人，名喚陶媽媽。奉衙內小老爹鈞語，吩咐說，咱宅內有位奶奶要嫁人，敬來說親。」那來昭喝道：「你這婆子，好不近理！我家老爹沒了一年有餘，只有兩位奶奶守寡，並不嫁人。常言：疾風暴雨不入寡婦之門。你這媒婆，有要沒緊走來胡撞甚親事？還不走快著，惹得後邊奶奶知道，一頓好打。」那陶媽媽笑說：「管家哥，常言：官差吏差，來人不差。小老爹不使我，我敢來？嫁不嫁，起動進去稟聲，我好回話去。」來昭道：「也罷。與人方便，自己方便。你少待片時，等我進去。兩位奶奶，一位奶奶有哥兒，一位奶奶無哥兒，不知是哪一位奶奶要嫁人？」陶媽媽道：「衙內小老爹說，清明那日，郊外曾看見來，是面上有幾點白麻子的那位奶奶。」

來昭聽了，走到後邊，如此這般，告月娘說：「縣中使了個官媒人在外面。」倒把月娘吃了一驚，說：「我家並沒半個字兒迸出，外邊人怎的曉得？」來昭道：「曾在郊外清明那日見來，說臉上有幾個白麻子兒的。」月娘便道：「莫不孟三姐也臘月裡蘿蔔——動個心，忽刺八要往前進嫁人？正是世間海水知深淺，惟有人心難忖量。」一面走到玉樓房中，坐下便問：「孟三姐，奴有件事兒來問你。外邊有個保山媒人，說是縣中小衙內，清明那日曾見你一面，說你要往前進。端的有此話麼？」

看官聽說：當時沒巧不成話，自古姻緣著線牽。那日郊外，孟玉樓看見衙內生得一表人物，風流博浪，兩家年甲多相彷彿，又會走馬拈弓弄箭，彼此兩情四目都有意，已在不言之表。但未知有妻子無妻子。口中不言，心內暗度：「男子漢已死，奴身邊又無所出。雖故大娘有孩兒，到明日長大了，各肉兒各疼，閃得我樹倒無陰，竹籃兒打水。」又見月娘自有了孝哥兒，心腸改變，不似往時。「我不如往前進一步，尋上個葉落歸根之處。還只顧傻傻的守些什麼？到沒得耽擱了奴的青春年少。」正在思慕之間，不想月娘進來說此話，正是清明郊外看見的那個人，心中又是歡喜，又是羞愧。口裡雖說：「大娘休聽人胡說，奴並沒此話。」不覺把臉來飛紅了。正是：

含羞對眾慵開口，理鬢無言只搵頭。

月娘說：「此是各人心裡事，奴也管不得許多。」一面叫來昭：「你請那保山進來。」來昭門首喚陶媽媽進到後邊，見月娘行畢了禮數，坐下。小丫鬟倒茶吃了。月娘便問：「保山來，有甚事？」陶媽媽便道：「小媳婦無事不登三寶殿。奉本縣正宅衙內吩咐，說貴宅上有一位奶奶要嫁人，講說親事。」月娘道：「俺家這位娘子嫁人，又沒曾傳出去，你家衙內怎得知道？」陶媽媽道：「俺家衙內說來，清明那日，在郊外親見這位娘子，生得長挑身材，瓜子面皮，臉上有稀稀幾個白麻子，便是這位奶奶。」月娘聽了，不消說就是孟三姐了。於是領陶媽媽到玉樓房中明間內坐下。

等夠多時，玉樓梳洗打扮出來。陶媽媽道了萬福，說道：「就是此位奶奶，果然話不虛傳，人材出眾，蓋世無雙，堪可與衙內老爹做個正頭娘子。」玉樓笑道：「媽媽休得亂說。且說你衙內今年多大年紀？原娶過妻小沒有？房中有人也無？姓甚名誰？有官身無官身？從實說來，休要搗謊！」陶媽媽道：「天麼，天麼！小媳婦是本縣官媒，不比外邊媒人快說謊。我有一句說一句，並無虛假。俺知縣老爹年五十多歲，只生了衙內老爹一人，今年屬馬的，三十一歲，正月二十三日辰時建生。見做國子監上舍，不久就是舉人、進士。有滿腹文章，弓馬熟嫺，諸子百家無不通曉。沒有大娘子二年光景，房內只有一個從嫁使女答應，又不出眾。要尋個娘子當家，敬來宅上說此親事。若是咱府上做這門親事，老爹說來，門面差徭、墳塋地土錢糧，一例蠲免。有人欺負，指名說來，拿到縣裡，任意拶打。」

玉樓道：「你衙內有兒女沒有？原籍哪裡人氏？誠恐一時任滿，千山萬水帶去。奴親都在此處，莫不也要同他去？」陶媽媽道：「俺衙內身邊，兒花女花沒有，好不單徑。原籍是咱北京真定府棗強縣人氏，過了黃河不上六七百里。他家中田連阡陌，騾馬成群，人丁無數，走馬牌樓，都是撫按明文，聖旨在上，好不赫耀驚人。如今娶娘子到家做了正房，過後他得了官，娘子便是五花官誥，坐七香車，為命婦夫人，有何不好？」

這孟玉樓被陶媽媽一席話，說得千肯萬肯。一面喚蘭香放桌兒，看茶食點心與保山吃。因說：「保山，你休怪我叮嚀盤問。你這媒人們，說謊的極多，奴也吃人哄怕了。」陶媽媽道：「好奶奶，只要一個比一個。清自清，渾自渾，好的帶累了歹的。小媳婦並不搗謊，只依本分做媒。奶奶若肯了，寫個婚帖兒與我，好回小老爹話去。」玉樓取了一條大紅緞子，使玳安叫舖子裡傅夥計寫了生時八字。吳月娘便說：「你當初原是薛嫂兒說的媒，如今還使小廝叫將薛嫂兒來，兩個同拿了帖兒去說此親事，才是禮。」不多時，使玳安兒叫了薛嫂兒來，見陶媽媽道了萬福。當行見當行，拿著帖兒出離西門慶家門，往縣中回衙內話去。一個是這裡冰人，一個是那頭保山，兩張口四十八個牙，這一去管取說得月裡嫦娥尋配偶，巫山神女嫁襄王。

陶媽媽在路上問薛嫂兒：「你就是這位娘子的原媒？」薛嫂道：「便是。」陶媽媽問他：「原先嫁這裡，根兒是何人家的女兒？嫁這裡，是女兒，是再婚？」這薛嫂兒便一五一十，把西門慶當初從楊家娶來的話，告訴一遍。因見婚帖兒上寫女命三十七歲，十一月二十七日子時生，說：「只怕衙內嫌年紀大些，怎了？他今才三十一歲，倒大六歲。」薛嫂道：「咱拿了這婚帖兒，叫個過路的先生算，看年命妨礙不妨礙。若是不對，咱瞞他幾歲兒，也不算說謊。」二人走來，再不見路過響板的先生，只見路南遠遠的一個卦肆，青布帳幔，掛著兩行大字：「子平推貴賤，鐵筆判榮枯；有人來算命，直言不容情。」帳子底下安放一張桌子，裡面坐著個能寫快算靈先生。

這兩個媒人向前道了萬福，先生便讓坐下。薛嫂道：「有個女命，累先生算一算。」向袖中拿出三分命金來，說：「不當輕視，先生權且收了，路過不曾多帶錢來。」先生道：「請說八字。」陶媽媽遞與他婚帖看，上面有八字生日年紀。先生道：「此是合婚。」一面捏指尋紋，把算子搖了一搖，開言說道：「這位女命今年三十七歲了，十一月廿七日子時生。甲子月，辛卯日，庚子時，理取印綬之格。女命逆行，見在丙申運中。丙合辛生，往後大有威權，執掌正堂夫人之命。四柱中雖夫星多，然是財命，益夫發福，受夫寵愛。這兩年定見妨剋，見過了不曾？」薛嫂道：「已剋過兩位夫主了。」先生道：「若見過，後來好了。」薛嫂兒道：「他往後有子沒有？」先生道：「子早哩。直到四十一歲才有一子送老。一生好造化，富貴榮華無比。」取筆批下命詞四句道：

嬌姿不失江梅態，三揭紅羅兩畫眉。
會看馬首昇騰日，脫卻寅皮任意移。

薛嫂問道：「先生，如何是『會看馬首昇騰日，脫卻寅皮任意移』？這兩句俺們不懂，起動先生講說講說。」先生道：「馬首者，這位娘子如今嫁個屬馬的夫主，才是貴星，享受榮華。寅皮是尅過的夫主，是屬虎的。雖故寵愛，只是偏房。往後一路功名，直到六十八歲，有一子，壽終，夫妻偕老。」兩個媒人說道：「如今嫁得倒果是個屬馬的，只怕大了好幾歲，配不來。求先生改少兩歲才好。」先生道：「既要改，就改做丁卯三十四歲罷。」薛嫂道：「三十四歲，與屬馬的也合得著麼？」先生道：「丁火庚金，火逢金煉，定成大器，正合得著。」當下改做三十四歲。

兩個拜辭了先生，出離卦肆，逕到縣中。門子報入，衙內便喚進陶、薛二媒人，旋磕了頭。衙內便問：「那個婦人是哪裡的？」陶媽媽道：「是那邊媒人。」因把親事說成告訴一遍，說：「娘子人材無比的好，只爭年紀大些，小媳婦不敢擅便，隨衙內老爹尊意，討了個婚帖在此。」於是遞上去。李衙內看了，上寫著「三十四歲，十一月廿七日子時生」，說道：「就大三兩歲，也罷。」薛嫂兒插口道：「老爹見得多。自古道，妻大兩，黃金長，妻大三，黃金山。這位娘子人材出眾，性格溫柔，諸子百家，當家理紀，自不必說。」衙內道：「我已見過，不必再相，只擇吉日良時，行茶禮過去就是了。」兩個媒人稟說：「小媳婦幾時來伺候？」衙內道：「事不可稽遲，你兩個明日來討話，往他家說。」每人賞了一兩銀子，做腳步錢。兩個媒人歡喜出門，不在話下。這李衙內見親事已成，喜不自勝，即喚廊吏何不韋來商議，對父親李知縣說了。令陰陽生擇定四月初八日行禮，十五日准娶婦人過門。就兌出銀子來，委託何不韋、小張閒買辦茶紅酒禮，不必細說。

兩個媒人次日討了日期，往西門慶家回月娘、玉樓話。正是：

姻緣本是前生定，曾向藍田種玉來。

四月初八日，縣中備辦十六盤羹果茶餅，一副金絲冠兒，一副金頭面，一條瑪瑙帶，一副玎瑠七事，金鐲銀釧之類，兩件大紅宮錦袍兒，四套妝花衣服，三十兩禮錢，其餘布絹棉花共約二十餘擡。兩個媒人跟隨，廊吏何不韋押擔，到西門慶家下了茶。

十五日，縣中撥了許多快手閒漢，來搬擡孟玉樓床帳嫁妝箱籠。月娘看著，但是他房中之物，盡數都交他帶去。原舊西門慶在日把他一張八步彩漆床陪了大姐，月娘就把潘金蓮房中那張螺鈿床陪了他。玉樓要蘭香跟他過去，留下小鸞與月娘看哥兒。月娘不肯，說：「你房中丫頭，我怎好留下你的？左右哥兒有中秋兒、綉春和奶子，也夠了。」玉樓只留下一對銀回回壺與哥兒耍子，做一念兒，其餘都帶過去了。到晚夕，一頂四人大轎，四對紅紗燈籠，八個皂隸跟隨來娶。玉樓戴著金梁冠兒，插著滿頭珠翠、胡珠子，身穿大紅通袖袍兒，先辭拜西門慶靈位，然後拜月娘。

月娘說道：「孟三姐，你好狠也。你去了，撇得奴孤伶伶獨自一個，和誰做伴兒？」兩個攜手哭了一回，然後家中大小都送出大門。媒人替他帶上紅羅銷金蓋袱，抱著金寶瓶，月娘守寡出不得門，請大姨送親，送到知縣衙裡來。滿街上人看見說：「此是西門大官人第三娘子，嫁了知縣相公兒子衙內，今日吉日良時娶過門。」也有說好的，也有說歹的。說好者，當初西門大官人怎的為人做人，今日死了，只是他大娘子守寡正大，有兒子，房中攬不過這許多人來，都叫各人前進，甚有張主。有那說歹的，街談巷議，指戳說道：「西門慶家小老婆，如今也嫁人了。當初這廝在日，專一違天害理，貪財好色，姦騙人家妻女。今日死了，老婆帶的東西，嫁人的嫁人，拐帶的拐帶，養漢的養漢，做賊的做賊，都野雞毛兒零撏了。常言三十年遠報，而今眼下就報了。」旁人紛紛議論，不提。

且說孟大姨送親到縣衙內，鋪陳床帳停當，留坐酒席來家。李衙內賞薛嫂兒、陶媽媽每人五兩銀子，一段花紅利市，打發出門。至晚，兩個成親，極盡魚水之歡，于飛之樂。到次日，吳月娘送茶完飯。楊姑娘已死，孟大妗子、二妗子、孟大姨，都送茶到縣中。衙內這邊下回書，請眾親戚女眷做三日，紮彩山，吃筵席，都是三院樂人妓女動鼓樂，扮演戲文。吳月娘那日亦滿頭珠翠，身穿大紅通袖袍兒，百花裙，繫蒙金帶，坐大轎來衙中，做三日赴席，在後廳吃酒。知縣奶奶出來陪待。月娘回家，因見席上花攢錦簇，歸到家中，進入後邊，院落靜悄悄，無個人接應。想起當初有西門慶在日，姐妹們那樣鬧熱，往人家赴席來家，都來相見說話，一條板櫈坐不了，如今並無一個兒了。一面撲著西門慶靈床兒，不覺一陣傷心，放聲大哭。哭了一回，被丫鬟小玉勸止。正是：

平生心事無人識，只有穿窗皓月知。

這裡月娘憂悶不提。

卻說李衙內和玉樓兩個，女貌郎才，如魚似水，正合著油瓶蓋。每日燕爾新婚，在房中廝守，一步不離。端詳玉樓容貌，越看越愛。又見帶了兩個從嫁丫鬟：一個蘭香，年十八歲，會彈唱；一個小鸞，年十五歲。俱有顏色。心中歡喜，沒入腳處。有詩為證：

堪誇女貌與郎才，天合姻緣禮所該。
十二巫山雲雨會，兩情願保百年偕。

原來衙內房中，先頭娘子丟了一個大丫頭，約三十年紀，名喚玉簪兒，專一搽胭抹粉，作怪成精。頭上打著盤頭揸髻，用手帕遮蓋，周圍勒銷金箍兒，假充作鬏髻，身上穿一套怪綠喬紅的裙襖，腳上穿著雙撥船樣四個眼的剪絨鞋，約長尺二。在人跟前輕身浪顙，做勢拿班。衙內未娶玉樓時，他便逐日頓羹頓飯，殷勤伏侍，不說強說，不笑強笑，何等精神。自從娶過玉樓來，這衙內和他如膠似漆，把他不去瞅睬，這丫頭就使性兒起來。

一日，衙內在書房中看書，這玉簪兒在廚下頓了一盞好果仁炮茶，雙手用盤兒托來書房裡，笑嘻嘻掀開簾兒，送與衙內。不想衙內看了一回書，搭伏在書桌就睡著了。這玉簪兒叫道：「爹，誰似奴疼你，頓了這盞好茶來與你吃。你家那新娶的娘子，還在被窩裡睡得好覺兒，怎不叫他那小大姐送盞茶來與你吃？」因見衙內打盹，在跟前只顧叫不應，說道：「老花子，你黑夜做夜作使乏了也怎的？大白日打盹磕睡，起來吃茶！」

那衙內醒了，看見是他，喝道：「怪硶奴才！把茶放下，與我過一邊去。」這玉簪兒滿臉羞紅，使性子把茶丟在桌上，出來說道：「好不識人敬重。奴好意用心，大清早晨送盞茶兒來你吃，倒吆喝起我來。常言：醜是家中寶，可喜惹煩惱。我醜，你當初瞎了眼，誰叫你要我來？」被衙內聽見，趕上盡力踢了兩靴腳。這玉簪兒登時把那副奴臉膀得有房梁高，也不搽臉了，也不頓茶了，趕著玉樓也不叫娘，只你也我也，無人處，一屁股就在玉樓床上坐下。玉樓亦不去理他。他背地又壓伏蘭香、小鸞說：「你休趕著我叫姐，只叫姨娘。我與你娘係大小之分。」又說：「你只背地叫罷，休對著你爹叫。你每日跟隨我行，用心做活。你若不聽我說，老娘拿鐵鍬子請你。」

後來幾次見衙內不理他，他就撒懶起來，睡到日頭半天還不起來。飯兒也不做，地兒也不掃。玉樓吩咐蘭香、小鸞：「你休靠玉簪兒了，你二人自去廚下做飯，打發你爹吃罷。」這玉簪又氣不憤，使性謗氣，牽傢打伙，在廚房內打小鸞，罵蘭香：「賊小奴才，小淫婦兒！碓磨也有個先來後到，先有你娘來？先有我來？都是你娘兒們占了罷，不獻這個勤兒也罷了！當原先俺死的那個娘，也沒曾失口叫我聲玉簪兒。你進門幾日，就題名道姓叫我，我是你手裡使的人也怎的？你未來時，我和俺爹同床共枕，哪一日不睡到齋時才起來？和我兩個如糖拌蜜，如蜜攪酥油一般打熱。房中事哪些兒不打我手裡過？自從你來了，把我蜜罐兒也打碎了，把我姻緣也拆散開了，一攆攆到我明間，冷清清支板櫈打官鋪，再不得嚐著俺爹那件東西兒如今什麼滋味了，我這氣苦也沒處聲訴。你當初在西門慶家，也曾做第三個小老婆來，你小名兒叫玉樓，敢說老娘不知道？你來在俺家，你識我見，大家膿著些罷了。會那等喬張致，呼張喚李，誰是你買到的，屬你管轄？」不知玉樓在房中聽見，氣得發昏，又不好聲言對衙內說。

一日熱天，也是合當有事。晚夕，衙內吩咐他廚下熱水，拿浴盆來，房中要和玉樓洗澡。玉樓便說：「你叫蘭香熱水罷，休要使他。」衙內不從，說道：「我偏使他，休要慣了這奴才。」玉簪兒見衙內要水和婦人共浴蘭湯，效魚水之歡，心中正沒好氣，拿浴盆進房，往地下只一墩，用大鍋燒上一鍋滾水，口內喃喃吶吶說道：「也沒見這浪淫婦，刁鑽古怪，禁害老娘。無故也只是個浪精毬，沒三日不拿水洗。像我與俺主子睡，成月也不見點水兒，也不見展污了什麼佛眼兒。偏這淫婦會兩番三次刁蹬老娘？」直罵出房門來。

玉樓聽見，也不言語。衙內聽了此言，心中大怒，澡也洗不成，精脊梁，靸著鞋，向床頭取拐子就要走出來。婦人攔阻住，說道：「隨他罵罷，你好惹氣。只怕熱身子出去，風試著你，倒值了多的。」衙內哪裡按納得住，說道：「你休管，這奴才無禮。」向前一把手採住他頭髮，拖踏在地下，輪起拐子，雨點打將下來。饒玉樓在旁勸著，也打了二三十下在身。打得這丫頭急了，跪在地下告說：「爹，你休打我，我想爹也看不上我在家裡了，情願賣了我罷。」衙內聽了，一發惱怒起來，又狠了幾下。玉樓勸道：「他既要出去，你不消打，倒沒得氣了你。」衙內隨令伴當，即時叫將陶媽媽來，把玉簪兒領出去，便賣銀子來交，不在話下。正是：

蚊蟲遭扇打，只為嘴傷人。

有詩為證：

百禽啼後人皆喜，惟有鴉鳴事若何。
見者多言聞者唾，只為人前口嘴多。

第九十二回 陳敬濟被陷嚴州府 吳月娘大鬧授官廳

詩曰：

猛虎憑其威，往往遭急縛。
雷吼徒咆哮，枝撐已在腳。
忽看皮寢處，無復睛閃爍。
人有甚於斯，足以勸元惡。

話說李衙內打了玉簪兒一頓，即時叫陶媽媽來領出，賣了八兩銀子，另買了個十八歲使女，名喚滿堂兒上灶，不在話下。

卻表陳敬濟，自從西門大姐來家，交還了許多床帳妝奩、箱籠傢伙，三日一場嚷，五日一場鬧，問他娘張氏要本錢做買賣。他母舅張團練來問他母親借了五十兩銀子，復謀管事，被他吃醉了，往張舅門上罵嚷。他張舅受氣不過，另問別處借了銀子，幹成管事，還把銀子交還將來。他母親張氏著了一場重氣，染病在身，日逐臥床不起，終日服藥，請醫調治。吃他逆毆不過，只得兌出三百兩銀子與他，叫陳定在家門首打開兩間房子，開布舖，做買賣。敬濟便逐日結交朋友陸三郎、楊大郎，狐朋狗黨，在舖中彈琵琶，抹骨牌，打雙陸，吃半夜酒，看看把本錢弄下去了。陳定對張氏說他每日飲酒花費，張氏聽信陳定言語，便不肯托他。敬濟反說陳定染布去，尅落了錢，把陳定兩口兒攆出來外邊居住，卻搭了楊大郎做夥計。這楊大郎名喚楊光彥，綽號為鐵指甲，專一耀風賣雨，架謊鑿空。他許人話如捉影捕風，騙人財似探囊取物。這敬濟問娘又要出二百兩銀子來添上，共湊了五百兩銀子，信著他往臨清販布去。

這楊大郎到家收拾行李，跟著敬濟從家中起身，前往臨清碼頭上尋缺貨去。到了臨清，這臨清市上是個熱鬧繁華大碼頭去處，商賈往來之所，車輛輻輳之地，有三十二條花柳巷，七十二座管絃樓。這敬濟終是年小後生，被這楊大郎領著遊娼樓，登酒店，貨物倒販得不多。因走在一娼樓，見了一個粉頭，名喚馮金寶，生得風流俏麗，色藝雙全。問青春多少，鴇子說：「姐兒是老身親生之女，只是他一人，掙錢養活，今年青春才交二九一十八歲。」敬濟一見，心目蕩然，與了鴇子五兩銀子房金，一連和他歇了幾夜。楊大郎見他愛這粉頭，留連不捨，在旁花言說念，就要娶他家去。鴇子開口要銀一百二十兩，講到一百兩上，兌了銀子，娶了來家。一路上用轎擡著，楊大郎和敬濟都騎馬押著貨物車走。一路揚鞭走馬，那樣歡喜。正是：

載得武陵春，陪作鸞凰友。
多情燕子樓，馬道空回首。

張氏見敬濟貨倒販得不多，把本錢倒娶了一個唱的來家。又著了口重氣，嗚呼哀哉，斷氣身亡。這敬濟不免買棺裝殮，念經做七，停放了一七光景，發送出門，祖塋合葬。他母舅張團練看他娘面上，亦不和他一般見識。這敬濟墳上覆墓回來，把他娘正房三間中間供養靈位，那兩間收拾與馮金寶住，大姐倒住著耳房。又替馮金寶買了丫頭重喜兒伏侍。門前楊大郎開著舖子，家裡大酒大肉買與唱的吃。每日只和唱的睡，把大姐丟著不去瞅睬。

一日，打聽孟玉樓嫁了李知縣兒子李衙內，帶過許多東西去。三年任滿，李知縣陞在浙江嚴州府做了通判，領憑起身，打水路赴任去了。這陳敬濟因想起，昔日在花園中拾了孟玉樓那根簪子，就要把這根簪子做個證兒，趕上嚴州去，只說玉樓先與他有了姦，與了他這根簪子，不合又帶了許多東西嫁了李衙內，都是昔日楊戩寄放金銀箱籠應沒官之物。「那李通判一個文官，多大湯水？聽見這個利害口聲，不怕不教他兒子雙手把老婆奉與我。我那時娶將來家，與馮金寶做一對兒，落得好受用。」正是：

計就月中擒玉兔，謀成日裡捉金烏。

敬濟不來倒好，此一來，正是：

失曉人家逢五道，溟冷餓鬼撞鍾馗。

有詩為證：

趕到嚴州訪玉人，人心難忖似石沉。
侯門一入深如海，從此蕭郎落陷坑。

一日陳敬濟打點他娘箱中，尋出一千兩金銀。留下一百兩與馮金寶家中盤纏，把陳定復叫進來看家，並門前鋪子發賣零碎布匹。他與楊大郎又帶了家人陳安，押著九百兩銀子，從八月中秋起身，前往湖州販了半船絲綿紬絹，來到清江浦碼頭上，灣泊住了船隻，投在個店主人陳二店內。教陳二殺雞取酒，與楊大郎共飲。飲酒中間，和楊大郎說：「夥計，你暫且看守船上貨物，在二郎店內略住數日。等我和陳安拿些人事禮物，往浙江嚴州府，看看家姐嫁在府中，多不上五日，少只三日就來。」楊大郎道：「哥去只顧去，兄弟情願店中等候。哥到日，一同起身。」

這陳敬濟千不合萬不合和陳安身邊帶了些銀兩人事禮物，有日取路逕到嚴州府。進入城內，投在寺中安下。打聽李通判到任一個月，家小船隻才到三日。這陳敬濟不敢怠慢，買了四盤禮物，兩匹紵絲尺頭，兩罈酒，陳安押著。他便揀選衣帽齊整，眉目光鮮，逕到府衙前，與門吏作揖道：

「煩報一聲，說我是通判李老爹衙內新娶娘子的親，孟二舅來探望。」

這門吏聽了，不敢怠慢，隨即稟報進去。衙內正在書房中看書，聽見是婦人兄弟，令左右先把禮物擡進來，一面忙整衣冠，道：「有請。」把陳敬濟請入府衙廳上，敘禮，分賓主坐下。說道：「前日做親之時，怎的不會二舅？」敬濟道：「在下因在川廣販貨，一年方回，不知家姐嫁與府上，有失親近。今日敬備薄禮，來看看家姐。」李衙內道：「一向不知，失禮，恕罪！恕罪！」須臾，茶湯已罷。衙內令左右：「把禮帖並禮物取進去，對你娘說，二舅來了。」孟玉樓正在房中坐的，只聽小門子進來報說：「孟二舅來了。」玉樓道：「再有哪個孟舅？莫不是我二哥孟銳來家了，千山萬水來看我？」只見伴當拿進禮物和帖兒來，上面寫著「眷生孟銳」，就知是他兄弟。一面道：「有請。」令蘭香收拾後堂乾淨。

玉樓妝點打扮，俟候出見。只見衙內讓進來，玉樓在簾內觀看，可霎作怪，不是他兄弟，卻是陳姐夫：「他來做什麼？等我出去見他，怎的說話？常言：親不親，故鄉人，美不美，鄉中水。雖然不是我兄弟，也是我女婿人家。」一面整妝出來拜見。那敬濟說道：「一向不知姐姐嫁在這裡，沒曾看得。」才說得這句，不想門子來請衙內：「外邊有客來了。」這衙內吩咐玉樓款待二舅，就出去待客去了。玉樓見敬濟磕下頭去，連忙還禮，說道：「姐夫免禮。哪陣風兒刮你到此？」敘畢禮數，讓坐，叫蘭香看茶出來。

吃了茶，彼此敘了些家常話兒，玉樓因問：「大姐好麼？」敬濟就把從前西門慶家中出來，並討箱籠的一節話，告訴玉樓。玉樓又把清明節上墳，在永福寺遇見春梅，在金蓮墳上燒紙的話告訴他。又說：「我那時在家中，也常勸你大娘，疼女兒就疼女婿，親姐夫不曾養活了外人。他聽信小人言語，把姐夫打發出來。落後姐夫討箱子，我就不知道。」敬濟道：「不瞞你老人家說，我與六姐相交，誰人不知！生生吃他信奴才言語，把他打發出去，才吃武松殺了。他若在家，那武松有七個頭八個膽，敢往你家來殺他？我這仇恨，結得有海來深。六姐死在陰司裡，也不饒他。」玉樓道：「姐夫也罷，丟開手的事。自古冤仇只可解，不可結。」

說話中間，丫鬟放下桌兒擺上酒來，杯盤餚品，堆滿春臺。玉樓斟上一杯酒，雙手遞與敬濟說：「姐夫遠路風塵，無事破費，且請一杯兒水酒。」這敬濟用手接了，唱了喏，亦斟一杯回奉婦人，敘禮坐下。因見婦人姐夫長、姐夫短叫他，口中不言，心內暗道：「這淫婦怎的不認範，只叫我姐夫，等我慢慢的探他。」當下酒過三巡，餚添五道，彼此言來語去，說得入港。這敬濟酒蓋著臉兒，常言：酒情深似海，色膽大如天，見無人在跟前，先丟幾句邪言說入去，道：「我兄弟思想姐姐，如渴思漿，如熱思涼。想當初在丈人家，怎的在一處下棋抹牌，同坐雙雙，似背蓋一般。誰承望今日各自分散，你東我西。」玉樓笑道：「姐夫好說。自古清者清而渾者渾，久而自見。」這敬濟笑嘻嘻向袖中取出一包雙人兒的香茶，遞與婦人，說：「姐姐，你若有情，可憐見兄弟，吃我這個香茶兒。」說著，就連忙跪下。那婦人登時一點紅從耳畔起，把臉飛紅了。一手把香茶包兒掠在地下，說道：「好不識人敬重！奴好意遞酒與你吃，倒戲弄我起來。」就撇了酒席，往房裡去了。

敬濟見他不理，一面拾起香茶來，就發話道：「我好意來看你，你倒變了卦兒。你敢說你嫁了通判兒子好漢子，不睬我了。你當初在西門慶家做第三個小老婆，沒曾和我兩個有首尾？」因向袖中取出舊時那根金頭銀簪子，拿在手內，說：「這個是誰人的？你既不和我有姦，這根簪兒怎落在我手裡？上面還刻著玉樓名字。你和大老婆串同了，把我家寄放的八箱子金銀細軟玉帶寶石東西，都是當朝楊戩寄放應沒官之物，都帶來嫁了漢子。我教你不要慌，到八字八鑊兒上和你答話！」玉樓見他發話，拿的簪子委是他頭上戴的金頭蓮瓣簪兒：「昔日在花園中不見，怎的落在這短命手裡？」恐怕嚷得家下人知道，須臾變作笑吟吟臉兒，走將出來，一把手拉敬濟，說道：「好姐夫，奴鬥你耍子，如何就惱起來？」因觀看左右無人，悄悄說：「你既有心，奴亦有意。」

兩個不由分說，摟著嘴就親嘴。這陳敬濟把舌頭似蛇吐信子一般，就舒到他口裡，叫他咂，說道：「你叫我聲親親的丈夫，才算你有我之心。」婦人道：「且禁聲，只怕有人聽見。」敬濟悄悄向他說：「我如今治了半船貨，在清江浦等候。你若肯下顧時，如此這般，到晚夕假扮門子私走出來，跟我上船，家去成其夫婦，有何不可？他一個文職官，怕是非，莫不敢來抓尋你不成？」婦人道：「既然如此，也罷。約會下：你今晚在府牆後等著，奴有一包金銀細軟，打牆上繫過去，與你接了，然後奴才扮做門子，打門裡出來，跟你上船去罷。」看官聽說，正是：

佳人有意，哪怕粉牆高萬丈；紅粉無情，總然共坐隔千山。

當時孟玉樓若嫁得個痴蠢之人，不如敬濟，敬濟便下得這個鍬钁著。如今嫁這李衙內，有前程，又且人物風流，青春年少，恩情美滿，他又勾你做甚？休說平日又無連手。這個郎君也是合當倒運，就吐實話，泄機與他，倒吃婆娘哄賺了。正是：

花枝葉下猶藏刺，人心難保不懷毒。

當下二人會下話，這敬濟吃了幾杯酒，告辭回去。李衙內連忙送出府門，陳安跟隨而去。衙內便問婦人：「你兄弟往哪裡下處？我明日回拜他去，送些下程與他。」婦人便說：「哪裡是我兄弟！他是西門慶家女婿，如此這般，來勾搭要拐我出去。奴已約下他，今晚三更在後牆相等。咱不如將計就計，把他當賊拿下，除其後患，如何？」衙內道：「叵耐這廝無端！自古無毒不丈夫，不是我去尋他，他自來送死。」一面走出外邊，叫過左右伴當，心腹快手，如此這般，預備去了。

這陳敬濟不知機變，至半夜三更，果然帶領家人陳安來府衙後牆下，以咳嗽為號。只聽牆內玉樓聲音，打牆上掠過一條索子去。那邊繫過一大包銀子——原來是庫內拿的二百兩贓罰銀子。這敬濟才待教陳安拿著走，忽聽一聲梆子響，黑影裡閃出四五條漢，叫聲「有賊了」，登時把敬濟連陳安都綁了。稟知李通判，吩咐：「都且押送牢裡去，明日問理。」

原來嚴州府正堂知府姓徐，名喚徐崶，係陝西臨洮府人氏，庚戌進士，極是個清廉剛正之人。次早升堂，左右排兩行官吏，這李通判上去，畫了公座，庫子呈稟賊情事，帶陳敬濟上去說：「昨夜至一更時分，有先不知名今知名賊人二名：陳敬濟、陳安，鍬開庫門鎖鑰，偷出贓銀二百兩，越牆而過，致被捉獲，來見老爺。」徐知府喝令：「帶上來！」把陳敬濟並陳安揪採驅擁，至當廳跪下。知府見敬濟年小清俊，便問：「這廝是哪裡人氏？因何來我這府衙公廨，夜晚做賊，偷盜官庫贓銀，有何理說？」那陳敬濟只顧磕頭聲冤。徐知府道：「你做賊如何聲冤？」李通判在旁欠身便道：「老先生不必問他，眼見得贓證明白，何不加起刑來？」徐知府即令左右拿下去，打二十板。李通判道：「人是苦蟲，不打不成。不然，這賊便要展轉！」當下兩邊皂隸把敬濟、陳安拖翻，大板打將下來。這陳敬濟口內只罵：「誰知淫婦孟三兒陷我至此，冤哉！苦哉！」這徐知府終是黃堂出身官人，聽見這一聲必有緣故，才打到十板上，喝令：「住了，且收下監去，明日再問。」李通判道：「老先生不該發落他。常言人心似鐵，官法如爐，從容他一夜不打緊，就翻異口詞。」徐知府道：「無妨，吾自有主意。」當下獄卒把敬濟、陳安押送監中去訖。

這徐知府心中有些疑忌，即喚左右心腹近前，如此這般：「下監中探聽敬濟所犯來歷，即便回報。」這幹事人假扮作犯人，和敬濟晚間在一梱上睡，問其所以：「我看哥哥青春年少，不是做賊的，今日落在此，打屈官司。」敬濟便說：「一言難盡。小人本是清河縣西門慶女婿，這李通判兒子新娶的婦人孟氏，是俺丈人的小，舊與我有姦的。今帶過我家老爺楊戩寄放十箱金銀寶玩之物來他家，我來此間問他索討，反被他如此這般欺負，把我當賊拿了，苦打成招，不得見其天日，是好苦也。」這人聽了，走來退廳告報徐知府。知府道：「如何？我說這人聲冤叫孟氏，必有緣故。」

到次日升堂，官吏兩旁侍立，這徐知府把陳敬濟、陳安提上來，摘了口詞，取了張無事的供狀，喝令釋放。李通判在旁邊不知，還再三說：「老先生，這廝賊情既實，不可放他。」反被徐知府對佐貳官盡力數說了李通判一頓，說：「我居本府正官，與朝廷幹事，不該與你家官報私仇，誣陷平人作賊。你家兒子娶了他丈人西門慶妾孟氏，帶了許多東西，應沒官贓物金銀箱籠來。他是西門慶女婿，逕來索討前物，你如何假捏賊情，拿他入罪，教我替你家出力？做官養兒養女也要長大。若是如此，公道何堪？」當廳把李通判數說得滿面羞慚，垂首喪氣而不敢言。陳敬濟與陳安便釋放出去了。良久，徐知府退堂。

這李通判回到本宅，心中十分焦躁，便對夫人大嚷大叫道：「養的好不肖子，今日吃徐知府當堂對眾同僚官吏，盡力數落了我一頓，可不氣殺我也！」夫人慌了，便道：「什麼事？」李通判即把兒子叫到跟前，喝令左右：「拿大板子來，氣殺我也！」說道：「你拿得好賊！他是西門慶家女婿，因這婦人帶了許多妝奩金銀箱籠來，他口口聲聲稱是當朝逆犯楊戩寄放應沒官之物，來問你要，說你假盜出庫中官銀，當賊情拿他。我通一字不知，反被正堂徐知府對眾數說了我這一頓。此是我頭一日官未做，你照顧我的。我要你這不肖子何用！」即令左右雨點般大板打將下來。可憐打得這李衙內皮開肉綻，鮮血迸流。夫人見打得不像模樣，在旁哭泣勸解。孟玉樓立在後廳角門首，掩淚潛聽。

當下打了三十大板，李通判吩咐左右：「押著衙內，即時與我把婦人打發出門，令他任意改嫁，免惹是非，全我名節。」那李衙內心中怎生捨得離異，只顧在父母跟前啼哭哀告：「寧把兒子打死爹爹跟前，並捨不得婦人。」李通判把衙內用鐵索墩鎖在後堂，不放出去，只要囚禁死他。夫人哭道：「相公，你做官一場，年紀五十餘歲，也只落得這點骨血。不爭為這婦人，你囚死他，往後你年老休官，倚靠何人？」李通判道：「不然，他在這裡須帶累我受人氣。」夫人道：「你不容他在此，打發他兩口兒回原籍真定府家去便了。」通判依聽夫人之言，放了衙內，限三日就起身，打點車輛，同婦人歸棗強縣家裡攻書去了。

卻表陳敬濟與陳安出離嚴州府，到寺中取了行李，逕往清江浦陳二店中來尋楊大郎。陳二說：「他三日前說你有信來，說不得來，他收拾了貨船，起身往家中去了。」這敬濟未信，還向河下去尋船隻，撲了個空。說道：「這天殺的，如何不等我來就起身去了！」況新打監中出來，身邊盤纏已無，和陳安不免搭在人船上，把衣衫解當，討乞歸家。忙忙似喪家之犬，急急如漏網之魚，隨行找尋楊大郎，並無蹤跡。那時正值秋暮天氣，樹木凋零，金風搖落，甚是淒涼。有詩八句，單道這秋天行人最苦：

淒淒芰荷枯，葉葉梧桐墜。
蛩鳴腐草中，雁落平沙地。
細雨濕青林，霜重寒天氣。
不是路行人，怎曉秋滋味？

有日敬濟到家，陳定正在門首，看見敬濟來家，衣衫襤褸，面貌黧黑，諕了一跳。接到家中，問貨船到於何處。敬濟氣得半日不言，把嚴州府遭官司一節說了：「多虧正堂徐知府放了我，不然性命難保。今被楊大郎這天殺的，把我貨物不知拐得往哪裡去了。」先使陳定往他家探聽，他家說還不曾來家。陳敬濟又親去問了一遭，並沒下落，心中著慌，走入房來。

那馮金寶又和西門大姐首南面北，自從敬濟出門，兩個合氣直到如今。大姐便說馮金寶：「拿著銀子錢轉與他鴇子去了。他家鴇兒成日來，瞞藏背掖，打酒買肉在屋裡吃。家中要的沒有，睡到晌午，諸事兒不買，只熬俺們。」馮金寶又說大姐：「成日橫草不拈，豎草不動，偷米換燒餅吃。又把煮的醃肉，偷在房裡和丫頭元宵兒同吃。」這陳敬濟就信了，反罵大姐：「賊不是才料淫婦，你害饞癆饞痞了，偷米出去換燒餅吃。又和丫頭打夥兒偷肉吃。」把元宵兒打了一頓，把大姐踢了幾腳。這大姐急了，趕著馮金寶兒撞頭，罵道：「好養漢的淫婦！你偷盜的東西與鴇子不值了，到學舌與漢子，說我偷米偷肉。犯夜的倒拿住巡更的了，教漢子踢我，我和你這淫婦兌換了罷，要這命做什麼！」這敬濟道：「好淫婦，你兌換他，你還不值他個腳趾頭兒哩！」也是合當有事，於是一把手採過大姐頭髮來，用拳腳踢拐子打，打得大姐鼻口流血，半日甦醒過來。

這敬濟便歸唱的房裡睡去了，由著大姐在下邊房裡嗚嗚咽咽只顧哭泣。元宵兒便在外間睡著了。可憐大姐，到半夜用一條索子懸梁，自縊身死，亡年二十四歲。

到次日早晨，元宵起來，推裡間不開。上房敬濟和馮金寶還在被窩裡，使他丫頭重喜兒來叫大姐，要取木盆洗坐腳，只顧推不開。敬濟還罵：「賊淫婦，如何還睡？這咱晚不起來！我這一跺開門進去，把淫婦鬢毛都拔淨了。」重喜兒打窗眼內望裡張看，說道：「他起來了，且在房裡打鞦韆耍子兒哩！」又說：「他提偶戲耍子兒哩！」只見元宵瞧了半日，叫道：「爹，不好了，俺娘吊在床頂上吊死了。」這小郎才慌了，和唱的齊起來，跺開房門，向前解卸下來。灌救了半日，哪得口氣兒來？不知多咱時分，嗚呼哀哉死了。正是：

不知真性歸何處，疑在行雲秋水中。

陳定聽見大姐死了，恐怕連累，先走去報知月娘。月娘聽見大姐吊死了，敬濟娶唱的在家，正是冰厚三尺，不是一日之寒，率領家人、小廝、丫鬟、媳婦七八口，往他家來。見了大姐屍首吊得直挺挺的，哭喊起來。將敬濟拿住，揪採亂打，渾身錐子眼兒也不計數。唱的馮金寶，躲在床底下，採出來也打了個臭死。把門窗戶壁都打得七零八落，房中床帳妝奩都還搬的去了。歸家請將吳大舅、二舅來商議。大舅說：「姐姐，你趁此時咱家人死了不到官，到明日他過不得日子，還來纏要箱籠。人無遠慮，必有近憂，不如到官處斷開了，庶杜絕後患。」月娘道：「哥見得是。」一面寫了狀子。

次日，月娘親自出官，來到本縣授官廳下，遞上狀去。原來新任知縣姓霍，名大立，湖廣黃崗縣人氏，舉人出身，為人鯁直。聽見係人命重事，即升廳受狀。見狀上寫著：

告狀人吳氏，年三十四歲，係已故千戶西門慶妻。狀告為惡婿欺凌孤孀，聽信娼婦，熬打逼死女命，乞憐究治以存殘喘事：比有女婿陳敬濟，遭官事投來氏家，潛住數年。平日吃酒行凶，不守本分，打出吊入。氏懼法，逐離出門。豈期敬濟懷恨，在家將氏女西門氏時常熬打，一向含忍。不料伊又娶臨清娼婦馮金寶來家，奪氏女正房居住。聽信唆調，將女百般痛辱熬打。又採去頭髮，渾身踢傷。受忍不過，比及將死，於本年八月廿三日三更時分，方才將女上吊縊死。竊思敬濟恃逞凶頑，欺氏孤寡，聲言還要持刀殺害等語，情理難容。乞賜行拘到案，嚴究女死根因，盡法如律。庶凶頑知警，良善得以安生，而死者不為含冤矣。為此具狀上告

本縣青天老爺施行。

這霍知縣在公座上看了狀子，又見吳月娘身穿縞素，腰繫孝裙，係五品職官之妻，生得容貌端莊，儀容閒雅，欠身起來說道：「那吳氏起來。據我看，你也是個命官娘子，這狀上情理，我都知了。你請回去，今後只令一家人在此伺候就是了。我就出牌去拿他。」那吳月娘連忙拜謝了知縣，出來坐轎子回家，委付來昭廳下伺候。須臾批了呈狀，委兩個公人，一面白牌，行拘敬濟、娼婦馮金寶並兩鄰保甲正身，赴官聽審。

這敬濟正在家裡亂喪事，聽見月娘告下狀來，縣中差公人發牌來拿他，諕得魂飛天外，魄喪九霄。那馮金寶已被打得渾身疼痛，睡在床上。聽見人拿他，諕得魂也不知有無。陳敬濟沒高低使錢，打發公人吃了酒飯，一條繩子連唱的都拴到縣裡。左鄰范綱，右鄰孫紀，保甲王寬。霍知縣聽見拿了人來，即時升廳。來昭跪在上首，陳敬濟、馮金寶一行人跪在階下。知縣看了狀子，便叫敬濟上去說：「你這廝可惡，因何聽信娼婦，打死西門氏，方令上吊，有何理說？」敬濟磕頭告道：「望乞青天老爺察情。小的怎敢打死他？因為搭夥計在外，被人坑陷了資本，著了氣來家。問他要飯吃，他不曾做下飯，委被小的踢了兩腳，他到半夜自縊身死了。」

知縣喝道：「你既娶下娼婦，如何又問他要飯吃？尤說不通。吳氏狀上說你打死他女兒，方

才上吊，你還不招認！」敬濟道：「吳氏與小的有仇，故此誣賴小的，望老爺察情。」知縣大怒說：「他女兒現死了，還推賴哪個？」喝令左右：「拿下去！打二十大板！」提馮金寶上來，拶了一拶，敲一百敲，令公人帶下收監。即日委典史臧不息，帶領吏書保甲鄰人等，前至敬濟家，擡出屍首，當場檢驗，身上俱有青傷，脖項間亦有繩痕，生前委因敬濟踢打傷重，受忍不過，自縊身死。取供具結，回報縣中。知縣大怒，又打了敬濟十板。金寶褪衣，也是十板。問陳敬濟夫毆妻至死者絞罪，馮金寶遞決一百，發回本司院當差。

這陳敬濟慌了，監中寫出帖子，對陳定說把布舖中本錢，連大姐頭面，共湊了一百兩銀子，暗暗送與知縣。知縣一夜把招卷改了。只問了個逼令身死，係雜犯，准徒五年，運灰贖罪。吳月娘再三跪門哀告，知縣把月娘叫上去，說道：「娘子，你女兒項上已有繩痕，如何問他毆殺條律？人情莫非忒偏向麼？你怕他後邊纏擾你，我這裡替你取了他杜絕文書，令他再不許上你門就是了。」一面把敬濟提到跟前，吩咐道：「我今日饒你一死，務要改過自新，不許再去吳氏家纏擾。再犯到我案下，決然不饒。即便把西門氏買棺裝殮，發送葬埋來回話，我這裡好申文書往上司去。」這敬濟得了個饒，交納了贖罪銀子，歸到家中，擡屍入棺，停放一七，念經送葬，埋城外。前後坐了半個月監，使了許多銀兩，唱的馮金寶也去了，家中所有都乾淨了，房兒也典了，剛刮剌出個命兒來，再也不敢聲言丈母了。正是：

禍福無門人自招，須知樂極有悲來。

有詩為證：

風波平地起蕭牆，義重恩深不可忘。
水溢藍橋應有會，三星權且作參商。

第九十三回　王杏菴義恤貧兒　金道士孌淫少弟

詩曰：

階前潛制淚，眾裡自嫌身。
氣味如中酒，情懷似別人。
暖風張樂席，晴日看花塵。
盡是添愁處，深居乞過春。

話說陳敬濟，自從西門大姐死了，被吳月娘告了一狀，打了一場官司出來，唱的馮金寶又歸院中去了，剛刮刺出個命兒來。房兒也賣了，本錢兒也沒了，頭面也使了，傢伙也沒了。又說陳定在外邊打發人，尅落了錢，把陳定也攆去了。家中日逐盤費不周，坐吃山空，不時往楊大郎家中，問他這半船貨的下落。一日，來到楊大郎門首，叫聲：「楊大郎在家不在？」不想楊光彥拐了他半船貨物，一向在外賣了銀兩，四散躲閃。及打聽得他家中吊死了老婆，他丈母縣中告他，坐了半個月監，這楊大郎就驀地來家住著。聽見敬濟上門叫他，問貨船下落，一逕使兄弟楊二風出來，反問敬濟要人：「你把我哥哥叫得外邊做買賣，這幾個月通無音信，不知拋在江中，推在河內，害了性命，你倒還來我家尋貨船下落。人命要緊，你那貨物要緊？」

這楊二風平昔是個刁徒潑皮，耍錢搗子，胳膊上紫肉橫生，胸前上黃毛亂長，是一條直率光棍。走出來，一把手扯住敬濟，就問他要人。那敬濟慌忙掙開手，跑回家來。這楊二風故意拾了塊三尖瓦楔，將頭顱劃破，血流滿面，趕將敬濟來。罵道：「我㒰你娘眼！我見你家什麼銀子來，你來我屋裡放屁？吃我一頓好拳頭！」那陳敬濟金命水命，走投無命，奔到家把大門關閉，如鐵桶相似，由著楊二風牽爹娘，罵父母，拿大磚砸門，只是鼻口內不敢出氣兒。又況才打了官司出來，夢條繩蛇也害怕，只得含忍過了。正是：

嫩草怕霜霜怕月，惡人自有惡人磨。

不消幾時，把大房賣了，找了七十兩銀子，典了一所小房，在僻巷內居住。落後兩個丫頭賣了一個重喜兒，只留著元宵兒和他同舖歇。又過了不上半月，把小房倒騰了，卻去賃房居住。陳安也走了，家中沒營運，元宵兒也死了，只是單身獨自。傢伙桌椅都變賣了，只落得一貧如洗。未幾，房錢不給，鑽入冷舖內存身。花子見他是個富家勤兒，生得清俊，叫他在熱炕上睡，與他燒餅兒吃。有當夜的過來，教他頂火夫，打梆子搖鈴。

那時正值臘月殘冬時分，天降大雪，吊起風來，十分嚴寒。這陳敬濟打了回梆子，打發當夜的兵牌過去，不免手提鈴串了幾條街巷。又是風雪，地下又踏著那寒冰，凍得聳肩縮背，戰戰兢兢。臨五更雞叫，只見個病花子躺在牆底下，恐怕死了，總甲吩咐他看守著，尋了把草教他烤。這敬濟支更，一夜沒曾睡，就歪下睡著了。不想做了一夢，夢見那時在西門慶家怎生受榮華富貴，和潘金蓮勾搭，玩耍戲謔，從睡夢中就哭醒了。眾花子說：「你哭怎的？」這敬濟便道：「你眾位哥哥，我的苦楚，你怎得知？——

頻年困苦痛妻亡，身上無衣口絕糧。
馬死奴逃房又賣，隻身獨自走他鄉。
朝依肆店求遺饌，暮宿庄團倚敗牆。
只有一條身後路，冷舖之中去打梆。」

陳敬濟晚夕在冷舖存身，白日間街頭乞食。清河縣城內有一老者，姓王名宣，字廷用，年六十餘歲。家道殷實，為人心慈，仗義疏財，專一濟貧拔苦，好善敬神。所生二子皆當家成立。長子王乾，襲祖職為牧馬所掌印正千戶。次子王震，充為府學庠生。老者門首搭了個主管，開著個解當舖兒，每日豐衣足食，閒散無拘，在梵宇聽經，琳宮講道。無事在家門首施藥救人，拈素珠念佛。因後園中有兩株杏樹，道號為杏菴居士。

一日，杏菴頭戴重簷幅巾，身穿水合道服，在門首站立。只見陳敬濟打他門首過，向前趴在地下磕了個頭。忙得杏菴還禮不迭，說道：「我的哥，你是誰？老拙眼昏，不認得你。」這敬濟戰戰競競，站立在旁邊說道：「不瞞你老人家，小人是賣松橋陳洪兒子。」老者想了半日，說：「你莫不是陳大寬的令郎麼？」因見他衣服襤褸，形容憔悴，說道：「賢姪，你怎的弄得這般模樣？」便問：「你父親、母親可安麼？」敬濟道：「我爹死在東京，我母親也死了。」杏菴道：「我聞得你在丈人家住來。」敬濟道：「家外父死了，外母把我攆出來。他女兒死了，告我到官，打了一場官司，把房兒也賣了，有些本錢兒都吃人坑了，一向閒著沒有營生。」杏菴道：「賢姪，你如今在哪裡居住？」敬濟半日不言語，說：「不瞞你老人家說，如此如此。」杏菴道：「可憐。賢姪你原來討吃哩。想著當初，你府上那樣根基人家。我與你父親相交，賢姪，你那咱還小哩，才紮著總角上學堂。怎就流落到此地位？可傷，可傷！你還有甚親家？也不看顧你看顧兒。」敬濟道：「正是。俺張舅那裡，一向也久不上門，不好去得。」

問了一回話，老者把他讓到裡面客位裡，令小廝放桌兒，擺出點心嗄飯來，教他盡力吃了一頓。見他身上單寒，拿出一件青布綿道袍兒，一頂氈帽，又一雙氈襪、綿鞋，又秤一兩銀子、五百銅錢，遞與他。吩咐道：「賢姪，這衣服鞋襪與你身上，那銅錢與你盤纏，賃半間房兒住。這一兩銀子，你拿著做上些小買賣兒，也好糊口過日子，強如在冷舖中，學不出好人來。每月該多少房錢，來這裡，老拙與你。」這陳敬濟趴在地下磕頭謝了，說道：「小姪知道。」拿著銀錢出離了杏菴門首，也不尋房子，也不做買賣，把那五百文錢，每日只在酒店麵店以了其事。那一兩銀子，搗了些白銅頓銀在街上行使，吃巡邏的當土賊拿到該坊節級處，一頓拶打，使得罄盡，還落了一屁股瘡。不消兩日，把身上綿衣也輸了，襪兒也換嘴來吃了，依舊原在街上討吃。

一日，又打王杏菴門首所過。杏菴正在門首，只見敬濟走來磕頭，身上衣襪都沒了，只戴著那氈帽，精腳靸鞋，凍得乞乞縮縮。老者便問：「陳大官，做得買賣如何？房錢到了，來取房錢來了？」那陳敬濟半日無言可對。問之再三，方說如此這般，都沒了。老者便道：「阿呀，賢姪，你這等就不是過日子的道理。你又拈不得輕，負不得重，但做了些小活路兒，還強如乞食，免教人恥笑，有玷你父祖之名。你如何不依我說？」一面又讓到裡面，教安童拿飯來與他吃飽了，又與了他一條袷褲，一領白布衫，一雙裹腳，一吊銅錢，一斗米：「你拿去，務要做上了小買賣，賣些柴炭、豆兒、瓜子兒，也過了日子。強似這等討吃。」

這敬濟口雖答應，拿錢米在手，出離了老者門，哪消幾日，熟食肉麵，都在冷鋪內和花子打夥兒都吃了。耍錢，又把白布衫袷褲都輸了。大正月裡，又抱著肩兒在街上走，不好來見老者。走在他門首房山牆底下，向日陽站立。老者冷眼看見他，不叫他。他挨挨搶搶，又到跟前，趴在地下磕頭。老者見他還依舊如此，說道：「賢姪，這不是常策。嗉喉深似海，日月快如梭。無底坑如何填得起？你進來我與你說。有一個去處，又清閒，又安得你身，只怕你不去。」敬清跪下哭道：「若得老伯見憐，不拘哪裡，但安下身，小的情願就去。」杏菴道：「此去離城不遠，臨清碼頭上，有座晏公廟。那裡魚米之鄉，舟船輻輳之地，錢糧極廣，清幽瀟灑。廟主任道士，與老拙相交極厚，他手下也有兩三個徒弟徒孫。我備分禮物，把你送與他做個徒弟出家，學些經典、吹打，與人家應福，也是好處。」敬濟道：「老伯看顧，可知好哩！」杏菴道：「既然如此，你去。明日是個好日子，你早來，我送你去。」敬濟去了。這王老連忙叫了裁縫來，就替敬濟做了兩件道衣，一頂道髻，鞋襪俱全。

次日，敬濟果然來到。王老教他空屋裡洗了澡，梳了頭，戴上道髻，裡外換了新襖新褲，上蓋青絹道衣，下穿雲履氈襪。備了四盤羹果，一罈酒，一匹尺頭，封了五兩銀子。他便乘馬，雇了一匹驢兒與敬濟騎著，安童、喜童跟隨，兩個人擡了盒擔，出城門，逕往臨清碼頭晏公廟來。只七十里，一日路程。比及到晏公廟，天色已晚，王老下馬，進入廟來。只見青松鬱鬱，翠柏森森，兩邊八字紅牆，正面三間朱戶，端的好座廟宇。但見：

山門高聳，殿閣崚層。高懸勅額金書，彩畫出朝入相。五間大殿，塑龍王一十二尊，兩下長廊，刻水族百千萬眾。旗竿凌漢，帥字招風。四通八達，春秋社禮享依時；雨順風調，河道民間皆祭賽。萬年香火威靈在，四境官民仰賴安。

山門下早有小童看見，報入方丈，任道士忙整衣出迎。王杏菴令敬濟和禮物且在外邊伺候。不一時，任道士把杏菴讓入方丈松鶴軒敘禮，說：「王老居士，怎生一向不到敝廟隨喜？今日何幸，得蒙下顧。」杏菴道：「只因家中俗冗所羈，久失拜望。」敘禮畢，分賓主而坐，小童獻茶。茶罷，任道士道：「老居士，今日天色已晚，你老人家不去罷了。」吩咐：「把馬牽入後槽餵息。」杏菴道：「沒事不登三寶殿。老拙敬來，有一事干瀆，未知尊意肯容納否？」任道士道：「老居士有何見教，只顧吩咐，小道無不領命。」杏菴道：「今有故人之子，姓陳名敬濟，年方二十四歲，生得資格清秀，倒也伶俐。只是父母去世太早，自幼失學。若說他父祖根基，也不是無名少姓人家，有一分家當。只因不幸遭官事沒了，無處棲身。老拙念他乃尊舊日相交之情，欲送他來貴宮作一徒弟，未知尊意如何？」任道士便道：「老居士吩咐，小道怎敢違阻？奈因小道命蹇，家下雖有兩三個徒弟，都不省事，沒一個成立的，小道常時惹氣。未知此人誠實不誠實。」杏菴道：「這個小的，不瞞尊師說，只顧放心，一味老實本分，膽兒又小，所事兒伶俐，堪可作一徒弟。」任道士問：「幾時送來？」杏菴道：「現在山門外伺候。還有些薄禮，伏乞笑納。」慌得任道士道：「老居士何不早說？」一面道：「有請！」於是擡盒人擡進禮物。

任道士見帖兒上寫著：「謹具粗緞一端，魯酒一樽，豚蹄一副，燒鴨二隻，樹果二盒，白金五兩。知生王宣頓首拜。」連忙稽首謝道：「老居士何以見賜許多重禮，使小道卻之不恭，受之有愧。」只見陳敬濟頭戴金梁道髻，身穿青絹道衣，腳下雲履淨襪，腰繫絲絛，生得眉清目秀，齒白唇紅，面如傅粉，走進來向任道士倒身下拜，拜了四雙八拜。任道士因問他：「多少青春？」敬濟道：「屬馬，交新春二十四歲了。」任道士見他果然伶俐，取了他個法名，叫做陳宗美。原來任道士手下有兩個徒弟，大徒弟姓金名宗明，二徒弟姓徐名宗順，他便叫陳宗美。王杏菴都請出來，見了禮數。一面收了禮物，小童掌上燈來，放桌兒，先擺飯，後吃酒。餚品杯盤堆滿桌上，無非是雞蹄鵝鴨魚肉之類。王老吃不多酒，師徒輪番勸夠幾巡，王老不勝酒力，告辭。房中自有床舖，安歇一宿。

到次日清晨，小童舀水淨面，梳洗盥漱畢，任道士又早來遞茶。不一時擺飯，又吃了兩杯酒，餵飽頭口，與了擡盒人力錢。王老臨起身，叫過敬濟來吩咐：「在此好生用心習學經典，聽師父指教。我常來看你，按季送衣服鞋襪來與你。」又向任道士說：「他若不聽教訓，一任責治，老拙並不護短。」一面背地又囑咐敬濟：「我去後，你要洗心改正，習本等事業。你若再不安分，我不管你了。」那敬濟應諾道：「兒子理會了。」王老當下作辭任道士，出門上馬，離晏公廟回家去了。

敬濟自此就在晏公廟做了道士。因見任道士年老赤鼻，身體魁偉，聲音洪亮，一部髭髯，能談善飲，只專迎賓送客，凡一應大小事，都在大徒弟金宗明手裡。那時，朝廷運河初開，臨清設二閘以節水利。不拘官民，船到閘上，都來廟裡，或求神福，或來祭願，或討卦與笤，或做好事。也有布施錢米的，也有餽送香油紙燭的，也有留松篙蘆席的。這任道士將常署裡多餘錢糧，都令家下徒弟在碼頭上開設錢米舖，賣將銀子來，積攢私囊。

他這大徒弟金宗明，也不是個守本分的。年約三十餘歲，常在娼樓包占樂婦，是個酒色之徒。手下也有兩個清潔年小徒弟，同舖歇臥，日久絮繁。因見敬濟生得齒白唇紅，面如傅粉，清俊乖覺，眼裡說話，就纏他同房居住。晚夕和他吃半夜酒，把他灌醉了，在一舖歇臥。初時兩頭睡，便嫌敬濟腳臭，叫過一個枕頭上睡。睡不多回，又說他口氣噴著，令他掉轉身子，屁股貼著肚子。那敬濟推睡著，不理他。他把那話弄得硬硬的，直豎一條棍，抹了些唾津在頭上，往他糞門裡只一頂。原來敬濟在冷舖中被花子飛天鬼侯林兒弄過的，眼子大了，那話不覺就進去了。這敬濟口中不言，心內暗道：「這廝合敗。他討得十方便宜多了，把我不知當做什麼人兒。與他個甜頭兒，且教他在我手內納些銀錢。」一面故意聲叫起來。

這金宗明恐怕老道士聽見，連忙掩住他口，說：「好兄弟，噤聲。隨你要的，我都依你。」敬濟道：「你既要勾搭我，我不言語，須依我三件事。」宗明道：「好兄弟，休說三件，就是十件事，我也依你。」敬濟道：「第一件，你既要我，不許你再和那兩個徒弟睡。第二件，大小房門上鑰匙，我要執掌。第三件，隨我哪裡去，你休嗔我。你都依了我，我方依你此事。」金宗明道：「這個不打緊，我都依你。」當夜兩個顛來倒去，整狂了半夜。這陳敬濟自幼風月中撞，什麼事不知道？當下被底山盟，枕邊海誓，淫聲艷語，摳吮舔品，把這金宗明哄得歡喜無盡。到第二日，果然把各處鑰匙都交與他手內，就不和那個徒弟在一處，每日只同他一舖歇臥。

一日兩，兩日三，這金宗明便再三稱讚他老實。任道士聽信，又替他使錢討了一張度牒，自此以後，凡事並不防範。這陳敬濟因此常拿著銀錢往碼頭上遊玩。看見院中架兒陳三兒說：「馮金寶兒他鴇子死了，他又賣在鄭家，叫鄭金寶兒。如今又在大酒樓上趕趁哩，你不看他看去？」這小夥兒舊情不改，拿著銀錢，跟定陳三兒，逕往碼頭大酒樓上來。此不來倒好，若來，正是五百載冤家來聚會，數年前姻眷又相逢。有詩為證：

人生莫惜金縷衣，人生莫負少年時。
見花欲折須當折，莫待無花空折枝。

原來這座酒樓乃是臨清第一座酒樓，名喚謝家酒樓。裡面有百十座閣兒，周圍都是綠欄杆，就緊靠著山岡。前臨官河，極是人煙鬧熱去處，舟船往來之所。怎見得這座酒樓齊整？但見：

雕簷映日，畫棟飛雲。綠欄杆低接軒窗，翠簾櫳高懸戶牖。吹笙品笛，盡都是公子王孫；執盞擎杯，擺列著歌姬舞女。消磨醉眼，倚青天萬疊雲山；勾惹吟魂，翻瑞雪一河煙水。樓畔綠楊啼野鳥，門前翠柳繫花驄。

這陳三兒引敬濟上樓，到一個閣兒裡坐下。便叫店小二打抹春臺，安排一分上品酒果下飯來擺著，使他下邊叫粉頭去了。須臾，只聽樓梯響，馮金寶上來，手中拿著個廝鑼兒。見了敬濟，深深道了萬福。常言情人見情人，不覺簌地兩行淚下。正是：

數聲嬌語如鶯囀，一串珍珠落線頭。

敬濟一見，便拉他一處坐，問道：「姐姐，你一向在哪裡來，不見你？」這馮金寶收淚道：「自從縣中打斷出來，我媽著了驚諕，不久得病死了，把我賣在鄭五媽家。這兩日子弟稀少，不免又來在臨清碼頭上趕趁酒客。昨日聽見陳三兒說你在這裡開錢舖，要見你一見。不期今日會見一面，可不想殺我也！」說畢，又哭了。敬濟取袖中帕兒，替他抹了眼淚，說道：「我的姐姐，你休煩惱。我如今又好了。自從打出官司來，家業都沒了，投在這晏公廟做了道士。師父甚是托我，往後我常來看你。」因問：「你如今在哪裡安下？」金寶便說：「奴就在這橋西酒店家劉二那裡。有百十房子，四外衏衏窠子妓女，都在那裡安下，白日裡便來這各酒樓趕趁。」說著，兩個挨身做一處飲酒。陳三兒盪酒上樓，拿過琵琶來。金寶彈唱了個曲兒與敬濟下酒，名〈普天樂〉：

淚雙垂，垂雙淚。三杯別酒，別酒三杯。鸞鳳對拆開，拆開鸞鳳對。嶺外斜暉，看看墜；看看墜，嶺外暉。天昏地暗，徘徊不捨，不捨徘徊。

兩人吃得酒濃時，未免解衣雲雨，下個房兒。這陳敬濟一向不曾近婦女，久渴的人，今得遇金寶，盡力盤桓。尤雲殢雨，未肯即休。須臾事畢，各整衣衫。敬濟見天色晚來，與金寶作別，與了金寶一兩銀子，與了陳三兒三百文銅錢。囑咐：「姐姐，我常來看你，咱在這搭兒裡相會。你若想我，使陳三兒叫我去。」下樓來，又打發了店主人謝三郎三錢銀子酒錢，敬濟回廟中去了。這馮金寶送至橋邊方回。正是：

盼穿秋水因錢鈔，哭損花容為鄧通。

第九十四回　大酒樓劉二撒潑　酒家店雪娥為娼

詩曰：

骨肉傷殘產業荒，一身何忍去歸娼。
淚垂玉筯辭官舍，步蹴金蓮入教坊。
覽鏡自憐傾國色，向人初學倚門妝。
春來雨露寬如海，嫁得劉郎勝阮郎。

話說陳敬濟自從謝家酒樓上見了馮金寶，兩個又勾搭上前情，往後沒三日不和他相會。或一日敬濟有事不去，金寶就使陳三兒捎寄物事，或寫情書來叫他去。一次或五錢，或一兩。以後日間供其柴米，納其房錢。歸到廟中，便臉紅。任道士問他：「何處吃酒來？」敬濟只說：「在米鋪和夥計暢飲三杯，解辛苦來。」他師兄金宗明一力替他遮掩，晚夕和他一處盤弄那勾當，是不必說。朝來暮往，把任道士囊篋中細軟的本錢，也抵盜出大半，花費了。

一日，也是合當有事。這酒家店的劉二，有名坐地虎。他是帥府周守備府中親隨張勝的小舅子，專一在碼頭上開娼店，倚強凌弱，舉放私債與巢窩中各娼使用，加三討利。有一不給，搗換文書，將利作本，利上加利。嗜酒行凶，人不敢惹他，就是打粉頭的班頭，欺酒客的領袖。因見陳敬濟是晏公廟任道士的徒弟，白臉小廝，在謝三家大酒樓上把粉頭鄭金寶兒包占住了，吃得楞楞睜睜，提著碗大的拳頭，走來謝家樓下問：「金寶在哪裡？」慌得謝三郎連忙聲喏，說道：「劉二叔，他在樓上，第二間閣兒裡便是。」

這劉二大扠步上樓來，敬濟正與金寶在閣兒裡面飲酒，做一處快活，把房門關閉，外邊簾子

掛著。被劉二一把手扯下簾子，大叫：「金寶兒出來！」諕得陳敬濟鼻口內氣兒也不敢出。這劉二用腳把門跺開，金寶兒只得出來相見，說：「劉二叔叔，有何說話？」劉二罵道：「賊淫婦，你少我三個月房錢，卻躲在這裡，就不去了！」金寶笑嘻嘻說道：「二叔叔，你家去，我使媽媽就送房錢來。」被劉二只摟心一拳，打了老婆一跤，把頭顱搶在階沿下磕破，血流滿地。罵道：「賊淫婦，還等甚送來，我如今就要！」看見陳敬濟在裡面，走向前，把桌子只一掀，碟兒打得粉碎。

那敬濟便道：「阿呀，你是什麼人，走來撒野？」劉二罵道：「我合你道士秫秫娘！」一手採過頭髮來，按在地下，拳打腳踢無數。那樓上吃酒的人，看著都立睜了。店主人謝三郎初時見劉二醉了，不敢惹他，次後見打得人不像模樣，上樓來解勸，說道：「劉二叔，你老人家息怒。他不曉得你老人家大名，誤言衝撞，休要和他一般見識。看小人薄面，饒他去罷。」這劉二哪裡依從，盡力把敬濟打了個發昏章第十一。叫將地方保甲，一條繩子，連粉頭都拴在一處墩鎖，吩咐：「天明，早解到老爺府裡去！」原來守備敕書上命他保障地方，巡捕盜賊，兼管河道。這裡拿了敬濟，任道士廟中尚還不知，只說他晚夕米鋪中上宿未回。

卻說次日，地方保甲、巡河快手押解敬濟、金寶，雇頭口趕清晨早到府前伺候。先遞手本與兩個管事張勝、李安看，說是劉二叔地方喧鬧一起，晏公廟道士一名陳宗美，娼婦鄭金寶。眾軍牢都問他要錢，說道：「俺們是廳上動刑的，一班十二人，隨你罷。正經兩位管事的，你倒不可輕視了他。」敬濟道：「身邊銀錢倒有，都被夜晚劉二打我時，被人掏摸的去了。身上衣服都扯碎了，哪得錢來？只有頭上關頂一根銀簪兒，拔下來，與二位管事的罷。」眾牢子拿著那根簪子，走來對張勝、李安如此這般說：「他一個錢兒不拿出來，只與了這根簪兒，還是鬧銀的。」張勝道：「你叫他近前，等我審問他。」

眾軍牢不一時擁到跟前跪下。問：「你幾時與任道士做徒弟？俗名叫什麼？我從未見你。」敬濟道：「小的俗名叫陳敬濟，原是好人家兒女，做道士不久。」張勝道：「你既做道士，便該習學經典，許你在外宿娼飲酒喧嚷？你把俺帥府衙門當什麼些小衙門，不拿了錢兒來。這根簪子，打水不渾，要他做甚？還掠與他去！」吩咐牢子：「等住回老爺升廳，把他放在頭一起。眼見這狗男女道士，就是個吝錢的，只許你白要四方施主錢糧！休說你為官事，你就來吃酒赴席，也帶方汗巾兒揩嘴。等動刑時，著實加力拶打這廝。」又把鄭金寶叫上去。鄭家有忘八跟著，上下打發了三四兩銀子。張勝說：「你係娼門，不過趁熱趕些衣食為生，沒甚大事。看老爺喜怒不同，看惱只是一兩拶子，若喜歡，只恁放出來也不知。」不一時，只見裡面雲板響，守備升廳，兩邊僚掾軍牢森列，甚是齊整。但見：

緋羅繳壁，紫綬桌圍。當廳額掛茜羅，四下簾垂翡翠。勘官守正，戒石上刻御製四行；人從謹廉，鹿角旁插令旗兩面。軍牢沉重，僚掾威儀。執大棍授事立階前，挾文書廳旁聽發放。雖然一路帥臣，果是滿堂神道。

當時沒巧不成話，也是五百劫冤家聚會，姻緣合當湊著。春梅在府中，從去歲八月間，已生了個哥兒。小衙內今方半歲光景，貌如冠玉，唇若塗朱。守備喜似席上之珍，愛如無價之寶。未幾，大奶奶下世，守備就把春梅冊正，做了夫人。就住在五間正房，買了兩個養娘抱奶哥兒——一名玉堂，一名金匱。兩個小丫鬟伏侍——一名翠花，一名蘭花。又有兩個身邊得寵彈唱的姐兒，都十六七歲，一名海棠，一名月桂，都在春梅房中侍奉。那孫二娘房中只使著一個丫鬟，名喚荷花兒，不在話下。

每常這小衙內，只要張勝抱他外邊玩耍，遇著守備升廳，便在旁邊觀看。當日守備升廳坐下，放了告牌出去，各地方解進人來。頭一起就叫上陳敬濟並娼婦鄭金寶兒去。守備看了呈狀，便說道：「你這廝是個道士，如何不守清規，宿娼飲酒，騷擾地方，行止有虧？左右拿下去，打二十棍，追了度牒還俗。那娼婦鄭氏，拶一拶，敲五十敲，責令歸院當差。」兩邊軍牢向前，才待扯

翻敬濟，撕去衣服，用繩索綁起，轉起棍來，兩邊招呼要打時，可霎作怪，張勝抱著小衙內正在月臺上站立觀看，那小衙內看見打敬濟，便在懷裡攔不住，撲著要敬濟抱。張勝恐怕守備看見，忙走過來。那小衙內一發大哭起來，直哭到後邊春梅跟前。春梅問：「他怎的哭？」張勝便說：「老爺廳上發放事，打那晏公廟陳道士，他就撲著要他抱。小的走下來，他就哭了。」

這春梅聽見是姓陳的，不免輕移蓮步，款蹙湘裙，走到軟屏後面探頭觀覷：「打的那人，聲音模樣倒好似陳姐夫一般，他因何出家做了道士？」又叫過張勝，問他：「此人姓甚名誰？」張勝道：「這道士我曾問他來，他說俗名叫陳敬濟。」春梅暗道：「正是他了。」一面使張勝：「請下你老爺來。」這守備廳上打敬濟才打到十棍，一邊還拶著唱的，忽聽後邊夫人有請，吩咐牢子把棍且擱住休打，一面走下廳來。春梅說道：「你打的那道士，是我姑表兄弟。看奴面上，饒了他罷。」守備道：「夫人何不早說，我已打了他十棍，怎生奈何？」一面出來，吩咐牢子：「都與我放了！」唱的便歸院去了。守備悄悄使張勝：「叫那道士回來，且休去。問了你奶奶，請他相見。」這春梅才待使張勝請他到後堂相見，忽然沉吟想了一想，便又吩咐張勝：「你且叫那人去著，等我慢慢再叫他。」度牒也不曾追。

這陳敬濟打了十棍，出離了守備府，還奔來晏公廟。不想任道士聽見人來說：「你那徒弟陳宗美，在大酒樓上包著唱的鄭金寶兒，惹了酒家店坐地虎劉二，打得臭死。連老婆都拴了，解到守備府去了。行止有虧，便差軍牢來拿你去審問，追度牒還官。」這任道士聽了，一者年老的著了驚怕，二來身體胖大，因打開囊篋，內又沒了許多細軟東西，著了口重氣，心中痰湧上來，昏倒在地。眾徒弟慌忙向前扶救，請將醫者來，灌下藥去，通不省人事，到半夜嗚呼斷氣身亡，亡年六十三歲。第二日，陳敬濟來到。左右鄰人說：「你還敢廟裡去？你師父因為你，如此這般，得了口重氣，昨夜三更鼓死了。」這敬濟聽了，諕得忙忙似喪家之犬，急急如漏網之魚，復回清河縣城中來。正是：

鹿隨鄭相應難辨，蝶化莊周未可知。

話分兩頭，卻說春梅，一面使張勝叫敬濟且去著，一面走歸房中，摘了冠兒，脫了綉服，倒在床上，便捫心撾被，聲疼叫喚起來。諕得合宅大小都慌了。下房孫二娘來問道：「大奶奶才好好的，怎的就不好起來？」春梅說：「你們且去，休管我。」落後守備退廳進來，見他躺在床上叫喚，也慌了。扯著他手兒問道：「你心裡怎的來？」也不言語。又問：「哪個惹著你來？」也不做聲。守備道：「不是我剛才打了你兄弟，你心內惱麼？」亦不應答。

這守備無計奈何，走出外邊麻犯起張勝、李安來了：「你兩個早知他是你奶奶兄弟，如何不早對我說？卻教我打了他十下，惹得你奶奶心中不自在。我曾教你留下他，請你奶奶相見，你如何又放他去了？你這廝們卻討分曉。」張勝說：「小的曾稟過奶奶來，奶奶說且教他去著，小的才放他去了。」一面走入房中，哭哭啼啼哀告春梅：「望乞奶奶在爺前方便一言，不然爺要見責小的們哩！」這春梅睜圓星眼，剔起蛾眉，叫過守備近前說：「我自心中不好，干他們甚事？那廝他不守本分，在外邊做道士，且奈他些時，等我慢慢招認他。」這守備才不麻犯張勝、李安了。

守備見他只管聲喚，又使張勝請下醫官來看脈。說：「老安人染了六慾七情之病，著了重氣在心。」討將藥來又不吃，都放冷了。丫頭每都不敢向前說話，請將守備來看著吃藥，只呷了一口，就不吃了。守備出去了，大丫鬟月桂拿過藥來，請奶奶吃藥，被春梅拿過來，劈臉只一潑，罵道：「賊浪奴才，你只顧拿這苦水來灌我怎的？我肚子裡有什麼？」教他跪在面前。孫二娘走來問道：「月桂怎的，奶奶教他跪著？」海棠道：「奶奶因他拿藥與奶奶吃來。奶奶說：『我肚子裡有什麼？拿這藥來灌我。』教他跪著。」孫二娘道：「奶奶，你委的今一日沒曾吃什麼。這月桂他不曉得？奶奶休打他，看我面上，饒他這遭罷。」吩咐海棠：「你往廚下熬些粥兒來，與你奶奶吃口兒。」春梅於是把月桂放起來。

那海棠走到廚下，用心有意熬了一小鍋粳米濃濃的粥兒，定了四碟小菜兒，用甌兒盛著，熱烘烘拿到房中。春梅躺在床上，面朝裡睡。又不敢叫，直待他翻身，方才請他：「有了粥兒在此，請奶奶吃粥。」春梅把眼合著，不言語。海棠又叫道：「粥晾冷了，請奶奶起來吃粥。」孫二娘在旁說道：「大奶奶，你這半日沒吃什麼。這回你覺好些，且起來吃些個。」那春梅一骨碌子爬起來，教奶子拿過燈來，取粥在手，只呷了一口，往地下只一推，早是不曾把傢伙打碎，被奶子接住了。就大吆喝起來，向孫二娘說：「你平白叫我起來吃粥，你看賊奴才熬的好粥！我又不坐月子，熬這照面湯來與我吃怎麼？」吩咐奶子金匱：「你與我把這奴才臉上打與他四個嘴巴！」當下真個把海棠打了四個嘴巴。孫二娘便道：「奶奶，你不吃粥，卻吃些什麼兒？卻不餓著你？」春梅道：「你教我吃，我心內攔著，吃不下去。」良久，叫過小丫鬟蘭花兒來，吩咐道：「我心內想些雞尖湯兒吃。你去廚房內，對那淫婦奴才，教他洗手做碗好雞尖湯兒與我吃。教他多放些酸筍，做得酸酸辣辣的我吃。」孫二娘便說：「奶奶，吩咐他教雪娥做去。你心下想吃的，就是藥。」

這蘭花不敢怠慢，走到廚下對雪娥說：「奶奶教你做雞尖湯，快些做，等著要吃哩！」原來這雞尖湯，是雛雞脯翅的尖兒碎切的做成湯。這雪娥一面洗手剔甲，旋宰了兩隻小雞，退刷乾淨，剔選翅尖，用快刀碎切成絲，加上椒料、蔥花、芫荽、酸筍、油醬之類，搗成清湯。盛了兩甌兒，用紅漆盤兒，熱騰騰，蘭花拿到房中。春梅燈下看了，呷了一口，怪叫大罵起來：「你對那淫婦奴才說去，做的什麼湯！精水寡淡，有些甚味？你們只教我吃，平白叫我惹氣！」慌得蘭花生怕打，連忙走到廚下對雪娥說：「奶奶嫌湯淡，好不罵哩！」這雪娥一聲兒不言語，忍氣吞聲，重新洗鍋，又做了一碗。多加了些椒料，香噴噴，教蘭花拿到房裡來。春梅又嫌忒鹹了，拿起來照地下只一潑，早是蘭花躲得快，險些兒潑了一身。罵道：「你對那奴才說去，他不憤氣做與我吃，這遭做得不好，教他討分曉！」

這雪娥聽見，千不合萬不合，悄悄說了一句：「姐姐，幾時這般大了，就抖摟起人來！」不想蘭花回到房裡，告春梅說了。這春梅不聽便罷，聽了此言，登時柳眉剔豎，星眼圓睜，咬碎銀牙，通紅了粉面，大叫：「與我採將那淫婦奴才來！」須臾，使了奶娘、丫鬟三四個，登時把雪娥拉到房中。春梅氣狠狠的一手扯住他頭髮，把頭上冠子跺了，罵道：「淫婦奴才，你怎的說幾時這般大？不是你西門慶家擡舉得我這般大！我買將你來伏侍我，你不憤氣，教你做口子湯，不是精淡，就是苦鹹。你倒還對著丫頭說我幾時恁般大起來，摟搜索落我，要你何用？」一面請將守備來，採雪娥出去，當天井跪著。前邊叫將張勝、李安，旋剝褪去衣裳，打三十大棍。兩邊家人點起明晃晃燈籠，張勝、李安各執大棍伺候。那雪娥只是不肯脫衣裳。

守備恐怕氣了他，在跟前不敢言語。孫二娘在旁邊再三勸道：「隨大奶奶吩咐打他多少，免褪他小衣罷。不爭對著下人脫去他衣服，他爺體面上不好看的。只望奶奶高擡貴手，委的他的不是了。」春梅不肯，定要去他衣服打。說道：「哪個攔我，我把孩子先摔殺了，然後我也一條繩子吊死就是了。留著他便是了。」於是也不打了，一頭撞倒在地，就直挺挺的昏迷不省人事。守備諕得連忙扶起，說道：「隨你打罷，沒的氣著你。」當下可憐把這孫雪娥拖翻在地，褪去衣服，打了三十大棍，打得皮開肉綻。一面使小牢子半夜叫將薛嫂兒來，即時罄身領出去辦賣。

春梅把薛嫂兒叫在背地，吩咐：「我只要八兩銀子，將這淫婦奴才好歹與我賣在娼門。隨你轉多少，我不管你。你若賣在別處，我打聽出來，只休要見我！」那薛嫂兒道：「我靠哪裡過日子，卻不依你說。」當夜領了雪娥來家。那雪娥悲悲切切，整哭到天明。薛嫂便勸道：「你休哭了，也是你的晦氣，冤家撞在一處。老爺見你倒罷了，只恨你與他有些舊仇舊恨，折挫你。連老爺也做不得主兒，見他有孩子，凡事依隨他。正經下邊孫二娘，也讓他幾分。常言：拐米倒做了倉官，說不得了。你休氣哭。」雪娥收淚謝薛嫂：「只望早晚尋個好頭腦，我去，只有飯吃罷。」薛嫂道：「他千萬吩咐，只教我把你送在娼門。我養兒養女，也要天理。等我替你尋個單夫獨妻，或嫁個小本經紀人家，養活得你來也罷。」那雪娥千恩萬福謝了薛嫂。

過了兩日，只見鄰居一個開店張媽走來叫：「薛媽，你這壁廂有甚娘子，怎的哭得悲切？」薛嫂便道：「張媽，請進來坐。」說道：「便是這位娘子。他是大人家出來的，因和大娘子合不著，打發出來，在我這裡嫁人。情願個單夫獨妻，免得惹氣。」張媽媽道：「我那邊下著一個山東賣棉花客人，姓潘，排行第五，年三十七歲。幾車花果，常在老身家安下。前日說他家有個老母有病，七十多歲，死了渾家半年光景，沒人伏侍。再三和我說，替他保頭親事，並無相巧的。我看來這位娘子年紀倒相當，嫁與他做個娘子罷。」薛嫂道：「不瞞你老人家說，這位娘子大人家出身，不拘粗細都做得。針指女工自不必說，又做得好湯水。今才三十五歲，本家只要三十兩銀子，倒好保與他罷。」張媽媽道：「有箱籠沒有？」薛嫂道：「只是他隨身衣服簪環之類，並無箱籠。」張媽媽道：「既是如此，老身回去對那人說，教他自家來看一看。」說畢，吃茶，坐回去了。晚夕對那人說了，次日飯罷以後，果然領那人來相看。一見了雪娥好模樣兒，年小，一口就還了二十五兩，另外與薛嫂一兩媒人錢。薛嫂也沒爭競，就兌了銀子，寫了文書。晚夕過去，次日就上車起身。薛嫂教人改換了文書，只兌了八兩銀子交到府中，春梅收了，只說賣與娼門去了。

那人娶雪娥到張媽家，只過得一夜，到第二日五更時分，謝了張媽媽，作別上了車，逕到臨清去了。此是六月天氣，日子長，到碼頭上才日西時分。到於酒家店，那裡有百十間房子，都下著各處遠方來的窠子衏衏唱的。這雪娥一領入一個門戶，半間房子，裡面炕上坐著個五六十歲的婆子，還有個十七八頂老丫頭，打著盤頭揸髻，抹著鉛粉紅唇，穿著一弄兒軟絹衣服，在炕邊上彈弄琵琶。這雪娥看見，只叫得苦，才知道那漢子潘五是個水客，買他來做粉頭。起了他個名，叫玉兒。這小妮子名喚金兒。每日拿厮鑼兒出去，酒樓上接客供唱，做這道路營生。這潘五進門不問長短，把雪娥先打了一頓。睡了兩日，只與他兩碗飯吃。教他學樂器彈唱，學不會又打，打得身上青紅遍了。引上道兒，方與他好衣穿，妝點打扮，門前站立，倚門獻笑，眉目嘲人。正是：

遺踪堪入時人眼，不買胭脂畫牡丹。

有詩為證：

窮途無奔更無投，南去北來休更休。
一夜彩雲何處散，夢隨明月到青樓。

這雪娥在酒家店，也是天假其便，一日，張勝被守備差遣往河下買幾十石酒麴，宅中造酒。這酒家店坐地虎劉二，看見他姐夫來，連忙打掃酒樓乾淨，在上等閣兒裡安排酒餚杯盤，請張勝坐在上面飲酒。酒博士保兒篩酒，稟問：「二叔，下邊叫哪幾個唱的上來遞酒？」劉二吩咐：「叫王家老姐兒、趙家嬌兒、潘家金兒、玉兒四個上來，伏侍你張姑夫。」酒博士保兒應諾下樓。不多時，只聽得胡梯畔笑聲兒，一般兒四個唱的，打扮得如花似朵，都穿著輕紗軟絹衣裳，上得樓來，望上拜了四拜，立在旁邊。這張勝猛睜眼觀看，內中一個粉頭：「可霎作怪，倒像老爺宅裡打發出來的那雪娥娘子。他如何做這道路，在這裡？」那雪娥亦眉眼掃見是張勝，都不做聲。

這張勝便問劉二：「那個粉頭是誰家的？」劉二道：「不瞞姐夫，他是潘五屋裡玉兒、金兒。這個是王老姐，一個是趙嬌兒。」張勝道：「這潘家玉兒，我有些眼熟。」因叫他近前，悄悄問他：「你莫不是雪姑娘麼？怎生到於此處？」那雪娥聽見他問，便簇地兩行淚下。便道：「一言難盡。」如此這般，具說一遍：「被薛嫂攛瞞，把我賣了二十五兩銀子，賣在這裡供筵席唱，接客迎人。」這張勝平昔見他生得好，常是懷心。這雪娥席前殷勤勸酒，兩個說得入港。雪娥和金兒不免拿過琵琶來，唱個詞兒與張勝下酒。唱畢，彼此穿杯換盞，倚翠偎紅。吃得酒濃時，常言：世財紅粉歌樓酒，誰為三般事不迷？這張勝就把雪娥來愛了。兩個晚夕留在閣兒裡，就一處睡了。這雪娥枕邊風月，耳畔山盟，和張勝盡力盤桓，如魚似水，百般難述。

次日起來，梳洗了頭面，劉二又早安排酒餚上來，與他姐夫扶頭。大盤大碗，饕食一頓。收起行裝，喂飽頭口，裝載米麵，伴當跟隨。臨出門，與了雪娥三兩銀子。吩咐劉二：「好生看顧他，休教人欺負。」自此以後，張勝但來河下，就在酒家店與雪娥相會。往後走來走去，每月與潘五幾兩銀子，就包住了他，不許接人。那劉二自恁要圖他姐夫歡喜，連房錢也不問他要了。各窠窩刮刷將來，替張勝出包錢，包定雪娥柴米。有詩為證：

豈料當年縱意為，貪淫倚勢把心欺。
禍不尋人人自取，色不迷人人自迷。

第九十五回　玳安兒竊玉成婚　吳典恩負心被辱

詩曰：

寺廢僧居少，橋灘客過稀。
家貧奴負主，官懦吏相欺。
水淺魚難住，林稀鳥不棲。
人情皆若此，徒堪悲復淒。

話說孫雪娥賣在酒家店為娼，不提。卻說吳月娘，自從大姐死了，告了陳敬濟一狀，大家人來昭也死了，他妻一丈青帶著小鐵棍兒，也嫁人去了，來興兒看守門戶。房中綉春與了王姑子做徒弟，出家去了。那來興兒，自從他媳婦惠秀死了，一向沒有妻室。奶子如意兒，便引著孝哥兒在他屋裡玩耍，吃東西。來興兒又打酒和奶子吃，兩個嘲勾來去就刮刺上了。非只一日，但來前邊，歸入後邊就臉紅。月娘察知其事，罵了一頓，家醜不可外揚，與了他一套衣裳，四根簪子，揀了個好日子，就與來興兒完房，做了媳婦了。白日上灶看哥兒，後邊伏侍，到夜間往前邊他屋裡睡去。

一日，八月十五日，月娘生日。有吳大妗、二妗子並三個姑子，都來與月娘做生日，在後邊堂屋裡吃酒。晚夕，都在孟玉樓住的廂房內聽宣卷。到二更時分，中秋兒便在後邊灶上看茶，由著月娘叫，都不應。月娘親自走到上房裡，只見玳安兒正按著小玉，在炕上幹得好。看見月娘推開門進來，慌得湊手腳不迭。月娘便一聲兒也沒言語，只說得一聲：「賊臭肉，不在後邊看茶去，且在這裡做什麼哩！」那小玉道：「我叫中秋兒灶上頓茶哩。」低著頭往後邊去了。玳安便走出

儀門往前邊來。

過了兩日，大妗子、三個女僧都家去了。這月娘把來興兒房騰出，收拾了與玳安住。卻教來興兒搬到來昭屋裡，看守大門去了。替玳安做了兩床鋪蓋，一般裝新衣服，盔了一頂新網新帽，做了雙新靴襪；又替小玉編了一頂鬏髻，與了他幾件金銀首飾、四根金頭銀腳簪、環墜戒指之類，兩套緞絹衣服，擇日就配與玳安兒做了媳婦。白日裡還進來在房中答應，只晚夕臨關儀門時，便出去和玳安歇去。這丫頭揀好東好西，什麼不拿出來和玳安吃？這月娘當看見，只推不看見。

常言道：溺愛者不明，貪得者無厭。羊酒不均，駟馬奔鎮。處家不正，奴婢抱怨。卻說平安兒見月娘把小玉配與玳安，衣服穿戴勝似別人，他比玳安倒大兩歲，今年二十二歲，倒不與他妻室。一日在假當鋪，看見傅夥計當了人家一副金頭面，一柄鍍金鉤子，當了三十兩銀子。那家只把銀子使了一個月，加了利錢就來贖討。傅夥計同玳安尋取來，放在鋪子大櫥櫃裡。不提防這平安兒見財起心，就連匣兒偷了，走去南瓦子裡武長腳家——有兩個私窠子，一個叫薛存兒，一個叫胖兒——在那裡歇了兩夜。忘八見他使錢兒猛大，匣子藏著金頭面，撅著銀錠子打酒買東西，報與土番，就把他截在屋裡，打了兩個耳刮子，就拿了。

也是合當有事，不想吳典恩新陞巡簡，騎著馬，頭裡打著一對板子，正從街上過來，看見問：「拴的什麼人？」土番跪下稟說：「如此這般拐帶出來，瓦子裡宿娼，拿金銀頭面行使，小的可疑，拿了。」吳典恩吩咐：「與我帶來審問。」一面拿到巡簡廳兒內。吳典恩坐下，兩邊弓皂排列。土番拴平安兒到跟前，認得是吳典恩，當初是他家夥計，「一定見了我就放的」，開口就說：「小的是西門慶家平安兒。」吳典恩道：「你既是他家人，拿這金東西在這坊子裡做什麼？」平安道：「小的大娘借與要親戚家頭面戴，使小的取去，來晚了，城門閉了，小的投在坊子權借宿一夜，不料被土番拿了。」吳典恩罵道：「你這奴才，胡說！你家這般頭面多，金銀廣，教你這奴才把頭面拿出來老婆家歇宿行使？想必是你偷盜出來的。趁早說來，免我動刑。」平安道：「委的親戚家借去頭面，家中大娘使我討去來，並不敢說謊！」

吳典恩大怒，罵道：「此奴才真賊，不打如何肯認！」喝令左右：「與我拿夾棍夾這奴才！」一面套上夾棍，夾得小廝猶如殺豬叫，道：「爺休夾小的，等小的實說了罷！」吳典恩道：「你只實說，我就不夾你。」平安兒道：「小的偷得假當舖當的人家一副金頭面，一柄鍍金鉤子。」吳典恩問道：「你因什麼偷出來？」平安道：「小的今年二十二歲，大娘許了替小的娶媳婦兒，不替小的娶。家中使的玳安兒小廝，才二十歲，倒把房裡丫頭配與他，完了房。小的因此不憤，才偷出假當舖這頭面走了。」吳典恩道：「想必是這玳安兒小廝與吳氏有姦，才先把丫頭與他配了。你只實說，沒你的事，我便饒了你！」平安兒道：「小的不知道。」吳典恩道：「你不實說，與我拶起來。」左右套上拶子，慌得平安兒沒口子說道：「爺，休拶上的，等小的說就是了。」吳典恩道：「可又來，你只說了，須沒你的事。」一面放了拶了。那平安說：「委的是大娘與玳安兒有姦。先要了小玉丫頭，俺大娘看見，就沒言語，倒與了他許多衣服首飾東西，配與他完房。」這吳典恩一面令吏典上來，抄了他口詞，取了供狀，把平安監在巡簡司，等著出牌提吳氏、玳安、小玉來，審問這件事。

那日卻說解當舖櫥櫃裡不見了頭面，把傅夥計諕慌了。問玳安，玳安說：「我在生藥舖子裡吃飯，我不知道。」傅夥計道：「我把頭面匣子放在櫥裡，如何不見了？」一地裡尋平安兒尋不著，急得傅夥計插香賭誓。那家子討頭面，傅夥計只推還沒尋出來哩。那人走了幾遍，見沒有頭面，只顧在門前嚷鬧，說：「我當了一個月，本利不少你的，你如何不與我？頭面、鉤子，值七八十兩銀子！」傅夥計見平安兒一夜沒來家，就知是他偷出去了，四下使人找尋不著，那討頭面主兒又在門道嚷亂。對月娘說，賠他五十兩銀子，那人還不肯，說：「我頭面值六十兩，鉤子連寶石珠子鑲嵌共值十兩，該賠七十兩銀子。」傅夥計又添了他十兩，還不肯，定要與傅夥計合口。正鬧時，有人來報說：「你家平安兒偷了頭面，在南瓦子養老婆，被吳巡簡拿在監裡，還不教人快認贓去！」這吳月娘聽見吳典恩做巡簡：「是咱家舊夥計。」一面請吳大舅來商議，連忙寫了領狀，第二日教傅夥計領贓去。有了原物在，省得兩家賴。

傅夥計拿狀子到巡簡司，實承望吳典恩看舊時分上，領得頭面出來，不想反被吳典恩「老狗奴才」盡力罵了一頓。叫皂隸拉倒要打，褪去衣裳，把屁股脫了半日，饒放起來，說道：「你家小廝在這裡供出吳氏與玳安許多姦情來，我這裡申過府縣，還要行牌提取吳氏來對證。你這老狗骨頭，還敢來領贓？」倒吃他千奴才萬老狗罵將出來，諕得往家中走不迭。來家不敢隱諱，如此這般，對月娘說了。月娘不聽便罷，聽了，正是分開八塊頂梁骨，傾下半桶冰雪來，慌得手腳麻木。又見那討頭面人在門前大嚷大鬧，說道：「你家不見了我頭面，又不與我原物，又不賠我銀子，只反哄著我兩頭來回走。今日哄我去領贓，明日等領頭面，端的領的在哪裡？這等不合理！」那傅夥計陪下情，將好言央及，安撫他：「略從容兩日，就有頭面出來了。若無原物，加倍賠你。」那人說：「等我回聲當家的去。」說畢去了。

這吳月娘憂上加憂，眉頭不展。使小廝請吳大舅來商議，教他尋人情對吳典恩說，掩下這樁事罷。吳大舅說：「只怕他不受人情，要些賄賂打點他。」月娘道：「他當初這官還是咱家照顧他的，還借咱家一百兩銀子，文書俺爹也沒收他的，今日反恩將仇報起來。」吳大舅說：「姐姐，說不得那話了。從來忘恩背義才一個兒也怎的？」吳月娘道：「累及哥哥，上緊尋個路兒，寧可送他幾十兩銀子罷。領出頭面來還了人家，省得合口費舌。」打發吳大舅吃了飯去了。

月娘送哥哥到大門首，也是合當事情湊巧，只見薛嫂兒提著花箱兒，領著一個小丫鬟過來。月娘叫住，便問：「老薛，你往哪裡去？怎的一向不來走走？」薛嫂道：「你老人家倒且說得好，這兩日好不忙哩，偏有許多頭緒兒。咱家小奶奶那裡，使牢子大官兒叫了好幾遍，還不得空兒去哩！」月娘道：「你看媽媽子撒風，他又做起俺小奶奶來了。」薛嫂道：「如今不做小奶奶，倒做了大奶奶了。」月娘道：「他怎的做大奶奶？」薛嫂道：「你老人家還不知道，他好小造化兒！自從生了哥兒，大奶奶死了，守備老爺就把他扶了正房，做了封贈娘子。正經二奶奶孫氏不如他。手下買了兩個奶子、四個丫頭伏侍。又是兩個房裡得寵學唱的姐兒，都是老爺收用過的。要打時就打，老爺敢做主兒？自恁還恐怕氣了他。那日不知因什麼，把雪娥娘子打了一頓，把頭髮都撏了，半夜叫我去領出來賣了八兩銀子。今日我還睡哩，又使牢子叫了我兩遍，教我快往宅裡去，問我要兩副大翠垂雲子鈿兒，又要一副九鳳鈿兒，先與了我五兩銀子。銀子不知使得哪裡去了，還沒送與他生活去哩！這一見了我，還不知怎生罵我哩！」月娘道：「你到後邊，等我瞧瞧怎樣翠鈿兒。」一面讓薛嫂到後邊坐下。薛嫂打開花箱，取出與吳月娘看。只見做得好樣兒，金翠掩映，背面貼金。那個鈿兒，每個鳳口內啣著一掛寶珠牌兒，十分奇巧。薛嫂道：「只這副鈿兒，做著本錢三兩五銀子。那副垂雲子的，只一兩五錢銀子，還沒尋他的錢。」

正說著，只見玳安走來對月娘說：「討頭面的又在前邊嚷哩，說等不得領贓，領到幾時？若明日沒頭面，要和傅二叔打了，到個去處理會哩！傅二叔心裡不好，往家去了。那人嚷了回，去了。」薛嫂問：「是什麼勾當？」月娘便長吁了一口氣，如此這般告訴薛嫂說：「平安兒奴才偷去印子鋪人家當的一副金頭面，一個鍍金鉤子，走在城外坊子裡養老婆，被吳巡簡拿住，監在監裡，人家來討頭面沒有，門前嚷鬧。吳巡簡又勒掯刁難，不容俺家領贓，又要打將夥計來要錢，白尋不出個頭腦來。死了漢子，敗落一齊來，就這等被人欺負，好苦也！」說著，那眼中淚紛紛落將下來。

薛嫂道：「好奶奶，放著路兒不會尋。咱家小奶奶，你這裡寫個帖兒，等我對他說聲，教老爺差人吩咐巡簡司，莫說一副頭面，就十副頭面也討去了。」月娘道：「周守備他是武職官，怎管得著那巡簡司？」薛嫂道：「奶奶，你還不知道，如今周爺，朝廷新與他的勅書，好不管得事情寬廣。地方河道，軍馬錢糧，都在他手裡打卯遞手本。又河東水西，提拿強盜賊情，正在他手裡。」月娘聽了，便道：「既然管著，老薛，就累你多上覆龐大姐說聲，一客不煩二主，教他在周爺面前美言一句兒，問巡簡司討出頭面來。我破五兩銀子謝你。」薛嫂道：「好奶奶，錢恁好使？我見你老人家剛才悽惶，我倒下意不去。你教人寫了帖兒，等我到府裡和小奶奶說。成了，隨你老人家；不成，我還來回你老人家話。」

這吳月娘一面叫小玉擺茶與薛嫂吃。薛嫂兒道：「不吃罷，你只教大官兒寫了帖兒來，你不

知我一身的事哩！」月娘道：「你也出來這半日了，吃了點心兒去。」小玉即便放桌兒，擺上茶食來，月娘陪他吃茶。薛嫂兒遞與丫頭兩個點心吃。月娘問：「丫頭幾歲了？」薛嫂道：「今年十二歲了。」不一時，玳安前邊寫了說帖兒。薛嫂兒吃了茶，放在袖內，作辭月娘，提著花箱出門，逕到守備府中。

春梅還在暖床上睡著沒起來哩，只見大丫鬟月桂進來說：「老薛來了。」春梅便叫小丫頭翠花把裡面窗寮開了，日色照得紗窗十分明亮。薛嫂進來，說道：「奶奶，這咱還未起來？」放下花箱，便磕下頭去。春梅道：「不當家化化的，磕什麼頭？」說道：「我心裡不自在，今日起來得遲些。」問道：「你做的翠雲子和九鳳鈿兒，拿了來不曾？」薛嫂道：「奶奶，這兩副鈿兒好不費手！昨日晚夕我才打翠花舖裡討將來。今日要送來，不想奶奶又使了牢子去。」一面取出來，與春梅過目。春梅還嫌翠雲子做得不十分現撇，還放在紙匣兒內，交與月桂收了。

看茶與薛嫂兒吃。薛嫂便叫小丫鬟：「進來，與奶奶磕頭。」春梅問：「是哪裡的？」薛嫂兒道：「二奶奶和我說了好幾遍，說荷花只做得飯，教我替他尋個小孩子，學做些針指。我替他領了這個孩子來了，倒是鄉裡人家女孩兒，今年才十二歲，正是養材兒。」春梅道：「你一發替他尋個城裡孩子，還伶便些。這鄉裡孩子，曉得什麼？」因問：「這丫頭要多少銀子？」薛嫂兒道：「要問價，只四兩銀子，他老子要投軍使。」春梅教海棠：「你領到二娘房裡去，明日兌銀子與他罷。」又叫月桂：「大壺內有金華酒，篩來與薛嫂兒盪寒。再有甚點心，拿一盒子與他吃。省得他又說，大清早晨拿寡酒灌他。」薛嫂道：「桂姐，且不要篩上來，等我和奶奶說了話著。剛才也吃了些甚來了。」春梅道：「你對我說，在誰家吃甚來？」薛嫂道：「剛才大娘那頭留我吃了些什麼來了。如此這般，望著我好不哭哩。說平安兒小廝，偷了印子舖內人家當的金頭面，還有一把鍍金鉤子，在外面養老婆，吃番子拿在巡簡司拶打。這裡人家又要頭面嚷亂。那吳巡簡舊日是咱那裡夥計，有爹在日照顧他的官。今日一旦反面無恩，夾打小廝攀扯人，又不容這裡領贓。要錢，才把傳夥計打罵將來，諕得夥計不好了，躲得往家去了。央我來多多上覆你老人家，可憐見舉眼兒無親的，教你替他對老爺說聲，領出頭面來，交付與人家去了，大娘就來拜謝你老人家。」

春梅問道：「有個帖兒沒有？不打緊，你爺出巡去了，怕不得今晚來家，等我對你爺說。」薛嫂兒道：「他有說帖兒在此。」向袖中取出。春梅看了，順手就放在窗戶檯上。不一時，托盤內拿上四樣嗄飯菜蔬，月桂拿大銀鍾滿滿斟了一鍾，流沿兒遞與薛嫂。薛嫂道：「我的奶奶，我怎捱的這大行貨子？」春梅笑道：「比你家老頭子那大貨差些兒，那個你倒捱了，這個你倒捱不得。好歹與我捱了，要不吃，月桂你與我捏著鼻子灌他。」薛嫂道：「你且拿了點心與我打個底兒著。」春梅道：「這老媽子，單管說謊。你才說吃了來，這回又說沒打底兒。」薛嫂道：「吃了他兩個茶食，這咱還有哩？」月桂道：「薛媽媽，你且吃了這大鍾酒，我拿點心與你吃。俺奶奶怪我沒有，要打我哩！」

這薛嫂沒奈何，只得灌了一鍾，覺心頭小鹿兒劈劈跳起來。那春梅努個嘴兒，又叫海棠斟一鍾教他吃。薛嫂推過一邊，說：「我的那娘，我卻一點兒也吃不得了。」海棠道：「你老人家捱了月桂姐一下子，不捱我一下子，奶奶要打我。」那薛嫂兒慌得直撅兒跪在地下。春梅道：「也罷，你拿過那餅與他吃了，教他好吃酒。」月桂道：「薛媽媽，誰似我恁疼你，留下恁好玫瑰果餡餅兒與你吃。」就拿過一大盤子頂皮酥玫瑰餅兒來。那薛嫂兒只吃了一個，別的春梅都教他袖在袖子裡：「到家捎與你家老忘八吃。」薛嫂兒吃了酒，蓋著臉兒，把一盤子火薰肉、醃臘鵝都用草紙包裹，塞在袖內。海棠使氣白賴又灌了半鍾酒，見他嘔吐上來，才收過傢伙，不要他吃了。春梅吩咐：「明日來討話說，兒丫頭銀子與你。」臨出門，春梅又吩咐：「媽媽，你休推聾裝啞，那翠雲子做得不好，明日另帶兩副好的我瞧。」薛嫂道：「我知道。奶奶叫個大姐送我送，看狗咬了我腿。」春梅笑道：「俺家狗都有眼，只咬到骨禿根前就住了。」一面使蘭花送出角門來。

話休饒舌，周守備至日落時分出巡來家，進入後廳，左右丫鬟接了冠服。進房見了春梅、小衙內，心中歡喜。坐下，月桂、海棠拿茶吃了，將出巡之事告訴一遍。不一時，放桌兒擺飯。飯罷，掌上燭，安排杯酌飲酒。因問：「前邊沒甚事？」春梅一面取過薛嫂拿的帖兒來與守備看，說吳月娘那邊如此這般，「小廝平安兒偷了頭面，被吳巡簡拿住監禁，不容領贓。只拷打小廝，攀扯誣賴吳氏姦情，索要銀兩，呈詳府縣」等事。守備看了說：「此事正是我衙門裡事，如何呈詳府縣？吳巡簡那廝這等可惡！我明日出牌，連他都提來發落。」又說：「我聞得吳巡簡是他門下夥計，只因往東京與蔡太師進禮，帶挈他做了這個官，如何倒要誣害他家！」春梅道：「正是這等說。你替他明日處處罷。」一宿晚景提過。

次日，旋教吳月娘家補了一紙狀，當廳出了個大花欄批文，用一個封套裝了。上批：「山東守禦府為失盜事，仰巡簡司官連人解贓繳右差虞侯張勝、李安。准此。」當下二人領出公文來，先到吳月娘家。月娘管待了酒飯，每人與了一兩銀子鞋腳錢。傅夥計家中睡倒了，吳二舅跟隨到巡簡司。吳巡簡見平安監了兩日，不見西門慶家中人來打點，正教吏典做文書，申呈府縣。只見守禦府中兩個公人到了，拿出批文來與他。見封套上朱紅筆標著「仰巡簡司官連人解繳」，拆開，見裡面吳氏狀子，諕慌了，反賠下情，與李安、張勝每人二兩銀子。隨即做文書解人上去，到於守備府前伺候。半日，待得守備升廳，兩邊軍牢排下，然後帶進人去。

這吳巡簡把文書呈遞上去，守備看了一遍說：「此是我衙門裡事，如何不申解前來？只顧延捱監滯，顯有情弊。」

那吳巡簡稟道：「小官才待做文書申呈老爺案下，不料老爺鈞批到了。」守備喝道：「你這狗官可惡！多大官職，這等欺玩法度，抗違上司！我欽奉朝廷敕命，保障地方，巡捕盜賊，提督軍務，兼管河道，職掌開載已明。你如何拿了這件，不行申解，妄用刑杖拷打犯人，誣攀無辜？顯有情弊。」那吳巡簡聽了，摘去冠帽，在階前只顧磕頭。守備道：「本當參治你這狗官，且饒你這遭，下次再若有犯，定行參究。」一面把平安提到廳上，說道：「你這奴才，偷盜了財物，還肆言謗主。人家都是你恁般，也不敢使奴才了。」喝令左右：「與我打三十大棍，放了。將贓物封貯，教本家人來領去。」一面喚進吳二舅來，遞了領狀。守備這裡還差張勝拿帖兒同送到西門慶家，見了分上。吳月娘打發張勝酒飯，又與了一兩銀子，走來府裡，回了守備、春梅話。那吳巡簡乾拿了平安兒一場，倒折了好幾兩銀子。

月娘還了那人家頭面鉤子兒，是他原物，一聲兒沒言語去了。傅夥計到家，傷寒病睡倒了，只七日光景，調治不好，嗚呼哀哉死了！月娘見這等合氣，把印子舖只是收本錢贖討，再不解當出銀子去了。只是教吳二舅同玳安在門首生藥舖子，日逐轉得來家中盤纏。此事表過不提。

一日，吳月娘叫將薛嫂兒來，與了三兩銀子。薛嫂道：「不要罷，傳得府裡奶奶怪我。」月娘道：「天下使空人，多有累你，我見他不提出來就是了。」於是買了四盤下飯，宰了一口鮮豬，一罈南酒，一匹紵絲尺頭，薛嫂押著著來守備府中，致謝春梅。玳安穿著青絹褶兒，拿著禮帖兒，薛嫂領著逕到後堂。春梅出來，戴著金梁冠兒，上穿綉襖，下著錦裙，左右丫鬟養娘侍奉。玳安趴倒地下磕頭。春梅吩咐：「放桌兒，擺茶食與玳安吃。」說道：「沒甚事，你奶奶免了罷，如何又費心送這許多禮來？你周爺一定不肯受。」玳安道：「家奶奶說，前日平安兒這場事，多有累周爺、周奶奶費心，沒什麼，些小微禮兒，與爺、奶奶賞人罷了。」春梅道：「如何好受的？」薛嫂道：「你老人家若不受，惹那頭又怪我。」

春梅一面又請進守備來計較了，只受了豬酒下飯，把尺頭回將來了。與了玳安一方手帕，五錢銀子，擡盒人二錢。春梅因問：「你奶奶哥兒好麼？」玳安說：「哥兒好不會耍子兒哩！」又問玳安兒：「你幾時籠起頭去，包了網巾？幾時和小玉完房來？」玳安道：「是『八月內來。』」春梅道：「到家多頂上你奶奶，多謝了重禮。待要請你奶奶來坐坐，你周爺早晚又出巡去。我到過年正月裡，哥兒生日，我往家裡來走走。」玳安道：「你老人家若去，小的到家對俺奶奶說，到那日來接奶奶。」說畢，打發玳安出門。薛嫂便向玳安兒說：「大官兒，你先去罷，奶奶還要與我說話哩。」

那玳安兒押盒擔回家，見了月娘說：「如此這般，春梅姐讓到後邊，管待茶食吃。問了回哥兒好，家中長短，與了我一方手帕，三錢銀子，擡盒人二錢銀子。多頂上奶奶，多謝重禮。都不受來，被薛嫂兒和我再三說了，才受了下飯豬酒，擡回尺頭。要不是請奶奶過去坐坐，一兩日周爺出巡去。他只到過年正月孝哥生日，要來家裡走走。」又告說：「他住著五間正房，穿著錦裙綉襖，戴著金梁冠兒，出落得越發胖大了。手下好些丫頭、奶子侍奉。」月娘問：「他其實說明年往咱家來？」玳安兒道：「委的對我說來。」月娘道：「到那日，咱這邊使人接他去。」因問：「薛嫂怎的還不來？」玳安道：「我出門他還坐著說話，教我先來了。」自此兩家交往不絕。正是：

世情看冷暖，人面逐高低。

有詩為證：

得失榮枯命裡該，皆因年月日時栽。
胸中有志應須至，囊裡無財莫論才。

第九十六回　春梅姐遊舊家池館　楊光彥作當面豺狼

詞曰：

人生千古傷心事，還唱〈後庭花〉。舊時王謝，堂前燕子，飛向誰家？　恍然一夢，仙肌勝雪，宮鬢堆鴉。江州司馬，青衫淚濕，想在天涯。

——右調〈青衫濕〉

話說光陰迅速，日月如梭，又早到正月二十一日。春梅和周守備說了，備一張祭桌、四樣羹果、一罈南酒，差家人周仁送與吳月娘。一者是西門慶三周年，二者是孝哥兒生日。月娘收了禮物，打發來人帕一方、銀三錢。這邊連忙就使玳安兒穿青衣，具請書兒請去。上寫著：

重承厚禮，感感。即刻舍具菲酌，奉酬腆儀。仰希高軒俯臨，不外，幸甚。

西門吳氏端肅拜請

大德周老夫人妝次

春梅看了，到日中才來。戴著頭珠翠金鳳頭面釵梳，胡珠環子。身穿大紅通袖四獸朝麒麟袍兒，翠藍十樣錦百花裙，玉玎璫禁步，束著金帶。坐著四人大轎，青緞銷金轎衣。軍牢執藤棍喝道，家人伴當跟隨，擡著衣匣。後邊兩頂家人媳婦小轎兒，緊緊跟隨。吳月娘這邊請了吳大妗子相陪，又叫了兩個唱的彈唱。聽見春梅來到，月娘亦盛妝縞素打扮，頭上五梁冠兒，戴著稀稀幾件金首飾，上穿白綾襖，下邊翠藍緞子裙，與大妗子迎接至前廳。春梅大轎子擡至儀門首，才落下轎來。兩邊家人圍著，到於廳上敘禮，向月娘插燭也似拜下去。月娘連忙答禮相見，說道：「向日有累姐姐費心，粗尺頭又不肯受，今又重承厚禮祭桌，感激不盡。」春梅道：「惶恐！家官府沒什麼，這些薄禮表意而已。一向要請奶奶過去，家官府不時出巡，所以不曾請得。」月娘道：「姐姐，你是幾時好日子？我只到那日買禮看姐姐去罷。」春梅道：「奴賤日是四月廿五日。」月娘道：「奴到那日一定去。」

兩個敘禮畢，春梅務要把月娘讓起，受了兩禮。然後吳大妗子相見，亦還下禮去。春梅道：「你看大妗子，又沒正經。」一手扶起受禮。大妗子再三不肯，只受了半禮。一面讓上坐，月娘和大妗子主位相陪。然後家人媳婦、丫鬟、養娘都來參見。春梅見了奶子如意兒抱著孝哥兒，吳月娘道：「小大哥還不來與姐姐磕個頭兒，謝謝姐姐今日來與你做生日。」那孝哥兒真個下如意兒身來，與春梅唱喏。月娘道：「好小廝，不與姐姐磕頭，只唱喏？」那春梅連忙向袖中摸出一方錦手帕，一副金八吉祥兒，教替他搽帽兒上。月娘道：「又教姐姐費心。」拜謝了。落後小玉、奶子來見，磕頭。春梅與了小玉一對金頭簪子，與了奶子兩枝銀花兒。月娘道：「姐姐，你還不知，奶子與了來興兒做媳婦兒了。來興兒那媳婦害病沒了。」春梅道：「他一心要在咱家，倒也好。」一面丫鬟拿茶上來，月娘說：「請姐姐後邊明間內坐罷，這客位內冷。」

春梅來後邊西門慶靈前，又早點起燈燭，擺下桌面祭禮。春梅燒了紙，落了幾點眼淚。然後周圍設放圍屏，火爐內生起炭火，安放大八仙桌席，擺茶上來。無非是細巧蒸酥，稀奇果品，絕品芽茶。月娘和大妗子陪著吃了茶，讓春梅進上房裡換衣裳。脫了上面袍兒，家人媳婦開衣匣，取出衣服，更換了一套綠遍地錦妝花襖兒，紫丁香色遍地金裙。在月娘房中坐著，說了一回。

月娘因問道：「哥兒好麼？今日怎不帶他來這裡走走？」春梅道：「不是也帶他來與奶奶磕頭，他爺說天氣寒冷，怕風冒著他。他又不肯在房裡，只要那當值的抱出來廳上外邊走。這兩日不知怎的，只是哭。」月娘道：「你出來，他也不尋你？」春梅道：「左右有兩個奶子輪番看他，也罷了。」月娘道：「他周爺也好大年紀，得你替他養下這點孩子也夠了，也是你裙帶上的福。

說他孫二娘還有位姐兒，幾歲兒了？」春梅道：「他二娘養的叫玉姐，今年交生四歲。俺這個叫金哥。」月娘道：「說他周爺身邊還有兩位房裡姐兒？」春梅道：「是兩個學彈唱的丫頭子，都有十六七歲，成日淘氣在那裡。」月娘道：「他爺也常往他身邊去不去？」春梅道：「奶奶，他哪裡得工夫在家？多在外，少在裡。如今四外好不盜賊生發，朝廷敕書上教他兼管許多事情，鎮守地方，巡理河道，提拿盜賊，操練人馬，常不時往外出巡幾遭，好不辛苦哩！」

說畢，小玉又拿茶來吃了。春梅向月娘說：「奶奶，你引我往俺娘那邊花園山子下走走。」月娘道：「我的姐姐，還是那咱的山子花園哩？自從你爹下世，沒人收拾他，如今丟搭得破零零的，石頭也倒了，樹木也死了，俺等閒也不去了。」春梅道：「不妨，奴就往俺娘那邊看看去。」這月娘強不過，只得叫小玉拿花園門山子門鑰匙，開了門。月娘、大妗子陪春梅到裡邊遊看了半日。但見：

垣牆欹損，臺榭歪斜。兩邊畫壁長青苔，滿地花磚生碧草。山前怪石遭塌毀，不顯嵯峨；亭內涼床被滲漏，已無框檔。石洞口蛛絲結網，魚池內蝦蟆成群。狐狸常睡臥雲亭，黃鼠往來藏春閣。料想經年人不到，也知盡日有雲來。

春梅看了一回，先走到李瓶兒那邊，見樓上丟著些折桌壞櫈破椅子，下邊房都空鎖著，地下草長得荒荒的。方來到他娘這邊，樓上還堆著些生藥香料，下邊他娘房裡只有兩座櫥櫃，床也沒了。因問小玉：「俺娘那張床往哪去了，怎的不見？」小玉道：「俺三娘嫁人，賠了俺三娘去了。」月娘走到跟前說：「因你爹在日，將他帶來那張八步床賠了大姐在陳家，落後他起身，卻把你娘這張床賠了他嫁人去了。」春梅道：「我聽見大姐死了，說你老人家把床還擡的來家了。」月娘道：「那床沒錢使，只賣了八兩銀子，打發縣中皂隸都使了。」

春梅聽言，點了點頭兒，見那星眼中由不得酸酸的，口內不言，心下暗道：「想著俺娘那咱，爭強不伏弱的問爹要買了這張床。我實承望要回了這張床去，也做他老人家一念兒，不想又與了去了。」由不得心下慘切。又問月娘：「俺六娘那張螺鈿床怎的不見？」月娘道：「一言難盡。自從你爹下世，日逐只有出去的，沒有進來的。常言：家無營活計，不怕斗量金。也是家中沒盤纏，擡出去叫人賣了。」春梅問：「賣了多少銀子？」月娘道：「只賣了三十五兩銀子。」春梅道：「可惜了！那張床，當初我聽見爹說，值六十兩多銀子，只賣這些兒！早知你老人家打發，我倒與你老人家三四十兩銀子要了也罷。」月娘道：「好姐姐，人哪有早知道的？」一面嘆息了半日。

只見家人忙忙走來接，說：「爺請奶奶早些家來，哥兒尋奶奶哭哩。」這春梅就抽身往後邊來。月娘叫小玉鎖了花園門，同來到後邊明間內。又早屏開孔雀，簾控鮫綃，擺下酒筵。兩個妓女銀箏琵琶，在旁彈唱。吳月娘遞酒安席，安春梅上坐，春梅不肯，務必拉大妗子同他一處坐的。月娘主位，筵前遞了酒，湯飯點心，割切上席。春梅叫家人周仁賞了廚子三錢銀子。說不盡盤堆異品，酒泛金波。當下傳杯換盞，吃至日色將落時分，只見宅內又差伴當拿燈籠來接。月娘哪裡肯放，教兩個妓女在跟前跪著彈唱勸酒。吩咐：「你把好曲兒孝順你周奶奶一個見。」一面叫小玉斟上大鍾，放在跟前，說：「姐姐，你吩咐個心愛的曲兒，叫他兩個唱與你下酒。」春梅道：「奶奶，奴吃不得了，怕孩兒家中尋我。」月娘道：「哥兒尋，左右有奶子看著，天色也還早哩。我曉得你好小量兒！」

春梅因問那兩個妓女：「你叫甚名字？是誰家的？」兩個跪下說：「小的一個是韓金釧兒妹子韓玉釧兒，一個是鄭愛香兒姪女鄭嬌兒。」春梅道：「你們會唱〈懶畫眉〉不會？」玉釧兒道：「奶奶吩咐，小的兩個都會。」月娘道：「你兩個既會唱，斟上酒你周奶奶吃，你們慢唱。」小玉在旁連忙斟上酒。兩個妓女一個彈箏，一個琵琶，唱道：

冤家為你幾時休？捱過春來又到秋，誰人知道我心頭。天，害得我伶仃瘦，聽得音書兩淚流。從前已往訴緣由，誰想你無情把我丟。

那春梅吃過，月娘又令鄭嬌兒遞上一杯酒與春梅。春梅道：「你老人家也陪我一杯。」兩家於是都齊斟上，兩個妓女又唱道：

冤家為你減風流，鵲噪簷前不肯休，死聲活氣沒來由。天，倒惹得情拖逗，助得淒涼兩淚流。從他去後意無休，誰想你辜恩把我丟。

春梅說：「奶奶，你也教大妗子吃杯兒。」月娘道：「大妗子吃不得，教他拿小鍾兒陪你罷。」一面令小玉斟上大妗子一小鍾兒酒。兩個妓女又唱道：

冤家為你惹場憂，坐想行思日夜愁，香肌憔瘦減溫柔。天，要見你不能夠，悶得我傷心兩淚流。從前與你共紬繆，誰想你今番把我丟。

春梅見小玉在跟前，也斟了一大鍾教小玉吃。月娘道：「姐姐，他吃不得。」春梅道：「奶奶，他也吃兩三鍾兒，我那咱在家裡沒和他吃？」於是斟上，教小玉也吃了一杯。妓女唱道：

冤家為你惹閒愁，病枕著床無了休，滿懷憂悶鎖眉頭。天，忘了還依舊，助得我腮邊兩淚流。從前與你兩無休，誰想你經年把我丟。

看官聽說：當時春梅為甚教妓女唱此詞？一向心中牽掛陳敬濟在外，不得相會，情種心苗，故有所感，發於吟詠。又見他兩個唱的口兒甜，乖覺，奶奶長奶奶短侍奉，心中歡喜。叫家人周仁近前來，拿出兩包兒賞賜來，每人二錢銀子。兩個妓女放下樂器，磕頭謝了。不一時，春梅起身，月娘款留不住。伴當打燈籠，拜辭出門。坐上大轎，家人媳婦都坐上小轎，前後打著四個燈籠，軍牢喝道而去。正是：

時來頑鐵有光輝，運去黃金無豔色。

有詩為證：

點絳唇紅弄玉嬌，鳳凰飛下品鸞簫。
堂前高把湘簾捲，燕子還來續舊巢。

且說春梅自從來吳月娘家赴席之後，因思想陳敬濟不知流落在何處，歸到府中，終日只是臥床不起，心下沒好氣。守備察知其意，說道：「只怕思念你兄弟不得其所。」一面叫張勝、李安來，吩咐道：「我一向委你尋你奶奶兄弟，如何不用心找尋？」二人告道：「小的一向找尋來，一地裡尋不著下落，已回了奶奶話了。」守備道：「限你二人五日，若找尋不著，討分曉！」這張勝、李安領了鈞語下來，都帶了愁顏。沿街遶巷，各處留心找問，不提。

話分兩頭，單表陳敬濟自從守備府中打了出來，欲投晏公廟，又聽見人說師父任道士死了，就害怕不敢進廟來。又沒臉兒見杏菴王老，白日裡到處打油飛，夜晚間還鑽入冷舖中存身。一日，也是合當有事，敬濟正在街上站立，只見鐵指甲楊大郎頭戴新羅帽兒，身穿白綾襖子，騎著一匹驢兒，揀銀鞍轡，一個小廝跟隨，正從街心走過來。敬濟認得是楊光彥，便向前一把手把嚼環拉住，說道：「楊大哥，一向不見。自從清江浦你把我半船貨物偷拐走了，我好意往你家問，反吃你兄弟楊二風拿瓦楔劃破頭，趕著打上我家門來。今日弄得我一貧如洗，你是會搖擺受用。」

那楊大郎見敬濟已自討吃，便佯佯而笑說：「今日晦氣，出門撞見瘟死鬼。量你這餓不死賊花子，哪裡討半船貨，我拐了你的？你不撒手，須吃我一頓好馬鞭子。」敬濟便道：「我如今窮了，你有銀子與我些盤纏，不然咱到個去處講講。」楊大郎見他不放，跳下驢來，向他身上抽了幾鞭子。喝令小廝：「與我擣了這少死的花子去。」那小廝使力把敬濟推了一跤，楊大郎又向前踢了幾腳，踢打得敬濟怪叫，須臾，圍了許多人。旁邊閃過一個人來，青高裝帽子，勒著手帕，倒披紫襖，白布褷子，精著兩條腿，靸著蒲鞋，生得阿兜眼，掃帚眉，料綽口，三鬚鬍子，面上紫肉橫生，手腕橫筋競起，吃得楞楞睜睜，提著拳頭，向楊大郎說道：「你此位哥好不近理，他年少這般貧寒，你只顧打他怎的？自古嗔拳不打笑面，他又不曾傷犯著你。你有錢，看平日相交，與他些；沒錢，罷了。如何只顧打他？自古路見不平，也有向燈向火。」楊大郎說：「你不知，他賴我拐了他半船貨。量他恁窮樣，哪有半船貨物？」那人道：「想必他當時也是有根基人家娃娃，天生就這般窮來？閣下就是這般有錢？老兄依我，你有銀子，與他些盤纏罷。」那楊大郎見那人說了，袖內汗巾兒上拴著四五錢一塊銀子，解下來遞與敬濟，與那人舉一舉手兒，上驢子揚長去了。

敬濟地下爬起來，擡頭看那人時，不是別人，卻是舊時同在冷鋪內和他一鋪睡的土作頭兒飛天鬼侯林兒。近來領著五十名人，在城南水月寺曉月長老那裡做工，起蓋伽藍殿。因一隻手拉著敬濟說道：「兄弟，剛才若不是我拿幾句言語譏犯他，他肯拿出這五錢銀子與你？那賊卻知見範，他若不知範時，好不好吃我一頓好拳頭。你跟著我，咱往酒店內吃酒去來。」到一個食葷小酒店內，案頭上坐下，叫量酒：「拿四賣嗄飯、兩大壺酒來。」不一時，量酒擺下小菜嗄飯，四盤四碟，兩大坐壺時興橄欖酒。不用小杯，拿大磁甌子。因問敬濟：「兄弟，你吃麵吃飯？」量酒道：「麵是溫淘，飯是白米飯。」敬濟道：「我吃麵。」須臾，吊上兩三碗溫麵上來。侯林兒只吃一碗，敬濟吃了兩碗，然後吃酒。侯林兒向敬濟說：「兄弟，你今日跟我往坊子裡睡一夜，明日我領你城南水月寺曉月長老那裡，修蓋伽藍殿並兩廊僧房。你哥率領著五十名做工，你到那裡，不要你做重活，只擡幾筐土兒就是了，也算你一工，討四分銀子。我外邊賃著一間廈子，晚夕咱兩個就在那裡歇，做些飯打發咱的人吃。把門你一把鎖鎖了，家當都交與你，好不好？強如你在那冷鋪中，替花子搖鈴打梆，這個還官樣些。」敬濟道：「若是哥哥這般下顧兄弟，可知好哩！不知這工程做得長遠不長遠？」侯林兒道：「才做了一個月。這工程做到十月裡，不知完不完。」

兩個說話之間，你一鍾，我一盞，把兩大壺酒都吃了。量酒算帳，該一錢三分半銀子。敬濟就要拿出銀子來秤，侯林兒推過一邊說：「傻兄弟，莫不教你出錢？哥有銀子在此。」一面扯出包兒來，秤了一錢五分銀子與掌櫃的。還找了一分半錢，袖了，搭伏著敬濟肩背，同到坊子裡，兩個在一處歇臥。二人都醉了，這侯林兒晚夕幹敬濟後庭花，足幹了一夜。親哥、親達達、親漢子、親爺，口裡無般不叫將出來。

到天明，同往城南水月寺。果然寺外侯林兒賃下半間廈子，裡面燒著炕柴，早也買下許多碗盞傢伙。早晨上工，叫了名字。眾人看見敬濟不上二十四五歲，白臉子，生得眉目清俊，就知是侯林兒兄弟，都亂調戲他。先問道：「那小夥子兒，你叫甚名字？」陳敬濟道：「我叫陳敬濟。」那人道：「陳敬濟，可不由著你就擠了。」又一人說：「你恁年小小的，怎幹得這營生，捱得這大扛頭子？」侯林兒喝開眾人，罵：「怪花子，你只顧奚落他怎的？」一面散了鍬钁筐扛，派眾人擡土的擡土，和泥的和泥，打夯的打夯。

原來曉月長老教一個葉頭陀做火頭，造飯與各作匠人吃。這葉頭陀年約五十歲，一個眼瞎，穿著皂直裰，精著腳，腰間束著爛絨絛，也不會看經，只會念佛，善會麻衣神相，眾人都叫他做葉道。一日做了工下來，眾人都吃畢飯，也有閒坐的，臥的，也有蹲著的。只見敬濟走向前，問葉頭陀討茶吃。這葉頭陀只顧上上下下看他。內有一人說：「葉道，這個小夥子兒是新來的，你相他一相。」又一人說：「你相他相，倒像個兄弟。」一人說：「倒像個二尾子。」

葉頭陀教他近前，端詳了一回，說道：「色怕嫩兮又怕嬌，聲嬌氣嫩不相饒。老年色嫩招辛苦，少年色嫩不堅牢。只吃了你面皮嫩得虧，一生多得陰人寵愛。八歲十八二十八，下至山根上至髮。有無活計兩頭消，三十印堂莫帶煞。眼光帶秀心中巧，不讀詩書也可人。做作百般人可愛，縱然弄假又成真。休怪我說，一生心伶機巧，常得陰人發跡。你今多大年紀？」敬濟道：「我二十四歲。」葉道道：「虧你前年怎麼過來！吃了你印堂太窄，子喪妻亡；懸壁昏暗，人亡家破；唇不蓋齒，一生惹是招非；鼻若灶門，家私傾散。那一年遭官司口舌，傾家散業，見過不曾？」敬濟道：「都見過了。」葉頭陀道：「只一件，你這山根不宜斷絕。麻衣祖師說得兩句好：山根斷兮早虛花，祖業飄零定破家。早年父祖丟下家產，不拘多少，到你手裡都了當了。你上停短兮下停長，主多成多敗，錢財使盡又還來。總然你久後營得成家計，猶如烈日照冰霜。你如今往後還有一步發跡，該有三妻之命。尅過一個妻宮不曾？」敬濟道：「已尅過了。」葉頭陀道：「後來還有三妻之會，但恐美中不美。三十上，小人有些不足，花柳中少要行走。」一個人說：「葉道，你相差了，他還與人家做老婆，哪有三個妻來？」眾人正笑做一團，只聽得曉月長老打梆了，各人都拿鍬钁繩扛，上工做活去了。如此者，敬濟在水月寺也做了約一月光景。

一日，三月中旬天氣，敬濟正與眾人擡出土來，在山門牆下倚著牆根向日陽，蹲踞著捉身上虱蟣。只見一個人頭戴萬字頭巾，身穿青窄衫，紫裹肚，腰繫纏帶，腳穿鞴靴，騎著一匹黃馬，手中提著一籃鮮花兒，見了敬濟，猛然跳下馬來，向前深深的唱了喏。便叫：「陳舅，小人哪裡沒尋你老人家，原來在這裡！」倒唬了敬濟一跳，連忙還禮不迭。問：「哥哥，你是哪裡來的？」那人道：「小人是守備周爺府中親隨張勝。自從舅舅府中官事出來，奶奶不好直到如今。老爺使小人哪裡不找尋舅舅？不知在這裡。今早不是俺奶奶使小人往外莊上折取這幾朵芍藥花兒，打這裡過，怎得看見你老人家在這裡？一來也是你老人家際遇，二者小人有緣。不消猶豫，就騎上馬，我跟你老人家往府中去。」那眾做工的人看著，面面相覷，不敢做聲。這陳敬濟把鑰匙遞與侯林兒，騎上馬，張勝緊緊跟隨，逕往守備府中來。正是：

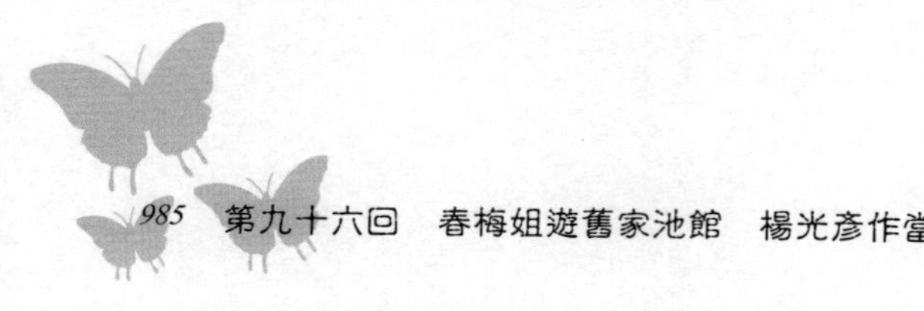

良人得意正年少，今夜月明何處樓？

有詩為證：

白玉隱於頑石裡，黃金埋在污泥中。

今朝貴人提拔起，如立天梯上九重。

第九十七回 假弟妹暗續鸞膠 真夫婦明諧花燭

詞曰：

追悔當初辜深願，經年價、兩成幽怨。任越水吳山，似屏如障堪遊玩。奈獨自慵擡眼。賞煙花，聽絃管。徒歡娛，轉加腸斷。總時轉丹青，強拈書信頻頻看。又曾似親相見。

話說陳敬濟到於守備府中，下了馬，張勝先進去稟報春梅。春梅吩咐教他在外邊班值房內，用香湯沐浴了身體。後邊使養娘包出一套新衣服靴帽來，與他更換了，然後稟了春梅。那時守備還未退廳，春梅請敬濟到後堂，盛妝打扮出來相見。這敬濟進門就望春梅拜了四雙八拜，讓姐姐受禮。那春梅受了半禮，對面坐下，敘說寒溫離別之情，彼此皆眼中垂淚。春梅恐怕守備退廳進來，見無人在跟前，使眼色與敬濟，悄悄說：「等住回他若問你，只說是姑表兄弟，我大你一歲，二十五歲了，四月廿五午時生的。」敬濟道：「我知道了。」

不一時，丫鬟拿上茶來。兩人吃了茶，春梅便問：「你一向怎麼出了家，做了道士?守備不知是我的親，錯打了你，悔得要不得。若不是那時就留下你，爭奈有雪娥那賤人在這裡，不好安插你的，所以放你去了。落後打發了那賤人，才使張勝到處尋你不著。誰知在城外做工，流落至此地位。」敬濟道：「不瞞姐姐說，一言難盡。自從與你相別，要娶六姐。我父親死在東京，來遲了，不曾娶成，被武松殺了。聞得你好心，葬埋了他永福寺，我也到那裡燒紙來。落後又把俺娘沒了，剛打發喪事出去，被人坑陷了資本。來家又是大姐死了，被俺丈母那淫婦告了一狀，床帳妝奩都搬的去了。打了一場官司，將房兒賣了，弄得我一貧如洗。多虧了俺爹朋友王杏菴賙濟，把我才送到臨清晏公廟那裡出家。不料又被光棍打了，拴到咱府中。自從咱府中出去，投親不理，投友不顧，因此在寺內傭工。多虧姐姐掛心，使張管家尋將我來，得見姐姐一面，猶如再世為人了。」說到傷心處，兩個都哭了。

正說話中間，只見守備退廳，左右掀開簾子，守備進來。這陳敬濟向前倒身下拜。慌得守備答禮相還，說：「向日不知是賢弟，被下人隱瞞，誤有衝撞，賢弟休怪。」敬濟道：「不才有玷，一向缺禮，有失親近，望乞恕罪。」又磕下頭去。守備一手拉起，讓他上坐。敬濟乖覺，哪裡肯，務要拉下椅兒旁邊坐了。守備關席，春梅陪他對坐下。須臾，換茶上來。吃畢，守備便問：「賢弟貴庚？一向怎的不見？如何出家？」敬濟便告說：「小弟虛度二十四歲，俺姐姐長我一歲，是四月二十五日午時生。向因父母雙亡，家業凋喪，妻又沒了，出家在晏公廟。不知家姐嫁在府中，有失探望。」守備道：「自從賢弟那日去後，你令姐晝夜憂心，常時啾啾唧唧不安，直到如今。一向使人找尋賢弟不著。不期今日相會，實乃三生有緣。」

看官聽說：若論周守備與西門慶相交，也該認得陳敬濟。原來守備為人老成正氣，舊時雖然來往，並不留心管他家閒事。就是時常宴會，皆同的是荊都監、夏提刑一班官長，並未與敬濟見面。況前日又做了道士一番，哪裡還想得到西門慶家女婿？所以被他二人瞞過，只認是春梅姑表兄弟。一面吩咐左右：「放桌兒，安排酒上來。」須臾，擺設許多杯盤餚饌，湯飯點心，堆滿桌上，銀壺玉盞，酒泛金波。守備相陪敘話，吃至晚來，掌上燈燭方罷。守備人吩咐家人周仁，打掃西書院乾淨。那裡床帳都有，春梅拿出兩床鋪蓋衾枕，與他安歇。又撥一個小廝喜兒答應他。又包出兩套紬絹衣服來，與他更換。每日飯食，春梅請進後邊吃。正是：

一朝時運至，半點不由人。

光陰迅速，日月如梭。但見：

行見梅花臘底，忽逢元旦新正。
不覺艷杏盈枝，又早新荷貼水。

敬濟在守備府裡，住了一個月有餘。一日是四月二十五日，春梅的生日。吳月娘那邊買了禮來：一盤壽桃，一盤壽麵，兩隻湯鵝，四隻鮮雞，兩盤果品，一罈南酒。玳安穿青衣拿帖兒送來。守備正在廳上坐的，門上人稟報，擡進禮來。玳安遞上帖兒，趴在地下磕頭。守備看了禮帖兒，說道：「我承你奶奶費心，又送禮來。」一面吩咐家人：「收進禮去，討茶來與大官兒吃。把禮帖教小伴當送與你舅收了。封一方手帕、三錢銀子與大官兒，擡盒人錢一百文。拿回帖兒，多上覆。」說畢，守備穿了衣服，就起身拜人去了。

玳安只顧在廳伺前候，討回帖兒，只見一個年小的，戴著瓦楞帽兒，穿著青紗道袍，涼鞋淨襪，從角門裡走出來，手中拿著帖兒賞錢，遞與小伴當，一直往後邊去了。「可霎作怪，模樣倒好像陳姐夫一般。他如何卻在這裡？」只見小伴當遞與玳安手帕銀錢，打發出門。到於家中，回月娘話。見回帖上寫著「周門龐氏斂衽拜」，月娘便問：「你沒見你姐？」玳安道：「姐姐倒沒見，倒見姐夫來。」

月娘笑道：「怪囚，你家倒有恁大姐夫！守備好大年紀，你也叫他姐夫？」玳安道：「不是守備，是咱家的陳姐夫。我初進去，周爺正在廳上。我遞上帖兒，與他磕了頭。他說：『又生受你奶奶，送重禮來。』吩咐伴當拿茶與我吃：『把帖兒拿與你舅收了，討一方手帕、三錢銀子與大官兒，擡盒人是一百文錢。』說畢，周爺穿衣服出來，上馬拜人去了。半日，只見他打角門裡出來，遞與伴當回帖賞賜，他就進後邊去了。我就押著盒擔出來。不是他卻是誰？」月娘道：「怪小囚兒，休胡說白道的！那羔子不知道流落在哪裡討吃，不是凍死，就是餓死。他平白在那府裡做什麼？守備認得他什麼毛片兒，肯招攬下他？」玳安道：「奶奶敢和我兩個賭？我看得千真萬真，就燒得灰骨兒，我也認得。」月娘問：「他穿著什麼？」玳安道：「他戴著新瓦楞帽兒，金簪子，身穿著青紗道袍，涼鞋淨襪。吃得好了。」月娘道：「我不信，不信！」這裡說話不提。

卻說陳敬濟進入後邊，春梅還在房中鏡臺前搽臉，描畫雙蛾。敬濟拿吳月娘禮帖兒與他看，因問：「他家如何送禮來與你？是哪裡緣故？」這春梅便把清明郊外永福寺撞遇月娘相見的話，訴說一遍。後來怎生平安兒偷了解當舖頭面，吳巡簡怎生夾打平安兒，追問月娘姦情之事，薛嫂又怎生說人情，守備替他處斷了事，「落後他家買禮來相謝，正月裡我往他家與孝哥兒做生日，勾搭連環到如今。他許下我生日買禮來看我」一節，說了一遍。

敬濟聽了，把眼瞅了春梅一眼，說：「姐姐，你好沒志氣！想著這賊淫婦，那咱把咱姐兒們生生的拆散開了，又把六姐命喪了，永世千年，門裡門外不相逢才好，反替他去說人情兒？哪怕那吳典恩拷打玳安小廝，供出姦情來，隨他那淫婦一條繩子拴去，出醜見官，管咱每大腿事！他沒和玳安小廝有姦，怎的把丫頭小玉配與他？有我早在這裡，我斷不教你替他說人情。他是你我仇人，又和他上門往來做什麼？六月連陰——想他好情兒！」幾句話，說得春梅閉口無言。

這春梅道：「過往勾當，也罷了。還是我心好，不念舊仇。」敬濟道：「如今人，好心不得好報哩！」春梅道：「他既送了禮，莫不白受他的？他還等著我這裡人請他去哩。」敬濟道：「今後不消理那淫婦了，又請他怎的？」春梅道：「不請他又不好意思的。丟個帖與他，來不來隨他就是了。他若來時，你在那邊書院內，休出來見他。往後咱不招惹他就是了。」敬濟惱得一聲兒不言語，走到前邊，寫了帖子。春梅使家人周義去請吳月娘。月娘打扮出門，教奶子如意兒抱著孝哥兒，坐著一頂小轎，玳安跟隨，來到府中。春梅、孫二娘都打扮出來，迎接至後廳，相見敘禮，坐下。如意兒抱著孝哥兒，相見磕頭畢。敬濟躲在那邊書院內，不走出來，由著春梅、孫二娘在後廳擺茶安席遞酒，叫了兩個妓女韓玉釧、鄭嬌兒彈唱，俱不必細說。

玳安在前邊廂房內管待，只見一個小伴當，打後邊拿出一盤湯飯點心下飯，往西角門書院中走。玳安便問他：「拿與誰吃？」小伴當道：「是與舅吃的。」玳安道：「你舅姓什麼？」小伴當道：「姓陳。」這玳安賊，悄悄後邊跟著他。到西書院，小伴當便掀簾子進去。玳安慢慢打紗窗眼往裡張看，明明見陳姐夫正在床上歪著，見拿進湯飯點心來，就起來放桌兒吃。這玳安悄悄走出外來，依舊坐在廂房內。直待天晚，家中燈籠來接，吳月娘轎子起身。到家一五一十，告訴月娘說：「果然陳姐夫在他家居住。」自從春梅這邊被敬濟把攔，兩家都不相往還。正是：

誰知豎子多間阻，一念翻成怨恨媒。

敬濟在府中與春梅暗地勾搭，人都不知。或守備不在，春梅就和敬濟在房中吃飯、吃酒，閒時下棋調笑，無所不至。守備在家，便使丫頭、小廝拿飯往書院與他吃。或白日裡春梅也常往書院內，和他坐半日，方進後邊來。彼此情熱，俱不必細說。

一日，守備領人馬出巡。正值五月端午佳節，春梅在西書院花亭上置了一桌酒席，和孫二娘、陳敬濟吃雄黃酒，解粽歡娛。丫鬟侍妾都兩邊侍奉。春梅令海棠、月桂兩個侍妾在席前彈唱。當下直吃到炎光西墜、微雨生涼的時分，春梅拿起大金荷花杯來相勸。酒過數巡，孫二娘不勝酒力，起身先往後邊房中看去了。獨落下春梅和敬濟在花亭上吃酒，猜枚行令，你一杯，我一杯，不一時，丫鬟掌上紗燈來，養娘金匱、玉堂打發金哥兒睡去了。敬濟輸了，便走入書房內，躲酒不出來。這春梅先使海棠來請，見敬濟不去，又使月桂來，吩咐：「他不來，你好歹與我拉將來。拉不將來，回來把你這賤人打十個嘴八。」

這月桂走至西書房中，推開門，見敬濟歪在床上，推打鼾睡，不動。月桂說：「奶奶叫我來請你老人家，請不去，要打我哩！」那敬濟口裡喃喃吶吶說：「打你不干我事。我醉了，吃不得了。」被月桂用手拉將起來，推著他：「我好歹拉你去，也不算好漢。」推拉得敬濟急了，黑影子裡佯裝著醉，作耍當真，摟了月桂在懷裡就親個嘴。那月桂一發上頭上腦說：「人好意叫你，你做大不正，倒做這個營生。」敬濟道：「我的兒，你若肯了，哪個好意做大不成？」又按著親了個嘴，方走到花亭上。月桂道：「奶奶要打我，還是我把舅拉將來了。」春梅令海棠斟上大鍾，兩個下盤棋，賭酒為樂。當下你一盤，我一盤，熬得丫鬟都打睡去了。春梅又使月桂、海棠後邊取茶去。兩個在花亭上，解珮露相如之玉，朱唇點漢署之香。正是：

得多少花蔭曲檻燈斜照，旁有墜釵雙鳳翹。

有詩為證：

花亭歡洽鬢雲斜，粉汗凝香沁絳紗。
深院日長人不到，試看黃鳥啄名花。

兩個正幹得好，忽然丫鬟海棠送茶來：「請奶奶後邊去，金哥睡醒了，哭著尋奶奶哩。」春梅陪敬濟又吃了兩鍾酒，用茶漱了口，然後抽身往後邊來。丫鬟收拾了傢伙，喜兒扶敬濟歸書房寢歇，不在話下。

一日，朝廷敕旨下來，令守備領本部人馬，會同濟州府知府張叔夜，征勦梁山泊賊王宋江，早晚起身。守備對春梅說：「你在家看好哥兒，叫媒人替你兄弟尋上一門親事。我帶他個名字在軍門，若早僥倖得功，朝廷恩典，陞他一官半職，於你面上也有光輝。」這春梅應諾了。遲了兩三日，守備打點行裝，整率人馬，留下張勝、李安看家，只帶家人周仁跟了去，不提。

一日，春梅叫將薛嫂兒來，如此這般和他說：「他爺臨去吩咐，叫你替我兄弟尋門親事，你須尋個門當戶對好女兒。不拘十六七歲的也罷，只要好模樣兒，聰明伶俐些的。他性兒也有些厥劣。」薛嫂兒道：「我不知道他也怎的？不消你老人家吩咐。想著大姐那等的還嫌哩！」春梅道：「若是尋得不好，看我打你耳刮子不打。我要趕著他叫小妗子兒哩，休要當耍子兒。」說畢，春梅令丫鬟擺茶與他吃。只見陳敬濟進來吃飯，薛嫂向他道了萬福，說：「姑夫，你老人家一向不見，在哪裡來？且喜呀，剛才奶奶吩咐，叫我替你老人家尋個好娘子，你怎麼謝我？」那陳敬濟把臉兒迸著，不言語。薛嫂道：「老花子，怎的不言語？」春梅道：「你休叫他姑夫，那個已是揭過去的帳了，你只叫他陳舅就是了。」薛嫂道：「真該打我這片子狗嘴，只要叫錯了。往後趕著你只叫舅爺罷！」那陳敬濟忍不住撲嗤的笑了，說道：「這個才可到心上。」那薛嫂撒風撒痴，趕著打了他一下，說道：「你看老花子說的好話兒，我又不是你影射的，怎麼可在你心上？」連春梅也笑了。

不一時，月桂安排茶食與薛嫂吃了。說道：「我替你老人家用心踏看，有人家相應好女子兒，就來說。」春梅道：「財禮羹果，花紅酒禮，頭面衣服，不少他的，只要好人家好女孩子兒，方可進入我門來。」薛嫂道：「我曉得，管情應的你老人家心便了。」良久，敬濟吃了飯，往前邊去了。薛嫂兒還坐著，問春梅：「他老人家幾時來的？」春梅便把出家做道士一節說了：「我尋得他來，做我個親人兒。」薛嫂道：「好，好！你老人家有後眼。」又道：「前日你老人家好日子，說那頭他大娘來做生日來？」春梅道：「他先送禮來，我才使人請他。坐了一日去了。」薛嫂道：「我那日在一個人家鋪床，整亂了一日。心內要來，急得我要不得。」又問：「他陳舅也見他那頭大娘來？」春梅道：「他肯下氣兒見他？為請他，好不和我亂成一塊。嗔我替他家說人情，說我沒志氣。『哪怕吳典恩打著小廝攀扯他出官才好，管你腿事？你替他尋分上！想著他昔日好情兒？』」薛嫂道：「他老人家也說得是。及到其間，計舊仇罷了。」春梅道：「咱既受了他禮，不請他來坐坐兒，又使不得。寧可教他不仁，休要咱不義。」薛嫂道：「怪不得你老人家有恁大福，你的心忒好了。」當下薛嫂兒說了半日話，提著花箱兒，拜辭出門。

過了兩日，先來說城裡朱千戶家小姐，今年十五歲，也好陪嫁，只是沒了娘的兒了，春梅嫌小不要。又說應伯爵第二個女兒，年二十二歲，春梅又嫌應伯爵死了，在大爺手內聘嫁，沒甚陪送，也不成。都回出婚帖兒來。又遲了幾日，薛嫂兒送花兒來，袖中取出個婚帖，大紅緞子，上寫著：開緞鋪葛員外家大女兒，年二十歲，屬雞的，十一月十五日子時生，小字翠屏。「生得上畫兒般模樣兒，五短身材，瓜子面皮，溫柔典雅，聰明伶俐，針指女工自不必說。父母俱在，有萬貫錢財，在大街上開緞子舖，走蘇、杭、南京，無比好人家，陪嫁都是南京床帳箱籠。」春梅道：「既是好，成了這家的罷。」就叫薛嫂兒先通信去。那薛嫂兒連忙說去了。正是：

欲向綉房求艷質，須憑紅葉是良媒。

有詩為證：

天仙機上繫香羅，千里姻緣竟足多。
天上牛郎配織女，人間才子伴嫦娥。

這裡薛嫂通了信來，葛員外家知是守備府裡，情願做親，又使一個張媒人同說媒。春梅這裡備了兩擡茶葉、糖餅羹果，教孫二娘坐轎子，往葛員外家插定女兒。回來對春梅說：「果然好個女子，生得一表人材，如花似朵，人家又相當。」春梅這裡擇定吉日，納采行禮：十六盤羹果茶餅、兩盤頭面、二盤珠翠、四擡酒、兩牽羊、一頂鬏髻、全副金銀頭面簪環之類，兩件羅緞袍兒，四季衣服。其餘綿花布絹，二十兩禮銀，不必細說。陰陽生擇在六月初八日，准娶過門。

春梅先問薛嫂兒：「他家那裡有陪床使女沒有？」薛嫂兒道：「床帳妝奩都有，只沒有使女陪床。」春梅道：「咱這裡買一個十三四歲丫頭子，與他房裡使喚，掇桶子倒水方便些。」薛嫂道：「有，我明日帶一個來。」到次日，果然領了一個丫頭，說：「是商人黃四家兒子房裡使的丫頭，今年才十三歲。黃四因用下官錢糧，和李三還有咱家出去的保官兒，都為錢糧捉拿在監裡追贓。監了一年多，家產盡絕，房兒也賣了。李三先死，拿兒子李活監著。咱家保官兒那兒子僧寶兒，如今流落在外，與人家跟馬哩。」春梅道：「是來保？」薛嫂道：「他如今不叫來保，改了名字叫湯保了。」春梅道：「這丫頭是黃四家丫頭，要多少銀子？」薛嫂道：「只要四兩半銀子，緊等著要交贓去。」春梅道：「什麼四兩半，與他三兩五錢銀子留下罷。」一面就交了三兩五錢雪花官銀與他，寫了文書，改了名字，喚做金錢兒。

話休饒舌，又早到六月初八。春梅打扮珠翠鳳冠，穿通袖大紅袍兒，束金鑲碧玉帶，坐四人大轎，鼓樂燈籠，娶葛家女子，奠雁過門。陳敬濟騎大白馬，揀銀鞍轡，青衣軍牢喝道，頭戴儒巾，穿著青緞圓領，腳下粉底皂靴，頭上簪著兩枝金花。正是：久旱逢甘雨，他鄉遇故知，洞房花燭夜，金榜掛名時。一番拆洗一番新。到守備府中，新人轎子落下，戴著大紅銷金蓋袱，添妝含飯，抱著寶瓶進入大門。陰陽生引入畫堂，先參拜了堂，然後歸到洞房。春梅安他兩口兒坐帳，然後出來。陰陽生撒帳畢，打發喜錢出門，鼓手都散了。敬濟與這葛翠屏小姐坐了回帳，騎馬打燈籠往岳丈家謝親，吃得大醉而歸。晚夕，女貌郎才，未免燕爾新婚，交姤雲雨。正是：

得多少春點杏桃紅綻蕊，風欺楊柳綠翻腰。

當夜敬濟與這葛翠屏小姐倒且是合得著，兩個被底鴛鴦，帳中鸞鳳，如魚似水，合巹歡娛。三日完飯，春梅在府廳後堂張筵掛彩，鼓樂笙歌，請親眷吃會親酒。俱不必細說。每日春梅吃飯必請他兩口兒同在房中一處吃，彼此以姑妗稱之，同起同坐。丫頭養娘、家人媳婦，誰敢道個不字？原來春梅收拾西廂房三間，與他做房，裡面鋪著床帳，糊得雪洞般齊整，垂著簾幃。外邊西書院是他書房，裡面亦有床榻、几席、古書並守備往來書柬、拜帖，並各處遞來手本揭貼，都打他手裡過。春梅不時常出來書院中，和他閒坐說話，兩個暗地交情。正是：

朝陪金谷宴，暮伴綺樓娃。

休道歡娛處，流光逐落霞。

第九十八回　陳敬濟臨清逢舊識　韓愛姐翠館遇情郎

詩曰：

教坊脂粉洗鉛華，一片閒心對落花。
舊曲聽來猶有恨，故園歸去已無家。
雲鬟半挽臨妝鏡，兩淚空流濕絳紗。
今日相逢白司馬，樽前重與訴琵琶。

話說一日周守備與濟南府知府張叔夜，領人馬征勦梁山泊賊王宋江三十六人，萬餘草寇都受了招安。地方平復，表奏，朝廷大喜，加陞張叔夜為都御史、山東撫大使，陞守備周秀為濟南兵馬制置，管理分巡河道，提察盜賊。部下從征有功人員，各陞一級。軍門帶得敬濟名字，陞為參謀之職，月給米二石，冠帶榮身。守備至十月中旬，領了敕書，率領人馬來家，先使人來報與春梅家中知道。春梅滿心歡喜，使陳敬濟與張勝、李安出城迎接。家中廳上排設酒筵，慶官賀喜。官員人等來拜賀送禮者，不計其數。守備下馬，進入後堂，春梅、孫二娘接著，參拜已畢。陳敬濟就穿大紅圓領，頭戴冠帽，腳穿皂靴，束著角帶，和新婦葛氏兩口兒拜見。守備見好個女子，賞了一套衣服，十兩銀子打頭面，不在話下。

晚夕，春梅和守備在房中飲酒，未免敘些家常事務。春梅道：「為娶我兄弟媳婦，又費許多東西。」守備道：「阿呀，你只這個兄弟，投奔你來，無個妻室，不成個前程道理，就使費了幾兩銀子，不曾為了別人。」春梅道：「你今又替他掙了這個前程，足以榮身夠了。」守備道：「朝廷旨意下來，不日我往濟南府到任。你在家看家，打點些本錢，教他搭個主管，做些大小買賣。

三五日教他下去查算帳目一遭，轉得些利錢來，也夠他攪計。」春梅道：「你說得也是。」兩個晚夕夫妻同歡，不可細述。在家只住了十個日子，到十一月初旬時分，守備收拾起身，帶領張勝、李安前去濟南到任，留周仁、周義看家。陳敬濟送到城南永福寺方回。

一日，春梅向敬濟商議：「守備教你如此這般，河下尋些買賣，搭個主管，覓得些利息，也夠家中費用。」這敬濟聽言，滿心歡喜。一日正打街前走，尋覓主管夥計，也是合當有事，不料撞遇舊時朋友陸二哥陸秉義，作揖說：「哥怎的一向不見？」敬濟道：「我因亡妻事，又被楊光彥那廝拐了我半船貨物，坑陷得我一貧如洗。我如今又好了，幸得我姐姐嫁在守備府中，又娶了親事，陞做參謀，冠帶榮身。如今要尋個夥計，做些買賣，一地裡沒尋處。」陸秉義道：「楊光彥那廝拐了你貨物，如今搭了個姓謝的做夥計，在臨清碼頭上開一座大酒店，又放債與四方趁熟窠子娼門人使，好不獲大利息。他每日穿好衣，吃好肉，騎著一匹驢兒，三五日下去走一遭，算帳收錢，把舊朋友都不理。他兄弟在家開賭場，鬥雞養狗，人不敢惹他。」

敬濟道：「我去年曾見他一遍，他反面無情，打我一頓，被一朋友救了。我恨他入於骨髓。」因拉陸二郎入路旁一酒店內吃酒。兩人計議：「如何處置他，出我這口氣？」陸秉義道：「常言說得好：恨小非君子，無毒不丈夫。咱如今將理和他說，不見棺材不下淚，他必然不肯。小弟有一計策，哥也不消做別的買賣，只寫一張狀子把他告到那裡，追出你貨物銀子來。就奪了這座酒店，再添上些本錢，等我在碼頭上和謝三哥掌櫃發賣。哥哥你三五日下去走一遭，查算帳目，管情兒一月你穩拍拍的有百十兩銀子利息，強如做別的生意。」看官聽說：當時只因這陸秉義說出這樁事，有分教，數個人死於非命。陳敬濟一種死，死之太苦；一種亡，亡之太屈。正是：

非干前定數，半點不由人。

敬濟聽了道：「賢弟，你說得是。我到家就對我姐夫和姐姐說。這買賣成了，就安賢弟同謝三郎做主管。」當下兩個吃了回酒，各下樓來，還了酒錢。敬濟吩咐陸二哥：「兄弟，千萬謹言。」陸二郎道：「我知道。」各散回家。

這敬濟就一五一十對春梅說：「爭奈他爺不在，如何理會？」有老家人周忠在旁，便道：「不打緊，等舅寫了一張狀子，該拐了多少銀子貨物，拿爺個拜帖兒，都封在裡面。等小的送與提刑所兩位官府案下，把這姓楊的拿去衙門中，一頓夾打追問，不怕那廝不拿出銀子來。」敬濟大喜，一面寫就一紙狀子，拿守備拜帖，彌封停當，就使老家人周忠送到提刑院。兩位官府正升廳問事，門上人稟說：「帥府周爺差人下書。」何千戶與張二官府喚周忠進見。問周爺上任之事，說了一遍。拆開封套觀看，見了拜帖、狀子，自恁要做分上，即便批行，差委緝捕番捉，往河下拿楊光彥去。回了個拜帖，付與周忠：「到家多上覆你爺、奶奶，待我這裡追出銀兩，伺候來領。」周忠拿回帖到府中，回覆了春梅說話：「即時准行，拿人去了。待追出銀子，使人領去。」敬濟看見兩個摺帖上面寫著「侍生何永壽、張懋德頓首拜」，敬濟心中大喜。

遲不上兩日光景，提刑緝捕觀察番捉，往河下把楊光彥並兄弟楊二風都拿到衙門中。兩位官府據著陳敬濟狀子審問，一頓夾打，監禁數日，追出三百五十兩銀子，一百桶生眼布。其餘酒店中傢伙，共算了五十兩。陳敬濟狀上告著九百兩，還差三百五十兩銀子，把房兒賣了五十兩，家產盡絕。這敬濟就把謝家酒樓奪過來，和謝胖子合夥。春梅又打點出五百兩本錢，共湊了一千兩之數，委付陸秉義做主管。重新把酒樓裝修，油漆彩畫，欄杆灼耀，棟宇光新，桌案鮮明，酒餚齊整。真個是：

啟甕三家醉，開樽十里香。
神仙留玉珮，卿相解金貂。

從正月半頭，陳敬濟在臨清碼頭上大酒樓開張，見一日也發賣三五十兩銀子。都是謝胖子和陸秉義眼同經手，在櫃上掌櫃。敬濟三五日騎頭口，伴當小姜兒跟隨，往河下算帳一遭。若來，陸秉義和謝胖子兩個夥計，在樓上收拾一間乾淨閣兒，鋪陳床帳，安放桌椅，糊得雪洞般齊整，擺設酒席，叫四個好出色粉頭相陪。陳三兒那裡往來做量酒。

一日，三月佳節，春光明媚，景物芬芳，翠依依槐柳盈堤，紅馥馥杏桃燦錦。陳敬濟在樓上，搭伏定綠欄杆，看那樓下景致，好生熱鬧。有詩為證：

風拂煙籠錦綉妝，太平時節日初長。
能添壯士英雄膽，善解佳人愁悶腸。
三尺曉垂楊柳岸，一竿斜插杏花旁。
男兒未遂平生志，且樂高歌入醉鄉。

一日，敬濟在樓窗後瞧看，正臨著河邊，泊著兩隻馱船。船上載著許多箱籠、桌櫈、傢伙，四五個人盡搬入樓下空屋裡來。船上有兩個婦人：一個中年婦人，長挑身材，紫膛色；一個年小婦人，搽脂抹粉，生得白淨標緻，約有二十多歲；盡走入屋裡來。敬濟問謝主管：「是什麼人，也不問一聲，擅自搬入我屋裡來？」謝主管道：「此兩個是東京來的婦人，投親不著，一時間無處尋房住，央此間鄰居范老來說，暫住兩三日便去。正欲報知官人，不想官人來問。」

這敬濟正欲發怒，只見那年小婦人斂袵向前，望敬濟深深的道了個萬福，告說：「官人息怒，非干主管之事，是奴家大膽，一時出於無奈，不及先來宅上稟報，望乞恕罪。容略住得三五日，拜納房金，就便搬去。」這敬濟見小婦人會說話兒，只顧上上下下把眼看他。那婦人一雙星眼斜盼敬濟，兩情四目，不能定情。敬濟口中不言，心內暗道：「倒像哪裡會過，這般眼熟。」那長挑身材中年婦人也定睛看著敬濟，說道：「官人，你莫非是西門老爺家陳姑夫麼？」這敬濟吃了一驚，便道：「你怎的認得我？」那婦人道：「不瞞姑夫說，奴是舊夥計韓道國渾家，這個就是

我女孩兒愛姐。」敬濟道：「你兩口兒在東京，如何來在這裡？你老公在哪裡？」那婦人道：「在船上看傢伙。」敬濟急令量酒請來相見。

不一時，韓道國走來作揖，已是摻白鬚鬢。因說起：「朝中蔡太師、童太尉、李右相、朱太尉、李太監六人，都被太學國子生陳東上本參劾，後被科道交章彈奏倒了。聖旨下來，拿送三法司問罪，發煙瘴地面，永遠充軍。太師兒子禮部尚書蔡攸處斬，家產抄沒入官。我等三口兒各自逃生，投到清河縣尋我兄弟第二的。不想第二的把房兒賣了，流落不知去向。三口兒雇船從河道中來，不料撞遇姑夫在此，三生有幸。」因問：「姑夫今還在西門老爹家裡？」

敬濟把頭項搖了一搖，說：「我也不在他家了。我在姐夫守備周爺府中，做了參謀官，冠帶榮身。近日合了兩個夥計，在此碼頭上開這個酒店，胡亂過日子。你們三口兒既遇著我，也不消搬去，便在此間住也不妨，請自穩便。」婦人與韓道國一齊下禮。說罷，就搬運船上傢伙箱籠上來。敬濟看得心癢，也使伴當小姜兒和陳三兒替他搬運了幾件傢伙。王六兒道：「不勞姑夫費心用力！」彼此俱各歡喜。敬濟道：「你我原是一家，何消計較。」敬濟見天色將晚，有申牌時分，要回家。吩咐主管：「咱早送些茶盒與他。」上馬，伴當跟隨來家。一夜心心念念，只是放韓愛姐不下。

過了一日，到第三日起身，打扮衣服齊整，伴當小姜跟隨，來河下大酒樓店中，看著做了回買賣。韓道國那邊使的八老來請吃茶。敬濟心下正要瞧去，恰好八老來請，便起身進去。只見韓愛姐見了，笑容可掬，接將出來，道了萬福：「官人請裡面坐。」敬濟到閣子內坐下，王六兒和韓道國都來陪坐。少頃茶罷，彼此敘些舊時的閒話。敬濟不住把眼只瞍那韓愛姐，愛姐一雙涎瞪瞪秋波只看敬濟，彼此都有意了。有詩為證：

弓鞋窄窄剪春羅，香體酥胸玉一窩。
麗質不勝嬝娜態，一腔幽恨蹙秋波。

少頃，韓道國走出去了，愛姐問：「官人青春多少？」敬濟道：「虛度二十六歲。敬問姐姐，青春幾何？」愛姐笑道：「奴與官人一緣一會，也是二十六歲。舊日又是大老爹府上相會過面，如今又幸遇在一處，正是有緣千里來相會。」那王六兒見他兩個說得入港，看見關目，推個故事也走出去了。只有他兩人對坐，愛姐把些風月話兒來勾敬濟。敬濟自幼幹慣的道兒，怎不省得？便涎著臉兒調戲答話。原來這韓愛姐東京來，一路兒和他娘已做些道路，今見了敬濟，也是夙世有緣，三生一笑，不由得情投意合。見無人處，就走向前，挨在他身邊坐下，作嬌作痴，說道：「官人，你將頭上金簪子借我看一看。」敬濟正欲拔時，早被愛姐一手按住敬濟頭髻，一手拔下簪子來。便笑吟吟起身說：「我和你去樓上說句話兒。」一頭說，一頭走。敬濟得不的這一聲，連忙跟上樓來。正是：

風來花自舞，春入鳥能言。

敬濟跟他上樓，便道：「姐姐有甚話說？」愛姐道：「奴與你是宿世姻緣，今朝相遇，願偕枕席之歡，共效于飛之樂。」敬濟道：「難得姐姐見憐，只怕此間有人知覺。」韓愛姐做出許多妖嬈來，摟敬濟在懷，將尖尖玉手扯下他褲子來。兩個情興如火，按納不住。愛姐不免解衣仰臥在床上，交姤在一處。正是：

色膽如天怕甚事，鴛幃雲雨百年情。

敬濟問：「你叫幾姐？」那韓愛姐道：「奴是端午所生，就叫五姐，又名愛姐。」霎時雲收雨散，偎倚共坐。韓愛姐便將金簪子原插在他頭上，又告敬濟說：「自從三口兒東京來，投親不著，盤纏缺欠。你有銀子，乞借與我父親五兩，奴按利納還，不可推阻。」敬濟應允，說：「不打緊。姐姐開口，就兌五兩來。」兩個又坐了半日，恐怕人談論，吃了一杯茶。愛姐留吃午飯，敬濟道：「我那邊有事，不吃飯了，少間就送盤纏來與你。」愛姐道：「午後奴略備一杯水酒，官人不要見卻，好歹來坐坐。」

敬濟在店內吃了午飯，又在街上閒散走了一回，撞見昔日晏公廟師兄金宗明，作揖，把前事訴說了一遍。金宗明道：「不知賢弟在守備老爺府中認了親，在大樓開店，有失拜望。明日就使徒弟送茶來，閒中請去廟中坐一坐。」說罷，宗明歸去了。敬濟走到店中，陸主管道：「裡邊住的老韓請官人吃酒，沒處尋。」正說著，恰好八老又來請：「就請二位主管相陪，再無他客。」敬濟就同二主管走到裡邊房內。早已安排酒席齊整，敬濟上坐，韓道國主位，陸秉義、謝三郎打横，王六兒與愛姐旁邊僉坐，八老往來篩酒下菜。

吃過數杯，兩個主管會意，說道：「官人慢坐，小人櫃上看去。」起身去了。敬濟平昔酒量不十分洪飲，又見主管去了，開懷與韓道國三口兒吃了數杯，便覺有些醉將上來。愛姐便問：「今日官人不回家去罷了。」敬濟道：「這咱晚了，回去不得，明日起身去罷。」王六兒、韓道國吃了一回，下樓去了。敬濟向袖中取出五兩銀子，遞與愛姐。愛姐到下邊交與王六兒，復上來。兩個交杯換盞，倚翠偎紅，吃至天晚。愛姐卸下濃妝，留敬濟就在樓上閣兒裡歇了。當下枕畔山盟，衾中海誓，鶯聲燕語，曲盡綢繆，不能悉記。

愛姐在東京蔡太師府中，與翟管家做妾，曾伏侍過老太太，也學會些彈唱，又能識字會寫，種種可人。敬濟歡喜不勝，就同六姐一般，正可在心上。以此與他盤桓一夜，停眠罷宿，免不得第二日起來得遲，約飯時才起來。王六兒安排些雞子肉圓子，做了個頭腦與他扶頭。兩個吃了幾杯暖酒。少頃，主管來請敬濟，那邊擺飯。敬濟梳洗畢，吃了飯，又來辭愛姐，要回家去。那愛姐不捨，只顧抛淚。敬濟道：「我到家三五日就來看你，你休煩惱。」說畢，伴當跟隨，騎馬往城中去了。一路上吩咐小姜兒：「到家休要說出韓家之事。」小姜兒道：「小的知道，不必吩咐。」

敬濟到府中，只推店中買賣忙，算了帳目不覺天晚，歸來不得，歇了一夜。交割與春梅利息銀兩，見一遭也有三十兩銀子之數。回到家中，又被葛翠屏聒聒：「官人怎的外邊歇了一夜？想必在柳陌花街行踏。把我丟在家中獨自空房，就不思想來家！」一連留住陳敬濟七八日，不放他往河下來。店中只使小姜兒來問主管討算利息，主管一一封了銀子去。

韓道國免不得又叫老婆王六兒又招個別的熟人兒，或是商客，來屋裡走動，吃茶吃酒。這韓道國先前嘗著這個甜頭，靠老婆衣飯肥家。況王六兒年紀雖半百，風韻猶存，恰好又得他女兒來接代，也不斷絕這樣行業，如今索性大做了。當下見敬濟來，量酒陳三兒替他勾了一個湖州販絲綿客人何官人來，請他女兒愛姐。那何官人年約五十餘歲，手中有千兩絲綿、紬絹貨物，要請愛姐。愛姐一心想著敬濟，推心中不快，三回五次不肯下樓來，急得韓道國要不得。那何官人又見王六兒長挑身材，紫膛色瓜子面皮，描的大大水鬢，涎瞪瞪一雙星眼，眼光如醉，抹得鮮紅嘴唇，料此婦人一定好風情，就留下一兩銀子，在屋裡吃酒，和王六兒歇了一夜。韓道國便躲避在外間歇了。他女兒見做娘的留下客，只在樓上不下樓來。自此以後，那何官人被王六兒搬弄得快活，兩個打得一似火炭般熱，沒三兩日不與他過夜。韓道國也禁過他許多錢使。

這韓愛姐兒見敬濟一去十數日不來，心中思想，捱一日似三秋，盼一夜如半夏，未免害木邊之目，田下之心，使八老往城中守備府中探聽。看見小姜兒，悄悄問他：「官人如何不去？」小姜兒說：「官人這兩日有些身子不快，不曾出門。」回來訴與愛姐。愛姐與王六兒商議，買了一副豬蹄、兩隻燒鴨、兩尾鮮魚、一盒酥餅，在樓上磨墨揮筆，寫封柬帖，使八老送到城中與敬濟去。叮嚀囑咐：「你到城中，須索見陳官人親收，討回帖來。」八老懷內揣著柬帖，挑著禮物，一路無詞，來到城內守備府前，坐在沿街石臺基上。只見伴當小姜兒出來，看見八老：「你又來做什麼？」八老與他聲喏，拉在僻靜處說：「我特來見你官人，送禮來了。還有話說，我只在此等你，你可通官人知道。」小姜隨即轉身進去。

不多時，只見敬濟搖將出來。那時約五月，天氣暑熱，敬濟穿著紗衣服，頭戴瓦楞帽，涼鞋淨襪。八老慌忙聲喏，說道：「官人貴體好些？韓愛姐使我捎一柬帖，送禮來了。」敬濟接了柬帖，說：「五姐好麼？」八老道：「五姐見官人一向不去，心中也不快在那裡。多上覆官人，幾時下去走走？」敬濟拆開柬帖，觀看上面寫著甚言詞：

賤妾韓愛姐斂衽拜，謹啟情郎陳大官人臺下：自別尊顏，思慕之心未嘗少怠。向蒙期約，妾倚門凝望，不見降臨。昨道八老探問起居，不遇而回。聞知貴恙欠安，令妾空懷悵望，坐臥悶懨，不能頓生兩翼而傍君之左右也。君在家自有嬌妻美愛，又豈肯動念於妾？猶吐去果核也。茲具腥味茶盒數事，少伸問安誠意，幸希笑納。情照不宣。外具錦綉鴛鴦香囊一個，青絲一縷，少表寸心。

仲夏廿日，賤妾愛姐再拜

敬濟看了柬帖並香囊，香囊裡面安放青絲一縷，香囊上扣著「寄與情郎陳君膝下」八字，依先摺了，藏在袖中。府旁側首有個酒店，令小姜兒：「領八老同店內吃鍾酒，等我寫回帖與你。」吩咐小姜兒：「把禮物收進我房裡去。」小姜不敢怠慢，把四盒禮物收進去了。敬濟走到書院房內，只說河下店主人謝家送的禮物。」小姜不敢怠慢，把四盒禮物收進去了。敬濟走到書院房內，悄悄寫了回柬，又包了五兩銀子，到酒店內問八老：「吃了酒不曾？」八老道：「多謝官人好酒，吃不得了，起身去罷。」敬濟將銀子並回柬付與八老，說：「到家多多拜上五姐。這五兩白金與他盤纏，過三兩日，我自去看他。」八老收了銀柬，一直去了。敬濟回家，走入房中，葛翠屏便問：「是誰家送來禮物？」敬濟悉言：「店主人謝胖子，打聽我不快，送禮物來問安。」翠屏亦信其實。兩口兒計議，叫丫鬟金錢兒拿盤子，拿了一隻燒鴨，一尾鮮魚，半副蹄子，送到後邊與春梅吃，說是店主人家送的，也不查問。此事表過不提。

卻說八老到河下，天已晚了，入門將銀柬都付與愛姐收了。拆開銀柬燈下觀看，上面寫道：

愛弟敬濟頓首，字覆愛卿韓五姐妝次：向蒙慰問，又承厚款，亦且雲情雨意，衽席鍾愛，無時少怠。所云期望，正欲趨會，偶因賤軀不快，有失卿之盼望。又蒙遣人垂顧，兼惠可口佳餚，錦囊佳製，不勝感激。只在二三日間，容當面布。外具白金五兩，綾帕一方，少申遠芹之敬，伏乞心心鑒。萬萬！

敬濟再拜

愛姐看了，見帕上寫著四句詩曰：

吳綾帕兒織迴紋，灑翰揮毫墨跡新。
寄與多情韓五姐，永諧鸞鳳百年情。

看畢，愛姐把銀子付與王六兒。母子千歡萬喜，等候敬濟，不在話下。正是：

得意友來情不厭，知心人至話相投。

有詩為證：

碧紗窗下啟箋封，一紙雲鴻香氣濃。
知你揮毫經玉手，相思都付不言中。

第九十九回　劉二醉罵王六兒　張勝竊聽陳敬濟

詞曰：

白雲山，紅葉樹。閱盡興亡，一似朝還暮。多少夕陽芳草渡。潮落潮生，還送人來去。
阮公途，楊子路。九折羊腸，曾把車輪誤。記得寒蕪嘶馬處。翠管銀箏，夜夜歌樓曙。

——右調〈蘇幕遮〉

話說陳敬濟過了兩日，到第三日，卻是五月二十五日春梅生日，後廳整置酒餚，與他上壽。閤家歡樂了一日。次日早晨，敬濟說：「我一向不曾往河下去，今日沒事，去走一遭。一者和主管算帳，二來就避炎暑，走走便回。」春梅吩咐：「你去坐一乘轎子，少要勞碌。」叫兩個軍牢擡著轎子，小姜兒跟隨，逕往河下大酒樓店中來。一路無詞，午後時分到了，下轎進入裡面。兩個主管齊來參見，說：「官人貴體好些？」敬濟道：「生受二位夥計掛心。」他一心只在韓愛姐身上，坐了一回便起身，吩咐主管：「查下帳目，等我來算。」就轉身到後邊。

八老又早迎見，報與王六兒夫婦。韓愛姐正在樓上憑欄盼望，揮毫作詩遣懷，忽報陳敬濟來了，連忙輕移蓮步，款蹙湘裙，走下樓來。母子面上堆下笑來迎接，說道：「官人，貴人難見面，哪陣風我吹你到俺這裡？」敬濟與母子作了揖，同進入閣兒內坐定。少頃，王六兒點茶上來。吃畢茶，愛姐道：「請官人到樓上奴房內坐。」敬濟上得樓來，兩個如魚得水，似漆投膠，無非說些深情密意的話兒。愛姐硯臺底下露出一幅花箋，敬濟取來觀看。愛姐便說：「此是奴家盼你不來，作得一首詩以消遣悶懷，恐污官人貴目。」敬濟念了一遍，上寫著：

倦倚綉床愁懶動，閒垂錦帳鬢鬟低。

玉郎一去無消息，一日相思十二時。

敬濟看了，極口稱羡不已。不一時，王六兒安排酒餚上樓，撥過鏡架，就擺在梳妝桌上。兩個並坐，愛姐篩酒一杯，雙手遞與敬濟，深深道了萬福，說：「官人一向不來，妾心無時不念。前八老來，又多謝盤纏，舉家感之不盡。」敬濟接酒在手，還了喏，說：「賤疾不安，有失期約，姐姐休怪。」酒盡，也篩一杯敬奉。愛姐吃過，兩人坐定，把酒來斟。王六兒、韓道國上來，也陪吃了幾杯，各取方便下樓去了。教他二人自在吃幾杯，敘些闊別話兒。良久，吃得酒濃時，清興如火，免不得再把舊情一敘。交歡之際，無限恩情。穿衣起來，洗手更酌，又飲數杯。醉眼朦朧，餘興未盡。這小郎君一向在家中不快，又心在愛姐，一向未與渾家行事，今日一旦見了情人，未肯一次即休。正是生死冤家，五百年前撞在一處，敬濟魂靈都被他引亂。少頃，情竇復起，又幹一度。自覺身體困倦，打熬不過，午飯也沒吃，倒在床上就睡著了。

也是合當禍起，不想下邊販絲綿何官人來了，王六兒陪他在樓下吃酒。韓道國出去街上買菜蔬、餚品、果子來配酒。兩個在下邊行房。落後韓道國買將果菜來，三人又吃了幾杯。約日西時分，只見酒家店坐地虎劉二，吃得酩酊大醉，軃開衣衫，露著一身紫肉，提著拳頭，走來酒樓下大叫：「採出何蠻子來！」諕得兩個主管見敬濟在樓上睡，恐他聽見，慌忙走出櫃來，向前聲喏，說道：「劉二哥，何官人並不曾來。」

這劉二哪裡依聽，大扠步撞入後邊韓道國屋裡，一手把門簾扯去半邊，看見何官人正和王六兒並肩飲酒，心中大怒，便罵何官人：「賊狗男女，我合你娘！哪裡沒尋你，卻在這裡。你在我店中占著兩個粉頭，幾遭歇錢不與，又塌下我兩個月房錢，卻來這裡養老婆！」那何官人忙出來道：「老二，你休怪，我去罷。」那劉二罵道：「去？你這狗合的！」不防颼的一拳來，正打在何官人面上，登時就青腫起來。那何官人也不顧，逕奪門跑了。

劉二將王六兒酒桌一腳蹬翻，傢伙都打了。王六兒便罵道：「是哪裡少死的賊殺才，無事來老娘屋裡放屁。老娘不是耐驚耐怕兒的人！」被劉二向前一腳，跺了個仰八叉。罵道：「我合你淫婦娘！你是哪裡來的無名少姓私窠子，不來老爺手裡報過，許你在這酒店內趁熟？還與我搬去！若搬遲，須吃我一頓拳頭。」那王六兒道：「你是哪裡來的光棍搗子？老娘就沒了親戚兒，許你便來欺負老娘？要老娘這命做什麼！」一頭撞倒，哭起來。劉二罵道：「我把淫婦腸子也踢斷了，你還不知老爺是誰哩！」

這裡喧亂，兩邊鄰舍並街上過往人登時圍看，約有許多。有知道的旁邊人說：「王六兒，你新來，不知他是守備老爺府中管事張虞候的小舅子，有名坐地虎劉二。在酒家店住，專一是打粉頭的班頭，降酒客的領袖。你讓他些兒罷，休要不知利害。這地方人，誰敢惹他？」王六兒道：「還有大似他的，睬這殺才做什麼！」陸秉義見劉二打得凶，和謝胖子做好做歹，把他勸得去了。

陳敬濟正睡在床上，聽見樓下攘亂，便起來看時，天已日西時分，問：「哪裡攘亂？」那韓道國不知走的往哪裡去了，只見王六兒披頭髮垢面上樓，如此這般告訴說：「哪裡走來一個殺才搗子，諢名喚坐地虎劉二，在酒家店住，說是咱府裡管事張虞候小舅子，因尋酒客，無事把我踢打，罵了恁一頓去了。又把傢伙酒器，都打得粉碎。」一面放聲大哭起來。敬濟就叫上兩個主管去問。兩個主管隱瞞不住，只得說：「是府中張虞候小舅子劉二，來這裡尋何官人討房錢，見他在屋裡吃酒，不由分說，把簾子扯下半邊來，打了何官人一拳，諕得何官人跑了。又和老韓娘子兩個相罵，踢了一跤，哄的滿街人看。」敬濟聽了，便曉得是前番做道士被他打的劉二了。欲要聲張，又恐劉二潑皮行凶，一時鬥他不過。又見天色晚了，因問：「劉二那廝如今在哪裡？」主管道：「被小人勸他回去了。」敬濟安撫王六兒道：「你母子放心，有我哩，不妨事。你母子只情住著，我家去自有處置。」主管算了利錢銀兩遞與他，打發起身上轎，伴當跟隨。剛趕進城來，天已昏黑，心中好惱。到家見了春梅，交了利息銀兩，歸入房中。

一宿無話，到次日心心念念要告春梅說，展轉尋思：「且住，等我慢慢尋張勝那廝幾件破綻，一發教我姐姐對老爺說了，斷送了他性命。叵耐這廝，幾次在我身上欺心，敢說我是他尋得來，知我根本出身，量視我禁不得他。」正是：

冤仇還報當如此，機會遭逢莫遠圖。
踏破鐵鞋無覓處，得來全不費工夫。

一日，敬濟來到河下酒店內，見了愛姐母子，說：「外日吃驚。」又問陸主管道：「劉二那廝可曾走動？」陸主管道：「自從那日去了，再不曾來。」又問韓愛姐：「那何官人也沒來行走？」愛姐道：「也沒曾來。」這敬濟吃了飯，算畢帳目，不免又到愛姐樓上，兩個敘了回衷腸之話，幹訖一度出來。因鬧中叫過量酒陳三兒近前，如此這般，打聽府中張勝和劉二幾樁破綻。這陳三兒千不合萬不合，說出張勝包占著府中出來的雪娥，在酒家店做婊子，劉二又怎的各處巢窩加三討利，舉放私債，逞著老爺名壞事。這敬濟聽記在心，又與了愛姐二三兩盤纏，和主管算了帳目，包了利息銀兩，作別騎頭口來家。

閒話休提。一向懷意在心，一者也是冤家相湊，二來合當禍起。不料東京朝中徽宗天子，見大金人馬犯邊，搶至腹內地方，聲息十分緊急。天子慌了，與大臣計議，差官往北國講和，情願每年輸納歲幣金銀彩帛數百萬。一面傳位與太子登基，改宣和七年為靖康元年，宣帝號為欽宗皇帝在位，徽宗自稱太上道君皇帝，退居龍德宮。朝中陞了李綱為兵部尚書，分部諸路人馬。种師道為大將，總督內外宣務。

一日降了一道敕書來濟南府，陞周守備為山東都統制，提調人馬一萬，前往東昌府駐紮，會同巡撫都御史張叔夜防守地方，阻擋金兵。守備領了敕書，不敢怠慢，一面叫過張勝、李安兩個虞候近前，吩咐先押兩車箱馱行李細軟器物家去。原來在濟南做了年官，也賺得巨萬金銀，都裝在行李馱箱內，委託二人：「押到家中，交割明白，晝夜巡風仔細。我不日會同你巡撫張爺，調領四路兵馬，打清河縣起身。」二人當日領了鈞旨，打點車輛，起身先行。一路無詞，有日到於府中，交割明白，二人晝夜內外巡風，不在話下。

卻說陳敬濟見張勝押車輛來家，守備陞了山東統制，不久將到，正欲把心腹中事要告訴春梅，等守備來家發露張勝之事。不想一日，因渾家葛翠屏往娘家回門住去了，他獨自個在西書房寢歇。春梅驀進房中看他。見無丫鬟跟隨，兩個就解衣在房內雲雨做一處。不防張勝搖著鈴巡風過來，到書院角門外，聽見書房內彷彿有婦人笑語之聲，就把鈴聲按住，慢慢走來窗下竊聽。原來春梅在裡面與敬濟交姤，聽得敬濟告訴春梅說：「叵耐張勝那廝，好生欺壓於我，說我當初虧他尋得來，幾次在下人前敗壞我。昨日見我在河下酒店，一逕使小舅子坐地虎劉二來我的酒店，把酒客都打散了。專一倚逞他在姐夫麾下，在那裡開巢窩，放私債，又把雪娥隱占在外姦宿，只瞞了姐姐一人眼目。我幾次含忍，不敢告姐姐說。趁姐夫來家，若不早說知，往後我定然不敢往河下做買賣去了。」春梅聽了說道：「這廝恁般無禮。雪娥那賤人，我賣了，他如何又留住在外？」敬濟道：「他非是欺壓我，就是欺壓姐姐一般。」春梅道：「等他爺來家，叫他定結果了這廝。」

常言道：隔牆須有耳，窗外豈無人？兩個只管在內說，卻不知張勝窗外聽得明明白白。口中不言，心內暗道：「此時教他算計我，不如我先算計了他罷。」一面撇下鈴，走到前邊班房內，取了把解腕鋼刀，說時遲，那時快，在石上磨了兩磨，走入書院中來。不想天假其便，還是春梅不該死於他手，忽被後邊小丫鬟蘭花兒，慌慌走來叫春梅，報說：「小衙內金哥兒忽然風搖倒了，快請奶奶看去。」諕得春梅兩步做一步走，奔入後房中看孩兒去了。剛進去了，那張勝提著刀子，逕奔到書房內，不見春梅，只見敬濟睡在被窩內。見他進來，叫道：「阿呀！你來做什麼？」張勝怒道：「我來殺你！你如何對淫婦說，倒要害我？我尋得你來不是了，反恩將仇報！常言：黑頭蟲兒不可救，救之就要吃人肉。休走，吃我一刀子！明年今日，是你死忌。」那敬濟光赤條身子，沒處躲，只摟著被，吃他拉被過一邊，向他身就扎了一刀子來。扎著軟肋，鮮血就迸出來。這張勝見他掙扎，復又一刀去，攮著胸膛上，動彈不得了。一面採著頭割下來。正是：

三寸氣在千般用，一日無常萬事休。

可憐敬濟青春不上三九，死於非命。張勝提刀遶屋裡床背後尋春梅，不見，大扠步逕望後廳走。走到儀門首，只見李安背著牌在那裡巡風。一見張勝囚神也似提著刀跑進來，便問：「哪裡去？」張勝不答，只顧走，被李安攔住。張勝就向李安戳一刀來，李安冷笑說道：「我叔叔有名山東夜叉李貴，我的本事不用借。」早飛起右腳，只聽忒楞的一聲，把手中刀子踢落一邊。張勝急了，兩個就揪採在一處。被李安一個潑腳，跌翻在地，解下腰間纏帶，登時綁了。嚷得後廳春梅知道，說：「張勝持刀入內，小的拿住了。」

那春梅方救得金哥甦省，聽言大驚失色。走到書院內，見敬濟已被殺死在房中，一地鮮血橫流，不覺放聲大哭。一面使人報知渾家。葛翠屏慌奔家來，看見敬濟殺死，哭倒在地，不省人事，被春梅扶救甦省過來。拖過屍首，買棺材裝殯。把張勝墩鎖在監內，單等統制來家處治這件事。

哪消數日，只見軍情事務緊急，兵牌來催促。周統制調完各路兵馬，張巡撫又早先往東昌府那裡等候取齊。統制到家，春梅把殺死敬濟一節說了。李安將囚器放在面前，跪稟前事。統制大怒，坐在廳上，提出張勝，也不問長短，喝令軍牢五棍一換，打一百棍，登時打死。隨馬上差旗牌快手往河下捉拿坐地虎劉二，鎖解前來。孫雪娥見拿了劉二，恐怕拿他，走到房中自縊身死。旗牌拿劉二到府中，統制也吩咐打一百棍，當日打死。哄動了清河縣，大鬧了臨清州。正是：

平生作惡欺天，今日上蒼報應。

有詩為證：

為人切莫用欺心，舉頭三尺有神明。

若還作惡無報應，天下凶徒人食人。

當時統制打死二人，除了地方之害。吩咐李安將碼頭大酒店還歸本主，把本錢收算來家。吩咐春梅在家與敬濟修齋做七，打發城外永福寺葬埋。留李安、周義看家，把周忠、周仁帶去軍門答應。春梅晚夕與孫二娘置酒送餞，不覺簌地兩行淚下，說：「相公此去，未知幾時回還。出戰之間，須要仔細。番兵猖獗，不可輕敵。」統制道：「你們自在家清心寡慾，好生看守孩兒，不必憂念。我既受朝廷爵祿，盡忠報國。至於吉凶存亡，付之天也。」囑咐畢，過了一宿。次日軍馬都在城外屯集，等候統制起程。一路無詞，有日到了東昌府下。統制差一面令字藍旗，打報進城。巡撫張叔夜聽見周統制人馬來到，與東昌知府達天道出衙迎接。至公廳敘禮，坐下商議軍情，打聽聲息緊慢。駐馬一夜，次日人馬早行，往關上防守去了，不在話下。

卻表韓愛姐母子，在謝家樓店中，聽見敬濟已死，愛姐晝夜只是哭泣，茶飯都不吃，一心只要往城內統制府中，見敬濟屍首一見，死也甘心。父母旁人百般勸解不從。韓道國無法可處，使八老往統制府中，打聽敬濟靈柩已出了殯，埋在城外永福寺內。這八老走來回了話。愛姐一心只要到他墳上燒紙，哭一場，也是和他相交一場。做父母的只得依他，雇了一乘轎子，到永福寺中，問長老葬於何處。長老令沙彌引到寺後，新墳堆便是。這韓愛姐下了轎子，到墳前點著紙錢，道了萬福，叫聲：「親郎，我的哥哥！奴實指望和你同諧到老，誰想今日死了！」放聲大哭，哭得的昏暈倒了，頭撞於地下，就死過去了。慌了韓道國和王六兒，向前扶救，叫姐姐叫不應，越發慌了。

不想那日正是葬的三日，春梅與渾家葛翠屏坐著兩乘轎子，伴當跟隨，擡三牲祭物來與他暖墓燒紙。看見一個年小的婦人，穿著縞素，頭戴孝髻，哭倒在地，一個男子漢和一中年婦人摟抱他，扶起來又倒了，不省人事，吃了一驚。因問那男子漢是哪裡的。這韓道國夫婦向前施禮，把從前已往話告訴了一遍：「這個是我的女孩兒韓愛姐。」春梅一聞愛姐之名，就想起昔日曾在西門慶家中會過，又認得王六兒。韓道國悉把東京蔡府中出來一節，說了一遍：「女孩兒曾與陳官人有一面相交，不料死了。他只要來墳前見他一見，燒紙錢，不想到這裡又哭倒了。」

當下兩個救了半日，這愛姐吐了口黏痰，方才甦省，尚哽噎哭不出聲來。痛哭了一場，起來與春梅、翠屏插燭也似磕了四個頭，說道：「奴與他雖是露水夫妻，他與奴說山盟，言海誓，情深意厚。實指望和他同諧到老，誰知天不從人願，一旦他先死了，撇得奴四脯著地。他在日曾與奴一方吳綾帕兒，上有四句情詩。知道宅中有姐姐，奴願做小。倘不信——」向袖中取出吳綾帕兒來，上面寫詩四句。春梅同葛翠屏看了，詩云：

吳綾帕兒織迴紋，灑翰揮毫墨跡新。
寄與多情韓五姐，永諧鸞鳳百年情。

愛姐道：「奴也有個小小鴛鴦錦囊，與他佩帶在身邊。兩面都扣綉著並頭蓮，每朵蓮花瓣兒一個字兒；寄與情郎陳君膝下。」春梅便問翠屏：「怎的不見這個香囊？」翠屏道：「在底旋子上拴著，奴替他裝殮在棺槨內了。」

當下祭畢，讓他母子到寺中擺茶飯，勸他吃了些。王六兒見天色將晚，催促他起身。他只顧不思動身，一面跪著春梅、葛翠屏哭說：「奴情願不歸父母，同姐姐守孝寡居。明日死傍他魂靈，也是奴和他恩情一場，說是他妻小。」說著，那淚如湧泉。翠屏只顧不言語，春梅便說：「我的姐姐，只怕年小青春守不住，卻不誤了你好時光。」愛姐便道：「奶奶說哪裡話！奴既為他，雖刳目斷鼻，也當守節，誓不再配他人。」囑咐他父母：「你老公婆回去罷，我跟奶奶和姐姐府中去也。」那王六兒眼中垂淚，哭道：「我承望你養活俺兩口兒到老，才從虎穴龍潭中奪得你來，今日倒閃賺了我。」那愛姐口裡只說：「我不去了，你就留下我，到家也尋了無常！」那韓道國因見女孩兒堅意不去，和王六兒大哭一場，灑淚而別，回上臨清店中去了。這韓愛姐同春梅、翠屏坐轎子往府裡來。那王六兒一路上悲悲切切，只是捨不得他女兒，哭了一場又一場。那韓道國又怕天色晚了，雇上兩匹頭口，望前趕路。正是：

馬遲心急路途窮，身似浮萍類轉蓬。
只有都門樓上月，照人離恨各西東。

第一百回　韓愛姐路遇二搗鬼　普靜師幻度孝哥兒

詩曰：

舊日豪華事已空，銀屏金屋夢魂中。
黃蘆晚日空殘壘，碧草寒煙鎖故宮。
遂道魚燈油欲盡，妝臺鸞鏡匣長封。
憑誰話盡與亡事，一衲閒雲兩袖風。

話說韓道國與王六兒，歸到謝家酒店內，無女兒，道不得個坐吃山崩，使陳三兒去，又把那何官人勾來續上。那何官人見地方中沒了劉二，除了一害，依舊又來王六兒家行走。和韓道國商議：「你女兒愛姐，只是在府中守孝，不出來了。等我賣盡貨物，討了賒帳，你兩口跟我往湖州家去罷，省得在此做這般道路。」韓道國說：「官人下顧，可知好哩！」一日賣盡了貨物，討上賒帳，雇了船，同王六兒跟往湖州去了，不提。

卻表愛姐，在府中與葛翠屏兩個持貞守節，姐妹稱呼，甚是合當。白日裡與春梅做伴兒在一處。那時金哥兒大了，年方六歲，孫二娘所生玉姐，年長十歲，相伴兩個孩兒，便沒甚事做。誰知自從陳敬濟死後，守備又出征去了，這春梅每日珍饈百味，綾錦衣衫，頭上黃的金，白的銀，圓的珠，光照的無般不有。只是晚夕難禁獨眠孤枕，慾火燒心。因見李安一條好漢，只因打殺張勝，巡風早晚，十分小心。

一日，冬月天氣，李安正在班房內上宿，忽聽有人敲後門，忙問道：「是誰？」只聞叫道：「你開門則個。」李安連忙開了房門，卻見一個人搶入來，閃身在燈光背後。李安看時，卻認得

是養娘金匱。李安道：「養娘，你這咱晚來，有甚事？」金匱道：「不是我私來，裡邊奶奶差出我來的。」李安道：「奶奶教你來怎麼？」金匱笑道：「你好不理會得。看你睡了不曾，教我把一件物事來與你。」向背上取下一包衣服：「把與你，包內又有幾件婦女衣服，與你娘。前日多累你押解老爺行李車輛，又救得奶奶一命，不然也吃張勝那廝殺了。」說畢留下衣服，出門走了兩步，又回身道：「還有一件要緊的。」又取出一定五十兩大元寶來，撇與李安，自去了。

當夜躊躇不決，次早起來，逕拿衣服到家與他母親。做娘的問道：「這東西是哪裡的？」李安把夜來事說了一遍。做母的聽言叫苦：「當初張勝幹壞事，一百棍打死。他今日把東西與你，卻是什麼意思？我今六十已上年紀，自從沒了你爹爹，滿眼只看著你，若是做出事來，老身靠誰？明早便不要去了。」李安道：「我不去，他使人來叫，如何答應？」婆婆說：「我只說你感冒風寒病了。」李安道：「終不成不去，惹老爺不見怪麼？」做娘的便說：「你且投到你叔叔山東夜叉李貴那裡，住上幾個月，再來看事故何如。」這李安終是個孝順的男子，就依著娘的話，收拾行李，往青州府投他叔叔李貴去了。春梅以後見李安不來，三四五次使小伴當來叫。婆婆初時答應家中染病，次後見人來驗看，才說往原籍家中討盤纏去了。這春梅終是惱恨在心，不提。

時光迅速，日月如梭，又早臘盡陽回，正月初旬天氣。統制領兵一萬二千，在東昌府屯住已久，使家人周忠捎書來家，教搬取春梅、孫二娘並金哥、玉姐家小上車，只留周忠：「東莊上請你二爺看守宅子。」原來統制還有個族弟周宣，在莊上住。周忠在府中與周宣、葛翠屏、韓愛姐看守宅子，周仁與眾軍牢保定車輛往東昌府來。此一去，不為身名離故土，爭知此去少回程。有詞一篇，單道周統制果然是一員好將材。當此之時，中原蕩掃，志欲吞胡。但見：

四方盜起如屯蜂，狼煙烈焰薰天紅。
將軍一怒天下安，腥膻掃盡夷從風。
公事忘私願已久，此身許國不知有。

金戈抑日酬戰征，麒麟圖畫功為首。
雁門關外秋風烈，鐵衣披張臥寒月。
汗馬卒勤二十年，贏得斑斑鬢如雪。
天子明見萬里餘，幾番勞勳來旌書。
肘懸金印大如斗，無負堂堂七尺軀。

有日，周仁押家眷車輛到於東昌。統制見了春梅、孫二娘、金哥、玉姐、眾丫鬟家小都到了，一路平安，心中大喜。就在統制府衙後廳居住。周仁悉把「東莊上請了二爺來宅內，同小的老子周忠看守宅舍」，說了一遍。周統制又問：「怎的李安不見？」春梅道：「又提甚李安！那廝，我因他捉獲了張勝，好意賞了他兩件衣服與他娘穿，他到晚夕巡風，進入後廳，把他二爺東莊上收的子粒銀——一包五十兩，放在明間桌上——偷的去了。幾番使伴當叫他，只是推病不來。落後又使叫去，他躲得上青州原籍家去了。」統制便道：「這廝，我倒看他，原來這等無恩！等我慢慢差人拿他去。」這春梅也不提起韓愛姐之事。

過了幾日，春梅見統制日逐理論軍情，幹朝廷國務，焦心勞思，日中尚未暇食，至於房幃色慾之事，久不沾身。因見老家人周忠次子周義，年十九歲，生得眉清目秀，眉來眼去，兩個暗地私通，就勾搭了。朝朝暮暮，兩個在房中下棋飲酒，只瞞過統制一人不知。

一日，不想北國大金皇帝滅了遼國，又見東京欽宗皇帝登基，集大勢番兵，分兩路寇亂中原。大元帥粘沒喝領十萬人馬，出山西太原府井陘道，來搶東京。副帥斡離不，由檀州來搶高陽關。邊兵抵擋不住，慌了兵部尚書李綱、大將种師道，星夜火牌羽書分調山東、山西、河南、河北、關東、陝西，分六路統制人馬，各依要地，防守截殺。那時陝西劉延慶領延綏之兵，關東王稟領汾絳之兵，河北王煥領魏博之兵，河南辛興宗領彰德之兵，山西楊維忠領澤潞之兵，山東周義領青兗之兵。

卻說周統制見大勢番兵來搶邊界，兵部羽書火牌星火來，連忙整率人馬，全裝披掛，兼道進兵。比及哨馬到到高陽關上，金國斡離不的人馬已搶進關來，殺死人馬無數。正值五月初旬，黃沙四起，大風迷目。統制提兵進趕，不防被斡離不兜馬反攻，沒鞦一箭，正射中嗉喉，隨馬而死。眾番將就用鉤索搭去，被這邊將士向前僅搶屍首，馬戴而還。所傷軍兵無數。可憐周統制，一旦陣亡，亡年四十七歲。正是：

忘家為國忠良將，不辨賢愚血染沙！

古人意不盡，作詩一首以嘆之曰：

勝敗兵家不可期，安危端自命為之。
出師未捷身先喪，落日江流不勝悲。

巡撫張叔夜見統制沒於陣上，連忙鳴金收軍，查點折傷士卒，退守東昌。星夜奏朝廷，不在話下。部下士卒載屍首還到東昌，春梅闔家大小號哭動天，合棺木盛殮，交割了兵符印信。一日，春梅與家人周仁發喪，載靈柩歸清河縣，不提。

話分兩頭。單表葛翠屏與韓愛姐，自從春梅去後，兩個在家清茶淡飯，守節持貞，過其日月。正值春盡夏初天氣，日長針指困倦。姐妹二人閒中徐步，到西書院花亭上，見百花盛開，鶯啼燕語，觸景傷情。葛翠屏心還坦然，這韓愛姐一心只想念陳敬濟，凡事無情無緒，睹物傷悲，不覺潸然淚下。姐妹二人正在悲悽之際，只見二爺周宣走來勸道：「你姐妹兩個少要煩惱，須索解嘆！我連日做得夢有些不吉，夢見一張弓掛在旗竿上，旗竿折了，不知是凶是吉？」韓愛姐道：「倒只怕老爺邊上有些說話。」正在猶疑之間，忽見家人周仁掛著一身孝，慌慌張張走來報道：「禍事！老爺如此這般，五月初七日在邊關上陣亡了。大奶奶、二奶奶家眷，載著靈車，都來了。」慌了二爺周宣，收拾打掃前廳乾淨，停放靈柩，擺下祭祀，闔家大小哀號起來。一面做齋累七，僧道念經。金哥、玉姐披麻帶孝，弔客往來，擇日出殯，安葬於祖塋，俱不必細說。

卻說二爺周宣引著六歲金哥兒，行文書申奏朝廷，討祭葬，襲替祖職。朝廷明降兵部覆題引奏：「已故統制周秀，奮身報國，沒於王事，忠勇可嘉。遣官諭祭一壇，墓頂追封都督之職。伊子照例優養，出幼襲替祖職。」

這春梅在內頤養之餘，淫情愈盛，常留周義在香閣中，鎮日不出。朝來暮往，淫慾無度，生出骨蒸癆病症。逐日吃藥，減了飲食，消了精神，體瘦如柴，而貪淫不已。一日，過了他生辰，到六月伏暑天氣，早晨晏起，不料他摟著周義在床上，一泄之後，鼻口皆出涼氣，淫津流下一窪口，就嗚呼哀哉，死在周義身上，亡年二十九歲。這周義見沒了氣兒，就慌了手腳，向箱內抵盜了些金銀細軟，帶在身邊，逃走在外。丫鬟、養娘不敢隱匿，報與二爺周宣得知。把老家人周忠鎖了，押著抓尋周義。可霎作怪，正走在城外他姑娘家投住，一條索子拴將來。已知其情，恐揚出醜去，金哥久後不好襲職，拿到前廳，不由分說打了四十大棍，即時打死。把金哥與孫二娘看著，一面發喪於祖塋，與統制合葬畢。房中兩個養娘並海棠、月桂，都打發各尋投向，嫁人去了。只有葛翠屏與韓愛姐，再三勸他，不肯前去。

一日，不想大金人馬搶了東京汴梁，太上皇帝與靖康皇帝都被擄上北地去了。中原無主，四下荒亂，兵戈匝地，人民逃竄。黎庶有塗炭之哭，百姓有倒懸之苦。大勢番兵已殺到山東地界，民間夫逃妻散，鬼哭神號，父子不相顧。葛翠屏已被他娘家領去，各逃生命。只丟下韓愛姐，無處依倚，不免收拾行裝，穿著隨身慘淡衣衫，出離了清河縣，前往臨清找尋他父母。到臨清謝家店，店也關閉，主人也走了，不想撞見陳三兒。三兒說：「你父母去年就同了何官人，往江南湖州去了。」

這韓愛姐一路上懷抱月琴，唱小詞曲，往前抓尋父母。隨路飢餐渴飲，夜住曉行，忙忙如喪家之犬，急急似漏網之魚，弓鞋又小，萬苦千辛。行了數日，來到徐州地方，天色晚來，投在孤村裡面。一個婆婆年紀七旬之上，正在灶上杵米造飯。這韓愛姐便向道了萬福，告道：「奴家是清河縣人氏，因為荒亂，前往江南投親，不期天晚，權借婆婆這裡投宿一宵，明早就行，房金不少。」那婆婆看這女子不是貧難人家婢女，生得舉止典雅，容貌非俗，因說道：「既是投宿，娘子請炕上坐，等老身造飯，有幾個挑河夫子來吃。」那老婆婆炕上柴灶，登時做出一大鍋稗稻插荳子乾飯，又切了兩大盤生菜，撮上一包鹽。只見幾個漢子，都蓬頭精腿，裩褲兜襠，腳上黃泥，進來放下鍬钁，便問道：「老娘，有飯也未？」婆婆道：「你們自去盛吃。」

當下各取飯菜，四散正吃，只見內一人，約四十四五年紀，紫面黃髮，便問婆婆：「這炕上坐的是什麼人？」婆婆道：「此位娘子是清河縣人氏，前往江南尋父母去，天晚在此投宿。」那人便問娘子：「你姓什麼？」愛姐道：「奴家姓韓，我父親名韓道國。」那人向前扯住問道：「姐姐，你不是我姪女韓愛姐麼？」那愛姐道：「你倒好似我叔叔韓二。」兩個抱頭相哭做一處。因問：「你爹娘在哪裡？你在東京，如何至此？」這韓愛姐一五一十，從頭說了一遍：「因我嫁在守備府裡，丈夫沒了，就守寡到如今。我爹娘跟了何官人，往湖州去了。我要找尋去，荒亂中又沒人帶去，胡亂單身唱詞，覓些衣食前去，不想在這裡撞見叔叔。」那韓二道：「自從你爹娘上東京，我沒營生過日，把房兒賣了，在這裡挑河做夫子，每日覓碗飯吃。即然如此，我和你往湖州尋你爹娘去。」愛姐道：「若是叔叔同去，可知好哩！」當下也盛了一碗飯，與愛姐吃。愛姐呷了一口，見粗飯不能嚥，只呷了半碗，就不吃了。

一宿晚景提過，到次日天明，眾夫子都去了，韓二交納了婆婆房錢，領愛姐作辭出門，望前途所進。那韓愛姐本來嬌嫩，弓鞋又小，身邊帶著些細軟釵梳，都在路上零碎盤纏。將到淮安上船，迤邐望江南湖州來。非止一日，抓尋到湖州何官人家，尋著父母，相會見了。不想何官人已死，家中又沒妻小，只是王六兒一人，丟下六歲女兒，有幾頃水稻田地。不上一年，韓道國也死了。王六兒原與韓二舊有揸兒，就配了小叔，種田過日。那湖州有富家子弟，見韓愛姐生得聰明標緻，都來求親。韓二再三教他嫁人，愛姐割髮毀目，出家為尼姑，誓不再配他人。後年至三十一歲，以疾而終。正是：

貞骨未歸三尺土，怨魂先徹九重天。

後韓二與王六兒成其夫婦，請受何官人家業田地，不在話下。

卻說大金人馬搶過東昌府來，看看到清河縣地方，只見官吏逃亡，城門晝閉，人民逃竄，父子流亡。但見煙荒四野，日蔽黃沙，封豕長蛇，互相吞噬，龍爭虎鬥，各自爭強。皂幟紅旗布滿郊野，男啼女哭萬戶驚惶。番軍虜將一似蟻聚蜂屯，短劍長鎗好似森林密竹。一處處死屍朽骨，橫三豎四；一攢攢折刀斷劍，七斷八截，個個攜男抱女，家家閉戶關門。十室九空，不顯鄉村城郭；獐奔鼠竄，哪存禮樂衣冠。正是：

得多少宮人紅袖泣，王子白衣行。

那時，吳月娘見番兵到了，家家都關鎖門戶，亂竄逃去，不免也打點了些金珠寶玩，帶在身邊。那時吳大舅已死，只同吳二舅、玳安、小玉，領著十五歲孝哥兒，把家中前後都倒鎖了，要往濟南府投奔雲理守。一來避兵，二者與孝哥完就親事。一路上只見人人慌亂，個個驚駭。可憐這吳月娘，穿著隨身衣裳，和吳二舅男女五口雜在人隊裡，挨出城門，到於郊外，往前奔行。

到於空野十字路口，只見一個和尚，身披紫褐袈裟，手執九環錫杖，腳靸芒鞋，肩上背著條布袋，袋內裹著經典，大移步迎將來。與月娘打了個問訊，高聲大叫道：「吳氏娘子，你到哪裡去？還與我徒弟來！」唬得月娘大驚失色，說道：「師父，你問我討什麼徒弟？」那和尚又道：「娘子，你休推睡裡夢裡，你曾記的十年前，在岱岳東峰被殷天錫趕到我山洞中投宿？我就是那

雪洞老和尚，法名普靜。你許下我徒弟，如何不與我？」吳二舅便道：「師父出家人，如何不近道？此等荒亂年程，亂竄逃生，他有此孩兒，久後還要接代香火，他肯捨與你出家去？」和尚道：「你真個不與我去？」吳二舅道：「師父，你休閒說，誤了人的去路。後面只怕番兵來到，朝不保暮！」和尚道：「你既不與我徒弟，如今天色已晚，也走不出路去。番人就來，也不到此處，你且跟我到這寺中歇一夜，明早去罷。」吳月娘問：「師父是哪寺中？」那和尚用手只一指，道：「那路旁便是。」和尚引著來到永福寺。吳月娘認得是永福寺，曾走過一遍。比及來到寺中，長老僧眾都走去大半，只有幾個禪和尚在後邊打坐。佛前點著一大盞琉璃海燈，燒著一爐香，已是日色啣山時分。

當晚吳娘與吳二舅、玳安、小玉、孝哥兒男女五口兒，投宿在寺中方丈內。小和尚有認得，安排了些飯食與月娘等吃了。那普靜老師，跏趺在禪堂床上，敲木魚，口中念經。月娘與孝哥兒、小玉在床上睡，吳二舅和玳安做一處，著了慌亂辛苦的人，都睡著了。只有小玉不曾睡熟，起來在方丈內，打門縫內看那普靜老師父念經。看看念至三更時，只見金風淒淒，斜月朦朦，人煙寂靜，萬籟無聲。佛前海燈半明不暗。這普靜老師見天下荒亂，人民遭劫，陣亡橫死者極多，發慈悲心，施廣惠力，禮白佛言，薦拔幽魂，解釋宿冤，絕去掛礙，各去超生。於是誦念了百十遍解冤經咒。少頃，陰風淒淒，冷氣颼颼，有數十輩焦頭爛額、蓬頭泥面者，或斷手折臂者，或有刳腹剜心者，或有無頭跛足者，或有吊頸枷鎖者，都來悟領禪師經咒，列於兩旁。禪師便道：「你等眾生，冤冤相報，不肯解脫，何日是了？汝當諦聽吾言，隨方托化去罷。」偈曰：

勸爾莫結冤，冤深難解結。
一日結成冤，千日解不徹。
若將冤解冤，如湯去潑雪。

若將冤報冤，如狼重見蝎。
我見結冤人，盡被冤磨折。
我今此懺悔，各把性悟徹。
照見本來心，冤愆自然雪。
仗此經力深，薦拔諸惡業。
汝當各托生，再勿將冤結。

當下眾魂都拜謝而去，小玉竊看，都不認得。少頃，又一大漢進來，身長七尺，形容魁偉，全裝貫甲，胸前關著一矢箭，自稱統制周秀：「因與番將對敵，折於陣上。今蒙師薦拔，今往東京托生與沈鏡為次子，名為沈守善去也。」言未已，又一人素體榮身，口稱是清河縣富戶西門慶：「不幸溺血而死，今蒙師薦拔，今往東京城內，托生富戶沈通為次子沈越去也。」小玉認得是他爹，諕得不敢言語。已而又有一人提著頭，渾身皆血，自言是陳敬濟：「因被張勝所殺，蒙師經功薦拔，今往東京城內，與王家為子去也。」已而又見一婦人，也提著頭，胸前皆血，自言：「奴是武大妻、西門慶之妾潘氏是也，不幸被仇人武松所殺，蒙師薦拔，今往東京城內黎家為女，托生去也。」已而又有一人，身軀矮小，面目青色，自言是武植：「因被王婆唆潘氏下藥，吃毒而死。蒙師薦拔，今往徐州鄉民范家為男，托生去也。」已而又有一婦人，面皮黃瘦，血水淋漓，自言：「妾身李氏，乃花子虛之妻、西門慶之妾，因害血山崩而死。蒙師薦拔，今往東京城內袁指揮家，托生為女去也。」已而又一男，自言花子虛：「不幸被妻氣死，蒙師薦拔，今往東京鄭千戶家，托生為男。」已而又見一女人，頸纏腳帶，自言：「西門慶家人來旺妻宋氏，自縊身死。蒙師薦拔，往東京朱家為女去也。」已而又一婦人，面黃肌瘦，自稱周統制妻龐氏春梅：「因色癆而死，蒙師薦拔，今往東京與孔家為女，托生去也。」已而又一男子，裸形披髮，渾身杖痕，自言是打死的張勝：「蒙師薦拔，今往東京大興衛貧人高家為男去也。」已而又有一女人，項上纏著索子，自言是西門慶妾孫雪娥：「不幸自縊身死，蒙師薦拔，今往東京城外貧民姚家為女去也。」已而又一女人，年小，項纏腳帶，自言：「西門慶之女、陳敬濟之妻，西門大姐是也。不幸亦縊身死，蒙師薦拔，今往東京外與番役鍾貴為女，托生去也。」已而又見一小男子，自言周義：「亦被打死。蒙師薦拔，今往東京城外高家為男，名高留住兒，托生去也。」言畢，各恍然不見。

小玉諕得戰慄不已：「原來這和尚只是和這些鬼說話。」正欲向床前告訴與月娘，不料月娘睡得正熟，一靈真性同吳二舅眾男女，身帶著一百顆胡珠、一柄寶石縧環，前往濟南府投奔親家雲理守。一路到於濟南府，尋問到雲參將寨門，通報進去。雲參將聽見月娘送親來了，一見如故。敘畢禮數，原來新近沒了娘子，央浼鄰舍王婆婆來陪待月娘，在後堂酒飯，甚是豐盛。吳二舅、玳安另在一處管待。因說起避兵就親之事，因把那百顆胡珠、寶石縧環，教與雲理守權為茶禮。雲理守收了，並不言其就親之事。到晚，又教王婆陪月娘一處歇臥。將言說念月娘，以挑探其意，說雲理守：「雖是武官，乃讀書君子，從割衫襟之時，就留心娘子，不期夫人沒了，鰥居至今。今據此山城，雖是任小，上馬管軍，下馬管民，生殺在於掌握。娘子若不棄，願成伉儷之歡，一雙兩好，令郎亦得諧秦晉之配。等待太平之日，再回家去不遲。」月娘聽言，大驚失色，半晌無言。這王婆回報雲理守。

次日晚夕，置酒後堂，請月娘吃酒。月娘只知他與孝哥兒完親，連忙來到席前，敘坐。雲理守乃道：「嫂嫂不知，下官在此雖是山城，管著許多人馬，有的是財帛衣服，金銀寶物，缺少一個主家娘子。下官一向思想娘子，如渴思漿，如熱思涼，不想今日娘子到我這裡與令郎完親，天賜姻緣，一雙兩好，成其夫婦，在此快活一世，有何不可？」月娘聽了，心中大怒，罵道：「雲理守，誰知你人皮包著狗骨！我過世丈夫不曾把你輕待，如何一旦出此犬馬之言？」雲理守笑嘻嘻，向前把月娘摟住，求告說：「娘子，你自家中，如何走來我這裡做甚？自古上門買賣好做。不知怎的，一見你，魂靈都被你攝在身上。沒奈何，好歹完成了罷。」一面拿過酒來，和月娘吃。

月娘道：「你前邊叫我兄弟來，等我與他說句話。」雲理守笑道：「你兄弟和玳安兒小廝，已被我殺了。」即令左右：「取那件物事與娘子看。」

不一時，燈光下血瀝瀝提了吳二舅、玳安兩顆頭來，諕得月娘面如土色，一面哭倒在地。被雲理守向前抱起：「娘子不須煩惱，你兄弟已死，你就與我為妻。我一個總兵官，也不玷辱了你。」月娘自思道：「這賊漢將我兄弟家人害了命，我若不從，連我命也喪了。」乃回嗔作喜，說道：「你須依我，奴方與你做夫妻。」雲理守道：「不拘甚事，我都依。」月娘道：「你先與我孩兒完了房，我卻與你成婚。」雲理守道：「不打緊。」一面叫出雲小姐來，和孝哥兒推在一處，飲合巹杯，綰同心結，成其夫婦。然後拉月娘和他雲雨。這月娘卻拒阻不肯，被雲理守忿然大怒，罵道：「賤婦，你哄得我與你兒子成了婚姻，敢笑我殺不得你的孩兒？」向床頭提劍，隨手而落，血濺數步之遠。正是：

三尺利刀著項上，滿腔鮮血濕模糊。

月娘見砍死孝哥兒，不覺大叫一聲。不想撒手驚覺，卻是南柯一夢。諕得渾身是汗，遍體生津，連道：「怪哉，怪哉！」小玉在旁，便問：「奶奶，怎的哭？」月娘道：「適間做得一夢，不祥。」不免告訴小玉一遍。小玉道：「我倒剛才不曾睡著，悄悄打門縫見那和尚，原來和鬼說了一夜話。剛才過世俺爹、五娘、六娘和陳姐夫、周守備、孫雪娥、來旺兒媳婦子、大姐，都來說話，各四散去了。」月娘道：「這寺後現埋著他們，夜靜時分，屈死淹魂如何不來！」

娘兒們說了回話，不覺五更雞叫天明。吳月娘梳洗面貌，走到禪堂中禮佛燒香。只見普靜老師在禪床上高叫：「那吳氏娘子，你如今可省悟得了麼？」這月娘便跪下參拜：「上告尊師，弟子吳氏肉眼凡胎，不知師父是一尊古佛。適間一夢中都已省悟了。」老師道：「既已省悟，也不消前去。你就去，也無過只是如此，倒沒得喪了五口兒性命。你這兒子，有分有緣遇著我，都是你平日一點善根所種。不然，定然難免骨肉分離。當初你去世夫主西門慶造惡非善，此子轉身托化你家，本要蕩散財本，傾覆其產業，臨死還當身首異處。今我度脫了他去，做了徒弟。常言：一子出家，九祖升天。你那夫主冤愆解釋，亦得超生去了。你不信，跟我來，與你看一看。」於是扠步來到方丈內，只見孝哥兒還睡在床上。

老師將手中禪杖向他頭上只一點，教月娘眾人看。忽然翻過身來，卻是西門慶，項帶沉枷，腰繫鐵索。復用禪杖只一點，依舊還是孝哥兒睡在床上。月娘見了，不覺放聲大哭。原來孝哥兒即是西門慶托生。良久，孝哥兒醒了，月娘問他：「如今你跟了師父出家？」在佛前與他剃頭，摩頂受記。可憐月娘，扯住慟哭了一場，乾生受養了他一場，到十五歲，指望承家嗣業，不想被這老師幻化去了。吳二舅、小玉、玳安亦悲不勝。

當下這普靜老師領定孝哥兒，起了他一個法名，喚做「明悟」，作辭月娘而去。臨行吩咐月娘：「你們不消往前途去了。如今不久番兵退去，南北分為兩朝。中原已有個皇帝，多不上十日，兵戈退散，地方寧靜了，你們還回家去，安心度日。」月娘便道：「師父，你度化了孩兒去了，甚年何日我母子再得見面？」不覺扯住，放聲大哭起來。老師便道：「娘子休哭，那邊又有一位老師來了。」哄得眾人扭頸回頭，當下化陣清風不見了。正是：

三降塵寰人不識，倏然飛過岱東峰。

不說普靜老師幻化孝哥兒去了，且說吳月娘與吳二舅眾人，在永福寺住了十日光景，果然大金國立了張邦昌，在東京稱帝，置文武百官。徽宗、欽宗兩君北去，康王泥馬渡江，在建康即位，是為高宗皇帝。拜宗澤為大將，復取山東、河北，分為兩朝。天下太平，人民復業。後月娘歸家，開了門戶，家產器物都不曾疏失。後就把玳安改名做西門安，承受家業，人稱呼為西門小員外。養活月娘到老，壽年七十歲，善終而亡。此皆平日好善看經之報。有詩為證：

閥閱遺書思惘然，誰知天道有循環。
西門豪橫難存嗣，敬濟顛狂定被殲。
樓月善良終有壽，瓶梅淫佚早歸泉。
可怪金蓮遭惡報，遺臭千年作話傳。

家圖書館出版品預行編目資料

金瓶梅／(明)蘭陵笑笑生原著. --二版. --臺北市：
五南圖書出版股份有限公司, 2014.04
冊； 公分
SBN 978-957-11-7543-0(上冊：平裝). --
SBN 978-957-11-7544-7(下冊：平裝). --
SBN 978-957-11-7545-4(全套：平裝)

57.48　　103002979

中國經典 15

8R45 **金瓶梅（下）**

原　　著　明・蘭陵笑笑生
編輯主編　蘇美嬌
封面設計　童安安

出 版 者　五南圖書出版股份有限公司
發 行 人　楊榮川
總 經 理　楊士清
總 編 輯　楊秀麗
地　　址　台北市和平東路２段３３９號４樓
電　　話　０２－２７０５５０６６
傳　　真　０２－２７０５６１００
郵政劃撥　０１０６８９５３
網　　址　https://www.wunan.com.tw
電子郵件　wunan@wunan.com.tw

顧　　問　林勝安律師

出版日期　2009年 8 月 初版一刷
　　　　　2014年 4 月 二版一刷
　　　　　2025年 3 月 二版六刷
定　　價　新台幣380元整

經典永恆·名著常在

五十週年的獻禮——經典名著文庫

五南，五十年了，半個世紀，人生旅程的一大半，走過來了。
思索著，邁向百年的未來歷程，能為知識界、文化學術界作些什麼？
在速食文化的生態下，有什麼值得讓人雋永品味的？

歷代經典·當今名著，經過時間的洗禮，千錘百鍊，流傳至今，光芒耀人；
不僅使我們能領悟前人的智慧，同時也增深加廣我們思考的深度與視野。
我們決心投入巨資，有計畫的系統梳選，成立「經典名著文庫」，
希望收入古今中外思想性的、充滿睿智與獨見的經典、名著。
這是一項理想性的、永續性的巨大出版工程。
不在意讀者的眾寡，只考慮它的學術價值，力求完整展現先哲思想的軌跡；
為知識界開啟一片智慧之窗，營造一座百花綻放的世界文明公園，
任君遨遊、取菁吸蜜、嘉惠學子！

全新官方臉書

五南讀書趣

WUNAN Books since1966

Facebook 按讚

1 秒變文青

五南讀書趣 Wunan Books

★ 專業實用有趣
★ 搶先書籍開箱
★ 獨家優惠好康

不定期舉辦抽獎
贈書活動喔！！